60개의 이야기

60개의 이야기

디노
부차티
소설

김희정
옮김

dino

buzzati

sessanta
racconti

문학동네

일러두기

1. 이 책은 Dino Buzzati, *Sessanta racconti*, Milano: Mondadori(Oscar scrittori moderni), 1995를 저본으로 삼았다.

2. 주석은 모두 옮긴이주다.

3. 원서에서 이탤릭체로 강조한 곳은 본문에 고딕체로 표시했다.

차례

1
일곱 전령

나는 아버지의 왕국을 탐험하기 위해 길을 나섰다. 하루하루 시간이 갈수록 고향에서 멀어지고, 그곳에서 들려오는 소식이 뜸해졌다.

서른을 갓 넘긴 나이에 여행길에 오른 뒤 어느덧 팔 년의 세월이 흘렀다. 정확히 말해 팔 년 육 개월 하고도 보름째 여정이 이어지고 있다. 출발할 때는 몇 주만 가면 왕국의 경계에 쉽게 닿으리라 생각했는데, 이르는 곳마다 나와 같은 언어를 쓰며 나의 백성이라고 말하는 사람들을 계속해서 만났다.

이따금 이런 생각이 들기도 한다. 우리가 남쪽으로 죽 나아간다고 믿지만, 나침반이 고장나서 실제로는 도성에서 떠나온 뒤로 거리를 넓히지 못한 채 제자리만 돌고 있는 게 아닐까. 그래서 여전히 국경의 맨 끝에 이르지 못한 게 아닐까.

하지만 더 자주 나를 괴롭힌 건 경계가 존재하지 않고 왕국이 무한하게 뻗어 있어 계속 전진할지라도 결코 그 끝에 도달하지 못할 거라는 의혹이다.

서른 살이 넘어 길을 나섰으니 어쩌면 너무 늦은 건지도 모른다. 친구들과 가족은 인생의 한창때를 무의미하게 낭비하는 셈이라며 내 계획을 비웃었다. 사실 측근 가운데 여행을 찬성한 이는 몇 명뿐이었다.

홀가분한 마음으로—지금보다 훨씬 더 가뿐히!—나선 길이었지만 집을 떠나 있는 동안 친지들과 연락이 끊기는 게 걱정되었기에, 수비대 중 가장 뛰어난 일곱 기사를 선출해서 전령으로 삼았다.

나는 무심코 일곱 전령은 과하다고 생각했다. 그러다가 시간이 지나면서 많기는커녕 터무니없이 부족한 숫자란 것을 깨닫게 되었다. 그들 중 아무도 병에 걸리거나 산적을 만난 일이 없었고, 그들의 말이 지쳐서 쓰러진 적도 없었긴 하다. 일곱 모두는 그 어떤 보상도 아깝지 않을 정도로 성실하고 헌신적으로 소임을 다했다.

나는 그들을 쉽게 구분하기 위해 알파벳 순서에 따라 머리글자를 써서 이름을 붙였다. 알레산드로Alessandro, 바르톨로메오Bartolomeo, 카이오Caio, 도메니코Domenico, 에토레Ettore, 페데리코Federico, 그레고리오Gregorio.

집을 떠나 멀리 있는 게 익숙지 않았기에, 나는 이미 80리그*의 길을 달려온 여정의 이틀날 밤에 첫째 전령인 알레산드로를 파견했다. 지속적인 소통을 유지하기 위해 그다음날 밤에는 두번째 전령을 보냈고, 이어서 세번째, 네번째, 그렇게 해서 여드레째 밤에는 그레고리오까지 보냈다. 첫째 전령은 아직 돌아오지 않은 터였다.

---

* 고대 로마에서 유래한 거리측정단위로 유럽과 라틴아메리카에서 사용했으나 현재는 쓰지 않는다. 1리그는 약 4.8킬로미터로, 80리그는 약 385킬로미터다.

열흘째 밤, 사람이 살지 않는 골짜기에서 야영을 위해 진을 치고 있는데 첫째가 도착했다. 나는 알레산드로의 이동속도가 예상보다 느리다는 것을 알게 되었다. 그가 준마를 타고 홀로 질주하면 같은 시간에 우리보다 두 배 거리를 달릴 수 있으리라 생각했는데, 겨우 한 배 반을 갈 수 있을 뿐이었다. 하루에 우리가 40리그를 전진하면 그는 60리그를 달렸다. 그 이상은 무리였다.

다른 전령들도 사정은 마찬가지였다. 여정 사흘째 밤에 도시를 향해 떠난 바르톨로메오는 열닷새째 밤에 돌아왔다. 나흘째에 출발한 카이오는 스무번째 날이 돼서야 복귀했다. 전령이 되돌아오는 날짜를 셈하려면 그간 소요된 날에다 5를 곱해야 한다는 것을 나는 이내 알게 되었다.

우리가 도성에서 점점 멀어질수록 전령들의 경로도 길어졌다. 여정 오십 일이 지나자 전령들이 도착하는 간격이 뚜렷하게 벌어지기 시작했다. 처음에는 닷새마다 한 명씩 전령이 돌아오다가 어느새 그 주기가 이십오 일로 바뀌었다. 이렇게 하여 내 도시의 소리는 갈수록 희미해졌고, 몇 주가 지나도록 그곳 소식을 전혀 듣지 못하게 되었다.

여섯 달이 지나자―이미 파사니산맥을 넘은 시점이었다―전령들이 도착하는 주기는 넉 달 이상으로 늘어났다. 이제 그들은 오래된 소식을 내게 가져왔다. 편지 봉투는 꾸깃꾸깃해졌고, 어떤 때는 한데서 밤을 보낸 흔적으로 물기가 남아 얼룩져 있었다.

우리는 계속해서 나아갔다. 나는 내 위로 흐르는 구름이 어린 시절의 구름과 같고, 먼 고향 하늘은 높이 솟은 이곳의 푸른 천장과 다르지 않으며, 공기도 같고, 바람소리와 새소리도 똑같다고 헛되이 스스로를 달래려 했다. 사실은 구름, 하늘, 공기, 바람, 새들 모두 생소하고 다르게 보였고, 나는 이방인이 된 기분이었다.

앞으로, 앞으로! 광야에서 마주치는 유랑자들은 내게 국경이 멀지 않다고 말했다. 나는 쉬지 말고 나아가라고, 낙담하는 소리를 입밖으로 내지 말라고 부하들을 격려했다. 출발한 이래 사 년의 세월이 흘렀다. 이토록 기나긴 고역의 세월이 가다니! 도성과 우리집, 내 아버지가 이상하리만치, 도저히 믿기지 않을 정도로 아득했다. 이제 족히 스무 달은 침묵과 고독 속에서 기다려야 다음 전령이 도착했다. 그들은 내게 낡고 누르스름해진 기이한 편지들을 가져왔다. 그 편지에는 잊어버린 이름들과 낯선 표현들, 이해할 수 없는 감정들이 쓰여 있었다. 그러면 다음날 아침 우리는 가던 길을 다시 나서고, 단 하룻밤만 쉰 전령은 내가 준비해둔 편지들을 도시에 전달하기 위해 반대 방향으로 향했다.

그렇게 팔 년 반이 지났다. 오늘밤 도메니코가 도착했을 때 나는 천막에서 혼자 저녁을 먹고 있었다. 그는 피로에 찌들었음에도 미소를 지으며 천막으로 들어왔다. 그를 만난 것이 거의 칠 년 만이었다. 그 오랜 기간 내내 그는 수도 없이 말을 바꿔가며 초원과 숲과 사막을 가로질러 달리기만 했다. 이제는 열고 싶은 마음도 없어진 편지 꾸러미를 내게 가져오기 위해서였다. 그는 벌써 잠을 자러 갔고, 내일 새벽이 오기 무섭게 다시 떠날 것이다.

그것이 마지막이 될 것이다. 내가 수첩에다 계산해보았다. 만약 모든 일이 순탄하게 진행되어 지금까지 그랬듯이 내가 여정을 계속 이어가고 그가 자기의 소임을 다한다면, 나는 삼십사 년이 지난 뒤에야 도메니코를 다시 볼 수 있을 것이다. 그때가 되면 나는 일흔두 살이다. 기력이 쇠할 터이고, 어쩌면 그전에 죽음이 나를 덮칠지도 모른다. 그러니 나는 그를 다시는 볼 수 없을 것이다.

도메니코는 삼십사 년 뒤에(사실은 그보다 일찍, 훨씬 일찍) 홀연히 내 야영지의 불꽃을 발견하고는 어째서 그동안 그것밖에 나아가지 못했는지 의문을 품을 것이다. 그 착한 전령은 오늘밤처럼 이미 옛날 일이 된, 터무니없는 소식이 담긴 너절하고 누르스레한 편지를 들고 내 천막으로 들어오리라. 하지만 입구에서 발걸음을 멈춘 채 침상에 가만히 누워 있는 내 시신과 횃불을 들고 그 곁을 지키는 두 병사를 우두커니 바라볼 테지.

도메니코, 그래도 가거라. 나에게 무정하다는 말은 하지 말아라! 내가 태어난 그 도시로 가서 내 마지막 인사를 전해주기를. 너는 한때 나의 것이기도 했던 그 세상과 나를 이어주는 마지막 연결고리이니. 최근에 도착한 전령들은 많은 것이 바뀌었다고 알려주었다. 내 아버지는 임종을 맞았고, 맏형이 왕위를 계승했다. 식구들은 나를 죽었다 생각하여 내가 어릴 적에 혼자 놀러가곤 했던 떡갈나무 숲에다 높다란 석조궁전들을 건설했다. 그럴지라도 그곳은 여전히 나의 오랜 고국이다.

도메니코, 넌 그들과 나의 마지막 연결고리다. 별일이 없으면 일 년 팔 개월 뒤에 다섯번째 전령인 에토레가 도착할 테지만, 그가 다시 떠나는 일은 없을 것이다. 제때 돌아올 수 없을 테니 말이다. 오, 도메니코, 네가 떠나면 나는 간절히 바라는 국경에 마침내 닿을 때까지 정적 속에서 길을 가겠지. 하지만 앞으로 나아갈수록 경계가 존재하지 않으리라는 확신이 커져만 간다.

적어도 우리가 흔히 생각하는 의미의 경계는 존재하지 않을 것이다. 공간을 분리하는 장벽도 없고 땅을 가르는 골짜기도 없으며 통행을 가로막는 산맥도 없다. 아마도 나는 나 자신도 모르게 경계를 넘었을 것이고, 그 사실을 모른 채 계속 나아가고 있을 것이다.

그런 의혹이 들기에, 그가 떠난 뒤 에토레와 다른 전령들이 도착하면 나는 그들을 도성으로 돌려보내는 대신 내가 가는 길로 앞서 보낼 것이다. 그래야 무엇이 나를 기다리고 있는지 미리 알 수 있을 테니까.

얼마 전부터 밤이면 알 수 없는 초조함이 내 속에서 불타오른다. 여정의 초반에 샘솟았던 기쁨이 사라진 것에 대한 안타까움이라기보다는, 내가 향하는 미지의 땅을 알고 싶은 조바심에 가까운 감정이다.

있음직하지 않은 목적지를 향해 매일매일 서서히 나아가면서—지금껏 아무에게도 말한 적이 없지만—나는 하늘에 반짝이는 신비한 빛을 주목하고 있다. 여태껏 본 적 없고 꿈에서도 나타나지 않은 그 빛은, 우리가 지나는 초원과 산과 강이 그렇듯 우리나라의 것과는 다른 본질을 지닌 듯하며, 뭔가 설명하기 힘든 분위기를 풍긴다.

내일 아침이면 새로운 희망이 나를 이끌 것이고, 밤의 어둠이 숨기고 있는 미지의 산들을 향해 더 앞으로 나아가게 할 것이다. 나는 또다시 천막을 걷을 것이고, 도메니코는 저 머나먼 도시에 부질없는 내 소식을 전하고자 반대쪽 지평선 너머로 사라질 것이다.

2
대수송단 습격

시골길에서 체포된 산적 두목 가스파레 플라네타는—사람들이 그를 알아보지 못한 덕에—밀수 죄목으로만 형을 선고받고 감옥에서 삼 년을 보냈다.

그는 딴사람이 되어 나왔다. 질병으로 쇠약해진데다 수염이 덥수룩해, 표적을 놓친 적 없는 최고의 사수로 유명한 산적 두목이 아니라 초라한 노인 같았다.

이제 그는 자신의 물건이 든 배낭 하나만 멘 채 동료들이 남아 있는 그의 왕국, 푸모산을 향해 걸어가기 시작했다.

그가 산적 소굴이 있는 골짜기 기슭으로 들어섰을 때는 6월의 어느 일요일이었다. 숲의 오솔길은 변한 게 없었다. 여기에 땅 밖으로 드러난 뿌리가 있고, 저기에는 그가 똑똑히 기억하는 대로 기이한 바위가 있었다. 모든 게 전과 같았다.

그날은 휴일인지라 산적들이 소굴에 모여 있었다. 플라네타는 그리로 다가가면서 목소리와 웃음소리를 들었다. 그가 두목이었을 때와는 달리 문이 닫혀 있었다.

그는 문을 두세 번 두드렸다. 안에서 침묵이 흘렀다. 이윽고 그들이 물었다. "누구요?"

"마을에서 왔습니다." 그가 대답했다. "플라네타가 보내서 왔어요."

그들을 놀래주려는 생각이었지만, 산적들은 문을 열어 얼굴을 보고서도 그를 알아보지 못했다. 오랫동안 산적단이 키운 개, 앙상한 트롬바만 기뻐 짖어대며 그에게 달려들었다.

초창기부터 함께한 그의 오랜 동료들, 코시모, 마르코, 펠파와 서너 명의 새 얼굴이 플라네타의 소식을 물으면서 가까이 다가왔다. 그는 감옥에서 두목을 알게 됐다고 말했다. 플라네타가 한 달 후면 석방되는데, 상황이 어떤지 알아보고자 자기를 여기로 보냈다고 했다.

하지만 이내 산적들은 새로 온 사람에게 흥미를 잃고 핑계를 대며 자리를 떴다. 오직 코시모만 남아서, 상대가 누구인지 알아채지 못했을망정 그와 이야기를 나눴다.

"돌아오면 어떡할 생각이랍니까?" 그가 감옥에 있는 옛 두목을 떠올리며 물었다.

"어떡할 생각이라뇨?" 플라네타가 되물었다. "그가 여기로 돌아올 수 없을지도 모른다는 말인가요?"

"아, 아니, 별말 아닙니다. 그저 생각입니다. 내 생각일 뿐입니다. 이곳 상황은 변했습니다. 그리고 그는 계속 두목이기를 바랄 테죠. 그럴 겁니다. 하지만 모르겠습니다……"

"뭘 모른다는 겁니까?"

"안드레아가 순순히 따를지 모르겠어요…… 분명히 소동을 벌이겠지요. 저로선 옛 두목이 당연히 돌아와야 한다고 봅니다. 우리 둘은 항상 죽이 잘 맞았거든요."

이렇게 해서 가스파레 플라네타는 안드레아가 새 두목이 됐다는 것을 알았다. 한때 그의 동료였던 그가 이제 최고의 골칫거리가 된 셈이었다.

그 순간 문이 활짝 열리더니 안드레아가 들어와 방 한가운데 멈춰 섰다. 플라네타는 시큰둥한 말라깽이 키다리로 그를 기억하고 있었다. 그런데 이제 그의 앞에는 냉엄한 얼굴에 콧수염이 멋들어진, 무서운 산적 두목이 서 있었다.

안드레아 역시 이 손님이 누구인지 알아보지 못했다. "아, 그래요?" 그가 플라네타에 대해 이야기했다. "그런데 그는 어째서 탈출하지 못했을까요? 그리 어려운 일도 아닌데 말이죠. 마르코도 그와 함께 갇혔으나 엿새도 채 있지 않았습니다. 스텔라도 얼마 안 돼 탈옥했고요. 그자, 두목이라던 그자만 실패했습니다."

"말하자면, 예전 같지가 않습니다." 플라네타가 간사한 웃음을 지으며 말했다. "지금은 경비가 삼엄합니다. 쇠창살이 바뀌었고, 죄수들을 절대 혼자 두지 않지요. 게다가 그는 병에 걸렸습니다."

그렇게 변명했지만, 플라네타는 자신이 무리에서 추방됐다는 것을 알아차렸다. 그리고 두목은 투옥돼서는 안 되며, 하찮은 아무개처럼 그 안에서 삼 년이나 머물러서는 더더욱 안 된다는 것을 깨달았다. 또 자신이 늙었고, 그에게 더는 자리가 없으며, 그의 시대는 저물었다는 것도 알았다.

"그가 내게 말하더군요." 평소 유쾌하고 침착한 그가 지친 목소리로 말했다. "플라네타가 그랬습니다. 여기에 그의 말, 백마가 있다고. 이름이 폴라크라고 했던 것 같은데. 그리고 무릎 아래 부종이 있다고."

"있었겠죠. 부종이 있었겠죠." 안드레아는 이 손님이 플라네타가 아닌지 의심하기 시작하면서 거만하게 말했다. "그 말은 죽었습니다. 우리 잘못은 아니에요……"

"그가 말했습니다." 플라네타는 차분하게 말을 이었다. "여기에 그의 옷가지와 램프와 시계가 있다고." 그는 희미하게 미소 지었고, 자신이 잘 보이게끔 창으로 다가갔다.

모두가 그를 자세히 보았고, 그 바짝 마른 늙은이에게서 그들의 두목, 유명한 가스파레 플라네타, 표적을 놓친 적 없는 최고 사수의 흔적을 알아보았다.

하지만 아무도 입을 열지 않았다. 코시모도 말할 엄두를 내지 못했다. 모두가 그를 못 알아본 척했다. 그들이 두려워하는 새 두목 안드레아가 있었기 때문이다. 그리고 안드레아는 아무 일도 일어나지 않은 듯 굴었다.

"그의 물건에 손댄 사람은 없습니다." 안드레아가 설명했다. "저 서랍 안에 있을 겁니다. 옷가지는 어디 있는지 모릅니다. 아마 누군가가 가져간 모양이에요."

"그가 말했습니다." 플라네타가 이번에는 웃음기를 거둔 채 태연하게 말했다. "여기에 그의 소총, 저격소총이 있다고."

"그의 총은 늘 여기에 있습니다." 안드레아가 대답했다. "그가 와서 다시 가져가면 됩니다."

"내게 말했습니다." 플라네타가 말을 이었다. "늘 이렇게 말했죠. '누군가가 내 총에 손댈지 모른다. 내가 돌아가서 그 고철을 볼 수 있을지 모르겠다' 하고요. 그는 자신의 소총을 매우 각별하게 여겼습니다."

"내가 몇 번 썼습니다." 안드레아가 약간 도발적인 말투로 실토했다. "그렇다고 가지려던 것은 아닙니다."

가스파레 플라네타는 장의자에 앉았다. 만성적인 고열이 느껴졌다. 심각한 증상은 아니나 그로 인해 머리가 무거웠다.

"말해보시죠." 그가 안드레아를 향해 말했다. "내게 그걸 보여줄 수 있습니까?"

"가봐." 안드레아는 플라네타가 모르는 풋내기 산적 중 한 명에게 눈짓하며 말했다. "가서 가져와."

플라네타 앞에 소총이 놓였다. 걱정스러운 표정으로 자세히 살펴보던 그의 얼굴에 서서히 안도의 기색이 떠올랐다. 그는 두 손으로 총신을 어루만졌다.

"좋아요." 그가 한참 만에 입을 열었다. "그리고 그가 여기에 탄약통이 있다고도 말했습니다. 정확히 기억하는데, 지름 6짜리 화약 여든다섯 발이라고 했습니다."

"가봐." 안드레아가 귀찮다는 듯이 말했다. "그에게 갖다줘. 다른 게 더 있습니까?"

"그리고 이게 있습니다." 플라네타는 의자에서 일어나 안드레아에게 다가가더니 그의 허리띠에 걸린 칼집에서 긴 칼을 꺼내며 아주 침착하게 말했다. "이게 더 있습죠. 그의 사냥용 칼." 그는 칼을 보이곤 다시 앉았다.

길고 무거운 침묵이 뒤따랐다. 마침내 안드레아가 입을 열었다.

"그럼, 안녕히 가십시오." 그렇게 그는 플라네타에게 이제 그만 가라는 뜻을 비쳤다.

가스파레 플라네타는 눈을 들어 안드레아의 우람한 체격을 가늠해보았다. 그렇게 쇠약하고 지친 그가 도전하기는 불가능하지 않을까? 그리하여 그는 천천히 일어나 그들이 그의 다른 물건도 내주기를 기다렸다가 배낭에 모두 넣고는 소총을 등에 둘러멨다.

"그럼 안녕히들 계십시오." 그는 문을 향해 다가가며 말했다.

산적들은 놀란 나머지 꼼짝도 못한 채 침묵을 지켰다. 유명한 산적 두목 가스파레 플라네타가 그 같은 굴욕을 당하며 떠나리라곤 상상도 못했기 때문이다. 코시모만 약간의 소리를, 이상하게 갈라진 소리를 냈다.

"잘 가게, 플라네타!" 그가 가면을 벗어던지고 소리쳤다. "잘 가게, 행운을 비네!"

플라네타는 휘파람으로 경쾌한 아리아를 부르며 밤의 어둠이 내린 숲속에서 멀어져갔다.

그리하여 이제 플라네타는 더이상 산적 두목이 아니라 고故 세베리노의 아들이자 일정한 거처가 없는 마흔여덟 살의 가스파레 플라네타일 뿐이었다. 그런데 사실 그는 지낼 곳이 있었다. 푸모산 덤불 한가운데에, 절반은 나무로 절반은 돌로 된 작은 오두막이 있었다. 언젠가 경비대가 대거 수색작업을 벌일 때 도피했던 곳이었다.

오두막에 도착한 플라네타는 불을 지피고, (몇 달은 버틸 수 있는) 지니고 있던 돈을 센 뒤, 혼자 살기 시작했다.

그가 불 앞에 앉아 있던 어느 날 밤, 갑자기 문이 열리더니 소총을 든 한 소년이 나타났다. 열일곱 살쯤 돼 보였다.

"무슨 일이지?" 플라네타는 자리에서 일어나지도 않고 물었다. 용감한 기세를 내뿜는 소년의 모습은 삼십 년 전의 그, 플라네타와 꼭 닮아 있었다.

"푸모산의 산적이 여기 삽니까? 사흘 동안 찾아다녔습니다."

소년의 이름은 피에트로였다. 그는 산적을 만나고 싶었다고 거침없이 말했다. 여태껏 방랑자로 살았는데, 수년 전부터 산적이 되고 싶었단다. 하지만 산적이 되려면 적어도 총 한 자루는 필요했기에 한참을 기다려야 했고, 그러다 총 한 자루와 괜찮은 소총도 하나 훔칠 수 있었다는 것이다.

"운이 좋았군." 플라네타가 유쾌하게 말했다. "내가 플라네타야."

"두목 플라네타라고요?"

"그래, 맞아. 그자가 바로 나야."

"감옥에 있지 않으셨나요?"

"있었지. 말하자면." 플라네타는 능청스럽게 둘러댔다. "사흘간 있었어. 그 이상은 잡아두지 않더군."

소년은 황홀한 눈으로 그를 바라보았다.

"그러면 저를 받아주실 건가요?"

"동료로 받아달라고?" 플라네타가 말했다. "음, 오늘밤은 여기서 자라. 그다음은 내일 한번 보자꾸나."

그 둘은 같이 살았다. 플라네타는 소년의 환상을 깨뜨리지 않고 자신을 계속 두목이라 믿게 두었다. 자기는 혼자 사는 것을 좋아하고 필요할 때만 동료들과 함께한다고 설명했다. 소년은 그 말을 그대로 믿었고, 크게 한탕칠 날을 기다렸다.

하지만 시간이 흘러가도록 플라네타는 나서지 않았다. 기껏해야 사냥하느라 주변을 돌아다니는 게 다였다. 그 외에는 항상 모닥불 옆에만 머물렀다.

"두목님." 피에트로가 물었다. "언제 한탕치러 가나요?"

"아." 플라네타가 대답했다. "조만간 날을 잡도록 하자. 동료들을 다 불러서 네 기분을 흡족하게 해주마."

하지만 여러 날이 내리 흘러갔다.

"두목님." 소년이 말했다. "내일 골짜기 아랫길로 어떤 상인이 마차를 타고 지나간다는 소문을 들었습니다. 프란체스코라는 자인데 주머니가 두둑할 겁니다."

"이름이 프란체스코라고?" 플라네타는 별 흥미 없이 무덤덤하게 대답했다. "그거 안됐구나. 분명히 그자야. 오래전부터 잘 알던 놈인데, 교활한 여우지. 그자는 먼길을 나설 때 도둑이 두려워서 땡전 한푼도 안 갖고 다녀. 옷만 잔뜩 들고 다니지."

"두목님." 소년이 말했다. "내일 먹을 것을 잔뜩 실은 수레 두 대가 지나간다고 합니다. 어떻게 할까요?"

"그래?" 플라네타가 대답했다. "먹을 거라고?" 그러곤 자기가 나서기엔 너무 하찮은 일이라는 듯 그냥 넘어가버렸다.

"두목님." 소년이 말했다. "내일 마을에서 축제가 열립니다. 수많은 사람과 마차가 돌아다니고, 많은 이들이 밤늦게 들어갈 겁니다. 뭔가 해야 하지 않을까요?"

"사람이 많을 때는 가만히 있는 게 좋아. 축제 날에는 경관들도 돌아다니지. 마음놔선 안 된다고. 그들이 날 체포한 날도 바로 그때야."

"두목님." 며칠 뒤 소년이 말했다. "사실대로 말씀해주세요. 속사정이 궁금해요. 두목님은 움직일 마음이 전혀 없어요. 사냥도 예전 같지 않고요. 동료들도 만나려고 하시지 않잖아요. 어제도 열이 났고 모닥불 옆에만 꼼짝 않고 계시니, 병에 걸린 게 분명해요. 왜 솔직하게 말해주지 않죠?"

"내가 아픈 건지도 모르지." 플라네타는 웃으면서 말했다. "그래도 네가 생각하는 그런 건 아니야. 내 생각을 듣고 나면 너도 날 편히 내버려둘걸. 푼돈을 버느라 매번 고역을 치르는 건 어리석은 일이지. 고생을 치를 만한 일에 움직이고 싶어. 그래서 말하자면, 대수송단을 기다리던 참이었어."

대수송단이란 일 년에 한 번, 정확하게는 9월 12일, 남부지방에서 거둔 세금을 한꺼번에 수도로 옮기는 행렬이었다. 수송단은 뿔나팔소리가 울리는 가운데 무장한 호위대의 엄호를 받으며 대로를 따라 이동했다. 제국의 대수송단은 금속화폐가 가득 든 수많은 자루를 거대한 철제 수레로 실어날랐다. 산적들은 밤마다 대수송단 약탈을 꿈꿨으나, 지난 백 년간 무사히 성공한 자는 아무도 없었다. 열세 명의 산적이 죽고, 스무 명이 투옥되었다. 그 누구도 다시 공격할 엄두를 내지 못했다. 해마다 세수가 증가하면서 무장한 호위대도 늘어났다. 기병대가 대열 앞뒤로 서고, 말을 탄 경관들이 측면에 섰으며, 마부와 사육사, 하인들까지 병기를 갖췄다.

선두에는 전령사처럼 나팔과 깃발을 든 무리가 있었다. 일정한 간격을 두고 소총과 권총, 대검을 찬 기병 스물네 명이 그 뒤를 따랐다. 이어서 말 열여섯 마리가 제국의 문장이 찍힌 철마차를 끌었다. 뒤쪽에도 스물네 명의 기병들이 열두 명씩 양편으로 늘어서 있었다. 그렇게 금화 10만 두카토와 은화 1000온스가 제국의 금고로 이동되었다.

웅장한 수송단은 산골짜기 안팎을 전속력으로 달렸다. 백 년 전에 루카 토로가 용기를 내서 대수송단을 공격해 기적적으로 성공한 적이 있었다. 호위대가 겁을 먹은 건 처음이었다. 루카 토로는 동방으로 도주했고 멋진 새 인생을 시작했다.

수년의 간격을 두고 다른 산적들도 약탈을 시도했다. 몇 명만 언급하자면 조반니 보르소, 테데스코, 세르조 데이 토피, 콘테와 38인의 악당 등이다. 모두 다음날 아침 머리가 박살난 채 길가에 뻗어 있었다.

"대수송단요? 정말 목숨을 거실 생각이세요?" 깜짝 놀란 소년이 물었다.

"그래, 물론이야. 승부수를 두려고 해. 성공하면 평생 잘살 수 있으니까."

가스파레 플라네타는 그렇게 말했지만, 실제로 나설 마음은 추호도 없었다. 대수송단 공격은 혈기왕성한 이십대에게도 완전히 미친 짓일 터였다. 혼자서 상상이나 할 일이었다.

그는 장난삼아 말했지만, 소년은 진지하게 받아들여 감탄 어린 눈길로 플라네타를 우러러보았다.

"알려주세요." 소년이 물었다. "두목님 편은 몇이나 되지요?"

"적어도 열댓 명은 될 거야."

"언제 모이나요?"

"시간은 많아." 플라네타가 대답했다. "먼저 동료들에게 물어봐야지. 신중히 처리해야 하는 문제니까."

하지만 늘 그렇듯이 나날이 시간은 가뜬히 흘러갔고, 숲은 붉게 물들기 시작했다. 소년은 초조하게 기다렸다. 플라네타는 그가 믿는 대로 내버려뒀고, 모닥불 옆에서 보내는 긴 밤이면 위대한 계획에 관해 이야기하며 자신도 즐거움을 느꼈다. 어느 순간에는 모든 게 사실일 수 있다는 생각까지 들었다.

하루 전인 9월 11일, 소년은 밤까지 들어오지 않았다. 마침내 그가 돌아왔을 땐 얼굴이 시커멓게 되어 있었다.

"무슨 일이야?" 여느 때처럼 불 앞에 앉은 플라네타가 물었다.

"드디어 두목님의 동료들을 만났습니다."

한참 침묵이 흐르는 가운데 불꽃이 일면서 치직거리는 소리가 났다. 덤불 사이로 불어대는 바람소리도 들려왔다.

"그렇다면," 마침내 플라네타가 장난스럽게 들리길 바라며 말했다. "그들이 다 말했겠군?"

"그럼요." 소년이 대답했다. "제게 전부 말해줬어요."

"그렇군." 플라네타가 짧게 대꾸했다. 불을 피워 연기가 자욱한 방안에 또다시 침묵이 흘렀다.

"그들이 저더러 자기들한테 오래요." 마침내 소년이 용기를 냈다. "할일이 아주 많다고요."

"그래, 가야지." 플라네타는 수긍했다. "안 간다면 바보겠지."

"두목님." 이제 피에트로는 울먹이는 듯한 목소리로 물었다. "왜 사실대로 말씀해주지 않으셨어요? 왜 다 거짓말하셨어요?"

"거짓말이라니?" 플라네타는 평상시의 유쾌한 말투를 가까스로 유지하면서 반박했다. "무슨 거짓말을 했다는 거야? 그냥 네가 믿게 됐을 뿐이야. 네 환상을 깨고 싶지 않았어. 말하자면 그게 다야."

"사실이 아녜요." 소년이 말했다. "두목님은 제게 약속을 하며 여기 붙잡아뒀고, 절 갖고 놀았을 뿐이에요. 알다시피 내일 일도……"

"내일 일이라니?" 플라네타가 다시 침착한 태도로 돌아와 물었다. "대수송단을 말하는 거냐?"

"거봐요, 믿은 내가 바보지." 화가 난 소년이 투덜거렸다. "그래도, 이해가 안 가는 건 아니에요. 두목님처럼 성치 않은 몸으로 뭘 할 수 있겠어요……" 소년은 잠시 입을 다물었다가 나지막한 소리로 말을 맺었다. "어쨌거나 저는 내일 떠납니다."

하지만 다음날 잠에서 먼저 깬 이는 플라네타였다. 그는 소년을 깨우지 않고 일어나 재빠르게 옷을 입곤 총을 챙겼다. 그가 문지방을 나설 때에야 피에트로가 잠에서 깼다.

"두목님." 그가 습관이 돼버린 호칭으로 부르며 물었다. "이 시간에 어딜 가시는지 알 수 있을까요?"

"알려주지. 아무렴." 플라네타가 웃으면서 대답했다. "대수송단을 기다리러 가는 거야."

소년은 그런 멍청한 헛소리는 지겹다는 듯이 대꾸도 않고 침대의 다른 편으로 돌아누웠다.

하지만 헛소리가 아니었다. 이제 혼자가 된 플라네타는, 농담으로 한 말이었을망정 약속을 지키기 위해 대수송단을 공격하러 갔다.

그는 동료들에 대해 분한 마음을 억누를 수가 없었다. 적어도 소년은 가스파레 플라네타가 어떤 사람이었는지 알아주었다. 아니, 하지만 아니다. 소년은 그에게 중요하지 않았다. 결국 그는 자신을 위해 그렇게 했다. 마지막으로나마 예전의 자신으로 돌아가고 싶었다. 그를 지켜보는 사람은 아무도 없을 테고, 만약 금방 죽게 된다면 이름도 없이 사라지리라. 그러나 그건 중요한 문제가 아니다. 중요한 건 막강했던 과거의 플라네타로 돌아간다는 개인적인 문제였다. 필사적인 과업을 이루기 위한 생사를 건 모험이었다.

플라네타가 가든 말든 피에트로는 내버려두었다. 하지만 나중에 의혹이 들었다. 그가 정말 공격하러 갔을까? 가능성이 희박한, 그야말로 말도 안 되는 생각이었지만, 그럼에도 피에트로는 일어나 그를 찾으러 나갔다. 플라네타가 대수송단을 기다리기에 좋은 장소를 그에게 여러 번 보여준 터였다. 아마 그리로 간 것 같았다.

날은 이미 밝았지만 태풍구름이 하늘에 길게 펼쳐져 있었다. 햇살이 잿빛으로 빛났다. 이따금 새들의 노랫소리가 들려왔다. 새소리가 그칠 때마다 고요한 정적이 감돌았다.

피에트로는 덤불 사이를 달려 대로가 지나는 골짜기 기슭을 향해 내려갔다. 플라네타가 있을 법한 밤나무 무리를 향해 관목 사이로 조심스럽게 나아갔다.

정말로 거기 플라네타가 있었다. 그는 나무줄기에 몸을 숨기고, 확실하게 위장하기 위해 풀과 나뭇가지로 낮은 담을 만들어놓았다. 그가 자리한 구릉지에서는 험난한 커브가 내려다보였다. 말들이 속도를 늦출 수밖에 없는 가파른 오르막 구간이었다. 따라서 총을 쏘기에 좋은 위치였다.

소년은 길이 양편으로 무한하게 뻗은 남쪽 평야의 끝을 내려다보았다. 그 끄트머리에서 먼지구름이 움직이고 있었다.

길을 따라 전진하는 자욱한 그 구름은 대수송단이 일으키는 흙먼지였다.

아주 침착하게 총을 겨누고 있던 플라네타가 근처에서 나는 부스럭 소리를 들었다. 그는 고개를 돌렸고, 이어 총을 든 채 나무 뒤에 숨어 있는 소년을 보았다.

"두목님." 소년이 숨을 헐떡거리며 말했다. "플라네타, 이리 나와요. 미쳤어요?"

"쉿!" 플라네타가 웃으면서 대답했다. "난 미친 적 없어. 얼른 돌아가."

"미쳤군요. 플라네타 두목님, 동료들이 오기를 기다리시나본데 그들은 안 와요. 그들이 그랬어요. 꿈에도 생각 않는다고."

"올 거야. 맹세코 와. 좀 기다리면 돼. 항상 늦게 오는 게 그들 습관이지."

"플라네타." 소년이 애처롭게 사정했다. "부탁인데, 제발 갑시다. 어젯밤에는 제가 농담한 거예요. 두목님을 떠날 생각 없어요."

"알아, 그런 줄 알았어." 플라네타는 다정하게 대답했다. "하지만 이제 됐어. 속히 가거라. 여긴 네가 있을 데가 아니야."

"플라네타." 소년은 고집을 부렸다. "미친 짓이라는 거 몰라요? 그들이 얼마나 많은지 모르느냐고요! 혼자서 뭐하시는 거예요?"

"제기랄, 여기서 꺼져." 급기야 화가 난 플라네타가 억제된 목소리로 외쳤다. "네가 다 망치고 있다는 거 모르겠니?"

그 순간 대수송단의 기병대와 마차, 깃발이 대로 끝에 보이기 시작했다.

"마지막 경고야. 썩 꺼져." 격노한 플라네타가 다시 외쳤다. 그러자 마침내 소년은 몸을 움직여 관목 사이로 슬금슬금 기듯이 물러나 자취를 감췄다.

그때 플라네타는 말발굽소리를 듣고는 폭발 직전의 거대한 잿빛 구름에 힐끗 눈길을 줬다. 까마귀 서너 마리가 하늘을 날고 있었다. 이제 대수송단은 오르막에 이르러 속도를 늦추고 있었다.

방아쇠에 손가락을 거는 순간, 플라네타는 소년이 슬그머니 돌아와 나무 뒤에 다시 웅크리고 있다는 걸 알아차렸다.

"이제 아셨죠?" 피에트로가 소곤거렸다. "그들은 안 온다니까요."

"요 악당." 플라네타는 고개를 돌리지 않은 채 어색한 미소를 지으며 중얼거렸다. "영락없는 악당이라니까. 이제 가만히 있어. 움직이기엔 너무 늦었어. 지금부터 재미있어지니까 잘 보라고."

300미터, 200미터, 대수송단이 가까워졌다. 이윽고 진귀한 마차의 측면에 돋을새김한 제국의 문장이 보였고, 기병대가 서로 이야기하는 말소리도 들렸다.

그런데 이쯤에서 소년에게 두려움이 밀려왔다. 감당할 수 없는 미친 도박이라는 생각이 그의 머릿속에 퍼뜩 들었다.

"보다시피 그들이 안 왔잖아요." 그는 필사적으로 또박또박 소리내어 속삭였다. "제발, 쏘지 마세요."

하지만 플라네타는 꿈쩍도 하지 않았다.

"잘 보라니까." 그가 흥겹게 중얼거렸다. "신사 숙녀 여러분, 곧 시작합니다."

플라네타는 한 치의 실수도 없는 매서운 조준 실력으로 목표물을 겨냥했다. 그런데 바로 그때, 맞은편 골짜기에서 날카로운 총소리가 울렸다.

"사냥꾼들이군!" 엄청난 메아리가 퍼져나가는 사이 플라네타가 장난스럽게 아는 체를 했다. "사냥꾼들이야! 겁낼 거 없어. 오히려 잘됐군. 저들을 혼란에 빠뜨릴 테니까."

하지만 그들은 사냥꾼이 아니었다. 가스파레 플라네타는 바로 옆에서 나는 신음소리를 들었다. 고개를 돌리자 총을 떨군 채 땅에 엎어져 있는 소년의 모습이 눈에 들어왔다.

"들켰어!" 그가 절규했다. "오, 맙소사!"

총을 발사한 자는 사냥꾼이 아니라 대수송단 호위기병대의 선발대였다. 그들은 혹시 모를 계략을 저지하기 위해 산등성이를 따라 흩어져서 수송단보다 앞서 나아오던 터였다. 모두 사수대회에서 가려 뽑은 총잡이들이었다. 그들은 저격소총을 지니고 있었다.

숲을 탐색하던 중 한 기병이 초목 사이로 움직이는 소년을 보았다. 이어 그 소년이 땅에 엎드리는 장면을 목격했고, 그러다 마침내 옛 산적도 보았던 것이다.

플라네타는 저주를 퍼부었다. 그는 동료를 구하기 위해 무릎을 딛고 조심스럽게 일어섰다. 두번째 총성이 울려퍼졌다.

총알은 일직선으로 날아가 태풍구름 아래 좁은 골짜기를 통과한 뒤 탄도의 규칙에 따라 아래로 기울었다. 머리를 향해 조준됐지만, 탄환은 심장 옆을 스치며 가슴 안으로 파고들었다.

플라네타가 갑자기 쓰러졌다. 그는 한 번도 경험한 적 없는 거대한 침묵을 느꼈다. 대수송단의 행진이 멈췄다. 폭우는 쏟아질 듯 말 듯 했다. 까마귀들은 하늘을 맴돌고 있었다. 모두가 기다리고 있었다.

소년은 고개를 돌려 미소 지었다. "두목님 말이 맞아요." 그는 더듬더듬 말을 이었다. "그들이 왔어요, 동료들. 보여요, 두목님?"

플라네타는 대답할 수 없었지만 간신히, 있는 힘을 다해 소년이 가리키는 쪽을 바라보았다.

그들 뒤편에 있는 숲 빈터에 서른 명가량의 협객들이 어깨에 총을 메고 나타났다. 연기처럼 투명하게 보였지만, 어두운 삼림을 배경으로 선명하게 드러났다. 우스꽝스러운 복장과 거만한 얼굴로 보아 그들은 산적이었다.

실제로 플라네타는 그들을 알아보았다. 바로 옛 동료들, 그를 데리러 온 죽은 산적들이었다. 햇볕에 그을린 피부, 비스듬한 긴 흉터, 장군의 무서운 콧수염, 바람에 뜯긴 턱수염, 매섭고도 아주 맑은 눈, 허리춤에 얹은 손, 희한하게 생긴 구두 뒤축의 박차, 커다란 황금색 단추, 전투에서 먼지투성이가 된 순수하고 선한 얼굴들.

저기에는 물리노 공격에서 죽은, 머리는 둔하지만 착해빠진 파올로. 또 이쪽에는 말 타는 법을 전혀 몰랐던 피에트로 델 페로. 저만치에는 조르조 페르티카, 얼어죽은 프레디아노. 모두가 차례차례 앞서간 착한 옛 동료들이었다. 풍성한 콧수염에 그처럼 긴 총을 차고 야윈 백마를 탄 저 우락부락한 남자는 대수송단을 공격하다가

죽은, 악명 높은 두목 콘테가 아닌가? 그래, 분명히 그자다. 콘테는 온화하게 빛나는 얼굴에 매우 흡족한 표정을 짓고 있었다. 그리고 꼿꼿하고 당당하게 서 있는 좌측 끝의 남자는 전설의 옛 두목 마르코 그란데가 아닌가? 수도에서 황제와 무장한 네 개 연대가 지켜보는 가운데 교수형을 당했던, 오십 년 세월이 흘러도 여전히 다들 숨죽여 그 이름을 부르는 마르코 그란데 말이다. 틀림없이 그였다. 그도 용감하고 불운한 마지막 두목, 플라네타에게 경의를 표하기 위해 친히 참석한 것이다.

죽은 산적들은 모두가 가슴 뭉클한 표정으로 조용히 서 있었지만 하나같이 희열로 가득해 보였다. 그들은 플라네타가 움직이기를 기다렸다.

플라네타는 청년처럼 가뿐하게 땅에서 일어섰다. 그의 형체는 예전과 다름이 없었지만, 살과 뼈 없이 다른 이들처럼 투명했다.

그는 땅바닥에 웅크린 채 엎어진 자신의 가련한 육체에 시선을 던지고는 무슨 상관이냐고 스스로에게 말하듯 어깨를 으쓱였다. 그러곤 총알이 빗발쳐도 이제는 무관한 빈터로 나아갔다. 옛 동료들을 향해서 나아가는 그의 마음에 기쁨이 차올랐다.

그가 한 명 한 명에게 인사하려는 순간, 앞줄에서 기수 없이 안장이 채워진 말 한 마리가 보였다. 본능적으로 그는 환하게 웃으며 가까이 다가갔다.

"그러니까," 그는 아주 괴상한 자신의 새 목소리에 깜짝 놀라며 소리쳤다. "그러니까, 너 이 녀석, 최고의 준마 폴라크구나?"

정말로, 사랑하는 그의 말 폴라크였다. 말은 주인을 알아보고 간드러진 울음소리를 냈다. 죽은 말이 내는 소리는 우리가 아는 것보다 더 부드럽기 때문에 그렇게밖에는 표현할 수가 없다.

플라네타는 다정하게 말을 두세 번 두드려주었다. 충실한 친구들과 함께 죽은 산적의 왕국으로 떠나는 신나는 승마 여정이 벌써부터 기대가 되었다. 그는 그곳을 전혀 알지 못했지만, 햇살이 가득하고 봄의 정취가 감돌며, 먼지 없이 쭉 뻗은 하얀 길이 경이로운 모험의 세계로 이끌어주리라 상상했다.

가스파레 플라네타는 곧 말에 뛰어오를 듯 안장에 몸 왼쪽을 기댄 채 말했다.

"고맙습니다, 친구들이여." 그는 감정에 젖지 않으려고 애쓰며 말을 이었다. "여러분 앞에서 맹세하건대……"

여기서 그는 말을 멈췄다. 소년이 생각났기 때문이다. 소년 역시 혼령이 되어 한쪽에 있었다. 낯선 이들 사이에서 어색해하면서도 기대에 부풀어 있었다.

"아, 죄송합니다. 여기 있군요, 훌륭한 동료가." 그는 죽은 산적들을 향해 말을 이었다. "이제 막 열일곱 살이 된, 멋진 사내입니다."

산적들은 저마다 크고 작은 미소를 띠며 환영의 의미로 고개를 살짝 끄덕였다.

플라네타는 입을 닫고 주위를 막연하게 둘러보았다. 어떻게 해야 할까? 이 소년을 홀로 두고 동료들과 떠나야 할까? 플라네타는 다시 손바닥으로 두세 번 말을 두드리곤 가볍게 헛기침을 했다. 그런 뒤 소년에게 말했다.

"음, 가거라. 네가 타라. 넌 그럴 자격이 있어. 가라, 가거라. 긴 말할 것 없다." 그는 선뜻 받아들이지 않는 소년에게 일부러 엄격한 태도로 말했다.

"정말 그러길 원하신다면……" 이윽고 소년이 천진하게 기뻐하며 받아들였다. 그때까지 말을 타본 경험이 거의 없던 소년은 그 자신도 예상하지 못한 민첩함을 발휘하여 홀연히 안장에 올랐다.

산적들은 모자를 흔들며 가스파레 플라네타에게 인사했고, 어떤 이는 곧 다시 보자는 의미로 살갑게 한쪽 눈을 찡긋했다. 그러곤 모두가 말에 박차를 가해 전속력으로 출발했다.

그들은 총알처럼 날아가 초목 사이로 멀어져갔다. 뒤엉킨 수풀속으로 뛰어들어 속도도 늦추지 않고 통과하는 게 놀라웠다. 말들은 매끄럽고 아름다운 모습으로 질주했다. 산적 중의 누군가와 소년은 멀리서도 계속 모자를 흔들었다.

혼자 남은 플라네타는 주변을 휙 둘러보았다. 그러다 나무 아래쓰러진, 이제는 쓸모없어진 자신의 육신을 곁눈질로 슬쩍 보았다. 그러곤 시선을 도로로 향했다.

수송단은 여전히 멈춰 있었고, 커브 너머는 보이지 않았다. 길에는 예닐곱 명의 호위기병뿐이었다. 그들은 꼼짝 않고 플라네타 쪽을 바라보고 있었다. 믿을 수 없는 광경을 목격한 터였다. 죽은 산적들의 망령, 인사, 말을 타고 떠나는 장면. 9월의 어느 날, 태풍구름 아래에서는 그 어떤 일도 일어날 수 있었다.

혼자 남은 플라네타가 시선을 도로로 향한 순간, 기병분대 대장은 그가 자신들을 응시하고 있음을 알아챘다. 대장은 가슴을 똑바로 펴고 군인들이 인사하듯이 플라네타에게 거수경례를 했다.

플라네타는 스스럼없이 친근하게 모자챙에 손을 갖다댔다. 온화함이 넘치는 표정으로, 입가엔 미소를 머금은 채였다.

그러곤 그날 두번째로 어깨를 으쓱였다. 그는 왼쪽 다리에 무게를 싣고 몸을 틀어 기병들에게 등을 돌린 뒤, 주머니에 손을 넣고서 휘파람으로 군대행진곡을 부르며 떠났다. 그는 동료들이 사라진 방향으로, 죽은 산적의 왕국을 향해 나아갔다. 그곳을 전혀 알지 못했지만, 이곳보다는 나으리라 믿으며.

기병들은 점점 더 작고 투명해지는 그를 지켜보았다. 노인 같은 행색과 대조적으로 그의 발걸음은 가볍고 민첩했다. 축제에 가는 행복한 이십대 남자의 발걸음으로 그가 성큼성큼 걸어가고 있었다.

3
7층

3월의 어느 아침, 기차로 하루를 달린 주세페 코르테는 유명한 요양원이 있는 도시에 도착했다. 그는 열이 좀 났지만 역에서 병원까지 작은 여행 가방을 들고 걸어가기로 했다.

코르테는 증상이 아주 가벼운 초기단계 수준이었건만, 그가 앓는 질병을 전문으로 치료하는 유명 요양원으로 가라는 조언을 들은 터였다. 매우 유능한 의사들과 최신 장비, 효율적인 시설을 자랑하는 곳이었다.

멀리서 슬쩍 보았을 뿐인데도―안내장에서 사진을 미리 봤기에 알아볼 수 있었다―코르테는 요양원 외관에서 깊은 인상을 받았다. 새하얀 7층 건물에 규칙적으로 벽감이 뚫려 있어 호텔 같은 분위기가 났다. 그 주위는 온통 키 큰 나무들에 둘러싸여 있었다.

코르테는 간단한 초진을 받은 뒤 정밀검사에 앞서, 꼭대기 7층의 쾌적한 병실에서 대기했다. 가구는 벽지처럼 밝고 깔끔했고, 안락의자는 나무 재질이었으며, 베개에는 알록달록한 천이 덧씌워져 있었다. 창문 밖으로 도시의 아름다운 경치가 보였다. 모든 것이 고요하고 따뜻하고 평화로웠다.

코르테는 곧바로 침대에 누워 머리맡 전등을 켜고 가져온 책을 읽기 시작했다. 얼마 안 돼 간호사가 들러 필요한 게 있느냐고 물었다.

그는 필요한 게 전혀 없었지만, 젊은 여자 간호사와 유쾌하게 이야기를 나누며 요양원에 관한 정보를 물었다. 이렇게 하여 그는 이 병원의 특별한 운영방식을 알게 되었다. 환자들은 병세 정도에 따라 각기 다른 층에 배정되었다. 꼭대기 7층에는 경증 환자들이 있었다. 6층에는 심각하진 않지만 주의해야 하는 환자들이 있었다. 5층에는 중환자들이 있고, 그런 식으로 더 심각한 상태일수록 아래층에 배정되었다. 2층은 아주 위중한 환자들, 1층은 전혀 가망이 없는 환자들 차지였다.

이 독특한 체계는 의료서비스의 신속성을 향상시킬 뿐만 아니라 고통받는 중환자로 인해 경증 환자가 동요되지 않게 하고, 층마다 고유한 분위기를 부여했다. 한편으로, 최적의 치료법을 단계별로 적용할 수도 있었다.

따라서 환자들은 상태에 따라 일곱 단계로 분류되었다. 각 층은 그 나름의 특정한 규칙과 전통을 지닌 작은 세상 같았다. 한 건물, 같은 병원에 속할지라도, 층마다 담당의사가 다르고 근소한 차이지만 치료법도 분명히 달랐다.

간호사가 나간 뒤, 코르테는 미열이 가라앉은 것 같아 창가로 가서 밖을 내다보았다. 그로선 새롭기 그지없는 도시 풍경을 감상하기 위해서가 아니라 아래층 창문을 통해 다른 환자들을 볼 수 있으리라는 생각 때문이었다. 거대한 벽감을 갖춘 건물 구조로 인해 이런 식의 관찰이 가능했다. 그는 아주 멀어 보이는 1층 창문들을 주의깊게 살폈다. 비스듬한 각도로밖에는 볼 수 없었지만 어쨌든 별 건 없었다. 창 대부분은 회색 덧문이 굳게 닫혀 있었다.

코르테는 옆 병실 창가에 한 남자가 서 있는 걸 보았다. 두 남자는 점점 더 커지는 연민을 느끼며 서로 한참 바라보았으나 어떻게 말문을 열어야 할지는 알 수 없었다. 마침내 코르테가 용기 내서 입을 열었다. "댁도 지금 막 도착했나요?"

"오, 아닙니다. 저는 벌써 두 달이나 됐어요." 그는 잠시 말을 멈추곤 대화를 어떻게 이을지 몰라 머뭇거리다가 덧붙여 말했다. "제 형제를 내려다보고 있었어요."

"당신 형제요?"

"네." 낯선 남자가 설명했다. "우리는 이곳에 같이 들어왔어요. 정말 이상한 우연이죠. 그런데 그는 병세가 심해져서 지금은 네번째에 있어요."

"네번째라뇨?"

"4층요." 남자가 드러낸 동정과 공포의 기색에 코르테는 흠칫 놀랐다.

"4층 환자들은 많이 심각한가요?" 코르테가 조심스럽게 물었다.

"오, 이런." 상대는 고개를 천천히 가로저었다. "아직 절망적이진 않습니다. 그렇다고 괜찮은 것도 아니지만요."

"그렇다면," 코르테는 먼 남의 비극을 얘기하듯 가볍고 장난스러운 말투로 다시 물었다. "4층 상태가 그리 심각하다면, 1층에는 어떤 사람이 있나요?"

"오, 1층에는 죽어가는 사람들이 있습니다. 저 아래서 의사가 할 일은 아무것도 없습니다. 사제만 일할 뿐이지요. 그리고 물론……"

"하지만 1층에는 환자가 얼마 없잖아요. 병실이 거의 다 닫혔던데요." 코르테가 그의 확인을 재촉하듯이 불쑥 끼어들었다.

"지금은 얼마 없지요. 그렇지만 오늘 아침에는 꽤 있었어요." 낯선 사람은 희미한 미소를 띠며 대답했다. "덧문이 내려진 건 방금 누군가가 죽었다는 뜻입니다. 보다시피, 다른 층 덧문은 모두 열려 있지 않습니까? 실례지만," 그가 천천히 물러나며 덧붙였다. "이제 슬슬 추워지는군요. 전 침대로 돌아가야겠어요. 얼른 완쾌하시길 빕니다."

남자가 창턱에서 사라지고 창문이 힘껏 닫히더니, 곧이어 실내의 불이 켜졌다. 코르테는 여전히 꼼짝 않고 창가에 있었다. 그는 1층의 닫힌 덧문들을 응시했다. 환자들이 죽어 나가는 섬뜩한 1층의 비밀스러운 장례식을 상상하자 극심한 공포가 밀려왔다. 어쨌든 1층은 아주 멀리 있다는 생각에 안도감이 느껴지기도 했다. 그사이 도시에 밤그림자가 내렸다. 요양원의 수천 개 창문이 차례차례 불을 밝혔다. 멀리서 보면 흡사 거대한 궁전에서 파티가 열린 듯한 모습일 터였다. 벼랑의 끝, 저 아래 1층만 수십 개의 창문이 컴컴한 어둠에 갇혀 있었다.

코르테는 종합검진결과를 듣고 안심하게 되었다. 보통 그는 최악의 경우를 예상하는 편이라 마음속으로 혹독한 판결을 대비했고, 만약 의사가 더 아래층으로 그를 보낸다고 하더라도 놀라지 않았을 것이다. 그의 전반적인 몸 상태는 괜찮았고, 다만 열이 내려갈 기미가 보이지 않았다. 의사는 그에게 친절한 격려의 말을 해주었다. 병의 증상은 있지만 아주 가볍다고, 아마 이 주나 삼 주면 완치될 거라고 했다.

"그렇다면 저는 7층에 있나요?" 그쯤에서 코르테는 걱정스럽게 물었다.

"아무렴요!" 의사는 한 손으로 그의 어깨를 다정하게 토닥였다. "그럼 어디로 갈 거라 예상했나요? 4층으로?" 그는 어처구니없는 생각이라는 듯이 웃으면서 물었다.

"다행입니다. 다행이에요." 코르테가 말했다. "그렇지만 아시잖아요. 아플 때는 항상 나쁜 쪽으로 상상하게 되니까……"

실제로 코르테는 처음 배정된 병실에 남게 되었다. 가끔, 자리에서 일어나도 된다는 허락이 떨어지는 오후면 병동의 다른 환자들을 만나기도 했다. 코르테는 세심하게 치료법을 따랐고 신속한 회복을 위해 최선을 다했으나, 그의 상태는 제자리걸음을 하는 것만 같았다.

열흘 정도 지났을 때, 7층 수간호사가 주세페 코르테를 찾아왔다. 그는 너무나 다정한 태도로 양해를 구했다. 다음날 어떤 부인이 두 아이와 같이 병원에 오는데, 그의 바로 옆 두 방이 비어 있긴 하지만 방 하나가 더 필요하다는 것이었다. 따라서 코르테에게 안락한 다른 방으로 옮길 수 있겠느냐는 얘기였다.

코르테로서는 문제될 게 전혀 없었다. 어느 방에 있든 그에게는 똑같았다. 그리고 방을 옮기면 더 아리따운 다른 간호사의 보살핌을 받을지도 몰랐다.

"진심으로 감사합니다." 수간호사는 살짝 고개를 숙이며 말을 이었다. "친절과 아량을 선뜻 베풀어주실 분이라 기대했습니다. 괜찮으시다면 한 시간 안에 병실을 이동하겠습니다. 그런데 아래층으로 내려가셔야 합니다." 무시해도 될 세부사항을 설명하는 듯 나지막한 말투였다. "안타깝게도 7층에는 다른 빈방이 없어서요. 하지만 이건 순전히 임시적인 조치입니다." 코르테가 벌떡 몸을 일으켜 항의하려는 순간 그는 얼른 설명을 덧붙였다. "일시적인 방편일 뿐이에요. 빈방이 나자마자, 대략 이삼일 정도로 예상합니다만, 다시 위층으로 올라오실 겁니다."

"솔직히 말하면," 코르테는 자신이 유치한 사람이 아님을 보여주기 위해 웃으며 말했다. "아래층으로 가는 게 썩 내키진 않는군요."

"의료상의 이유는 전혀 아닙니다. 환자분의 심정도 충분히 이해하고요. 그저 아이들과 가까이 있으려는 부인에게 호의를 베푸는 일일 뿐입니다." 그는 호탕하게 웃으면서 덧붙였다. "그러니 제발, 다른 이유가 있을 거란 생각은 마십시오!"

"그러지요." 코르테가 말했다. "하지만 어쩐지 불길한 징조로 느껴지는군요."

이렇게 하여 주세페 코르테는 6층으로 옮겨갔다. 상태악화로 인한 이동이 아니라고 확신하면서도, 자신의 세계와 건강한 사람의 평범한 세계 사이에 확실한 장벽이 있다는 생각에 그는 마음이 불편했다. 병원의 출입국 항구라 할 수 있는 7층은 어떤 면에서 여전히 사회와 맞닿아 있었다. 사실상 평범한 세계의 연장이라 할 만했다. 하지만 6층은, 이미 병원의 실질적인 내부로 들어온 셈이었다. 이곳에서 의사, 간호사, 환자의 사고방식은 약간 달랐다. 병세가 심각하진 않더라도 6층에 진짜 환자가 있다는 건 모두가 인정했다. 그는 이웃 환자나 직원, 의료진과 처음 나눈 대화를 통해, 6층이 생각하는 7층은 병에 걸렸다고 착각하는 사이비 환자들의 놀이터 정도라는 것을 알게 되었다. 말하자면, 병원은 6층부터 시작되었다.

어쨌든 코르테는 자신의 상태에 걸맞은 위층으로 올라가는 일이

호락호락하지만은 않으리라 생각했다. 7층으로 돌아가기 위해서는 사소한 노력일지라도 복잡한 작전을 펼쳐야 했다. 만약 그가 아무 소리 않는다면, 누구도 그를 '거의 건강한 자들'이 있는 위층으로 돌려보낼 생각을 하지 않을 게 뻔했다.

따라서 코르테는 자신의 권리를 포기하지 않으리라, 습관의 유혹에 넘어가지 않으리라 다짐했다. 그는 동료 환자들에게 자신이 단 며칠만 그 병동에 있을 것이라고, 어떤 부인에게 호의를 베풀기 위해 자진해서 내려왔을 뿐이니 빈방이 생기면 곧바로 돌아갈 거라고 애써 설명했다. 다른 환자들은 별 관심 없이 그의 말을 들었고, 건성으로 고개를 끄덕였다.

새 의사도 코르테의 확신에 힘을 실어주었다. 그가 마땅히 7층에 있어야 한다고 인정한 것이다. 의사는 그의 병이 극-도-로 가-벼-운 상-태라고 또박또박 강조하여 말했다. 하지만 그러다 마지막에는 그가 6층에서 치료받는 게 더 좋으리라는 소견을 내놓았다.

"그런 말은 꺼내지도 마세요." 환자가 단호하게 끼어들었다. "7층이 내 자리라면서요. 나는 그곳으로 돌아가고 싶습니다."

"아무도 반대하지 않습니다." 의사가 대답했다. "저는 순수한 마음에서 조언했을 뿐입니다. 의사가 아니라 진-정-한 친-구로서요! 다시 말하지만, 당신의 증상은 아주 가볍습니다. 환자가 아니라고 해도 될 정도지요. 하지만 제 소견으론 병세가 광범위하게 확장되었다는 점에서 유사 질환과는 차이가 납니다. 설명하자면, 병세는 약하되 분포 규모가 상당하다는 거죠. 세포파괴 과정에 있을 수 있습니다." 코르테는 그 불길한 표현에 처음으로 두려움을 느꼈다. "어쩌면 시작도 안 했을지 모르지만요. 하지만 유기체의 방대한 영역을 동시에 공격할 가능성이 있습니다. 꼭 그렇다는 게 아니라 경향이 있다는 거예요. 그러니까 전문적이고 강력한 치료법을 쓰는 6층에서 더 효율적으로 치료받을 수 있다는 얘깁니다."

어느 날 코르테는 병원장이 의료진과 오랜 협의 끝에 환자 분류 방식에 변화를 주기로 했다는 소리를 들었다. 말하자면 환자들 등급이 반 단계 내려갔다는 얘기였다. 각층의 환자는 병의 경중에 따라 두 범주로 나뉘고(분류는 담당의사들에 의해 극비로 진행되었다), 그중 하위부류는 아래층으로 정식 이동되었다. 가령 6층 환자 중에서 병세가 약간 더 안 좋은 절반은 5층으로, 7층에서 건강이 더 안 좋은 투숙객은 6층으로 가야 했다. 코르테는 그 소식을 듣고 기뻐했다. 그처럼 복잡한 이동이 이뤄지면 그가 7층으로 돌아가는 일이 훨씬 수월해질 것이기 때문이었다.

그러한 기대를 간호사에게 밝혔을 때, 그는 경악을 금치 못할 소식을 듣게 되었다. 그가 7층으로 가는 게 아니라 아래층으로 이동된다는 것이었다. 간호사로선 설명할 수 없는 어떤 이유 때문에 그가 6층 환자 중에서 더 심각한 절반에 포함되었고, 따라서 5층으로 내려가야 한다는 거였다.

처음의 충격이 가시자 이내 분노가 치밀었다. 코르테는 병원이 농간을 부리고 있다고, 또다시 아래층으로 내려가라는 말은 집어치우라고, 자긴 집으로 돌아갈 거라고, 환자의 권리를 침해해선 안 되며, 의사의 진단을 이처럼 대놓고 무시하는 병원 운영은 있을 수 없다고 고래고래 소리쳤다.

그가 계속 고함을 치고 있자니 의사가 그를 달래러 왔다. 의사는 열이 더 오를 수 있으니 진정하라고, 다소 오해가 있다고 말했다. 그는 코르테가 7층으로 가는 게 마땅하다고 또다시 인정했지만, 그의 경우는 매우 개인적일지라도 약간 다른 개념이 부여된다고 덧붙였다. 결국, 결국엔 병세가 넓은 영역에 걸쳐 있기에 어떤 면에서는 6층이 적당하다는 얘기였다. 하지만 어째서 코르테가 6층의 하위 부류에 포함되었는지는 의사도 설명하지 못했다. 어쩌면 그날 아침 코르테의 정확한 병동 배정을 묻고자 의사한테 전화한 행정실 직원이 잘못 받아적었던 것인지 몰랐다. 아니면, 의사가 유능하지만 지나치게 관대하다고 판단한 경영진이 그의 견해를 일부러 약간 '왜곡'했을지도 몰랐다. 마지막으로 의사는 코르테에게 화내지 말고 이동조치에 순순히 따르라고 권고했다. 어차피 가장 중요한 것은 병의 치료이지 환자가 배치되는 자리가 아니라고 했다.

그리고 의사는 치료와 관련해선 코르테가 불만을 가질 게 전혀 없다고 말했다. 아래층 의사가 틀림없이 더 많은 경험을 쌓았을 거라는 말이었다. 적어도 경영진이 보기에 아래층으로 내려갈수록 탁월한 능력을 갖춘 의사들이 있다는 점은 반론의 여지가 없었다. 병실은 하나같이 편안하고 우아했다. 창밖 풍경은 똑같이 근사했다. 단 3층 이하는 건물을 둘러싼 나무 때문에 시야가 가려졌다.

코르테는 저녁 신열에 들떠 심한 피로감을 느끼며 의사의 세심한 해명을 듣고 또 들었다. 마침내 그는 버틸 힘이 없음을, 무엇보다 부당한 이동에 대해 더이상 반박하고 싶은 마음이 사라졌음을 깨달았다. 그래서 그는 두말없이 아래층으로 가겠다고 했다.

코르테가 5층에 있으면서 궁색할지라도 유일한 위안으로 삼은 것은, 의사와 간호사는 물론 환자들까지 만장일치로 그를 병동에서 가장 가벼운 환자로 꼽는다는 사실이었다. 요컨대 주변 분위기 속에서 그는 자신이 제일 행운아라고 여길 수 있었다. 하지만 한편으론 이제 자신과 평범한 사람들의 세계 사이에 장벽 두 개가 놓여 있다는 생각에 괴로웠다.

봄이 되면서 날씨가 따뜻해졌지만, 코르테는 처음과 다르게 창밖을 내다보고 싶은 마음이 들지 않았다. 그러한 두려움이 순전히 어리석은 감정에 불과하다 해도, 그는 거의 늘 닫혀 있고 훨씬 더 가까워진 1층 창문을 바라보면서 느끼는 기이한 전율에 정신이 온통 아득해졌다.

그의 병은 차도가 없는 듯했다. 오히려 5층에 머문 지 사흘이 지났을 땐, 오른쪽 다리에 습진 증상이 나타나더니 며칠이 지나도록 사라질 기미가 보이지 않았다. 의사 말로는 그의 주된 질병과는 완전히 별개의 증상으로, 아주 건강한 사람에게도 발생할 수 있는 질환이라고 했다. 최대한 빨리 없애기 위해 감마선을 이용한 강력한 치료가 필요하다고 했다.

"여기서 감마선 치료를 받을 수 있나요?" 코르테가 물었다.

"물론이지요." 의사가 흐뭇해하며 대답했다. "우리 병원은 다 갖추고 있습니다. 다만 곤란한 게 있다면……"

"그게 뭔가요?" 코르테는 막연한 불안감을 느끼며 물었다.

"말하자면, 불편한 점이 있다는 겁니다." 의사가 얼른 고쳐 말했다. "감마선 장비는 4층에만 있습니다. 그런데 하루에 세 번씩 오르내리는 일은 권하고 싶지 않군요."

"그럼 어쩌라고요?"

"습진이 다 나을 때까지 마음 편히 4층에 있는 게 좋을 겁니다."

"그 얘긴 그만!" 격분한 코르테가 외쳤다. "나는 이미 충분히 내려왔어요! 죽어도 4층에는 안 갈 겁니다!"

"좋을 대로 하세요." 의사는 그를 자극하지 않고자 달래가며 말했다. "하지만 담당의사로서 하루에 세 번 내려가는 것은 금합니다. 명심하세요."

습진은 수그러들지 않고 차츰 더 심해졌다. 코르테는 쉴 수 없었고, 침대에 누워서도 계속 몸을 뒤치락거렸다. 사흘 동안 화를 내며 버티던 그는 결국 항복하고 말았다. 그가 자진해서 의사에게 치료를 받기 위해 아래층으로 보내달라고 부탁했다.

코르테는 4층에서 이례적인 환자가 되는 은근한 기쁨을 누렸다. 병동의 다른 환자들은 분명 매우 심각한 상태였고, 단 일 분도 침대를 벗어나지 못했다. 하지만 그는 간호사들의 칭찬과 감탄 소리를 들으며 병실과 치료실을 제 발로 걸어서 오가는 호사를 누릴 수 있었다.

그는 새 의사에게 자신이 처한 매우 특수한 상황을 집요하게 강조했다. 사실 7층에 있을 자격이 충분하지만 4층에 있는 환자이며, 습진이 낫는 즉시 위층으로 돌아갈 거라고 했다. 앞으론 그 어떤 변명도 절대 허락하지 않을 것이고, 지금도 정당하게 7층으로 돌아갈 수 있다고 분명하게 짚었다.

"7층으로, 7층으로!" 진찰을 마친 의사가 웃으면서 소리쳤다. "환자들은 늘 끄떡없다고 허풍을 떨죠! 하지만 환자분만은 자신의 상태에 기뻐해도 된다고 자신 있게 말씀드립니다. 진료기록부만 봐도 크게 나빠졌다고는 볼 수 없고요. 그래도 7층은 좀 무리입니다. 잔인하리만치 솔직해서 죄송합니다. 크게 염려하지 않아도 되는 상태라는 건 인정합니다. 그렇긴 해도, 환자는 환자니까요!"

"그러면, 그렇다면," 코르테는 얼굴이 벌겋게 달아올라서 물었다. "선생님이 보시기에 저는 몇 층입니까?"

"맙소사, 그건 말하기 곤란합니다. 잠깐 한 번 봤을 뿐인데요. 적어도 일주일은 지켜봐야 뭐라 말씀드릴 수 있습니다."

"그렇긴 해도," 코르테는 고집을 피웠다. "대충이라도 알 것 아닙니까?"

의사는 그를 진정시키기 위해 잠시 곰곰이 생각하는 척했다. 그
러곤 혼자 고개를 끄덕이더니 천천히 말했다. "오 이런, 기분을 맞
춰드리기 위해 굳이 말씀드린다면, 6층이라고 생각합니다." 그는
자기 자신을 설득하려는 듯이 거듭 말했다. "네, 그래요. 6층이 맞
을 겁니다."

의사는 그 말을 듣고 환자가 기뻐할 거라 믿었다. 그런데 코르테
의 얼굴에는 당황한 기색이 역력했다. 그는 다른 층 의사들이 자신
을 속여왔음을 깨달았다. 지금 앞에 있는, 분명 더 유능하고 정직한
새 의사가 명백히 진심을 밝힌 것이다. 그가 7층이 아니라 6층, 어
쩌면 더 낮은 5층에 속한다고! 코르테는 갑작스러운 실망감에 기운
을 잃고 말았다. 그날 밤 그는 고열에 시달렸다.

4층에서 주세페 코르테는 병원에 들어온 이후 가장 평온한 나날
을 보냈다. 의사는 정말 좋은 사람이었고, 친절하고 다정했다. 종종
그와 이런저런 주제로 이야기를 나누느라 몇 시간을 머물기도 했
다. 코르테는 사회에서 변호사로 살던 시절의 일상을 들려주며 아
주 흔쾌히 대화에 임했다. 그는 여전히 자신이 건강한 사람들의 사
회에 속해 있으며 일의 세계와 연결돼 있고 사회문제에 관심이 있
다고 믿으려 했다. 그런 노력은 헛수고였다. 그들의 대화는 항상 그
의 병에 관한 이야기로 끝나곤 했다.

병세가 호전되길 바라는 코르테의 바람은 이제 집착으로 변했다.
감마선 치료로 피부병 확산은 막았지만, 안타깝게도 완전히 낫게
하기에는 역부족이었다. 매일 코르테는 의사와 증상에 관해 한참
이야기하며 강해 보이려고 애썼으나 얄궂게도 일은 꼬여만 갔다.

"저기요, 선생님." 어느 날 그가 물었다. "제 몸의 세포파괴 과정은 어떻습니까?"

"오, 무슨 그런 몹쓸 말을!" 의사는 장난스럽게 그를 꾸짖었다. "어디서 그런 말을 배웠어요? 옳지 않아요, 나빠요. 특히 환자한테는! 다시는 그런 소릴 듣고 싶지 않군요."

"알겠습니다. 그렇지만 제 질문에 대답해주세요." 코르테는 고집을 부렸다.

"오, 당장 말씀드리겠습니다." 의사는 공손하게 답했다. "앞서 말한 끔찍한 표현을 되풀이하자면, 그러니까 세포파괴 과정은 환자분의 경우 최소입니다. 극도로 적습니다. 하지만 완강한 상태라고 규정할 수 있습니다."

"완강하다면, 만성적이라는 뜻인가요?"

"앞서가지 마세요. 저는 완강하다고만 했습니다. 대부분의 경우가 그렇습니다. 흔히 아주 가벼운 질환도 강력하고 오랜 치료가 필요하지요."

"그러면 선생님, 제 증세는 언제 나아질까요?"

"언제냐고요? 이 경우엔 예측하기가 상당히 곤란한데……" 의사는 잠시 생각하더니 말을 이었다. "환자분은 건강을 회복하려는 염원이 매우 강렬해 보입니다. 기분 상하실까 두렵지만, 용기 내서 조언을 드려도 되겠습니까?"

"네, 네. 말씀하세요."

"그러시다면, 분명하고 솔직하게 제안드리겠습니다. 만약 제가 아주 가벼운 증상일지라도 그 병에 걸려서 최고의 의료기관이라 할 수 있는 이 병원에 온다면, 오자마자, 그러니까 첫날부터 저층에 있는 병동을 자청했을 겁니다. 제 말은, 그러니까 곧바로……"

3 7층 47

"1층으로요?" 코르테는 쓴웃음을 지으며 슬며시 물었다.

"오, 아닙니다! 1층은 아닙니다." 의사가 빈정대는 투로 답했다. "이 증상엔 아닙니다! 분명 3층이나 2층일 테죠. 저층의 의료서비스가 훨씬 낫거든요. 제가 보증합니다. 설비가 더 완전하고 효과적인데다 의료진도 더 유능합니다. 이 병원의 정신적 지주가 누구인지 아십니까?"

"다티 교수님, 맞지요?"

"그렇습니다. 다티 교수님은 이곳에서 실행하는 치료법의 개발자이자 전체 체계의 기획자시죠. 그런데 그 의료계의 거장이 이른바 1층과 2층에 있습니다. 그분의 지도력이 발휘되는 곳이 거깁니다. 제가 장담하는데, 3층 이상으로는 교수님의 영향력이 닿지 않아요. 그 위로는 그분의 지시가 줄어드는데다 일관성을 잃고 엇나갑니다. 병원의 심장은 아래에 있고, 그러니 좋은 치료를 받으려면 아래층에 머물러야 합니다."

"요컨대," 코르테는 떨리는 목소리로 말했다. "그러니까 그 충고라는 게……"

"하나 더 아셔야 할 게 있습니다." 의사는 덤덤하게 말을 이었다. "환자분의 특이사항은 습진에도 주의해야 한다는 겁니다. 물론 심각한 질환은 아니지만 '사기'를 떨어뜨릴 수 있는 지루하고 짜증스러운 증상이지요. 건강을 회복하는 데 마음의 안정이 얼마나 중요한지 잘 아실 겁니다. 그간 실시한 광선치료는 부분적으로만 효과가 있었습니다. 왜일까요? 순전히 우연일 수 있지만, 광선 강도가 충분하지 않았다고도 볼 수 있습니다. 하지만 3층 치료기는 훨씬 더 강력합니다. 습진을 치료할 가능성이 더 커지게 되죠. 그러면 어떻게 되겠습니까? 회복이 진행되면 가장 어려운 단계가 지나가는 겁니다. 다시 오르기 시작하면 뒤로 돌아가는 일은 거의 없습니다. 건강상태가 정말로 나아지면 여기나 더 아래층에서도 환자분의 '자격'에 따라 5층, 6층, 하물며 7층까지도 올라가는 것을 아무도 막지 못할 겁니다."

"정말 그래야 빨리 나을 수 있나요?"

"의심의 여지가 없습니다. 이미 말씀드렸다시피, 제가 환자분이라면 그렇게 할 겁니다."

의사는 매일같이 그에게 같은 얘기를 했다. 그리고 마침내 습진의 고통에 질려버린 환자는 본능적인 거부감에도 불구하고 의사의 충고에 따라 아래층으로 내려갔다.

그가 3층으로 오자마자 느낀 것은 중환자가 있는 병동인데도 의사와 간호사들이 기묘하리만치 유쾌한 분위기에 젖어 있다는 점이었다. 게다가 그들의 행복감은 날이 갈수록 커졌다. 그는 궁금증이 일었고, 간호사와 어느 정도 친해지자 직원들이 왜 그리 들떠 있는지 물었다.

"아, 모르세요?" 간호사가 대답했다. "사흘 뒤에 우리가 휴가를 가거든요."

"우리라고요?"

"그래요. 보름 동안 3층은 문을 닫고 의료진은 휴가를 떠나죠. 층마다 돌아가면서 휴가를 가거든요."

"그럼 환자는 누가 돌보나요?"

"환자 수가 비교적 적기 때문에 두 층을 하나로 합칩니다."

"어떻게요? 3층과 4층을 합치나요?"

"아니, 아니요." 간호사가 정정해주었다. "3층과 2층을 한데 모읍니다. 이곳 환자들은 아래층으로 내려가야 해요."

"2층으로 내려간다고요?" 코르테의 얼굴은 죽은 사람처럼 새하얗게 질렸다. "제가 2층으로 가야 한다고요?"

"예. 뭐가 그렇게 이상하죠? 보름 뒤 우리가 돌아오면 환자분은 이 병실로 돌아올 거예요. 놀랄 일은 아닌 것 같은데요."

뭔지 모를 예감으로 코르테는 끔찍한 두려움에 휩싸였다. 하지만 직원들의 휴가를 막을 수는 없는 노릇이었고, (습진은 거의 완벽하게 가라앉아) 더 강력한 광선을 쓴 새 치료법이 도움이 되었다고 믿었기에, 그는 병실 이동을 정식으로 반대할 수 없었다. 다만 간호사들의 놀림에도 불구하고 새 병실 문에다 '3층 주세페 코르테, 임시 체류'라는 안내판을 붙이라고 요구했다. 병원 역사상 그런 선례가 전혀 없었지만, 의사들은 코르테의 예민한 기질상 사소한 대립도 심각한 충격을 불러일으킬 수 있다고 여겨 반대하지 않았다.

어차피 더도 덜도 말고 보름만 기다리면 되는 문제였다. 코르테는 침대에서 몇 시간이나 꼼짝도 않고 누워 가구에 시선을 고정한 채, 집요한 갈망으로 날짜를 세기 시작했다. 2층 가구는 위층 병동의 것처럼 현대적이고 밝은 분위기가 아니었다. 치수가 더 큰데다 엄숙하고 단순한 디자인이었다. 이따금 그는 아래층을 향해 귀를 쫑긋 세웠는데, 죽어가는 자들의 층, 사형수들의 병동에서 고통으로 헐떡대는 신음이 어렴풋하게 들리는 듯했다.

당연히 이 모든 것은 그의 건강을 해쳤다. 불안한 심리가 병을 부추긴 듯, 열이 오르고 기력이 바닥으로 떨어졌다. (벌써 한여름이 되어 거의 항상 열려 있는) 창문 밖으로는 지붕은커녕 도시의 집조차 보이지 않았고, 병원을 둘러싼 나무들의 초록 벽만 보였다.

일주일이 지나고 오후 두시쯤, 수간호사를 비롯해 간호사 세 명이 갑자기 바퀴 달린 침대를 끌고 주세페 코르테의 병실로 들어왔다. "이동할 준비 됐나요?" 수간호사가 장난기 섞인 온화한 말투로 물었다.

"이동요?" 코르테가 가냘픈 목소리로 물었다. "농담도 잘하시네. 3층 직원들은 일주일 뒤에나 돌아오잖아요."

"3층이라뇨?" 수간호사가 어리둥절해하며 물었다. "1층으로 옮기라는 명령을 받았는데요. 여길 보세요." 그는 이동 지시가 적힌 공문서를 보여주었고, 거기에는 다름 아닌 다티 교수의 서명이 있었다.

코르테의 무시무시한 분노와 공포는 길길이 퍼붓는 고함으로 터져나와 병동 전체를 울려댔다. "침착하세요. 제발, 조용히 해주세요." 간호사들이 애원했다. "몸이 아픈 환자들이 있잖아요!" 하지만 그를 진정시킬 수 없었다.

마침내 병동을 관리하는 의사가 황급히 달려왔다. 그는 매우 친절하고 대단히 예의바른 사람이었다. 의사는 공문서를 보며 무슨 일인지 확인하고 코르테의 얘기도 들었다. 그러고는 수간호사에게 착오가 있다며 화를 냈다. 자기는 그런 지시를 내린 적이 없다고, 얼마 전부터 참을 수 없이 혼란이 계속되고 있는데 도대체 어떻게 돌아가는지 하나도 모르겠다고 지적했다. 부하 직원을 꾸짖은 뒤 그는 환자에게 깊이 사과하며 공손하게 말했다.

"그런데 유감스럽게도 다티 교수님이 바로 한 시간 전에 짧은 휴가를 떠나셨습니다. 이틀 뒤에야 돌아오십니다. 정말로 안타깝지만, 그분의 명령은 거역할 수 없습니다. 단언컨대 이런 실수에 대해 가장 못마땅해하실 분인데…… 저도 어떻게 이런 일이 일어날 수 있는지 이해가 안 갑니다."

이제 코르테는 가련하게 몸을 떨고 있었다. 자제력은 완전히 사라지고 없었다. 공포에 압도당한 그는 어린아이가 되었다. 흐느껴 우는 소리가 병실에 울려퍼졌다.

이렇게 해서, 그 가혹한 실수 때문에 코르테는 종착역에 오게 되었다. 그는 죽어가는 사람들의 병동에 있었다. 병의 심각성을 놓고 이야기하자면 가장 엄격한 의사들이 보기에도 7층 아니면 6층에 배정될 권리를 가진 그가! 기묘하게 흘러가는 상황에 이따금씩 코르테는 걷잡을 수 없는 실소를 터뜨리고 싶을 지경이었다.

여름 오후의 더위가 천천히 대도시를 지나는 동안, 코르테는 침대에 누운 채 창 너머 나무의 초록빛을 바라보았다. 살균 처리가 된 저 어처구니없는 타일벽과 차가운 영안실 현관, 영혼 없는 인간의 희끄무레한 형상으로 이루어진 비현실적인 세계에 있는 기분이었다. 급기야 창밖으로 보이는 나무들조차 진짜가 아니라는 생각이 들었다. 나뭇잎의 움직임이 전혀 느껴지지 않았던 것이다.

이런 생각에 불안해진 코르테는 초인종으로 간호사를 불러 침대에서는 쓰지 않는 근안경을 달라고 했다. 그러곤 안경의 도움으로 나무가 진짜이고, 나뭇잎도 약하게나마 가끔 바람에 흔들린다는 사실을 확인한 다음에야, 조금 진정할 수 있었다.

간호사가 나가고 완전한 침묵 속에서 십오 분이 흘렀다. 직무상의 실수였다지만, 이제 여섯 층, 여섯 개의 끔찍한 장벽이 무지막지한 압박을 가하며 코르테를 억누르고 있었다. 도대체 몇 년, 그래, 몇 달로는 안 되겠지, 이렇게 몇 년이 흐른 뒤에야 그 벼랑의 위로 다시 올라갈 수 있을까?

그런데 어째서 갑자기 방이 어두운 걸까? 아직 한낮이었다. 이상한 무력감에 몸이 마비되는 것을 느낀 코르테는 있는 힘을 다해 침대 옆 탁자에 놓인 시계를 바라보았다. 세시 삼십분이었다. 그는 고개를 반대편으로 돌렸다. 불가사의한 명령에 따라, 덧문이 빛이 들어오는 길을 막으며 천천히 내려가고 있었다.

4

남쪽의 그림자

기우뚱한 집들, 먼지가 수북한 난간들, 악취 나는 좁은 통로들, 석회 바른 담벼락, 모든 틈새에 들러붙은 오물의 냄새. 나는 이집트 포트사이드의 어느 길 한가운데서 홀로 이상한 형상을 보았다. 집들 아래, 길 양편으로 마을의 거지떼가 움직이고 있었다. 그리 많은 수는 아니지만 워낙 일정하고 꾸준하게 이동했기에 무리가 길을 가득 채운 듯이 보였다. 먼지 장막이 앞을 가리고 햇살에 눈이 부시어, 나는 꿈을 꿀 때처럼 그 어떤 것에도 시선을 집중할 수 없었다. 하지만 바로 길(다른 수많은 길과 다를 게 없는, 초라한 오두막이 무더기로 늘어선 길) 가운데, 완전히 햇빛 속에 잠긴 한가운데서, 아랍인처럼 보이는 남자가 눈에 들어왔다. 그 남자는 길고 헐렁한 흰색 옷에다 머리에도 흰색으로 보이는 모자를 쓰고 있었다. 그는 뭔가를 찾는 것처럼, 어쩌면 주춤거리거나 발길을 돌리려는 것처럼 휘청거리며, 길 한가운데를 천천히 걸어가고 있었다. 거들떠보는 이 하나 없는 가운데 곰 같은 발걸음을 시종일관 유지하며 먼지 구덩이 사이로 멀어져갔다. 그 길, 그 시간, 그의 존재가 주변 세상 전부를 엄청난 강도로 끌어당기는 것 같았다.

순식간이었다. 잠시 눈길을 주었을 뿐이지만, 그 남자와 특히 그의 특이한 발걸음이 불현듯 내 뇌리에 깊이 박혔다. 이유는 설명할 수 없었다. "저 끝에 있는 괴상한 사람 좀 봐!" 친구에게 이야기하며 나는 (내게 밀려드는 어떤 불안감을 느꼈기에) 모든 것을 정상적인 상태로 되돌리는 평범한 대답이 돌아오기를 기대했다. 그 말을 하면서도 내 시선은 여전히 길 아래에 있는 그의 모습을 향해 있었다.

"괴상한 사람이라니, 누구?" 친구가 묻자 나는 답했다. "길 가운데서 기우뚱대며 걷는 남자 말이야."

내가 말하는 동안 그 남자는 사라졌다. 어디로 갔는지 모르겠다. 집이나 골목 안으로 들어갔거나 길가를 기어가던 무리에 묻혔거나 그냥 사라졌거나 정오의 햇살에 타버린 모양이었다. "어디? 어디에?" 친구가 물었고, 나는 답했다. "저기 있었는데, 지금은 사라졌어."

이내 우리는 자동차에 다시 올라, 막 오후 두시가 된 참이라 날씨가 더웠지만 돌아다녔다. 불안한 마음은 사라졌고, 시시껄렁한 이야기에 곧잘 웃음을 터뜨려대며 토착민 마을의 변두리까지 다다랐다. 먼지투성이 주택가가 끝나고 모래벌판이 시작되는 그곳에서는 불결한 판잣집 몇 채가 햇볕을 견디고 있었다. 사람이 살지 않는 집이었으면 싶었다. 하지만 자세히 보니 태양의 열풍 사이로 거의 보이지 않는 한줄기 연기가 판잣집에서 피어올라 힘겹게 하늘로 오르고 있었다. 나는 흰옷 소매에 묻은 지푸라기를 떼어내면서, 저런 곳에도 사람들이 살고 있다는 생각에 씁쓸함을 느꼈다.

더운 숨을 내쉬며 관광객의 동정심에 젖어 빈둥거리던 나는 친구에게 말을 붙였다. "아, 이 사람들! 손에 질그릇을 든 저 소년을 봐. 뭘 하려는 건지······" 말을 끝마칠 수 없었다. 빛 때문에 한 사물에 집중하지 못하고 불안하게 떠돌던 내 시선이 헐렁한 흰옷을 입은 한 남자에게 향했던 것이다. 그는 모래벌판 사이에서 판자촌 너머 호숫가를 향해 기우뚱대며 걷고 있었다.

"말도 안 돼." 나는 마음을 가라앉히기 위해 큰 소리로 외쳤다. "삼십 분 동안 돌아다녔는데 아까와 같은 장소에 와 있다니! 저 남자 좀 봐, 아까 말했던 그 남자야!" 분명히 그 남자였다. 그는 뭔가를 찾는 것처럼, 어쩌면 머뭇거리거나 발길을 돌리려는 것처럼 휘청거리며 걷고 있었다. 그리고 이번에도 등을 돌린 채 끈질기고 완고한 숙명을 완수해내면서(내게는 그래 보였다) 천천히 멀어져갔다.

그가 맞았다. 불안감이 더 강하게 솟구쳤다. 우리가 있는 곳은 아까 그곳이 아니었고, 자동차가 천천히 달렸다 해도 인간이 걸어서는 닿을 수 없는 상당한 거리를 이동했다는 것도 잘 알고 있었기 때문이다. 하지만 이해할 수 없게도, 저기 호숫가를 향해 걷고 있는 아랍인은 무엇을 찾겠다는 것일까. 아니, 그는 아무것도 찾지 않고, 나는 그것을 똑똑히 알아보았다. 살과 뼈, 혹은 신기루로 된 그는 나 때문에 나타났고, 나를 만나기 위해 토착민 마을의 끝에서 끝까지 기적적으로 이동한 것이다. 나는 그 존재와 나를 연결하는 어두운 공모관계를 (마음 깊은 곳에서 들린 어떤 소리를 통해) 인식했다.

"어떤 남자?" 친구가 유쾌하게 물었다. "그릇을 든 저 소년을 말하는 거야?"

"아니!" 나는 화를 냈다. "저 끝에 안 보이니? 그 사람밖에는 아무도 없는 저기…… 저……"

빛 효과이거나 흔히 있는 착시현상이었을 것이다. 어쨌든 그 남자는 사악한 마술처럼 또다시 감쪽같이 사라지고 없었다. 나는 얼이 빠지고 말문이 막혀 빈 모래벌판을 바라보며 말을 더듬었다. 친구가 말했다. "너 몸이 안 좋구나. 증기선으로 돌아가자." 나는 웃어넘기려고 했다. "장난친 것도 모르니?"

우리는 저녁에 출발했다. 배는 운하를 통과해 열대 방향의 홍해로 내려갔다. 밤이 되도록 아랍인의 인상이 내 마음속에 깊이 남아 있어, 일상적인 일들을 떠올려보려 했으나 허사였다. 오히려 어떤 면에서는 내 의지와는 다른 생각을 막연히 뒤좇는 것 같았다. 포트사이드의 그 남자는 낯선 자가 아니고, 내게 남쪽으로 난 길을 짚어주려고 했으며, 곰처럼 휘청거리고 기우뚱대는 그 발걸음은 주술사들이 쓰는 순진한 미끼였다는 생각마저 들었다.

그러다 배가 나아가는 동안, 점차 착오가 있었다는 확신이 들었다. 아랍인들은 대개 똑같이 옷을 입는다. 내가 의심의 망상에 빠져 혼동한 것이 틀림없었다. 하지만 마사우에 도착한 아침, 왠지 모르게 불편한 마음이 다시 일었다. 그날 나는 가장 더운 시간에 혼자 길을 나서서는, 교차로에 멈춰 서서 주위를 탐색했다. 다리가 튼튼한지 두드려보듯이, 일종의 시험과 같은 행동이었다. 포트사이드의 그 남자, 사람 혹은 유령이 다시 나타날까?

나는 한 시간 삼십 분 동안 돌아다녔다. 시험이 내 바람대로 돼가는 것 같았기에 햇볕(마사와의 유명한 햇살)도 고통스럽지 않았다. 나는 타울루드섬을 걸어서 가로질렀고, 제방을 둘러보았다. 순수하거나 비열한 얼굴의 아랍인들, 에리트레아인들, 수단인들을 보았지만, 그는 보이지 않았다. 박해에서 벗어난 듯이 기뻤으므로 더

위에 몸이 달궈져도 아랑곳하지 않았다.

이내 저녁이 되어 배는 남쪽을 향해 출발했다. 여행객들이 배에서 내렸기에 객실은 거의 텅 비다시피 했다. 나는 혼자가 된 기분이었다. 다른 이들의 세상에 있는 이방인, 침입자 같은 느낌이었다. 계류삭이 풀리자 인사하는 사람 하나 없는 삭막한 부두에서 배가 천천히 멀어지기 시작했다. 그때 갑자기, 나를 괴롭히려는 것이든 아니든, 어쨌든 포트사이드의 유령이 나를 사로잡아버렸다는 생각이 머릿속에 스쳤다. 그래, 그는 온데간데없이 사라짐으로써 나를 두렵게 했다. 하지만 그와 동시에 우쭐한 마음이 들었다. 정말로 (같이 있던 친구는 그를 알아채지도 못했으니) 그 남자는 나 때문에 온 것이었다. 시간이 지나 돌이켜보니, 이제 그 존재가 아프리카의 비밀을 간직한 화신처럼 여겨졌다. 그러므로 나와 이 땅은 처음부터 인연이 있었던 셈이다. 그는 내게 길을 알려주려고 남쪽 동화 왕국에서 온 전령이 아니었을까.

배가 부두에서 200미터쯤 나아갔을 때, 선착장 끄트머리에서 움직이는 작고 흰 형상이 보였다. 그것은 기다란 회색 시멘트바닥에서 혼자 오뚝하니, 머뭇거리거나 뭔가를 찾는 것처럼, 어쩌면 발길을 돌리려는 것처럼 휘청거리며(내게는 그래 보였다) 천천히 멀어져갔다. 심장이 다시 요동치기 시작했다. 그였다. 사람인지 유령인지 모를 그 남자가 확실했다. 내가 속해 있는지 모를 세계에서 온 우스꽝스러운 전령은 (너무 멀어 분간할 수 없었으나) 내게 등을 돌린 채 남쪽으로 사라졌다.

그리고 마침내 오늘 에티오피아의 하라르에서 그를 다시 만났다. 지금 나는 이곳 아주 외딴 곳에 있는 친구 집에서 글을 쓰고 있다. 등유램프의 소음이 머릿속에서 울려퍼지고, 피곤해서인지 자동차에서 쐰 공기 때문인지 생각은 파도처럼 갈피를 못 잡고 오락가락했다. 아니, 포트사이드의 호수에서 느꼈던 두려움은 이제 없다. 그보다는 앞으로 다가올 일 앞에서 스스로가 약하고 작게 느껴질 뿐이다.

오늘 토착민 마을의 미로를 돌아다니다가 그를 다시 보았다. 나는 모두 똑같기도 하고 다르기도 한 골목들을 삼십 분째 걷고 있었다. 폭풍우가 지나간 뒤의 멋진 햇살이 쏟아지고 있었다. 나는 동화에나 나올 법한, 자갈과 진흙으로 된 붉은 담장으로 감싸인 작은 요새 같은 그곳의 마당들을, 드문드문 있는 구멍으로 들여다보며 즐거워했다. 골목길은 대부분 텅 비어 있었고, (가령 말하자면) 집들은 고요했다. 혹시 흑사병이 휩쓴 죽은 마을이 아닐까, 출구가 없어서 밤이면 탈출을 위한 힘겨운 수색이 벌어지지 않을까 하는 생각이 불쑥불쑥 들었다.

이런 생각을 하는 사이, 그자가 다시 나타났다. 때마침 내려가던 가파른 골목길은 다른 길들처럼 구부러지지 않고 곧게 뻗은 길이었기에 80미터 정도의 거리는 한눈에 들어왔다. 그는 전보다 더 곰처럼 뒤뚱거리며 자갈 사이를 걸었다. 뒤돌아서서, 매우 의미심장한 인상을 남기며 멀어져갔다. 정확한 말로 표현할 수는 없지만, 비극적이거나 기묘하지는 않았다. 하지만 그였다. 이번에도 포트사이드의 그 사내, 내가 벗어날 수 없는 설화왕국의 전령이었다.

나는 비탈진 자갈길을 냅다 달려내려갔다. 이번만은 내게서 도망칠 수 없을 터였다. 골목 좌우는 똑같은 높이의 붉은 담에 막혀 있었고 출입구도 없었다. 나는 길이 꺾이는 지점까지 달렸고, 모퉁이를 돌면 불과 3미터 앞에서 그 남자와 맞닥뜨리리라 예상했다. 하지만 그는 없었다. 다른 때처럼 감쪽같이 사라졌다.

더 나중에 그를 다시 보았다. 다른 골목길에서 여전히 같은 모습으로, 이번에는 바다가 아닌 육지를 향해 또다시 멀어져갔다. 이제 나는 그를 뒤쫓지 않았다. 가만히 서서, 그가 옆 골목으로 사라질 때까지 막연한 슬픔을 느끼며 바라보았다. 그가 내게서 원하는 게 뭘까? 어디로 나를 데려가려는 걸까? 당신이 누구인지, 사람인지 유령인지 신기루인지도 난 모릅니다. 하지만 당신이 틀렸을까봐 두렵습니다. 당신이 찾는 사람이 내가 아닐까봐 불안합니다. 아주 확실하진 않지만, 알 것 같습니다. 당신은 나를 더 멀리, 매번 더 앞으로, 갈수록 더 중심으로, 아직 알지 못하는 당신 왕국의 경계까지 이끌고 가려 합니다.

나는 그것을 깨달았고, 그건 멋진 일일 것입니다. 당신은 진득하게 참으며 길을 알려주기 위해 외딴 길목에서 나를 기다립니다. 당신은 정말로 신중합니다. 오묘한 술수를 써서 달아나는가 하면, 얼굴도 드러내려 하지 않습니다. 오로지 내가 깨닫기만을 바랄 뿐입니다. 당신의 왕이 사막 한가운데서, 사자들이 지키고 있고 황홀한 분수들이 노래하는 장엄한 순백의 궁전에서 나를 기다린다는 것을 말입니다. 나도 압니다. 멋진 일, 내가 정말로 바라던 일입니다. 그런데 한심하게도 내 마음속에서 용기가 나지 않습니다. 헛되이 마음을 꾸짖지만, 큰 모험 앞에서 내 마음속 날개는 전율하고 허약한 치아는 덜덜거립니다. 나의 이런 나약함 때문에, 어쩌면 내가 행복해할지 모를 사막의 하얀 궁전에서 당신의 왕이 너무 오래 기다릴까봐 정말 두렵습니다.

아니, 제발, 그럴 순 없습니다. 오, 전령님, 아무쪼록 내가 갈 거라는 소식을 전해주세요. 그리고 당신이 내 앞에 다시 나타날 필요는 전혀 없습니다. 오늘밤 나는 정말로 기분이 좋고, 약간 망설여지긴 하지만 떠나기로 마음먹었습니다(하지만 내가 잘할 수 있을까요? 마지막 순간에 내 마음이 동요하고, 겁쟁이 날개 사이로 고개를 파묻으며 멀리 가고 싶지 않다고 소란을 피우지는 않을까요?).

5
그들이 문을 두드린다

마리아 그론은 작업바구니를 든 채 저택의 1층 거실로 들어갔다. 그녀는 주위를 둘러보며 모든 것이 평소대로 있는지 살핀 뒤, 탁자 위에 바구니를 내려놓고는 장미가 가득한 꽃병으로 다가가서 찬찬히 향기를 들이마셨다. 남편 스테파노와 페드리라 불리는 아들 페데리코는 거실 벽난로 옆에 앉아 있었다. 딸 조르지나는 책을 읽고 있었고, 가족의 오랜 친구인 의사 에우제니오 마르토라는 골똘히 시가를 피우는 중이었다.

"다 시들어버렸어. 다 죽었어." 그녀는 혼잣말을 중얼거리며 한 손으로 꽃송이를 쓰다듬었다. 꽃잎 몇 장이 바닥으로 떨어졌다.

"엄마!" 안락의자에 앉아 책을 읽던 조르지나가 불렀다.

이미 밤이 되었기에, 언제나처럼 창문의 덧문은 닫아둔 채였다. 하지만 끝없이 쏟아지는 소나기의 요란한 소리가 밖에서 들려왔다. 거실 끝, 현관 통로 쪽으로 장엄한 붉은색 커튼이 넓은 아치문에 드리워 있었다. 밤에는 그리로 그늘이 졌기에 커튼은 검은색으로 보였다.

"엄마!" 조르지나가 말했다. "우리 정원 참나무길 끝에 돌로 만든 개 조각상 두 개 있는 거 알죠?"

"뜬금없이 그건 왜?" 엄마는 바구니를 챙겨 여느 때처럼 갓을 씌운 램프 옆에 앉으며 무심하면서도 상냥한 목소리로 대꾸했다.

"오늘 아침에 말이야," 사랑스러운 소녀가 말을 이었다. "차 타고 가다가 다리 근처에서 봤는데, 그게 어떤 농부의 수레 위에 있더라고요."

조르지나의 가냘픈 목소리가 조용한 거실에 커다랗게 울렸다. 신문을 훑던 그론 부인은 조심스럽게 입가에 미소를 띄우고는 남편을 슬쩍 훔쳐보았다. 남편이 못 들었으면 싶었다.

"멋지군!" 마르토라가 외쳤다. "농부들이 조각상을 훔치러 다닌다니! 이제 예술품 수집가잖아!"

"그래서?" 이어지는 이야기가 궁금한지 아버지가 물었다.

"그래서 난 베르토에게 차를 멈추고 가서 물어보자고 했죠."

그론 부인은 콧등을 약간 찌푸렸다. 누군가 곤란한 이야기를 꺼내서 회피하고 싶을 때 늘 짓는 표정이었다. 두 조각상 사건에는 무언가 달갑지 않은 것, 쉬쉬할 필요가 있는 어떤 것이 숨겨져 있는 것 같았다.

"그래, 사실 내가 가져가라고 했어." 그녀는 이렇게 둘러대며 그 얘기를 끝내려고 했다. "보기에 너무 흉했거든."

남편의 음성이 벽난로 쪽에서 들려왔다. 나이 때문인지, 불안해서인지 낮고 떨리는 목소리였다. "뭐라고? 어째서? 왜 가져가라고 했지? 땅속에서 나온 골동품인데……"

"내가 말을 잘못했어." 그론 부인이 아주 상냥하게 대답했다.

('나는 참 바보야.' 그녀는 생각했다. '더 그럴싸하게 꾸며낼 순 없었을까?') "그러니까 좀 은근슬쩍, 그것들을 치우라고 했거든. 당연히 그냥 한번 해본 소린데……"

"엄마, 근데 들어봐요." 딸이 끼어들었다. "베르토가 어디서 났느냐고 묻자 농부가 강둑 아래서 발견했다는 거예요. 그 개를……"

비가 그치는 것 같았고 돌연 그녀는 입을 다물었다. 하지만 정적 속에서 (아무도 깨닫지 못했을지라도) 영혼을 옥죄는 꾸준하고 묵직한 울림이 계속 이어졌다.

"그 개라니?" 페드리가 고개를 돌리지 않은 채 물었다. "아깐 조각상 두 개라며?"

"맙소사, 별걸 다 따지네." 조르지나가 웃으면서 쏘아붙였다. "하나만 봤지만, 아마 두 개 다 있었을 거야."

"얼렁뚱땅 넘어가는군." 페드리코의 말에 마르토라가 웃었다.

"얘야, 조르지나." 그론 부인은 대화가 중단된 틈을 이용해 재빨리 물었다. "무슨 책을 읽고 있니? 네가 전에 얘기한 마생의 마지막 소설? 다 읽으면 나도 보고 싶구나. 이렇게 미리 말해두지 않으면 넌 곧바로 친구들에게 빌려줄 테고, 그럼 그 책을 영영 못 보겠지. 오, 난 마생이 좋아. 아주 개성적이고 특이하고…… 오늘 프리다가 그러는데……"

하지만 남편이 그녀의 말을 막았다. "조르지나, 그래서 어떻게 됐어? 그 사람 이름 정도는 물어봤겠지? 미안해, 마리아." 그는 중간에 끼어든 것을 사과했다.

"제가 길 한가운데서 다투었기를 바라시는 건 아니겠죠." 딸이 대답했다. "그 사람은 달로카네 집안 사람이었어요. 자기는 강가에서 조각상을 발견했을 뿐 다른 건 전혀 모른다고 하더라고요."

"그런데 틀림없이 우리 조각상이었니?"

"확실해요. 페드리와 내가 귀를 초록색으로 칠한 것 기억하시죠?"

"그럼 초록색 귀를 봤다는 거야?" 가끔 한 박자씩 늦게 알아듣는 아버지가 대뜸 물었다.

"그렇다니까요. 당연히 지금은 색이 좀 바래긴 했지만요."

엄마가 다시 끼어들었다. "그런데, 내 말 좀 들어보겠니." 지나치다 싶을 정도로 정중한 어조였다. "개 조각상이 그렇게 관심을 보일 만한 일이야? 스테파노, 내 말이 심했다면 미안해. 하지만 이렇게까지 신경쓸 일은 아닌 것 같은데……"

밖에서―커튼 바로 뒤편인 듯 가까이서―길고 둔탁한 굉음이 빗소리에 섞여 들려왔다.

"너희들 들었니?" 그론 씨가 황급히 외쳤다. "들었어?"

"천둥소리 아냐? 그냥 천둥이야. 스테파노, 비 오는 날마다 그렇게 예민하게 구는 건 좋지 않아." 아내가 해명이라도 하듯 서둘러 말했다.

모두가 말없이 있었지만 침묵이 오래가지는 않았다. 어떤 이질적인 생각, 그 고상한 저택과는 어울리지 않는 생각이 어스레한 넓은 거실로 스며들어 자리잡은 것 같았다.

"강가에서 발견했다니!" 아버지가 개에 관한 이야기를 다시 끄집어냈다. "어떻게 그게 거기 있을 수 있지? 날개가 달린 것도 아닌데."

"안 될 것도 없지." 마르토라가 유쾌하게 말을 받았다.

"선생님, 그게 무슨 소리죠?" 평소 오랜 친구의 농담을 그리 좋아하지 않는 마리아 그론이 의심스럽게 물었다.

"무슨 말이냐면, 왜 조각상이 날았다고는 생각지 않느냐는 겁니다. 강이 바로 아래에 흐르고 있어요. 팔짝 뛰어 20미터를 간 거죠.

그겁니다."

"세상에, 말도 안 돼!" 마리아 그론은 개에 관한 사건에 불편한 뭔가가 숨겨져 있는 양 또다시 화제를 바꾸려고 시도했다. "날아다니는 조각상이 있다면 여기 신문에 이런 기사도 실리겠네요. '말하는 신종 어류, 자와섬에서 발견'."

"이런 말도 있네요. '시간저축!'" 페데리코가 앞뒤 생각 없이 불쑥 말을 던졌다. 그도 신문을 보고 있었다.

"뭐라고? 뭐라고 했니?" 이해하지 못한 아버지가 막연하게 불안한 기색으로 물었다.

"여기 이렇게 쓰여 있어요. '시간저축! 경영인의 재무보고서에 시간도 때에 따라 자산과 부채로 기재되어야 한다.'"

"그럼 지금처럼 비 오는 날은 부채로 쳐야겠네!" 마르토라가 신이 나서 흥얼거렸다.

그때 커튼 뒤편에서 초인종소리가 울렸다. 그러니까 누군가가 이 빗속을 뚫고 찾아온 것이다. 폭우가 대지에 퍼붓고 지붕을 두들기고 강둑을 집어삼켜 흙더미를 무너뜨리고, 멋진 수목들이 뿌리째 뽑혀 강둑 아래로 쓰러졌다가 이내 100미터 거리의 하류에서 잠깐 솟아오른 뒤 다시 소용돌이에 빨려들어가고, 강물이 오래된 대정원의 한구석을 삼켜 18세기의 철제 난간과 작은 벤치들과 개 조각상 둘을 휩쓸어버리고 있는, 이 위험천만한 밤에 말이다.

"누굴까?" 그론 씨가 금테 안경을 벗으며 말했다. "이 밤에 누가 온 걸까? 기부금을 걷으러 왔나보군. 분명히 본당 사무직원일 거야. 요 며칠 어찌나 성가신지. 수재민! 그들은 전부 어디 있는 거지? 수재민을 위한 성금을 걷는다지만 나는 단 한 명도 본 적이 없어! 마치 꼭…… 누구지? 누가 온 건가?" 그가 커튼 뒤에서 나타난 집사에게 낮은 목소리로 물었다.

"마시게르 씨가 왔습니다." 집사가 알렸다.

마르토라 선생은 반가운 기색이었다. "오, 그 사람이 왔군. 좋은 친구지! 일전에 그 친구와 토론을 나눈 적이 있는데…… 자신이 원하는 게 뭔지 아는 젊은이야."

"당신이 그 사람한테 호감이 있으니 그가 똑똑해 보이는 거겠죠. 친애하는 마르토라 씨." 부인이 말했다. "내가 보기엔 그 정도는 아니에요. 그는 항상 논쟁을 벌이잖아요. 솔직히 난 논쟁을 좋아하지 않아서. 나로선 마시게르가 아주 훌륭한 젊은이라고 말할 수가 없네요. 저기, 조르지나." 그녀는 나지막하게 덧붙였다. "인사하고 자러 가는 게 낫겠다. 얘야, 늦은 시간이야. 알잖니."

"만약 엄마가 마시게르한테 호감이 있다면," 딸이 장난스러운 말투로 당돌하게 대꾸했다. "그가 더 좋은 사람이라고 여긴다면, 지금은 분명히 늦은 시간이 아니겠죠."

"그만둬, 조르지나. 쓸데없는 소리 하지 마. 알잖니…… 아, 안녕, 마시게르. 오늘밤엔 널 못 보겠다 생각했어. 평소엔 더 일찍 오곤 했으니까……"

젊은이는 헝클어진 머리로 입구에서 주춤하더니 어처구니없다는 듯 그론 부부를 바라보았다. '저런, 어떻게 그런 생각을 할 수 있지?' 그는 약간 어색해하며 앞으로 걸어나왔다.

"안녕하세요, 그론 부인." 그는 걱정하는 소리를 듣는 둥 마는 둥 하며 인사를 했다. "안녕하세요, 그론 씨. 안녕, 조르지나, 페드리. 아, 선생님, 죄송합니다. 어두운 곳에 계셔서 몰라봤어요."

그는 중요한 소식을 전하고 싶어 안달이 난 사람처럼 들뜬 얼굴로 이리저리 오가며 인사했다.

"그나저나 소식 들으셨어요?" 다른 사람들의 태도가 미적지근하자 그가 먼저 입을 열었다. "그러니까 강둑이……"

"아, 그럼." 마리아 그론이 천연덕스럽게 말을 가로막았다. "정말 고약한 날씨지?" 그러곤 (불가능하겠지, 상황 분별력이 떨어지는 녀석이니까! 하면서도) 손님에게 눈치를 주고자, 눈을 찡긋거리며 미소를 지었다.

하지만 그론 씨는 이미 의자에서 일어나 있었다. "마시게르, 말해봐. 어떤 얘기를 들은 거지? 뭐 새로운 소식이라도?"

"무슨 말을 하는 거야?" 부인이 얼른 끼어들었다. "정말 이해가 안 되네. 오늘밤 당신이 왜 이리 예민한지……"

마시게르는 어쩔 줄 몰라했다.

"그래요." 그가 난처한 상황을 모면하고자 부인에게 동조했다. "제가 알기로 새 소식은 없어요. 그저 다리에서 본 게……"

"물론 그렇겠지! 강이 범람한 거로군!" 마리아가 당혹감에 빠진 그를 거들었다. "장대한 광경이겠지. 스테파노, 나이아가라강 기억나? 몇 년 전에……"

그때 마시게르는 조르지나와 페데리코가 서로 이야기하는 틈을 타 여주인에게 가까이 다가가서 속삭였다. "그런데 부인," 그의 눈이 반짝거렸다. "강물이 집 바로 아래까지 왔어요. 여기 이대로 있는 건 현명한 짓이 아니에요. 그 소식 들으셨는지……"

"기억나지, 스테파노?" 그녀는 그의 말을 못 들은 척하며 말을 이었다. "네덜란드인 둘이 얼마나 무서워했는지 기억나? 위험을 무릅쓸 필요가 없다며 근처에 다가가려고도 안 했잖아. 휩쓸려버릴 수 있다고……"

"그래." 그녀의 남편이 대꾸했다. "때때로 정말 그런 일이 있다더군. 몸을 너무 가까이 내밀었다가 현기증이 나면……"

그는 평온을 되찾은 듯 안경을 끼고 다시 벽난로 옆에 앉았다. 불꽃을 향해 손을 뻗어 온기를 쬐고 있었다.

그때 둔탁하고 불안한 굉음이 다시 들려왔다. 이제 그 소리는 땅속 깊은 곳, 지하실의 후미진 곳에서 들려오는 것 같았다. 그론 부인도 엉겁결에 움찔하고 말았다.

"너희들 들었니?" 아버지가 이마를 살짝 찌푸리며 소리쳤다. "조르지나, 너 들었어?"

"네, 들었어요. 무슨 일인지 모르겠네요." 얼굴빛이 창백해진 그녀가 대답했다.

"당연히 천둥이지!" 어머니가 고압적인 어조로 말했다. "그냥 천둥이야…… 아니면 그게 뭐라고 생각하는 거야? 유령일 리도 없잖아!"

"마리아, 이건 천둥소리가 아니야." 남편이 머리를 가로저으며 말했다. "바로 아래서 나는 것 같았어."

"어떤지 알잖아. 폭풍이 칠 때마다 집이 무너지는 것 같다고." 부인이 반박했다. "폭풍우가 몰아치면 이 집에선 온갖 이상한 소리가 다 울린다니까. 다들 그냥 천둥소리로 들렸죠? 그렇지 않아, 마시게르?" 그녀는 손님이 자기 말을 부정할 수 없으리라 확신하면서 말을 마쳤다.

그는 공손하게 체념 어린 미소를 지었고, 적당히 다른 말을 둘러댔다. "부인, 조금 전 유령이라고 하셨죠? 오늘밤 정원을 걸어오면서 이상한 느낌을 받았어요. 누군가가 저를 따라오는 것 같은…… 발소리를 들었어요. 마치…… 자갈길을 걷는 듯한 아주 또렷한 발소리……"

"당연히 숨소리와 뼈가 달각대는 소리 아니었을까?" 그론 부인이 넘겨짚었다.

"뼈에서 나는 소리가 아니었어요. 그냥 발소리였는데, 아마 내 발소리였겠죠. 이따금 이상한 메아리가 울리니까요."

"그렇고말고. 마시게르…… 아니면 생쥐, 생쥐들 아니었을까? 그러게, 너처럼 낭만적인 환상에 사로잡힐 필요가 없다니까. 무슨 소린지도 잘 모르잖아……"

"부인." 젊은이가 그녀 쪽으로 몸을 숙이면서 다시 낮은 소리로 물었다. "못 들으셨어요? 강이 요 아래 있다니까요. 못 들으셨어요?"

"응. 듣지 못했어. 전혀 못 들었어." 그녀는 나직하지만 단호하게 대답하고는 이어 큰 소리로 말했다. "재밌는 상상을 정말 잘하는구나! 아니?"

젊은이는 대답할 말을 찾지 못했고, 부인의 어리석은 완고함에 놀라워하며 그저 웃어넘기려 했다. '그러니까, 제 말을 듣고 싶지 않다는 거로군요.' 그는 쓸쓸한 기분으로 속엣말을 하면서도 실제로 이야기하듯 높임말을 썼다. '불쾌한 것들은 상관할 바 아니라는 거죠? 입에 담기에 하찮다고 생각하는 거죠? 당신의 오만한 상아탑이 어떻게 끝나는지 두고 봅시다!'

"스테파노, 내 말 좀 들어봐." 그녀는 거실 맞은편에 있는 남편에게 황급히 말했다. "마시게르가 여기 밖, 정원에서 유령을 만났다고 우기네. 진지하게 그런 얘길 하는데…… 내가 보기에 이 젊은이가 좋은 귀감이 될 것 같은데."

"그론 씨, 믿지 마세요." 그가 얼굴을 붉히며 억지웃음을 지었다. "그렇게 말하지 않았어요. 저는……"

그는 소리를 듣느라 말을 멈췄다. 뒤이은 정적 속에서 빗소리를 덮는 위협적이고도 불길한 굉음이 점점 크게 들려오는 것 같았다. 그는 푸른빛이 감도는 전등불의 원뿔형 불빛 안에서 입술을 약간 벌린 채 서 있었다. 사실 겁을 먹었다기보다, 주위의 사람과 사물, 모든 것과는 기이하리만치 다르게, 전율하듯 생각에 잠겨 있었다. 조르지나는 애타는 시선으로 그를 바라보았다.

마시게르, 이 젊은 친구야, 이해가 안 돼? 그론 가문의 이 오래된 저택이 충분히 안전하지 않은 것 같아? 어떻게 의심할 수 있지? 이 튼튼한 벽과 질서정연한 평화, 이 태연한 얼굴들로도 부족해? 어리석고 유치한 두려움을 앞세워 감히 그 위엄을 훼손하려 하다니!

"너 뭔가에 홀린 것 같아." 그의 친구인 페드리가 지적했다. "마치 예술가처럼…… 오늘 빗질이라도 좀 하고 올 순 없었어? 부탁인데, 다음에는…… 엄마가 어떻게 나올지 알잖아." 그러곤 웃음을 터뜨렸다.

이제 아버지가 못마땅한 어조로 대화를 중단시켰다. "자, 그럼 게임을 시작할까? 아직 시간이 있으니까. 한 게임 하고 자러 가지. 조르지나, 카드상자 좀 가져와라."

그때 집사가 당혹스러운 얼굴로 나타났다. "또 무슨 일이야?" 여주인이 짜증을 감추지 못한 채 물었다. "누가 또 온 건가?"

"안토니오가 왔습니다. 농지 관리인요…… 중요한 일이라며 주인어른 중 한 명과 이야기하고 싶답니다."

"내가 갈게, 내가." 스테파노가 얼른 대답하고는 허둥지둥 일어섰다.

아내가 그를 만류했다. "아니, 아니, 당신은 여기 있어. 밖은 너무 습하고…… 알잖아…… 류머티즘 환자에겐 위험해. 여기 있어. 페드리가 얘기하러 갈 거야."

"늘 하던 얘기일 거예요." 페데리코가 커튼 쪽으로 걸어가며 말했다. 이후 분명치 않은 대화 소리가 멀리서 들려왔다.

"게임은 여기서 할 거야?" 그사이 부인이 물었다. "조르지나, 그 꽃병 좀 치워줘…… 그리고 자러 가거라. 마르토라 씨, 뭐하세요? 주무세요?"

오랜 친구는 멋쩍어하며 잠에서 깨어났다. "내가 잠들었던가요? 아, 그렇군. 깜빡 졸았네요." 그가 웃었다. "난롯불이 따뜻한데다 나이도 있고 하니……"

"엄마!" 딸이 거실 구석에서 불렀다. "엄마, 어제 여기 서랍 안에 있던 카드상자가 안 보여요."

"얘야, 눈 좀 똑바로 떠라. 선반 위에 있는 건 뭐니? 도대체 뭘 찾는 덴 소질이 없어서……"

마시게르는 의자 네 개를 배치한 다음 카드 뭉치를 섞기 시작했다. 그러는 동안 페데리코가 다시 들어왔다. 그의 아버지가 나른한 기색으로 물었다. "안토니오가 뭐라고 하던?"

"아무것도 아녜요!" 아들이 명랑하게 말했다. "농부들이 늘 하는 걱정 있잖아요. 강물이 불어서 위험하고, 집도 불안하다고요. 글쎄, 나더러 보러 오라는 거예요. 세상에, 이런 날씨에! 지금 그들은 같이 모여 기도하면서 종을 울리고 있어요. 들리세요?"

"페드리, 같이 보러 가자." 마시게르가 제안했다. "오 분이면 돼. 가지 않을래?"

"마시게르, 게임은?" 부인이 물었다. "마르토라 선생을 혼자 내버려둘 거니? 비에 흠뻑 젖으려고?……"

이리하여 네 사람은 게임을 시작했다. 조르지나는 자러 갔고, 어머니는 구석에서 자수를 놓았다.

네 명이 게임을 하는 동안 굉음은 조금 전보다 더 빈번하게 들려왔다. 무거운 물체가 진흙 가득한 깊은 구덩이로 떨어지는 듯한 소리였다. 땅속에서 울리는 불길한 타격음. 그 소리가 마음을 불편하게 할 때마다 게임하는 사람들은 숨죽이며 카드를 만지작거렸지만, 이내 아무렇지 않게 행동했다.

누구도 말할 엄두를 못 내는 것 같았다. 그러다 어느 순간 마르토라 선생이 입을 뗐다. "이 밑에 하수도가 지나가는 게 틀림없어요. 강으로 흘러가는 아주 오래된 배수관이 있는 거죠. 아마 넘쳐흐를지도 모르겠는데……" 아무도 대꾸하지 않았다.

이제 귀족 그론 씨의 시선을 살필 차례. 그의 눈길은 주로 왼손에 쥔 작은 카드부채로 향했지만, 이따금 그 가장자리 너머, 맞은편에 앉은 마르토라의 머리와 어깨를 거쳐 매끈한 바닥이 커튼 밑단으로 사라지는 거실 맨 끝까지 뻗어나갔다. 그러다가 그론 씨는 더이상 카드나 친구의 순박한 얼굴을 흘낏거리지 않고, 그 뒤편 커튼의 아래쪽을 한참 응시하기 시작했다. 커다래진 그의 눈에서 이상한 빛이 번뜩였다.

마침내 늙은 귀족의 입에서 깊은 고뇌가 깃든 흐릿한 목소리가 새어나왔다. 그는 짧게 한마디했다. "봐라." 특정한 누구, 아들이나 친구, 마시게르를 향해 말한 것이 아니었다. 그저 '봐라'라고 했을 뿐이지만, 그것이 두려움을 불러일으켰다.

그의 말에 다른 사람들은 바라보았다. 한구석에서 아주 품위 있게 앉아 자수 놓기에 여념이 없던 그의 배우자도 바라보았다. 어두운 커튼의 밑단에서, 형체를 알 수 없는 시커먼 물체가 바닥으로 천천히 기어나오고 있었다.

"스테파노, 맙소사, 왜 그런 목소리를 내는 거야?" 그론 부인이 얼른 자리에서 일어나 커튼 쪽으로 걸어가며 소리쳤다. "물이잖아, 안 보여?" 게임하고 있던 네 명은 여전히 자리에 앉아 있었다.

그것은 정말 물이었다. 마침내 빗물이 온갖 틈이나 구멍을 통해 집안까지 흘러들어 뱀처럼 현관 복도를 슬금슬금 기어와 어둑한 거실에 검은 형상으로 나타난 것이다. 노골적인 모욕의 상징이라기보다는 그저 웃어넘길 일이었다. 그런데 그 하찮은 물의 혓바닥 말고 다른 것은 없을까? 피해는 이게 다라고 확신할 수 있을까? 벽 아래로 작은 개울이 졸졸 흐른다거나, 서재의 높은 책장 사이에 웅덩이가 고인다거나, 옆방의 궁륭천장에서 물이 (아주 오래전 왕자가 결혼 선물로 하사한 커다란 은접시를 두드리면서) 뚝뚝 떨어지고 있진 않을까?

페데리코가 소리쳤다. "그 멍청이들이 창문 닫는 걸 잊었어!" 그러자 아버지가 말했다. "가서 닫아라. 얼른!" 하지만 부인이 만류했다. "아니야. 넌 가만히 있어. 누군가 와서 닫겠지!"

그녀가 신경질적으로 초인종 줄을 잡아당기자 멀리서 종소리가 들렸다. 그러는 동안에도 음울한 빗소리에 섞인 불가사의한 굉음은 저택 구석구석을 들쑤시며 잇달아 울려댔다. 늙은 그론 씨는 눈살을 찌푸린 채 물의 혓바닥을 응시했다. 그것은 가장자리를 천천히 부풀렸다가 몇 센티미터 앞으로 나아갔고, 잠시 멈췄다가 다시 가장자리를 부풀려서 더 앞으로 나아갔다. 마시게르는 평소와는 다른 불길한 예감이 들었지만 자신의 감정을 드러내지 않으려고 카드를 섞었다. 마르토라는 천천히 고개를 가로저었는데, 마치 이렇게 말하는 것 같았다. 시대가 그래, 세월 탓이야. 믿을 만한 하인이 아무도 없다니까. 체념해야지. 이제는 어쩔 수 없어. 돌이키기엔 너무 늦었어.

그들은 한동안 기다렸지만, 다른 방에서는 아무런 인기척이 들려오지 않았다. 마시게르가 용기를 내어 말했다. "부인, 제가 말씀드렸잖아요. 그게……"

"세상에, 또 시작이군. 마시게르!" 마리아 그론이 그의 말허리를 잘랐다. "바닥에 물이 좀 흘렀을 뿐이야! 이제 에토레가 닦으러 올 거고. 그 망할 창문으로 매번 빗물이 들어온다니까. 덧문을 손봐야겠어!"

하지만 집사 에토레는 오지 않았고, 여럿 되는 하인 가운데 그 누구도 나타나지 않았다. 아슬아슬하고 무거운 밤공기가 감돌았다. 그사이 기이한 굉음은 바닥에서 통이 구르는 듯한 지속적인 소음으로 변했고, 이 새로운 소리에 묻혀 바깥의 빗소리는 더이상 들리지 않았다.

"부인!" 마시게르가 갑자기 벌떡 일어서면서 소리쳤다. "부인, 조르지나는 어딨죠? 조르지나를 찾으러 가야겠어요!"

"이번엔 또 뭐지, 마시게르?" 마리아 그론은 여전히 어이없다는 표정을 짓고 있었다. "오늘밤 다들 지독하게 예민하네. 조르지나에게는 무슨 볼일이 있지? 제발 부탁인데, 그냥 자게 놔둬."

"잔다고요!" 젊은이가 빈정거리는 듯한 말투로 되풀이했다. "잔다니! 어휴……"

이때 커튼으로 가려진 복도에서 세찬 바람이 불어와 거실로 몰아쳤다. 얼음동굴에서 내뿜는 광풍 같았다. 커튼이 돛처럼 부풀어오르며, 끝단이 휘감기는 순간, 거실의 불빛이 그쪽으로 새어들어가 바닥의 물웅덩이를 비췄다.

"페드리, 빨리 가서 닫아!" 아버지가 다급하게 외쳤다. "이런 맙소사, 하인들 불러, 어서!"

하지만 젊은이는 이 뜻밖의 상황을 즐기는 기색이었다. 그가 어두운 복도를 향해 서둘러 가며 외쳤다. "에토레! 에토레! 베르토! 베르토! 소피아!" 하인 몇 명의 이름을 불렀지만, 적막한 복도에서 그의 외침에 답하는 이는 아무도 없었다.

"아빠!" 페데리코의 목소리가 다시 들렸다. "여기 불이 나갔어요. 하나도 안 보여요…… 세상에, 이게 무슨 일이람!"

거실에 있던 사람들이 그의 갑작스러운 외침에 놀라 모두 일어섰다. 희한하게도 이제는 저택 전체로 물이 흘러들어오는 것 같았다. 게다가 벽이 훤히 트인 것처럼 바람이 매섭게 사방으로 몰아쳐 램프를 흔들고, 카드와 신문을 날려버리고, 꽃을 엎었다.

페데리코가 돌아왔다. 그는 눈처럼 창백한 얼굴로 몸을 약간 떨고 있었다. "세상에!" 무의식적인 말이 계속 튀어나왔다. "세상에, 무슨 일이야!"

다시 설명할 필요가 있을까? 강물이 냉혹하고 잔인한 분노를 폭발시키며 둑을 무너뜨리고 집 바로 앞까지 도달했다고. 저택의 벽이 무너지기 직전이라고. 하인들이 모두 야반도주했고, 머잖아 불빛도 사라질 것이라고. (평소 아주 우아하고 자신감에 찬) 페데리코의 백지장 같은 얼굴과 다급한 외침, 깊은 땅속에서 솟구치는 끔찍한 굉음으로도 설명이 부족할까?

"갑시다. 서둘러 나가야 합니다. 밖에 내 차가 있어요. 이대로 있는 건 미친 짓입니다." 그들 중 유일하게 침착한 마르토라 선생이 말했다. 이때 두툼한 망토를 걸친 조르지나가 마시게르에게 이끌려 나왔다. 그녀는 아주 단정한 태도로 숨죽여 흐느끼고 있었다. 아버지는 중요한 서류들이 있는 서랍을 뒤지기 시작했다.

"아, 안 돼! 안 돼요!" 마침내 마리아가 분통을 터뜨렸다. "난 안 가요. 내 꽃들, 아름다운 것들, 난 가지 않겠어, 싫어요!" 그녀의 입술이 떨렸고, 얼굴은 허물어질 듯이 일그러졌다. 단념하기 직전이었다. 하지만 그녀는 이내 놀라운 힘을 발휘하여 미소 지었다. 그녀의 속된 가면은 멀쩡했고, 지극히 고상한 매력은 온전했다.

"부인, 잊지 않을 겁니다." 마시게르는 진심으로 그녀를 증오하면서 모질게 말했다. "저는 이 저택을 항상 기억할 거예요. 달밤이 얼마나 아름다웠는지!"

"어서 외투를 챙기세요." 마르토라가 여주인을 향해 단호하게 말했다. "스테파노, 어서 뭔가 걸치세요. 전기가 나가기 전에 떠나야 합니다."

스테파노 그론 씨는 전혀 두려워하지 않았다. 정말로 그랬다. 그는 무표정하게 서류가 든 가죽가방을 움켜잡았다. 페데리코는 자제력을 잃은 채 첨벙첨벙 물보라를 일으키며 거실을 서성거리면서 "끝났어, 다 끝났어"라는 말만 되풀이했다. 전깃불이 약해지기 시작했다.

그리고 아까보다 더 무시무시한 굉음, 재앙의 소리가 한층 가까운 곳에서 길게 울려퍼졌다. 가족은 놀라서 가슴이 철렁 내려앉았다.

"오, 안 돼! 싫어!" 부인이 다시 비명을 질렀다. "난 안 갈래! 안 갈래!" 그녀의 핏기 없는 창백한 얼굴에 굵은 주름이 잡혔다. 이윽고 펄럭이는 커튼 쪽으로 초조하게 걸어가던 그녀가 고개를 좌우로 흔들었다. 자기 발로 걸어나간다는 사실을 용납할 수 없으며, 물은 감히 이곳에 들어올 수 없다고 억지를 부리는 것 같았다.

그들은 그녀가 무서운 기세로 커튼 끝자락을 옆으로 밀치고 어둠 속으로 사라지는 장면을 지켜보았다. 마치 하인들이 흩어버리지 못한 거지떼를 직접 쫓아내는 듯한 태도였다. 귀족이니 경멸로써 파멸에 맞서고 심연을 위협할 수 있으리라 여기는 걸까?

그녀가 커튼 뒤로 사라지자, 섬뜩한 굉음이 더 커졌음에도 실내는 적막에 휩싸인 듯 느껴졌다.

마침내 마시게르가 입을 열었다. "누군가가 문을 두드리고 있어요."

"누가 문을 두드린다고요?" 마르토라가 물었다. "그게 누군가요?"

"아무도." 마시게르가 대답했다. "물론 지금은 아무도 없습니다. 그렇지만 문을 두드리는 건 좋은 징조입니다. 경고를 전하러 온 전령이거나, 영혼이거나, 혼령일 테죠. 이곳은 귀족의 집이잖아요. 때때로 다른 세상의 힘이 작용할 겁니다."

6
망토

한없는 기다림 끝에 이미 희망이 사그라지기 시작했을 때, 조반니는 집으로 돌아왔다. 아직 두시가 되지 않은 시각, 그의 엄마는 식탁을 치우고 있었다. 3월의 칙칙한 날이었고, 까마귀들이 날고 있었다.

그가 갑자기 문간에 들어서자, 엄마는 "오, 세상에!"라고 소리치면서 그를 포옹하러 달려왔다. 아주 어린 두 동생 안나와 피에트로도 기쁨의 함성을 질렀다. 달콤한 새벽꿈 속에서 이 순간을 행복하게 떠올리며 수개월간 얼마나 기다려왔던가.

그는 거의 아무 말 없이 가까스로 눈물을 참았다. 무거운 검은 즉시 의자에 내려놓은 터였고, 머리의 털모자는 아직 벗지 않은 채였다. "어디 좀 보자." 눈물범벅이 된 엄마가 뒤로 약간 물러나며 말했다. "네 잘생긴 얼굴 좀 보자꾸나. 그런데 얼굴빛이 창백하구나."

그의 얼굴은 정말로 창백했고, 피로의 빛이 역력했다. 그는 모자를 벗고 방 가운데로 가서 앉았다. 지치고 고단해 웃는 것조차 힘겨

위 보였다.

"얘야, 망토를 벗으렴." 엄마는 위압감마저 느끼며 영웅을 보듯
그를 바라보며 말했다. 그는 (몹시 창백해 보이긴 했지만) 키가 크
고 멋있고 늠름했다. "망토를 벗어서 이리로 주렴. 덥지 않니?"

그는 억지로 벗길까봐 두려워하듯 별안간 망토를 꽉 잡으며 무
의식적인 방어 동작을 취했다.

"아니, 그냥 두세요." 그가 얼버무리며 이유를 댔다. "안 벗는 게
나아요. 금방 나가야 해서……"

"나가야 한다고? 이 년 만에 돌아와서 바로 나간다고?" 큰 기쁨
뒤에 어머니들의 영원한 고통이 다시 시작되는 것을 느끼며 그녀는
상심에 잠겼다. "바로 나가야 하니? 뭘 좀 먹어야지?"

"엄마, 벌써 먹었어요." 아들은 상냥히 미소를 지으며 이렇게 말
하고서 정겨운 어스름 빛을 음미하듯 주위를 둘러보았다. "우리는
어떤 주막에 들렀거든요. 여기에서 몇 킬로미터 떨어진……"

"아, 혼자 온 게 아니구나! 누구랑 있었니? 부대 동료? 혹시 메
나의 아들인가?"

"아니, 아니에요. 길에서 만난 사람이에요. 지금 밖에서 기다리
고 있어요."

"저기 밖에서 기다린다고? 왜 들어오라고 하지 않았니? 길거리
에 있는 거야?"

창문으로 다가가 텃밭 너머 나무울타리 저편을 내다본 그녀는
길에서 천천히 서성거리는 어떤 형상을 알아보았다. 온통 외투로
둘러싸인 그 형체는 음울한 느낌을 주었다. 그녀의 마음속, 크디큰
기쁨의 소용돌이 가운데서 이해할 수 없는 기이하고 날카로운 고통
이 느껴졌다.

"안 그러는 게 나아요." 그가 딱 잘라 말했다. "귀찮게 여길 거예요. 그런 사람이에요."

"그래도 포도주 한 잔은? 우리가 그에게 가져다줄 수 있잖아. 포도주 한 잔도 안 되니?"

"엄마, 그냥 두세요. 그는 괴팍한 사람이고, 화낼지도 몰라요."

"도대체 누군데 그러니? 왜 같이 어울리는 거야? 저 사람은 뭣 때문에 너랑 다니는데?"

"잘 아는 사람은 아녜요." 그가 천천히, 아주 낮은 목소리로 말했다. "돌아다니다가 만났어요. 그러다 나랑 같이 왔고요."

그는 말을 돌리고 싶어하는 것 같았다. 무안한 듯 보이기도 했다. 엄마는 아들을 곤혹스럽게 하고 싶지 않아 얼른 이야깃거리를 바꿨다. 하지만 그녀의 다정한 얼굴에서 아까의 환한 빛은 이미 꺼져버렸다.

"얘, 네가 돌아온 걸 마리에타가 알면 어떨까? 기뻐서 방방 뛰지 않겠니? 그애에게 가려는 거지?"

그는 미소만 지을 뿐이었다. 어떤 무거운 비밀이 있어 기뻐하고 싶지만 그럴 수 없는 자의 표정이었다.

엄마는 이해할 수 없었다. 어째서 아들은 그 예전 떠나던 날처럼 슬퍼하듯 앉아 있는 걸까? 이제 돌아왔고, 앞에는 새로운 인생, 걱정 없이 만끽할 무한한 날들, 행복한 많은 밤들, 산을 넘고 넘어도 끝없이 펼쳐진 창대한 미래가 있지 않은가. 지평선에서 불꽃이 솟아오르고, 피투성이 폐허 가운데 가슴이 찔린 채 바닥에 나뒹구는 고난의 밤들은 끝나지 않았는가. 마침내 더 크고 더 멋진 모습으로 돌아오지 않았는가. 마리에타가 얼마나 기뻐할까! 곧 봄이 오면 그들은 일요일 아침, 종소리가 울리고 꽃이 가득한 성당에서 결혼식을 올릴 것이다. 그런데 어째서 그는 창백하고 넋 나간 얼굴로 있는 걸까? 왜 더는 웃지 않고, 전투 이야기도 들려주지 않는 걸까? 그리고 망토는? 따뜻한 집안에서 왜 망토를 꽉 여미고 있는 걸까? 혹시 그 안에 입은 군복이 찢어졌거나 흙투성이라서 그런가? 하지만 엄마한테, 엄마 앞에서 어떻게 부끄러워할 수 있을까? 고통은 끝난 것 같았지만, 곧바로 새로운 불안감이 피어오르고 있었다.

그녀는 고개를 약간 기울인 채 온화한 얼굴로 걱정스레 아들을 바라보았다. 아들의 심기를 거스르지 않으려고 조심하면서 마음을 온전히 헤아리려고 애썼다. 오, 어쩌면 병이 들었나? 아니면 그저 너무 고생해서 지친 것일까? 어째서 말도 하지 않고, 그녀를 전혀 바라보지도 않는 걸까?

정말로 아들은 그녀를 바라보지 않았고, 오히려 뭔가를 두려워하는 듯 시선을 피하려는 것 같았다. 그러는 사이 어린 두 동생은 궁금증과 당혹감이 뒤섞인 눈으로 말없이 그를 바라보고 있었다.

"조반니." 엄마가 더는 참지 못하고 나직하게 말했다. "드디어 여기에, 드디어 네가 여기 왔구나! 잠깐만 있어봐. 금방 커피 내올게."

그녀는 급히 주방으로 향했다. 이제 조반니는 자기보다 많이 어린 두 동생과 있게 되었다. 이 년 사이 외모가 변했기에 그들이 길에서 만났더라면 서로 알아볼 수도 없었을 것이다. 이제 그들은 말없이 조용히 바라볼 뿐이었지만, 이따금씩, 세 사람 모두 오래된 약속을 떠올리기라도 한 듯이 함께 웃음을 짓기도 했다.

엄마가 큼지막한 케이크조각과 김이 나는 커피를 들고 돌아왔다. 그는 단숨에 잔을 비웠고, 케이크는 간신히 우물거렸다. 엄마는 '왜 그러니? 이젠 좋아하지 않니? 전에는 잘 먹었잖아!'라고 묻고 싶었지만, 그가 싫어할까봐 입을 다물었다.

그 대신 이렇게 권했다. "조반니, 네 방이 보고 싶지 않니? 새 침대를 들였어. 벽을 다시 칠하고 전등도 새로 달았단다. 보러 가자…… 그런데 망토는 안 벗니? 덥지 않아?"

군인은 대답 없이 의자에서 일어나 옆방으로 움직였다. 그의 동작은 스무 살 청년답지 않게 무겁고 느릿했다. 엄마는 먼저 달려가서 덧문을 열었다(하지만 밝은 느낌은 전혀 없는 희뿌연 빛만 들어왔다).

"멋지네요!" 그가 문간에서 새 가구들과 깔끔한 커튼, 새하얀 벽, 산뜻하고 깨끗한 실내를 둘러보며 시들하게 말했다. 그러나 엄마가 침대의 새 이불을 정돈하려고 몸을 구부리자, 아무도 볼 수 없는 깊은 슬픔이 어린 그의 눈길이 그녀의 연약한 등으로 쏠렸다. 안나와 피에트로는 그의 뒤에서 기쁨과 놀라움으로 가득한 한바탕 소동을 기대하며 흐뭇한 표정을 짓고 있었다.

하지만 기대한 반응은 없었다. "아주 멋져요! 엄마, 고마워요" 하고 반복해 말한 것이 다였다. 그는 고통스러운 대화를 끝내고 싶어하는 사람처럼 불안하게 눈을 움직였다. 무엇보다도, 때때로 걱정하는 기색을 뚜렷하게 드러내며 창문 너머 녹색 나무울타리 저편에서 천천히 서성거리는 형상을 힐끗거렸다.

"조반니, 맘에 드니? 만족하니?" 아들의 행복한 모습을 보고 싶어 안달이 난 엄마가 물었다. 아들은 "네. 아, 정말 멋져요"라고 대답하고는(그런데 왜 망토를 벗지 않으려고 고집하는 걸까?) 가까스로 미소를 짓고 있었다.

"조반니." 그녀가 애처롭게 말했다. "무슨 일이니? 조반니, 무슨 일이야? 너 숨기는 게 있잖아. 왜 말하지 않는 거야?"

그는 입술을 깨물었다. 목구멍이 무언가에 꽉 막힌 것 같았다.

잠시 뒤, 그가 불분명한 목소리로 입을 열었다. "엄마, 이제 난 가야 해요."

"가야 한다고? 금방 돌아올 거지? 마리에타에게 가는 거지? 그렇지? 사실대로 말해. 마리에타를 보러 가는 거지?" 그녀는 마음이 괴로웠지만, 애써 장난스럽게 물었다.

"모르겠어요, 엄마." 그는 여전히 쓸쓸한 말투로 나지막이 대답했고, 현관문으로 향하면서 다시 털모자를 썼다. "나도 모르겠어요. 어쨌든 이제 가야 해요. 그자가 날 기다리고 있어요."

"좀 있다가 돌아오지? 올 거지? 두 시간 뒤에는 여기 있는 거지? 그렇지? 줄리오 삼촌과 숙모를 부를 거야. 그들도 얼마나 기뻐할지 생각해봐. 식사 전에는 오도록 하렴……"

"엄마," 그는 더 말하지 말라고, 조용히 하라고, 제발 더는 고통스럽게 하지 말라고 애원하듯이 되풀이했다. "이제 가야 해요. 그자가 날 기다려요. 그는 충분히 봐줬어요." 그러곤 심장을 후비는 애틋한 눈길로 그녀를 응시했다.

그가 문으로 다가가자 아직 마음이 들뜬 어린 동생들이 그의 뒤를 따라갔다. 그러다 피에트로가 형이 안에 무엇을 입고 있는지 보려고 망토 끝자락을 들어올렸다. "피에트로, 피에트로! 뭐하는 거야? 그러지 마, 피에트로!" 엄마는 조반니가 화를 낼까봐 두려워서 소리쳤다.

"안 돼, 하지 마!" 아이의 동작을 알아챈 군인도 외쳤다. 하지만 이미 늦어버렸다. 한순간 파란색 모직 천의 두 끝자락이 벌어졌다.

"오, 조반니, 내 아들아, 이게 무슨 일이니?" 어머니는 손으로 얼굴을 움켜쥐며 말을 더듬었다. "조반니, 피가 나잖아!"

"엄마, 가야 해요." 그는 절망적이고 단호한 말투로 또다시 반복했다. "그를 너무 오래 기다리게 했어요. 안나, 안녕. 피에트로, 안녕. 잘 있어요, 엄마."

그는 이미 문턱에 있었다. 이어 바람에 실린 듯 밖으로 나가 뛰다시피 텃밭을 통과해서 울타리 문을 열었다. 음울한 하늘 아래 두 마리 말이 전속력으로 출발했다. 마을로 가지 않고 초원을 가로질러 북쪽으로, 산 방향으로 나아갔다. 아주 빨리, 전속력으로 질주했다.

그제야 엄마는 깨달았고, 가슴속에 수세기가 거듭되어도 절대 메울 수 없는 깊은 구멍이 뚫렸다. 그녀는 망토의 사연과 아들의 슬픔, 그리고 무엇보다도 길에서 서성이며 기다리던 신비의 인물이 누구였는지, 묵묵히 참아준 불길한 형상이 무엇이었는지 깨달았다. 그는 조반니를 측은히 여겨, 어머니에게 인사할 수 있게 (영원히 그를 데려가기 전에) 옛집으로 같이 와주었던 것이다. 그러고는 울타리 밖에서 굶주린 거지처럼 먼지 한가운데 서서 한참을 기다려준 것이다.

7
용을 무찌르다

1902년 5월이었다. 제롤 백작의 소작농으로 사냥을 하러 자주 산에 다니는 조수에 론고가 세카 골짜기에서 용과 비슷하게 생긴 거대한 짐승을 봤다고 말했다. 골짜기 끄트머리 마을인 팔리사노에 는 그 괴물이 척박한 협곡에서 여전히 살고 있다는 오랜 전설이 있 었지만, 이를 진지하게 받아들이는 사람은 없었다. 그런데 이번에 는 달랐다. 론고는 분별력 있는 사람이고, 여러 차례 반복된 진술이 매번 자세하고 정확했기에, 사람들은 허튼소리가 아닐 거라고 생각 했다. 그래서 마르티노 제롤 백작은 괴물을 찾아 떠나기로 결심했 다. 그는 당연히 진짜 용은 아니리라 여겼다. 아마도 거대하고 희귀 한 뱀이 외딴 골짜기에서 살고 있을 터였다.

그와 같이 떠날 원정대가 꾸려졌다. 지방총독 퀸토 안드로니코 와 아름답고 용감한 그의 아내 마리아, 박물학자 인기라미 교수와 그의 동료이자 박제술 전문가 푸스티가 동행하게 되었다. 나약하고 의심 많은 총독은 아내가 백작에게 호감을 가진다는 사실을 얼마 전부터 눈치채고 있었지만 신경쓰지 않았다. 오히려 아내가 백작과 함께 용을 잡으러 가자고 제안했을 때 흔쾌히 동의했다. 그는 마르티노에게 조금의 질투심도 느끼지 않았다. 백작이 자신보다 훨씬 젊고, 잘생기고, 강하고, 대담하고, 부자였음에도 시기하지 않았다.

자정 바로 직후에 마차 두 대가 기마사냥꾼 여덟 명의 호위를 받으며 도시에서 출발했다. 그들은 아침 여섯시쯤 팔리사노 마을에 도착했다. 제롤과 아름다운 마리아, 그리고 박물학자 둘은 자고 있었다. 홀로 깨어 있던 안드로니코는 오랜 지인인 타데이 의사의 집 앞에 마차를 세우게 했다. 잠시 후, 마부에게 그들의 도착을 전해들은 의사가 아직 잠이 덜 깬 채 머리에 수면모자를 쓰고 2층 창문에 나타났다. 안드로니코는 위쪽을 향해 유쾌하게 인사하고 원정의 목적을 설명했다. 용에 대한 이야기에 상대방이 웃음을 터뜨리리라 예상했지만, 타데이는 못마땅하다는 듯이 고개를 흔들었다.

"내가 자네라면 가지 않을 걸세." 그가 단호하게 말했다.

"왜지? 아무것도 없을 것 같아서? 모두 헛소리라고 생각하는 건가?"

"그에 관해서는 모르겠네. 아니, 개인적으론 용이 있다고 생각해. 본 적은 없지만. 하지만 이 소동에 끼진 않을 거야. 재앙이 따를 거라고."

"재앙이라니, 그게 무슨 소린가? 타데이, 자네 정말 용이 있다고 믿는 거야?"

"이보게 총독 친구. 나는 늙은이일세. 많은 걸 봐왔지. 완전히 허튼소리일 수 있지만 사실일 수도 있어. 나라면 그 일에 끼진 않을 거야. 내가 한마디하지. 길은 찾기 어렵고, 걸핏하면 바윗돌이 무너져내려서 바람이라도 몰아치면 난리가 날 거야. 게다가 물 한 방울도 없지. 총독, 그만두게나. 차라리 저기, 크로체타산으로 가게나 (그는 마을 뒤로 풀이 우거진 둥근 산을 가리켰다). 토끼들이 얼마든지 있다고." 타데이는 잠시 입을 다물었다가 말을 이었다. "나라면 정말 가지 않을 걸세. 언젠가 들은 말이 있는데, 말해봤자 소용없겠지. 웃기나 할 거야……"

"내가 왜 웃겠나?" 안드로니코가 항의했다. "계속 얘기해보게."

"그러지. 어떤 사람들이 말하길, 그 용은 유독한 연기를 내뿜는데, 그 연기를 조금만 맡아도 목숨을 잃는다더군."

안드로니코는 조금 전 한 말과 달리 크게 웃음을 터뜨렸다.

"자네가 반동주의자라는 걸 진작 알았지." 그러곤 마지막으로 한마디 덧붙였다. "괴짜 반동주의자. 이번엔 좀 과하군. 친애하는 타데이, 자넨 중세에 살고 있어. 오늘밤에 보세. 용의 머리를 갖고 올 테니!"

그는 손을 흔들고는 다시 마차에 올라 출발 명령을 내렸다. 조수에 론고가 이번 원정대의 사냥꾼으로 동행하고 있었다. 그는 길을 잘 알았기에 맨 앞에서 갔다.

"무슨 일로 그 노인이 고개를 절레절레 흔든 거야?" 그사이 잠에서 깬 마리아가 물었다.

"아무것도 아냐." 안드로니코가 대답했다. "그자는 착한 타데이야. 틈틈이 수의사로도 일하는데, 구제역에 관해서 이야기했어."

"그럼 용에 대해선?" 그의 맞은편에 앉은 제롤 백작이 물었다. "용에 대해서 좀 물어봤습니까?"

"아니, 솔직히 말하자면 웃음거리가 되고 싶지 않았어. 그에겐 여기 사냥하러 왔다고 말했네. 다른 말은 안 했어."

해가 뜨자 다들 졸음이 싹 가셨다. 말은 빠르게 달렸고, 마부들은 콧노래를 흥얼거렸다.

"한때 타데이는 우리 가족의 의사였어." 총독이 이야기를 시작했다. "잘나가는 의사였지. 그런데 어느 날 갑자기 시골로 들어갔네. 잘은 몰라도 실연 때문이었을 거야. 그러다 또다른 불행을 겪고 이곳에 틀어박히게 됐지. 누가 알겠어, 그에게 다시금 시련이 닥칠지. 그러면 그도 용이 되고 말걸!"

"무슨 바보 같은 소리야!" 마리아가 약간 짜증스럽게 말했다. "계속 용 노래만 불러대는군. 이젠 그 얘기도 슬슬 지겨워지기 시작하네. 우리가 출발한 이후 다들 줄곧 그 얘기만 하고 있잖아."

"여기 오자고 한 건 당신이었어!" 그녀의 남편이 부드럽게 비꼬듯 반박했다. "그리고 오는 내내 잤으면서 어떻게 우리 대화를 들었다는 거지? 혹시 자는 척했던 거야?"

마리아는 대답하지 않고 초조하게 창밖으로 시선을 돌려, 갈수록 더 높아지고 험준해지고 삭막해지는 산을 바라보았다. 골짜기 저 끝으로 숲도 초원도 없이 누르스름하고 더없이 음산한 원뿔 모양의 산봉우리들만 잇달아 혼란스럽게 나타났다. 햇살 아래 산봉우리 무리는 선명하고 강한 빛으로 반짝거렸다.

도로가 끝나고 마차가 정지한 것은 아홉시 무렵이었다. 마차에서 내린 원정대는 이제 그 험악한 산악의 중심에 들어서 있음을 깨달았다. 자세히 보니, 산사태가 나서 꼭대기에서 바닥까지 온통 흙처럼 문드러지고 부서진 바위로 돼 있었다.

"보십시오. 여기서 오솔길이 시작됩니다." 론고가 작은 골짜기 입구로 올라간 사람의 발자취를 가리키며 말했다. 그 오솔길로 사십오 분쯤 올라가면 용이 산다는 부렐에 도착할 터였다.

"물은 챙겼는가?" 안드로니코가 사냥꾼들에게 물었다.

"물 네 병이 있습니다. 포도주는 두 병이 있고요." 한 사냥꾼이 대답했다. "이 정도면 충분할 겁니다, 아마……"

이상했다. 도시에서 멀어져 산속에 갇혀 있는 지금, 용에 대한 생각이 이전만큼 황당하게 여겨지지는 않았다. 원정대가 주위를 둘러보았으나 불안감을 떨쳐내줄 만한 것은 찾을 수 없었다. 인간의 발이 닿은 적 없는 누르스름한 정상들, 끝없이 양쪽으로 뻗어나간 구불구불한 골짜기들. 황량하기 그지없었다.

그들은 말없이 걸었다. 소총과 컬버린총, 다른 사냥구를 든 사냥꾼들이 앞장섰고, 그다음으로 마리아, 끝으로 두 박물학자가 뒤따랐다. 다행히 오솔길에는 아직 그늘이 있었다. 황폐한 땅에서 햇빛은 고역이었을 것이다.

부렐로 향하는 작은 골짜기는 좁고 구불구불했다. 바닥의 개울도, 양옆의 나무도 풀도 없었다. 오로지 자갈과 돌무더기뿐이었다. 새의 지저귐이나 물소리도 없이, 이따금 자갈 굴러가는 소리만 들렸다.

그렇게 나아가고 있는데, 뒤쪽에서 한 청년이 빠른 걸음으로 다가오는 것이 보였다. 청년은 어깨에 죽은 염소를 메고 있었다. 론고가 말했다. "저 사람도 용이 있는 곳으로 가는군요." 장난기가 전혀 없는, 아주 자연스러운 말투였다. 그러곤 팔리사노의 주민은 미신을 신봉해서 괴물을 달래기 위해 매일 염소 한 마리를 부렐로 보낸다고 설명했다. 마을 청년들이 돌아가며 염소를 나른다고. 만약 괴물이 으르렁거린다면 재앙이 내릴 터였다. 끔찍한 비극이 일어날 것이다.

"그 용이 매일 염소를 먹는가?" 제롤 백작이 장난스럽게 물었다.

"다음날 아침에 보면 아무것도 남아 있지 않으니, 그건 분명합니다."

"뼈조차도?"

"네, 뼈도 없어요. 동굴 안에서 먹어치우지요."

"마을의 누군가가 그 염소를 먹는 건 아닐까?" 총독이 물었다. "모두 길을 아는데다, 용이 먹는 걸 직접 본 사람도 없지 않은가?"

"저는 모르겠습니다, 총독님." 사냥꾼이 대답했다.

그러는 사이 염소를 멘 청년이 그들이 있는 곳까지 왔다.

"어이, 젊은이!" 제롤 백작이 평소의 권위적인 말투로 물었다. "얼마를 주면 그 염소를 팔겠나?"

"팔 수 없습니다." 그가 대답했다.

"은화 열 개라도?"

"아, 은화 열 개라면……" 청년은 승낙했다. "다른 걸 다시 가져오면 되니까요." 그러곤 염소를 땅바닥에 내려놓았다.

안드로니코가 제롤 백작에게 물었다.

"그 염소를 뭐에 쓰려고? 먹으려는 건 아닐 테고."

"곧 알게 될 겁니다. 뭐에 필요한지." 그는 대답을 얼버무렸다.

사냥꾼 중 한 명이 염소를 어깨에 둘러멨다. 팔리사노의 청년은 (분명히 용에게 바칠 다른 염소를 마련하려고) 마을을 향해 서둘러 내려갔고, 원정대는 다시 길을 나섰다.

한 시간이 채 안 돼, 마침내 그들은 도착했다. 골짜기가 갑자기 넓어지더니 황폐하고 광대한 공간이 펼쳐졌다. 주황빛이 감도는 부렐은 흙더미와 붕괴된 암석에 둘러싸인 원형경기장 같았다. 거기 한가운데, 원뿔 모양의 돌무더기 꼭대기에 검은 구멍이 있었다. 용의 동굴이었다.

"저기예요." 론고가 말했다. 그들은 가까운 거리에 있는 자갈테라스 위에 멈춰 섰다. 동굴보다 10미터가량 높은데다 거의 정면으로 마주보고 있는, 최고의 관찰 지점이었다. 게다가 절벽 위에 있으니 아래쪽에서 접근할 수 없다는 이점도 있었다. 그곳에서라면 마리아가 아주 안전하게 지켜볼 수 있을 터였다.

그들은 입을 다물고 귀를 쫑긋 세웠다. 산의 끝없는 정적 속에 이따금 자갈 구르는 소리만 들렸다. 그러다 갑자기 여기저기서 흙더미가 무너지고 작은 개울처럼 돌멩이들이 좌르르 흘렀다가 간신히 잦아들었다. 이는 황량한 풍경에 영원한 몰락의 인상을 보탰다. 신에게 버림받은, 서서히 주저앉는 산.

"오늘 용이 안 나오면 어쩌지?" 퀸토 안드로니코가 물었다.

"염소가 있잖아요." 제롤이 대답했다. "그걸 잊으셨나보네요!"

그제야 그가 했던 말이 이해되었다. 그 염소는 괴물을 동굴 밖으로 유혹하는 미끼였다.

그들은 태세를 갖추기 시작했다. 사냥꾼 둘은 필요할 경우 돌을 던지기 위해 동굴보다 20미터 높은 지점으로 어렵사리 기어올랐다. 한 사람은 동굴 앞 자갈밭에 염소를 내려놓으러 갔다. 다른 이들은 소총과 컬버린총을 들고 큰 바위 뒤에 몸을 숨긴 채 양편으로 자리 잡았다. 안드로니코는 그저 지켜볼 생각으로 가만히 있었다.

아름다운 마리아는 조용했다. 처음의 적극적인 태도는 사라져버렸다. 그럴 수만 있다면 기쁜 마음으로 당장 돌아갈 터였지만, 아무에게도 말할 엄두를 내지 못했다. 그녀는 주위를 둘러보았다. 바위벽, 오래전에 붕괴된 흔적과 최근의 산사태, 언제라도 무너져내릴 듯한 적색토기둥들. 남편과 제롤 백작, 박물학자 두 명, 그리고 사냥꾼들은 거대한 고독 앞에서 너무나 가소로워 보였다.

동굴 앞에 죽은 염소를 내려놓은 뒤 그들은 기다리기 시작했다.

열시가 좀 지난 시간이었고, 태양은 엄청난 열기를 내뿜으며 부렐 일대를 완전히 장악했다. 뜨거운 빛의 파도가 이리저리 반사되어 밀려왔다. 사냥꾼들은 총독 부부를 햇볕으로부터 보호하기 위해 마차 덮개로 조잡한 천막을 만들었다. 마리아는 벌컥벌컥 물을 마셔댔다.

"조심!" 제롤 백작이 돌연 외쳤다. 그는 소총을 들고 허리께에는 쇠망치를 찬 채 자갈밭의 큰 바위 위에 서 있었다.

모두 전율을 느끼며 숨을 죽였다. 동굴 입구에서 생물체가 나오고 있었다. "용이다! 용!" 기뻐서인지, 아니면 두려워서인지, 사냥꾼 두세 명이 고함을 질렀다.

그 생물은 뱀이 기어가듯 꿈틀거리며 밝은 곳으로 나왔다. 드디어 소리 한 번으로 마을 전체를 떨게 하는 전설의 괴물이 등장한 것이다!

"흉측해라!" 마리아가 소리쳤다. 예상했던 것보다 훨씬 초라했기에 안도의 기색이 역력했다.

"아자 아자!" 한 사냥꾼이 장난스레 외쳤다. 모두가 자신감을 되찾았다.

"조그만 케라토사우루스 같군!" 이제 마음이 무척 편안해진 인기라미 교수가 찬찬히 살펴보며 한마디했다.

그 괴물은 그리 위협적이진 않았다. 사실상 길이 2미터 남짓에, 머리는 악어와 비슷한데 더 작았다. 도마뱀처럼 긴 목과 부어오른 흉부, 짧은 꼬리. 등을 따라서는 후줄근한 볏이 솟아 있었다. 하지만 작은 몸집보다 훨씬 더 하찮아 보이는 건 굼뜬 동작과 양피지 같은 (약간의 초록색 줄무늬가 있는) 황토색 가죽으로 뒤덮인 몸뚱이 전체에서 풍기는 무기력함이었다. 이 모든 것이 아주 많이 늙었다는 인상을 주었다. 그 괴물이 용이라면, 거의 죽음 문턱에 이른 노쇠한 용이었다.

"잡아!" 동굴 입구 위로 올라간 한 사냥꾼이 조롱하듯 외쳤다. 그러곤 동물을 향해 돌멩이를 던졌다.

돌은 빠르게 날아가 용의 두개골을 정확히 맞혔다. 호박이 움푹 파일 때처럼 둔탁한 "툭" 소리가 선명하게 들렸다. 마리아는 혐오감에 몸서리를 쳤다.

타격은 매서웠지만 충분하진 않았다. 파충류는 얼이 빠진 듯 잠시 꼼짝 않다가 고통스럽게 고개를 좌우로 흔들었다. 날카로운 이빨을 드러내며 아가리를 여닫았는데 소리는 나지 않았다. 그러더니 녀석은 염소가 있는 자갈밭으로 움직였다.

"머리가 핑 돌지?" 제롤 백작이 갑자기 오만한 자세를 거두며 낄낄거렸다. 살육을 앞두고 북받쳐오른 희열에 사로잡힌 것 같았다.

30미터 거리에서 컬버린총이 발포되었지만 표적을 빗나갔다. 폭발음이 정체된 공기를 찢었다. 암벽 사이로 우울한 굉음이 울려퍼지자 작은 산사태가 연달아 일어났다.

거의 즉시 두번째 발포가 이어졌다. 총알은 괴물의 뒷발을 맞혔고, 이내 피가 뿜어져나왔다.

"펄쩍거리는 것 좀 봐!" 마리아가 외쳤다. 그녀 또한 잔인한 광경에 흠뻑 빠져들어 있었다. 짐승은 상처의 고통이 괴로운 나머지 제자리를 돌면서 팔짝팔짝 뛰었다. 으스러진 발이 자갈에 검은 핏자국을 남기며 끌려갔다.

드디어 파충류는 염소가 있는 곳에 이르러 이빨로 염소를 낚아챘다. 괴물이 되돌아가려고 할 때, 제롤 백작은 자신의 용기를 과시하기 위해 거의 2미터 거리까지 다가가 그 머리에 총을 쐈다.

괴물의 입에서 휘파람 같은 소리가 새어나왔다. 분노를 누르고 스스로를 억제하며 소리를 내지르지 않으려고 안간힘을 쓰는 것 같았다. 인간은 모르는 어떤 이유로 인해 노여움을 참는 듯했다. 소총에서 발사된 탄환은 눈을 맞혔다. 백작은 총을 쏘고 황급히 뒤로 물러나 용이 쓰러지기를 기다렸다. 하지만 용은 쓰러지지 않았다. 그의 생명은 송진을 넣은 불꽃처럼 끈질기게 타오르는 것만 같았다. 괴물은 한쪽 눈에 총알이 박힌 채 침착하게 염소를 삼켰고, 그 거대한 한 입 거리가 목구멍을 넘어가자 목이 고무처럼 서서히 팽창했다. 이어 괴물은 바위 기슭으로 물러나 동굴 옆 암벽을 힘겹게 기어오르기 시작했다. 발밑의 흙을 뭉개며 달아나려 허둥댔다. 그 위로 맞닿은 하늘은 무색투명했고, 태양은 핏자국을 순식간에 말려버렸다.

"세숫대야 안의 바퀴벌레 같아." 안드로니코 총독이 나지막이 혼잣말을 했다.

"뭐라고 했어?" 그의 아내가 물었다.

"아니야, 아무것도." 그가 대답했다.

"그런데 왜 동굴로 들어가지 않을까?" 현장을 흥미진진하게 지켜보던 인기라미 교수가 의아한 듯 중얼거렸다.

"궁지에 몰리는 게 두려운 거야." 푸스티가 추측했다. "완전히 어리둥절한 상태일 거고. 그나저나 어떻게 케라토사우루스 같다고 생각할 수 있지? 케라토사우루스라니…… 그건 아니지." 그가 반박의 말을 이었다. "내가 박물관에서 몇 마리를 복원했는데, 그것들과는 영 달라. 꼬리에 가시도 없잖아."

"숨겨져 있겠지." 인기라미가 답변했다. "불룩한 복부를 좀 봐. 꼬리가 그 아래로 말려서 보이지 않잖아."

그들이 이런 대화를 나누고 있을 때 한 사냥꾼, 두번째로 컬버린 총을 쐈던 사냥꾼이 안드로니코가 있는 테라스 쪽으로 허겁지겁 뛰어갔다. 현장에서 벗어나려는 의도가 분명했다.

"어디 가? 어디 가는 거야?" 제롤이 그에게 소리쳤다. "끝날 때까지 제자리에 있어!"

"저는 갈 겁니다." 사냥꾼이 단호하게 대답했다. "전 싫습니다. 이건 사냥이 아니에요."

"무슨 말이야? 겁먹었군. 그런 거야?"

"백작님, 아닙니다. 겁나지 않습니다."

"무서운 게 아니라면 제자리로 돌아가. 명령이야."

"말했잖아요. 겁이 나서가 아닙니다. 백작님, 부끄러운 줄 아세요."

"부끄럽다니?" 마르티노 제롤이 악담을 퍼부었다. "이 돼지 새끼가! 너 팔리사노 놈이지? 겁쟁이 새끼야! 혼쭐나기 전에 썩 꺼져!"

"그리고 베피, 넌 또 어디 가?" 다른 사냥꾼도 움직이는 것을 보고는 백작이 다시 고함쳤다.

"백작님, 저도 갑니다. 이 끔찍한 일에서 손떼고 싶습니다."

"겁쟁이들!" 제롤은 악을 써대며 소리를 질렀다. "비겁한 놈들, 언젠가 대가를 치르게 될 거야!"

"겁이 나서가 아닙니다." 두번째 사냥꾼이 반박했다. "무서워서 이러는 게 아니에요. 백작님, 이 일은 안 좋게 끝날 겁니다."

"내가 당장 보여주지!" 백작은 땅에서 돌멩이를 집어들어 사냥꾼을 향해 힘껏 던졌다. 하지만 돌은 빗나갔다.

잠시 침묵이 이어졌고, 그사이 용은 암벽 위에서 더 올라가지 못한 채 버둥대고 있었다. 흙과 돌이 떨어지는 바람에 녀석은 자꾸만 아래로, 출발한 지점으로 밀려났다. 돌 떨어지는 소리를 빼면 사방이 고요했다.

그러다 안드로니코가 입을 열었다. "얼마나 기다려야 하지?" 그가 제롤에게 소리쳤다. "지독하게 덥군. 그 짐승을 한 번에 끝내버리게. 아무리 용이라지만 이렇게까지 학대해서야 쓰나?"

"제 탓이 아닙니다." 제롤이 짜증을 내며 대답했다. "보시다시피 안 죽잖습니까. 머리에 총알이 박히고도 아까보다 팔팔해져……"

그는 자갈밭 가장자리를 보면서 말을 멈췄다. 오는 길에 만났던 청년이 어깨에 다른 염소를 메고 나타났기 때문이다. 청년은 사람들과 무기, 핏자국, 무엇보다도 바위에서 버둥거리는 (동굴 밖으로 나온 걸 본 적이 없는) 용의 모습에 깜짝 놀라서 걸음을 멈춘 채 그 이상한 광경을 지켜보았다.

"젊은이!" 제롤이 소리쳤다. "그 염소는 얼마짜리지?"

"아뇨, 이건 팔 수 없습니다." 청년이 대답했다. "이만한 무게의 금을 준대도 팔지 않아요. 그런데 무슨 짓을 한 겁니까?" 그는 피투성이 괴물을 향해 눈을 크게 뜨며 물었다.

"우리는 골칫거리를 완전히 끝장내러 왔네. 자네들 모두 기뻐해야 할 거야. 내일부터 염소는 필요 없을 테니까."

"왜 염소가 필요 없죠?"

"용이 곧 죽을 거거든." 백작이 웃으면서 말했다.

"안 돼요. 그러면 안 됩니다!" 청년이 화들짝 놀라서 외쳤다.

"자네도 거들어!" 마르티노 제롤이 명령했다. "그 염소 당장 내놓게."

"싫습니다!" 청년은 뒷걸음질을 치며 단호히 거절했다.

"어렵쇼!" 백작은 청년에게 달려들어 얼굴에 주먹을 날리고 염소를 빼앗은 뒤 그를 땅에다 패대기쳤다.

"후회하게 될 겁니다. 정말로 후회하실 거예요. 어디 두고 보십시오!" 청년이 일어나서는 다시 대들 엄두는 내지 못한 채 나지막한 소리로 내뱉었다.

하지만 제롤은 이미 그에게서 등을 돌린 뒤였다.

이제 태양이 분지를 달구었고, 노란 자갈밭과 바윗돌에서 끊임없이 반사되는 강렬한 빛 때문에 눈을 뜨고 있기가 힘들 지경이었다. 시선을 편히 둘 데가 한 곳도, 단 한 곳도 없었다.

마리아는 갈수록 더 갈증이 났다. 물을 마셔도 소용없었다. "맙소사, 더워 죽겠네!" 그녀는 투덜댔다. 제롤 백작을 지켜보는 것도 지겨워지기 시작했다.

그러는 동안 열 명쯤 되는 남자들이 땅에서 솟아난 듯이 나타났다. 외지인들이 부렐로 올라갔다는 소문을 듣고 온 팔리사노 주민들일 터였다. 그들은 황토 언덕의 꼭대기에서 말없이 가만히 이들을 바라보고 있었다.

"이제 멋진 관중까지 생겼군." 안드로니코는 두 사냥꾼과 함께 염소를 손질하고 있던 제롤에게 농담을 건넸다.

백작은 눈을 들어 자신을 주시하는 낯선 사람들을 보았다. 그는 경멸의 기색을 내비치고는 하던 일을 계속했다.

기운이 다한 용은 암벽에서 미끄러져 자갈밭까지 내려왔다. 불룩한 복부만 고동칠 뿐, 녀석은 가만히 뻗어 있었다.

"준비!" 한 사냥꾼이 제롤과 함께 땅에서 염소를 들어올리며 외쳤다. 그들은 염소의 배를 열어 도화선이 연결된 폭약을 넣었다.

이제 백작은 대담하게 자갈밭을 가로질러 용이 있는 곳에서 10미터가량 떨어진 거리까지 다가갔다. 그러곤 그곳 바닥에 염소를 조심스럽게 내려놓고는 도화선을 풀며 물러났다.

그들은 용이 움직일 때까지 삼십 분을 기다려야 했다. 언덕 꼭대기의 낯선 사람들은 마치 조각상처럼 서 있었다. 말이 없었고, 서로 이야기를 나누지도 않았다. 얼굴에는 못마땅한 기색이 어려 있었다. 가장 강렬한 기운을 내뿜는 태양에도 개의치 않은 채, 그들은 마치 움직이지 말라고 애원하듯이 파충류에게서 시선을 거두지 않았다.

하지만 결국 등에 총을 맞은 용이 갑자기 몸을 돌리더니 염소를 보고는 천천히 그리로 다가갔다. 녀석이 머리를 뻗어 먹이를 물려는 순간, 백작은 도화선에 불을 붙였다. 불꽃은 빠르게 타들어가 순식간에 염소에 도달해 폭약을 터뜨렸다.

폭발음은 그리 요란하지 않았다. 총성보다 훨씬 작았고, 널빤지가 깨지듯 무겁고 둔탁한 소리가 났다. 하지만 용의 몸은 거칠게 뒤로 내동댕이쳐져 찢어진 복부가 드러났다. 용은 다시금 고통스럽게 고개를 좌우로 흔들었다. 하지 말라고, 이건 옳지 않다고, 너무 잔인하다고, 이럴 수는 없다고 말하는 것만 같았다.

백작은 의기양양하게 웃었지만, 다른 사람들은 그럴 수 없었다.

"오, 끔찍해! 이제 그만해요!" 마리아가 손으로 얼굴을 가리며 비명을 질렀다.

"그래." 그녀의 남편이 천천히 말했다. "내가 보기에도 좋지 않게 끝날 것 같아."

괴물은 검은 피웅덩이에 기절한 듯 드러누워 있었다. 그 양쪽 옆구리에서 검은 연기가 흘러나왔다. 오른쪽에서 한 줄, 왼쪽에서 한 줄, 무거운 연기 두 줄이 힘없이 피어올랐다.

"봤어?" 인기라미 교수가 동료에게 물었다.

"그래, 봤어." 동료가 얼른 대답했다.

"케라토사우루스처럼 오페르쿨리 함메리아니라 불리는 통기구멍이 있어."

"아니야, 케라토사우루스는 아냐." 푸스티가 반박했다.

그때 바위 뒤에 몸을 숨기고 있던 제롤 백작이 괴물의 마지막 숨을 끊기 위해 나아갔다. 사람들이 다 같이 고함을 지를 때, 그는 자갈밭 한가운데서 쇠망치를 움켜쥐고 있었다.

잠시 제롤은 그 고함이 용의 최후를 앞둔 승리의 환호성이라고 믿었다. 하지만 그의 뒤에서 뭔가가 움직이는 느낌이 들었다. 휙 돌아선 그의 눈앞에 생각지도 못한 광경이 나타났다. 가엾은 두 짐승이 비틀거리며 동굴에서 나와 재빨리 그를 향해 다가오고 있었던 것이다. 형태가 다 갖춰지지 않은 두 마리 작은 파충류는 몸길이가 50센티미터에 지나지 않는, 죽어가는 용의 축소판이었다. 두 새끼 용들은 아마도 배가 고파서 동굴 밖으로 나온 모양이었다.

순식간에 벌어진 일이었다. 백작은 매우 날렵하게 대응했다. "덤벼! 덤벼!" 그는 쇠망치를 휘두르며 신이 나서 외쳤다. 타격 두 번으로 충분했다. 정확하게 겨냥된 초강력 쇠망치로 연속해서 새끼 용들을 내려쳐 유리병을 깨듯 머리를 박살냈다. 두 마리 다 쓰러져 죽었다. 멀리서 보니 꼭 공기 빠진 백파이프 같았다.

이제 낯선 사람들은 한마디 말도 없이 자갈길을 통해 아래로 달아났다. 갑작스러운 위험으로부터 탈출하는 듯한 모습이었다. 그들은 소음을 내지 않았고, 흙더미를 무너뜨리지도 않았다. 용의 동굴을 잠시 힐끗거리지도 않았다. 그저 나타났을 때처럼 불가사의하게 사라졌다.

용이 다시 움직였다. 그 괴물에겐 죽음조차 어려워 보였다. 용은 계속해서 연기 두 줄기를 내뿜으며 달팽이처럼 몸을 끌기 시작했다. 이윽고 새끼들이 있는 곳에 이르러서는 자갈밭에 쓰러지더니 아주 힘겹게 머리를 뻗어서, 아마도 되살릴 수 있으리라는 희망으로, 죽은 새끼들을 핥기 시작했다.

끝으로 용은 남아 있는 모든 기운을 모으듯 하늘을 향해 목을 세로로 세우곤 지금까지 하지 않던 행동을 했다. 용의 목구멍에서 아주 천천히, 처음에는 약하게, 그러다 점차 큰 소리로, 울부짖음이 터져나왔다. 세상에 존재하지 않는, 짐승의 소리도 인간의 소리도 아닌 괴이한 울부짖음이었다. 증오로 가득한 그 소리에 제롤 백작도 두려워하며 얼어붙은 듯 서 있었다.

처음에 왜 용이 몸을 피할 수 있는 동굴로 들어가지 않았는지, 그리고 부르짖거나 울부짖지 않고 그저 씩씩거리기만 했는지 그들은 비로소 깨달았다. 용은 두 새끼를 걱정했고, 그들을 구하기 위해 자신의 피난처를 거부한 것이다. 용이 만약 동굴로 숨어들었다면 사람들은 그 안으로 쫓아들어가 새끼들을 발견했을 터였다. 그리고 용이 만약 소리를 질렀다면 새끼들은 무슨 일이 일어났는지 보려고 밖으로 달려나왔을 것이다. 새끼들의 죽음을 본 이제야, 괴물은 지옥의 울부짖음을 토해내고 있었다.

용은 도움을, 자식들에 대한 복수를 호소하고 있었다. 하지만 누구에게? 척박하고 황량한 산에? 구름 한 점 없고 새도 없는 하늘에? 그에게 고통을 가한 사람들에게? 어쩌면 악마에게? 용의 비명은 암벽과 하늘지붕을 꿰뚫으며 만천하에 울려퍼졌다. 그럴 이유가 전혀 없다 해도, 누군가 이 소리에 응답하지 않기란 불가능해 보였다.

"누구를 부르는 걸까?" 안드로니코가 말했다. 목소리에 장난기를 섞어보려 했으나 허사였다. "누구를 부르는 거지? 내 보기에 아무도 없을 것 같은데."

"오, 빨리 죽어!" 마리아가 말했다.

하지만 용은 죽으려고 하지 않았다. 제롤 백작은 완전히 끝내고 싶은 열망에 휩싸여 연달아 두 발을 발사했다. 탕! 탕! 그래도 소용 없었다. 동작이 점점 더 느려지긴 했지만, 용은 계속해서 죽은 자식들을 핥았다. 희끄무레한 액체가 다치지 않은 눈에서 흘러나왔다.

"저 공룡을 봐!" 인기라미 교수가 소리쳤다. "울고 있어!"

총독이 말했다. "늦었네. 마르티노, 그만해. 늦었어. 가야 할 시간이야."

일곱번째로, 괴물은 하늘을 향해 울부짖었다. 비명은 결코 끝나지 않을 듯 절벽과 하늘로 울려퍼지다가 갑자기 뚝 그쳤다. 이어 용은 푹 거꾸러져 침묵 속에 잠겼다.

쥐죽은듯 고요한 가운데 기침소리가 들렸다. 온통 먼지투성이에다 피로와 흥분과 땀으로 얼굴이 일그러진 마르티노 백작이 소총을 자갈밭에 내던지고는 현장을 가로질렀다. 그는 한 손으로 가슴을 누르며 기침을 해댔다.

"무슨 일인가?" 불길한 예감을 느낀 안드로니코가 심각한 얼굴로 물었다. "왜 그래?"

"아무것도 아닙니다." 제롤이 유쾌한 목소리를 내려고 애쓰면서 대답했다. "연기를 좀 마셨을 뿐이에요."

"무슨 연기?"

제롤은 대답 대신 손으로 용을 가리켰다. 괴물은 돌멩이 사이로 고개를 축 늘어뜨린 채 가만히 뻗어 있었다. 가느다란 연기 두 줄만 그 주위를 맴돌았다.

"다 끝난 것 같군." 안드로니코가 말했다.

정말로 그런 것 같았다. 끈질긴 목숨이 마지막 숨을 거둔 것이다.

아무도 그의 부르짖음에 답하지 않았다. 만천하에서 응답하는 자는 아무도 없었다. 작은 산사태마저 잦아든 듯 산은 꼼짝도 하지 않았고, 하늘은 구름 한 점 없이 맑았으며, 태양은 조용히 저물고 있었다. 아무도, 짐승도 정령도 피의 복수를 위해 달려오지 않았다. 이 세상에 남은 얼룩을 닦아낸 것은 인간이었다. 영악하고 강력한 인간은 어디서든 질서를 유지하는 현명한 규칙을 세운다. 완벽한 인간은 발전을 위해 헌신하며, 첩첩산중일지라도 용의 생존을 절대 허용할 수 없다. 인간은 집행했고, 그에 대한 비난은 무의미할 것이었다.

인간은 정확히 규칙에 따라 옳은 일을 했다. 그럼에도, 용의 절박한 호소에 아무도 응답하지 않기란 불가능해 보였다. 안드로니코와 그의 아내, 그리고 사냥꾼들은 당장 그곳을 벗어나야 한다는 생각뿐이었다. 심지어 박물학자 두 명은 박제 만들기를 포기하고 얼른 멀리 달아나버렸다.

마을 주민들이 갑자기 사라진 건 재앙을 예감했기 때문이었다. 그림자가 무너진 암벽을 타고 올랐다. 용의 쭈그러진 몸뚱이에서 연기 두 줄이 계속해서 솟아나 정체된 공기 속에서 동그랗게 휘감겼다. 이제 모두 끝났고, 불행한 사건은 곧 잊힐 터였다. 하지만 제롤 백작의 기침은 멈추지 않고 계속되었다. 녹초가 된 백작은 바위에 앉았고, 주변의 친구들은 그에게 말을 걸지 못했다. 겁이 없는 마리아조차 멀찍이서 바라만 보았다. 기침소리만 날카롭게 울려퍼졌다. 마르티노 제롤은 기침을 멈추려고 애써보았지만 헛일이었다. 불꽃 같은 것이 가슴 안으로 점점 더 깊이 타들어갔다.

"내 이럴 줄 알았어." 안드로니코 총독은 조금 떨고 있는 그의 아내에게 속삭였다. "안 좋게 끝날 줄 알았다니까."

8
'L'로 시작하는 무엇

목재상 크리스토포로 슈로더는 일 년에 두세 차례 방문하는 시스토 마을에 도착해 늘 묵던 여관으로 가서는 곧장 침대에 누웠다. 몸 상태가 별로 좋지 않았기 때문이다. 그는 수년간 알고 지내는 루고시 의사를 불렀다. 의사가 왔지만, 정확한 진단은 내리지 못한 채 심각한 병은 아닐 거라고만 했다. 그는 검사를 위해 소변 받은 통을 가져가면서 다시 오기로 약속했다.

다음날 아침 슈로더는 한결 나아졌다고 느꼈기에 의사를 기다리지 않고 일어났다. 그가 실내복 차림으로 면도를 하고 있을 때 의사가 와서 문을 두드렸다. 슈로더는 그에게 들어오라고 했다.

"오늘 아침은 괜찮습니다." 상인은 고개를 돌리지 않은 채 거울 앞에서 계속 면도를 하며 말했다. "와주셔서 고맙습니다만, 그냥 돌아가셔도 됩니다."

"뭐가 그리 급하세요!" 의사는 잔기침을 하며 거북한 심정을 내비쳤다. "오늘은 친구와 같이 왔습니다."

슈로더는 고개를 돌려 문간을 바라보았다. 의사 옆에 마흔 살쯤 되어 보이는 신사가 서 있었다. 다부진 체격에 안색이 발그레하고 다소 품위가 없어 보이는 그는 실실대며 웃고 있었다. 자만심이 강한데다 주인 행세에 익숙한 상인은 귀찮다는 눈빛으로 의아해하며 의사를 바라보았다.

"내 친구 돈 발레리오 멜리토입니다." 루고시가 다시 말했다. "조금 뒤 우리가 같이 어떤 환자를 방문해야 하거든요. 그래서 내가 여기 함께 오자고 말했어요."

"반갑습니다." 슈로더는 냉랭하게 인사를 건넸다. "앉으세요. 앉아요."

의사가 변명조로 말을 이었다. "어쨌든 오늘 보아하니, 진료는 필요 없을 것 같습니다. 소변검사도 문제없었고요. 다만, 피를 조금 뽑을까 합니다."

"피를요? 아니, 왜죠?"

"하면 좋으니까요." 의사가 설명했다. "마치 새사람이 된 기분일 겁니다. 다혈질에는 항상 좋지요. 게다가 아주 잠깐이면 끝납니다."

말을 마치기 무섭게 그는 망토에서 거머리 세 마리가 든 작은 유리병을 꺼냈다. 그러곤 탁자에 유리병을 올려놓더니 말을 이었다. "손목에 한 마리씩 놓으세요. 잠시 가만히 두면 금방 들러붙을 거예요. 그런데 직접 해주셨으면 합니다. 부끄러운 일이지만, 제가 의사 생활 이십 년째인데도 거머리를 만지지 못하거든요."

"이리 주시죠." 슈로더는 언제나처럼 거만한 태도를 풍기며 퉁명스럽게 말했다. 그는 유리병을 들고 침대에 걸터앉아 일생일대의 중대사인 양 열중해서 손목에 거머리를 올렸다.

한편 낯선 방문객은 큼지막한 망토도 벗지 않은 채 모자와 금속음이 나는 길쭉한 꾸러미만 탁자에 내려놓았다. 슈로더는 그 남자가 자신과 거리를 두려는 양 멀찍이 문 옆에 앉아 있는 것을 보고는 막연히 불안감을 느꼈다.

"모르시겠지만, 돈 발레리오는 당신을 이미 알고 있습니다." 의사 역시 무슨 까닭인지 문 가까이에 앉으며 슈로더에게 말했다.

"기억은 없지만 그런 영광이 있었군요." 슈로더는 침대에 앉아 손바닥을 위로 향하고 두 팔을 매트리스에 걸친 채 말했다. 그사이 거머리들이 그의 손목에서 피를 빨아댔다. "그런데 루고시, 오늘 비가 오나요? 아직 창밖을 살펴보지 않아서요. 온종일 돌아다녀야 하는데, 비가 오면 성가시거든요."

"비는 오지 않습니다." 의사가 무심하게 대답했다. "그나저나, 돈 발레리오는 정말로 당신을 알고 있습니다. 다시 만나기를 간절히 바랐지요."

"제가 설명하지요." 멜리토가 귀에 거슬리는 음울한 목소리로 입을 열었다. "개인적으로 만나는 영광을 누린 적은 없지만, 당신에 대해 뭔가 아는 바가 있긴 합니다. 분명히 전혀 짐작하지 못하실 테지만요."

"무슨 소린지 정말 모르겠군요." 상인은 남 얘기를 하듯 무덤덤하게 대답했다.

"석 달 전이었나요?" 멜리토가 말했다. "기억을 잘 떠올려보세요. 석 달 전 당신은 마차를 타고 콘피네 옛길을 지나지 않았던가요?"

"그랬을 수 있지요." 슈로더가 대답했다. "그랬을 수 있지만, 정확히 기억나진 않습니다."

"그렇다면 굽은 길에서 돌다가 미끄러져서 도로를 벗어났던 건 기억나십니까?"

"네, 그래요." 상인은 낯선 손님과 달갑지 않은 지인을 차가운 눈초리로 응시하며 그렇다고 인정했다.

"그리고 바퀴 하나가 길에서 벗어나 말이 도로로 다시 진입하지 못했던 건요?"

"맞아요, 그랬어요. 그런데 당신이 어디 있었다는 겁니까?"

"아, 그건 나중에 말씀드리죠." 멜리토가 갑자기 웃으면서 의사에게 눈을 찡긋거렸다. "그래서 당신이 내려서 밀었지만 마차를 길에 올리지 못했지요? 그렇지요?"

"네, 그랬죠. 비가 억수같이 퍼부었고."

"이크, 비까지!" 돈 발레리오가 매우 흡족해하며 말을 이었다. "당신이 마차와 씨름하고 있을 때 키 크고 얼굴이 온통 새까만 어떤 이상한 사내가 나타나지 않았던가요?"

"음, 그건 잘 모르겠군요." 슈로더가 말을 막았다. "실례지만, 의사 양반. 이 거머리들을 언제까지 달고 있어야 합니까? 이미 두꺼비처럼 빵빵해졌는데. 이제 그만합시다. 게다가 바쁘다고 제가 말했잖습니까."

"조금만 더요!" 의사가 달래듯 말했다. "조금만 더 참으세요. 친애하는 슈로더 씨! 곧 새사람이 된 듯 느껴질 겁니다. 아직 열시도 안 됐잖아요. 아유, 일할 시간은 얼마든지 있습니다!"

"키 크고 얼굴이 새카맣고 괴상한 비단모자를 쓴 남자가 아니었나요?" 돈 발레리오가 고집스럽게 물었다. "그리고 종 같은 걸 들고 있지 않았나요? 그가 줄곧 종을 쳐댄 걸 기억하세요?"

"네, 그래요. 기억납니다." 슈로더가 퉁명스럽게 대답했다. "그런데 실례지만, 왜 자꾸 그 얘길 합니까?"

"아무것도 아닙니다." 멜리토가 대답했다. "당신을 이미 알고 있었다는 얘기를 하려던 것뿐입니다. 그리고 제 기억력이 좋다는 것도 확인할 겸요. 아쉽게도 그날 전 멀리 있었습니다. 도랑 너머로 500미터는 떨어져 있었지요. 그래도 나무 아래에서 비를 피하며 다 지켜볼 수 있었습니다."

"한데 그 남자는 누구였죠?" 슈로더가 날카롭게 물었다. 그가 느끼기에 멜리토는 뭔가 할 말이 있는 것 같았고, 그렇다면 얼른 듣는 게 나았다.

"아, 그자가 정확히 누군지는 모릅니다. 멀리서 봤으니까요! 그렇다면 당신은 그가 어떤 사람이었다고 생각하십니까?"

"불쌍한 거지였겠죠." 상인이 말했다. "농아 같았어요. 내가 도와달라고 부탁했는데 그 사람이 웅얼거리기만 해서 한마디도 못 알아들었거든요."

"그리고 당신이 가까이 다가가자 그가 뒤로 물러났고, 그래서 당신은 그의 팔을 붙잡아 같이 마차를 밀게 했지요. 아닙니까? 사실대로 말하세요."

"그게 어쨌다는 겁니까?" 슈로더가 이상하다는 듯이 쏘아붙였다. "난 그 사람에게 나쁜 짓 한 게 없어요. 오히려 나중에 동전 두 닢을 줬습니다."

"들으셨죠?" 멜리토는 소리를 낮추어 의사에게 숙덕거리더니 상인을 향해 큰 소리로 말을 이었다. "물론 그러셨겠죠. 누가 뭐랍니까? 하지만 제가 다 봤다는 것은 인정하시겠죠."

"친애하는 슈로더 씨, 흥분할 일이 전혀 아닙니다." 의사가 붉게 달아오른 상인의 얼굴을 보곤 말했다. "내 절친한 친구 돈 발레리오는 농담을 좋아합니다. 그저 당신을 혼란스럽게 만들려는 것뿐이에요."

멜리토는 의사를 바라보며 고개를 끄덕였다. 그러는 사이 그의 망토 끝자락이 살짝 벌어졌고, 그것을 본 슈로더의 얼굴이 창백하게 변했다.

"저, 돈 발레리오." 그는 평소의 건방진 태도를 훨씬 누그러뜨리고 말했다. "당신은 권총을 가지고 있군요. 아래층에 맡겨놓고 와도 됐을 텐데요. 제가 잘못 아는 게 아니라면, 이 지역에서도 그게 예의겠지요."

"어이쿠! 정말 죄송합니다!" 멜리토는 사죄의 뜻을 표하느라 한 손으로 이마를 치며 소리쳤다. "어떻게 용서를 빌어야 할지 모르겠습니다! 완전히 잊고 있었어요. 보통 때는 지니고 다니지 않는 터라 까맣게 잊고 있었네요. 오늘은 말을 타고 시골로 가야 하거든요."

그는 진심인 것 같았지만, 여전히 허리춤에 권총을 찬 채였다. 그러곤 고개를 갸우뚱거리며 계속해서 슈로더에게 질문을 해댔다. "말해보세요. 그 불행한 사람에게서 어떤 인상을 받았나요?"

"인상요? 그저 불행한 남자, 불쌍한 거지였어요."

"그리고 그가 계속 울려대던 종, 그 행위는요? 그게 뭔지 궁금하지 않았나요?"

"음, 글쎄요." 슈로더는 어떤 계략이 있으리라 예상하면서 신중하게 대답했다. "집시. 그는 집시였을지도 모르겠군요. 집시들이 군중을 모으기 위해 종을 울리는 걸 종종 봤거든요."

"집시!" 멜리토는 그 생각이 너무나 재미있다는 듯 웃음을 터뜨리며 소리쳤다. "아, 집시라고 생각했군요!"

슈로더는 화가 나서 의사를 바라보았다.

"뭐하는 겁니까?" 그는 매몰차게 물었다. "왜 내게 이런 질문을 해대는 거요? 친애하는 루고시 선생, 난 이런 이야기가 전혀 즐겁지 않아요. 내게 원하는 게 있다면, 속시원히 말해보시죠!"

"침착하세요. 제발……" 당황한 의사가 달랬다.

"내 잘못으로 그 부랑자에게 어떤 사고가 일어났다고 말하려는 겁니까? 솔직히 말해봐요." 상인은 한층 더 목소리를 높여 말을 이었다. "친구들, 분명하게 말씀하세요. 그가 살해당했다는 건가요?"

"그게 아닙니다!" 상황의 주도권을 쥔 멜리토가 웃으면서 말했다. "무슨 생각을 하시는 겁니까? 언짢게 했다면 정말 죄송합니다. 의사가 제게 이러더군요. '돈 발레리오, 같이 갑시다. 기사 슈로더 씨를 만나러 갑니다.' 그래서 내가 그랬지요. '아, 내가 아는 사람이군요.' 그러자 그는 '좋습니다. 같이 가죠. 그가 당신을 보면 반가워하겠군요' 했고요. 어쨌든 정말 죄송합니다. 제가 귀찮게 했다면……"

그의 말에 상인은 완전히 누그러들었다.

"화를 내어 오히려 제가 미안하군요. 하지만 진짜 심문을 받는 기분이었습니다. 여하튼 할말이 있다면 서슴없이 하세요."

"그렇다면……" 의사가 아주 조심스럽게 끼어들었다. "그래요, 실은 말하고 싶은 게 있습니다."

"고발입니까?" 슈로더는 조금 전 화를 낼 때 떨어진 거머리들을 손목에 다시 붙이면서 더욱더 확신을 가지고 물었다. "내게 어떤 혐의가 있다는 건가요?"

"돈 발레리오." 의사가 말했다. "아무래도 당신이 말하는 게 낫겠어요."

"좋아요." 멜리토가 말했다. "당신을 도와서 마차를 밀었던 그자가 누구였는지 아십니까?"

"아니요, 맹세코 모릅니다. 몇 번을 더 말해야 합니까?"

"나는 당신을 믿습니다." 멜리토가 말했다. "그가 어떤 사람인지 아는지 모르는지만 말해주세요."

"모릅니다. 집시거나 부랑자이겠거니 생각했어요."

"아닙니다. 그는 집시가 아니었습니다. 뭐, 한때 그랬을지는 몰라도 그때는 아니었지요. 솔직히 말해 그 남자를 가리키는 말은 'L'로 시작합니다."

"'L'로 시작한다고요?" 슈로더는 기억을 더듬으며 무의식적으로 되풀이했다. 불안의 그림자가 그의 얼굴에 드리웠다.

"그래요. 'L'로 시작합니다." 멜리토가 간사한 미소를 지으며 대꾸했다.

"도둑ladro? 맞나요?" 상인은 자신의 짐작이 틀림없다고 믿으며 밝아진 얼굴로 물었다.

돈 발레리오는 웃음을 터뜨렸다. "아, 도둑! 정말 대단합니다! 의사 선생, 당신 말이 맞네요. 재치가 넘치는 기사 슈로더!" 그 순간 창문 밖에서 빗소리가 들렸다.

"그만합시다." 상인은 두 거머리를 떼어내 유리병에 담으면서 단호하게 말했다. "비가 오는군요. 바로 나가봐야 해요. 안 그러면 늦습니다."

"'L'로 시작합니다." 멜리토가 고집스레 되풀이하며 자리에서 일어나 풍덩한 망토 안에 숨긴 무언가를 만지작거렸다.

"모르겠습니다. 나는 수수께끼에 서툴러요. 지금 말씀하시지요. 제게 할말이 있는 거라면…… 'L'로 시작하는 무엇이라…… 혹시 용병lanzichenecco?" 그가 장난치듯 물으며 말을 맺었다.

멜리토와 의사는 문에 등을 기댄 채 나란히 서 있었다. 둘 다 더는 웃지 않았다.

"도둑도 용병도 아닙니다." 멜리토가 천천히 말했다. "그는 나환자lebbroso였습니다."

상인은 새파랗게 질린 얼굴로 두 남자를 바라보았다.

"그렇다면? 만약 그가 나환자였다면?"

"불행하게도 그렇습니다." 의사가 돈 발레리오의 등뒤로 몸을 움츠리면서 말했다. "지금은 당신도 그렇고요."

"닥쳐!" 상인은 분노로 파르르 떨며 고함을 질렀다. "나가! 그런 장난은 집어치워. 둘 다 여기서 꺼져!"

이제 멜리토는 망토 밖으로 권총의 총신을 드러내 보였다.

"이보게 친구, 나는 보안관이오. 침착하시오. 다 당신을 위한 일이오."

"알았으니 그만해!" 슈로더가 소리를 질렀다. "이제 날 어쩔 셈이야?"

멜리토는 기습에 대비해 슈로더를 주시하면서 말을 이었다. "그 꾸러미에 당신의 종이 들어 있소. 여기서 당장 나가서 계속 종을 울리며 가시오. 마을을 떠나고, 왕국을 떠날 때까지."

"기꺼이 종을 울리지!" 슈로더가 쏘아붙였다. 그러곤 계속 고함을 지르려고 했으나 소리가 목에서 사그라졌다. 폭로된 진실이 주는 공포 탓에 그의 심장이 얼어붙었다. 이제야 그는 모든 것을 깨달았다. 그 전날 방문한 의사가 그의 질병을 의심해 보안관에게 알린 것이다. 우연히도 그 보안관은 석 달 전 지나가는 나환자의 팔을 잡고 있던 그를 목격했고, 이제 바로 그 슈로더에게 선고를 내린 것이다. 거머리는 시간을 벌기 위한 구실이었다. 슈로더가 말했다. "네 놈의 명령은 필요 없어. 알아서 가겠소. 알아서⋯⋯"

"겉옷을 입으시오." 멜리토가 명령했다. 그의 얼굴은 사악한 희열로 빛났다. "옷을 입고, 당장 나가시오."

"짐을 챙기게 잠깐만 기다려요." 슈로더는 기가 푹 죽어 말했다. "짐을 싸는 즉시 떠나겠소. 안심해도 됩니다."

"당신의 물건은 불태워야 합니다." 보안관이 비웃듯이 통보했다. "종만 챙기면 된다 이 말이오."

"몇 가지만이라도!" 조금 전까지만 해도 기세등등하고 대담했던 슈로더가 애처롭게 말했다. 이제 그는 어린아이처럼 보안관에게 사정하기 시작했다. "내 옷, 내 돈, 그것만이라도 허락해주세요!"

"겉옷, 망토, 그것으로 끝이오. 나머지는 불태울 거요. 말과 마차는 이미 처분됐소."

"뭐라고요? 그게 무슨 말입니까?" 상인이 말을 더듬었다.

"당신의 말과 마차는 법규에 따라 불태워졌소." 보안관은 그의 절망을 즐기고 있었다. "나환자가 마차를 타고 돌아다닌다니, 누가 상상이나 하겠어?"

그는 잠시 낄낄거리다가 슈로더에게 난폭하게 소리쳤다. "나가! 썩 꺼져! 너랑 입씨름할 시간 따윈 없어. 당장 나가, 개자식!"

덩치가 크고 건장한 슈로더는 온몸을 떨며 멜리토가 겨눈 총구 앞에서 입을 반쯤 벌린 채 공허한 시선으로 방을 나섰다.

"종!" 멜리토의 고함소리에 그가 움찔했다. 멜리토는 금속음을 울리는 기이한 꾸러미를 그의 발 앞에다 내던졌다. "종을 꺼내서 목에다 묶어."

슈로더는 늙어빠진 노인네처럼 가까스로 몸을 구부려 꾸러미를 집었다. 그러곤 천천히 끈을 풀어서 말끔한 나무손잡이가 달린 새 구리종을 꺼냈다. "목에!" 멜리토가 고함을 쳤다. "빨리 해. 총 쏘기 전에!"

손이 부들부들 떨려 보안관의 명령을 따르기가 쉽지 않았다. 어찌어찌 상인은 종에 달린 끈을 목에 걸었다. 종은 그의 복부에서 달랑거렸고 움직일 때마다 소리가 났다.

"종을 잡고 흔들어. 아주 잘 하겠지, 응? 기골이 장대하니까. 자, 문둥이가 나가신다!" 돈 발레리오가 잔인한 말을 퍼붓는 동안, 의사는 험악한 장면에 어찌할 바를 몰라 구석으로 물러났다.

슈로더는 비틀거리며 계단을 내려가기 시작했다. 그는 이따금 큰길에서 마주치는 바보들처럼 머리를 이리저리 흔들었다. 두 계단 아래로 내려갔을 때, 그는 고개를 돌려 의사를 빤히 쳐다보았다.

"내 탓이 아니에요." 의사 루고시가 말을 더듬었다. "운이 나빴던 거예요. 끔찍한 불행이죠!"

"자자, 앞으로!" 보안관은 짐승을 다루듯이 재촉했다. "종을 흔들어. 명령이야. 네가 지나간다고 사람들에게 알려야지!"

슈로더는 다시 계단을 내려갔다. 이내 그는 여관 정문으로 나가 천천히 광장을 가로질렀다. 그가 다가오자 수십 명의 사람들이 뒤로 물러나면서 길을 터주었다. 광장은 넓었고, 그곳을 가로지르는 길이 너무나 길었다. 이제 그는 뻣뻣한 동작으로 종을 울렸다. 맑고 경쾌한 종소리가 울려퍼졌다. 댕그랑, 댕그랑.

9
늙은 혹멧돼지

늙은 혹멧돼지의 심리를 헤아려볼 필요가 있다. 나이 지긋한 아프리카멧돼지는 경멸에 찬 눈길로 주변을 보며 인생은 불행하다고 여긴다. 가정의 기쁨은 희미해지고, 어수선하고 허기진 어린 멧돼지들은 항상 들러붙어서 귀찮게 해댄다. 세상과 암컷은 다 자기 것이라고 확신하는 젊은것들의 뻔뻔한 거드름도 진절머리가 난다.

이제 늙은 혹멧돼지는 자신이 자발적인 충동으로 독립생활을 시작했다고, 그러면서 장엄한 야생의 정상에 이르렀다고 믿으며, 스스로 행복하다는 확신을 갖고 싶어한다. 하지만 그루터기 사이를 불안하게 맴도는 그를 보라. 이따금 갑작스러운 기억에 놀라 킁킁대며 냄새를 맡고, 모든 생명이 둘씩 짝지은 자연의 거대한 전경 속에서 홀로 겉도는 그 모습을. 늙은 멧돼지여, 사실 동족은 너를 내쫓았다. 네가 괴팍하고 건방진 성격으로 변했기 때문이다. 자제심을 잃은 젊은 멧돼지들이 너를 어금니로 쳐서 한쪽으로 밀어냈고, 암컷들도 충분히 참아왔기에 그들을 말리지 않았다. 이렇게 해서 하루하루 너는 그들과 다른 길을 걷게 되었다.

지금 늙은 혹멧돼지는 이바드평원 한가운데에 있다. 저물녘, 오래된 마른 갈대밭에서 허기를 채우느라 열심이다. 주위에는 아무것도 없다. 황량한 사막에는 여기저기 메마른 흰개미 집들과 지표면에 거뭇하게 솟은 몇 개의 작고 기이한 봉우리뿐이다. 남쪽으로 아주 멀찍이 산이 보이지만, 눈을 믿어선 안 된다. 아마도 열망이 만든 허상에 불과할 것이다. 어쨌든 그는 남쪽 산을 보지 못한다. 멧돼지의 눈은 우리 인간의 것과 다르기 때문이다. 태양이 저무는 사이, 수퇘지는 시시각각으로 더 길게 변하는 자신의 그림자를 기분좋게 바라보았다. 그는 기억력이 좋지 않았기에, 매일 저녁 놀라운 마법에 걸려 덩치가 더 커졌다고 착각하며 한껏 거만함에 취해 있었다.

다른 젊은 멧돼지에 비할 바는 못 되지만, 그도 세상에서 가장 추한 그들 짐승에 속하는지라, 어떻게 보면 훌륭한 면도 있다. 세월은 그의 어금니를 아주 길쭉하게 늘여놨고, 억세고 누르스름한 갈기를 소중한 선물로 줬으며, 주둥이 양편에 네 개의 돌기를 도드라지게 했다. 그래서 변변찮게나마 그는 용들의 계보를 잇는 동화 속 거대한 괴물로 변해 있었다. 이제 그에게선 야생 그 자체의 정신과 고대의 주문이 걸린 어둠의 마법이 뿜어져나온다. 하지만 무지막지한 머릿속에도 빛이 깜빡이고, 거친 털가죽 아래서도 심장이 뛸 것이다.

사막 한가운데서, 혹멧돼지는 낯설고 검은 괴물을 보았고 심장이 뛰기 시작했다. 그 괴물은 가볍게 부르릉대며, 이상한 움직임으로 다가왔다. 달리는 것도 기는 것도 아니었는데, 그런 동작은 여태껏 본 적이 없었다. 괴물은 덩치가 으리으리했고, 가젤보다도 키가 컸다. 그는 우두커니 서서 사납게 노려보며 (고독 속에서 불길한 예감이 피어나고 있었지만) 괴물이 가까이 다가오기를 기다렸다.

그때 우리의 자동차도 멈춰 섰다.

"뭘 보고 있어?" 나는 동료에게 물었다. "왜 차를 세워? 저건 황소 같은데!"

"그래 보이는데." 그가 말했다. "그게 아니라 혹멧돼지야. 내가 쏠 테니까 기다려."

그 이상한 괴물은 부르릉거리다 말고 가만히 있었다. 언뜻 죽은 것처럼 보였다. 그러다가 멧돼지는 갑자기 끔찍한 고통을 느꼈다. 이어 고목이 쓰러지거나 산사태가 날 때처럼 매섭고 위협적인 소리가 났다. "잘했어. 와. 잡았다!" 내가 소리쳤다. "땅에서 펄쩍거리는 것 좀 봐! 흙먼지가 자욱해!"

그랬다. 짐승은 오래된 갈대밭을 가로지르며 깡충거리고 분노에 차서 뒹굴어댔다. 갑자기 동료가 외쳤다. "도망치고 있잖아!"

정말로 멧돼지는 부러진 오른쪽 뒷다리를 끌며 달아나고 있었다. 저물고 있는 이 붙박이별이 암시하는 바가 두려운 듯 해를 등지고, 동쪽을 향해 종종걸음을 완고하게 이어갔다. 금속괴물은 예의 부르릉 소리를 다시 토해내며 걸리적거리는 마른 수풀길을 헤치고 일정한 거리를 유지하면서 그를 뒤쫓았다.

이제 그는 혼자이고 길을 잃었다. 텅 빈 하늘에서도, 꼭 막힌 흰개미 집에서도, 지상의 어디에서도 그를 구하러 올 자는 없었다. 그보다 앞서 그림자가 한층 흉측하고 기괴한 걸음으로 달려갔다. 하지만 이제 그림자는 아무 소용이 없었고, 조금 전의 자만심은 상처에서 흐른 피와 함께 밖으로 빠져나와 길바닥에 흩뿌려졌다.

얼마나 멀까. 저기, 땅과 하늘을 잇는 경계선, 빛이 천천히 기우는 곳에, 시커먼 줄이, 가시 있는 아카시아가, 강이 있다. 저 아래 다른 이들이 있다는 것을 그는 잘 안다. 모든 동족, 아내들과 난폭한 젊은이들과 성가신 새끼들이 있다. 오, 아니라고 해봤자 소용없다. 아마 그 자신도 깨닫지 못한 채 지난 며칠 동안 계속 그들을 뒤따라다녔으니 말이다. 그들이 눈치채지 않도록 조심조심, 멀찍이서 그들을 쫓아다녔다. 터무니없게도, 그는 그들이 남긴 최근의 발자국 냄새를 맡고 이런저런 자취를 찾아내며 기뻐하기까지 했다. 그들은 혼이 좀 나야 한다. 배불리 뿌리를 먹고 그에게 단 한 쪽도 남기지 않다니. 거부당한 자는 무리에서 떨어질 수도, 혼자서 살아갈 수도 없었다. 이제 오만한 늙은이에게 남은 유일한 희망은 여전히 그들이었다.

하지만 두번째 총알이 발사되어 그의 넓적다리 중앙을 맞혔다. 곧 태양은 땅 밑으로 가라앉을 것이고, 어둠의 음울한 심연이 저멀리 강에서부터 소용돌이치며 나아가리라. 우리는 자동차에서 멧돼지를 지켜보았다. 그의 걸음이 무기력하고 묵직해졌다. 강력한 생존 의지가 아니라 본능이 간신히 도주를 이끄는 듯했다. 초록빛 강은 가까워지기는커녕 더 멀어지고, 눈앞의 사막은 더욱더 무한한 공간으로 변해가고 있는 것만 같았다.

나는 동료에게 말했다. "저걸 봐, 녀석이 멈춰 섰어. 지쳤나봐. 쏴, 아직 빛이 좀 있어." (최후의 일격이 남았으므로) 일을 마무리 짓기 위해 가까이 다가갈수록 혹멧돼지의 모습이 점점 더 크게 눈에 들어왔다. 드디어 추악한 얼굴, 뻣뻣한 털로 뒤덮인 귀, 매우 기품 있는 갈기까지 확인할 수 있었다. 녀석은 이제 꼼짝 않고 서서 번뜩이는 눈으로 우리를 노려보았다. 더 달아나지 못할 만큼 녹초가 되기도 했지만, 아프리카의 외로운 신이 비겁하게 도망가지 말라고 그를 나무란 것인지도 몰랐다.

　총구는 이미 표적을 정확하게 겨냥하고 있었다. 이 가까운 거리에서 총알이 빗나가기란 불가능했다. 집게손가락이 방아쇠에 걸렸다. 그리고 그 순간, 우리는 (동쪽의 시커먼 동굴에 사는 밤의 용들이 늦을까 조바심을 내며 도착하는 동안) 그의 주둥이가 사막 위의 작은 자줏빛 조각이 된 태양 쪽으로 천천히 향하는 것을 보았다. 무한한 평화가 있었고, 그 속에 이미 유리창에 불을 밝힌 19세기 별장의 이미지가 나타났다. 음악소리 가운데 한숨을 내쉬는 여인의 형상이 어렴풋하게 보이는가 하면, 정원 정문에서 귀족들의 일화와 사냥에 대해 떠들어대는 응석받이 개들도 보였다.

　엔진 소음이 그쳤고, 그제야 강둑에 숨은 자유롭고 행복한 동족의 소리가 자비로운 바람에 실려 흑멧돼지에게 닿은 듯했다. 하지만 너무 늦었다. 그의 주변으로 마지막 장막이 내려오고 있었다. 그가 할 수 있는 일이라곤 그저 남은 태양을 바라보는 것뿐이었다. 애석한 마음 때문도, 마지막 빛을 눈으로 들이마시기 위해서도 아니었다. 그는 그저 이 부당한 사건의 목격자를 부르고 싶었다.

　총성이 잠잠해졌을 때, 다리가 처참하게 망가진 멧돼지는 눈을 감은 채 왼편으로 누워 있었다. 우리의 시선 아래서 그는 마지막 숨을 내쉬었다(위로는 첫 별들이 반짝거리고 있었다). 늙은이의 짧고 깊은 탄식이 흥건한 핏물에 섞여 새어나왔다. 아무 일도 일어나지 않았다. 가느다란 영혼이 죽은 괴물에서 나와 하늘로 날아오르지도 않았고, 작은 거품조차도 일지 않았다. 이런 것들에 대해 잘 아는 현명한 히에로니무스는, 사자나 코끼리는 물론이고 아주 사나운 육식동물들도 미숙하나마 영혼이 있다고 인정한 바 있다. 기분이 좋은 날에는 너그럽게도 펠리컨의 영혼까지 인정했다. 하지만, 결코,

절대로 혹멧돼지는 아니었다. 우리가 아무리 고집을 부려도 그한테
는 다음 생의 특전을 허락해주지 않았던 것이다.

10
스칼라극장의 공포

국내 초연을 앞둔 피에르 그로스게뮈트의 〈유아 대학살〉을 관람하기 위해 노 ^{e} 거장 클라우디오 코테스는 흔쾌히 연미복을 갖춰 입었다. 냉정히 판단하자면, 5월은 스칼라 시즌이 이미 쇠퇴기로 접어드는 시기라 관람객 대부분이 관광객인 달이다. 이 시기에는 레퍼토리 선정에 큰 노력을 들일 것 없이 든든한 고전 목록에서 성공이 보장된 오페라를 선택하여 무대에 올린다. 최고의 지휘자가 이끌 필요도 없다. 가수 대부분이 별 호기심도 안 생기게 하는 스칼라극장 고정출연자라도 상관없다. 매년 이때가 되면, 성스러운 스칼라 시즌에는 추태로 여겨지곤 하는 자유분방함이 고상한 관객들한테도 허용된다. 여자들은 한껏 꾸민 이브닝드레스 대신에 간소한 의상을 입어도 흠이 되지 않는다. 남자들은 친구 집을 방문할 때처럼 화려한 넥타이에 파란색이나 진회색 정장을 입는다. 그리고 스칼라극장 정기권이 있는 일부는 우월의식에서 관람을 포기하기도 한다. (지인에게 선심을 쓴다면 좋으련만) 다른 사람에게 양도하지도 않아서 그 좌석은 비어 있다.

하지만 그날 밤은 갈라 공연이 있었다. 무엇보다도 〈유아 대학살〉은 다섯 달 전 파리 상연 때 유럽 곳곳에서 논쟁을 일으켰기에 그 자체로 주목할 만했다. 알자스의 작곡가 그로스게뮈트는 자신의 작품이 "합창과 독창으로 구성된 12막짜리 대중 성가극"이라고 담담하게 설명했지만, 평론계는 만년에 이른 이 현대음악계의 대가가 (그간 여러 차례의 진로 변경 이후) 이번 오페라에서는 그 어느 때보다도 더 당황스럽고 대담한 형식으로 새로운 길을 열었다고 평가했다. "마침내 잊힌 진리의 구역으로 고개를 돌려, 차디찬 유배지에서 연금술사들이 강력한 영약으로 명맥을 유지해오던 오페라"로 회귀하려는 의도를 분명하게 드러냈다는 것이다. 게다가 그로스게뮈트의 팬들은 그가 19세기의 영예로운 전통으로 돌아가기 위해 (하지만 어떻게 돌아간단 말인가) 가까운 과거와의 관계를 과감히 단절했다고 주장했으며, 어떤 이는 그리스비극과의 연관성을 지적하기도 했다.

어쨌든 주된 논란은 오페라의 정치적인 영향에서 비롯되었다. 피에르 그로스게뮈트는 명백히 독일 가문 출신으로, 나이와 예술활동으로 고상한 분위기를 띨지언정 외모로 보면 틀림없는 프로이센 사람이었다. 오래전부터 프랑스 그르노블에 정착한 그로스게뮈트가 나치 점령기에 보인 태도는 꽤나 의심쩍었다. 독일인들이 자선음악회의 지휘자로 초청했을 때 그는 거절하지 않았다. 한편으로는 그가 지역의 반나치 유격대를 넉넉하게 지원했다는 소문도 있었다. 그는 자신의 호화로운 저택에서 두문불출하며 어떻게든 확실한 견해 표명을 회피하려고 했다. 해방되기 전 한동안 잘잘못을 철저히 따지던 시기에는 매일 들리던 그 불안한 피아노 소리도 집밖으로 흘러나오지 않았다. 하지만 그로스게뮈트는 위대한 예술가였고, 그가 〈유아 대학살〉을 무대에 올리지 않았더라면 과거 행적은 잊혔을 것이다. (성경 이야기에 영감을 받은 젊은 프랑스 시인 필리프 라살의 대본에 근거한) 이 성가극에 대한 가장 분명한 해석은 나치가 자행한 대학살 풍자로, 히틀러는 비정한 인물 헤로데왕과 동일시되었다. 극좌파 평론가들은 피상적으로 반히틀러주의를 표방하는 그로스게뮈트의 오페라가, 모든 마을에서 들고일어나 뉘른베르크의 교수대로까지 이어졌던 승리자들의 단죄와 복수의 정신을 흐린다고 비난했다. 거기서 더 나간 해석도 있었는데, 그들의 말에 따르면 〈유아 대학살〉은 일종의 예언으로, 앞으로 발발할 쿠데타와 그로 인한 대학살을 암시한다는 것이었다. 따라서 그 폭동을 미리 비난하며 때맞춰 그것을 진압할 힘을 길러야 한다고 경고했으니, 사실상 중세의 마녀사냥을 방불케 했다.

예상했듯이, 그로스게뮈트는 짧지만 단호한 말로 그러한 암시를 부정했다. 〈유아 대학살〉은 그리스도교 신앙을 증언하는 작품일 뿐이라고 그는 일축했다. 하지만 파리 초연 당시 격한 논쟁이 전개되었고, 한동안 언론은 악의에 찬 공격을 열띠게 퍼부었다.

난해한 음악 연출에 대한 기대와 더불어 (환상적이라고 알려진) 무대장치, 브뤼셀에서 특별히 데려온 유명한 요한 몽클라르의 안무 연출도 호기심을 자극했다. 그로스게뮈트는 리허설을 위해 일주일 전 그의 아내, 그리고 비서와 함께 밀라노에 왔다. 그리고 당연히 공연에 참석할 것이다. 여하튼 이 모든 요소가 각별한 분위기를 자아냈으니, 시즌 연주회를 통틀어 이보다 중요한 공연은 없었다. 이탈리아의 가장 권위 있는 평론가들과 음악가들이 밀라노로 몰려들었고, 그로스게뮈트의 작은 팬클럽이 파리에서 오기도 했다. 경찰청은 시위가 벌어질 것을 대비해 질서유지 인원을 최대로 강화했다.

처음에는 공무원과 경찰관이 대거 스칼라극장에 배치됐지만, 그 중 여럿은 다른 곳으로 가게 되었다. 훨씬 더 걱정스러운 뜻밖의 위협이 오후 늦게 갑자기 나타난 탓이었다. 모르지 조직의 무력행동이 머잖아, 어쩌면 그날 밤에 벌어질지 모른다고 예고하는 다양한 보고가 있었다. 세력이 광범위한 그 조직의 지도부는 기존 체제를 전복하고 '새로운 정의'를 수립한다는 그들의 궁극적인 목표를 숨기지 않았다. 동요의 조짐은 이미 몇 개월 전부터 있었다. 현재 모르지 조직은 의회 승인을 앞둔 국내 이주 관련 법률을 부정하고 있었다. 총공격을 감행하기에 좋은 명분이었다.

비장하고 도발적인 분위기를 뿜어내는 작은 무리들이 온종일 시내 광장과 거리에서 눈에 띄었다. 휘장이나 깃발, 현수막을 들지도 않고 대형을 이루거나 행렬을 짓지도 않았지만, 그들이 누구인지는 아주 쉽게 알아볼 수 있었다. 사실 이상할 것도 없었다. 이처럼 무해하고 조용한 시위는 수년 전부터 워낙 자주 일어났기 때문이다. 이번에도 공권력은 그들의 행동을 수락했다. 그러다 경찰청이 권력 쟁취를 위한 그들의 총공격이 몇 시간 이내에 벌어지리라는 비밀정보를 입수했다. 수도 로마는 즉시 그 보고를 받았고, 시 경찰과 군 경찰은 비상근무에 들어갔으며, 육군 사단도 대기했다. 물론 허위 정보일 가능성도 배제할 수 없었다. 이전에도 그런 일이 몇 차례 있었다. 거짓 소문 퍼뜨리기는 모르지 조직이 좋아하는 놀이였다.

막연하고 잠잠한 위기감이 도시로 퍼졌다. 구체적인 사실도 분명한 정보도 없었고, 아무도 확실히 알지 못했지만, 온통 긴장된 분위기가 감돌았다. 그날 저녁 많은 시민은 일을 마치자마자 서둘러 집으로 향했고, 행로를 가로막는 거대한 검은 무리가 길 끝에서 나타나지 않을까 걱정하며 거리를 살폈다. 그렇지만 시민의 안녕을 위협하는 이런 상황이 처음 있는 일도 아니긴 했다. 많은 이들이 이런 일에 익숙해진 터라, 대부분은 다른 날 저녁과 똑같이 자기 할일에 집중했다. 흥미로운 현상도 발견되었다. 경솔한 말들이 어찌어찌 걸러졌다 해도 위기에 대한 우려는 곳곳으로 스며들었는데, 그럼에도 누구 하나 그에 관해 입 밖에 내어 말하는 사람이 없었다. 평소와는 다른 야릇한 분위기가 감돌았지만, 늘 있는 저녁 대화가 오갔다. 사람들은 가볍게 인사를 건네고, 다음날을 위한 약속을 잡았다. 요컨대 어떻게든 마음속 생각을 터놓고 이야기하려고 하진 않았다. 그 일에 관해 언급하는 것이 마력을 깨뜨리고 불운을 가져온다고 여기는 듯했다. 전투에 나가는 군함에서 장난으로도 어뢰나 충돌과 같은 말을 쓰지 않는 것처럼 말이다.

클라우디오 코테스는 의심할 여지 없이, 그런 걱정에 무심한 사람 중에서도 으뜸이었다. 순수하고 어떤 면에서는 어리석기도 한, 음악밖에 모르는 사람이었다. (이 사실을 아는 사람은 거의 없지만) 그는 루마니아에서 태어났고, 20세기 초 황금기에, 아주 젊어서 이탈리아에 정착했다. 그는 조숙한 재능 덕에 일찍이 피아노 명연주자로서 대중적인 명성을 얻었다. 초기의 열광적인 찬사가 잠잠해진 이후에도 격정적인 연주보다는 섬세한 표현에 능하다는 평가와 함께 줄곧 비범한 피아니스트로 인정받았고, 유명한 음악협회의 초청을 받아 주기적으로 유럽의 주요 도시에서 순회공연을 했다. 그런 경력은 1940년 무렵까지 이어졌다. 그가 가장 소중하게 간직하는 기억은 스칼라극장의 교향악 연주회에서 여러 차례 거둔 성공적인 무대였다. 그는 이탈리아 시민권을 취득한 뒤 밀라노 여자와 결혼했고, 음악원에서 피아노 상급반 교수로서 매우 성실하게 소임을 다했다. 이미 그는 스스로를 밀라노 사람이라 여겼다. 실제로 그보다 지역 사투리를 더 잘 쓰는 사람은 보기 힘들 정도였다.

코테스는 은퇴한 뒤에도 (이제 음악원 시험기간에 명예심사위원 역할만 하면서) 여전히 음악의 세계에서 살았다. 음악가 혹은 음악 애호가만 만났고, 연주회를 일일이 찾아다녔다. 그리고 스물두 살의 전도유망한 작곡가인 아들 아르두이노의 행보를 조심스레 보살폈다. 아니, 그보다는 전전긍긍하며 쫓아다녔다고 해야 할 것이다. 왜냐하면 아르두이노는 매우 내성적이고, 친교나 감정 표현을 꺼리는데다 극도로 예민한 성격이었기 때문이다. 아내가 사망한 이후 코테스는 아들 앞에서 당황스럽고 무력한 감정을 느꼈다. 그는 아들을 이해하지 못했고, 그가 어떤 삶을 사는지 몰랐다. 음악적인 문제에서도 코테스의 조언은 무시되기 일쑤였다.

코테스는 젊어서 썩 잘생긴 외모는 아니었다. 하지만 이제 예순일곱인 그는 맵시 있는 풍채의 노인이었다. 나이가 들면서 점점 베토벤과 비슷한 분위기를 풍겼다. 굳이 의도했던 것은 아니지만, 그는 '예술적인' 후광효과를 내는 길고 매끄러운 백발을 흡족해하며 세심하게 가꿨다. 그는 비극적인 베토벤이 아니었다. 온화하고 잘 웃고 붙임성 있고, 거의 모든 것에서 좋은 점을 찾으려 애썼다. '거의'라고 말하는 이유는 피아노 연주와 관련해서는 매우 엄격한 잣대를 들이대며 인상을 찌푸리곤 했기 때문이다. 그것이 그의 유일한 단점이었다. 지인들은 공연 중간의 휴식시간에 그에게 묻곤 했다. "저기, 마에스트로, 제가 보기엔 다 괜찮은데, 베토벤께서는 어떻게 생각하시죠?" "뭐야, 자네 연주를 제대로 들은 건가? 설마 잠을 잔 건 아니겠지?" 바카우스니 코르토니 기제킹이니 하는 사람들이 연주했더라도 그는 이 비슷한 객쩍은 농담으로 답했다.

(나이 탓인지 왕성한 예술활동에서 배제된 것도 겸허히 받아들이는) 온화한 성격으로 그는 많은 사람의 호감을 샀고, 스칼라극장 운영상 특별 대우도 받았다. 오페라 시즌에는 피아니스트가 누구인지보다 코테스의 관람 여부가 더 중요하게 여겨졌다. 그가 자리하는 저녁 공연이라면 어느 정도 낙관적인 평가를 기대할 만했다. 적어도 그의 박수는 공연 수준을 가늠하는 어떤 기준이 되었다. 모두가 인정하는 피아노 거장의 소견은 매우 그럴듯했다. 반감을 누그러뜨리고, 망설이는 자들을 동의하게 하고, 미지근한 반응을 한층 분명한 찬사로 이끌어냈다. 예술가다운 매우 근사한 외모와 과거의 공로는 말할 것도 없었다. 따라서 그의 이름은 극소수에게만 그 혜택이 주어지는 '평생 무료회원' 명부에 올랐다. 초연이 있는 날 아침이면 어김없이 특등석 입장권이 담긴 봉투가 파시오네 거리 7번지 경비실 앞, 그의 우편함에 도착했다. 만약 저조한 흥행이 예상되는 초연이라면, 그의 아들 것까지 두 장의 특등석 입장권이 들어 있었다. 어쨌든 아르두이노는 개의치 않았다. 그는 옷차림에 신경쓰지 않아도 되는 리허설을 구경하거나 친구들과 같이 따로 표를 구해서 입장하곤 했다.

아르두이노는 바로 그 〈유아 대학살〉의 초연 전날 리허설을 관람했다. 식사 자리에서 평소의 애매한 말투로 그에 관해 아버지에게 말하기도 했다. "흥미로운 음향 처리" "거침없는 대위법", 그리고 (이 말을 하며 얼굴을 찡그렸는데) "독특한 음색과 발성" 따위에 대한 얘기였다. 순진한 아버지는 그 오페라가 걸작인지 졸작인지, 아니면 적어도 아들의 마음에 들었는지 아닌지조차 알 수 없었다. 그는 애써 이해하려 하지 않았다. 젊은이들이야 자기네들끼리는 그 기괴한 언어에 익숙할 터였다. 하지만 그는 그런 언어를 접하면 순간적으로 말문이 막혀버렸다.

　이제 그는 집에 혼자 있었다. 시간제로 일하는 가정부는 돌아갔다. 아르두이노는 저녁 약속이 있어서 나갔고, 그래서 피아노는 다행히도 조용하다. '다행히도'라는 표현은 나이든 연주가의 솔직한 속내였다. 하지만 밖으로 드러낼 용기는 내지 못했다. 아들이 작곡할 때마다, 클라우디오 코테스는 극도로 불안한 심리 상태가 되어, 난해하게 들리는 화음에서 마침내 음악 비슷한 무언가가 나오기를 염원하며 시시각각 기다리곤 했다. 그것이 늙은 음악가의 나약함이며, 과거로 돌아갈 수 없다는 것을 그는 잘 알았다. 그는 무기력과 노쇠함, 쓸데없는 향수는 해로울 뿐이라며 자신을 타일렀다. 게다가 뉴아트는 대중의 귀를 괴롭히고, 그것으로 그 생명력을 증언한다는 것도 그는 이해하고 있었다. 그럼에도 조바심을 떨칠 수 없었다. 옆방에서 피아노 소리를 들으며, 그는 이따금 손가락 관절에서 소리가 날 정도로, 그러한 수고로 아들이 속박에서 벗어나게 도우려는 듯 힘껏 깍지를 끼곤 했다. 하지만 아들은 자유로워지지 못했다. 힘겹게 써내려간 음표는 갈수록 더 혼란스럽게 엉키고 화음은 한층 더 어긋나버려서, 모든 게 그 자리에서 정지되거나 한꺼번에 우르르 무너져버렸다. 주여, 그를 도우소서. 실망한 아버지는 힘을 풀고 덜덜 떨리는 손으로 서둘러 담뱃불을 붙이곤 했다.

　지금 코테스는 혼자였고, 기분이 매우 좋았다. 열린 창문으로 미풍이 불어왔다. 시간이 여덟시 삼십분이었지만, 태양은 여전히 빛났다. 그가 옷을 입는 중에 전화벨이 울렸다. "코테스 선생님 댁이죠?" 모르는 목소리였다. "네, 접니다." "아르두이노 코테스 선생님?" "아니요. 전 그애의 아버지, 클라우디오입니다." 상대방이 전화를 끊었다. 그가 침실로 돌아오자 다시 전화벨이 울렸다. "그런데 아르두이노는 집에 없나요?" 조금 전과 같은 목소리가 무례하게 물었다. "네, 없습니다." 아버지는 똑같이 대응하고자 무뚝뚝한 사투리로 대답했다. "그에겐 참 안된 일이군요!" 상대는 그 말을 마지막으로 전화를 끊었다. 코테스는 생각했다. '무슨 태도가 저렇담? 누가 전화했을까? 아르두이노는 대체 어떤 친구들과 어울리는 거지? 그에게 안된 일이라니, 그건 또 무슨 소리야?' 그는 전화통화에 짜증이 났다. 다행히 얼마 가지 않았다.

이제 늙은 예술가는 옷장에 달린 거울에 구식 연미복을 비춰보았다. 품이 넓어 헐렁하고, 그의 나이에 어울리면서도 매우 소탈해 보이는 옷이었다. 코테스는 전설적인 요아힘에게서 영감을 받은 듯 약간 허영을 부려, 한편으론 평소의 단조로운 틀을 벗어나고자 검은색 조끼를 입었다. 사실 식당 종업원처럼 보였지만, 설령 눈먼 사람일지라도 누가 클라우디오 코테스를 그리 오해하겠는가? 날이 따뜻했지만 오가는 사람들의 호기심 어린 눈빛을 피하기 위해 가벼운 외투를 걸친 뒤, 작은 쌍안경을 챙겨 기쁜 마음으로 집을 나섰다.

아름다운 초여름 밤이었다. 이즈음에는 밀라노도 낭만적인 도시 역할을 용케 해낼 수 있었다. 조용하고 한적한 거리, 정원에서 나는 라임나무의 향기, 중천에 걸린 초승달. 코테스는 멋진 밤, 많은 친구와의 만남, 토론, 아름다운 여인들, 공연 이후 극장 로비에서 열릴 연회의 샴페인을 미리 떠올리면서 콘세르바토리오 거리로 나아갔다. 조금 더 돌아가는 길이지만, 그리로 가면 눈에 거슬리는 운하를 피할 수 있었다.

거기서 그는 희한한 광경을 보았다. 보도에서 긴 곱슬머리 사내가 마이크를 입술 가까이 바짝 붙인 채 나폴리 민요를 노래하고 있었다. 마이크선이 축전지와 스피커, 앰프 설비가 든 상자에 연결되어 주변 주택으로 퍼지는 고압적인 소리가 울려나왔다. 노래에 격렬한 분노가 잔뜩 묻어나와 유명한 사랑노래임에도 마치 협박하는 소리처럼 들렸다. 그의 주위엔 남자아이 예닐곱 명만이 몽롱한 분위기로 서 있었다. 길 양쪽의 창문들은 노랫소리가 듣기 싫다는 듯 닫혀 있었고, 덧문까지 내려가 있었다. 아파트가 다 텅 비었나? 아니면 다들 뭔가가 두려워서 없는 척하며 집안에 틀어박힌 걸까? 클라우디오 코테스가 지나가자 그 가수는 움직임 없이, 하지만 스피커가 진동할 정도로 한층 더 크게 소리를 내어 노래했다. 상자 위에 둔 접시에 돈을 놓으라는 위압적인 권고였다. 코테스는 알 수 없는 불안감에 걸음을 재촉하며 똑바로 나아갔다. 몇 미터 뒤로 앙심을 품은 두 눈동자의 시선이 느껴졌다.

'빌어먹을 놈!' 그는 떠돌이 악사를 향해 속으로 욕했다. 꼴사나운 공연이 좋은 기분을 망친 것이다. 게다가 산바빌라 지구에 도착하기 직전 봄바세이와의 짧은 만남은 그를 더욱 언짢게 했다. 봄바세이는 그가 음악원에서 가르친 제자로, 지금은 기자로 일하는 훌륭한 청년이었다. "스칼라극장에 계시는 분 아닙니까, 마에스트로?" 그가 외투 옷깃 안의 흰색 넥타이를 알아보고 말을 걸었다.

"알랑거리는 건가? 고약한 젊은이 같으니, 지금 내 나이가 얼만데……" 코테스는 좋은 말을 기대하며 천진하게 말했다.

"선생님도 잘 아시면서 그러시네요. 마에스트로 코테스 없는 스칼라가 스칼라일 수 있을 리가요. 그런데 아르두이노는요? 어째서 그는 안 왔지요?"

"아르두이노는 어제 리허설을 봤어. 오늘밤에는 일이 있다더군."

"아, 그렇군요." 봄바세이가 음흉스러운 미소를 지으며 말을 이었다. "오늘밤…… 아마 집에 있고 싶겠죠."

"왜지?" 그 말의 속뜻에 호기심을 느끼며 코테스가 물었다.

"오늘밤 돌아다니는 친구들이 너무 많네요." 그가 오가는 사람들을 고갯짓으로 가리키며 말했다. "어쨌건 제가 그 친구라도 똑같이 그랬을 거예요. 아, 실례해야겠네요. 전차가 도착해서요. 즐거운 시간 보내세요!"

노인은 뒤숭숭하고 어리둥절한 마음으로 그 자리에 서 있었다. 거리의 군중을 둘러보았지만 이상한 점은 발견할 수 없었다. 평소보다 사람이 더 적은 듯하고, 다들 나른한 분위기에 어찌 보면 약간 불안해 보인다는 것만 빼면. 봄바세이의 말이 여전히 수수께끼로 남아 있는 가운데, 그의 머릿속에 단편적이고 혼란한 기억이 떠올랐다. 아들의 어떤 모호한 말, 그가 최근에 사귄 새 친구들, 아르두이노가 그의 질문에 얼버무리며 자세히 설명하지 않았던 저녁 약속들. 아들이 어떤 골치 아픈 일에 휘말린 걸까? 오늘밤에 뭐 그리 중요한 일이 있는 걸까? 게다가 '돌아다니는 너무 많은 친구'는 또 누구란 말인가?

그러한 의문들을 곱씹으며 코테스는 스칼라광장에 도착했다. 그의 찝찝한 마음은 오페라극장 입구의 유쾌하고 들뜬 광경을 보자 사라졌다. 옷자락과 베일을 넘실대며 서둘러 들어가는 여인들, 구경하는 대중, 길게 늘어선 근사한 자동차들과 차창을 통해 어렴풋이 보이는 장신구와 말끔한 흰 와이셔츠, 노출된 어깨…… 위협적인, 어쩌면 비극적인 밤이 시작되려 했지만, 태연한 스칼라극장은 지난날들의 영예를 드러내고 있었다. 최근 시즌 들어 이처럼 인간의 정신과 물질이 풍성하고 행복하게 조화를 이룬 적이 없었다. 도시에 퍼지기 시작한 불안감으로 인해 더욱 활기를 띠는 듯했다. 사정을 아는 자의 눈에는, 아틸라왕의 기습에 영광의 마지막 밤을 한껏 누리고자 왕궁으로 피신했던 니벨룽족처럼, 부유층 전체가 자기들이 사랑하는 요새로 도피하는 듯 보였으리라. 사실, 사정을 아는 사람은 거의 없었다. 푸근한 밤이었기에 대다수는 겨울의 마지막 흔적과 함께 칙칙한 시기가 끝나고 이내 청명한 여름이 시작된다는 기분에 젖어 있었다.

인파에 휩쓸려 객석으로 들어온 클라우디오 코테스는, 어느새 휘황찬란한 빛으로 가득한 특등석에 앉아 있었다. 여덟시 오십분, 극장은 이미 가득찼다. 코테스는 소년처럼 황홀한 눈으로 주위를 둘러보았다. 많은 세월이 흘렀어도 그가 그곳에 들어올 때마다 느끼는 첫 감정은 위대한 자연경관을 마주할 때처럼 순수하고 강렬했다. 그가 짧게나마 인사를 나누는 다른 많은 사람도 똑같은 감정을 느꼈다. 외부인에게는 다소 우스꽝스럽게 보이겠지만, 바로 이곳에서, 일종의 무해한 프리메이슨 같은 특별한 우애가 비롯된 터였다.

누가 불참했을까? 코테스는 익숙한 시선으로 구역별 좌석을 점검하고 모든 게 제대로 되어 있는지 확인했다. 그의 왼편에는 수천 명의 어린이 환자가 급성후두염으로 죽어나간다 해도 '초연'은 놓치지 않을 소아과의사 페로가 앉아 있었다(코테스는 헤로데왕과 갈릴레아의 유아들에 빗댄 이 재치 있는 말장난을 나중에 써먹어야겠다고 생각했다). 오른쪽에는 그가 '가난한 친척들'이라고 별명을 붙인 한 쌍이 있었다. 연세 지긋한 남편과 아내는 항상 남루한 야회복만 입었다. 그들은 첫 공연을 놓치는 법이 없었고, 어떤 공연이든 늘 열광적인 박수갈채를 보냈다. 아무와도 대화는커녕 인사도 나누지 않았으며, 심지어 자기들끼리도 말을 하지 않았다. 그래서 다들 박수를 유도하기 위해 특등석의 가장 상급 자리를 배정받은 박수부대로 그들을 여겼다. 그 너머로 뛰어난 경제학자 스키아시 교수가 있었다. 그는 여러 해 동안 토스카니니가 지휘하는 공연을 따라다닌 것으로 유명했다. 지금은 경제 사정이 나빠져서 자전거로 이동하고 공원에서 잠을 자고 배낭에 챙겨온 음식으로 끼니를 때우며 연주회를 찾아다녔다. 친척과 친구들은 그가 약간 미쳤다고 생각하면서도 전과 다름없이 그를 좋아했다. 그리고 엄청난 갑부이나 초라하고 불행한 음악애호가인 배관엔지니어 베치안이 있었다. 그는 한 달 전 (연인한테 구애를 하듯 그 자리에 오르기 위해 수십 년간 어마어마한 노력을 쏟아부은 끝에) 밀라노 콰르테토 연주협회의 고문으로 선출되었는데, 그로 인한 자부심이 집과 회사, 장소를 가리지 않고 넘쳐나서 못 봐줄 정도였다. 그는 헨리 퍼셀과 뱅상 당디를 평가해대곤 했다. 전에는 콘트라베이스에 대해 감히 입을 열 엄두도 못 내던 그가 말이다. 다음으로는 왜소한 남편과 같이 온 아름다운 마디 카네스트리니가 있었다. 매장 점원으로 일했던 그녀는 새 오페라 공연이 있는 날이면 자신의 무지를 드러내지 않으려고 오후에 음악사 강사에게 특강을 받았다. 그녀의 유명한 미모는 오늘 유독 완벽하게 빛을 발했다. 수많은 사람 가운데 단연 돋보였는데, 누군가는 희망봉의 등대 같다고 말했다. 새 부리처럼 코가 커다란 뷔르츠-몬터규 공주도 공연을 보기 위해 이집트에서 네 딸과 같이 와 있었다. 무대 앞 가장 낮은 관람석에서는 수염이 덥수룩한 노체 백작의 음탕한 눈빛이 반짝이고 있었다. 그는 발레리나들이 나오는 오페라에만 부지런히 참석했고, 그때마다 불변의 공식처럼 자신의 만족감을 표출하는 감탄사를 연발하곤 했다. "아, 멋져! 아, 굉장해!" 무대 바로 앞 맨 앞줄에는 밀라노의 오랜 가문인 살체티가家의 가족 전체가 앉아 있었다. 1837년 이후 스칼라의 '최전열'을 놓치지 않는 것을 자랑으로 삼는 집안이었다. 무대 앞에서 넷째

줄에는 마리초니 후작부인이 어머니와 이모, 미혼의 딸과 자리했다. 가엾은 여인들은 올해 경제 사정상 포기한 그들의 영역, 즉 둘째 줄의 화려한 14번 특별석을 쓸쓸한 시선으로 힐끗댔다. 좌우간 그에 비하면 값이 여덟 배나 싼 정기권 좌석을 받아들여야 했기에, 그들은 비둘기들 사이의 후투티처럼 꼿꼿하고 차분한 자세를 유지하며 티를 내지 않으려고 애썼다. 한편 신원이 확실치 않은 뚱뚱한 인도 왕자는 제복 차림 부관의 경호를 받으며 잠을 자고 있었다. 그의 호흡 장단에 따라 터번의 깃털장식이 앞뒤로 일렁거렸다. 멀지 않은 곳에 삼십대의 매력적인 여자가 감탄의 시선을 끌며 서 있었다. 허리선까지 앞쪽이 트인 아찔한 진홍색 드레스에 맨팔에는 뱀처럼 꼰 검은 띠를 감은 차림이었다. 할리우드 배우로 알려졌지만 그녀의 이름을 정확하게 아는 자는 없었다. 그 옆에는 아주 예쁜 사내아이가 금방이라도 숨을 거둘 것처럼 창백한 얼굴로 얌전히 앉아 있었다. 두 경쟁집단인 귀족층과 부유한 상인층은 특별석을 반쯤 비워두는 우아한 풍습을 포기했다. 롬바르디아주의 부잣집 자제들이 최고급 연미복과 유행하는 셔츠 차림에 햇볕에 탄 건강한 얼굴로 빼곡히 자리를 채웠다. 그날 밤 공연의 이례적인 성공은 매우 대담한 데콜타주 드레스를 입은 아름다운 여성들의 수가 압도적으로 많다는 사실로도 증명되었다. 코테스는 중간휴식 때마다 관람객을 찬찬히 구경하곤 하던 젊은 시절의 놀이를 다시 즐겼다. 그러곤 플라비아 솔의 커다란 에메랄드가 반짝거리는 넷째 줄 관람석을 은밀히 흘깃거렸다. 그녀는 최고의 콘트랄토 가수이자 그의 좋은 친구였다.

　그처럼 찬란한 광채 가운데, 화사한 꽃다발 사이에 박힌 검은 눈알처럼 한 관람석이 유독 대조를 이루며 눈에 띄었다. 삼사십대의 남자 세 명이 차지한 셋째 줄 관람석이었다. 둘은 양쪽에 앉아 있었고, 한 명은 서 있었다. 검은색 더블 슈트에 어두운 넥타이를 맨 그들의 얼굴은 야위고 음울했다. 움직이지 않고 시종 무표정으로, 주변의 무엇과도 어울리지 않았다. 주목할 가치가 있는 유일한 대상이라는 듯 무대의 장막만 뚫어지게 바라볼 뿐이었다. 즐기러 온 관객이 아니라, 선고를 내린 뒤 집행을 기다리며 동정심이 아닌 반감 때문에 죄인들에게 시선을 두지 않으려는 사악한 법정 판사들 같았다. 여러 사람이 그들을 보았고 불편한 마음을 느꼈다. 그들은 누구일까? 장례식에 온 것 같은 모양새로 어떻게 감히 스칼라의 분위기를 흐릴 수 있나? 도발을 일삼으려는 걸까? 하지만 어떤 목적에서? 마에스트로 코테스도 그들의 모습에 다소 당혹감을 느꼈다. 불길한 부조화. 그들을 향해 쌍안경을 돌릴 엄두가 나지 않을 만큼, 그는 알 수 없는 불안감에 휩싸였다. 그때 불이 꺼졌다. 어둠 속에서 흰 조명이 떠올라 오케스트라를 비춘 뒤 현대음악 전문가이자 지휘자, 막스 니베를의 마른 체구로 옮겨갔다.

그날 밤 관객석의 두렵거나 불안한 사람들에게 오페라 관람이 위안이 될 순 없었다. 그로스게뮈트의 음악, 헤로데왕의 욕망, 격렬하고 중단이 거의 없이 계속되는 합창단의 가세, 현란한 무대장치로는 진정이 되지 못한 것이다. 깎아지른 벼랑 위의 까마귀떼처럼 앉은 합창단의 발악이 폭포처럼 쏟아져 관객들을 종종 깜짝 놀래키긴 했지만 말이다. 강력한 힘이 느껴졌으나, 그게 무슨 소용인가? 온갖 악기, 연주자들, 합창단, 가수들, 발레단(가수들이 거의 움직이지 않는 반면 무용단은 끊임없이 무대에 등장해 세세한 무언극을 펼쳤다), 지휘자, 그리고 관객들까지 한계에 달할 만큼 안간힘을 쏟아냈다. 첫번째 막이 끝나자 박수갈채가 터져나왔다. 무대에 감동해서라기보다는 긴장감을 덜려는 공통의 신체적 욕구에 따른 것이었다. 박수 소리에 아름다운 극장이 떠나갈 듯했다. 세번째 커튼콜에서 그로스게뮈트의 우뚝한 형상이 연주자들 사이로 나타나더니 리드미컬하게 고개를 숙여가며 희미하고 짧은 미소로 관객의 환호에 답했다. 클라우디오 코테스는 침울한 세 신사가 떠올라 손뼉을 치면서 그들을 보려고 시선을 들었다. 그들은 종전과 같이 무기력하게 가만히 아직 거기에 있었다. 한 발짝도 움직이지 않았고, 손뼉도 치지 않았으며, 말조차 하지 않았다. 심지어 살아 있는 것처럼 보이지도 않았다. 설마 마네킹은 아니겠지? 관객 대부분이 응접실로 몰려갔을 때도 그들은 변함없이 그 모양으로 남아 있었다.

첫 휴식시간 동안, 극장 밖 도시에 떠도는 흉흉한 소문이 스칼라의 관객들 사이로 흘러들었다. 여기서도 사람들은 그 소문을 본능적으로 꺼리며 쉬쉬하는 분위기였다. 아무 말도 못 들은 듯 그로스게뮈트의 오페라에 관한 토론이 일었고, 코테스도 거기에 참여했다. 그는 사투리로 농담만 할 뿐 자신의 견해를 드러내지는 않았다. 드디어 휴식 종료를 알리는 종이 울렸다. 코테스는 극장박물관 쪽 계단으로 향하던 중 자신과 나란히 걷고 있는 누군가를 발견했다. 이름이 기억나지 않는 그 남자는, 코테스가 자신의 존재를 알아채자 간사한 미소를 지으며 말했다.

"오, 친애하는 마에스트로! 만나서 정말 반갑습니다. 한 가지 드릴 말씀이 있어요." 그는 천천히, 매우 가식적인 어투로 말했다. 그들은 함께 계단을 내려갔다. 그러다 사람들의 무리를 피하느라 잠시 떨어졌다. "아, 여기 계시군요!" 그들이 다시 나란히 걷게 되자 그가 말했다. "어디 계셨어요? 잠깐이나마 지하로 사라지셨나 했지 뭐예요? 돈 조반니처럼 말입니다!" 스스로 매우 재치 있는 비유를 했다고 여기는 듯 그는 한바탕 웃음을 터뜨렸다. 너털웃음이 한참이나 이어졌다. 그는 해쓱한 얼굴에 평범한 외모의 남자였다. 구식 턱시도에 후줄근하고 꾀죄죄한 셔츠, 손톱 끝의 칙칙한 테두리로 보아 영락한 집안의 궁색한 지식인인 듯싶었다. 당황한 코테스는 그가 어서 입을 열기를 기다렸다. 이제 거의 맨 안쪽까지 다다른 참이었다.

어디서 만났는지 모르는 그 남자가 조심스레 다시 입을 뗐다. "음. 먼저, 제가 드리는 말씀은 기밀정보라는 것을 아셔야 합니다. 기밀정보, 아시겠어요? 헛소리한다고 여기지 마세요. 그리고 뭐랄까, 저를 공식적인 관계자, 그러니까 요즘 말로 대변인으로 생각지 말아주시고요."

"네, 알겠습니다." 봄바세이와 만나며 느꼈던 불편한 감정이 다시, 더 예리하게 솟구쳤다. "그러지요. 하지만 저는 그쪽이 무슨 얘기를 하는 건지 통 모르겠군요." 두번째 종이 울렸다. 그들은 특별석에 접한 복도 문으로 이어지는 계단을 내려가기 직전이었다.

거기서 그 수상쩍은 남자가 멈춰 서곤 말했다. "이제 전 가봐야 합니다. 제 좌석은 이쪽이 아니거든요. 그럼 흠, 이 정도만 말해도 충분할 것 같은데…… 당신의 아들, 그 음악가는 보다 신중하게 처신하는 게 좋을 겁니다. 마에스트로, 그는 이제 어린애가 아니잖아요? 오 이런, 벌써 불이 꺼졌네요. 제가 할 말은 이게 답니다." 그는 미소를 짓고, 손을 내미는 대신 고개를 약간 숙였다. 그러곤 인적 없는 복도의 빨간 융단을 따라 거의 달리듯이 재빠르게 사라졌다.

노인 코테스는 무심결에 이미 어두워진 객석으로 들어갔고, 사람들에게 사과하며 제자리에 도착했다. 머릿속이 혼란스러웠다. 아르두이노의 광기가 무슨 짓을 벌이고 있는 걸까? 밀라노 전체가 그것을 알고 있는데 아버지만 상상조차 못하는 것 같았다. 그리고 그 수수께끼 같은 남자는 누구일까? 어디서 그를 만났더라? 그는 그 남자와의 첫 만남을 기억해내려고 애썼지만 허사였다. 음악모임에서 만난 것 같지는 않았다. 그렇다면 어디서? 어쩌면 외국에서? 휴가 동안 어떤 호텔에서? 아니다. 정말로 아무런 기억이 없었다. 한편 무대에서는 도발적인 마르타 위트가 두려움, 또는 그 비슷한 감정을 표현하며 적나라하게 노출한 몸을 뱀처럼 움직여 나아가 헤로데왕의 궁전으로 들어갔다.

그럭저럭 두번째 휴식시간이 되었다. 실내의 불이 켜지자마자 코테스는 초조하게 주위를 둘러보며 아까의 남자를 찾았다. 그에게서 자세한 설명을 듣고 싶었다. 그라면 분명하게 대답해줄 것이다. 하지만 그 남자는 보이지 않았다. 그러다 결국 기이하게도, 그의 시선은 시커먼 세 남자가 있는 관람석으로 이끌렸다. 이제 셋이 아니라 한 명이 더 있었다. 약간 뒤쪽에 있는 네번째 남자는 정장을 갖춰 입었지만, 그도 을씨년스럽기는 마찬가지였다. (이제 코테스는 주저하지 않고 쌍안경으로 살펴보았는데) 구식 야회복 재킷에 낡고 후줄근한 셔츠 차림의 그 새로운 인물은, 나머지 셋과는 다르게 교활한 표정으로 히죽거리고 있었다. 코테스의 등골을 타고 전율이 일었다.

그는 물에 빠진 사람이 맨 처음 손에 닿는 무언가를 부여잡는 심정으로 페로 교수에게 고개를 돌렸다. "교수님, 실례합니다." 그가 다급하게 말했다. "저기 저 관람석, 자줏빛 옷을 입은 부인의 바로 왼쪽, 셋째 줄 관람석에 있는 흉측한 남자들이 누구인지 아십니까?"

"저 주술사들?" 소아과의사가 웃으면서 대답했다. "참모들이잖아요! 거의 완전한 총사령부 말입니다!"

"참모들? 총사령부라뇨?"

페로 교수는 재밌어하는 것 같았다. "아무튼 마에스트로, 당신은 항상 구름 속에서 사는군요. 행복한 사람입니다."

"총사령부가 뭔가요?" 코테스가 조바심을 내며 다시 물었다.

"모르지 조직요, 맙소사!"

"모르지 조직?" 코테스는 불길한 생각에 사로잡혀 그의 말을 그대로 되풀이했다. 모르지, 무시무시한 이름. 코테스는 그들을 지지하거나 반대한 적이 없었다. 그들에 대해 아는 것이 없었고, 관심을 기울인 적도 없었다. 그가 아는 거라곤 그들은 위험하고, 자극하지 않는 게 낫다는 정도였다. 그런데 불행한 아르두이노가 그들에게 맞서서 적대관계에 놓인 것이다. 달리 설명할 길이 없었다. 그러니까 그의 어리석은 아들이 음악에 전념하지 않고 정치적인 문제에 관심을 쏟은 것이라고밖에는. 그래, 그는 더할 나위 없이 너그럽고 신중하고 마음 넓은 아버지를 두었다. 하지만 머잖아 사람들의 입방아에 오를 것이다. 멍청하게 처신한 탓에 스스로 파멸의 길로 나아간다고! 코테스는 아까의 남자에게 설명을 듣겠다는 생각을 접었다. 그래봤자 소용없다고, 이로울 게 없다고 생각했다. 사람들은 모르지 조직에 대해 가타부타 말하는 법이 없었다. 그에게 주의하라고 알리는 것은 선의의 배려이리라. 그는 뒤돌아보았다. 극장 전체가 자신을 탐탁잖게 바라보는 것 같았다. 모르지 조직, 험악하고 강력하고 이해할 수 없는 집단. 왜 그들의 비위를 건드린단 말인가?

그는 간신히 정신을 가다듬었다. "마에스트로, 괜찮으세요?" 페로 교수가 물었다.

"네? 왜 그러세요?" 그가 점차 평정심을 되찾으며 대답했다.

"안색이 창백해져서요. 이런 더위에 가끔 그럴 수 있긴 하지요. 죄송합니다."

"아닙니다. 감사합니다. 순간 피로가 밀려왔어요. 휴, 나이 탓이죠!" 코테스는 자리에서 일어나 출구를 향해 걸어갔다. 아침 첫 햇살 덕에 밤새 괴로워하던 인간이 악몽에서 빠져나오듯이, 응접실 대리석 사이로 오가는 부유하고 건강하고 우아하고 향기롭고 생기 넘치는 그 모든 사람의 모습 덕에 충격적인 소식으로 인해 헤어나지 못하던 어둠 속에서 이 늙은 예술가는 빠져나왔다. 생각을 다른 데로 돌리고자, 그는 논쟁에 열을 올리고 있는 평론가들 무리로 다가갔다. 한 사람이 말했다. "어쨌든 합창곡이 압도적이었어요. 그건 부인할 수 없어요."

"음악에서 합창은 회화의 인물화와 같아요." 다른 사람이 끼어들었다. "효과를 빨리 얻게 하지요. 하지만 거기에 현혹되어선 안 돼요."

입바른 소리로 유명한 한 동료도 입을 열었다. "인정합니다. 하지만 어떤 결과를 위해서요? 오늘날 음악은 효과를 기대하지 않습니다. 경박하지 않고, 정열적이지 않고, 친숙하지 않고, 본능적이거나 쉽지도 않지요. 대중적이지도 않고요. 그래요, 다 좋습니다. 그런데 그렇다면 무엇이 남을까요?" 코테스는 아들의 음악에 대해 생각했다.

공연은 대성공이었다. 하지만 스칼라극장을 통틀어 단 한 명이라도 〈유아 대학살〉의 음악을 진심으로 마음에 들어 했는지는 의심스러웠다. 여하튼 대다수는 상황에 잘 대처하며 전위예술의 옹호자가 되었고, 그런 면에서 무언의 경쟁이 붙기도 했다. 모두가 음악

작품에 깃든 잠재적 아름다움과 독창성, 숨은 의미, 즉 끝없는 자기 암시를 찾아내려고 최선을 다했다. 좌우간 현대 오페라가 재미있던 적이 있는가? 애초에 현대의 주요 작곡가들은 즐거움과는 거리가 먼 인물들이요, 그들에게 재미를 기대한다는 것은 용납할 수 없는 실수일 것이다. 재미를 찾으려면 버라이어티쇼를 보거나 근교의 놀이공원에 가면 그만이다. 어쨌든 그로스게뮈트의 오페라에 인상적인 요소들이 있긴 했다. 이를테면 오케스트라가 펼치는 팽팽한 긴장감, 시종일관 최고의 음역으로 목청을 끌어올리던 가수들의 열연, 특히 합창단의 맹활약을 꼽을 수 있겠다. 야만스럽기는 하나 어떻게 보면 대중은 분명히 감동하였다. 객석에서는 여부없이 흥분이 고조되어, 막이 끝나자마자 박수갈채와 "브라보" 소리와 환호가 터져나왔다. 작곡가에게는 최고의 보상이 아니겠는가?

관객이 가장 열광한 순간은 〈성가극〉이 절정에 달한 마지막의 긴 장면이었다. 헤로데왕의 군사들이 베들레헴에 난입해서 사내아이들을 찾고, 어머니들은 집 앞에서 안간힘을 다해 끝까지 그들에 맞섰다. 바로 그때 하늘이 어두워지더니, 무대 뒤쪽에서 우렁찬 트럼펫소리가 하느님의 구원을 예고했다. 무대감독, 의상디자이너, 그리고 특히 무대를 총지휘한 연출가이자 안무감독 요한 몽클라르는 모호한 해석의 여지를 남기지 않았다. 그들은 파리에서 불거진 의혹이 재발하지 않게 대비했다. 따라서 헤로데왕은 히틀러와 닮은 구석이 없는 확실한 북유럽인의 외모를 지녀서, 갈릴래아의 영주보다는 지크프리트와 비슷했다. 그리고 무엇보다도 군사들이 쓴 투구 모양으로 오해의 여지를 없앴다. 코테스는 중얼거렸다. "가만있자. 저건 헤로데왕의 궁전이 아닌데. 대문에 '최고사령부 Oberkommandantur'라고 써야지!"

무대 풍경은 매우 멋졌다. 앞서 말한 벼랑 위의 합창단이 열창하는 동안 군사들과 어머니들이 함께 어우러져 보여주는 비극적인 최후의 춤은 상당히 압도적이었다. 몽클라르의 메이크업 연출은 새로운 건 그닥 없으나 극도로 절제되어 있었다. 군사들은 얼굴까지 모두 검은색이었고, 어머니들은 온통 흰색이었다. 아이들은 선명한 빨간색의 목각인형(공연안내장에 따르면 조각가 발라린의 디자인)으로 표현되었는데, 눈부시게 빛나는 광채가 인상적이었다. 자줏빛 마을 배경에서 흰색, 검은색, 빨간색의 세 요소가 이룬 변화무쌍한 장관이 점점 절정으로 치닫는 동안, 관객은 여러 번 박수를 터뜨렸다. "그로스게뮈트가 웃는 것 좀 봐!" 작곡가가 갈채에 답하여 인사할 때 코테스 뒤의 어떤 부인이 소리쳤다. 코테스도 이죽거리며 한마디했다. "잘났구먼! 머리가 반질반질해. 거울 같아!" 실제로 저 유명한 작곡가는 달걀처럼 머리가 벗어졌다. (아니면 빡빡 깎은 걸까?)

모르지 조직이 있던 셋째 줄 객석은 이미 비어 있었다.

이처럼 만족스러운 분위기에서 대부분의 관객이 극장을 떠났을 무렵, 소수의 정예부대는 연회가 열리는 응접실로 빠르게 이동했다. 휴식시간에는 없던 화려한 꽃병들이 보였다. 분홍빛과 하얀빛 수국이 환하게 밝힌 실내의 구석구석에 놓였다. 손님들을 맞이하는 두 문의 한편에는 예술감독 로시 다니가 서 있었고, 다른 편에는 히르슈 관장이 얼굴은 못났지만 성격 좋은 아내와 같이 있었다. 그들 약간 뒤편에서, '돈나 클라라'로 더 잘 알려진 포르탈라콰 부인이 존경받는 마에스트로 코랄로와 이야기를 나누고 있었다. 존재감을 과시하는 것을 좋아하지만 공식적으로 자신의 것이 아닌 권위를 드러내고 싶지는 않기에 그렇게 뒤로 물러나 있는 것이었다. 오래전 그녀는 예술감독 타라의 비서이자 없어서는 안 될 협력자였다. 삼십 년 가까이 과부로 살았고, 근사한 저택을 소유했으며, 밀라노의 유수 기업 가문에 속해 있던 그녀는 타라가 사망한 이후에도 스칼라의 중요한 인물로 남았다. 당연히 그녀를 싫어하는 사람들도 있었다. 그들은 그녀가 음모꾼이라고 수군댔지만, 정작 앞에서는 매우 공손한 태도를 보였다. 그럴 이유가 없는 것 같은데도 다들 그녀를 두려워했다. 뒤를 이은 예술감독들과 관장들은 그녀와 좋은 관계를 유지함으로써 얻게 되는 이점을 재빨리 깨달았다. 그들은 공연 프로그램을 기획할 때 그녀에게 조언을 구했고, 연주자들을 선정할 때도 그녀와 상의했다. 그리고 당국이나 예술가들과 곤란한 일이 생기면 늘 그녀에게 도움을 청했다. 돈나 클라라는 일처리가 아주 능숙했다. 어쨌든 그녀는 체면상 여러 해에 걸쳐 스칼라이사회의 고문을 맡았다. 그 자리는 사실상 종신직이었고, 아무도 그녀를 쫓아낼 생각을 하지 않았다. 단 한 사람이 시도한 적이 있긴 했다. 파시스트 정권에 의해 관장이 된 만쿠조는 꽤 괜찮은 남자였지만 식견이 부족했고, 그녀의 진가를 알아보지 못했다. 그는 석 달 후 조용히 해임되었다.

돈나 클라라는 키가 작고 마르고 못생긴 여자였다. 외모에 신경 쓰지 않았고 옷도 아무렇게나 입었다. 젊은 시절 말에서 떨어져 대퇴골이 부러지는 바람에 다리를 약간 절었다(그래서 그녀를 적대시하는 무리는 '절름발이 마녀'라고 불렀다). 하지만 잠시만 대화를 나눠도 그녀의 얼굴에서 빛나는 지성미에 놀라게 된다. 이상하게 여겨질지 모르겠지만, 그녀에게 반한 남자가 한둘이 아니었다. 이제 예순이 넘은 그녀는 연륜까지 더해져 그 어느 때보다도 막강했다. 실제로 관장과 예술감독은 그녀의 부하 직원이나 다름없었다. 하지만 그녀가 워낙 요령껏 처신했기에, 그들은 그 사실을 모른 채 극장에서 절대적인 권력을 행사한다고 착각했다.

사람들이 몰려들었다. 존경받는 저명인사들, 명문가의 귀족들, 파리의 최신 의상, 눈부신 보석류. 점잖은 사람들의 눈마저 돌아가게 만드는 입술과 어깨와 가슴들. 하지만 그때까지 군중 속에서 종작없이 깜빡거리기만 했던 그것, 멀리 떨어져 있던데다 불확실하고 다치게 하지는 않던 메아리도 같이 들어왔다. 그것은 두려움이었다. 갖가지 기이한 소문이 만남과 확인을 거쳐 사실로 굳어졌다. 여기저기서 은밀한 귓속말이 오갔고, 모든 것을 농담으로 돌리는 사람들로부터 회의적인 냉소와 불신의 감탄사가 터졌다. 그때 그로스게뮈트가 출연자들에 뒤이어 나타났다. 프랑스어로 진행된 소개 시간은 꽤나 고역이었다. 이후 관례적인 절차는 건너뛴 채 작곡가는 뷔페 장소로 안내되었다. 그의 옆에는 돈나 클라라가 있었다.

흔히 이런 장소에서는 외국어 구사 능력이 시험대에 오른다.

이름과는 어울리지 않게도 나폴리 출신인 히르슈 관장이 다른 말은 모르는 듯 계속 같은 소리만 되풀이했다. "Un chef-d'œuvre, véritablement, un vrai chef-d'œuvre!"* 수십 년간 도피네에 살았지만 그로스게뮈트도 아주 능숙하게 프랑스어를 구사하지는 못했다. 게다가 그의 후두음 발음은 더 이해하기 어려웠다. 같은 독일인인 오케스트라 지휘자 니베를도 프랑스어를 조금밖에 몰랐다. 그의 입에서 말이 나오려면 약간의 시간이 필요했다. 그나마 유일한 위안은, 브레멘 출신의 무용수 마르타 비트가 신기하게도 볼로냐 억양을 써가며 이탈리아어를 꽤 잘한다는 놀라운 사실이었다.

---

* "걸작, 정말로, 진짜 걸작입니다!"

웨이터들이 스파클링 와인이 담긴 쟁반을 들고 군중 사이를 미끄러지듯 오가는 동안 손님들은 끼리끼리 모이기 시작했다.

그로스게뮈트는 돈나 클라라에게 매우 중요한 볼일이 있는 듯했다.[*]

"르노트르를 본 것 같아요. 그가 안 온 게 확실한가요?" 일간지 〈르몽드〉의 음악평론가 르노트르는 파리의 '초연' 때 그를 혹평했다. 만약 오늘밤 그가 참석했다면, 그로스게뮈트에게는 설욕의 승리를 의미했다. 하지만 르노트르 평론가는 오지 않았다.

"〈코리에레 델라 세라〉는 언제 읽을 수 있을까요?" 일류 작곡가는 대가들 특유의 뻔뻔한 태도로 돈나 클라라에게 물었다. "이탈리아에서 가장 권위 있는 신문이죠? 안 그렇습니까, 부인?"

"그렇다고들 하죠." 돈나 클라라가 웃으며 대답했다. "하지만 내일 아침이나 돼야……"

"밤사이 만들겠지요? 그렇죠, 부인?"

"그래요. 아침에 나오고요. 찬사 일색의 기사이리라 확신합니다. 비평가 프라티 선생이 무척 감격한 것 같다는 얘길 들었거든요."

"오, 그건 과찬이십니다." 그러고서 그는 덕담을 생각해내려고 애썼다. "부인, 정말 귀한 밤입니다. 꿈처럼 행복한 밤이기도 하고요. 아, 그러고 보니, 다른 신문도 있던데…… 〈메사로〉라고요. 제 기억이 맞는다면……"

"〈메사로〉?" 돈나 클라라가 이해하지 못하고 되물었다.

"혹시 〈메사제로〉 말인가요?" 히르슈 관장이 끼어들었다.

"네, 네. 맞아요. 〈메사제로〉!"

---

[*] 이후 그로스게뮈트와 나누는 대화는 모두 프랑스어로 진행된다.

"하지만 메사제로는 로마 신문인데요!"

"어쨌거나 평론가를 보냈더라고요." 처음 보는 누군가가 의기양양한 어조로 이를 알렸다. 이어 유명한 프랑스어 문장을 말했는데, 그로스게뮈트만 그 묘미를 이해하지 못한 듯했다. "이제 그 평론가가 전화로 기사를 전달하는 일만 남는군!"

"아, 대단히 감사합니다. 내일 〈메사제로〉 기사가 기대되는군요." 그로스게뮈트는 돈나 클라라에게 속삭였다. "어쨌든 로마 신문 아닙니까."

그때 예술감독이 와서 스칼라이사회가 증정하는 기념메달을 그로스게뮈트에게 건넸다. 파란 새틴상자에 담긴 금메달에는 오페라의 제목과 날짜가 새겨져 있었다. 뜻밖의 선물에 기뻐하는 표정과 감사인사가 뒤따랐고, 잠시 이 음악의 대가는 정말로 감동한 것 같았다. 곧 상자는 돈나 클라라에게 건네졌다. 그녀는 감탄하며 상자를 열더니 황홀한 미소를 지었다. 그러곤 음악가에게 나지막이 소곤댔다. "멋져요! 그런데 금도금한 은인 것 같네요."

손님 대다수의 관심은 다른 곳으로 향했다. 그들은 무고한 유아들과는 관계없는 대학살을 염려하고 있었다. 모르지 조직이 공격할 거라는 예상은 더이상 소수의 정보원만 아는 비밀이 아니었다. 소문은 돌고 돌아 클라우디오 코테스처럼 딴 세상에 사는 사람들에게까지 닿았다. 하지만 사실을 말하자면, 그것을 정말로 믿는 사람은 그리 많지 않았다. "이번 달에도 경찰력이 보강됐어." 사람들이 수군거렸다. "한 도시에 경찰이 이만 명이 넘어. 거기다 군 경찰들이며 군부대며……" "군대! 군대가 위급한 순간에 어떻게 할지 누가 알겠어? 만약 발사 명령이 내려지면 총을 쏘지 않겠어?" "내가 바로 요전에 데 마테이스 장군이랑 얘기했었는데, 그가 그러더군. 군대는 얼마든지 협조할 수 있지만, 분명히 무기는 적합하지 않다고……" "뭐에 적합하지 않다는 거지?" "공공질서를 위한 작전에…… 무기보단 최루가스가 더 필요할 거라더군. 그리고 이런 일에는 기병대만한 게 없다고 했어. 거의 피해를 주지 않으면서 떠들썩한 효과를 낸다고…… 하지만 이제 기병대가 어디 있다고?" "저기 이봐요, 이만 집에 가는 게 낫지 않을까요?" "집? 집엔 왜요? 집에 있으면 더 안전할 거라고 생각하는 겁니까?" "오, 제발! 부인, 너무 과장하진 말자고요. 먼저 상황을 지켜봐야죠. 어떤 일이 벌어진다면, 그건 내일이나 그다음날의 문제일 겁니다. 게다가 혁명은 집 대문이 잠기고 거리가 텅 빈 밤에는 절대 일어나지 않아요. 그건 공권력에 주는 선물이나 다름없을 테니까요." "혁명? 아이고, 저런! 베페, 너 들었니? 저 신사가 혁명이 일어난다고 말했어. 베페, 우린 어떡해야 하니? 정신 좀 차려. 동상처럼 멀뚱히 있지만 말고!" "자네들 봤나? 3막 때 모르지 쪽 좌석에 한 명도 없었다고." "그런데 경찰서장과 시장 자리도 비었던데. 군 지도부 자리도 비었고, 심지어 부인들도 안 보이더라고. 대탈출이라도 한 것처럼…… 아마 명령이 있었나봐." "아, 당국도 주시하고 있다는 거군. 알고 있다는 거네. 하긴, 모르지 조직 안팎으로 정부 쪽 정보원들이 있겠지." 이런 식이었다. 그즈음 모두 마음속으로는 집에 있고 싶어 했지만 다들 감히 떠나지 못했다. 그들은 혼자라는 기분과 적막함이 두려웠고, 소식을 모른 채 침대에서 담배를 피우다 첫 고함이 터지는 순간을 맞을까봐 두려웠다. 반면에 비정치적인 공간에서 많은 지인, 유력 인사들과 함께 있는 것은 보호받는 느낌이었다. 마치 스칼라극장이 외교 공관, 불가침의 영역처럼 여겨졌다. 게다가 유능한 인재들과 사랑스럽고 우아한 여자들이 있는, 이 즐겁고 고상하고 교양 있고 여전히 견고한 구세계가 일거에 휩쓸릴 리 있겠는가.

잠시 후 테오도로 클리시가 나섰다. 삼십여 년 전, '이탈리아의 아나톨 프랑스'라는 별명이 붙은 그는 스스로 멋지다고 생각하는 속되고 냉소적인 태도로, 모두가 일어날까봐 두려워하는 것을 유쾌하게 묘사했다. 클리시는 야윈 아기 천사 같은 장밋빛 얼굴에 여전히 건강했고, 한물간 지식인 이미지를 흉내낸 잿빛 콧수염 두 갈래를 달고 있었다.

"1단계." 그는 아이들에게 계산법을 가르치듯이 오른손으로 왼쪽 엄지손가락을 잡으며 짐짓 권위적인 목소리를 냈다. "이른바 도시 중추부 점령. 바라옵건대, 너무 늦지 않았기를!" 그는 웃으며 손목시계를 뒤적거렸다. "자, 친애하는 벗들, 2단계. 적대 요소들 제거……"

"맙소사!" 금융가의 아내 마리우 가브리엘리가 외마디소리를 질렀다. "우리 아이들, 애들이 집에 자기들끼리만 있어!"

"아이들은 안 돼요. 부인, 걱정하지 마세요." 클리시가 말했다. "이건 큰 사냥입니다. 어린이는 금지. 다 자란 어른들만!"

그는 장난스럽게 웃어댔다.

"그런데, 집에 가정부가 없니?" 아름다운 케티 인트로치가 언제나처럼 멍청한 소리를 해댔다.

대화는 부루퉁하고 생기 있는 목소리에 의해 중단되었다.

"클리시 씨, 실례지만 그 이야기가 정말 재미있다고 생각하시는 건가요?"

리제로레 비니였다. 아마 밀라노에서 가장 빼어난 젊은 여성으로, 생기 넘치는 얼굴뿐 아니라 고귀한 정신이나 사회적인 우월성에서만 나오는 진실한 인격에 있어서도 매력적인 사람이었다.

이야기꾼은 다소 당황하여 여전히 농담조로 대꾸했다. "그게 그러니까, 나는 부인들의 걱정을 다른 쪽으로……"

"클리시 씨, 죄송하지만 하나만 물을게요. 오늘밤 당신이 그러는 건 안전하지 않다고 느껴서인가요?"

"안전하지 않다니요?"

"모두가 아는 걸 내 입으로 말하게 하지 마세요. 어쨌든 당신은 좋은 친구들, 그 뭐랄까, 소위 혁명가들과도 친분이 있으니 뭐가 걱정이겠어요? 오히려 칭찬을 받겠죠. 참 잘하셨네요. 아주 잘하셨어요…… 아마 우리도 머잖아 확인할 수 있겠죠. 당신도 잘 아시죠? 면제받을 수 있다는 것을……"

"면제라니요? 무슨 면제요?" 그가 창백해진 얼굴로 물었다.

"저런! 총살형에서 말이에요!" 주위 사람들이 숨죽여 웃는 가운데 그녀는 그에게서 등을 돌렸다.

무리는 흩어졌다. 클리시 혼자 남았다. 다른 사람들은 좀 떨어진 곳에서 리제로레 주위로 몰려들었다. 그녀는 20만 리라는 족히 나가는 발망 브랜드의 드레스를 구기면서 바닥에 쪼그리고 앉았다. 담배꽁초와 샴페인 얼룩이 사이사이 있는 그 자리가 그녀에게는 세상에 남은 마지막 절망의 야영지인 것만 같았다. 리제로레는 자신의 계급을 옹호하며 가상의 상대와 격렬하게 논쟁을 벌였다. 하지만 아무런 반론도 돌아오지 않았기에 자신이 이해받지 못한다고 느꼈고, 그래서 서 있는 친구들을 향해 다가가 고개를 쳐들고 아이처럼 화내며 다그치듯 말을 시작했다. "그자들은 우리가 치른 희생을 아는 거야, 모르는 거야? 우리가 은행에 돈 한푼 없다는 걸 왜 모를까? 보석들? 그래, 보석!" 그녀는 227그램이나 나가는 황옥이 박힌 금팔찌를 풀었다. "그래, 아름답지! 그런데 우리가 패물함을 내준다고 뭐가 달라질까? 아니, 문제는 그게 아니야." 이제는 금방이라도 울 것 같은 목소리였다. "문제는 그들이 우리를 증오한다는 거야. 그들은 문명인을 혐오해. 그들과 같은 냄새를 풍기지 않는다고 미워하지. 이게 바로 저 돼지들이 원하는 '새로운 정의'라고!"

"리제로레, 조심해." 한 젊은이가 말했다. "누가 듣고 있을지 몰라."

"신경 안 써! 내 남편과 내 이름이 살생부 꼭대기에 있는 건 누가 봐도 뻔해. 그런데 조심하라고? 우리가 너무 조심했던 것, 그게 잘못이야. 그리고 어쩌면 이제……" 그녀는 말을 멈췄다. "그래, 조용히 있는 게 낫겠어."

그 누구보다도 클라우디오 코테스는 정신을 가누지 못했다. 진부하게 비유하자면, 며칠을 안전하게 여행하다가 식인종들이 사는 땅에 들어선 탐험가 꼴이었다. 여기가 어딘지도 모르고 있는데, 문득 텐트 뒤편의 수풀에서 백 개가 넘는 창이 튀어나오고 나뭇가지 사이로 원주민들의 굶주린 눈빛이 번뜩이는 것을 보게 된 것이다. 모르지 조직이 작전에 들어갔다는 소식에 늙은 피아니스트는 몸서리를 쳤다. 이 모든 게 불과 몇 시간 사이에 들이닥친 일이다. 불안의 조짐이 처음으로 느껴졌던 전화통화, 봄바세이의 모호한 말, 낯모르는 남자의 경고, 그리고 마침내 재앙이 임박했다. 멍청한 아르두이노! 우려한 큰일이 벌어진다면, 모르지 조직은 그를 1순위로 처단할 것이다. 그리고 지금은 손쓰기에 너무 늦었다. 그는 좋은 쪽으로 생각하며 스스로를 달랬다. '그래도 조금 전의 그 남자가 나에게 주의를 준 것은 좋은 신호가 아닐까? 아르두이노를 그저 의심하고만 있다는 의미가 아닐까?' 그 반대의 생각이 불쑥 끼어들었다. '폭동 와중에는 예리하게 봐야 해! 하필 오늘밤에 경고한 건 순전히 아르두이노에게 피할 시간을 주지 않으려는 악의에서 나온 행동일지도 모르잖아.' 그는 얼이 빠진 채 근심스러운 얼굴로 이리저리 초조하게 돌아다녔다. 뭔가 위안이 되는 얘기가 들리길 바랐지만, 그런 소식은 없었다. 늘 유쾌한 기분으로 재치 있게 말하는 그를 봐왔던 친구들은 그처럼 동요된 코르테의 모습에 의아해했다. 하지만 그들 또한 자기 일을 걱정하기에도 버거웠기에 무고한 노인, 두려워할 이유가 전혀 없어 보이는 그를 살필 경황이 없었다.

그는 마음의 위로를 찾아 정처 없이 돌아다니며, 웨이터들이 끊임없이 권하는 와인을 한 잔씩 무심히 들이켰다. 그래서 머릿속은 더욱더 혼란스러워졌다.

그러다 갑자기 가장 간단한 해결책이 떠올랐다. 여태 생각하지 못한 게 놀라울 따름이었다. 집으로 돌아가 아들에게 알리고 그를 다른 아파트에 숨게 하는 것이다. 그를 기꺼이 받아줄 친구들이 분명히 있을 터였다. 시계를 보았다. 한시 십분. 그는 계단 쪽으로 갔다.

하지만 문을 몇 걸음 앞두고 멈춰 서야 했다. "친애하는 마에스트로, 이 시간에 어디 가세요? 얼굴빛이 어두워 보여요. 어디 안 좋으세요?" 다름 아닌 돈나 클라라였다. 그녀는 가장 권위 있는 무리에서 빠져나와 한 청년과 함께 거기 출입구에 서 있었다.

"오, 돈나 클라라, 내가 이 시간, 이 나이에 어딜 가겠습니까? 당연히 집에 가지요."

"저기, 마에스트로." 그녀가 매우 은밀한 어조로 말했다. "제 말 잘 들으세요. 조금만 더 기다리세요. 안 나가시는 게 좋아요. 밖에서 일이 벌어지고 있어요. 아시겠어요?"

"그들이 이미 시작했다는 말인가요?"

"마에스트로, 놀라지 마세요. 그리 위험하진 않아요. 저기 난니,

마에스트로를 모시고 가서 기운 좀 나시게 술 한잔 드릴래?"

난니는 그의 옛친구이자 작곡가인 지벨리의 아들이었다. 돈나 클라라가 다른 사람들의 이탈을 막으러 간 사이, 청년은 코테스를 식탁으로 데려가서 상황을 설명했다. 몇 분 전에 시장의 형제와 가까운 친구이자 사정에 밝은 변호사 프리제리오가 급히 스칼라극장으로 와서는 건물 밖으로 아무도 나가지 말라고 경고했다는 얘기였다. 모르지 조직이 도시 변두리의 여러 지점에 집합해 중심부로 몰려들기 직전이라면서 말이다. 시청은 사실상 이미 포위되었으며, 곳곳의 경찰서는 고립되고 차량을 빼앗겼다. 요컨대 사태가 매우 심각했다. 스칼라극장에서, 더구나 야회복 차림으로 나가는 것은 위험했다. 그 안에서 기다리는 게 나았다. 분명 모르지 조직도 극장에까지 침입하지는 않을 것이다.

새 소식은 번개같이 입에서 입으로 전해지며 손님들을 공포로 몰아넣었다. 이제 더는 농담으로 넘길 일이 아니었다. 대화가 그치고, 그로스게뮈트의 주위에는 그를 어찌해야 할지 몰라 난처해하는 몇 명만이 남았다. 그의 아내는 한 시간 전에 피곤하다며 차를 타고 호텔로 간 터였다. 이미 거리가 소란스러워졌을 텐데, 어떻게 그를 데려다줄 수 있단 말인가? 그래, 그는 예술가에, 고령의 외국인이다. 폭도들이 그에게 해를 끼칠 이유는 없었다. 그래도 위험하긴 마찬가지였다. 호텔은 역 맞은편, 먼 곳에 있었다. 경찰들의 호위를 받아야 할까? 어쩌면 그게 더 위험할 것이다.

히르슈 관장에게 좋은 생각이 떠올랐다. "돈나 클라라, 들어보세요. 우리가 모르지 조직에 속한 어떤 유력자를 찾을 수 있다면……이곳에 있을 수도 있지 않을까요? 그러면 안전한 통행권일 텐데요."

"그렇겠죠." 돈나 클라라가 맞장구를 치고는 생각에 잠겼다. "그래요, 정말 멋진 생각이에요! 그리고 다행이고요. 제가 조금 전에 한 사람을 봤어요. 조직의 거물은 아니지만 소속 국회의원이죠. 그러니까 이름이 라얀니였나…… 맞아요, 맞아. 당장 그에게 가볼게요."

라얀니 의원은 얼굴이 핼쑥하고 옷차림이 허름한 사람이었다. 그날 밤 그는 낡은 구식 야회복과 지저분한 와이셔츠 차림에, 손톱에는 때가 끼어 있었다. 주로 농업 분쟁 관련 업무를 담당했기에 밀라노에는 거의 오지 않았고, 그래서 몇 명만이 그를 알고 있었다. 라얀니는 공연이 끝난 뒤 연회장으로 달려오는 대신 혼자서 오페라 박물관을 구경하다가, 조금 전 응접실로 와서 소파 한구석에 앉아 나치오날레 담배를 피우고 있었다.

돈나 클라라가 곧장 그에게 다가가자 그는 자리에서 일어났다.

"의원님, 사실대로 말씀해주세요." 그녀는 단도직입적으로 물었다. "우리를 보호하러 여기 오신 건가요?"

"보호? 제가요? 도대체 왜요?" 의원은 어이가 없다는 듯 눈썹을 치켜올리며 외쳤다.

"그걸 왜 저한테 물으시죠? 뭔가 아실 텐데요. 모르지 소속이시잖아요!"

"오, 그 얘기라면…… 뭔가 알고 있긴 하죠. 솔직히 말하면, 처음부터 알고 있었어요. 네, 전투 계획을 알고 있었습니다. 유감스럽지만……"

돈나 클라라는 '유감스럽지만'이라는 말에 개의치 않고 계속 단호한 어조를 유지했다. "의원님, 제 말이 황당하게 들리실지 모르지만, 지금 저흰 아주 난처한 상황에 처해 있어요. 그로스게뷔트가 피곤해서 쉬고 싶어하는데, 그를 어떻게 호텔로 데려갈지 난감하거든요. 무슨 얘긴지 아시죠? 거리가 난리니까요. 어떤 일이 벌어질지 몰라요. 오해든, 사고든, 순식간에 일어날 수 있잖아요. 게다가 이 상황을 그에게 어떻게 설명하겠어요? 불미스러운 일이지요. 그러니까……"

라얀니가 말을 잘랐다. "제가 헛짚은 게 아니라면, 요컨대 저보고 그와 동행해달라는 거지요? 제 권한으로 그를 보호해달라는 거 아닙니까? 아! 아……" 그는 돈나 클라라가 어이없어할 정도로 요란한 웃음을 터뜨렸다. 크게 웃어대며 오른손을 내젓기까지 했는데, 마치 '이렇게 웃는 건 결례라는 것을 안다. 대단히 죄송하고 부끄럽게 생각하지만 너무 웃겨서 멈출 수가 없다'고 말하는 것 같았다. 드디어 그가 숨을 고르고 해명했다.

"존경하는 부인, 제가 유일하군요." 그는 여전히 웃음기가 어린 부자연스러운 어투로 말했다. "제가 유일한 사람이에요. 스칼라극 장에서, 안내원과 웨이터까지 포함한 이 모든 사람들 중에서 훌륭한 그로스게뮈트를 보호할 수 있는 사람은 저뿐이라는 거 아닙니까. 거참 굉장한 권한이군요! 그런데, 모르지가 여기 있는 사람 중에 누굴 제일 먼저 제거할까요? 누구인지 혹시 아시겠습니까?" 그는 대답을 기다렸다.

"모르겠습니다."

"존경하는 부인, 바로 소인입니다! 그들은 제일 먼저 저를 처단할 거예요."

"그 말은 당신이 실각했다는 뜻인가요?" 그녀는 에두르지 않고 바로 말했다.

"네, 그겁니다."

"이렇게 갑자기? 바로 오늘밤에?"

"네. 일이 그렇게 됐습니다. 더 정확히 말하면, 2막과 3막 사이에 짧게 논쟁을 벌이다…… 하지만 그들은 몇 달 전부터 계획했을 겁니다."

"음, 적어도 의원님은 평정을 잃지 않으셨군요."

"오, 우리는 말이죠." 그가 씁쓸하게 말했다. "우리는 항상 최악의 사태를 각오하고 있거든요. 정신적으로 습관이 되다시피 해서…… 그럴 수밖에 없지요."

"그래요. 좀전의 제안은 없던 일로 해야겠네요. 죄송합니다. 실례가 많았습니다." 돈나 클라라는 몇 걸음 가다가 고개를 돌려 다시 그에게 말했다. "모쪼록 행운을 빕니다. 그게 가능하다면……" 그러고서 그녀는 관장에게 알렸다. "가망이 없어요. 그 의원은 우리가 기대한 적임자가 아니네요. 하지만 염려하지 마세요. 제가 그로스게뮈트와 동행하지요."

손님들은 적당히 떨어진 거리에서 조용히 그 대화에 귀를 기울였고, 몇 마디를 알아들었다. 노인 코테스는 소스라치게 놀랐다. 아르두이노에 대해 말했던 의문의 남자가 다름 아닌 라얀니 의원이었기 때문이다.

돈나 클라라와 모르지 소속 의원의 대화. 그녀의 거침없는 태도, 게다가 그녀가 직접 도시를 가로질러 그로스게뮈트와 동행한다는 소식에 장내가 술렁였다. 오래전부터 떠돌던 소문, 돈나 클라라가 모르지 조직과 좋은 관계라는 소문이 사실인 모양이었다. 그녀는 정치적인 분위기를 풍기지 않으면서 양쪽 모두를 상대해온 것이다. 결국 그녀에 대해 아는 사람이라면 예상할 수 있는 일이었다. 돈나 클라라가 권력을 유지하기 위해 모든 경우를 가늠하면서 모르지 조직과도 친분을 유지했음은 뻔한 일 아니겠는가. 그 자리에 있던 많은 여자가 분통을 터뜨린 반면, 남자들은 그녀에게 측은함을 느꼈다.

돈나 클라라의 경호를 받는 그로스게뮈트의 출발은 연회의 끝을 고하며 전반적인 불안감을 고조시켰다. 그곳에 남아 있어야 할 모든 세속적 명분은 바닥이 났다. 가식은 끝났다. 실크, 데콜타주 드레스, 연미복, 보석 등 파티를 위한 온갖 장식은 사육제가 끝나고 매일의 무거운 삶을 다시 앞둔 가면들처럼 갑자기 음울하고 쓸쓸한 빛을 띠었다. 하지만 현재 그들이 앞둔 것은 사순절이 아니다. 더욱 무시무시한 무언가가 다가오는 아침의 결정적 순간을 기다리고 있었다.

한 무리가 밖을 내다보기 위해 테라스로 나갔다. 광장은 적막했고, 방치된 자동차들은 그 어느 때보다도 시커먼 모습으로 잠들어 있었다. 그런데 운전자들은? 뒷좌석에서 눈에 안 띄게 잠들어 있는 걸까? 아니면 그들도 반란에 가담하려고 달아난 걸까? 가로등 불빛은 여느 때처럼 빛나고 모든 것이 잠들어 있는 가운데, 사람들은 다가오는 먼 곳의 소음, 함성이나 총성, 군용차의 굉음을 들으려고 귀를 쫑긋 세웠다. 쥐죽은듯이 고요했다. 누군가가 소리쳤다. "미친 거야? 그들이 여기 불빛을 보면 어쩌려고? 다 불러들일 셈이군!" 그들은 다시 안으로 들어와 바깥 덧문을 닫았고, 누군가는 전기기술자를 찾으러 갔다. 이윽고 응접실의 거대한 샹들리에가 일시에 꺼졌다. 안내원들이 촛대 십여 개를 가져와 바닥에다 두었다. 촛불이 불길하게 어른거렸다.

소파 자리가 부족했기에, 피로에 지친 사람들은 바닥에 앉기 시작했다. 옷을 더럽히지 않으려고 외투를 깔고 앉기도 했다. 박물관 옆의 전화부스 앞에는 긴 줄이 늘어섰다. 코테스도 차례를 기다리고 있었다. 최소한 아르두이노한테는 위험 상황임을 알려야겠다고 생각했다. 이제 주변에서 농담을 하거나 그로스게뮈트의 오페라를 떠올리는 사람은 아무도 없었다.

그는 적어도 사십오 분을 기다렸다. (창문이 없어 전깃불을 켜둔) 전화부스로 들어가서는 손이 떨려 두 번이나 번호를 잘못 눌렀다. 마침내 통화 연결음이 들렸다. 집에 있는 듯 친근하고 마음이 편안해지는 소리였다. 그런데 왜 아무도 안 받지? 아르두이노가 아직 안 들어왔나? 두시가 넘은 시간이었다. 모르지 조직이 벌써 잡아간 건 아니겠지? 그는 간신히 감정을 억제했다. 맙소사, 왜 안 받는 거야? 아이고, 드디어 받았다.

"여보세요, 여보세요." 아르두이노의 나른한 목소리였다. "대체 누구세요, 이 시간에?"

"여보세요, 여보세요." 아버지가 대답했다. 하지만 그는 곧 후회했다. 차라리 침묵을 지키는 게 나았을 것을. 전화가 도청될지 모른다는 생각이 순간적으로 떠올랐던 것이다. 이제 아들에게 무슨 말을 해야 할까? 빨리 그곳을 떠나라고 충고할까? 무슨 일이 일어나고 있는지 설명할까? 하지만 만약 그들이 듣고 있다면?

사태와 무관한 핑계를 꾸며내야 했다. 가령 얼른 스칼라극장으로 와서 음악을 들려달라고 한다거나. 아니, 그러려면 아르두이노가 밖으로 나와야 한다. 사소한 구실을 댈까? 지갑을 빠뜨리고 와서 걱정이라고? 최악이다. 그의 아들은 어떤 일이 벌어지는지 눈치채지 못할 것이고, 통화를 듣고 있을 모르지들은 분명 의심을 할 것이다.

"저기, 얘야……" 그는 시간을 버느라 뜸을 들였다. 대문 열쇠를 가져오지 않았다고 말하는 게 가장 적절했다. 그것만이 이처럼 늦은 시간에 전화한 이유를 그럴듯하고 온당하게 설명할 수 있었다.

"들어봐. 내가 집 열쇠를 놓고 왔어. 이십 분 후면 아래 도착할 거다." 공포의 물결이 그를 덮쳤다. 만약 아르두이노가 그를 기다리려고 아래로 내려와 거리로 나선다면? 아마 그들이 보낸 누군가가 길에 잠복해 있다가 그를 끌고 갈 수 있다.

"아니, 아니." 그는 즉시 고쳐 말했다. "내가 도착할 때까지 내려오지 마. 도착하면 휘파람을 불게." 또다시 그는 마음속으로 어리석은 자신을 탓했다. 모르지 조직한테는 이것이 그를 잡아가는 간단한 신호가 될 것이다.

"잘 들어라, 잘 들어…… 내가 〈로마 심포니〉 주제곡을 휘파람으로 불면 내려와. 뭔지 알지? 그래, 명심해라."

그는 위험한 질문을 피하고자 수화기를 내려놓았다. 도대체 무슨 짓을 저지른 건가! 아르두이노는 아직 무슨 일이 일어났는지도 모르는데, 그는 모르지 조직에 빌미를 제공한 셈이 되었다. 어쩌면 그들 중에 음악가가 있어서 그 심포니를 알 수도 있다. 그가 도착했을 때는 이미 그들이 길에서 기다리고 있을 것이다. 이보다 어리석을 수는 없었다. 아들에게 다시 전화해서 사실대로 말해야 할까? 하지만 바로 그때 전화부스 문이 반쯤 열리더니 젊은 여자가 근심스러운 얼굴로 나타났다. 코테스는 이마의 땀을 훔치며 밖으로 나왔다.

응접실로 돌아와보니, 희미한 불빛 속에서 분위기는 한층 침울했다. 여자들은 추위에 떨며 소파에 나란히 끼어 앉아 한숨을 내쉬고 있었다. 대부분은 화려한 보석들을 빼서 핸드백에 넣은 채였다. 거울 앞의 다른 여자들은 한껏 꾸민 머리모양을 가라앉혔고, 망토나 베일로 기묘하게 머리를 싸서 꼭 참회자처럼 보이는 이들도 있었다. "기다림은 끔찍해. 어떻게든 끝내는 게 나아." "아, 오지 말았어야 했는데! 무슨 일이 일어날 것 같더라니…… 원래 우린 오늘 트레메초로 떠났어야 했거든. 그런데 조르조가 그로스게뮈트 공연을 놓치면 아쉬울 거라는 거야. 나는 친구들이 기다릴 거라며 말렸지. 하지만 그는 상관없다고, 전화하면 된다고 그랬어. 난 오고 싶지 않았어. 지금은 편두통도 심해. 불쌍한 내 머리……" "아, 너무 걱정하지 마. 그들이 널 어찌하지는 않겠지. 괜찮을 거야." "그거 아세요? 우리집 정원사 프란체스코가 블랙리스트를 직접 봤대요. 그가 모르지 조직원이거든요. 그 사람이 그러는데, 밀라노에만 사만 명 이상의 이름이 있대요." "맙소사, 어떻게 그럴 수 있지? 정말 끔찍해." "소식 들은 거 있니?" "아니, 못 들었어." "그들이 오는 거야?" "아니, 모른다고 했잖아." 어떤 여자는 슬그머니 손을 모아 기도했고, 다른 여자는 광란에 사로잡힌 듯 끊임없이 친구에게 귓속말로 속닥거렸다. 남자들은 바닥에 드러누워 있었는데, 많은 이들이 신발을 벗고 옷깃을 끄르고 흰 넥타이를 늘어뜨린 행색이었다. 그들은 담배를 피우고, 하품하거나 코를 골고, 낮은 목소리로 논쟁하고, 황금펜으로 공연안내장 뒷면에다 뭔가를 끄적거렸다. 너덧 명은 새 소식이 있으면 곧장 알릴 태세로 보초병처럼 덧문 틈새로 거리를 주시했다. 라얀니 의원은 홀로 구석에 구부정히 앉아 창백한 얼굴에 눈을 부릅뜬 채 나치오날레 담배를 피우고 있었다.

그런데 코테스가 자리를 뜬 사이, 고립된 사람들의 상황은 이상하게 돌아가고 있었다. 그가 전화하러 가기 전, 수도자재상을 운영하는 엔지니어 클레멘티가 히르슈 관장을 따로 불러낸 것이다. 그들은 이야기를 나누며 극장박물관 쪽으로 향했고, 거기 어둠 속에서 한동안 머물렀다. 이후 히르슈 관장이 응접실에 다시 모습을 드러내더니, 연달아 네 사람에게 무슨 말인가를 중얼거렸다. 그러자 그들이 그를 뒤따랐다. 작가 클리시, 소프라노 보리, 직물업자 프로스도치미, 그리고 젊은 마르토니 백작이, 어둠 속에서 기다리던 엔지니어 클레멘티에게 가서 비밀회담을 했다. 한 안내원은 아무 말 없이 응접실 촛대 하나를 집어 그들이 모여 있는 박물관의 작은 방으로 가져갔다.

처음에는 눈에 띄지 않던 그 행동이 곧 호기심을 불러일으켰고, 경계심마저 갖게 했다. 심리 상태가 불안할 땐 사소한 일에도 의혹을 품기 마련이다. 일부는 우연을 가장하며 슬며시 그쪽으로 가서 한참이나 돌아오지 않았다. 사람들이 기웃거리자, 히르슈와 클레멘티는 대화를 중단하거나 어딘가 강제적인 구석을 내비치며 방안에 들였다. 잠시 후 그들 무리는 서른 명이 되었다.

그들의 평소 성향으로 보아 무슨 일인지 추측하기는 어렵지 않았다. 클레멘티와 히르슈가 주축이 된 이 무리는 분리 노선을 꾀하고 있었다. 일찌감치 모르지 조직 편에 섬으로써, 응접실에 있는 타락한 대부호들과는 무관하다는 점을 분명히 하려는 것이다. 주지하다시피 그들 중 일부는 전력이 있었으니, 아마도 진실한 신념보다는 두려움 때문인지 유력한 당파에 유연하거나 너그러운 태도를 보였던 것이다. 자본가라는 계급적 지위와 독재적인 사고방식을 가진 것과 상관없이, 엔지니어 클레멘티의 아들 중 한 명이 모르지 조직의 고위직에 속해 있는 것도 놀랄 일이 아니었다. 조금 전 그는 전화부스로 들어갔고, 그 뒤로 줄을 선 사람들은 십오 분 이상을 기다려야 했다. 현상황에서 짐작건대, 클레멘티는 전화로 아들에게 도움을 요청했으며 아들은 직접 노출되기를 꺼려 그에게 이곳에서 독자적으로 헤쳐나갈 방안을 제시한 듯했다. 즉 모르지 조직을 지지하는 무리, 스칼라 내부의 혁명위원회 같은 집단을 만드는 것이다. 이후 모르지가 도착하면 그들은 암묵적으로 인정받게 되고, 무엇보다도 처단을 면할 수 있을 터였다. 결국 누구 말마따나 피는 물보다 진했다.

하지만 이것은 많은 이들에게 당혹스러운 일이었다. 그 무리는 모르지가 가장 혐오하는 계급의 전형이었기 때문이다. 그들이나 그들 같은 부류야말로 모르지 조직에 선동이나 동요의 불씨만 마냥 던지는 장본인들이니 말이다. 조금 전까지 나누었던 대화는 물론이고 모든 과거를 부인하면서 갑자기 적의 편에 붙는 자들이 그런 자들이다. 분명 그들은 제때가 되면 도피처를 확보하려고 오래전부터 돈을 쏟아부으며 적진에서 음모를 꾸며온 모양이었다. 다만 자기들이 드나드는 고상한 세계에서 체면을 잃지 않기 위해 제삼자를 통해서 비밀리에 진행했을 뿐. 그러다 마침내 위험의 순간이 닥치자 위신은 개의치 않고 서둘러 본색을 드러낸 것이다. 생존의 문제를 앞둔 지금, 그들에게 관계나 고귀한 우정, 사회적 지위 따위는 안중에도 없었다.

처음에 책동은 은밀히 진행됐지만, 각자의 입장을 밝히고자 이내 이들은 분명하게 드러내는 쪽을 택했다. 박물관의 작은 방에는 전등이 켜졌고, 밖에서 잘 보이게끔 창문이 활짝 열렸다. 모르지 조직이 광장에 도착하면 그 위에 든든한 친구들이 있음을 즉각 알아차릴 것이다.

응접실로 돌아온 마에스트로 코테스는, 박물관에서 울려나오는 소리와 거울에서 거울로 반사되는 그곳의 흰 불빛으로, 변화가 일어났음을 감지했다. 하지만 그게 무엇인지는 헤아리지 못했다. 왜 박물관 작은 방에는 불이 켜져 있고 응접실은 그대로지? 무슨 일이지?

"저쪽에서 뭘 하고 있는 겁니까?" 그는 궁금한 나머지 큰 소리로 물었다.

"뭘 하고 있느냐고요?" 리제로레 비니가 바닥에 웅크리고 앉아 남편 옆구리에 등을 기댄 채 낭랑한 목소리로 외쳤다. "순진한 자들은 복이 있나니! 친애하는 마에스트로! 저 간교한 마키아벨리들이 스칼라 분파를 조직했어요. 그들은 낭비할 시간이 없답니다. 마에스트로, 서두르세요. 곧 신청이 마감되니까요. 진짜 대단하지 않아요?…… 그들이 그러더라고요. 우리를 구하기 위해 뭔 짓이든 하겠다고…… 지금 그들은 각자의 몫을 나누고, 법을 제정하는 중이에요. 우리에게 불을 다시 켜라고 허락했고요…… 마에스트로, 그들의 면상이 어떤지 가서 보세요. 아주 볼만해요…… 깜찍한 새끼들이에요, 그죠?…… 뚱뚱하고 더러운 돼지 새끼들!" 그녀는 목소리를 높였다. "뭔 일이든 일어나면 성이라도 갈지!……"

"자, 리제로레, 흥분하지 마." 그녀의 남편이 눈을 감은 채 웃으며 말했다. 그는 그 모든 상황이 처음 겪는 흥미진진한 모험인 듯 즐거운 기색이었다.

"그런데 돈나 클라라는요?" 코테스가 혼란스러워하며 물었다.

"오, 절뚝발이 부인이야 항상 거침이 없죠! 그녀는 좀 피곤해질지언정 최고의 방법을 택했어요. 분주하게 다니는 거죠. 이해되시나요? 이리저리 왔다갔다 해요. 여기서 한마디, 저기서 한마디…… 어떻게 되든 그녀는 걱정없어요. 한쪽으로 기울지 않고, 말을 아끼고, 한곳에 머물지 않고…… 여기서 조금, 저기서 조금, 오락가락한답니다. 오, 비할 데 없는 우리의 여왕님!"

그건 사실이었다. 돈나 클라라는 그로스게뮈트를 호텔로 배웅하고 돌아온 뒤, 두 무리를 공평하게 오가며 여전히 지배력을 과시하고 있었다. 그러느라 그녀는 따로 모인 분파의 속내를 모르는 체, 그저 손님들의 변덕 정도로 여기는 척했다. 한자리에 멈추는 것은 구속력 있는 선택을 의미했기에, 돈나 클라라는 어쩔 수 없이 계속 오락가락해야 했다. 이리저리 오가며 풀이 죽은 여자들을 위로했고, 더 많은 의자를 제공했고, 재치를 발휘해 모두에게 넉넉하게 한 잔씩 돌리라고 주문했다. 양쪽 진영에서 개인적인 성과를 얻고자, 그녀는 직접 쟁반과 술병을 들고 절뚝거리며 돌아다녔다.

"쉬, 쉿……" 덧문 뒤에서 망을 보던 한 사람이 갑자기 신호를 보내며 광장을 가리켰다.

예닐곱 명이 창문 쪽으로 달려갔다. 개 한 마리가 카사로테 거리에서 나와 상업은행 앞을 지나고 있었다. 떠돌이로 보이는 그 개는 머리를 떨군 채 벽에 바짝 붙어 걸으며 만조니 거리로 사라졌다.

"뭣 때문에 우릴 부른 거야? 개 때문에?"

"음…… 내 생각에는 개 뒤에 뭔가……"

이처럼 고립된 사람들의 상태는 기괴하게 변해가고 있었다. 극장 밖, 고요하고 텅 빈 거리는 적어도 겉보기엔 평화로웠다. 한편 그 안쪽은 몰락의 광경이었다. 부유하고 존경받고 힘있는 사람들 수십 명이 아직 증명되지 않은 위험을 앞둔 채 굴욕적인 입장을 마지못해 견뎌야 했다.

시간이 흐르면서 피로감이 커지고 몸이 뻣뻣하게 굳어왔지만, 머릿속은 맑아졌다. 이상하다는 생각이 들었다. 모르지 조직이 정말로 폭동을 일으켰다면, 지금까지 스칼라광장에 전령 하나 안 보냈을 리가 없었다. 공연한 두려움 때문에 괴로움을 겪는 것은 어리석은 일이다. 변호사 코센츠는 오른손에 샴페인 잔을 들고 깜빡거리는 촛불 사이로 나아가 유력한 부인들이 무리를 이룬 곳으로 다가갔다. 과거에 그는 여성 편력으로 유명했고, 그래서 몇몇 노부인은 여전히 그를 경계했다.

"친애하는 신사 숙녀 여러분." 그는 설득력 있는 어조로 열변을 토했다. "주목해주십시오. 내일 밤이면 지금 이 자리에 있는 우리 중 많은 사람이, 완곡하게 표현하자면, 위기에 처할 수 있습니다. (여기서 그는 잠시 말을 멈췄다.) 하지만 우리는 두 가설 중 어떤 것이 맞을지 모르며, 내일 밤 밀라노 전체가 우리를 떠올리며 배를 잡고 웃을지도 모릅니다. 잠깐만요. 제 말을 끊지 말아주세요. 침착하게 사실을 따져봅시다. 우리는 무엇 때문에 위험이 임박했다고 믿게 되었을까요? 수상쩍었던 징후를 열거해봅시다. 먼저, 3막 때 모르지 조직과 시장, 경찰서장, 군 지도부가 사라졌다는 사실입니다. 이런 말씀을 드려 죄송합니다만, 그들이 음악에 싫증이 나서 자리를 뜬 것일 수도 있지 않습니까? 두번째 징후는, 반란이 일어나려 한다는, 곳곳에서 들린 소문입니다. 세번째는, 이것이 아마 가장 심각한 사실일 텐데, 전하는 바에 따르면, 다시 말하지만 전하는 바에 따르면, 저의 유능한 동료 프리제리오가 알린 소식입니다. 하지만 그는 왔다가 바로 갔지요. 우리 중 아무도 그를 본 사람이 없으니 아주 잠깐 모습을 드러냈던 모양입니다. 어쨌든 그건 중요하지 않아요. 넘어갑시다. 프리제리오는 모르지 조직이 도시를 점거하기 시작했고, 시청은 포위되었다는 등의 말을 전했습니다. 저는 이런 의문이 듭니다. 누가 밤 한시에 그 정보를 프리제리오에게 줬을까? 밤늦은 시간에 기밀정보를 전한다? 누가, 무슨 이유로? 그럭저럭하는 사이 근처에 위험의 기미는 전혀 없었고, 시간은 이미 세시가 지났습니다. 그리고 그 어떤 소음도 듣지 못했지요. 요컨대 약간의 의구심이 든다는 겁니다."

"그러고 보니, 어째서 전화로 전해지는 소식이 하나도 없는 거지?"

"맞습니다." 코센츠가 샴페인 한 모금을 삼킨 뒤 말을 이었다.

"네번째 우려 요인은, 이를테면 전화 먹통입니다. 시청이나 경찰서에 연락을 시도해서 성공하거나 정보를 얻은 사람이 없다지요. 하지만 만약 여러분이 공무원이라면, 밤 한시에 생소하거나 불확실한 목소리가 공적인 사안을 묻는데 과연 대답할 수 있을까요? 게다가 극도로 민감한 정치적 상황에서? 사실 신문도 입을 다물고 있지요. 제 친구 몇 명이 보도국에 있는데, 〈코리에레 델라 세라〉에서 일하는 친구 베르티니는 이렇게 말하더군요. '현재로서는 아무것도 확실치 않다.' 그게 무슨 말이냐고 묻자 그는 '무슨 일이 일어나는지 전혀 모른다는 말이야'라고 했습니다. 저는 고집스럽게 다시 물었어요. '너희는 현 사태가 우려스럽니?' '적어도 지금까지는 아닌 것 같아.'"

그는 숨을 돌렸다. 모두가 그의 낙관론을 믿으려는 강렬한 열망으로 그 말에 귀기울였다. 땀과 향수가 뒤섞인 냄새와 자욱한 담배연기가 어우러졌다. 흥분한 목소리들이 박물관 입구까지 울려퍼졌다.

코센츠가 다시 입을 열었다. "전화상의 소식, 더 정확히 말해서 소식 부재와 관련해 결론을 내리자면, 그로 인해 불안해할 필요는 없다고 생각합니다. 아마 신문사도 아는 게 거의 없을 겁니다. 이는 무시무시한 폭동이, 그게 만약 존재한다면 말이지만, 아직 명확하게 드러나지 않았다는 의미입니다. 여러분, 생각해보세요. 모르지 조직이 도시를 점거했다면 〈코리에레 델라 세라〉를 그냥 두겠습니까?"

쥐죽은듯 고요한 가운데 두세 명이 웃었다.

"이게 다가 아닙니다. 다섯번째 우려 요인은 저기 있는 사람들의 이탈이라 할 수 있습니다." 그는 박물관 쪽을 가리켰다. "자, 한번 따져봅시다. 모르지가 성공의 확실한 근거도 없이 막무가내로 행동할 정도로 어리석을까요? 한편 저는 이런 생각도 듭니다. 반란이 무산되든 성공하든, 각자가 음모를 정당화할 좋은 구실은 얼마든지 있을 것입니다. 선택하는 수고만 들이면 됩니다. 예컨대 연막전을 폈다든가, 이중간첩질을 했다든가, 스칼라의 장래를 위한 배려였다든가 하는 변명을 대겠지요. 제 말 명심하세요. 저 사람들은 내일……"

그는 왼팔을 어정쩡하게 든 채 잠시 말을 멈추고 머뭇댔다. 그 잠깐의 침묵 동안 가늠하기 어려운 먼 곳에서 폭발음이 들렸고, 사람들의 심장이 덜컥 내려앉았다.

"하느님 맙소사!" 마리우 가브리엘리가 무릎을 꿇으며 탄성을 내뱉었다. "우리 아이들!" "그들이 시작했어!" 다른 여자가 흥분해서 외쳤다. "진정해, 조용히 해. 아무 일도 아니야. 쓸데없이 호들갑 떨지 마!" 리제로레 비니가 끼어들었다.

그때 마에스트로 코테스가 앞으로 나왔다. 그는 어깨에 외투를 걸치고 연미복 옷깃을 부여잡은 채 부릅뜬 눈으로 코센츠 변호사를 똑바로 바라보았다. 그러곤 근엄하게 알렸다. "나는 갑니다."

"어디로, 어디 가시려고요?" 어렴풋한 희망에 차서, 여러 명이 한꺼번에 물었다.

"집으로 갑니다. 내가 어딜 가겠습니까? 어쨌든 여기서 더는 못 있겠어요." 그는 출구를 향해 움직였다. 하지만 많이 취한 사람처럼 비틀거리는 몸짓이다.

"지금? 안 돼요. 안 돼, 기다려요! 곧 아침이잖아요!" 사람들이 그의 등에 대고 소리쳤다. 소용없었다. 두 사람이 아래층까지 그에게 촛불을 비춰주었고, 피곤하고 졸음에 겨운 수위는 고분고분 문을 열어주었다. "전화 주세요." 마지막 당부의 말이었다. 코테스는 대답하지 않고 걸어갔다.

위층 로비에서는 사람들이 창문으로 달려가 덧문 틈새로 그를 지켜보았다. 무슨 일이 일어날까? 그들은 전차선로를 가로지르는 노인을 바라보았다. 넘어질 듯 말 듯 어설픈 발걸음으로 광장의 중앙 화단을 향해 나아갔다. 이어 정지한 자동차 첫 줄을 통과해 빈터에 들어섰다. 그러다 갑자기 누군가에게 세게 떠밀린 것처럼 앞으로 넘어졌다. 하지만 광장에 그 말고는 아무도 없었다. 쿵 소리가 들렸다. 그는 두 팔을 벌리고 얼굴을 아래로 향한 채 아스팔트 위에 뻗어 있었다. 멀리서는 거대한 바퀴벌레가 으스러진 것처럼 보였다.

구경꾼들은 숨을 죽였다. 다들 놀라서 말문이 막힌 채 멍하니 있었다. 곧 여자의 끔찍한 비명이 터져나왔다. "그들이 그를 죽였어!"

광장에는 아무런 움직임이 없었다. 늙은 피아니스트를 돕기 위해 정차한 차에서 나오는 사람도 전혀 없었다. 모든 게 죽은 듯 보였고, 엄청난 불안감에 짓눌려 있었다.

"그들이 총을 쏜 거야. 총성이 들렸어." 누군가 말했다.

"터무니없는 소리! 그가 넘어지면서 난 소리야."

"맹세코 총소리를 들었어. 자동 권총이야. 내가 잘 알아."

아무도 반박하지 않았다. 그들은 그대로 머물렀다. 누군가는 절망에 빠져 담배를 피웠고, 누군가는 바닥에 아무렇게나 앉아 있었고, 또다른 이는 덧문에 딱 붙어서 망을 보았다. 모두 도시의 관문들에서 시작해 사방으로 좁혀오는 운명을 느꼈다.

희미한 회색빛이 잠자는 건물들 위로 내렸다. 누군가가 혼자서 자전거를 타고 삐걱거리며 지나갔다. 멀찌감치 전차가 내는 듯한 소음이 들렸다. 그때 왜소하고 구부정한 남자가 작은 수레를 밀면서 광장으로 들어섰다. 그 남자는 아주 침착하게 마리노 거리 입구에서부터 바닥을 쓸기 시작했다. 그 훌륭한 솜씨라니! 빗자루질 몇 번이면 충분했다. 그는 휴지와 쓰레기를 쓸어내면서 두려움도 쓸어버렸다. 자전거를 타는 다른 사람이 또 보였고, 걸어가는 노동자가, 승합차가 나타났다. 밀라노는 서서히 깨어나고 있었다.

아무 일도 없었다. 드디어 도로 청소부가 마에스트로 코테스를 흔들어 깨웠다. 코테스는 한숨을 내쉬며 일어서더니 어리둥절해하며 주위를 둘러보았다. 그러곤 바닥의 외투를 집어들고는 휘청거리며 서둘러 집을 향해 갔다.

여명이 덧문으로 스며드는 사이, 꽃 파는 노파가 소리 없이 로비로 들어왔다. 유령인가! 마치 초연의 밤을 위해 치장한 듯한 그녀를, 밤은 털끝 하나 건드리지 않고 지나간 터였다. 바닥에 끌리는 긴 검정 망사드레스, 검은 베일, 눈가의 검은 그림자, 꽃으로 가득한 바구니. 그녀는 창백한 사람들의 무리를 가로질러 우울한 미소를 지으며 리제로레 비니에게 싱싱한 치자꽃 한 송이를 내밀었다.

11
마법에 걸린 상인

어느 여름날, 마흔셋의 곡물상 주세페 가스파리는 산골 마을에 도착했다. 그곳에서 아내와 딸들이 휴가를 보내고 있었다. 그가 도착했을 때 가족들은 식사 후 낮잠을 자고 있었기에, 그는 혼자서 산책을 하러 나섰다.

그는 산으로 이어지는 가파른 샛길을 걸어올라가며 주위의 경치를 살폈다. 햇살은 좋았지만 풍경이 실망스러웠다. 거대한 암벽으로 에워싸이고 소나무와 낙엽송이 우거진 낭만적인 계곡을 기대했건만, 그곳은 황량하고 삭막한데다 파네토네 빵처럼 뭉툭한 산봉우리에 둘러싸인 알프스산맥 기슭의 고원이었다. 사냥꾼들을 위한 곳이군, 하고 생각하면서 가스파리는 환상적인 암석이 솟아 있고 전설 가득한 고대 삼림 입구에 성을 본뜬 새하얀 호텔들이 있는, 인간의 행복을 떠올리게 하는 그런 곳에서, 단 며칠도 살아본 적이 없다는 사실에 애석해했다. 어떻게 한평생이 그러했는지 씁쓸한 마음이 들었다. 어쨌거나 그에게 부족한 것은 없었지만, 모든 것이 항상 그의 기대에는 미치지 못했고, 욕망을 꺾는 타협은 그에게 충만한 기쁨을 안겨준 적이 없었다.

그사이 상당한 거리를 올라왔기에, 그는 뒤돌아서서 아래를 내려다보았다. 마을과 호텔과 테니스장이 아주 작고 멀어 보이는 게 놀라웠다. 그러고서 다시 걸음을 옮기려는데, 낮은 산마루 쪽에서 어떤 소리가 들렸다.

그는 호기심에 샛길을 벗어나 덤불을 헤치고 나아가 산등성이에 이르렀다. 원래의 길을 따라가는 사람들의 시선에서 비껴난 그 뒤쪽으로, 거친 계곡이 있었다. 가파르고 위태로운 붉은 산비탈 곳곳에 험준한 바위, 관목, 나무의 마른 잔해가 보였다. 약 50미터 높이에 이르는 대협곡이 등마루를 가르며 왼편으로 굽어 흘렀다. 독사가 살 것만 같은 곳, 태양빛에 달아오른 그 장소는 묘하게 신비스러웠다.

그 광경을 보자 주세페의 마음에 기쁨이 솟구쳤다. 이유는 알 수 없었다. 그 계곡이 특별히 아름다운 것은 아니었다. 하지만 오랫동안 느끼지 못했던 강렬한 감성이 북받쳤다. 허물어진 벼랑, 비밀스러운 곳을 향해 제멋대로 흐르는 개울, 뜨거운 호숫가에서 속삭이는 작은 모랫더미를 그는 알아볼 수 있었다. 오래전 그가 자주 상상하면서 즐거워하던 것들이었다. 모든 걸 소망할 수 있던 시절에 갈망했던, 꿈과 모험이 가득한 마법의 땅이 바로 이랬다.

그런데 바로 아래, 말뚝과 산딸기 덩굴로 된 산울타리 뒤에서 다섯 명의 소년이 이야기를 나누고 있었다. 그들은 이국적인 해적의 옷차림을 흉내낸 듯 웃통을 벗고 이상한 모자, 끈, 허리띠를 찬 모습이었다. 그중 열네 살쯤으로 가장 나이가 많아 보이는 소년은 가는 막대기가 발사되는 용수철총을 지니고 있었다. 다른 아이들은 개암나무 가지로 만든 활을 차고 있었다. 잔가지를 다듬어서 만든 작은 나무갈고리가 화살이었다.

"들어봐." 가장 큰 녀석이 말했다. 아이의 이마에는 깃털 세 개가 꽂혀 있었다. "난 전혀 신경 안 써…… 시스토는 내 소관이 아니야. 너와 지노가 맡아. 너희 둘이 잘해낼 거야. 침착하기만 하면 돼. 그놈들을 깜짝 놀래주자."

이야기를 듣자하니, 아이들은 야만인놀이나 전쟁놀이를 하는 모양이었다. 적들은 산 정상에 있는 가상의 요새에서 방어하고 있었고, 시스토는 가장 똑똑하고 두려운 적군의 대장이었다. 적의 요새를 공격하려면 우선 3미터 정도 길이의 널빤지가 필요했다. 적의 소굴 뒤편에서 (가스파리로서는 잘 이해가 안 갔지만) 해자나 갈라진 틈을 건널 통로로 사용할 터였다. 두 사람은 협곡 기슭에서 올라가 전방 공격을 하고, 나머지 세 명은 널빤지를 써서 뒤에서 공격할 것이었다.

그때 한 아이가 벼랑 끝에 가만히 서 있는 가스파리를 보았다. 약간 벗어진 머리에 이마가 넓고, 밝고 선한 눈동자를 가진 중년 남성이었다. 아이가 친구들에게 말했다. "저길 봐." 아이들은 갑자기 말을 멈추고 쭈뼛거리며 낯선 사람을 바라보았다.

"얘들아, 안녕." 주세페가 아주 밝고 유쾌하게 인사를 건넸다. "난 너희들을 보고 있었어…… 근데 공격은 언제 할 거니?"

아이들은 친근하게 격려하는 그 낯선 아저씨가 마음에 들었다. 하지만 주눅이 들어 잠자코 있었다.

주세페의 머릿속에 우스꽝스러운 생각이 떠올랐다. 그는 벼랑에서 풀쩍 뛰어내려 발이 푹푹 빠지는 자갈 더미를 밟아가며 아이들을 향해 빠르게 내려갔다. 그가 아이들에게 말했다.

"나도 끼워줄래? 내가 널빤지를 옮길게. 너희에겐 너무 무겁잖아."

소년들은 살짝 웃었다. 처음 보는 이 사람은 무엇을 원하는 걸까? 곧 아이들은 그의 선량한 얼굴을 보면서 마음을 열기 시작했다.

"있잖아요, 저 위에 시스토가 있어요." 가장 어린 아이가 말했다. 그가 겁을 내는지 보려는 것이었다.

"시스토가 그렇게 무섭니?"

"그애는 항상 이겨요." 아이가 대답했다. "얼굴에 손가락을 대고 눈알을 파낼 것처럼 굴어요. 못됐어요……"

"못되게 군다고? 우리도 똑같이 해주자고!" 가스파리가 즐거워하며 말했다.

이리하여 그들은 움직이기 시작했다. 가스파리는 한 아이의 도움을 받아 널빤지를 들어올렸다. 나무판은 그가 예상했던 것보다 훨씬 더 무거웠다. 그들은 바위를 딛고 대협곡을 올라갔다. 아이들은 그를 감탄하며 바라보았다. 그리고 신기해했다. 다른 어른들이 놀아줄 때와는 달리 마지못해 하는 기색이 전혀 없었다. 그는 정말로 진지해 보였다.

그들은 대협곡이 굽어드는 지점에 도착해 걸음을 멈추었다. 거기서 돌 뒤에 숨어 살며시 적의 동태를 살폈다. 가스파리도 옷이 더러워지는 것은 신경쓰지 않고 그들과 같이 자갈밭에 납작 엎드렸다.

그는 한층 더 기괴하고 원시적인 협곡의 윗부분을 올려다보았다. 원형의 협곡 주변에 금방이라도 부서질 듯한 원뿔형 붉은 흙이 적막한 대성당의 첨탑들처럼 주위에 솟아 있었다. 흙탑들은 몽롱하면서도 불안한 느낌이었고, 마치 누군가를 기다리느라 수세기 전부터 그 자리에 꼼짝 않고 있는 것 같았다. 그 위의 꼭대기, 정상 지점에 돌무더기를 쌓아 만든 담 뒤로 서너 명의 머리가 보였다.

"저기 위에요. 그들이 보이세요?" 한 아이가 속삭였다.

그는 고개를 끄덕였다. 당혹감이 들었다. 계산상 거리는 그리 멀지 않았다. 그러나 순간적으로 저 위, 심연 사이에 솟은 멀고 먼 바위 꼭대기에 어떻게 닿을 수 있을지 의문이 들었다. 해지기 전에 도착할 수 있을까? 하지만 그것은 순간의 느낌이었다. 도대체 왜 그런 생각이 든 걸까? 100미터 거리밖에 안 된다!

소년 둘은 거기서 대기하기로 했다. 적당한 때가 되면 앞으로 나아갈 것이다. 가스파리와 다른 소년들은 들키지 않도록 조심조심 꼭대기를 향해 올라갔다.

"침착해. 돌을 떨어뜨리면 안 돼." 그 누구보다도 성공을 갈망하는 가스파리가 소리를 죽여 당부했다. "힘내. 거의 다 왔어."

꼭대기에 도달한 그들은 옆 골짜기로 몇 미터쯤 내려갔다. 쓸데없는 짓이었다. 그들은 나무판을 옮기며 다시 올라가야 했다.

계산한 대로였다. 다시 정상에 올라 살펴보니 야만인들의 '작은 요새'가 10여 미터 아래 있었다. 이제 덤불 속으로 내려가 갈라진 좁은 틈새 위에다 널빤지를 던져야 했다. 적들은 평온하게 앉아 있었고, 그들 사이로 머리에 갈기 같은 걸 두른 시스토가 보였다. 일부러 흉측하게 만든 누르스름한 마분지 가면이 얼굴 절반을 가리고 있었다. (한편 구름이 그들 위에 드리운데다 해가 지는 터라 골짜기는 납빛을 띠었다.)

"준비됐어." 가스파리가 속삭였다. "이제 내가 널빤지를 들고 앞장설게."

그는 두 손으로 판자를 들고 산딸기 덩굴 사이로 천천히 내려갔다. 그 뒤로 소년들이 바짝 따라붙었다. 그들은 야만인들이 알아채지 못하게 원하는 지점에 도달할 수 있었다.

그런데 거기서 가스파리가 생각에 잠긴 듯 멈춰 섰다(구름은 여전히 그 자리에 머물러 있었고, 멀리서 누가 부르는 듯한 비통한 외침이 들려왔다). '이상한 상황이야.' 그는 생각했다. '불과 두 시간 전, 나는 아내와 딸들이 있는 호텔의 탁자 앞에 앉아 있었어. 그런데 지금은 수천 킬로미터가 떨어진 이 원시의 땅에서 야만인들과 싸우고 있잖아.'

가스파리는 주위를 둘러보았다. 아이들이 모여 놀 만한 계곡이라곤 보이지 않았다. 파네토네 빵 모양의 그저 그런 봉우리도, 골짜기를 가르는 길도, 호텔도, 붉은 테니스장도 보이지 않았다. 기억과는 전혀 다르게, 아래쪽으로는 파도치는 숲 쪽으로 끝없이 뻗어나간 광대한 암석들이 보였고, 그 너머에는 환하게 번뜩이는 사막의 빛이, 더 멀리에는 또다른 빛들과 세상의 신비를 드러내는 혼란한 징후들이 보였다. 그리고 여기, 바위 꼭대기 바로 앞에는 불길한 성채가 있었다. 시커먼 성벽이 비스듬히 성을 받치고 있었고, 위태로운 지붕 위에서는 새하얗게 빛나는 해골들이 웃고 있었다. 저주와 신화의 땅, 온전한 고독, 우리의 꿈에 허용된 마지막 진실!

살짝 열린 (존재하지 않던) 나무문은 기괴한 상징으로 가득했고, 바람의 입김에 신음하고 있었다. 이제 가스파리는 아주 가까이, 2미터 거리에 있었다. 그는 널빤지를 다른 쪽 끄트머리로 떨어뜨리기 위해 천천히 들어올리기 시작했다.

"반역이다!" 그 순간 시스토가 공격의 낌새를 알아채고 소리쳤다. 커다란 활을 찬 그는 웃으면서 벌떡 일어서더니, 가스파리를 보고는 잠시 당황했다. 곧 그는 주머니에서 나무갈고리, 즉 무해한 화살을 꺼내 활시위에 걸고 겨냥했다.

한데 가스파리의 눈에, 어둠의 상징이 가득한 그 (존재하지 않던) 나무문에서 해악과 지옥의 기운을 내뿜는 마법사가 나오는 모습이 보이는 게 아닌가. 마법사는 영혼이 없는 눈빛에, 손에는 활을 쥐고 있었고, 사악한 힘을 떨치며 아주 커다랗게 변했다. 가스파리는 화들짝 놀라서 나무판을 떨어뜨리고 뒷걸음질쳤다. 하지만 마법사의 활은 순식간에 날아왔다.

가스파리는 가슴을 맞고 산딸기 덩굴 사이로 쓰러졌다.

가스파리는 밤이 되어서야 호텔로 돌아왔다. 녹초가 된 채였다. 그는 호텔 출입문 옆의 벤치로 가서 앉았다. 사람들이 오가며 그에게 인사를 했다. 날이 이미 어두웠기에 그를 알아보지 못하는 이들도 있었다.

하지만 혼자 골똘히 생각에 잠긴 그의 눈에는 사람들의 모습이 들어오지 않았다. 그리고 지나가는 사람들 중 누구도 그의 가슴 중앙에 화살이 꽂혀 있는 것을 알아채지 못했다. 매우 딱딱해 보이는 어두운색 나무화살이 깊숙이 꽂혀 셔츠에서 35센티미터가량 튀어나와 있었고, 그 주위로 핏자국이 선명했다. 가스파리는 화살을 빤히 쳐다보았다. 호기심에서 나온 행복감이 어우러졌기에 두려움은 다소 누그러져 있었다. 화살을 뽑으려고 시도해봤지만, 고통이 너무 심했다. 화살 측면의 갈고리들이 살로 파고들어서 그럴 것이다. 이따금 상처에서 피가 흘러나왔고, 가슴과 복부로 떨어져 셔츠 주름에 고였다.

그러므로 주세페 가스파리의 시간은 이제 다해가고 있었다. 시적인 장엄함이 깃든 순간이자 잔인한 시간. 죽음이 임박했다고 그는 생각했다. 하지만 이것은 언제나 그를 에워싸고 있던 인생과 사람, 대화와 얼굴, 그리고 평범함에 가하는 복수였다. 이 얼마나 멋진 복수인가! 오, 누가 뭐래도 그는 코로나호텔로부터 불과 몇 분 거리에 떨어진 인근의 골짜기에서 돌아온 게 아니었다. 그는 인간의 불손함이 미치지 않는 까마득히 먼 곳, 마법의 왕국, 순수의 땅에서 돌아왔다. (그가 아닌) 다른 사람들이 그곳에 닿으려면 대양을 건너고도 한참을 더 가야 한다. 험난한 자연, 인간의 나약함에 맞서며 달갑지 않은 고독의 여정을 거쳐야 한다. 그러고도 더 가야 할지 모른다. 하지만 그는……

그래, 그는 사십대 나이에도 불구하고 스스럼없이 아이들과 어울렸다. 오직 아이들만이 천사 같은 가벼움을 간직하고 있다. 그는 동심의 세계를 진지하게 믿었고, 모르는 체 무심히 지낸 숱한 세월 동안에도 강하고 두터운 믿음을 품어왔다. 그리하여 그의 굳은 믿음은 사나운 골짜기, 야만인들, 피로써 모두 사실이 되었다. 그는 인생의 어느 시기부터는 감히 범할 수 없는 경계를 넘어 다른 세상, 동화의 세계로 들어갔다. 그는 비밀의 문 앞에서 장난스럽게 "열려라" 하고 말했고, 그 문은 정말로 열렸다. 그는 야만인들을 직접 보았다. 그리고 재미로 삼았던 화살, 그 진짜 화살이 그의 몸에 박혔다.

그렇게 그는 이 어려운 마법의 값을 치른 것이다. 되돌아오기에는 너무 멀리 갔지만, 그것은 그의 복수를 위한 대가였다. 오, 아내와 딸들이 점심 식탁에서, 호텔 친구들은 저녁 카드놀이 자리에서 그를 기다리고 있었다! 고기 수프, 삶은 소고기, 라디오 뉴스. 모두 우습기만 했다. 그는 이제 우울한 세상사에서 벗어난 것이다!

"베피노!" 야외 탁자가 마련된 위쪽 테라스에서 아내가 불렀다. "베피노, 거기 앉아서 뭐해? 지금까지 대체 뭘 한 거야? 아직도 무릎양말을 신고 있어? 옷은 안 갈아입어? 벌써 여덟시가 지난 거 알기나 해? 우리 배고파……"

"……아멘……" 가스파리, 저 소리가 들리니? 그렇지 않으면 이미 너무 멀리 간 거니? 그는 오른손을 모호하게 흔들었다. 그들이 그를 버렸다고, 그 없이 잘 살 거라고, 걱정 따윈 하지 않는다고 말하려는 것 같았다. 미소를 짓기까지 했다. 호흡이 느려지는 것을 느끼면서도 그는 열렬한 기쁨을 드러냈다.

"어서, 베피노!" 아내가 소리쳤다. "우릴 더 기다리게 할 셈이야? 무슨 일이야? 왜 대답이 없어? 대답이 없는 이유나 좀 알자!"

그는 알겠다고 말하려는 듯이 고개를 아래로 숙이곤 다시 들지 않았다. 마침내, 그는 비루한 놈이 아닌 진정한 인간이었다. 하찮은 존재가 아닌 영웅이었다. 다른 사람들과 뒤섞이지 않은, 더 높은 곳에 있었다. 오직 그만이. 그의 머리는 가슴 위로 늘어졌고, 경직된 입술은 여전히 웃음을 머금고 있었다. 경멸의 비웃음이었다. 한심한 세상아, 난 너를 이겼고, 너는 나를 감당하지 못했어.

12
물방울

물방울 하나가 계단을 오른다. 들리니? 나는 어둠 속에서 침대에
누워 그 신비한 소리를 듣는다. 어떻게 올라가지? 폴짝 뛰어서? 통,
통, 띄엄띄엄 들리는 소리. 곧 물방울 소리가 잠잠해지고, 아마 밤이
지나는 동안 더는 기척을 내지 않을 것이다. 그래도 오른다. 여느
물방울과는 다르게 한 칸 한 칸씩 위로 오른다. 다른 물방울은 중력
의 법칙에 따라 아래로 떨어지며 모두가 잘 아는 소리, 가벼운 똑똑
소리를 낸다. 이 물방울은 그렇지 않다. 커다란 공동주택의 E 출입
구에 난 중앙계단을 따라 조금씩 천천히 위로 오른다.

처음으로 이 사실을 알린 것은 우리 어른들, 고상한 사람들, 신
경이 예민한 자들이 아니었다. 비천하고 무지한 작은 인간, 1층의
어린 하녀였다. 어느 날 밤, 모두가 잠든 늦은 시간에 하녀는 그것
을 알아차렸다. 잠시 안절부절 어쩔 줄을 모르다가 침대에서 일어
나 주인을 깨우러 달려갔다. "마님, 마님!" 속삭였다. "무슨 일이
야?" 잠에서 깬 주인이 물었다. "무슨 일이 있는 거야?" "마님, 물

방울이, 계단을 오르는 물방울이 있어요!" "뭐라고?" 당황한 주인이 물었다. "계단을 오르는 물방울요!" 하녀는 다시 말했고, 거의 울기 직전이었다. 주인이 버럭 소리를 질렀다. "너 미쳤니? 가서 자, 어서! 술 마신 거야? 부끄러운 줄 알아. 아침에 포도주 병이 비어 있기만 해봐! 망할 년, 정신을 어디다……" 어린 하녀는 주인의 말이 채 끝나기도 전에 황급히 달아나 이불 속으로 숨어들었다.

"저 멍청한 아이의 머릿속에 뭐가 들었는지 당최 모르겠단 말이야." 이미 잠이 달아난 주인은 잠자코 생각했다. 그러곤 자기도 모르게 세상을 지배하는 밤의 소리에 귀를 기울이다가, 그녀 또한 그 불가사의한 소음을 들었다. 물방울이 용케도 계단을 오르고 있었다.

유난히 청소 상태에 까다로운 그녀는 나가서 살펴보려는 생각을 잠시 했다. 하지만 난간에 달린 어두운 백열전구의 초라한 불빛 아래서 무엇을 찾을 수 있겠는가? 한밤중에 어둑한 층계에서 추위에 떨며 물방울을 추적할 수 있을까?

그 이후 소문은 집에서 집으로 천천히 퍼져나갔고, 입 밖으로 내기에는 창피하고 어리석은 일인 양 다들 쉬쉬거릴지언정 이제는 건물의 모두가 알게 되었다. 밤이 찾아와 인간을 내리누르면, 이제 어둠 속에서 많은 이들이 귀를 쫑긋 세운다. 그리고 저마다 이 생각 저 생각에 빠져든다.

어떤 밤에는 물방울 소리가 잠잠하지만, 어떤 밤에는 멈춰선 안 되는 듯이 한참을 위로, 위로 끝없이 이동한다. 그 유연한 걸음이 문지방을 두드리는 것 같을 때는 가슴이 두근거린다. 멈추지 않아서 다행이다. 물방울은 통, 통, 위층을 향해 멀어져간다.

중이층의 세입자들은 이제 분명 마음을 놓을 것이다. 물방울이 이미 그들의 문 앞을 지나갔으니 더이상 성가실 일이 없겠거니 하는 것이다. 6층에 사는 나를 비롯한 다른 사람들은 마음을 졸일 이유가 있지만, 그들은 아니다. 하지만 몇 밤 지나 물방울이 마지막 도착 지점에서 여정을 다시 시작하거나 처음부터 다시, 즉 쓰레기가 나뒹구는 어둡고 항상 축축한 계단 입구부터 다시 오르지 않을 거라고 누가 장담하겠는가? 그렇다, 그들도 안심할 수 없다.

아침에 집밖으로 나설 때면 어떤 흔적이 남았는지 계단을 주의 깊게 살핀다. 예상대로 그 어떤 자취도 보이지 않는다. 더욱이 아침에 누가 이 일을 진지하게 받아들일까? 불과 몇 시간 전까지 벌벌 떨다가도, 아침 태양이 뜨면 인간은 강하고 사자처럼 용감해지는 법이다.

오, 어쩌면 중이층 사람들의 생각이 맞을 수도 있지 않을까? 아무 소리도 들리지 않아 남의 일로만 여기던 6층의 우리도, 얼마 전부터 어떤 소리를 듣는다. 물방울이 아직 멀리 있는 건 사실이다. 벽을 통해 아주 가볍고 약하게 튕기는 소리만 들려올 뿐이다. 여하튼 그것은 물방울이 오르고 있고, 더욱더 가까워지고 있다는 징후다.

중앙계단으로부터 많이 떨어진 내실에서 잠을 자도 소용없다. 이런저런 의혹 속에서 밤들을 보내느니 차라리 그 소음을 듣는 편이 낫다. 내실에 있는 이는 때때로 궁금증을 참지 못해 슬그머니 복도로 나간다. 그러고는 현관문 뒤의 추운 현관에서 숨죽인 채 귀기울인다. 만약 그 소리를 들으면, 알 수 없는 두려움의 노예가 되어 감히 자리를 뜰 엄두를 내지 못한다. 하지만 모든 게 고요하다면 그건 더 나쁘다. 이 경우 침대로 돌아왔을 때 소음이 시작될지 모른다는 불안감을 어떻게 떨치겠는가?

그러니 인생은 기묘하다. 불만을 토로할 수도 없고, 대책을 강구할 수도 없으며, 의문을 풀 해명도 찾을 수 없다. 게다가 다른 아파트, 다른 사람들에게 설명할 길도 없다. 그런데 이 물방울은 대체 무엇일까? 주민들은 진정 궁금해하며 묻는다. 혹시 생쥐일까? 지하실에서 나온 작은 두꺼비일까? 분명 아닐 것이다.

그렇다면 어떤 알레고리가 아닐까? 그럴 수 있다는 게 그들의 생각이다. 말하자면 죽음을 상징하는 무엇? 또는 어떤 위험? 흐르는 세월? 여러분, 전혀 그렇지 않습니다. 그저 계단을 오르는 단순한 물방울이라고요.

오. 어쩌면 더 미묘하게, 꿈이나 신화를 암시하는 것은 아닐까? 행복을 상징하는 먼 동경의 땅? 요컨대 시적인 무엇? 절대 아니다.

그것도 아니라면, 혹시 우리가 결코 닿을 수 없는, 세상 끝에 있는 훨씬 더 먼 곳을 뜻하는 걸까? 하지만 아니다. 이건 농담거리가 아니고, 중의적인 의미도 없다. 우리가 추측하기에, 그것은 그저 밤에 계단을 오르는 물방울일 뿐이다. 통, 통, 신비롭게 한 칸 한 칸을 올라가는. 그래서 두렵다.

13

군가

국왕은 강철과 금강석으로 만든 커다란 책상에서 고개를 들었다.

"나의 군사들이 도대체 무슨 노래를 부르는 거지?" 왕이 물었다. 궁전 밖 인코로나치오네광장에서, 부대가 줄줄이 국경지역을 향해 행진하며 노래를 부르고 있었다. 적군이 이미 줄행랑을 치고 있었기에 발걸음은 가벼웠으니, 이제 저 아래 멀리 초원에서는 영광을 거두어 월계관을 쓰고 귀환할 일만 남았다. 왕도 기운이 넘치고 자신감에 차 있었다. 세상이 그의 수중에 들어오고 있었다.

"폐하, 그건 저들의 노래입니다." 수석 고문이 대답했다. 전시의 규율대로 그도 갑옷과 무기로 온몸을 무장한 모습이었다. 그러자 왕이 말했다. "더 신나는 노래는 없는 건가? 슈뢰더가 군대를 위해 매우 멋진 찬가들도 만들었잖나. 언젠가 들어봤는데, 진정한 군인의 노래더군."

"폐하, 이건 어쩔 수가 없습니다." 나이 지긋한 고문이 설명했다. 갑옷 무게 때문에 그는 실제보다 훨씬 더 구부정해 보였다. "병사들은 어린아이 같은 구석이 있어서 열광하는 게 따로 있습니다. 세상에서 제일 근사한 찬가를 하사한다 해도, 그들은 항상 다른 노래를 더 좋아할 겁니다."

"하지만 저건 군가가 아니잖은가." 왕이 말했다. "듣고 있으면 마음이 울적해질 정도야. 딱히 이유가 있는 것 같진 않은데 말이지."

"그렇습니다." 고문이 한껏 알랑거리는 미소를 지으며 맞장구쳤다. "아마도 그저 사랑노래라서 그리 들리는 걸 겁니다. 다른 이유는 없을 테고요."

"노랫말은 어찌되는가?" 왕이 고집스럽게 물었다.

"사실, 저도 잘 알지 못합니다." 늙은 구스타보 백작이 대답했다. "한번 알아보겠습니다."

전쟁지역에 도착한 군대는 적군을 과감하게 물리치며 영토를 확장해갔다. 그들의 승전보는 더 넓은 지역으로 퍼졌고, 행군은 왕궁의 은빛 돔에서 더욱더 머나먼 평원으로 나아갔다. 미지의 별자리로 에워싸인 군대의 야영지에서는 여전히 같은 노래가 울렸다. 우월감이나 용맹함이라곤 찾을 수 없는, 비통한 감정이 느껴지는 구슬픈 노랫가락이었다. 군사들은 배불리 먹었고, 푹신한 옷과 아르메니아의 가죽장화를 신었으며, 따뜻한 모피외투를 입었다. 전쟁터에서 전쟁터로 더 먼 거리를 달리는 말들에게 무거운 짐이라곤 적군의 깃발들을 운반하는 병사뿐이었다. 장군들은 의아해하며 물었다. "저런, 군사들의 노래가 왜 저따위지? 흥겨운 노래는 없는 거야?"

"장군님, 그들은 그렇습니다." 군 참모들이 차렷 자세로 대답했다. "용맹하게 잘 싸우지만, 그들은 집착이 강하지요."

"좋은 집착은 아니군." 장군은 기분이 상해 말을 이었다. "우는 소리처럼 들려. 대체 뭘 더 원하는 거야? 불만이 있는 것처럼 들린다고."

장군의 생각과는 반대로, 승리를 거둔 군대의 군사들은 모두 만족하고 있었다. 사실 그들이 무얼 더 바랄 수 있겠는가? 잇따른 승리, 풍성한 전리품, 어여쁜 여자들, 곧 있을 의기양양한 귀환. 건강과 원기로 빛나는 그들의 젊은 얼굴에서 이미 세계 정복을 떠올릴 수 있었다.

"뭐라고 노래하는 거야?" 장군이 호기심에 물었다.

"아, 노랫말요! 그야말로 헛소리입니다." 항상 조심스러운데다 진중한 태도가 몸에 밴 참모들이 대답했다.

"헛소리라니, 그게 무슨 말이야?"

"장군님, 정확히는 잘 모릅니다." 참모 중 한 사람이 말했다. "딜렘 대령, 혹시 자넨 아는가?"

"그 노래 가사요? 아뇨, 모릅니다. 하지만 여기 마렌 대위라면 틀림없이……"

"대령님, 그건 제 분야가 아닙니다." 마렌이 대답했다. "그렇지만 허락하신다면 페테르스 준위에게 물어볼 수……"

"그쯤 해둬. 보나마나 다 쓸데없는 소리겠지……" 하지만 장군은 말끝을 흐렸다.

막대기처럼 뻣뻣하게 서 있던 준위는 마음이 동해서 질문에 답했다.

"존경하는 대장님, 노래 1절은 이러합니다."

들녘으로 마을로,

큰북이 울린다.

그리고 세월은 흘러가네.

돌아가는 길,

돌아가는 길.

아무도 찾을 수 없네.

"그런 다음 2절로 넘어갑니다. '어드메로 어데로······'"

"뭐라고?" 장군이 물었다.

"어드메로 어데로. 정확히 이렇습니다. 장군님."

"그게 무슨 뜻이지?"

"모르겠습니다. 하지만 딱 그렇게 부릅니다."

"음, 그다음이 어떻게 된다고?"

어드메로 어데로,

나아가는가.

그리고 세월은 흘러가네.

어디에 너를 남겨뒀는가,

어디에 너를 뒀는가.

십자가 있는 곳.

"그리고 3절이 있는데, 거의 부르지는 않습니다. 가사가······"

"그만, 그것으로 됐어." 장군이 말하자 준위는 거수경례를 했다.

"도무지 흥이 안 나는 노래군." 하급 장교가 물러난 뒤 장군이 다시 입을 열었다. "전쟁에는 어울리지 않아."

"정말로 온당치 않습니다." 대령은 상관에게 예의를 갖추고자 덩달아 호응했다.

매일 밤 전투가 끝나가고 땅에서 연기가 채 가시지 않을 무렵이면, 재빠른 전령들이 기쁜 소식을 전하고자 서둘러 떠나곤 했다. 도시들은 깃발로 장식되었고, 사람들은 거리에서 서로 얼싸안았으며, 교회 종이 울렸다. 그런데 밤에 수도의 빈민가를 지나던 누군가가 노랫소리를 들었고, 언제부턴가 그곳의 남자들과 소녀들과 여자들은 똑같은 노래를 밤마다 부르기 시작했다. 매우 슬프고, 체념 어린 한숨으로 가득한 노래였다. 금발의 소녀들은 창턱에 기대어 착잡한 마음으로 노래했다.

역사상 유례없는 일이었다. 수세기를 돌아봐도 그처럼 거듭된 승리는 없었고, 그렇게 운이 좋은 군대와 뛰어난 장군들도, 그와 같이 신속한 전진도, 그처럼 많은 땅을 정복한 적도 없었다. 전쟁이 끝나면 미천한 보병도 돈 많은 신사가 될 것이고, 넉넉한 전리품을 받을 터였다. 희망은 끝도 없었다. 도시에서 사람들은 환호했고, 밤마다 포도주가 넘쳐흘렀으며, 거지들은 춤을 췄다. 그리고 친구 몇몇이 모인 곳에선 술잔 사이로 노래가 이어졌다. "들녘으로 마을로……" 그들은 3절까지 노래했다.

새로운 군대가 전쟁터로 향하며 인코로나치오네광장을 가로지를 때마다, 국왕은 양피지와 칙서에서 살짝 고개를 든 채 그 노랫소리를 들었다. 왜 그 노래가 언짢게 들리는지, 그는 알 수가 없었다.

들녘으로 마을로, 해마다 군대는 점점 더 멀리 전진했고, 온 길을 되돌아가는 법이 없었다. 그러면서 가장 기쁜 마지막 소식을 곧 듣게 되리라는 기대는 슬그머니 사라졌다. 전투, 승리, 승리, 전투. 이제 군대는 발음하기도 힘든 이름을 지닌, 믿기 힘들 정도로 멀리 떨어진 땅으로 행진했다.

마침내 (거듭된 승승장구 이후!) 인코로나치오네광장이 텅 비고, 왕궁의 창문에 빗장이 걸리고, 도시 성문으로 이상한 외국 마차들이 요란한 소음을 내며 들어왔다. 그리고 머나먼 평야에는 천하무적의 군대가 떠난 자리마다 새로운 숲이 생겨났다. 십자가로 이뤄진 단조로운 숲은 지평선 끝까지 뻗어 있었고, 다른 것은 보이지 않았다. 검과 불, 기병들이 떨친 분노도 운명을 피할 수는 없었던 것이다. 운명은, 왕과 장군들이 전쟁에 맞지 않는다고 불평했던 그 노래에 예언되어 있었다. 수년간, 운명은 끈질기게 그 구슬픈 노래를 통해 사람들에게 스스로를 알렸다. 하지만 왕실과 군 지휘자들, 똑똑한 장관들은 귀가 들리지 않았다. 그들은 아무도 깨닫지 못했다. 수백 번 승리를 거둔 무지한 군인들만 지친 몸으로 밤거리를 행군하면서, 자신들의 죽음을 향해 노래하며 나아갔다.

14
호름엘하가르의 왕

이 사건은 왕들의 계곡 너머 호름엘하가르 지역, 메네프타흐 2세의 궁전 발굴 현장에서 일어났다.

중년의 유능한 현장감독 장 르클레르크는 고대연구소에서 보낸 편지 한 통을 받았다. 외국의 저명한 고고학자 만드라니코 백작이 방문할 터이니 최대한 예를 갖춰 대접하라는 내용이었다.

르클레르크가 기억하기에 동료 학자 중 그런 이름을 가진 사람은 없었다. 혹시 고대연구소의 관심은 실질적인 공적보다는 인맥을 쌓는 데 있는 게 아닐까 하는 의구심이 들었다. 하지만 그 일이 성가신 것은 전혀 아니었다. 그는 동료가 휴가를 떠난 열흘 전부터 혼자였다. 고즈넉한 곳에서 유적을 마주하는 그리스도인의 호기심 어린 얼굴을 보는 것도 나쁘지 않으리라. 그는 손님을 위해 아크밈까지 가서 장을 봤고, 발굴 현장 전체가 내려다보이는 목조정자 아래 멋진 식탁까지 설치했다.

그날 아침이 밝았다. 후덥지근한 여름 아침이었다. 사막에서 하루의 시작과 함께 솟구치는 약간의 기대감은 태양빛 속에 이내 사라졌다. 바로 그 전날, 두번째 안마당 구석 무너진 기둥들의 폐허 더미와 모래 속에서 오랫동안 어둠 속에 있던 비석이 나온 참이었다. 비석에는 지금껏 의문에 싸여 있던 메네프타흐 2세의 왕국을 고찰할 수 있는 매우 흥미로운 비문이 새겨져 있었다. "북쪽과 늪지대의 왕들이 두 차례 국왕 폐하, 즉 생명이요 건강이요 힘이신 파라오 앞에 조아리러 왔다." 파라오에 대항하던 나일강 하류의 여러 지주가 굴복했다는 암시가 담긴 내용이었다. "패배자들은 신전 입구에서 그를 기다렸다. 그들은 향유를 바른 새 가발을 쓰고, 손에는 화관을 들고 있었다. 하지만 그들의 눈동자는 그의 빛에 이르지 못했고, 팔다리는 그의 명령에, 귀는 그의 목소리에, 말은 태양신 아몬의 아들인 국왕 폐하, 생명이요 건강이요 힘이신 파라오의 위엄에 닿지 못했다." 전날 밤 그는 램프 등불 아래서 그 일부만 해독할 수 있었다.

이제 르클레르크는 학계의 평판이나 명성과 관련해 예전만큼 주목받지 못했지만, 그 비석을 발견한 것이 정말로 기뻤다. 그는 동쪽의 보이지 않는 강을 향해, 끝없이 펼쳐진 모래언덕으로 찻길이 사라지는 곳으로 고개를 돌린 채, 미지의 손님에게 발굴 소식을 알리는 흡족한 순간을 상상했다. 친구에게 좋은 소식을 전할 때처럼 뿌듯한 마음이 들었다.

바로 그때(아직 채 여덟시가 되지 않았건만) 저멀리 지평선에서 오르는 희미한 소용돌이가 보였다. 그것은 내려갔다가 더 높고 진하게 다시 오르며 잔잔하고 맑은 공중에서 넘실거렸다. 그러다 한줄기 바람이 불어와 예술가의 백발 같은 소용돌이를 흩뜨리며 모터 소음을 실어날랐다. 외국인이 탄 자동차가 오고 있었다.

르클레르크는 손뼉을 쳐서 아랍인 인부 둘에게 신호를 보냈다. 그들은 울타리 입구로 달려가 견고한 문빗장을 열었다. 잠시 뒤에 자동차가 들어왔다. 르클레르크는 약간의 실망감을 느끼며 차량번호판의 외교단 문장을 확인했다. 거의 그의 발 앞에 멈춘 자동차에서 방문객들이 내렸다. 먼저 카이로 어딘가에서 분명히 봤음직한 매무새의 청년이, 이어 매우 진중하고 어두운 분위기의 갈색 머리 신사가 내렸다. 그리고 마지막으로 거북처럼 완전히 무표정한 얼굴에 작고 야윈 노인이 아주 힘겹게 나왔다(르클레르크는 그가 바로 손님이라는 것을 알아챘다). 만드라니코 백작은 갈색 머리 남자의 부축을 받으며 차량에서 내린 다음 곧장 지팡이를 짚고 발굴 현장으로 향했다. 그 순간까지 방문객들 중 누구도 커다란 체구에 풍덩한 흰옷을 나부끼는 르클레르크에게 알은체를 하지 않았다. 그러다 마침내 청년이 다가와서 프랑스어로 말했다. 그, 즉 근위대의 중위 아프게 크리스타니와 팡탱 남작(틀림없이 갈색 머리 신사)은 "무척이나 흥미진진한" 이번 방문에 만드라니코 백작님을 모시게 되어 무한한 영광(뭐가 이리도 근엄한가)이라는 얘기였다.

바로 그때 르클레르크는 불현듯 그 손님이 누구인지 깨달았다. 이집트 언론에 사진으로 자주 실리던, 카이로로 망명한 외국 왕이었다. 저명한 고고학자? 사실 틀린 말은 아니다. 이집트 고고학자 르클레르크가 기억하기에, 그 왕은 젊은 시절 에트루리아문명 연구에 남다른 관심을 보였고, 공적으로도 연구활동을 지원한 사실이 있었다.

따라서 르클레르크는 쭈뼛쭈뼛 앞으로 나아가 살짝 머리를 숙였다. 그의 선한 얼굴은 가볍게 상기되어 있었다. 손님은 웃음기 없는 얼굴로 손을 내밀며 몇 마디 중얼거렸다. 그렇게 그들은 인사를 나눴다.

어느새 르클레르크는 평소의 담담한 태도를 되찾았다. "이쪽으로. 백작님. 이쪽입니다." 그는 길을 안내했다. "바로 둘러보시는 편이 낫습니다. 너무 더워지기 전에요." 그는 매우 차분한 팡탱 남작이 백작에게 팔을 내주는 것을 곁눈으로 보았다. 하지만 노인은 화가 난 듯이 팔을 밀치곤 힘든 걸음을 떼며 혼자서 나아갔다. 젊은 크리스타니가 흰 가죽가방을 옆구리에 낀 채 그 뒤를 따랐다. 그의 얼굴에는 어렴풋한 미소가 떠올랐다.

그들은 바위투성이 언덕에 도착했다. 거기에는 놀라울 정도로 정밀하게 잘린 높은 두 절벽 사이로 긴 경사면이 허물어져 있었다. 바닥에는 매우 넓고 평평한 구덩이가 펼쳐져 있는데, 그 한복판에서 견고하게 굳은 열주의 잔해가 고대 왕궁의 정면을 이루고 있었다. 직선 테두리, 기하학적인 음영, 안마당과 입구의 거뭇한 직사각형 터가 뒤죽박죽 혼란하게 펼쳐져서, 삭막하기 그지없는 풍경 속 그곳이 한때는 인간의 왕국이었다는 증거를 드러냈다.

르클레르크는 초연하고 예의바른 태도로 현장 작업의 어려움을 설명했다. 그들이 발굴 작업을 시작하기 전에 현장은 돌기둥과 정문 박공장식 위까지 온통 모래와 자갈로 덮여 있었다. 따라서 산더미를 파내고 들어올리고 치워야 했는데, 궁정의 원래 지표면에 도달하려면 일부 지점에서는 20미터 깊이까지 파내야 했다. 그리고 작업은 절반도 채 이뤄지지 못했다.

"Ta scianti cencio tan ninciatii levoo……?" 만드라니코 백작이 기이하게 입을 여닫으며 쉰 목소리로 물었다.

르클레르크는 한 마디도 알아듣지 못했다. 그는 도움을 구하고자 점잖은 남작에게 얼른 시선을 돌렸다. 그런 상황을 이미 여러 차례 겪어온 남작은 아무렇지 않게 설명했다. "백작님은 발굴을 언제부터 시작했는지 알고 싶어하십니다." 그의 말에는 다소 경멸의 낌새가 묻어났다. 늙은 왕이 그런 식으로 말하는 것은 당연한데, 그것에 놀라다니 멍청하다고 비웃는 듯한 투였다.

"칠 년입니다, 백작님." 본의 아니게 위축된 르클레르크가 대답했다. "그간 사업 전체를 지휘하는 영예가 제게 주어졌지요. 자, 이쪽으로 오십시오. 이제 이리로 내려가는 게 좋겠습니다. 유일하게 다소 불편한 구간입니다." 노쇠한 백작이 가파른 경사 앞에서 느낄 당혹감을 십분 공감한다는 듯 그는 말했다.

남작이 다시 팔을 내밀었고, 이번에는 거부당하지 않았다. 그는 백작의 걸음걸이에 맞춰서 내리막으로 향했다. 르클레르크도 보조를 맞추며 아주 천천히 나아갔다. 비탈은 가팔랐고, 날씨는 더 더워졌고, 그림자는 짧아졌다. 귀한 손님은 흰 가죽구두에 먼지를 묻힌 채 왼쪽 다리를 약간 끌면서, 마치 도끼질을 하듯 구덩이 가장자리를 규칙적으로 밟아 나아갔다.

바닥으로 내려오자, 현장의 오두막들은 언덕에 가려져 더는 보이지 않았다. 눈앞에는 고대의 돌무더기들과 희끄무레하게 붕괴된 채 사방을 두른 높은 절벽뿐이었다. 서쪽으로는 진짜 산처럼 솟은 피라미드가 한창 기운을 뻗친 햇살 아래 더욱더 휑한 벌거숭이 몸을 드러내고 있었다.

르클레르크는 공손하게 설명했고, 만드라니코 백작은 별 감흥 없이 매번 기계적으로 고개를 들어 살짝 끄덕였다. 사실상 그의 설명을 듣고 있지 않은 것 같았다. 그들은 입구의 주랑과 스핑크스상의 아랫동아리, 신과 왕의 형상으로 빚어졌으나 이제 세월에 반쯤 깎여나간 정교한 부조를 보았다. 고대의 장벽은 인간의 시선에 아랑곳없이 산처럼 묵묵히 서 있었다.

이제 이 외국인은 하늘을 우러러보았다. 기이한 구름이 아프리카의 심장에서 천천히 흘러나와 있었다. 칼로 벤 듯 위아래가 잘려나간 구름이었다. 옆으로만 부드러운 거품의 소용돌이가 일었다. 백작은 아이 같은 호기심에서 지팡이로 하늘을 가리켰다.

"사막구름입니다." 르클레르크가 말했다. "머리도 없고 다리도 없는…… 마치 두 뚜껑 사이에 꽉 긴 것 같지요?"

백작은 파라오들에 대해선 잊은 채 잠시 그 구름을 빤히 쳐다보더니 남작에게로 고개를 휙 돌려 뭔가를 물었다. 남작은 당황한 기색으로 자신의 불찰이라며 진심으로 용서를 구했다. 팡탱 남작이 사진기 가져오는 것을 잊은 것이다. 노인은 노여움을 감추지 않고 그에게서 등을 돌렸다.

그들은 완전히 폐허가 된 첫번째 안뜰로 들어섰다. 오직 돌더미와 잔해의 대칭적인 배열만이 한때 돌기둥과 담이 세워졌던 자리를 어렴풋이 드러내고 있었다. 그나마 측면이 비스듬한 거대하고 납작한 두 탑이 아직 남아 오목하게 들어간 더 낮은 담으로 이어졌는데, 바로 그 담에 궁전의 내부 정문이 나 있었다. 르클레르크는 양 벽을 채운 부조에 제각기 조각된 인간의 커다란 두 형상을 가리켰다. 전투에서 맹위를 떨치는 메네프타흐 2세 파라오의 모습이었다.

그때 빨간색 페즈모자를 쓰고 긴 흰색 튜닉을 입은 한 노인이 신전 안쪽에서 걸어나왔다. 그는 르클레르크에게 다가와 아랍어로 말을 걸었는데, 상당히 격앙되어 있었다. 르클레르크는 미소 띤 얼굴로 고개를 가로저으며 그에게 대답했다.

"죄송하지만, 무슨 일입니까?" 크리스타니 중위가 궁금해하며 물었다.

"저자는 여기서 조수로 일합니다. 그리스 사람인데, 아마 이곳에 대해 나보다 더 많이 알 겁니다. 적어도 삼십 년은 발굴 현장에서 살았으니까요."

"그런데 무슨 일이 있는 겁니까?" 몇 마디 대화를 알아들은 크리스타니가 고집스럽게 물었다.

"일꾼들이 늘 하는 소리죠." 르클레르크는 자세히 설명했다. "오늘 신들이 노했다고…… 일이 잘 안 풀릴 때면 항상 하는 말입니다. 바윗덩이 하나가 말썽이거든요. 옮기다가 미끄러져서, 이제 권양기로 다시 들어올려야 합니다."

"신들이 노했다니…… 허…… 허……" 만드라니코 백작이 갑자기 활기를 띠며 아리송한 말을 외쳤다.

그들은 두번째 안뜰로 이동했다. 그곳도 온통 붕괴되어 더없이 황량했다. 오른편의 엄청나게 커다란 기둥만이 여전히 우뚝 선 채 다 부서진 아틀라스의 윤곽을 드러내고 있었다. 거기서 일하던 스무 명쯤 되는 아랍인 인부는 손님들이 나타나자 갑자기 격앙된 분위기로 소리치고 부산하게 움직이면서 열정적으로 일하는 장면을 연출했다.

외국 왕은 사막의 신기한 구름을 다시금 바라보았다. 작은 구름들이 떠다니다가 움직이지 않는 두껍고 커다란 구름 하나로 모여들었다. 서쪽 산의 희끄무레한 능선 위로 그림자가 스쳐지나갔다.

이제 조수 하나를 동반한 르클레르크는 유일하게 상태가 괜찮은 건축물이 자리한 오른쪽 구석으로 손님들을 이끌었다. 추모 신전이 있는 곳이었다. 여기저기 깨진 흔적만 있는 지붕이 아직 건물을 보호하고 있었다. 그들은 그늘 속으로 들어갔다. 백작이 두툼한 피스헬멧을 벗자 남작이 재빨리 땀을 닦을 손수건을 내밀었다. 태양은 강렬한 빛의 칼날로 지붕의 틈 사이를 뚫고 들어와 부조를 내리쬐며 생기를 불어넣었다. 내부는 어둠침침하고 고요하고 신비로웠다. 어스레한 실내 양옆으로 높다란 석상들이 보였다. 옥좌에 앉은 뻣뻣한 형상들은 대부분 목이 잘리거나 팔이 떨어져나갔지만, 허리 아래로는 권력의 음울하고 근엄한 욕망을 드러내고 있었다.

르클레르크는 그중 팔이 없고 머리는 거의 온전한 조각상 하나를 가리켰다. 그 머리에는 위협적이고 매서운 주둥이가 달려 있었다. 백작은 가까이 다가가서 부리가 깨진 새의 머리라는 것을 확인했다.

"매우 흥미로운 조각상입니다." 르클레르크가 말했다. "토트 신입니다. 적어도 제12왕조까지 거슬러올라가는데, 귀한 신으로 여겼기에 여기다 모신 것입니다. 파라오들은 그에게 조언을 구하러……" 거기서 그는 말을 멈추곤 귀를 기울이듯이 가만히 있었다. 어디에서인지 스르륵대는 소리가 희미하게 들려왔다.

"아무것도 아닙니다. 모래입니다. 지긋지긋한 우리의 적, 모래가 낸 소리입니다." 르클레르크는 마음을 다시 가라앉히며 말했다. "음, 죄송합니다. 이어서 말씀드리겠습니다. 왕들은 전쟁에 나서기 전, 이 조각상에 조언을 구하러 왔습니다. 이른바 신탁을 받으려 했지요. 만약 조각상이 움직이지 않으면 반대하는 것이고, 머리가 움직이면 찬성한다는 뜻이었습니다. 때때로 이 조각상들은 말도 했는데, 어떤 소리인지는 누가 알겠습니까마는, 왕들만 그 소리를 견딜 수 있었다고 합니다. 왕들도 신이었으니까요." 르클레르크는 이같이 말하면서 행여나 실수를 한 건 아닌지 염려하며 돌아보았다. 하지만 만드라니코 백작은 예상 밖의 관심을 쏟으며 신상을 응시하고 있었고, 견고성을 시험하려는 듯 지팡이 끝으로 반암 대좌를 툭툭

치기도 했다.

"Dun ciarè genigiano anteno galli?" 그가 의아하다는 듯이 물었다.

"백작님은 왕들이 조언을 구하러 직접 왔는지 묻고 계십니다." 남작은 르클레르크가 알아듣지 못했으리라 짐작하여 통역했다.

"네, 그렇습니다." 고고학자는 흐뭇해하며 얼른 대답했다. "적어도 그들 얘기로는 토트 신이 응답했다고 합니다······ 자, 여기 아래 석비를 한번 보시지요. 처음으로 공개하는 겁니다." 그는 다소 과장된 동작으로 팔을 크게 뻗었고, 그 자세로 멈춘 채 다시 귀를 기울였다.

모두 본능적으로 입을 닫았다. 불가사의한 스르륵 소리가 또다시 주변을 맴돌았다. 마치 세월이 성지를 다시 묻으려고 천천히 그 주위를 에워싸는 것만 같았다.

태양의 칼날은 더 깊숙이 들이쳤고, 이제 돌기둥의 모서리와 평행하게 거의 수직으로 내리쬐었지만, 하늘이 흐려진 듯 빛이 약간은 희미해져 있었다.

르클레르크가 다시 설명을 시작하자 남작은 손목시계를 힐끗 보았다. 열시 삼십분이었다. 날씨가 끔찍하게 더웠다.

"여러분, 제가 시간을 너무 끌었지요?" 르클레르크가 상냥하게 물었다. "열한시 삼십분에 맞추어 가벼운 식사가 준비되어 있습니다."

"식사?" 백작이 드디어 이해할 수 있는 말을 쓰며 팡탱 남작을 향해 무뚝뚝하게 외쳤다. "우리는 가야 해. 늦어도 열한시에, 아무리 늦어도······"

"그렇다면 음식 대접은 못 하는 건가요?" 르클레르크가 실망스러운 기색을 드러냈다.

남작이 정중하고 요령 있는 태도로 말했다. "우리는 정말로 고맙게 여깁니다. 진심으로 감사합니다. 하지만 업무가……"

이집트 학자는 어쩔 수 없이 더 청하지 못하고 그가 매우 중요하게 생각하던 일정을 단념해야 했다. 이제 그들은 발걸음을 돌렸다. 햇빛은 사라지고, 하늘에는 음산한 분위기를 내는 불그레한 덮개가 드리웠다. 어느 순간 백작이 팡탱 남작에게 몇 마디 중얼거리자 남작은 그를 두고 앞서 나갔다. 르클레르크는 백작이 소변을 보려나 보다 생각하면서 나머지 두 사람과 출구로 향했다. 백작은 고대 석상 사이에 홀로 남겨졌다.

르클레르크는 밖으로 나서면서 하늘을 살펴보았다. 빛깔이 심상치 않았다. 그 순간 물방울이 손에 떨어졌다. 비가 내리고 있었다.

"비가 와요." 그가 외쳤다. "삼 년 동안 한 방울도 못 봤는데! 그 시절 비는 불길한 징조로 여겨졌습니다. 비가 오면 파라오들은 무슨 사업이든 나중으로 미뤘지요."

그는 신전 안에 남겨진 백작에게 이 놀라운 소식을 알리려고 몸을 돌렸다. 백작은 토트 신의 석상 앞에서 말을 하고 있었다. 목소리는 들리지 않았지만, 고고학자는 거북의 입처럼 기이하게 여닫는 그의 입을 분명하게 알아보았다.

백작이 혼잣말을 하는 걸까? 아니면 옛날의 파라오들처럼 신탁을 구하는 걸까? 하지만 조언을 구할 일이 뭐가 있다고? 그는 전쟁을 일으키거나 법률을 공포할 계획도, 꿈도 없지 않은가. 영원히 잃어버린 그의 왕국은 바다 저편에 있다. 그는 인생의 희비를 모두 맛보았다. 여행의 끝에서 초라하고 무의미한 날들만 그에게 남아 있었다. 그런데 어떤 집념이 그를 신들과 대면할 용기를 내게 했을까? 어쩌면 쇠약한 탓에 과거의 사건을 기억하지 못하고 여전히 좋은 시절에 살고 있다고 착각하는 걸까? 혹시 장난이라도 치는 걸까? 하지만 그럴 사람이 아니다.

"백작님!" 갑자기 불안한 마음이 든 르클레르크가 외쳤다. "백작님, 이리로 오십시오. 비가 오기 시작했어요."

너무 늦었다. 신전 내부에서 끔찍한 소리가 들려왔다. 르클레르크의 얼굴이 하얗게 질렸다. 팡탱 남작은 본능적으로 뒷걸음질을 쳤고, 크리스타니는 옆구리에 끼고 있던 흰 가방을 떨구었다. 이어 빗방울이 그쳤다.

토트 신의 석상 쪽에서 나무통이 구르는 소리, 혹은 음산한 북소리 같은 것이 울려왔다. 이어 새끼를 낳는 암컷 낙타의 울부짖음과 비슷하지만 더 참혹한 소리 같은 것이 뒤섞여 울리더니, 동굴 속의 포효로 확대되었다. 신전 안은 지옥처럼 처참했다.

만드라니코 백작은 꼼짝도 않고 선 채 지켜보고 있었다. 물러서거나 달아날 기미도 없었다. 토트 신의 뭉툭한 주둥이가 비웃는 듯 벌어졌고, 끝이 잘린 두 부리가 섬뜩하게 위아래로 움직였다. 석상의 다른 부분들은 죽은 듯이 그대로 있었기에 더욱 무서웠다. 부리에서 소리가 나왔다.

신이 말을 했다. 저주가 서린—그렇게 들렸다—그의 쉿소리가 정적 속에 음울한 메아리를 일으켰다.

르클레르크는 꼼짝할 수 없었다. 그런 공포는 처음이었기에 발이 얼어붙고 심장이 쿵쾅거렸다. 그런데 백작은? 어떻게 백작은 견딜 수 있는 걸까? 어쩌면 그도 왕이었기에 과거의 파라오들처럼 신의 언어를 듣고도 끄떡없는 것일까?

이제 그 소리는 웅얼거리며 떠돌다가 잦아들어 무시무시한 정적을 남긴 채 그쳤다. 그제야 늙은 백작은 허약한 발걸음을 떼며 출구로 향했다. 그의 몸은 비틀거리지도 떨리지도 않았다. 휘둥그런 눈으로 자신을 바라보던 르클레르크에게 다가오더니, 그는 고개를 끄덕이며 말했다.

"유능해, 정말 똑똑해⋯⋯ 안타깝군. 용수철이 고장났다니⋯⋯ biciognava ciassi tabli cicata⋯⋯"

이번에는 남작도 웅얼거린 그의 마지막 말을 통역할 정신이 없었다. 그 역시 노인에게 압도되어 멍하니 있을 뿐이었다. 그로선 신이 말했다는 게 믿기지 않았고, 이 불가사의한 상황을 당최 이해할 수가 없었다.

"대관절 어찌된 일이죠?" 드디어 르클레르크가 막연한 적대감을 느끼며 애원하듯 입을 열었다. "그 소리를 못 들으셨습니까?"

늙은 왕은 권위적인 태도로 고개를 들었다. "Cioccheccia! na ciocchezza!"('어리석다!'라고 말하는 걸까?) 그러곤 갑자기 이맛살을 찌푸리며 외쳤다. "차는 준비됐는가? 늦었어, 늦었어. 팡탱, 뭐하고 있어?" 화가 난 것 같았다.

르클레르크는 실망과 반감 사이의 이상한 감정을 억누르며 그를 노려보았다. 그런데 그때 발굴 현장 끄트머리에서 비명이 터졌다. 인부들이 미친듯이 울부짖었고, 조수가 신전 구석에서 서둘러 달려오며 무어라 외쳤다.

"뭐라는 거지? 무슨 일이야?" 팡탱 남작이 불안해하며 물었다.

"사태가 일어났대요." 크리스타니가 알려주었다. "인부 한 명을 덮쳤다네요."

르클레르크는 주먹을 쥐었다. 이 외국인은 왜 떠나지 않는 걸까? 이 난리로도 부족한가? 왜 그는 수천 년 잠들어 있던 마법을 다시 깨운 것인가!

어느새 만드라니코 백작이 다리를 끌며 경사지를 오르고 있었다. 그와 동시에 르클레르크는 메마른 절벽에서부터 사방으로 사막이 움직이는 것을 느꼈다. 작은 사태들이 조심스러운 짐승들처럼 여기저기서 조용히 일어났다. 골짜기와 수로, 틈, 비탈 아래로 모래가 동심원을 그리며 흘러내리다가 잠시 멈추더니, 곧 다시 무너져내리며 발굴한 유적지를 향해 기어갔다. 바람 한 점 없었다. 자동차에 시동을 거는 소리가 순간 현실감을 일깨우며 마음에 위로를 주었다. 형식적인 작별인사와 감사의 말이 오갔다. 냉정한 백작은 서두르고 있었다. 그는 인부들이 왜 절규했는지 묻지 않았고, 모랫더미도 바라보지 않았으며, 매우 창백해진 르클레르크에게도 관심을 보이지 않았다. 차량은 현장을 빠져나가 먼지회오리 사이로 모래벌판을 미끄러지듯 나아가다가 사라졌다.

언덕 위에 홀로 남은 르클레르크는 이제 그의 왕국을 바라보았다. 모래는 계속해서 기이한 형태로 무너져내렸다. 두려움에 사로잡힌 인부들이 궁전에서 달아나고 있었다. 다들 혼란스럽게 뛰어다니다 어느 순간 모습을 감추었다. 흰색 외투를 입은 조수가 달아나는 그들을 말리느라 버럭 고함을 지르며 이리저리 뛰어다녔지만 허사였다. 결국은 조수도 입을 다물어버렸다.

그러자 빠르게 나아가는 사막의 소리를 들을 수 있었다. 쏼쏼 끊임없이 쏟아지는 낮은 속삭임이 일제히 밀려왔다. 이미 작은 모래파도가 비탈로 내려와서 맨 앞 돌기둥의 받침대를 스쳤다. 이윽고 모래는 두번째 돌기둥으로 밀려들었고, 금세 주춧돌 전체를 파묻었다.

"맙소사." 르클레르크가 더듬대며 중얼거렸다. "오, 맙소사."

15
세상의 종말

어느 아침 열시쯤 도시 상공에 어마어마하게 큰 주먹이 나타났다. 주먹은 천천히 펼쳐지더니, 거대한 지옥의 천개天盖처럼 그대로 굳어버렸다. 그것은 바위처럼 보였지만 바위가 아니고, 살점으로 된 듯이 보였지만 살점이 아니었으며, 구름으로 이루어진 것 같았지만 구름도 아니었다. 그것은 신이었다. 그리고 세상의 종말이었다. 웅성거림이 끙끙대는 신음으로, 이내 고함으로 바뀌더니, 앙칼지고 우렁찬 외마디 비명이 되어 트럼펫소리처럼 온 도시로 퍼져나갔다.

그 햇살 화창한 시각, 루이사와 피에트로는 멋들어진 저택들과 군데군데 화단으로 둘러싸인 작은 광장에 있었다. 하지만 하늘 까마득한 곳에는 손이 걸려 있었다. 도시의 첫 아우성이 서서히 진정되는가 싶더니 창문들이 활짝 열리면서 공포에 찬 절규가 들려왔다. 젊은 여자들이 옷을 대충 걸친 채 세상의 종말을 보려고 창밖으로 얼굴을 내밀었다. 집밖으로 나온 사람들 중 많은 이들이 갑자기 달리기 시작했다. 그들은 움직여야 한다고, 뭐라도 해야 한다고 느끼면서도 어디로 가야 할지 몰랐다. 루이사의 눈에서 걷잡을 수 없는 눈물이 솟구쳤다. "그럴 줄 알았어." 그녀는 훌쩍거리며 더듬더듬 말했다. "이렇게 끝날 줄 알았다고…… 성당에서도 아니고, 기도도 없이…… 상관없었는데, 개의치 않았는데, 그랬는데…… 그래, 이런 일이 벌어질 줄 알았어!" 피에트로라고 무슨 말로 그녀를 달랠 수 있겠는가? 그도 아이처럼 울기 시작했다. 다른 이들도 대부분 울고 있었고, 특히 여자들은 눈물범벅이었다. 원기 왕성한 노수도사 두 명만 부활절처럼 들뜬 기분으로 지나갔다. "이제 똑똑한 놈들은 끝난 거야!" 그들은 도시의 주요 인사들을 향해 활기찬 걸음으로 나아가며 기쁘게 소리쳤다. "더는 잘났다고 못하겠지? 이제 똑똑한 사람은 우리라고!" (그들은 낄낄거렸다.) "우리는 그동안 늘 멸시받고 조롱당했지. 이제 누가 잘난 사람인지 보게 될 거야!" 그들은 점점 불어나는 군중 한가운데를 학생처럼 경쾌하게 지나갔고, 사람들은 대꾸할 엄두를 내지 못한 채 그들을 노려보았다. 한 신사가 소중한 기회를 놓치기라도 한 듯 본능적으로 그들을 뒤쫓으려 했을 때는, 이미 몇 분 전에 골목으로 사라진 뒤였다. "하느님 맙소사!" 그는 이마를 치며 소리쳤다. "그들에게 우리 죄를 고백할 수 있었는데!" "제기랄!" 다른 사람이 맞장구를 쳤다. "진짜 멍청했군! 눈앞에서 그냥 보내버렸으니!" 하지만 그 누가 저 재빠른 수도자들을 따라잡을 수 있겠는가?

그러는 사이 여자들은 물론 아주 거만하게 굴던 남자들까지도 성당에 갔다가 돌아왔다. 그들은 실망하고 낙심하여 악담을 퍼부었다. 보다 똑똑한 고해신부들이 사라져버린 것이다. (사람들 말로는) 아마 막강한 권력자들과 기업가들이 그들을 독점했을 거라고

했다. 정말 이상하지만, 종말을 앞두고도 돈은 놀라우리만치 제 위신을 그대로 유지했다. 세상이 끝나기까지 아직 몇 분, 몇 시간, 어쩌면 며칠이 더 남았을지 아무도 몰랐다. 그래서 고해성사를 집전할 남은 사제들을 찾아 성당마다 상상을 초월한 인파가 모여들었다. 엄청난 군중이 몰려든 탓에 큰 사고들이 일어났다고들 했다. 사제로 변장한 사기꾼들이 집집마다 방문해 고해를 들어주고 턱없는 값을 청구하는 일도 있었다. 다른 한편으로 젊은 부부들은 마지막으로 사랑을 나누기 위해 허둥지둥 풀밭으로 달려가서 부끄러운 줄도 모르고 드러누웠다. 그사이 하늘의 손은, 태양이 빛나고 있음에도 불구하고 칙칙한 색으로 변해서 한층 섬뜩한 느낌을 풍겼다. 종말이 임박했다는 소리가 들려오기 시작했다. 몇몇은 정오가 되기 전에 세상이 끝날 거라고 장담했다.

바로 그때 한 저택의 지층보다 약간 더 높은(나선형 계단 두 단이면 닿을 만한) 우아한 발코니에, 젊은 사제의 모습이 나타났다. 그는 고개를 푹 숙인 채 긴급한 일이 있는 듯 부리나케 걸음을 옮겼다. 그 시간에 매춘부들이 사는 호화로운 집에서 사제가 나오다니 이상한 일이었다. "신부다! 신부!" 어딘가에서 외침이 들렸다. 군중은 사제가 달아나기 전에 번개같이 그 앞을 막아섰다. "고해를 들어주세요. 고해성사를 들어주세요!" 사람들은 그에게 소리쳤다. 그의 얼굴이 창백해졌다. 마치 의도된 것처럼 발코니는 덮개가 있는 연단 같았고, 그는 거기에 장식물로 세운 작고 예쁜 성상 같아 보였다. 곧장 십여 명의 남녀가 떼를 지어서 소란스럽게 달려들더니 돌출된 장식선반에 올라타고 기둥과 난간 가장자리에 매달렸다. 어차피 그리 높지도 않았다.

사제는 고해를 듣기 시작했다. 그는 (이제는 다른 이들이 듣든 말든 상관도 없는) 모르는 사람들의 숨가쁜 비밀을 서둘러 들었다. 고해가 다 끝나기도 전에 오른손으로 짧게 성호를 그어 죄를 용서해주고는 얼른 다음 사람에게로 향하는 식이었다. 하지만 고해자가 너무 많았다. 그는 사해야 하는 죄의 파도가 어느 정도나 밀려올지 가늠해보면서 당황한 기색으로 주위를 둘러보았다. 루이사와 피에트로도 온 힘을 다해 발코니 아래로 왔고, 드디어 그들 차례가 되어 죄를 고백할 수 있었다. "저는 미사에 참석하지 않았고, 거짓말을 했고⋯⋯" 루이사는 제시간에 끝내지 못할까봐 불안해하며 한껏 비굴한 태도로 다급하게 소리쳤다. "이 밖에 제가 알아내지 못한 죄도⋯⋯ 뉘우치오니, 사하여 주소서⋯⋯ 그리고 믿어주세요. 제가 여기 온 건 두려워서가 아니라, 그저 주님 가까이에 있고 싶어서입니다. 정말입니다." 그녀는 스스로 진심이라고 확신하고 있었다. "네 죄를 사하노라⋯⋯" 사제는 중얼거리곤 피에트로의 고백을 듣고자 고개를 돌렸다.

그러나 사람들 사이에서 말할 수 없는 불안감이 끓어올랐다. 한 사람이 물었다. "최후의 심판까지 시간이 얼마나 남았지?" 박식한 다른 사람이 시계를 보곤 권위적인 어조로 말했다. "십 분." 그 소리를 들은 사제는 갑자기 물러나려 했다. 하지만 아직 볼일이 남은 사람들이 그를 붙잡았다. 그는 열이 나는 듯 보였고, 이제 고해의 파도는 그에게 의미 없는 혼란한 속삭임에 불과한 것이 분명했다. 그는 기계적으로 "네 죄를 사하노라⋯⋯"라고 되뇌며 연달아 십자가를 그었다.

"팔 분!" 군중 사이로 남자의 경고가 들렸다. 사제는 말 그대로 온몸을 부들부들 떨면서 떼를 쓰는 어린아이처럼 대리석바닥에 발을 동동 굴렸다. "그럼 나는? 나는 어떡하라고?" 그는 필사적으로 애원하기 시작했다. 그 지긋지긋한 인간들이 그의 영혼의 구원을 가로막고 있었다. 악마는 최대한 많은 영혼을 데려갈 것이다. 어떻게 여기서 벗어날 수 있을까? 어떻게 스스로를 구원할 수 있을까? 그는 거의 울상이 되었다. "그럼 나는? 난?" 그는 열렬히 천국을 탐하는 수많은 지원자에게 물었다. 하지만 그의 말을 귀담아듣는 사람은 아무도 없었다.

16
진정한 신사 둘에게 주는 몇 가지 유용한 지침
(이중 한 명은 비명횡사했다)

1월 16일 밤 열시, 근사하게 차려입은 서른다섯 살의 남자 스테파노 콘손니는 왼손에 흰색 꾸러미를 들고 적막한 피오렌추올라 거리를 걷고 있었다. 그런데 갑자기 주위에서 파리들이 윙윙대는 듯한 소리가 들렸다. 한겨울, 그 추위에 파리떼라니? 그는 어이없어 하며 손으로 그것들을 내쫓았다. 하지만 소리는 더욱더 소란스럽게 변했고, 어느 순간 그에게 말소리가 들리는 듯했다. 통화중 탁자에 내려놓은 수화기에서 계속 들리는 상대방의 목소리처럼 아주 작고 가는 소리였다. 그는 조마조마한 마음으로 주변을 둘러보았다. 거리는 그야말로 텅 비어 있었다. 한쪽에는 집들이, 다른 쪽으로는 철길을 둘러싼 긴 담이 있었다. 가로등은 정연하게 불을 밝히고 있었다. 인기척은 전혀 없었다.

그는 나비떼가 내는 듯한 그 기이한 윙윙 소리를 헛되이 쫓아보려 하다가 다소 망설이듯 내뱉었다. "대체 뭐야?"

콘손니는 어리둥절해하며 발걸음을 멈췄다. 저녁에 술을 좀 많이 마신 걸까? 아니다. 그는 덜컥 겁이 났다. 그래도 좌우간 미세한 소리였다. 만약 인간의 소리라면 기껏해야 아주 어린 아이일 것이다. 그는 용기를 냈다.

"어이, 성가신 파리들! 대체 뭐냐, 너희는?"

"이히히!" 그의 오른쪽 귓가에서 처음과는 다른 소리가 킥킥거리며 웃었다. "이히히, 작은 녀석들이지, 우리는!"

스테파노 콘손니는 깜짝 놀라 가까이 있는 집들의 정면을 훑으며 누군가가 집밖으로 얼굴을 내밀고 있는지 살펴보았다. 창문들은 모두 닫혀 있었다.

"옳은 건 옳은 거야." 그때 침착하고 묵직하면서도 익살스러운, 처음의 작은 소리가 들렸다. "막스, 우릴 소개하자."(분명히 동료에게 하는 말이리라.) "나는 페테르콘디 주세페 교수입니다. 정확히는, 살아서 주세페였지요. 그리고 당신을 성가시게 한 이 녀석은 내 조카, 막스 아디놀피로 나와 같은 처지입니다. 실례가 안 된다면, 당신은 뉘신지 알 수 있을까요?"

"콘손니, 내 이름은 콘손니입니다." 남자는 여전히 어리둥절해하며 퉁명스레 대답했다. 그러곤 잠시 생각하더니 말을 이었다. "음, 그러니까 당신들은 혼령인가요?"

"흠, 어떻게 보면……" 페테르콘디가 인정했다. "그렇게 여기는 사람들도 있지요……"

"이히히!" 더없이 유쾌한 막스의 소리가 다시 들렸다. 거슬리는 쉭쉭 소리와 과장된 발음이 유난스러웠다. "우리는 작아, 우리는! 간밤에 만났어야 했는데…… 소리를 들었어야 했는데……" 그러곤 폭소가 쏟아졌다.

"무슨 말이지요?" 콘손니가 서서히 자신을 달래가며 물었다.

페테르콘디가 공손하게 속삭였다. "사실 우리는 조금씩 작아지고 있습니다. 이제 여기서 스물네 시간밖에 있지 못해요. 빠르게 사라지고 있지요. 우리가 어젯밤 자정부터 떠돌았으니, 친애하는 선생님, 두 시간이면 영원히 안녕입니다."

"아, 아!" 콘손니는 마음을 푹 놓고 히죽거렸다. (혼령들은 기껏해야 자정까지 머물 수 있어. 그리고 이건 꽤 재미있는 이야깃거리가 되겠지.) 이제 그는 아주 스스럼없이 이야기했다. "그런데 페테르콘디 교수님……"

"세상에, 정말 똑똑하군요." 교수의 작은 소리가 끼어들었다. "내 이름을 단숨에 외웠군요."

"그러게요." 콘손니는 다시 약간 당혹스러워하며 말을 이었다. "당신 이름이 낯설지가 않다고 말하려던 참이었어요."

"이히히!" 막스가 왼쪽 귀에서 무례하게 껄껄댔다. "삼촌 들었어? 낯설지 않대! 아, 대단한데!"

"막스, 그만해." 페테르콘디는 잔뜩 점잔을 빼면서도 아주 가늘고 작은 소리로 말했다. "콘손니 씨, 감사합니다. 이제 굳이 겸손 차리지 않고 말할 수 있겠군요. 나는 번듯한 외과의사였습니다."

남자는 마음속으로 생각했다. '그래, 좋아. 슬슬 재밌어지는군. 이제 좀 즐겨볼까.' 그는 작지만 분명한 목소리로, 다소 알랑대듯 물었다. "그럼 교수님, 내가 뭘 도와드리면 될까요?"

"그게 말이죠." 외과의사 페테르콘디에게서 남아 있는, 보이지 않는 작은 그것이 설명했다. "우리는 한 남자를 찾으러 왔습니다. 그에게 갚을 빚이 있거든요. 나는 불행히도 그자한테 살해당했습니다!"

콘손니는 놀라움을 드러냈다. "살해됐다고요? 당신 같은 사람이? 아니, 어떻게요?"

"강도 사건으로." 작은 소리가 냉정하고 차분하게 대답했다.

"언제, 어디서요?" 콘손니가 뻔뻔스러운 태도로 물었다.

"저 모퉁이에서, 바로 저 모퉁이에서…… 정확히 두 달 전……"

"이런, 세상에!" 콘손니는 그렇게 즐거울 수가 없었다. "그래서 지금…… 요컨대, 찾으러 오셨다…… 그를 찾으러 왔던 거군요."

"바로 그겁니다. 만약……"

콘손니는 결투 자세를 취하듯 다리를 벌리며 말했다. "그런데 당신이 그를 찾는다 해도 뭘……?"

"이히히!" 젊은 막스가 밉살스럽게 낄낄거렸다. "그건 맞아! 우린 이렇게 작아! 맙소사, 어쩌면 이처럼 작아졌을까!"

"콘손니 씨." 교수가 매우 침착하게 말했다. "당신 말은 내가 뭘 어쩌겠느냐는 뜻이겠죠. 네, 잘 압니다. 내가 그를 찾아낸다면 말이지요……"

콘손니가 미소 지었다. "음, 정말 궁금하네요."

이때 갑자기 거리 전체를 휩싸는 깊은 침묵이 흘렀다. 콘손니는 영문도 모른 채 초조해하며 기다렸다.

"흠, 에헴!" 마침내 페테르콘디가 목소리를 가다듬었다. "그럼, 당신이 궁금해하니…… 먼저 우리는 그에게 겁을 줄 수 있을 겁니다. 당신같이 양심에 거리낌이 없는 사람은 다르겠지요. 하지만 그자! 만약 그자가 내 말소리를 듣는다면 무섭지 않겠어요?"

"그렇고말고요." 콘손니는 웃음을 감출 수 없었다. "분명히 당황하겠지요."

"그거 봐요. 그러고 나서……"

"그런 다음에." 조카 막스가 깝죽거리며 쉭쉭 소리를 냈다. "그런 다음 우리는 예언을 할 수 있지요."

"예언이라니요?" 콘손니는 선뜻 이해가 가지 않아 물었다. "무슨 뜻인가요?"

"막스 얘기는, 우리가 그 범죄자에게 미래를 알려줄 거라는 겁니다. 괴로운 일이 될 거예요."

"그 미래가 멋질 수도 있잖아요?" 콘손니가 담배에 불을 붙이며 반박하고는 고개를 약간 숙이며 덧붙였다. "여러분에게 연기가 불쾌하지 않길 바랍니다."

페테르콘디는 연기에 대한 언급은 흘려버린 채 자신의 의견을 밝혔다. "사실 미래를 안다는 건 그 누구에게도 좋을 수가 없습니다. 가령 언제 죽을지 안다고 생각해보세요. 콘손니 씨, 그것만으로도 남은 인생은 엉망이 될 겁니다."

"아, 그런 뜻이군요! 그런데 춥지 않으세요? 좀 걷도록 하죠." 그는 걷기 시작했다. 그러면서 짜증나는 막스를 쫓아내려는 듯이 오른손으로 귓가의 허공을 툭툭 쳤다.

"이히히!" 막스가 곧바로 킥킥거렸다. "삼촌, 이 사람한테 쿡쿡 찌르지 좀 말라고 해줘!"

그는 스무 걸음 정도 나아갔다. 멀리서, 아주 멀리서 전차의 희미한 소음이 들렸다.

"그럼 어쩔까요?" 페테르콘디가 바로 왼쪽 귀 안에서 묻는 소리에 콘손니는 깜짝 놀라 몸을 떨었다.

"그러니까, 잘 모르겠지만…… 어쩌면 내가 당신들에게 유용한 정보를 줄 수 있을 것 같군요. 친애하는 교수님, 범인을 찾기 위한 몇 가지 유용한 정보 말이죠……"

"이히히!" 작디작은 막스가 자지러지게 웃어댔다. "들었어, 삼촌? 유용한 정보래, 들었어? 이건 정말 굉장한걸!"

"그만 좀 하세요!" 진짜 화가 난 콘손니가 걸음을 멈추며 버럭 소리쳤다.

"이히히!" 막스가 또 웃었지만, 이번에는 나직하게 킥킥대는 소리였다. "선생님, 정말 죄송해요. 근데 이 꾸러미에 뭐가 들었나요? 말해주세요. 뭐가 있죠?"

콘손니는 입을 다물었다.

"달콤한 케이크?" 막스가 쉭쉭 소리를 내며 속삭였다. "케이크가 든 것 같은데, 맞아요?"

콘손니는 대답하지 않았다. 그는 잠시 생각하더니 비꼬는 투로 말했다.

"교수님, 결례를 무릅쓰고 한마디하겠습니다. 여러분은 이 스물네 시간을 더 재밌게 보낼 순 없었나요? 만일 내가 여러분이라면 어떤 즐거움들을 만끽하며 보냈을 겁니다."

"어떤 즐거움?"

"예를 들면 여자들이 돌아다니잖습니까! 그들의 치마 사이에서, 여러분은 그리 작으니…… 아, 얼마나 좋을까요."

"뭐라고요?" 페테르콘디가 여전히 점잖은 목소리로 대꾸했다. "내 성향은 차치하더라도, 여하튼 우린 그런 것들을 더는 생각지 않습니다. 아시겠어요?"

"아, 아!" 콘손니는 다시 웃었다. "그러다가 만약 그 여자가 방귀를 뀐다면? 그래서 바람이 당신을 날려버린다면? 교수님, 상상해보세요!" 그는 정신없이 웃어댔다.

한 박자 늦긴 했지만, 막스도 따라 웃었다. 한결같이 밉살맞은 웃음이었다. "이히히! 아, 정말 그래. 우리는 너무나 작아!"

페테르콘디는 곁길로 빠진 대화를 제자리로 돌렸다. "콘손니 씨, 당신은 말했지요. 내게 몇 가지 정보를 줄 수 있다고…… 그래준다면 정말로 고맙겠습니다. 안타깝게도 시간이 얼마 없네요."

"네, 그럼요." 남자가 대답했다. "그자를 볼 수도 있어요. 당장이라도…… 그거 아세요? 나는 경찰과 아주 친하답니다."

"이히히!" 막스가 집요하게 속닥거렸다. "우리는 작아, 우린 작은 이들…… 그리고 예언을 할 수 있지."

콘손니는 손목시계를 바라보았다. 열시 삼십오분. 어찌되든 한시간 삼십 분 뒤에는 저 골치 아픈 녀석들에게서 벗어날 것이다.

"말해, 삼촌." 그때 막스가 여전히 유쾌하고 상스러운 어투로 말했다. "이보쇼, 콘손니 씨, 코에 있는 게 뭐죠?"

"그래요." 페테르콘디가 말했다. "그걸 못 봤군요. 어디 한번 봅시다. 그 붉은 자국…… 그래, 맞아요. 그 자국은 여지가 없습니다."

"무슨…… 그게 무슨 뜻이죠?"

"저기, 콘손니 씨." 교수가 말을 이었다. "나는 그 자국이 정말로 싫습니다. 솔직히 말하자면, 아니기를…… 그걸 만질 때 아픈가요?"

"이것 말인가요?" 콘손니는 오른쪽 검지로 자국을 살살 문질렀다.

"아프지요?" 페테르콘디가 물었다. "그게 언제 생겼나요?"

"그게 무슨 상관입니까?" 콘손니는 약간 주눅이 든 듯 보였다. "두 달 전일 겁니다."

"그거 멋지군요." 페테르콘디는 전형적인 전문가의 말투로 이야기했다. "하필 두 달 전이라…… 참 묘한 일입니다."

"그래서요? 뭐가 어쨌다는 거죠?"

"이제 형세가 완전히 달라졌군요, 콘손니 씨." (소리를 듣기 위해 남자가 고개를 한쪽으로 기울여야 할 정도로 그의 음성은 희미해져 있었다.) "만약 일찍 알았더라면 수고를 덜 수 있었을 텐데요."

콘손니는 걸음을 멈추곤 코의 붉은 자국을 다시 만졌다. "이게 무슨 관련이 있죠?" 그가 머뭇거리며 물었다.

"모르겠어요?" 교수가 물고늘어졌다. "어쨌든 이제 다를 게 전혀 없군요!"

"다르다뇨?"

"당신과 나 말이에요…… 페테르콘디 의사가 당신에게 말합니다. 콘손니 씨……"

막스의 유쾌한 소리가 작게 들렸다. "난 무슨 말인지 알겠는데, 삼촌. 거참 놀랍지? 살아 있고 건강해 보이지만, 사실은…… 그 역시 다를 게 없다니!" 적막한 거리에서 아주 가냘픈 웃음이 기분 나쁘게 쉭쉭거렸다.

"도대체 뭡니까? 알아듣게 말해주시겠어요?" 콘손니는 슬슬 화가 올랐다.

"육종입니다, 콘손니 씨." 페테르콘디가 차갑게 답변했다. "악성 종양이에요. 손쓸 방법이 없습니다."

"이히히, 사실이에요. 믿으세요." 막스가 잔망스레 깔깔댔다. "삼촌이 잘 알아요. 틀림없어요. 삼촌 말은 확실해요. 이히히…… 우리는 예언을 한답니다. 콘손니 씨……"

"지옥에나 가버려!" 남자는 진저리를 치며 소리쳤다. "병원에 갈 겁니다! 혹시 당신 말이 맞는다 해도, 나는 나을 겁니다. 뭐든 다 할 거니 걱정하지 마시오."

"병원이래, 이히히!" 막스가 비웃었다. "소용없다는 걸 모르는군. 넌 이제 우리와 같아."

콘손니가 입을 떼려는 순간 막스가 조롱하며 깔깔댔다.

"애인한테 케이크나 갖다줘! 뛰어, 젊은이! 애인에게 유용한 지침이나 주러 가라고!"

"신기하지." 페테르콘디가 진지하고 냉정한 태도로 이야기했다. "난 널 바로 알아봤어. 콘손니…… 네가 길 끝에 나타나자마자 알 수 있었지. 그리고 자, 아마 두세 달쯤은 갈 수 있을 거야. 보아하니 그래……"

콘손니는 목덜미로 손을 올렸다. 숨을 제대로 쉴 수 없었다.

"곧 다시 봐, 젊은이!" 막스가 악스레 굴었다. "그땐 크림빵을 부탁해!"

이번에는 페테르콘디도 한바탕 웃음을 터뜨렸다. 말벌이 내는 소리 같았다. 그 둘은 경멸하듯 웃으며 멀어져가더니 어두운 공중을 날아 철길 담 뒤로 사라졌다.

"에이, 빌어먹을! 가증스러운 놈들!" 콘손니는 저주를 퍼부었다. "저 두 놈 저주나 받아라! 어디 맘대로 되는지 두고 보라지!"

그는 당혹스러워하며 주위를 둘러보았다. 하지만 아무도 없었고, 깊은 정적만 흘렀다. 생쥐 한 마리가 하수관 뚜껑에서 빠져나왔다. 흰 꾸러미가 손에서 미끄러져 철퍼덕 소리를 내며 땅으로 떨어졌다. "빌어먹을!" 남자가 다시 투덜거렸다. 그러곤 욱신거리는 콧방울의 붉은 자국을 조심스레 어루만졌다.

17
무용한 초대

어느 겨울밤 당신이 내게 오기를 바랍니다. 우리는 유리창 뒤에서 둘이 꼭 붙어 어둡고 추운 거리의 고독을 바라봅니다. 그러면서 우리도 모르게 함께 살았던 동화 속 겨울을 떠올립니다. 당신과 나는 마법의 오솔길을, 늑대가 우글거리는 숲을, 수줍은 발걸음으로 나란히 걸었습니다. 요정들은 까마귀들이 맴도는 탑의 이끼 덤불에 숨어 우리를 염탐했습니다. 어쩌면 거기서 우리는 모르는 사이에, 우리를 기다리는 불가사의한 인생을 함께 보았을 겁니다. 그때 우리의 마음속에선 처음으로 뜨겁고 부드러운 열망이 꿈틀거렸습니다. "기억나?" 우리는 따뜻한 방에서 정겹게 껴안은 채 서로 물을 것입니다. 당신은 나를 향해 활짝 웃고, 밖에선 바람에 나부끼는 함석판의 우울한 소리가 들려올 것입니다. 하지만 당신은—지금 생각해보니—이름 없는 왕과 괴물, 마법의 정원이 있는 고대의 동화들을 모릅니다. 당신은 인간의 말을 하는 신기한 나무들 옆을 지나며 황홀감에 빠지거나, 적막한 성의 문을 두드리거나, 아주 멀리서 깜빡이는 등불을 향해 밤길을 걷거나, 요람처럼 출렁이는 경건한 통나무배에서 동방의 별을 보며 잠든 적이 없습니다. 겨울밤 유리창 뒤에서, 어쩌면 우리는 아무 말 없이 머물 것입니다. 나는 죽은 동화 속에서 헤매고, 당신은 내가 모르는 다른 것에 마음을 빼앗길 것입니다. 나는 "기억나?"라고 물을 테지만, 당신은 기억하지 못할 겁니다.

어느 봄날 당신과 함께 걷고 싶습니다. 회색빛 하늘 아래, 거리에는 작년의 나뭇잎 몇 장이 아직도 바람에 나부끼는 변두리 지역을 함께 거닐고 싶습니다. 일요일이면 좋겠습니다. 그런 곳에선 우울하고도 위대한 생각이 떠오르고, 어떤 때는 서로 사랑하는 연인의 마음을 이어주는 시가 맴돌기도 합니다. 그리고 말로는 가히 나타낼 수 없는 희망도 솟아납니다. 집들과 쏜살같은 열차들, 북쪽의 구름 뒤로 펼쳐진 끝없는 지평선이 그 희망을 부추길 테지요. 우리는 살짝 손을 잡은 채 가벼운 발걸음으로, 시시하고 바보 같고 소중한 것들을 얘기하며 걷습니다. 그러다보면 이내 가로등 불이 켜지고, 누추한 주택가에서는 도시의 불길한 소문, 모험담, 꿈같은 이야기가 흘러나옵니다. 우리는 여전히 손을 잡은 채 조용히 있습니다. 영혼은 침묵 가운데 말하기 때문입니다. 하지만 당신은—지금 생각해보니—내게 시시하고 바보 같고 소중한 것들을 얘기한 적이 없습니다. 그러니 당신은 내가 말하는 그 일요일을 좋아할 리 없고, 침묵 속 영혼의 대화를 모르며, 도시를 사로잡는 마법이나 북쪽에서 내려오는 희망도 제때 느끼지 못합니다. 당신은 빛과 사람들과 당신을 바라보는 남자들, 행운을 만난다고 알려진 길들을 더 좋아합니다. 당신은 나와 다르므로, 만약 그날 같이 산책한다면 피곤하다고 투덜댈 것입니다. 그뿐일 겁니다.

어느 여름 당신과 함께 한적한 계곡에도 가고 싶습니다. 우리는 아무것도 아닌 일로 쉽없이 웃어대며 숲과 시골길과 버려진 집들에 깃든 비밀을 탐험하러 갑니다. 나무다리 위에 멈춰 서서 흐르는 물을 바라보고, 말뚝 옆에선 어딘지 모를 세상의 끝으로부터 들려오는 끝없이 긴 이야기를 듣습니다. 그리고 초원의 꽃을 뜯고, 그 풀밭에 드러누워 햇살의 정적 속에서 하늘의 심연과 지나가는 흰구름, 산꼭대기를 관망합니다. 당신은 '아름다워!'라고 말합니다. 다른 말은 않습니다. 우리는 행복하기 때문입니다. 우리의 육체는 세월의 무게를 떨구고, 영혼은 방금 태어난 것처럼 생생합니다.

하지만 당신은—지금 생각해보니—엉겁결에 주위를 둘러볼 테고, 나는 두려움을 느낄 테지요. 당신은 스타킹이 괜찮은지 살피느라 걸음을 멈추고, 어서 돌아가고 싶은 조바심에 내게 담배 한 대를 더 청합니다. 그리고 '아름답다!'라는 말 대신 따분하고 답답한 얘기를 합니다. 안타깝게도 당신은 그러하기 때문입니다. 그리고 우리는 잠시도 행복하지 않을 것입니다.

그리고 나는—계속 말하렵니다—하늘이 수정처럼 맑은 11월에 당신과 팔짱을 끼고 황혼이 깃든 도시의 대로를 걷고 싶습니다. 그 시간 그곳에는 삶의 환영들이 둥근 지붕 위를 날고 불안 가득한 거리의 구덩이로 내달리며 검은 군중을 스쳐지나갑니다. 그리고 즐거운 시절의 기억과 새로운 예언은 음악 같은 여운을 남기며 허공을 떠다닙니다. 우리는 아이들처럼 천진하게 우쭐대며 강변에서 마주치는 수많은 얼굴을 바라봅니다. 우리는 자신도 모르게 기쁨의 빛을 발산하고, 모두의 시선이 우리에게 향합니다. 시샘과 악의가 담긴 시선이 아닙니다. 나약한 인간을 위로하는 해질녘 거리에서, 사람들은 빙긋이 웃으며 따뜻한 눈빛으로 우리를 바라봅니다. 하지만 당신은—나는 잘 압니다—수정 같은 하늘과 마지막 햇살에 비친 비행기의 꽁무니를 바라보는 대신 진열장 안의 보석과 장신구, 비단과 자질구레한 것들을 보고 싶어할 것입니다. 그러니 당신은 삶의 환영이 스쳐가는 예감을 깨닫지 못하고, 나처럼 우쭐한 감상에 젖지도 않습니다. 당신은 음악 같은 여운을 듣지 못하며, 왜 사람들이 정겨운 눈빛으로 우리를 바라보는지도 모릅니다. 당신은 당신의 초라한 내일을 생각하고, 마지막 햇살을 받는 첨탑의 황금상은 저위에서 헛되이 검을 치켜세웁니다. 그리고 나는 혼자일 것입니다.

부질없습니다. 어쩌면 이 모든 것은 못난 짓입니다. 당신은 나보다 더 나은 사람입니다. 더 나은 인생을 산다는 뜻은 아닙니다. 아마도 당신이 옳고, 이 모든 노력은 어리석은 짓일 겁니다. 하지만 적어도, 적어도 이것은 분명합니다. 나는 당신을 다시 보고 싶습니다. 여하간 우리는 어떻게든 함께할 것이고 기쁨을 찾을 것입니다. 낮이든 밤이든, 여름이든 겨울이든, 미지의 나라든 소박한 집이든 쓸쓸한 여관이든 상관없습니다. 당신이 내 곁에 있으면 그만입니다. 거기서 나는—당신에게 약속합니다—기이하게 삐걱대는 지붕소리에 귀를 기울이지도, 구름을 바라보지도, 음악이나 바람소리에 정신을 빼앗기지도 않겠습니다. 순전히 나만 좋아하는 이 무용한 것들을 단념하겠습니다. 나는 당신이 내 말을 이해하지 못하거나 이상한 소리를 해도, 낡은 옷이나 돈에 대해 불평해도 참을 겁니다. 이른바 시나 소박한 희망, 애절한 사랑의 비애는 없을 것입니다. 하지만 나는 당신과 함께 있을 것입니다. 그리고 세상 어디에서나 그렇듯, 우리는 아주 단순하게 남자와 여자로 얼마든지 행복할 겁니다.

하지만 당신은—지금 생각해보니—너무 멀리, 까마득히 먼 곳에 있습니다. 당신은 내가 모르는 삶 속에 있고, 당신 옆에는 다른 남자들이 있습니다. 당신은 지난날 내게 그랬듯 그들에게 미소 짓습니다. 그리고 당신은 나를 금방 잊었습니다. 아마 내 이름도 더는 기억하지 못하겠지요. 이미 나는 당신에게서 떠나와 무수한 그림자 사이로 희미해졌습니다. 하지만 난 당신 생각뿐이고, 당신에게 이런 얘기를 하는 게 좋습니다.

18
성탄절 이야기

　어둑하고 담벼락에 곰팡이가 서린 고딕양식의 오래된 주교 저
택, 겨울밤 거기서 머무는 것은 큰 고통이다. 인접한 대성당은 광대
해서, 전체를 다 돌아다니려면 평생이 걸려도 모자랄 것 같다. 게다
가 무수한 예배당과 제의실이 복잡하게 얽혀 있는데다 수세기 동안
방치되어 일부는 발길이 끊긴 미로가 되었다. 그렇다면 성탄절 전
야, 도시에서 파티가 한창인 그때, 저택에 홀로 남은 수척한 대주교
는 무엇을 할까? 문득 궁금해진다. 그날은 모두가 행복하다. 사내
아이는 기차와 피노키오 장난감을 받고, 어린 누이는 인형을 받고,
엄마는 아이들에게 둘러싸이고, 병자는 새로운 희망을 품고, 노총
각은 흥청망청 돈을 쓰고, 수감자는 옆 감방 동료의 목소리를 듣는
다. 대주교는 무엇을 할까? 대주교의 성실한 비서 발렌티노 신부는
사람들이 궁금해하는 소리를 들으며 미소 지었다. 성탄절 전야, 대
주교에게는 하느님이 계신다. 그는 춥고 적막한 대성당에서 덩그러
니 혼자 무릎을 꿇고 있다. 언뜻 괴로워 보이지만, 그건 모르는 소

리다! 그는 혼자가 아니고, 춥지도 외롭지도 않다. 성탄절 전야에 하느님의 기운은 대주교를 위해 성전 가득 넘쳐흐른다. 말 그대로, 성당 안은 문을 닫기 힘들 정도로 차오른다. 그리고 난롯불을 피우지 않아도 열기가 가득하다. 그 후끈한 열기에 과거의 흰 뱀들이 역대 수도원장의 무덤에서 다시 깨어나 지하실 통풍구로 기어오른 뒤 고해소 난간으로 슬며시 머리를 내민다.

이렇게 그날 밤도 대성당은 하느님의 기운으로 가득했다. 발렌티노 신부는 자신의 의무가 아님을 알면서도 성당에 주교의 기도대를 배치하며 늦게까지 기쁘게 머물렀다. 다른 곳에선 크리스마스트리, 칠면조 요리, 스파클링 와인을 준비할 것이다. 그가 이런저런 생각에 빠져 있을 때, 문 두드리는 소리가 들렸다. "누가 성당 문을 두드리지?" 발렌티노 신부는 혼잣말로 중얼거렸다. "성탄절 전야에? 아직도 할 기도가 남았나? 무슨 급한 일이 있다고!" 말은 그리하면서도 그는 문을 열었고, 그러자 세찬 바람과 함께 누더기를 걸친 걸인이 들어왔다.

"오, 충만하신 하느님!" 남자가 주위를 둘러보고 웃으면서 소리쳤다. "아름다워요! 밖에서도 느껴질 정도예요. 몬시뇰, 제가 잠시 머물렀다 가도 될까요? 기쁜 성탄절이잖아요."

"대주교님이 오실 건데요." 사제가 대답했다. "두 시간 후에 여기 계실 겁니다. 이미 성인의 삶을 살고 계신 분이죠. 오늘만은 주님께 떼를 써도 안 됩니다. 그리고 저는 몬시뇰이라는 칭호를 받은 적이 없습니다."

"아주 잠깐도 안 될까요, 신부님? 아직 시간이 많잖아요! 대주교님은 눈치도 못 채실 거예요!"

"안 된다고 말씀드렸습니다. 돌아가세요. 이곳은 일반인의 출입

이 통제되었습니다." 그러곤 사제는 5리라짜리 지폐를 쥐여주며
걸인을 내보냈다.

그런데 걸인이 성당 밖으로 나가는 순간 하느님도 사라져버렸
다. 깜짝 놀란 발렌티노 신부는 주변을 둘러보았다. 어둠침침한 둥
근 천장도 주의깊게 살펴보았다. 그 위에도 하느님은 없었다. 주랑
기둥, 조각상, 천개, 제단, 관대, 촛대, 주름커튼, 평소 신비스럽고
강력한 힘이 느껴지던 웅장한 공간이 갑자기 낯설고 불길해 보였
다. 두 시간 뒤면 대주교가 내려올 터였다.

발렌티노 신부는 불안한 마음으로 바깥문을 살짝 열어 광장을
내다보았다. 밖에도 없다. 성탄절인데도 하느님의 자취가 없었다.
불 켜진 수많은 창문에서 웃고 떠드는 소리며 유리잔을 부딪치는
소리, 음악, 욕설까지 울려퍼졌다. 종소리와 노랫소리는 들리지 않
았다.

발렌티노 신부는 어두운 밖으로 나가 세속의 거리, 흥이 잔뜩 오
른 연회의 소음 사이에 들어섰다. 하지만 그는 갈 곳을 알고 있었
다. 그가 지인의 집에 들어갔을 때, 가족은 식탁에 앉아 있었다. 서
로를 다정하게 바라보는 그들 주위로 하느님이 희미하게 있었다.

"신부님, 성탄을 축하합니다." 그 집의 가장이 말했다. "이리 와
서 함께하시지요."

"여러분 제가 급해서요. 제 부주의 때문에 하느님이 성당을 떠나
셨습니다. 그리고 잠시 후에 대주교님이 기도하러 오실 거예요. 제
게 여러분의 주님을 주시겠어요? 여러분은 서로 함께 있으니 주님
이 꼭 필요하진 않을 겁니다."

가장이 대답했다. "친애하는 발렌티노 신부님, 오늘이 성탄절이
란 걸 잊으셨나보군요. 다른 날도 아닌 오늘 제 자식들이 하느님 없

이 보내야 할까요? 당황스럽군요."

남자가 그리 말하자마자 하느님은 방밖으로 빠져나갔다. 식탁에서 기쁨의 미소가 사라졌고, 구운 닭요리는 입안의 모래처럼 텁지근해졌다.

그리하여 발렌티노 신부는 다시 텅 빈 밤거리로 나섰다. 그는 걷고 걸어 다시 하느님을 찾았다. 도시의 성문 앞, 희끗한 눈발이 서린 넓은 밭이 어둠 속에 펼쳐져 있는 곳이었다. 들판과 늘어선 뽕나무 위로 하느님이 손짓하듯 넘실거리고 있었다. 발렌티노 신부는 무릎을 꿇었다.

"아니, 신부님 뭐하세요?" 한 농부가 그에게 물었다. "이 추위에 병나겠어요."

"형제님 저기를 보세요. 보이십니까?"

농부는 아무렇지 않게 바라보았다. "우리 것입니다. 매년 성탄절에 우리 밭을 축복하러 오시지요."

"저기, 제게 좀 주실 수는 없을까요? 도시 안에는 남아 있지 않습니다. 성당에도 없고요. 대주교님이 거룩한 성탄절을 보낼 수 있도록 제게 조금만 나눠주십시오."

"친애하는 신부님, 어림도 없습니다. 도시 사람들이 몹쓸 죄를 지었겠지요. 그건 여러분의 잘못입니다. 알아서 하십시오."

"그래요. 죄를 지었습니다. 그렇지만 누군들 죄짓지 않겠습니까? 형제님이 허락만 해주시면 많은 영혼을 구원할 수 있습니다."

"제 영혼을 구하기에도 충분치 않습니다!" 농부가 껄껄 웃어댔고, 그와 동시에 하느님이 밭에서 날아올라 어둠 속으로 사라졌다.

사제는 하느님을 찾아 더 멀리 나아갔다. 하느님은 갈수록 더 희미해졌고, 어쩌다 조금 가진 자를 만나더라도 하느님을 나눠주려

하지 않았다(그자가 안 된다고 거부하는 순간 신은 자리를 떠 점점 멀어져버렸다).

그러다 발렌티노 신부는 드넓은 광야의 끝, 저 먼 지평선에서 하느님이 길쭉한 구름처럼 부드럽게 빛나는 것을 보았다. 사제는 눈바닥에 털썩 무릎을 꿇었다. "주님, 저를 기다려주세요." 그는 간절히 청했다. "저의 잘못으로 대주교님이 홀로 계십니다. 오늘, 성탄절 밤에!"

그는 발이 언 채로 안개 속을 걸어나갔다. 눈이 무릎까지 차올랐고, 넘어져서 땅바닥에 엎어지기 일쑤였다. 그렇게 얼마나 참고 걸었을까?

어느 순간 고요하고 평온한 천사들의 합창이 들리며 안개 속으로 불빛이 일렁거렸다. 그는 빛이 흘러나오는 작은 나무문을 열었다. 그 안은 아주 넓은 성당이었고, 가운데서 한 사제가 촛불 몇 개를 켠 채 기도하고 있었다. 그야말로 하느님이 충만한 곳이었다.

온몸이 뻣뻣하게 굳은 발렌티노 신부는 남은 힘을 다해 웅얼거렸다. "형제여, 나를 불쌍히 여기시게. 내 잘못으로 대주교님이 홀로 계신다네. 그분께는 하느님이 필요해. 부탁인데, 내게 좀 나눠주시게나."

기도하던 사람이 천천히 몸을 돌렸다. 발렌티노 신부는 그를 알아보곤 놀란 나머지 얼굴이 더 새파랗게 질렸다.

"성탄을 축하하네, 발렌티노!" 온통 하느님으로 둘러싸인 대주교가 그에게 다가오며 외쳤다. "주님의 축복이 함께하길! 그런데 어디에 있었나? 이 험난한 밤에 무엇을 찾아 밖으로 나갔는지 들려주겠나?"

19
발리베르나 붕괴 사고

일주일 뒤, 발리베르나 붕괴 사고에 대한 재판이 시작된다. 나에게 무슨 일이 생길까? 그들이 나를 잡으러 올까?

나는 두렵다. 나에 대해 적대적인 증언을 할 사람은 없다고 스스로 말해봤자 소용없다. 예심판사는 나의 잘못을 전혀 눈치채지 못했다. 설령 기소된다 하더라도 나는 분명히 풀려날 것이다. 그 일과 관련해 내가 침묵한다고 해서 누구한테 해가 될 것도 아니다. 내가 나서서 자백한다고 피고에게 이득이 될 것도 없다. 하지만 이중 어느 것도 위안이 되진 않는다. 주요 혐의자로 지목받은 시청 주택과 과장 돌리오티가 석 달 전에 죽었기 때문에, 이제 피고인석에 서는 사람은 사회복지과 과장이 될 것이다. 어쨌든 그 기소는 형식적인 절차에 불과하다. 불과 닷새 전에 취임한 인사에게 어떻게 유죄를 선고할 수 있겠는가? 결국 책임을 전임자에게 돌려야겠지만, 그는 지난달에 고인이 되었다. 법의 심판이 무덤의 어둠까지 뚫을 수는 없다.

문제의 사건은 이 년 전에 발생했지만, 모두가 생생하게 기억하고 있다. 발리베르나는 17세기 산첼소수도원의 수사들이 성문 밖에 지은, 암울한 분위기를 풍기는 거대한 벽돌건물이었다. 수도회가 사라진 19세기에 그 건물은 부대 막사로 사용되었고, 전쟁이 끝날 때까지 군 당국에 속해 있었다. 이후 한동안 방치되었다가 관청의 묵인 아래 피난민들과 폭격에 집을 잃은 가난한 사람들, 부랑자들, 절망적인 낙오자들의 거처가 되었고, 심지어 작은 집시 무리까지 그곳에 살게 되었다. 건물 소유권을 가지게 된 시 당국은 시간이 좀 지나서야 일정한 규율을 적용해 그곳 주민을 등록하고, 필수적인 서비스를 정비하고, 말썽꾼들을 내쫓았다. 그렇더라도 인근에서 강도 사건이 여러 건 일어났기에 발리베르나의 평판은 좋지 않았다. 악의 소굴이라고 할 것까지는 없다 해도, 어쨌든 사람들은 밤에 그 주변으로 가기를 꺼렸다.

발리베르나는 원래 들판 한가운데에 지어졌지만, 세월이 흐르면서 도시가 확장됐기에 이제는 도시 근교에 있었다. 그래도 바로 가까이에는 다른 집이 없었다. 음산하고 섬뜩한 공동주택이 철도 제방과 어수선한 초원 위로 높이 솟아 있었고, 주변으로는 산더미를 이룬 잔해와 파편들 가운데 거지들이 머무는 초라한 함석 판잣집이 흩어져 있었다. 발리베르나는 감옥과 병원과 요새를 합쳐놓은 모양새였다. 길이 80미터가량에 너비는 그 절반쯤 되는 직사각형 형태로, 안으로는 주랑현관이 없는 거대한 마당이 있었다.

나는 주말 오후면 곤충학자인 매형 주세페와 함께 거기에 가곤했다. 그곳 초원에는 곤충이 아주 많아서, 시원한 공기를 마시며 같이 시간을 보낼 구실이 되었다.

그 황량한 건물은 처음 봤을 때부터 강한 인상을 주었다. 벽돌

자체의 색깔이며 벽에 생긴 수많은 균열, 덧바른 자국, 버팀목으로 세운 기둥으로 보아 매우 낡은 건물임을 알 수 있었다. 단조롭고 밋밋한 뒷벽이 특히 인상적이었는데, 창문보다는 총안에 더 가까운 작고 들쑥날쑥한 구멍 몇 개가 뚫려 있어, 줄기둥이 늘어서 있고 큰 창문이 시원하게 난 앞면보다 훨씬 더 높아 보였다. 언젠가 나는 매형에게 물어본 적이 있다. "벽이 앞으로 좀 기운 것 같지 않아?" 그는 웃으면서 대답했다. "별일 없기를 바라야지. 어쨌든 그건 네 느낌일 뿐이야. 높은 벽은 항상 삐딱하게 보이거든."

7월의 어느 토요일에도 우리는 거기서 산책했다. 매형은 아직 어린 두 딸과 대학교의 동료 교수를 데리고 왔다. 동물학자 스카베치 교수는 창백하고 무기력한 마흔 살가량의 남자다. 나는 그의 위선적이고 건방진 태도가 마음에 들지 않았다. 매형은 그가 매우 훌륭한 사람인데다 학문에 조예가 깊다고 말했다. 하지만 나는 그가 멍청이라고 생각한다. 그렇지 않고서야 내가 재단사고 자신은 학자라는 이유만으로 나한테 그처럼 무례하게 굴 수가 있겠는가.

우리는 발리베르나에 도착해서 예의 뒷벽을 따라 걸었다. 거기에는 사내아이들이 축구경기를 하는 먼지투성이 땅이 넓게 펼쳐져 있었다. 양편에 두 골문을 표시하는 말뚝들이 박혀 있었다. 하지만 그날은 사내아이들이 보이지 않았다. 그 대신 여자 여럿이 아기들과 함께 햇볕을 쬐고 있었다. 그들은 길가의 자갈밭을 따라 풀이 무성하게 난, 공터 가장자리에 앉아 있었다.

시에스타 시간이었고, 공동주택 안에서는 드문드문 소리가 들려왔다. 광채를 잃은 흐릿한 햇살이 음울한 벽을 비추고, 창문 밖으로 튀어나온 장대에는 옷가지들이 움직이지 않는 깃발처럼 널려 있었다. 사실상 바람 한 점도 불지 않았다.

나는 등반을 무척이나 좋아했기에, 다른 사람들이 곤충 찾기에
빠져 있는 동안 울퉁불퉁한 벽을 오르고 싶은 마음이 들었다. 구멍
들, 벽돌의 튀어나온 모서리, 틈새 여기저기에 박힌 낡은 철심은 손
잡이로 그만일 터였다. 정상까지 오를 생각은 없었다. 그저 몸을 풀
고 근육운동을 하고 싶었을 뿐이다. 조금은 치기 어린 열망이었다
고나 할까.

나는 벽으로 둘러싸인 현관문 기둥을 따라 거뜬히 2미터쯤 올랐
다. 상인방 위쪽 반달꼴 공간(아마 옛날에는 그 움푹한 자리에 어
떤 성인의 조각상이 놓였으리라) 앞에 작살 모양의 녹슨 쇠창살이
쳐져 있어 그리로 오른손을 뻗었다.

나는 창살 끝을 움켜잡고 몸무게를 실었다. 하지만 쇠막대가 버
티지 못하고 부러졌다. 다행히 땅에서 몇 미터 안 되는 높이였다.
나는 다른 손으로 몸을 지탱하려고 헛되이 시도하다가 중심을 잃고
바닥으로 떨어졌다. 충격이 꽤 컸지만 다친 곳은 전혀 없었다. 내
뒤를 따라서 부러진 창살이 떨어졌다.

이어서, 거의 동시에, 더 긴 다른 창살이 떨어졌다. 반달꼴 철창
중앙에 수직으로 세워져 상부 받침대까지 올라가는 쇠막대였다. 임
시방편으로 끼운 버팀대 같은 것으로, 그게 없어지자 받침대―벽
돌 세 장 너비의 얇은 돌판―도 부러졌다. 하지만 떨어지지는 않고
위태롭게 걸린 채였다.

내가 본의 아니게 초래한 파손 행위는 거기서 끝나지 않았다. 받
침대는 높이 1미터 30센티미터쯤 되는 오래된 기둥을 떠받치고,
그 기둥은 발코니를 지탱하고 있었다(지금이야 그 모든 결함을 알
지만, 처음에는 그저 널따란 벽면만 눈에 들어왔다). 기둥은 그저
두 돌출부 사이에 끼워져 있을 뿐이었다. 즉 벽에 고정돼 있지 않았

던 것이다. 받침대가 움직이고 이삼 초 후에 기둥이 앞으로 떨어졌다. 나는 아슬아슬한 순간에 벌떡 뒤로 물러나서 피할 수 있었다. 기둥은 쿵 소리를 내며 땅바닥에 떨어졌다.

끝난 걸까? 어쨌든 나는 벽에서 물러나 30미터가량 떨어진 일행을 향해 다가갔다. 넷 모두는 우두커니 서서 내 쪽을 바라보았다. 나를 본 건 아니었다. 그들은 내 머리 훨씬 위쪽에 있는 벽을 빤히 쳐다보고 있었다. 그때 그들의 표정을 잊을 수가 없다. 갑자기 매형이 소리쳤다. "맙소사, 저것 봐! 저것 봐!"

나는 뒤돌아보았다. 발코니 위 오른쪽으로 거대한 벽면의 견고하고 가지런한 표면이 불룩했다. 귀퉁이가 고정된 천조각이 한껏 부푼 모습이었다. 처음에는 가벼운 진동이 벽을 타고 뻗어나가더니, 이어 길고 가는 구조물이 튀어나왔다. 그러다가 벽돌이 부서지면서 썩은 이빨이 드러나고, 우르르 쏟아지는 돌무더기 먼지 사이로 시커먼 틈이 열렸다.

몇 분, 아니 몇 초였나? 잘 모르겠다. 어쨌거나 그 잠깐 사이에―미친 소리 같겠지만―건물의 깊은 내부에서부터 군대 나팔소리 비슷한 불길한 굉음이 들려왔다. 주변의 드넓은 지대에서 개들이 내는 긴 울음소리가 이어졌다.

그때의 기억이 눈앞에 보이는 듯 선명하다. 나는 멀찌감치 떨어져 있는 일행을 향해 냅다 달려갔다. 주변에 있던 여자들은 벌떡 일어서서 비명을 질렀고, 한 여자는 땅바닥을 뒹굴었다. 고층 창문 너머 속옷 차림의 어떤 젊은 여자가 호기심에 밖을 내다보았는데, 그녀의 아래로 이미 심연이 아가리를 벌리고 있었다. 훤칠하게 펼쳐진 벽면이 한순간 폭삭 내려앉았다. 이어, 그 뒤의 건물 전체가 압도적인 붕괴의 힘에 이끌려 마당 쪽으로 천천히 기울기 시작했다.

리버레이터 폭격기 수백 대가 일제히 폭탄을 퍼붓는 듯 끔찍한 소음이 뒤따랐다. 땅이 흔들렸고, 이내 거대한 무덤을 감추는 누런 먼지구름이 자욱하게 피어올랐다.

나는 그 비극의 장소에서 벗어나고자 황급히 집으로 향했다. 참담한 소식은 놀라운 속도로 퍼졌고, 온통 먼지를 뒤집어쓴 내 행색 때문인지 사람들은 나를 보고 흠칫 놀랐다. 하지만 무엇보다도 나는 매형과 두 조카의 눈빛을 잊을 수가 없다. 그들은 공포와 연민에 찬 눈으로 나를 바라보았다. 아무 말 없이, 사형수를 보듯(그저 내 착각이었을까?) 나를 빤히 쳐다볼 뿐이었다.

내가 목격한 일을 알게 된 가족은 내 혼란한 마음을 십분 이해해주었다. 입을 꾹 다문 채 신문도 읽지 않고(얼핏 한 번 보긴 했는데, 내 상태를 살피려고 방에 들어온 동생이 들고 있던 신문 1면에는 끝없이 이어진 검은 승합차 행렬을 담은 커다란 사진이 있었다) 며칠 내내 방에만 틀어박혀 있어도 이상하게 여기지 않았다.

대참사를 불러일으킨 장본인이 나일까? 쇠막대 파손이 인과로 얽힌 어떤 기괴한 연결고리를 통해 거대한 성 전체의 붕괴로 치닫게 된 걸까? 아, 어쩌면 최초의 건축업자들이 사악한 간계를 부려, 사소한 쇠막대 하나로도 건물 전체를 무너뜨릴 수 있게끔 비밀스러운 균형 놀이인 양 건물을 설계한 걸까? 매형이나 조카들, 혹은 스카베치 교수는 내가 한 짓을 알았을까? 그들이 전혀 몰랐다면, 어째서 매형 주세페는 그때부터 나를 피하는 것 같을까? 아, 어쩌면 그가 밀고할까봐 두려워서 오히려 내가 무의식적으로 그를 피한 걸까?

그리고 반대로 스카베치 교수는 왜 나를 못 만나서 안달인 걸까? 그는 경제 사정이 썩 좋지 않은데도 그날 이후 내 양복점에서 의상

십여 벌을 주문했다. 가봉한 옷을 입어보러 올 때마다 그 간사한 미소를 지은 채 내게서 눈을 떼지 않는다. 게다가 사사건건 트집을 잡으며 까다롭게 군다. 여기 주름이 마음에 들지 않는다는 둥 저기 어깨가 몸에 딱 맞지 않는다는 둥 까탈을 부리고, 소매 단추나 옷깃 너비 등 항상 고쳐야 할 게 있다. 옷 한 벌을 제작하는 데 가봉을 예닐곱 번씩 다시 해야 한다. 그러면서 이따금 그는 내게 묻는다. "그날 기억하세요?" "어떤 날요?" "당연히 발리베르나가 무너진 날이죠!" 그러곤 음흉하게 눈을 찡긋거린다. "어떻게 잊을 수 있겠습니까?" 그러면 그는 고개를 저으며 말하는 것이다. "그럼요…… 어찌 그러겠어요."

물론 나는 금전적인 손해를 감수하며 그에게 이례적으로 대폭 할인을 해준다. 하지만 그는 전혀 모르는 체한다. "네, 그래요. 당신 가게는 싸지 않아요. 그렇지만 그만한 가치가 있다는 건 인정합니다." 나는 마음속으로 생각한다. '완전히 바보인 걸까? 아니면 이 야비한 협박을 즐기는 걸까?'

그래, 그는 내가 운명의 쇠막대를 부러뜨리는 현장을 봤을 것이다. 아마 그는 다 알고 있고, 나를 신고해 전 시민의 분노가 내게로 향하게 할 수도 있을 것이다. 하지만 교활한 그는 속내를 드러내지 않는다. 새 옷을 주문하러 와서는 나를 바라보며 내가 예상치 못한 순간 치고 들어오는 것을 즐기고 싶어한다. 나는 생쥐고, 그는 고양이다. 고양이는 쥐를 희롱하다가 갑자기 확 덮칠 것이다. 반전을 준비하면서 재판날을 기다리는 것이다. 결정적인 순간에 그는 자리에서 일어나 말할 것이다. "나는 그 붕괴를 초래한 자를 알고 있습니다." 그러곤 소리칠 것이다. "내 눈으로 똑똑히 봤습니다."

오늘도 그는 플란넬 정장을 입어보러 왔다. 평소보다 더 간들간들한다. "이제 거의 다 됐군요!" "다 됐다니요?" "맙소사, 재판 기일 말입니다! 도시 전체가 그 얘기로 떠들썩해요! 당신은 딴 세상에 사는 것 같군요." "발리베르나 붕괴 말인가요?" "네, 그래요. 발리베르나…… 음, 진짜 범인이 드러날지 누가 알겠어요!"

이어 그는 유난스럽게 정중한 인사를 건네며 돌아선다. 나는 문까지 그를 배웅한다. 그러곤 그가 층계를 내려갈 때까지 기다렸다가 문을 닫는다. 정적이 흐른다. 나는 두렵다.

20
하느님을 본 개

1

티스 마을의 부유한 제빵사 스피리토는 조카 데펜덴테 사포리에게 재산을 물려주면서, 순전히 악의에서 상속조건을 하나 걸었다. 오 년 동안 매일 아침 공공장소에서 가난한 사람들에게 갓 구운 빵 50킬로그램을 나눠주라는 것이었다. 데펜덴테는 믿음이 없는 사람들의 마을에서도 둘째가라면 서러울 만큼 불경스럽고 냉정한 사람이었으니, 그런 조카가 소위 자선사업이란 걸 한답시고 대중 앞에 나선다는 생각에 죽기 전부터도 삼촌은 은밀히 웃곤 했을 것이다.

유일한 상속자 데펜덴테는 어릴 때부터 빵을 구웠고, 당연히 자기가 스피리토의 재산을 물려받으리라 믿고 있었다. 삼촌이 내세운 엉뚱한 조건에 그는 격분했지만, 어쩌겠는가? 빵집을 비롯하여 굴러온 호박을 차버릴 수는 없지 않은가? 그는 악담을 퍼부으며 그 조건을 받아들였다. 빵을 나눠줄 공공장소로는 그나마 노출이 적은 곳, 즉 빵 굽는 가마 뒤로 난 작은 안뜰의 복도를 택했다. 거기서 매일 아침 일찍 (유언장에 규정된 대로) 빵의 무게를 재고, 큰 광주리에 그 빵을 잔뜩 담아 게걸스러운 빈민에게 나눠주었다. 물론 죽은 삼촌을 향한 욕설과 무례한 농담도 빠질 리 없었다. 하루에 50킬로그램이라니! 그가 보기에 어리석고 부당한 일이었다.

유언집행자인 공증인 스티폴로는 이른 아침에 그 광경을 지켜보러 가끔 들렀다. 어차피 그가 있든 말든 상관은 없었다. 매일 오는 걸인들보다 유언의 실행 여부를 꼼꼼하게 감시할 자는 없으니 말이다. 하지만 데펜덴테는 기어이 궁여지책을 생각해냈다. 50킬로그램의 빵이 수북이 담긴 큰 광주리는 담벼락 앞에 놓였는데, 사포리는 이 광주리 바닥에다 몰래 작은 구멍을 내서 감쪽같이 덮어두었다. 그는 빵을 배급하기 시작할 때는 직접 나눠주다가 이내 아내와 점원에게 나머지 일을 맡긴 채 자리를 떴다. 작업장과 가게에서 자신을 부른다고 둘러댔지만, 사실은 지하창고로 급히 달려가는 것이었다. 그는 의자 위에 올라서서 광주리가 놓인 곳 바로 아래 설치된 쇠창살을 조용히 연 뒤 광주리 바닥을 막은 짚마개를 빼고 빵을 잔뜩 빼냈다. 배급하는 빵은 빠르게 줄어들었다. 하지만 빈민들이 어떻게 알아채겠는가? 빵을 워낙 급히 나눠주니 광주리가 금세 비나 보다고 생각했을 것이다.

첫 며칠간 데펜덴테의 친구들은 일부러 일찍 일어나 그의 새로운 임무를 조롱하러 왔다. 그들은 안뜰 입구에서 지켜보며 빈정거렸다. "주님께서 보답해주시기를!" 이런저런 말들이 들려왔다. "천국에 한자리를 마련해주지 않을까? 훌륭해, 우리의 독지가!"

"괘씸한 악당들!" 그는 공중으로 손을 뻗는 거지떼 사이로 빵을 던지면서 친구들의 야유를 맞받았다. 그러면서 죽은 삼촌의 영혼과 그 비참한 사람들을 속이는 멋진 꼼수를 생각하며 비웃음을 지었다.

2

그 마을에 믿음이 없다는 것을 알고 있던 늙은 은수자 실베스트로는, 그해 여름 마을 가까운 곳으로 거처를 옮겼다. 티스에서 10여 킬로미터 떨어진 외딴 언덕에 오래된 예배당이 있었다. 폐허가 되어 돌무더기만 그득 쌓인 곳이었다. 실베스트로는 이곳에 자리를 잡아 근처 샘에서 물을 구하고, 둥근 천장의 잔해 밑 구석에서 잠을 자고, 풀과 캐럽콩을 먹었다. 그리고 낮에는 커다란 바위 정상으로 올라가 무릎을 꿇고 하느님을 묵상했다.

그 위에서는 동네 집들이 보였고, 가까운 포사와 안드론, 리메나 촌락의 농가 지붕도 알아볼 수 있었다. 그는 마을 사람이 나타나기를 헛되이 기다렸다. 그 죄인들의 영혼을 위한 그의 뜨거운 기도는 아무 보람 없이 하늘로 올랐다. 하지만 실베스트로는 단식을 하고 쓸쓸할 때면 새들과 이야기를 나누며 계속해서 창조주를 경배했다. 오는 사람은 아무도 없었다. 어느 날 밤, 두 소년이 멀리서 그를 엿보았다. 그는 다정하게 그들을 불렀다. 소년들은 얼른 달아났다.

3

밤중에 옛 예배당 쪽에서 이상한 불빛이 반짝이는 것이 지역 농부들 눈에 띄기 시작했다. 숲에 불이 난 것처럼 환하면서도 하얗고 부드럽게 깜빡이는 불빛이었다. 어느 밤 화덕에서 빵 굽는 일꾼 프리지멜리카는 그 불덩이가 궁금해서 보러 갔다. 하지만 가는 도중 오토바이가 고장나고 말았다. 여하간 걸어서 끝까지 가볼 용기는 나지 않았다. 그는 마을로 돌아와 빛무리가 은수자의 언덕에서 퍼져나오고 있었다고 전했다. 불꽃이나 전깃불은 아니라고도 했다. 농부들은 그것이 하느님의 빛이라는 것을 어렵지 않게 추측해냈다.

어떤 밤에는 티스에서도 불빛이 보였다. 하지만 신앙심이 없는 마을 사람들은 은수자의 존재나 그의 기행, 밤의 불빛 따위에 별 관심을 보이지 않았다. 그에 관한 얘기가 나오면 이미 오래전부터 아는 사실인 양 말하며 아무런 이유나 설명도 따지지 않았다. '은수자가 빛을 발한다'라는 언급은 '오늘밤 비가 오거나 바람이 분다'라는 말처럼 무심한 표현이 되었다.

솔직하기 그지없는 무관심에 실베스트로의 고독은 더욱더 깊어만 갔다. 그를 찾아 순례의 길을 나선다는 것은 허황하기 이를 데 없는 생각으로 여겨질 터였다.

4

어느 아침 데펜덴테 사포리가 빈민들에게 빵을 나눠주는 동안, 안뜰로 개 한 마리가 들어온다. 제법 큰 덩치에 털이 덥수룩하고 온순한 얼굴을 가진 녀석으로, 보아하니 떠돌이 개 같았다. 개는 배급을 기다리는 걸인들 사이를 지나 광주리로 다가가서 빵을 물고 아주 천천히 떠난다. 빵을 훔친다기보다는, 자기 것을 가지러 온 것처럼.

"어이, 피도, 못돼먹은 짐승 같으니!" 데펜덴테가 아무 이름이나 부르며 소리친다. 그러곤 얼른 달려나간다. "거지떼도 감당이 안 되는데, 이젠 개까지 거드네!" 하지만 개는 이미 사라지고 없다.

다음날, 똑같은 장면이 거듭된다. 같은 개가 와서 같은 행동을 한다. 이번에 제빵사는 한길까지 쫓아가지만 역시 붙잡지 못하고 돌만 던진다.

얄궂게도 도둑질은 매일 아침 정확하게 반복된다. 너무나 절묘하게도 개는 더없이 적절한 순간을 노린다. 서둘러 달아날 필요도 없다. 돌멩이는 늘 빗나간다. 그때마다 거지떼는 일제히 깔깔대며 웃고, 제빵사는 분통을 터뜨린다.

그러던 어느 날, 데펜덴테는 몽둥이를 들고 안뜰 입구의 기둥 뒤에 숨어 기다린다. 그것도 부질없는 짓이다. 개는 자기를 고자질할 이유가 없는, 오히려 제빵사를 놀리기에 재미 붙인 거지떼에 섞여 들어왔다가 무사히 빠져나간다.

"와, 오늘도 해냈어!" 거리의 걸인들이 소리친다. "어디? 어딨어?" 데펜덴테는 구석에서 뛰쳐나와 묻는다. "저기, 도망가고 있잖아!" 화내는 제빵사의 모습이 재밌기만 한 걸인이 웃으면서 가리킨다.

사실 개는 도망치는 게 아니다. 입에 빵을 물고 느릿느릿한 걸음으로 멀어져갈 뿐이다. 떳떳하지 못할 게 전혀 없는, 침착한 걸음새다.

눈감아줄까? 아니, 데펜덴테는 이런 장난을 참지 못한다. 그는 안뜰에서 개를 놓쳤기에 다음엔 길에서 기회를 엿보기로 계획한다. 떠돌이 개가 아닐 가능성도 있다. 어쩌면 일정한 거처가 있거나 배상을 요구할 수 있는 주인이 있을는지 모른다. 여하튼 그렇게 계속 놔둘 수는 없는 노릇이다. 최근 사포리는 그 짐승을 신경쓰느라 지하창고로 내려가는 시간이 늦어졌고, 따라서 빼돌리는 빵의 양도 평소보다 훨씬 적어졌다. 그에겐 아까운 돈이 날아간 셈이다.

　독이 든 빵을 안뜰 입구 바닥에 놓고 동물을 혼내주려던 시도도 실패로 돌아갔다. 개는 냄새만 살짝 맡더니 곧장 광주리를 향해 나아갔다고, 여러 목격자가 나중에 얘기해주었다.

5

　데펜덴테 사포리는 이번에는 제대로 해내기 위해 자전거와 사냥총을 챙겨 길 건너편의 우체국 정문으로 갔다. 자전거는 추격을 위한 것이요, 엽총은 만약 배상금을 요구할 주인이 없으면 짐승을 죽이는 데 쓰일 것이었다. 그날 아침에는 광주리의 빵이 몽땅 빈민들에게 가리라는 것이 안타까울 따름이었다.

　그 개는 어디서 어떻게 온 걸까? 정말이지 수수께끼였다. 제빵사는 두 눈을 부릅뜨고 지켜봤지만 개가 오는 것은 보지 못했다. 나중에 빵을 물고 조용히 나올 때에야 개를 알아보았다. 안뜰에서 폭소가 터져나왔다. 데펜덴테는 짐승을 은밀히 추격하기 위해 조금 멀어질 때까지 기다렸다가 자전거 안장에 올라 뒤따라갔다.

　그는 개가 빵을 먹기 위해 곧 걸음을 멈추리라 예상했다. 개는 멈추지 않았다. 그는 개가 조금 걷다가 어딘가에 있는 주택 문으로 들어가리라고도 상상했다. 개는 그러지 않았다. 그저 입에 빵을 문 채 담을 따라 일정한 속도로 총총대며 걸어갈 뿐이었다. 냄새를 맡거나 오줌을 누느라 잠시 멈추지도 않았고, 개들이 으레 그러듯 호기심에 주위를 두리번대지도 않았다. 그렇다면 어디서 걸음을 멈출까? 사포리는 흐린 하늘을 바라보았다. 비가 쏟아질 것도 같았다.

그들은 조그마한 산타녜세광장을 지나고, 몇 개의 초등학교와 기차역, 공공 세탁장을 지났다. 이제 마을 끝자락에 다다랐다. 급기야 그들은 운동경기장도 뒤로한 채 평야로 나아갔다. 개는 안뜰에서 나온 이후로 한 번도 뒤돌아보지 않았다. 아마 쫓기고 있는 사실을 몰랐을 것이다.

녀석의 주인에게 보상받을 수 있다는 희망은 이미 버린 터였다. 녀석은 진짜 떠돌이 개였다. 농부들의 마당을 침범하고, 닭을 훔치고, 송아지들을 물어뜯고, 노파들에게 겁을 주고, 도시에 더러운 질병을 퍼뜨리는 그런 고약한 짐승 중의 하나였다.

이제 남은 건 녀석에게 총을 쏘는 일일 것이다. 그러려면 자전거를 세우고 내린 뒤 어깨에 매단 총을 벗어야 했다. 짐승이 아주 빨리 걷는 건 아니었지만, 지금은 총의 사정거리에서 벗어나 있었다. 사포리는 계속해서 따라갈 수밖에 없었다.

6

개는 걷고 걸었고, 어느새 숲이 시작된다. 개는 샛길을 종종거리며 걷다가 더 좁지만 평탄하고 쉬운 다른 길로 접어든다.

얼마나 많이 왔을까? 족히 8 내지 9킬로미터는 지났을 것이다. 어째서 개는 걸음을 멈추고 빵을 먹지 않는 걸까? 무엇을 기다리는 걸까? 누군가에게 빵을 가져다주려는 걸까? 개는 좁은 오솔길로 접어들고, 지면의 경사는 갈수록 심해진다. 자전거로는 더이상 나아갈 수 없다. 다행히 개도 가파른 비탈길에서 걸음 속도를 약간 늦춘다. 데펜덴테는 자전거에서 내린 다음 걸어서 추격을 이어간다.

하지만 서서히 개와의 간격이 벌어진다.

이미 화가 끝까지 치민 그가 총을 겨누려는 순간, 황량한 경사지에 솟은 거대한 바위가 보인다. 바위 위에는 무릎을 꿇은 남자가 있다. 그의 머릿속에 은수자와 밤의 불빛, 허무맹랑한 그 모든 얘기가 떠오른다. 개는 메마른 들판을 차분하게 올라간다.

데펜덴테는 총을 든 채 50여 미터 떨어진 거리에서 지켜본다. 은수자가 기도를 중단하고 날렵하게 바위에서 뛰어내려 꼬리를 흔드는 개에게 다가간다. 개는 그의 발 앞에 빵을 내려놓는다. 은수자는 땅에서 빵을 집더니 일부를 떼어 어깨에 메는 가방에 집어넣는다. 그러곤 미소를 지으며 나머지 빵을 개에게 돌려준다.

은수자는 자그마하고 야윈 체구에 수도복 같은 긴 망토를 입고 있다. 선한 기운이 어린 얼굴에는 아이 같은 장난기도 보인다. 제빵사는 자신이 온 이유를 말하기 위해 앞으로 나아간다.

"잘 오셨소, 형제." 가까이 다가오는 그를 보면서 실베스트로가 먼저 말을 건넨다. "어쩐 일로 이곳까지 오셨소? 혹시 사냥하러 왔소?"

"사실대로 말하자면," 사포리가 매정하게 대답한다. "못된 짐승을 잡으러 왔습죠. 매일 와서는……"

"아, 당신이오?" 늙은 은수자가 그의 말을 가로챈다. "매일 이 맛있는 빵을 내게 주는 사람이? 귀족들의 빵…… 내게는 너무나 과분한 사치!"

"맛있다고요? 그렇다마다요! 갓 구운 것이니…… 나는 눈 감고도 구워요. 하지만 그렇다고 내 빵을 훔쳐가게 놔둘 순 없습니다!"

실베스트로는 고개를 숙여 풀을 바라본다. "이해합니다." 그가 우울한 기색으로 말한다. "당신이 불평하는 것도 당연하지. 하지만 난 몰랐소. 앞으로 갈레오네가 마을에 가는 일은 없을 거요. 내 옆에 항상 두겠소. 짐승이라도 부끄러운 짓을 하면 안 되지. 더는 가지 않을 거요. 내 약속하겠소."

"아, 그렇군요." 제빵사는 마음이 다소 누그러져 말을 잇는다. "그렇다면 개가 와도 좋습니다. 나는 빌어먹을 유언을 실행하는 중이라 매일 50킬로그램의 빵을 거저 줘야 하거든요. 가난한 사람들에게, 무일푼에 직업도 없는 거지들에게 말이죠. 여기에 빵 한 덩이가 더 축난대도 달라질 건 없어요."

"신께서 알아주실 거요. 형제여, 당신은 유언을 따르면서 자비를 베풀고 있잖소."

"마지못해 억지로 하는걸요."

"왜 그리 말하는지는 나도 알겠소. 인간은 나약해서 진짜 자기의 본모습보다 더 악하고 나쁘게 보이려고 하거든. 세상은 그렇게 돌아간다오!"

그런데 데펜덴테는 곧잘 쓰던 욕설을 내뱉지 않는다. 당황하고 기분이 상해 있지만 화를 내지 않는다. 자기가 마을 전체에서 은수자에게 접근한 첫번째이자 유일한 사람이라는 생각에 마음이 뿌듯해서다. 그는 속으로 생각한다. 이자는 보다시피 은수자다. 뭔가 좋은 걸 얻어낼 건 없다. 하지만 앞일을 어찌 알겠는가? 그가 실베스트로와 은밀한 우정을 나눈다면 언젠간 이득이 생길 수도 있다. 가령 이 늙은이가 기적을 행한다면 대중은 그에게 홀딱 반할 것이다. 대도시에서 고위 성직자들이 오고 의식과 행렬, 축제가 조직될 것이다. 그렇게 되면 새 성인이 총애하고 온 마을이 부러워하는 데펜덴테는 어쩌면 시장 자리에 오를지 모른다. 모든 것을 고려했을 때, 그러지 말라는 법도 없지 않은가?

실베스트로가 말을 건넨다. "멋진 총을 가졌군!" 그러곤 정중하게 그의 손에서 총을 빼낸다. 그 순간 데펜덴테는 쿵 하고 계곡을 울리는 총성을 듣는다. 은수자는 총을 가만히 들고 있을 뿐인데 왜 그런 소리가 들리는지 이해할 수 없다.

"장전된 총을 가지고 다니는 게 두렵지 않소?" 은수자가 묻는다.

제빵사는 의아한 눈빛으로 그를 바라본다. "난 어린애가 아니랍니다!"

"그건 사실이지." 실베스트로는 그에게 총을 돌려주며 곧장 말을 잇는다. "일요일 티스 성당에서 자리 찾기가 어렵지 않은 것도 사실이고. 성당이 다 차지 않는다는 말을 들었소."

"손바닥처럼 휑뎅그렁하죠." 제빵사가 천진하게 웃으며 대답했다가 곧 고쳐 말한다. "신자 수가 많지 않습니다!"

"보통 미사에 몇이나 옵니까? 당신과 다른 몇 명쯤?"

"일요일에는 서른 명가량, 성탄절에는 쉰 명 정도 참석합니다."

"티스 주민들은 신앙심이 그리도 없는 거요?"

"불경스럽기 짝이 없죠. 기도하는 사람을 못 봤습니다."

은수자는 그를 바라보며 고개를 가로젓는다.

"그래도 믿는 마음이 조금은 있겠지."

"조금요?" 데펜덴테는 속으로 비웃으며 반박한다. "이단자들이 수두룩한데……"

"당신 아이들은? 아이들은 성당에 가는지……"

"가고말고요! 세례성사, 견진성사, 첫영성체에다 주일미사에도 참석하는걸요!"

"정말이오? 주일미사도?"

"그럼요. 우리집 막내는……" 그는 거짓말을 늘어놓다가 말문이 막힌다.

"여하튼 당신은 최고의 아버지군." 은수자가 근엄하게 한마디한다. (하지만 어째서 웃는 표정이지?) "형제여, 언제든 다시 오시오. 그리고 지금은 신의 은총과 함께 돌아가시길." 그는 손짓으로 십자 성호를 짧게 그으며 강복을 빈다.

데펜덴테는 당황하여 어찌할 바를 모른다. 그러다 자신도 모르게 성호를 그으며 고개를 살짝 숙인다. 다행히 개를 제외하면 그 장면을 목격한 이는 없다.

7

은수자와의 비밀스러운 친교는 멋진 일이지만, 그것도 시장 자리에 오를 거라는 꿈에 취할 때뿐이었다. 현실에서는 언제나 신경을 곤두세우고 있어야 했다. 그의 잘못은 아니지만, 그는 가난한 사람들에게 빵을 나눠준다는 이유로 마을 사람들로부터 위선자라는 놀림을 받았다. 혹시 그가 성호를 그었다는 사실이 알려지기라도 한다면! 하지만 정말 다행히도 그의 나들이에 대해서는 아무도, 빵 가게의 점원들조차 모르는 것 같았다. 그런데 비밀을 계속 유지할 수 있을까? 개가 매일 오는 것은 어찌할까? 어쩔 수 없이 이제는 개에게 날마다 빵을 줘야 했다. 그렇지만 말을 만들어낼 게 뻔한 걸인들 눈앞에서 줄 수는 없는 노릇이었다.

바로 이러한 이유로, 다음날 데펜덴테는 해가 뜨기도 전에 집 근처 언덕으로 향하는 길에 숨어 기다렸다. 그러다가 은수자의 개, 갈레오네가 나타나자 휘파람으로 그를 불렀다. 개는 그를 알아보고 가까이 다가왔다. 제빵사는 손에 빵을 쥐고서 가마 옆, 장작을 보관하는 나무창고로 개를 유인했다. 그런 다음 그곳의 긴 의자 아래 빵을 내려놓고는, 앞으로 여기서 음식을 가져가라고 가르쳤다.

그다음날부터 갈레오네는 정말로 그 의자 아래 놓인 빵을 가져갔다. 따라서 데펜덴테도, 걸인들도 개를 볼 일이 없게 되었다.

제빵사는 하루도 빠짐없이 매일 해 뜨기 전에 나무창고에다 빵을 가져다놓았다. 은수자의 개도 매일같이 거기로 와서 빵을 가져갔다. 어느덧 가을이 깊어 날은 짧아지고 동틀 무렵의 어둑함도 점점 짙어졌다. 따라서 데펜덴테 사포리의 하루는 더 평온해졌고, 그는 아주 침착하게 광주리의 비밀구멍을 통해 빈민에게 나눠줄 빵을 거두어들였다.

8

날이 가고 달이 흘러 겨울이 왔다. 얼음꽃이 서린 창문, 온종일 연기를 내뿜는 굴뚝, 두툼한 옷을 챙겨 입은 사람들, 생울타리 아래서 새벽에 얼어죽은 몇 마리 참새, 가벼운 눈외투를 두른 언덕의 계절이었다.

별이 반짝이는 어느 추운 밤, 방치된 예배당이 자리한 북쪽에서 처음 보는 커다란 흰 불빛이 반짝거렸다. 티스 마을은 불안감에 휩싸였다. 사람들은 후다닥 침대에서 일어나 창문을 열었다. 이 집 저 집에서 고함을 질러대고, 거리가 북적거렸다. 이내 사람들은 그 불빛이 평소 실베스트로가 발산하던 빛줄기와 비슷한 것으로, 은수자를 방문한 하느님의 빛이라는 것을 깨달았다. 약간 맥이 빠진 그들은 괜히 놀랐다고 투덜대며 창문을 닫아걸고는 따뜻한 이불 속으로 다시 파고들었다.

다음날, 알 수 없는 누군가의 입에서 간밤에 늙은 실베스트로가 동사했다는 소리가 흘러나와 굼뜨게 퍼져나갔다.

9

시신 매장이 법으로 정해져 있었기에, 장의사와 벽돌공과 두 명의 인부가 은수자의 장사를 치르러 갔다. 티스의 본당 사제로 자신이 담당하는 교구 내에 은수자가 있다는 사실을 항상 모르는 체해온 타비아 신부도 동행했다. 관은 작은 당나귀가 끄는 수레에 실렸다.

다섯 사람은 눈 위에 누워 있는 실베스트로를 발견했다. 눈을 감고 두 팔을 가슴에 교차하여 모은 모습이 꼭 성인 같았다. 그의 옆에서 갈레오네가 앉아 울고 있었다.

그들은 시신을 관에 뉘고 기도문을 읊은 다음 예배당의 허물어진 천장 아래 묻었다. 무덤 위에는 나무십자가를 세웠다. 이윽고 타비아 신부와 다른 사람들은 무덤에 웅크린 개를 남겨둔 채 그곳을 떠났다. 마을에서는 장례를 어찌 치렀는지 궁금해하는 자가 없었다.

그날 이후 개는 다시 나타나지 않았다. 다음날 아침 데펜덴테는 평소처럼 의자 아래 빵을 놓으러 갔다가 전날 놓아둔 빵이 그대로 있는 것을 발견했다. 그다음날에도 빵은 약간 마른 채 여전히 그 자리에 있었고, 개미들이 거기다 통로와 굴을 파기 시작했다. 그렇게 며칠이 흘러갔고, 사포리도 더는 개의치 않게 되었다.

10

그로부터 이 주일 뒤, 치뇨 카페에서 사포리가 십장 루초니, 기사 베르나르디스와 같이 카드놀이를 하던 중, 길거리를 유심히 바라보던 베르나르디스가 외친다. "와, 그 개다!"

데펜덴테는 화들짝 놀라 황급히 밖을 바라본다. 모습이 추하고 야윈 개가 어지럼병에 걸린 듯 이리저리 휘청거리며 걷는다. 개는 굶주림으로 죽어가고 있다. 사포리가 기억하는 은수자의 개는 분명 더 크고 정정하다. 하지만 보름 동안 굶은 짐승이라면 그 몰골이 어떠할지 짐작하기 어렵다. 아무래도 그 개가 맞는 것 같다. 오랫동안 주인의 무덤 옆에서 울던 개가 배고픔을 참지 못하고 먹이를 찾아 마을로 내려온 모양이다.

"머잖아 가죽만 남겠군." 데펜덴테는 일부러 무심함을 드러내고자 낄낄대며 말한다.

"그의 개가 아닐 거야." 루초니가 카드부채를 접으며 의뭉하게 웃는다.

"그라니?"

"은수자 말이야." 루초니가 대답한다.

평소 이해력이 굼뜬 베르나르디스가 이상하게 활기를 띤다.

"하지만 분명 봤던 녀석인데. 바로 이 부근에서 말이야. 데펜덴테, 가끔은 네 집 옆에서도 봤다고."

"무슨 소리야?"

"틀림없어." 베르나르디스가 고집스럽게 대꾸한다. "너희 집 화덕 근처에서 본 것 같아."

사포리는 마음이 불편하다. "워낙 많은 개가 돌아다니니 네 말이 맞을 수도 있겠지. 근데 난 모르겠어."

루초네는 혼자 생각에 빠진 듯 진지하게 고개를 끄덕이더니 입을 뗀다.

"그래그래. 은수자의 개가 맞아."

"왜 그렇게 생각하지?" 제빵사는 억지웃음을 지으며 묻는다.

"비쩍 마른 것 보면 몰라? 생각 좀 해봐. 저 녀석은 여러 날 무덤 옆을 지켰어. 개들이 으레 그러듯이…… 그러다 배가 고파져서…… 여기 마을로 온 거야."

제빵사는 아무 말이 없다. 한편 그 짐승은 주위를 둘러보다가 카페 유리문을 통해 세 남자를 바라본다. 제빵사는 재빨리 고개를 숙여 코를 푼다.

"그래." 베르나르디스가 말한다. "난 맹세코 저 녀석을 알아. 한 번 이상 봤어. 바로 네 집 쪽에서." 그러곤 사포리를 바라본다.

"그래, 그런가보지." 제빵사가 대꾸한다. "나는 정말 기억이 없지만……"

루초니가 교활한 미소를 지으며 말한다. "난 저런 개는 무슨 일이 있어도 키우지 않을 거야."

"광견병?" 베르나르디스가 놀라서 묻는다. "광견병에 걸린 것 같아?"

"난데없이 무슨 소리야! 어쨌든 난 저 개는 맡아 기를 수 없어. 하느님을 본 개니까!"

"하느님을 봤다니?"

"은수자의 개였잖아! 그날 빛이 비쳤을 때 옆에 있지 않았을까? 그 빛이 무엇이었는지 모두가 알고 있어! 개가 은수자와 같이 있었겠지! 어떻게 못 볼 수 있었겠어? 그 와중에 설마 잠이나 잤겠어?"

루초니가 배꼽을 잡고 웃는다.

"헛소리!" 베르나르디스가 반박한다. "그 빛이 뭔지 누가 알겠어. 하느님이 아니야! 간밤에도 보였는데……"

"간밤이라고?" 데펜덴테가 막연한 기대감으로 묻는다.

"내 두 눈으로 직접 봤어. 지난번처럼 강하진 않았지만, 아주 밝게 빛났어."

"정말이야? 지난밤에?"

"맹세코 그렇다니까. 그때랑 똑같은 빛…… 바로 어젯밤이었다고!"

루초니는 음흉한 표정을 지으며 말한다. "간밤엔 그를 위한 빛이 내려왔던 건지도 몰라."

"그라니, 누구?"

"그 개 말이야. 이번엔 하느님 대신 은수자가 천국에서 내려왔을 거야. 그가 무덤 옆에서 꼼짝 않고 있는 개에게 말했을 테지. 내 가엾은 친구…… 네게 할 말이 있어서 왔어. 더는 슬퍼하지 마. 이제 충분히 울었으니 스테이크나 구하러 가렴!"

"바로 그 개라니까." 베르나르디스는 아랑곳하지 않고 자기 말만 한다. "화덕 주변을 어슬렁거리는 걸 내가 봤어."

11

데펜덴테는 머리가 잔뜩 혼란한 상태에서 집으로 향한다. 달갑지 않은 일이다. 그럴 리 없다고 부정할수록 은수자의 개라는 확신이 커진다. 물론 걱정할 건 없다. 하지만 이제부터 매일 개에게 다시 빵을 줘야 할까? 그는 곰곰이 생각한다. 만약 내가 먹이를 주지 않으면 녀석은 다시 안뜰로 들어와 빵을 훔칠 것이다. 그렇다면 어떻게 해야 하나? 녀석을 내쫓아야 할까? 원했든 아니든, 하느님을 본 개를? 하지만 그 신비에 대해 내가 알 게 뭐야!

간단한 일이 아니다. 무엇보다, 정말로 은수자의 영혼이 간밤에 갈레오네에게 나타났을까? 그렇담 그에게 뭐라고 말했을까? 어떤 식으로든 그 개는 마법에 홀린 걸까? 혹시 이제 언어를 이해하게 된 건 아닐까? 그렇다면 언젠가 그 개가 말까지 할는지 모른다. 신비스러운 일이라면 늘 이목이 집중되고 말이 도는 법이다. 그리고 그, 데펜덴테는 이미 우스운 꼴을 충분히 당했다. 만약 그에게 이런 두려움이 있다는 것을 사람들이 알게 된다면……

사포리는 집안으로 들어가기 전에 나무창고를 살펴보러 간다. 보름 전 의자 아래 둔 빵이 보이지 않는다. 개가 와서 개미들이 들러붙은 빵을 가져간 것일까?

12

하지만 다음날 개는 빵을 가지러 오지 않았고, 그다음날 아침에도 오지 않았다. 데펜덴테가 바라던 바였다. 실베스트로가 죽었기에 그와의 친분을 이용할 수 있다는 환상은 깨져버렸다. 그런 마당에 개는 가까이하지 않는 편이 나았다. 하지만 적막한 창고에 덩그러니 남겨진 빵 한 덩어리를 다시 본 순간, 제빵사는 왠지 모를 실망감을 느꼈다.

그로부터 사흘 뒤 갈레오네를 다시 봤을 때는 훨씬 더 착잡한 마음이었다. 개는 광장의 찬 공기를 가르며 느긋하게 걸어가고 있었다. 카페 유리문을 통해서 봤을 때와는 사뭇 다른 모습이었다. 이제 개는 휘청거리는 대신 꼿꼿하고 멋진 자세로 걸었다. 아직 야위긴 했지만 꺼칠함이 덜한 털에 쫑긋한 귀, 치켜세운 꼬리가 눈에 들어왔다. 누가 그에게 먹이를 줬을까? 사포리는 주위를 둘러보았다. 사람들은 개가 보이지 않는지 무심한 얼굴로 지나쳐갔다. 제빵사는 정오가 되기 전에 신선한 새 빵과 치즈 한 조각을 의자 아래 두었다. 개는 오지 않았다.

갈레오네는 나날이 건강해졌다. 귀족의 개처럼 털이 매끄럽고 풍성해졌다. 그러니까 누군가가 그를 돌보고 있는 것이었다. 어쩌면 동시에 몇 사람이 서로 모르는 채 비밀스러운 목적으로 개를 보살피는 것인지도 몰랐다. 너무 많은 것을 본 이 짐승이 두려워서, 혹은 마을 주민의 손가락질을 피해 신의 은총을 싼값에 사려고 말이다. 오, 티스 전체가 같은 생각을 하고 있을까? 주민 모두가 밤마다 어둠 속에서 동물을 집으로 데려가 맛있는 먹이로 환심을 사는 건 아닐까?

아마도 그래서 갈레오네는 더이상 빵을 가지러 오지 않는 것이리라. 더 잘된 일이었다. 하지만 아무도 개에 관해 말하지 않았고, 은수자에 대한 이야기도 꺼내지 않았으며, 우연히 언급되면 얼른 말을 돌렸다. 그리고 그 개가 거리에 나타나면 세상을 더럽히는 수많은 떠돌이 개 중 하나가 지나가는 양 시선을 피했다. 그러는 동안 사포리는 조용히 속만 썩이고 있었다. 자신이 기막힌 발상을 처음으로 떠올렸으나 그보다 더 대담한 다른 사람들이 슬그머니 이를 가로채 부당한 이익을 취하려 한다는 생각에 괴로웠다.

13

하느님을 봤든 아니든, 분명히 갈레오네는 특이한 개였다. 그는 거의 인간처럼 태연하게 집집을 돌아다니며 앞마당과 상점, 주방에 들어가 한참 동안 가만히 사람들을 바라보았다. 그러다 묵묵히 자리를 떴다.

그 선하고 침울한 두 눈동자 뒤에 무엇이 숨겨져 있는 걸까? 거의 틀림없이, 창조주의 이미지가 그리로 들어갔을 것이다. 거기에 무엇이 남겨졌을까? 떨리는 손들이 짐승에게 케이크 조각과 닭다리를 내놓았다. 배불리 먹은 갈레오네는 생각을 읽으려는 듯이 사람의 눈을 똑바로 바라보곤 했다. 그러면 사람은 참지 못하고 그 자리를 떠나는 것이었다. 티스에서 떠돌이 개들에게 주어지는 건 몽둥이와 발길질뿐이었다. 하지만 이 개에게는 아무도 감히 그러지 못했다.

점차 마을 사람들은 어떤 음모의 한복판에 들어섰다는 생각에 사로잡혔지만, 그에 관해 말할 용기가 나지 않았다. 오랜 친구들은 이를 실토하고 싶은 마음에 서로의 눈을 바라보며 헛되이 무언의 고백을 시도했다. 하지만 누가 맨 처음 말할 것인가? 오직 태연한 루초니만 스스럼없이 그 화제를 입에 올렸다. "저것 봐! 하느님을 본 우리의 훌륭한 영웅이 납셨네!" 그렇게 까불거리며 갈레오네의 등장을 알리곤 엉큼한 눈빛으로 주위 친구들을 번갈아 힐끗거리며 낄낄대는 것이었다. 대부분 다른 사람들은 그의 말을 이해하지 못한 척했다. 무슨 소린지 되묻는가 하면, 고개를 가로저으며 측은하다는 듯 대꾸하기도 했다. "무슨 헛소리야! 별소릴 다 듣네! 동네 여자들의 미신일 뿐이야!" 침묵하거나 마지못해 루초니를 따라 웃는 것은 위험한 짓이었다. 다들 어리석은 농담인 양 서둘러 그 얘기를 마무리했다. 하지만 베르나르디스가 있을 땐 어김없이 그가 끼어들어 다음과 같이 말했다. "은수자의 개가 아니야. 이 마을의 개라고. 수년째 티스를 돌아다녀. 내가 봤어. 화덕 주변을 하루가 멀다 하고 어슬렁거렸다니까!"

14

어느 날 데펜덴테가 언제나처럼 빵을 빼돌리기 위해 지하창고로 내려가 쇠창살을 치우고 빵 광주리의 짚마개를 열 때였다. 창고 밖 안뜰에서는 걸인들의 함성과 그들을 한 줄로 세우려는 아내와 점원의 고함이 울려대고 있었다. 사포리의 능숙한 손이 마개를 빼자 구멍이 열리고 빵이 빠르게 자루로 미끄러져내렸다. 그 순간 지하의 어스레한 빛 속에서 검은 형체의 움직임이 그의 시야에 힐끗 들어왔다. 그는 고개를 홱 돌렸다. 개가 있었다.

갈레오네는 창고 입구에서 천연덕스럽게 그 장면을 지켜보고 있었다. 어슴푸레한 실내에서 개의 눈이 퍼렇게 빛났다. 사포리는 순간 돌처럼 굳었다.

"갈레오네, 갈레오네." 그는 짐짓 상냥한 말투로 더듬거리며 말했다. "그래, 착하지, 갈레오네…… 여기, 이거 받아!" 그는 개에게 빵을 던졌다. 하지만 짐승은 빵을 거들떠보지도 않았다. 그저 볼일을 다 봤다는 듯, 천천히 몸을 돌려 계단을 향해 걸어갔다.

혼자 남겨진 제빵사의 입에선 험악한 욕설이 튀어나왔다.

15

하느님을 본 개는 아마 빵냄새를 맡고 내려왔을 것이다. 하지만 그가 어떤 신묘한 힘을 지녔는지 누가 알겠는가. 사람들은 마음이 통하리라 믿으며 서로를 바라볼 뿐, 아무도 말을 꺼내지 않는다. 마침내 한 사람이 입을 떼려 하지만 '내 착각이 아닐까? 사람들의 생각은 다르지 않을까?'라는 의문이 든다. 그래서 다시 입을 꾹 다문다.

갈레오네는 스스럼없이 한곳에서 다른 곳으로 이동하고, 음식점과 가축우리로 들어간다. 한쪽 구석에서 가만히 무언가를 응시하거나 냄새를 맡을 때도 있다. 다른 개들이 모두 잠든 밤에도 어느 순간 특유의 느긋한, 어찌 보면 촌스러운 걸음새로 지나가는 그의 윤곽이 흰 벽에 드리우곤 한다. 녀석은 집이 없는 걸까? 개집을 구하지 못한 걸까?

사람들은 문에 빗장을 지르고 집안에 있을 때도 혼자라는 생각이 들지 않는다. 그들은 계속해서 귀를 기울인다. 문밖에서 바스락바스락 풀 스치는 소리에, 돌길 위의 조심스럽고 부드러운 발소리에, 멀리서 컹컹 짖는 소리에. 갈레오네는 독특한 소리로 짖는다. 화가 나거나 못마땅해서 그런 건 아니다. 그가 짖는 소리는 마을 전체에 울려퍼진다.

"아, 됐어. 아마 내 계산이 틀렸나보지." 중개상이 푼돈 때문에 아내와 격렬하게 다투다가 말한다. "어쨌든 내 이번에는 그냥 넘어가는데, 만약 다음에 또 그러면……" 화덕 일꾼 프리지멜리카는 인부에게 내렸던 해고통보를 갑자기 취소한다. "그녀는 여러모로 아주 멋진 여자예요." 여교사랑 같이 시장 아내의 험담을 늘어놓던 비란체 부인은 갑자기 말을 바꾸며 마무리한다. 컹컹, 컹컹. 떠돌이 개가 짖는다. 다른 개에게, 그림자를 향해, 나비에게, 또는 달을 보며 그냥 짖는 것일 수 있다. 하지만 담과 길과 평야를 가로질러 인간의 사악함이 그에게 닿는다는 정당한 이유에서 짖는 것인지도 모른다. 술집에서 내쫓긴 주정뱅이들은 걸걸하게 짖는 소리가 들리자 자세를 바로잡는다.

회계사 페데리치가 있는 다락방에 갈레오네가 난데없이 나타난다. 페데리치는 책상에 앉아 파스타공장을 운영하는 그의 사장에게 익명의 편지를 쓰고 있다. 경리 로시가 불순분자들과 내통한다고 알리는 내용이다. 갈레오네의 선량한 두 눈은 '회계사, 무엇을 쓰고 있는가?'라고 묻는 듯하다. 페데리치는 다정하게 문을 가리킨다. "자, 착하지, 나가, 나가렴!" 그는 마음속에 도는 모욕적인 말을 감히 내뱉지 못한다. 이윽고 그는 방문에 귀를 대고 그 짐승이 갔는지 확인한다. 그리고 더욱 신중하게 처신하여, 편지를 불속에 던져버린다.

개는 정말 우연히, 뻔뻔스러운 미녀 플로라의 아파트로 이어지는 나무계단참에 나타난다. 모두가 잠든 한밤중, 정원사 구이도의 발아래서 계단이 삐걱거리고 있다. 그는 다섯 아이의 아버지다. 어둠 속에서 두 눈이 빛난다. "아차, 여기가 아니지!" 남자는 짐승에게 들리도록 큰 소리로, 집을 착각해서 짜증난다는 듯 외친다. "에이, 어두워서 헷갈렸네…… 여긴 공증인의 집이 아니야!" 그리고는 황급히 다시 내려간다.

그가 나직하게 짖는 소리, 꾸짖는 듯한 그 부드러운 으르렁 소리는 피닌과 존파에게도 들린다. 그들이 야밤에 공사장의 물품보관소로 몰래 들어가 두 대의 자전거에 손을 대려는 순간이다. "쉿, 누가 오고 있어." 피닌이 멈칫거리며 속삭인다. "나도 들은 것 같아." 존파가 대꾸한다. "얼른 나가자." 둘은 아무것도 건지지 못한 채 달아난다.

또 갈레오네는 절묘한 시각에 가마의 담 바로 밑에서 탄식하듯이 한참을 컹컹 짖는다. 데펜덴테가 아침 배급시간에 빈민들의 빵을 빼돌리느라 지하창고로 내려간 직후다. 이번에는 이중으로 창고문과 철책을 잠근 제빵사가 이를 악문다. 저 망할 개새끼가 어떻게 아는 거야? 알 게 뭐람. 하지만 의혹이 밀려든다. 만약 갈레오네가 어떤 식으로든 그의 비밀을 발설한다면 상속받은 유산은 모두 연기 속으로 사라져버린다. 데펜덴테는 빈 자루를 접어 팔에 끼곤 가게로 다시 올라간다.

성가신 박해가 얼마나 계속될까? 개는 언제쯤 떠날 것인가? 만약 계속 마을에 머문다면 몇 년을 더 살까? 아니면 그를 피할 다른 방법이 있을까?

16

수세기 동안 발길이 뜸했던 티스 교구의 성당이 붐비기 시작했다. 옛친구들이 주일미사에서 인사를 나눴다. 그들에겐 저마다 준비된 핑곗거리가 있었다. "그거 아세요? 이런 날씨에 추위를 피할 수 있는 유일한 장소는 성당이에요. 벽이 두껍잖아요. 그게 그래서…… 여름 내내 모아둔 열기를 이제야 내뿜나봐요!" "여기 타비아 신부는 자상하기도 하죠…… 내게 달맞이꽃 씨앗을 준다더라고요. 그 어여쁜 노란 꽃 아시죠? 그런데 더는 말이 없네요…… 성당에 얼굴을 좀 내밀지 않으면 그가 아예 잊어버리고 말겠죠." "에르미니아 부인, 있잖아요. 제가 저기 성심회를 위해 여기 있는 것처럼 제단용 레이스 자수를 놔볼까 해요. 제단보를 집으로 가져갈 순 없으니 여기 와서 연구할 수밖에요…… 절대 쉬운 작업이 아니에요!" 모두들 미소 띤 얼굴로 친구들의 변명을 들으며 마음속으로는 오로지 자신의 이유가 그럴듯하게 들리는지만 걱정했다. 그러다 여학생들처럼 "타비아 신부가 우릴 봐요!"라고 소곤대며 미사 책으로 시선을 돌렸다.

저마다 명분이 있었다. 에르멜린다 부인의 경우, 음악을 좋아하는 어린 딸을 가르쳐줄 선생님으로 여기 오르간 연주자 말고는 적임자를 찾지 못해서 이곳 음악 선생님의 〈마니피카트〉 연주를 듣기 위해 성당에 온다는 것이다. 그리고 세탁소 여자는 남편이 집에 손님이 오는 걸 싫어한다며 엄마와 성당에서 만나기로 약속했단다. 의사의 아내도 이유를 댔다. 그녀는 불과 몇 분 전, 바로 성당 앞 광장에서 발을 헛디디는 바람에 발목을 삐었고, 그래서 잠시 앉아 쉬려 안으로 들어왔다는 것이다. 성당 내부의 측면 통로 안쪽, 먼지 자욱한 고해소가 있는 가장 어두운 자리에는 남자 몇 명이 뻣뻣하게 서 있었다. 강론대의 타비아 신부는 어리둥절한 눈으로 주위를 둘러보며 가까스로 말을 이어갔다.

한편 갈레오네는 현관 앞에서 햇볕을 쬐며 늘어져 있었다. 그가 누려 마땅한 휴식을 즐기는 것 같았다. 미사가 끝나고 사람들이 밖으로 나올 때, 그는 가만히 모두를 훑어보았다. 여자들은 달아나다시피 이곳저곳으로 멀어져갔다. 아무도 그에게 눈길조차 주지 못했다. 하지만 그들은 모퉁이를 돌기 전까지 쇠꼬챙이 같은 그의 시선을 등뒤로 느낄 수 있었다.

17

이젠 갈레오네와 비슷하게 보이는 다른 개들의 그림자마저 불쑥불쑥 나타나곤 한다. 삶이 불안의 연속이다. 사람이 좀 모이는 곳, 시장이나 저녁 산책길에 갈레오네가 빠지는 일은 없다. 그는 사람들의 완벽한 무관심을 즐기는 듯하다. 게다가 주변에 아무도 없을 때 그들은 다정한 애칭으로 은밀히 그의 이름을 부르고 음식과 과자류를 내민다. 이제 사람들은 무턱대고 막연하게 "아, 왕년의 좋은 시절!"이라며 탄식한다. 구체적인 이유를 대지 않아도 금방 이해 못할 사람은 없다. '좋은 시절'이란 자기 내키는 대로 하고, 필요하다면 눈속임을 하고, 남의 밭에 들어가서 좀도둑질을 하고, 일요일에는 한낮까지 늦잠을 잘 수 있던 때를 말한다. 이제 가게 주인들은 얇은 종이로 물건을 싸서 공정하게 무게를 재며, 주인들은 하녀를 때리지 않는다. 전당포를 운영하는 카르미네 에스포시토는 다른 도시로 떠나기 위해 짐을 죄다 꾸렸고, 베나리엘로 서장은 경찰서 앞 벤치에 드러누워 일광욕을 한다. 그는 참기 힘든 무료함 속에서 의아해한다. 도둑들이 몽땅 죽은 걸까? 호시탐탐 기회를 노리다 하루가 멀다 하고 불경한 짓을 저지르던 자들은 다 어디로 숨었나.

하지만 누가 감히 반란을 꾸미겠는가? 어느 누가 모두의 은밀한 욕망을 이룬답시고 그를 내쫓거나 비소가 든 고기를 내밀겠는가? 섭리도 기대할 수 없다. 논리적으로 따지면 신의 섭리는 갈레오네의 편일 수밖에 없다. 그러니 우연한 사건 말고는 기대할 게 없다.

세상이 끝날 듯 천둥과 번개와 폭풍우가 몰아치는 밤이다. 제빵사 데펜덴테 사포리는 토끼처럼 귀가 밝아서 천둥소리에도 앞마당에서 수상하게 부스럭대는 기미를 알아챈다. 도둑일 것이다.

그는 침대에서 벌떡 일어나 어둠 속에서 총을 챙긴 뒤 덧문의 틈새를 통해 아래를 내려다본다. 남자 두 명이 창고 문을 열려고 버둥거리고 있다. 그러다 번갯불이 번쩍이는 순간, 마당 한복판에 있는 거무스름한 큰 개가 보인다. 개는 무시무시한 소나기 아래서도 침착하다. 아마 두 도둑놈을 말리러 온, 넨장맞을 그 녀석이다.

그의 마음속에서 흉악한 감정이 스멀거린다. 그는 총을 움켜쥐고 총구가 빠져나갈 정도로만 덧문을 천천히 연다. 그러곤 개에게 총을 겨눈 채 번갯불이 다시 번쩍이기를 기다린다.

천둥이 치는 순간 첫 총알이 날아간다. 이어 제빵사는 "도둑이야! 도둑!" 하고 소리친다. 그런 다음 장전을 하고 어둠 속에서 다시 방아쇠를 당긴다. 황급히 달아나는 발소리가 들린다. 곧 집 전체에서 웅성대는 소리와 문 두드리는 소리가 난다. 아내와 아이들, 점원들이 놀라서 달려나온다. "주인님!" 누군가가 마당에서 부른다. "저기, 개가 죽었어요!"

갈레오네는 물웅덩이에 드러누워 있다(날씨가 이런 밤에는 실수할 수 있다. 바로 이 경우가 그러하다). 큰 총알 하나가 녀석의 이마를 관통했다. 개는 다리조차 펴지 못한 채 완전히 뻣뻣하게 굳어 있다. 하지만 데펜덴테는 녀석을 보러 가지도 않는다. 그 대신 도둑들이 창고 문을 부수지 않았는지 살피러 내려간다. 아무 이상이 없는 것을 확인한 다음엔 모두에게 잘 자라는 인사를 하고 담요 속으로 들어간다. "마침내……" 이렇게 읊조리며 그는 편안한 잠을 청한다. 하지만 밤새 잠들지 못한다.

18

아직 어둑어둑한 아침, 두 점원이 죽은 개를 수습해서 들판에 묻으러 갔다. 데펜덴테는 그들에게 입단속을 시켰다. 그들이 수상하게 여기겠지만, 그로서는 가급적 조용히 넘어가길 바랐다.

누가 입을 연 걸까? 그날 저녁 카페에 간 제빵사는 모두가 자신을 바라보고 있다는 걸 즉시 알아챘다. 그들은 불편하게 하지 않으려는 듯 금세 시선을 거두어들였다.

"간밤에 총성이 들리던데?" 베르나르디스가 인사를 나눈 뒤 불쑥 말했다. "가마에서 전투라도 벌어진 거야?"

"참나, 어떤 녀석들인지!" 데펜덴테가 별일 아니라는 듯 대답했다. "못된 놈들이 창고를 열려고 했다니까. 하찮은 좀도둑들. 내가 무턱대고 두 발을 쐈더니 달아나더군."

"무턱대고?" 루초니가 비꼬는 투로 물었다. "이왕이면 제대로 겁주지 그랬어?"

"얼마나 캄캄했는데! 뭐가 보여야 말이지! 문이 덜거덕대는 소리가 들리길래 다짜고짜 밖으로 쏜 게 다야."

"그러게…… 그래서 아무 잘못 없는 불쌍한 짐승을 저세상으로 보내버린 거군."

"아, 그래." 제빵사는 건성으로 대답했다. "어떻게 들어왔는지 몰라. 우리집엔 개가 없는데 말이야."

갑자기 주위가 조용해졌다. 모두의 시선이 그에게로 향했다. 그러다 문구점 주인 트레발리아가 일어나 출입문으로 향했다. "그럼, 모두 저녁들 잘 보내세요." 그러곤 제빵사를 향해 일부러 또박또박 발음하며 인사했다. "당신도요, 사포리 씨!"

"만나서 반가웠습니다." 제빵사는 대답하고 등을 돌렸다. 저 멍청이가 무슨 뜻으로 저러는 거지? 은수자의 개를 죽였다고 다들 그를 원망하는 걸까? 오히려 그에게 고마워해야 마땅한데 말이다. 악몽에서 구해줬는데 이제 그를 질책하다니. 그는 이해가 가지 않았다. 다들 갑자기 착한 사람이 된 거야 뭐야?

베르나르디스가 눈치 없이 그에게 설명을 하려고 했다.

"있잖아, 데펜덴테…… 누가 그러는데, 네가 그 짐승을 죽인 건 잘못이라고……"

"어째서? 내가 일부러 그랬다는 거야?"

"그건 아니야. 하지만 은수자의 개였으니 그냥 놔두는 게 나았을 거라는 얘기지. 뭐, 안 좋은 일이 생길 거라고도 하고…… 어찌나 말들이 많은지!"

"은수자의 개건 뭐건 내가 알 게 뭐야? 맙소사, 날 심판하기라도 하겠다는 건가? 어리석기 짝이 없는 것들!" 그는 억지웃음을 터뜨렸다.

루초니가 말했다. "잠깐, 진정해봐…… 대체 누가 은수자의 개라고 한 거야? 누가 이 헛소리를 퍼뜨렸지?"

"그러게, 잘 알지도 못하면서!" 데펜덴테가 어깨를 으쓱했다.

베르나르디스가 끼어들었다. "오늘 아침에 묻을 때 봤다고 그러더라고. 왼쪽 귀 끝에 흰 반점이 있는 바로 그 개였다고……"

"나머지는 온통 검은색이고?"

"그래, 검은색." 그 자리에 있던 누군가가 맞받아쳤다.

"약간 큰 덩치에 털붓 같은 꼬리도?"

"정확히 그렇대도."

"은수자의 개라는 거지?"

"틀림없어."

"자, 저길 봐, 여러분의 개야!" 루초니가 길을 가리키며 소리쳤다. "여전히 건재하게 살아 있다고."

데펜덴테는 석고상처럼 새하얗게 질렸다. 특유의 느릿한 걸음걸이로 갈레오네가 길을 가고 있었다. 개는 한순간 멈춰 서서 카페의 유리문 너머 사람들을 바라보았다. 그러고는 찬찬히 다시 걸음을 옮겼다.

19

어찌하여 이제 걸인들은 아침에 평소보다 더 많은 빵을 받는다는 느낌이 들까? 수년간 동전 한 닢 없던 자선함에서 어째 짤랑거리는 소리가 날까? 이제껏 투정 부리던 아이들이 어째서 기꺼이 학교에 다닐까? 어째서 포도나무의 열매는 도둑맞지 않고 수확 때까지 남아 있는 거지? 왜 더는 꼽추 마르티노에게 돌멩이나 썩은 호박을 던지지 않는 걸까? 어찌하여 또다른 많은 것들이 달라졌을까? 아무도 이유를 말하지 않는다. 순박하고 자유로운 티스의 주민들은 진실을 입 밖에 내지 않는다. 그들은 개를 두려워한다. 그 이빨이 두려운 게 아니라 개가 자신들을 나쁘게 볼까봐 두렵다.

데펜덴테는 독주를 들이켰다. 그는 노예나 다름없었다. 밤에도 마음 편히 숨쉴 수 없었다. 신을 원치 않는 자에게 신의 현존은 돌덩이를 지고 사는 것과 같다. 이곳에서 신은 동화 속 이야기가 아니고, 성당의 촛불과 향냄새 사이에 호젓이 머물지도 않는다. 말하자면, 신은 개의 형상으로 이 집 저 집을 돌아다녔다. 창조주의 아주 작은 일부, 한 가닥 숨결이 갈레오네에게 스며들었고, 신은 갈레오네의 눈을 통해 보고 평가하고 기록했다.

그 개는 언제 늙을까? 적어도 기운을 잃으면 한쪽 구석에 얌전히 있을 것이다. 세월에 발이 묶여 더는 성가시게 하지 않을 것이다.

그렇게 수년이 흘렀다. 성당은 평일에도 가득찼고, 이제 소녀들은 늦은 밤 주랑에서 사내들과 시시덕거리지 않았다. 데펜덴테는 이전에 쓰던 광주리를 부수고 비밀구멍이 없는 새것을 장만했다. (갈레오네가 돌아다니는 한 빈민들의 빵을 착복할 용기가 더는 나지 않았다.) 그리고 베나리엘로 서장은 경찰서 입구에서 고리버들 의자에 파묻힌 채 아예 잠을 자버렸다.

또다시 세월이 흘렀다. 갈레오네도 나이가 들어, 갈수록 더 느리게 걷고 심하게 어기적거렸다. 그러다 어느 날 뒷다리에 마비가 오면서 더는 걸을 수 없게 되었다.

그 불행은 대성당 광장의 낮은 담장 위에서 졸던 사이에 닥쳤다. 담 아래로는 비탈진 길과 샛길이 강까지 이어져 있었다. 개가 담에서 오줌을 누면 담벼락이나 광장을 더럽히지 않고 풀이 무성한 경사지로 흘러내렸기에 위생적인 관점에서 유리한 자리였다. 하지만 궂은 날씨에는 비바람을 그대로 다 맞아야 하는 자리이기도 했다.

물론 이번에도 사람들은 부들부들 떨면서 끙끙대는 개를 못 본 척했다. 떠돌이 개가 갑자기 아파한다고 애처롭게 여길 자는 없었다. 현장에 있던 사람들은 고통스러워하는 개의 몸부림을 보면서 앞으로 어떤 일이 벌어질지 헤아려보았다. 새로운 기대감이 차올라 가슴이 울렁거렸다. 일단 개는 여기저기 쏘다니기는커녕 이제 한 걸음도 움직이지 못할 것이다. 게다가 더 좋은 일이 있었으니, 이제 다들 뻔히 보는 앞에서 과연 누가 그에게 먹이를 주겠는가? 그 짐승과의 은밀한 관계를 누가 먼저 실토하겠는가? 누구든 웃음거리가 되고 싶지는 않을 것이다. 그러니 갈레오네는 굶어서 죽을 터였다.

저녁식사 전에 사람들은 여느 때처럼 광장의 인도를 거닐며 치과의 신입 간호조무사, 사냥, 탄약 가격, 마을에 개봉한 최신 영화 따위의 시시콜콜한 이야기를 나누었다. 그러면서 담벼락 아래로 늘 어뜨린 채 헐떡대는 개의 주둥이를 겉옷으로 스치고 지나갔다. 그들의 시선은 아픈 개를 건너뛰어 일몰이 아름다운 장엄한 강의 전경으로 무심코 향했다. 여덟시쯤 북쪽에서 먹구름이 몰려오고 비가 오기 시작하자 광장은 텅 비었다.

하지만 깊은 밤, 하염없이 퍼붓는 빗줄기 아래 범죄 모의를 하러 가듯 집집에서 검은 형체가 빠져나온다. 구부정하고 엉큼한 형체들은 재빨리 광장으로 뛰어가 주랑 돌기둥의 어둠에 숨어 적당한 순간을 기다린다. 그 시간 가로등 불빛은 흐릿하고, 곳곳에 컴컴한 어둠이 드리워 있다. 검은 그림자는 몇이나 되나? 열 명가량일 것이다. 그들은 눈에 띄지 않으려고 온갖 수고를 들이며 개에게 먹일 음식을 가져온다. 개는 깨어 있다. 검은 골짜기를 배경으로 담장 위의 두 눈동자가 퍼렇게 빛난다. 때때로 짧고 구슬픈 울음소리가 광장에 메아리친다.

작전은 한참이나 이어진다. 목도리로 얼굴을 가리고 이마 아래까지 모자를 눌러쓴 검은 형체 하나가 마침내 개에게 접근한다. 그자가 누구인지 확인하려고 어둠에서 나오는 사람은 없다. 모두 그곳에 있는 것만으로도 매우 두렵다.

하나, 그뒤에 또하나, 마주침을 피하기 위한 긴 간격을 두고, 알아볼 수 없는 인물들이 대성당의 낮은 담 위에 무언가를 내려놓는다. 이윽고 울음소리가 그친다.

아침에 갈레오네는 방수포 아래서 잠들어 있었다. 담장 위, 그의 옆에는 온갖 좋은 것들이 쌓여 있었다. 빵, 치즈, 고깃덩어리, 우유가 가득 든 큰 사발까지.

20

개가 움직이지 못하면 마을이 숨쉴 수 있으리라 믿었지만, 그것은 한순간의 착각이었다. 담장 위에서 그 짐승의 두 눈이 주택가 대부분을 굽어보고 있었다. 적어도 티스의 절반은 그의 통제 아래 있었다. 그리고 그의 눈길이 얼마나 예리할지 누가 가늠할 수 있겠는가? 좌우간 갈레오네의 감시망에서 제외된 변두리 집에서도 그의 소리가 들렸다. 게다가 이제 와서 예전의 생활로 돌아가기도 난감했다. 이는 개로 인해 삶이 바뀌었다고 인정하는 것이자 수년간 용의주도하게 지켜온 미신적인 비밀을 얼토당토않게 고백하는 것이나 다름없었다. 데펜덴테의 경우도 다르지 않았다. 가마가 개의 시야에서 벗어나 있었음에도, 그는 신성을 모독하는 언행을 다시 하지 않았고 빵을 회수한답시고 지하창고로 내려가지도 않았다.

이제 갈레오네는 예전보다 더 많이 먹되 움직이지 않아서 돼지처럼 살이 올랐다. 얼마나 더 오래 살지 알 수 없었다. 그런데 날씨가 추워지면서 무너진 희망이 다시 피어오르기 시작했다. 방수포를 덮어도 개는 매서운 겨울바람을 피할 수 없었고, 질병에도 노출되어 있었다.

하지만 이번에도 밉살맞은 루초니가 찬물을 끼얹었다. 어느 밤 식당에서 사냥 이야기를 하던 중이었다. 그는 오래전 자신의 사냥개가 눈 속에서 밤을 보낸 뒤 광견병에 걸리는 바람에 어쩔 수 없이 총을 쏘아 죽여야 했다고 말했다. 그때를 떠올리면 지금도 마음이 아프다고 했다.

"그 개 말이야." 꺼림칙한 얘기를 꺼내는 건 항상 베르나르디스였다. "대성당 담장 위, 몸이 마비된 그 추한 개. 어떤 얼간이들이 계속 먹이를 갖다주는 그 녀석은 위험하지 않을까?"

"광견병에나 걸려라!" 데펜덴테가 외쳤다. "그러면 더는 움직이지 못하겠지!"

"누가 그러던?" 루초니가 반박했다. "광견병은 체력을 증가시켜. 그 개가 노루처럼 뛰어다닌대도 난 놀라지 않을 거라고!"

베르나르디스가 머뭇거렸다. "흠, 그렇다면……"

"아, 난 상관없어. 항상 든든한 친구가 있거든." 루초니가 주머니에서 묵직한 권총을 꺼냈다.

"너! 너!" 베르나르디스가 핀잔을 주었다. "넌 자식이 없어서 몰라! 나처럼 세 아이의 아빠라면 분명 생각이 다를걸."

"어쨌든 경고했어. 알아서 잘들 하라고!" 루초니는 소맷자락에다 총구를 닦았다.

21

은수자가 죽은 지 몇 년이나 흘렀을까? 삼 년? 사 년? 오 년? 누가 그걸 기억하겠는가? 11월 초, 갈레오네를 위한 나무개집이 거의 완성되었다. 갈레오네에 관한 문제가 매우 짧게, 아주 사소한 안건으로나마 시의회의 토론에서 거론된 터였다. 그 짐승을 죽이거나 다른 곳으로 옮긴다는, 훨씬 더 간단한 해결책을 제안하는 사람은 없었다. 그러다 목수 스테파노에게 개집을 만드는 임무가 주어졌다. 그는 개집을 담장 위에 고정하고 대성당 정면의 밝은 벽돌과 조화를 이루는 빨간색으로 칠해야 했다. "꼴불견이야, 어리석은 짓이야!" 모두가 자기 생각이 아닌 양 터무니없는 발상이라고 말한다. 하느님을 본 개에 대한 두려움은 더이상 비밀이 아닌 걸까?

하지만 개집은 설치되지 못한다. 빵가게의 점원은 새벽 네시에 일하러 가면서 항상 광장을 지난다. 11월 초의 어느 날, 그는 담장 밑에서 꼼짝도 않는 검은 형체를 흘낏 쳐다본다. 이어 가까이 다가가 만져보고는 가마가 있는 곳까지 단숨에 달려간다.

"무슨 일이야?" 데펜덴테가 숨가쁘게 급히 들어서는 그를 보며 묻는다.

"죽었어요! 죽었어!" 소년은 헐떡거리며 더듬댄다.

"누가 죽었다고?"

"그 병든 개…… 땅바닥에 떨어져 있는데, 돌처럼 딱딱했어요!"

22

그들은 마음껏 숨쉬는가? 좋아서 미칠 지경인가? 신의 불편한 일부가 마침내 사라졌지만, 사실 그동안 많은 시간이 흘렀다. 어떻게 돌아가겠는가? 어떻게 처음부터 다시 시작하겠는가? 그 세월 동안 젊은이들의 생활 습관은 달라졌다. 오늘날 주일미사는 여가활동이 되어 있었다. 그리고 불경한 언행은 도를 넘는 잘못으로 여겨졌다. 요컨대 다들 큰 안도감을 느끼리라 기대했지만, 막상 그런 건 없었다.

어쨌든 옛날의 방탕한 풍습으로 돌아간다는 건 그간의 비밀을 고백하는 셈이 아니겠는가? 힘겹게 숨겨온 속내를 실토하고 망신을 당해야 할까? 개 한 마리 때문에 온 마을이 달라졌다니! 다른 마을에서도 웃을 일이다.

그나저나, 그 짐승을 어디에다 묻어야 할까? 공원에? 아니, 마을 한복판은 안 된다. 지금까지로도 충분하다. 더는 안 된다. 시궁창에? 사람들은 서로 바라보기만 할 뿐 아무 말도 못했다. "규정상 안 됩니다." 시청 서기가 곤란한 상황을 정리해주었다. 용광로에 넣어 불사를까? 그러다 나중에 감염이라도 일으킨다면? 들판에다 묻는 게 가장 적절하다. 그런데 어느 들판? 누가 땅을 내어주겠는가? 사람들은 입씨름을 시작했고, 아무도 자기 영토에 죽은 개를 묻으려 하지 않았다.

그럼 은수자의 무덤 옆에 묻는다면?

하느님을 본 개는 작은 함에 담기고 작은 수레에 실려 언덕을 향해 출발한다. 일요일이고, 꽤 많은 사람이 구실을 대며 따라나선다. 마차 예닐곱 대가 수레를 뒤따르는 가운데, 다들 즐거운 듯 보이려고 애쓴다. 그러나, 햇빛이 비칠지라도 들판은 싸늘하고 잎을 떨군 앙상한 나무들은 쓸쓸해 보인다.

낮은 언덕에 도착해 마차에서 내린 그들은 예배당 옛터를 향해 걸어간다. 아이들이 앞서 달려간다.

"엄마! 엄마!" 위쪽에서 아이들이 부르는 소리가 들린다. "빨리 와! 이것 좀 봐!"

그들은 빠른 걸음으로 실베스트로의 무덤에 도착한다. 은수자의 장례를 치른 이후 오랫동안 아무도 이곳에 와보지 않았다. 나무십자가 발치, 바로 은수자의 무덤 위에 작은 해골이 뉘어 있다. 눈과 바람과 비가 그것을 깎아서 가느다랗고 새하얀 세공품처럼 빚어놓았다. 영락없는 개의 유골이다.

21
무슨 일인가가 벌어졌다

기차가 (이렇게 쉬지 않고 열 시간은 달려야만 머나먼 종착역에 도착할 수 있을 만큼 긴 여정에서) 얼마 달리지도 않았을 때, 나는 철도 건널목에서 어떤 젊은 여자를 보았다. 얼마든지 다른 게 눈에 들어왔을 법도 한데, 우연히도 내 눈에 예쁘지도 매력적이지도 않은 그녀가 들어온 것이다. 특별할 건 전혀 없는 여자였기에, 내가 왜 그녀를 보게 됐는지는 알 수 없었다. 그녀는 틀림없이 초고속 열차를 구경하고 싶었던 듯 가로대에 몸을 기대고 있었다. 미개한 주민에게 우리가 탄 북부행 고속 열차는 막대한 부, 편안한 삶, 모험가들, 멋진 가죽가방, 유명인들, 여배우들의 상징이었다. 게다가 하루에 한 번씩 펼쳐지는 이 놀라운 광경은 완전히 공짜이기도 했다.

하지만 기차가 그녀 앞을 지나는 동안 그녀는 우리 쪽을 바라보지 않고(아마 족히 한 시간은 거기서 기다렸을 텐데), 길 저편에서 소리치며 달려오는 남자의 말을 들으려고 고개를 뒤로 돌렸다. 물론 우리에겐 그 소리가 들리지 않았다. 그는 여자에게 어떤 위험을 알리기 위해 급히 달려오는 듯 보였다. 어쨌거나 순식간에 벌어진 일이었다. 그 장면은 휙 지나갔고, 나는 기차를 구경하러 온 여자에게 남자가 전하려던 나쁜 소식이 무엇일지 궁금했다. 그리고 객차의 율동적인 흔들림 속에서 잠이 들려는 순간, 우연히―순전히 우연의 일치로―낮은 담 위에 선 한 청년을 보게 되었다. 그는 손을 확성기 모양으로 만들어 들판을 향해 소리치고 있었다. 기차가 쏜살같이 달렸기에 이번에도 순식간의 일이었다. 한편 예닐곱 명의 사람이 들판과 경작지와 약초밭을 가로질러 달리는 게 언뜻 눈에 들어왔다. 농작물이 짓밟혀도 개의치 않는 것으로 봐서 아주 중요한 일인 게 분명했다. 그들은 사방에서 나타났다. 집에서, 산울타리 구멍에서, 포도밭 사이 등지에서 나타난 사람들 모두, 청년이 올라서서 소리치는 낮은 담 쪽으로 향했다. 다들 화들짝 놀라서 달리는 것 같았다. 평화로운 일상을 깨는 뜻밖의 어떤 소식이 그들을 달리게 했을 것이다. 거듭 말하지만, 그 장면은 섬광처럼 순식간에 스쳐지나갔기에 나로선 다른 걸 살필 겨를이 없었다.

이상하다는 생각이 들었다. 얼마 안 되는 거리를 두고 사람들이 뜻밖의 기별을 받는 경우가 두 번이나 있다니. 적어도 내 짐작으론 예기치 않은 어떤 소식이 있는 것 같았다. 이제 나는 막연한 불안감에 사로잡혀 평야와 거리, 마을과 농지를 세심히 살폈다.

어쩌면 내 마음이 예민한 탓인지 몰라도, 행인과 농부와 마차꾼 등을 지켜보는 동안 갈수록 더 격앙된 분위기가 느껴졌다. 착각일 리가 없었다. 그렇다면 어째서 마당이 부산스럽고, 여자들이 안달하고, 마차와 짐승이 우왕좌왕하겠는가? 어느 곳이든 다 그랬다. 기차가 빨라서 잘 분간할 수는 없었지만, 어디서든 같은 이유로 그러는 게 틀림없었다. 혹시 지역축제가 열리나? 시장에 갈 채비를 하는 걸까? 기차는 빠르게 달렸고, 시골 마을은 온통 혼란한 상황에 휩쓸려 있었다. 나는 건널목의 여자와 낮은 담 위의 청년, 그리고 농부들의 질주를 연결지어 생각해보았다. 기차에 탄 우리는 전혀 알지 못하는, 무슨 일인가가 벌어졌다.

나는 객차에 앉거나 복도에 선 주위 사람들을 둘러보았다. 그들은 아무것도 알아채지 못했다. 모두 태연했고, 내 맞은편에 앉은 육십대의 부인은 잠들기 직전이었다. 오, 어쩌면 그들도 눈치챈 것 아닐까? 그래, 모두 걱정스러워하면서도 감히 말할 엄두를 못 내고 있는 것이다. 나는 여러 번, 게다가 갑작스레 차창 밖을 주시하면서 그들의 시선을 끌었다. 특히 잠든 것처럼 보이는 부인은 실눈으로 밖을 흘깃거리고는 내가 알아챘는지 살피곤 했다. 그런데 그들은 무엇을 두려워하는가?

나폴리. 기차는 보통 여기서 정차하지만, 우리가 탄 고속 열차는 서지 않았다. 오래된 집들이 눈앞으로 스쳐지나갔고, 우리는 어두운 안뜰과 불 켜진 창문들을 보았다. 그런데 그 방에서 남자들과 여자들이 몸을 구부려 짐을 싸고 여행 가방을 잠그는 장면이 슬쩍 눈에 들어왔다. 그렇게 보였다. 아니면 내가 헛것을 본 건가?

그들은 떠날 준비를 하고 있었다. 어디로? 그러니까 도시와 마을을 술렁이게 한 것은 좋은 소식이 아니었다. 위험이나 사고나 재난에 대한 경고였다. 나는 곰곰이 생각했다. 만약 심각한 재해가 발생했다면 기차가 멈추었을 것이다. 하지만 모든 게 순조로웠다. 기차는 첫 주행을 할 때처럼 매끄럽게 전진하고 선로를 완벽하게 바꾸며 나아갔다.

옆자리 청년이 몸을 푸는 척하며 자리에서 일어섰다. 사실 그는 무슨 일이 있는지 살필 생각에 창문으로 바짝 다가가느라 내 좌석

너머로 몸을 숙였다. 창밖으로 평야와 태양, 하얀 길이 보였다. 그리고 길에는 크고 작은 화물차와 걸어가는 사람들 무리가 수호성인의 날에 성지로 가는 행렬처럼 길게 줄지어 있었다. 그런데 기차가 북쪽으로 갈수록 그 대열이 점점 더 커지고 촘촘해졌다. 모두가 같은 방향, 즉 남쪽을 향해 내려가고 있었다. 그러니까 우리가 빠르게 달려가는 그곳에 있는 위험을 피해 달아나고 있는 것이다. 전쟁, 반란, 전염병, 화염, 우리는 무엇을 향해 돌진하고 있을까? 도착할 때까지 다섯 시간 동안은 알 수 없을 터였다. 그리고, 목적지에 도착해서는 아마 너무 늦었을 것이다.

아무도 말이 없었다. 누구도 가장 먼저 굴복하려 하지 않았다. 아마 다른 사람들도 나처럼 확신이 서지 않을 것이다. 그 경고가 사실인지, 아니면 그냥 미친 생각이거나 환각, 혹은 여행의 피로에서 나온 망상인지 의심스러워하고 있었다. 맞은편의 부인은 일어나는 척하며 한숨을 내쉬었고, 잠에서 깬 사람이 으레 그러듯 기계적으로 시선을 올렸다. 그러면서 우연인 듯 그녀의 눈동자가 비상정지 경보장치에서 멈췄다. 나머지 우리 모두도 같은 생각으로 그 장치를 바라보았다. 하지만 입을 여는 사람은 없었다. 아무도 정적을 깰 용기가 없었고, 다른 사람들에게 자신이 품은 불안한 의혹을 내비치지 못했다.

이제 도로는 남쪽으로 향하는 차량과 인파로 가득찼다. 반대 방향에서 오는 기차들은 만원이었다. 거리의 행인들은 북부로 돌진하는 우리를 보며 놀라워했다. 정거장은 인파로 북적댔다. 이따금씩 누군가가 우리에게 손짓을 하거나 메아리처럼 띄엄띄엄 모음만 간신히 들리는 문장을 외쳤다.

맞은편의 부인이 나를 물끄러미 바라보고 있었다. 그녀는 반지를 잔뜩 낀 손으로 초조하게 손수건을 비틀면서 간청하듯이 나를 보았다. 이제는 말하세요. 이 침묵을 걷어주세요. 모두가 간절히 바라지만 아무도 먼저 하지 못하는 질문을 던져주세요.

또다른 도시에 도착했다. 기차가 역으로 진입하면서 속도를 약간 늦추자 승객 두세 명이 정차하기를 바라는 마음을 억누르지 못하고 자리에서 일어났다. 플랫폼은 혼란한 짐더미 사이에서 한시라도 빨리 떠나기를 고대하는 초조한 군중으로 가득했다. 우리 기차는 플랫폼을 따라 요란한 소용돌이를 일으키며 지나갔다. 신문 뭉치를 든 한 사내아이가 우리를 뒤쫓았다. 그는 1면에 큼지막한 검은색 표제를 단 신문 한 부를 흔들어댔다. 맞은편의 부인이 돌연 밖으로 몸을 내밀더니 그 신문을 움켜잡았다. 하지만 바람에 찢겨 종이가 날아갔고, 일부분만 간신히 손가락 사이에 남았다. 나는 종이를 펼치는 그녀의 손이 떨리는 것을 보았다. 남은 종잇조각은 삼각형이었다. 거기에는 신문 이름과 커다란 표제의 알파벳 네 자만 인쇄되어 있었다. 'IONE'. 다른 건 없었다. 뒷면에는 이와는 관련없는 기사가 있었다.

부인은 모두에게 보이도록 말없이 종잇조각을 약간 높이 들었다. 하지만 다들 이미 그걸 읽었고, 신경쓰지 않는 척했다. 불안감이 커질수록 더욱더 강하게 억누르고 있었다. 우리는 'IONE'로 끝나는 무언가를 향해 미친듯이 달려가고 있었다. 그것은 도시의 모든 주민이 소식을 듣자마자 줄행랑을 치는, 끔찍한 무엇이었다. 강력하고 새로운 이 사건이 전 국민의 삶을 산산조각내고 남자들과 여자들은 집과 일과 업무를 내팽개친 채 자신의 안전만을 생각하고 있는데, 우리의 기차, 이 빌어먹을 기차는 시계가 돌아가듯 어김없이 전진할 뿐이었다. 적군이 이미 진을 친 참호로 돌아간답시고 패배한 아군 대열을 헤치며 되돌아가는 성실한 병사 같았다. 그리고 우리는 품위와 애처로운 자존심을 지키느라 아무도 반발할 용기를 내지 못하고 있었다. 오, 기차는 인생과 얼마나 닮았는지!

두 시간이 남았다. 두 시간 뒤 도착했을 때 우리는 공동의 운명을 알게 될 것이다. 두 시간, 한 시간 반, 한 시간. 이미 날이 저물고 있었다. 저멀리 그리운 도시의 불빛이 보였다. 하늘을 향해 누르스름한 빛무리를 발산하는 도시의 움직이지 않는 광채가 우리에게 한 줌의 용기를 주었다. 기관차는 경적을 울렸고, 바퀴는 갈림길의 미로에서 굉음을 냈다. 기차역, 지붕의 검은 곡선, 가로등과 표지판, 모든 게 평소와 다름없이 멀쩡했다.

하지만 심장이 덜컹했다! 고속 열차가 아직 나아가는 동안, 나는 적막한 역과 덩그러니 텅 빈 플랫폼을 보았다. 사람은 한 명도 보이지 않았다. 마침내 기차가 멈춰 섰다. 우리는 인간의 흔적을 찾으며 보행로를 통해 출구로 달려갔다. 얼핏, 어슴푸레한 오른쪽 구석 끝에서 모자를 쓴 철도원이 겁에 질린 채 문 뒤로 사라지는 것을 본 것도 같았다. 무슨 일이 벌어진 것인가? 도시에 남은 사람은 아무도 없는 걸까? 총소리처럼 날아든 한 여자의 날카롭고 강렬한 비명이 우리를 전율케 했다. "도와주세요!" 비명은 한동안 방치돼 있던 장소의 공허한 울림과 뒤섞여 유리천장 아래로 울려퍼졌다.

22

생쥐들

코리오 집안 식구들은 어찌되었나? 도가넬라라고 불리는 그들의 오랜 시골 별장에서 무슨 일이 일어나고 있는가? 오래전부터 그들은 매년 여름이면 몇 주간 그곳으로 나를 초대했다. 올해, 처음으로 초대가 없었다. 조반니는 내게 짧은 편지를 보내 사과의 말을 전했다. 그 편지는 좀 이상했는데, 가족의 괴로움이나 어려움을 넌지시 암시만 할 뿐 아무 설명이 없었다.

그동안 그들의 집과 숲의 고독 속에서 나는 얼마나 행복한 시간을 보냈던가. 오늘 옛 기억을 더듬다보니, 그 당시에는 평범하고 대수로울 것 없는 일로 넘겼던 사소한 사건들이 떠올랐다. 그러자 모든 일이 명확해지는 것 같았다.

가령 전쟁이 일어나기도 훨씬 전인 아주 오래전 여름―코리오 가족의 두번째 초대―에는 다음과 같은 사건이 있었다.

나는 정원이 내려다보이는 2층 구석방―이후에도 매년 묵었던 그 방―에서 침대로 가고 있었다. 그때 문 아래쪽을 긁는 작은 소음이 들렸다. 나는 문을 열었다. 작은 생쥐 한 마리가 내 다리 사이로 미끄러져들어오더니 방을 가로질러 서랍장 아래로 숨으려 했다. 생쥐의 걸음이 워낙 어설퍼서, 아마 나는 때맞춰 녀석을 뭉개버릴 수도 있었을 것이다. 하지만 아주 귀엽고 여린 생쥐였다.

다음날 아침, 나는 지나가는 말로 조반니에게 그 일을 이야기했다. 그는 무심하게 반응했다. "아, 그랬구나. 가끔 쥐들이 집안에서 돌아다녀." "작디작은 생쥐였어. 차마 잡을 엄두도 나지 않는⋯⋯" "응, 그럴 거야. 어쨌든 신경쓰지 마." 그가 내 얘기를 언짢게 여기는 것 같아 나는 화제를 바꿨다.

이듬해였다. 어느 날 밤 자정을 삼십 분쯤 넘긴 시각에 카드놀이를 하고 있는데, 옆방—그땐 불이 다 꺼져 있던 거실—에서 용수철소리 같은 금속음이 철커덕하고 들렸다. "무슨 소리지?" 내가 물었다. "난 아무것도 못 들었는데." 조반니는 그렇게 얼버무리며 아내에게 물었다. "엘레나, 무슨 소리 들었어?" "나는 아니야." 그의 아내가 얼굴을 약간 붉히며 대답했다. 나는 말했다. "이상하네? 저기 거실에서 철커덕 소리가 난 것 같았는데⋯⋯" 그때 어색한 분위기가 느껴졌다. "이제 내 차례지?"

십 분도 채 지나지 않아 이번에는 복도에서 동물이 낸 듯한 희미한 비명과 함께 금속음이 다시 들렸다. 나는 조반니에게 물었다. "말해봐. 너희 쥐덫을 놨니?" "내가 알기론 아니야. 엘레나, 그렇지?" "무슨 말도 안 되는 소리야? 쥐가 그리 많은 것도 아닌데!"

일 년이 흘렀다. 나는 별장으로 들어서자마자 커다랗고 팔팔한 고양이 두 마리를 발견했다. 얼룩무늬가 있는 종으로 근육이 다부지고, 생쥐를 잡아먹는 고양이들이 그렇듯 털에서 윤기가 흘렀다. 나는 조반니에게 말했다. "아, 너희 드디어 손을 썼구나. 고양이들이 아주 배불리 먹겠어. 여기엔 쥐가 부족하지 않을 테니까." "그렇지도 않아. 가끔 잡아먹는걸. 다른 먹이가 없을 때만……" "하지만 고양이들이 포동포동 살이 올랐잖아." "그래, 녀석들은 잘 지내. 더할 나위 없이 건강하지. 부엌에서 온갖 먹거리를 찾아내거든."

또 일 년이 흘렀다. 여느 해와 다름없이 휴가를 보내기 위해 별장에 도착했을 때, 내 앞에 고양이 두 마리가 다시 나타났다. 하지만 예전과는 사뭇 달랐다. 활기차고 날렵한 기운은 온데간데없이 무기력하고 굼뜨고 야윈 모습이었다. 이 방 저 방을 날쌔게 들락거리지도 않았다. 고양이들은 아무 의욕 없이, 줄곧 주인들의 다리 사이에만 나른하게 머물렀다. 나는 친구에게 물었다. "고양이들이 아프니? 왜 저렇게 말랐지? 혹시 먹잇감 쥐들이 이젠 없는 거야?" 조반니 코리오가 기운찬 소리로 대답했다. "맞아. 녀석들이 어쩜 그리도 멍청한지. 집에서 생쥐들이 사라지자 시무룩해졌지 뭐야. 쥐들은 이제 흔적도 없어!" 그는 만족스러워하며 크게 웃었.
나중에 조반니의 큰아들 조르조가 나를 은밀하게 따로 불렀다. "그 이유가 뭔지 아세요? 겁이 나서예요!" "누가 겁을 먹는데?" "고양이들요. 아빠는 그 얘길 하지 않으려고 해요. 못마땅해하세요. 하지만 고양이들이 두려워하는 건 분명해요." "누굴 두려워하는데?" "오, 쥐들요! 일 년 사이 그 짐승들이 열 마리에서 백 마리로 불어났어요. 예전의 작은 생쥐들이 아니에요! 호랑이 같아요. 시커멓고 뻣뻣한 털에 두더지보다도 더 커요. 좌우간 고양이들은 감히 공격할 엄두도 못 내요." "그런데 너희는 아무것도 안 하고 있니?" "음, 뭐라도 해야 하지만, 아빠는 손놓고 있어요. 이유는 모르 겠어요. 하지만 그 얘긴 꺼내지 않는 게 나아요. 벌컥 신경질을 내 시거든요."

그리고 다시 이듬해, 첫날밤부터 내 방 위쪽에서 사람들이 달리 는 듯한 굉음이 들렸다. 우르르, 우르르. 하지만 나는 그 위에 아무 도 없다는 것을 잘 알고 있었다. 오래된 가구들과 상자 따위로 가득 한, 사람이 지낼 수 없는 다락방이 있을 뿐이었다. "젠장, 기마대가 달리는군." 나는 혼잣말을 했다. "아주 커다란 쥐들일 거야." 그 소 음에 쉬이 잠이 오지 않았다.

다음날 식탁에서 내가 물었다. "쥐들에 대해 아무 대책도 안 세 울 거야? 간밤에 다락방에서 난리가 났어." 조반니의 표정이 어 두워졌다. "쥐라니? 무슨 소리야? 다행히도 이 집에 이제 쥐는 없 어." 그의 늙은 부모도 거들었다. "뛰는 쥐가 있다니! 얘야, 네가 꿈을 꾼 모양이구나." 나는 반박했다. "하지만 정말로 소리가 요란 했어요. 과장이 아니에요. 어떨 때는 천장이 울렁거리는 게 보일 정 도였다고요." 조반니는 잠시 생각에 잠겼다. "그게 뭔 줄 아니? 네 가 놀랄까봐 말하지 않았는데, 이 집에는 유령들이 있어. 나도 종 종 그 소리를 들어. 어떤 밤은 악령에 홀린 것 같다니까!" 나는 웃 었다. "날 순진한 아이 취급 하지 마! 유령이 아니야. 분명 생쥐, 큰 쥐, 집쥐, 시궁쥐, 그런 것들이었어! 그나저나 고양이 두 마리는 어 디로 사라졌지?" "물어보니 말인데, 다른 데로 보냈어. 어쨌든 넌 쥐에 너무 집착하는 것 같아. 그것 말곤 할 얘기가 없는 거야? 여긴 시골집이잖아. 너무 많은 걸 바랄 수는……" 그는 흥분한 나머지 말을 잇지 못했다. 그런데 왜 그리 화가 난 걸까? 평소에는 매우 점잖고 온화한 사람인데.

이후 장남 조르조가 다시 나를 불러 정황을 설명했다. "아빠 말 믿지 마세요. 그 소리는 정말로 쥐가 낸 게 맞아요. 우리도 이따금 씩 잠을 설쳐요. 실제로 보면 괴물이나 다름없어요. 석탄처럼 시커 멓고, 빳빳한 털은 마른 나뭇가지 같고…… 그리고 두 고양이를 없 앤 건 바로 녀석들이에요. 사건은 밤에 일어났어요. 잠들고 두 시간 이 훨씬 지났을 때, 우리는 끔찍한 고양이 울음소리에 잠을 깼어요. 거실에서 한바탕 난리가 난 거예요. 우리가 황급히 달려갔지만, 고 양이들은 감쪽같이 사라졌어요. 여기저기에 털뭉치와 핏자국만 남 아 있었어요."

"그런데 왜 조치를 취하지 않지? 쥐덫, 쥐약도 있잖아? 네 아빠 는 왜 걱정하지 않는지 모르겠구나."

"아빠가 걱정하지 않는 것 같아요?" 조르조가 말을 이었다. "이 순간에도 아빠는 걱정하고 있어요. 쥐들을 자극하면 더 나빠지니 까, 그러지 않는 게 나을 거예요. 아무 소용도 없을 거라고. 이제는 너무 많아졌으니까…… 유일한 방법은 집을 불태우는 거라고…… 그리고 또 뭐라는지 아세요? 터무니없는 생각을 하세요. 단호하게 맞서는 건 옳지 않다는 거예요." "누구에게?" "쥐들에게. 어느 날 쥐들이 훨씬 더 많아지면 보복할 수도 있다고…… 가끔은 아빠가 반미치광이가 된 건 아닐까 하는 의문이 들어요. 어느 밤 아빠가 지 하창고로 소시지를 던지는 걸 보고 제가 얼마나 놀랐는지 아세요? 애지중지하는 반려동물 대접을 하는 꼴이잖아요! 아빠는 녀석들을 증오하면서도 두려워해요. 그래서 쥐들을 달래려는 거예요."

그렇게 몇 년이 흘렀다. 나는 내 방 위에서 벌어지는 소동이 잠잠해지기를 헛되이 기다렸다. 그러다 마침내 작년 여름, 고요함이, 커다란 평화가 찾아왔다. 정원에서 우는 귀뚜라미 소리 말고는 아무것도 들리지 않았던 것이다.

아침에 나는 계단에서 만난 조르조에게 말했다. "축하해. 어떻게 싹 다 제거한 거야? 간밤엔 다락방 전체에 생쥐 한 마리도 없더라고." 조르조는 애매한 미소를 지으며 나를 바라보았다. "이리 오세요. 같이 가서 좀 보세요."

그는 나를 지하창고로 이끌었다. 거기 바닥에는 위아래로 젖혀 여닫는 작은 문이 있었다. 조르조가 내게 소곤대며 말했다. "이제는 이 아래에 있어요. 몇 달 전 모두 여기 하수도로 모여들었거든요. 집안을 돌아다니는 놈은 얼마 안 돼요. 그렇지만 이 아래에……"

그가 입을 다물었다. 그러자 지하 바닥에서 설명하기 힘든 소리가 들렸다. 북적거림, 음울한 파동, 불안한 생물이 동요하는 듯한 둔중한 울림. 그리고 그사이로 들리는 선명한 울음소리와 작고 날카로운 비명, 휘파람, 웅얼거림. "도대체 얼마나 있는 거야?" 나는 진저리를 내며 물었다.

"누가 알겠어요. 어쩌면 수백만 마리가 있을지…… 이제 한번 보세요. 하지만 아주 잠깐이에요." 그는 성냥개비에 불을 붙이고 바닥의 덮개문을 올린 뒤 성냥을 구덩이 아래로 떨어뜨렸다. 나는 순간적으로 보았다. 동굴 같은 공간에서 욕망의 소용돌이를 일으키며 겹겹이 우글거리는 검은 형태의 무리. 그 불결한 혼란 속에는 아무도 막을 수 없는 강력한 힘과 무서운 생명력이 있었다. 쥐떼다! 나는 수천 개의 번뜩이는 눈동자도 보았다. 치켜뜬 눈들이 나를 사납게 노려보고 있었다. 조르조는 쿵 소리를 내며 덮개문을 닫았다.

그리고 지금은? 왜 조반니는 더이상 나를 초대할 수 없다는 편지를 썼을까? 무슨 일이 벌어진 걸까? 나는 그들에게 가보고 싶다는 유혹을 느꼈다. 잠깐이면 궁금증을 풀 수 있을 터였다. 하지만 솔직히 용기가 나지 않았다. 여기저기에서 이상한 소문들이 들렸다. 사람들은 우화처럼 황당무계한 그 이야기를 되풀이하며 웃곤 했다. 하지만 나는 웃지 않는다.

가령, 다음과 같은 소문이다. 늙은 부모는 죽었다. 아무도 별장에서 나오지 못하기에 마을의 한 남자가 그들에게 식량을 가져다준다. 남자는 숲 끝자락에다 꾸러미를 놓고 간다. 아무도 별장으로 들어갈 수 없다. 거대한 쥐들이 별장을 점령했고, 코리오 부부는 노예가 되었다.

한 농부가 별장 근처로 다가간 적이 있었다—짐승 십여 마리가 위협적인 태도로 입구를 지키고 있었기에 아주 가까이 가지는 못했다. 그는 내 친구의 아내이자 다정하고 사랑스러운 여인인 엘레나 코리오 부인을 언뜻 봤다고 말했다. 그녀는 남루한 차림으로 부엌 불가에 있었다. 거기서 거대한 가마솥을 휘젓는 동안 굶주린 더러운 쥐떼가 그녀를 둘러싼 채 채근하고 있었다. 엘레나는 몹시 피곤하고 괴로워 보였다고 한다. 남자의 시선을 눈치챈 그녀는 절망적으로 손사래를 쳤다. 마치 이렇게 말하려는 것처럼. "신경쓰지 마세요. 너무 늦었어요. 우리에겐 더이상 희망이 없어요."

23
아인슈타인의 약속

10월의 어느 늦은 오후, 하루일을 마친 알베르트 아인슈타인은 프린스턴 거리를 걷고 있었다. 그날은 혼자였는데, 우연히 이상한 일이 일어났다. 불쑥, 아무 특별한 이유도 없이, 그의 머릿속에서 어떤 생각이 목줄 풀린 개처럼 이리저리 뛰어다니다가 평생 풀리지 않던 문제를 풀어버린 것이다. 아인슈타인은 문득 자신의 주위로 이른바 휘어진 공간을 보았고, 여러분이 이 책을 살피듯 모든 측면에서 그 공간을 관찰할 수 있었다.

사람들은 흔히 인간의 사고로 공간과 길이, 넓이, 부피의 왜곡, 그리고 그 가능성은 증명해낼 수 있지만, 인류에게 금지된 신비스러운 사차원은 결코 이해할 수 없을 거라고들 한다. 그런 영역은 우리를 가둔 벽과 같아서, 인간은 만족을 모르는 지성의 힘으로 곧장 날아올랐다가도 그 벽에 부딪힌다고, 피타고라스나 플라톤, 단테가 아직 살아 있더라도 우리보다 더 위대한 그 진리를 뛰어넘지는 못할 거라고 말이다.

반면, 인간이 두뇌의 힘을 한껏 발휘하여 오랜 세월 파고들면 한계를 극복할 수 있다고 여기는 사람들도 있다. 이 과학자는―주변 세상 모두가 동요하고, 기차와 용광로는 연기를 내뿜고, 수백만 명이 전쟁에서 죽고, 연인들은 석양이 지는 도시 공원에서 사랑을 속삭이던 사이―고독한 연구의 길에서, 전설로 남을 위대한 지성의 힘으로 숭고한 발견의 극치에 도달했다(잠깐 사이에, 실마리가 심연에서 불쑥 나와 눈앞에서 휘어진 공간이 웅장하게 펼쳐진 것이다).

　그 일은 조용히 일어났다. 떠들썩한 축제나 팡파르도, 기자회견이나 공로상도 없었다. 전적으로 개인적인 업적이었기 때문이다. 기껏해야 그는 다음과 같이 말할 수 있을 뿐이었다. "나는 휘어진 공간을 이해했습니다. 하지만 그에 관한 문서도 사진도, 사실을 증명할 그 무엇도 없습니다."

　하지만 이러한 순간이 도래하고, 좁다란 총안에서 나온 생각이 인간에게 금지된 세계로 내달릴 때, 우리 밖에서 탄생하고 성장한 불활성 공식 같던 그것은 우리의 인생 자체가 된다. 그제야 불현듯 우리의 삼차원적 불안감은 사라지고, 영원과 매우 비슷한 세계로 들어가 잠기는 듯 느끼는 것이다. 오, 인간의 위력이여!

　알베르트 아인슈타인 교수에게 이 모든 것은 아름답기 그지없는 10월의 어느 저녁에 일어났다. 하늘은 구름 한 점 없이 맑았고, 여기저기서 조명등이 금성과 경쟁하듯 전깃불을 밝히기 시작한 참이었다. 그의 심장, 그 신기한 근육은 신의 자비를 만끽했다! 그가 명예를 신경쓰지 않는 현자였을지라도, 그 순간만은 스스로 여느 인간의 무리와 동떨어져 있다는 느낌을 받았다. 거지들 무리에 속하되, 주머니에 황금이 가득한 걸인처럼 말이다. 자부심이 한껏 솟구쳤다.

하지만 바로 그때 이런 마음을 꾸짖는 듯, 그 신비스러운 진리가 눈앞에 나타났을 때처럼 순식간에 사라졌다. 동시에 아인슈타인은 자신이 낯선 장소에 있다는 것을 깨달았다. 그는 산울타리가 죽 늘어선 긴 길을 걷고 있었다. 주변에 주택이나 별장은 없었고, 오두막도 보이지 않았다. 주유소 기둥만 하나 보였다. 노란색과 검은색 줄무늬가 있는 기둥 위에는 불 밝힌 유리등이 있었다. 그 가까이에 흑인 남자가 나무의자에 앉아 손님들을 기다리고 있었다. 그는 바지에다 앞치마를 둘렀고, 빨간색 야구모자를 쓰고 있었다.

아인슈타인이 그를 막 지나쳤을 때, 남자가 일어서더니 몇 걸음 가까이 다가오며 "선생님!" 하고 불렀다. 일어서니 매우 큰 키와 아프리카인의 건강하고 멋진 용모가 돋보였다. 해 질 무렵 무한하게 펼쳐진 푸른빛 공간에서 그의 새하얀 미소가 반짝거렸다.

"선생님, 불 좀 빌릴까요?" 흑인이 담배꽁초를 내보이며 물었다.

"나는 담배를 피우지 않습니다." 아인슈타인은 깜짝 놀라 멈춰서며 대답했다.

그러자 흑인이 말했다. "그럼 음료수 살 동전이라도……" 그는 키가 크고 젊고 무례했다.

아인슈타인은 주머니를 뒤졌지만, 아무것도 나오지 않았다. "그러니까 저기, 한푼도 없네요. 돈을 안 갖고 다녀서요. 정말로 미안합니다." 그러고는 다시 발걸음을 떼려고 했다.

"어쨌든 고맙습니다. 그런데 잠시만……"

"내게 더 할 말이 있습니까?"

"당신이 필요합니다. 그래서 내가 여기 있는 겁니다."

"내가 필요하다고요? 그게 무슨 소린가요?"

"비밀스러운 일로 당신이 필요합니다. 그게 뭔지는 귓속말로 알려드리겠습니다." 그사이 어두워져 그의 치아는 아까보다 더 하얗게 빛났다. 그는 몸을 구부려 상대의 귀에다 대고 속삭였다. "나는 악마 이블리스, 죽음의 천사입니다. 당신의 영혼을 가져가야 합니다."

아인슈타인은 한 걸음 뒤로 물러나며 말했다. "보아하니," 그의 목소리가 차갑게 변했다. "보아하니 당신은 많이 취한 것 같군요."

"나는 죽음의 천사입니다." 흑인이 거듭 말했다. "이걸 보세요."

그가 산울타리로 다가가서 가지 하나를 꺾었다. 그러자 금세 나뭇잎 색깔이 변하고 쭈그러들더니 잿빛이 되었다. 흑인이 그 위로 입김을 불자 나뭇잎과 잔가지와 줄기는 죄다 흙먼지가 되어 날아가 버렸다.

아인슈타인은 고개를 숙였다. "이런, 그러니까 지금…… 바로 지금, 오늘밤…… 길에서?"

"그게 내가 맡은 임무입니다."

아인슈타인은 주위를 둘러보았지만 아무도 없었다. 길과 불 켜진 가로등, 그리고 저쪽 교차로에 보이는 자동차 불빛뿐이었다. 그는 위쪽도 바라보았다. 하늘은 맑았고, 모든 별이 제자리에 있었다. 바로 그때 금성이 저물었다.

아인슈타인은 말했다. "저기, 내게 한 달만 시간을 주십시오. 내가 일을 막 마무리하려는 참에 당신이 온 거라서요. 딱 한 달만 부탁합니다."

"당신이 알아내려는 것은 저세상에 가면 곧바로 알게 됩니다. 날 따라가기만 하면 됩니다."

"그건 같은 게 아닙니다. 노력 없이 거기서 알게 되는 게 무슨 가치가 있겠습니까? 나는 내 일에 지대한 관심을 쏟으며 삼십 년 동안 매달려왔습니다. 이제 거의 다 왔는데……"

흑인은 비웃으며 말했다. "한 달이라고 했지요? 하지만 한 달 뒤에는 숨으려 하지 마세요. 당신이 아주 으슥한 광산으로 피한대도 나는 단숨에 찾아낼 수 있습니다."

아인슈타인은 더 묻고 싶은 말이 있었지만, 그는 사라져버렸다.

만약 사랑하는 사람을 기다린다면 한 달은 긴 시간이다. 하지만 죽음의 전령과 약속을 했다면 아주 짧은 시간이다. 눈 깜짝할 사이에 지나간다. 한 달을 꽉 채운 어느 저녁, 아인슈타인은 홀로 약속 장소로 갔다. 먼젓번과 똑같이 주유소 기둥과 의자에 앉은 흑인이 있었다. 이제 그는 작업복 위에 낡은 야상 점퍼를 입고 있었다. 그새 날씨가 추워졌다.

"여기 왔습니다." 아인슈타인이 그의 어깨에 한 손을 올리며 말했다.

"그 일은? 다 마쳤나요?"

"끝내지 못했습니다." 과학자는 침울하게 말했다. "내게 한 달만 더 주십시오! 맹세코 한 달이면 됩니다. 이번에는 분명히 해낼 겁니다. 믿어주세요. 밤낮없이 연구했지만, 제때 끝내지 못했습니다. 하지만 얼마 남지 않았어요."

흑인은 돌아보지 않고 어깨만 으쓱했다. "당신네 인간들은 모두 똑같습니다. 만족을 모르죠. 연장해달라고 무릎을 꿇고는 때가 되면 항상 그럴싸한 핑계를 댑니다."

"하지만 난 쉽지 않은 일을 하고 있습니다. 아무도……"

"오, 압니다. 알아요." 죽음의 천사가 말대답을 막았다. "우주의 열쇠를 찾고 있지요?"

그들은 아무 말 없이 가만히 있었다. 안개 자욱한 겨울 문턱의 밤, 집으로 돌아가고 싶은 마음이 간절했다.

"그래서, 어쩔 겁니까?" 아인슈타인이 물었다.

"돌아가세요. 하지만 한 달은 금방입니다."

순식간에 지나갔다. 시간은 사 주라는 기간을 단숨에 들이켰다. 12월의 그날 저녁, 바람은 차갑고, 아스팔트 도로에는 방황하는 마지막 낙엽들이 서걱거렸다. 학자의 새하얀 머리칼이 베레모 아래 공중에서 휘날렸다. 여전히 주유소 기둥과 그 옆에 흑인이 있었다. 그는 머리에 방한모를 쓰고 잠을 자는 듯 웅크리고 있었다.

아인슈타인은 가까이 다가가 겸연쩍게 그의 어깨를 슬쩍 쳤다. "여기 왔습니다."

흑인은 점퍼를 꽁꽁 여민 채 추워서 이를 덜덜 떨었다.

"당신인가요?" "네, 접니다." "이제 끝냈습니까?" "네. 다행히도, 마쳤습니다." "중요한 연구를 완료했나요? 당신이 찾던 것을 발견했나요? 우주의 문을 열었나요?"

아인슈타인은 콜록거리며 기침을 하고는 장난스럽게 말했다. "네, 어떻게 보면 이제 우주는 제자리를 찾았습니다."

"그럼 갈까요? 기꺼이 여행을 떠나겠습니까?"

"음, 물론입니다. 그리 약속했으니까요."

죽음의 천사가 갑자기 벌떡 일어서더니 흑인 특유의 함박웃음을 지었다. 그러곤 오른손 검지를 뻗어 아인슈타인의 배를 쿡 찔렀다. 아인슈타인은 균형을 잃고 휘청거렸다.

"가시오, 가, 늙은 악당⋯⋯ 집으로 돌아가세요. 폐렴에 걸리고 싶지 않거든 서둘러요⋯⋯ 이제 당신과 볼일이 없습니다."

"나를 보내준다고요? 그럼 지금까지의 일은 다 뭔가요?"

"당신의 일을 마치게 하는 게 중요했습니다. 그뿐입니다. 그리고 결국 해냈고요⋯⋯ 만약 그 두려움이 없었다면, 당신은 일을 얼마나 더 오래 끌었을지 모릅니다."

"내 일요? 그게 당신과 무슨 상관인가요?"

흑인은 웃었다. "나랑은 아무 상관도 없죠…… 하지만 저 위에 있는 대장들, 우두머리 악마들에겐 상관있습니다. 당신의 초기 연구가 매우 유용했다고들 하더군요. 당신 잘못은 없지만, 사실이 그래요. 친애하는 교수님, 싫든 좋든 당신은 지옥에 많은 도움이 되었습니다. 이제 새로 알아낸 것에 기대를 걸고 있습니다."

"허튼소리!" 아인슈타인은 화를 냈다. "세상에서 가장 순수한 것을 찾으려는 거요? 작은 공식들은 순전히 추상적 개념으로, 무해하며 이해관계를 초월합니다."

"훌륭해!" 악마 이블리스가 손가락으로 그의 복부를 다시 찌르며 외쳤다. "훌륭해요! 그렇다면 그들이 쓸데없이 나를 보냈다는 겁니까? 당신 말은 그들이 잘못 알고 있다는 거지요? 아니, 아닙니다. 당신은 큰일을 해냈습니다. 내 동료들이 저 위에서 기뻐할 것입니다. 오, 만약 당신이 알았더라면!"

"뭘 말인가요?"

하지만 악마는 사라졌다. 주유소 기둥도 보이지 않았다. 의자도 사라졌다. 그저 바람 부는 밤이었고, 저멀리서 자동차들이 오갔다. 미국 뉴저지, 프린스턴에서.

24
친구들

현악기 제작자 아메데오 토르티와 그의 아내는 커피를 마시고 있었다. 아이들은 이미 잠자리에 들었다. 두 사람은 자주 그렇듯 말 없이 있었다. 그러다 갑자기 아내가 입을 뗐다.

"내 말 좀 들어봐. 온종일 이상한 기분이 들었어. 어쩐지 오늘밤 아파케르가 우리를 찾아올 것 같아."

"농담이라도 그런 말 마!" 남편이 손을 내저었다. 그의 절친한 친구였던 바이올린 연주자 토니 아파케르는 스무 날 전에 죽었기 때문이다.

"알아. 끔찍하다는 거. 그런데도 그 생각이 머릿속에서 떠나질 않아."

"그래, 아마도……" 토르티는 막연한 회한을 느끼면서도 더 깊은 얘기를 삼가며 얼버무렸다. 그러곤 머리를 가로저었다.

그들은 다시 잠자코 있었다. 시간은 열시 십오 분 전이었다. 잠시 뒤 초인종이 울렸다. 길고 단호한 울림이었다. 두 사람은 흠칫 놀랐다.

"이 시간에 누굴까?" 그녀가 말했다. 곧 이네스의 질질 끄는 발소리가 복도를 울리더니 문이 열렸고, 낮은 목소리가 이어졌다. 잠시 후 얼굴이 새하얗게 질린 이네스가 식당에 나타났다.

"이네스, 누구야?" 부인이 물었다.

가정부는 더듬대며 주인에게 말했다. "토르티 씨, 잠시 가보세요. 저기…… 가시면 아실 텐데……"

"아니, 누구야? 누가 왔는데?" 안주인은 누구인지 이미 잘 알면서도 신경질적으로 물었다.

이네스는 아주 중대한 비밀을 알리듯 몸을 구부리더니 단숨에 말했다. "그가 왔어요. 토르티 씨, 가보세요. 마에스트로 아파케르가 돌아왔어요!"

"무슨 헛소리!" 토르티는 계속되는 황당한 소리에 화가 나서 고함을 치곤 아내에게 말했다. "내가 가볼게. 당신은 여기 있어."

어두운 복도로 나간 그는 가구 모서리에 부딪혀가며 현관에 다다랐고, 문을 벌컥 열어젖혔다.

거기에 아파케르가 약간 수줍어하며 서 있었다. 평소의 아파케르와 완전히 똑같지는 않았다. 윤곽이 흐릿해서 형체가 엉성해 보였다. 유령일까? 아직은 아닐 것이다. 아마 사람들이 물질이라 규정하는 상태에서 완전히 벗어나지 못했으리라. 유령이지만 고체의 특성이 어느 정도 남아 있었다. 늘 입던 회색 옷에 파란 줄무늬 셔츠, 빨간색과 파란색의 넥타이, 그가 초조해하며 손으로 만지작거리곤 하던 후줄근한 중절모(옷의 환영, 넥타이의 환영 따위를 의미한다).

토르티는 감상적인 사람이 아니었다. 오히려 그 반대였다. 하지만 그는 숨죽인 채 그 자리에서 꼼짝할 수가 없었다. 스무 날 전에 장례를 치른 가장 친한 옛친구가 눈앞에 다시 나타나다니, 웃어넘 길 일이 아니잖은가.

"아메데오!" 가엾은 아파케르가 반응을 살피려는 듯 미소 지으 며 조심스럽게 입을 뗐다.

"네가 여기에? 네가 여길?" 토르티는 버럭 화를 냈다. 반감과 혼 란한 마음 가운데 어째서 오직 분노만 잔뜩 표출됐는지 모를 일이 었다. 잃어버린 친구를 다시 보는 것은 큰 기쁨이 아닐까? 그런 만 남이 가능하다면 토르티는 선뜻 많은 돈이라도 내지 않았을까? 그 는 단번에 그리했을 것이고, 어떠한 희생도 치렀을 것이다. 그런데 어째서 반갑지 않은 것일까? 왜 오히려 짜증이 나는 걸까? 큰 고통 과 눈물, 소위 예의를 다하기 위한 성가신 절차까지 끝난 마당에, 처음부터 다시 시작해야 하는 걸까? 이별의 시간 동안 친구에 대한 애정이 다 말라버린 것만 같았다.

"그래, 내가 왔어." 아파케르가 모자챙을 여느 때보다도 더욱 비 틀어대며 대답했다. "하지만…… 너도 알잖아. 우린 허물없는 사 이라고. 그러니까 혹시 내가 귀찮게 했다면……"

"귀찮아? 너 귀찮게 했다고 말했니?" 토르티는 분노가 북받쳐올 랐다. "내가 상상하기도 싫은 곳에서 이런 식으로 돌아와서는…… 귀찮다느니 어떻다느니 하다니! 참 뻔뻔스럽군!" 잔뜩 화가 난 그 는 씩씩거리며 혼잣말을 했다. "이제 난 어떻게 한담?"

"저기, 아메데오." 아파케르가 말했다. "화내지 마. 어쨌든 내 잘 못은 아니야. 저세상에도 (모호하게 손짓하며) 약간의 혼동이 있더 라고. 그 때문에 난 한 달가량 여기서 더 머물러야 해. 한 달 정도, 더 오래 있진 않을 거야…… 알다시피 이제 나는 집이 없어. 예전

집엔 새로운 세입자들이 살고 있거든."

"그러니까 네 말은, 여기 우리집에서 잠자며 머물겠다는 거야?"

"잠잔다고? 이제 난 잠을 자지 않아. 그런 게 아니야. 작은 구석 자리면 돼. 폐 끼치지 않을게. 난 먹지도 마시지도 않고, 욕실도 필요하지 않아. 그저 비 맞으며 밤새 돌아다니지 않는 걸로 충분해."

"비라니…… 네가 비에 젖는다는 거야?"

"당연히 아니지." 그가 살짝 웃었다. "하지만 여전히 진저리나게 불쾌해서 말이야." "그래서 여기서 밤을 보내겠다고?" "네가 허락해준다면……" "허락이라니! 난 이해가 안 가…… 영민한 사람이자 내 옛친구, 이제는 일생을 마감한 자가 어찌 그리 생각이 없지? 하긴, 넌 가정을 꾸린 적이 없었지!"

아파케르는 혼란스러워하며 문 쪽으로 물러섰다. "미안해. 난 괜찮을 줄 알았어. 한 달밖에 안 되니까……"

"내 입장을 이해 못하는군!" 토르티는 기분이 상했다. "내가 걱정하는 건 나 자신이 아니야. 아이들! 아이들이라고! 넌 아직 열 살도 안 된 순진한 두 아이 앞에 나서는 게 아무렇지 않은 모양이네. 네 꼴이 어떤지 제대로 좀 봐. 함부로 말해서 미안한데, 넌 유령이야. 내 아이들이 있는 곳에 유령을 둘 수는 없어."

"그러니까 안 된다는 거지?"

"그러니까 친구야, 뭐라고 해야 할지……" 그는 말꼬리를 흐렸다. 불현듯 아파케르가 사라졌다. 급히 계단을 내려가는 발소리만 들렸다.

자정을 삼십 분 넘긴 시각, 마리오 탐부를라니는 연주회장에서 집으로 돌아왔다. 그는 음악원의 교장이라 학교에도 숙소가 있었다. 아파트 현관에 도착해서 열쇠를 넣고 돌리는데, 뒤에서 소곤대는 소리가 들렸다. "선생님, 선생님!" 황급히 고개를 돌린 그는 아파케르를 알아보았다.

탐부를라니는 외교술, 사교적 수완, 영악함, 책략으로 유명한 인물이었고, 그러한 재능 또는 결점 덕에 그의 평범한 성과로 이룰 수 있는 것보다는 더 높은 자리에 있던 사람이다. 그는 순식간에 상황을 간파했다.

"오, 친구. 내 친구." 그는 매우 다정하고도 애처로운 말투로 웅얼거리며 바이올린 연주자에게 손을 내밀었다. 하지만 어느 정도 거리를 둔 채였다. "오, 나의 친구…… 자네가 그 공허함을 안다면……"

"뭐? 뭐라고요?" 아파케르가 되물었다. 유령들은 감각이 무뎌지기에 그는 귀가 잘 들리지 않았다. "이해해주세요. 이제는 예전처럼 잘 들을 수가 없어서요."

"아, 그렇군. 하지만 큰 소리를 낼 수가 없네. 안에서 아다가 자고 있거든. 게다가……"

"죄송한데, 잠시 들어가도 될까요? 몇 시간째 걷고 있어요."

"아니, 안 돼. 제발 부탁이야. 블리츠가 알아채면 큰일이야." "예? 뭐라고 하셨죠?" "블리츠. 우리집 늑대개. 녀석을 알지 않나? 대소동을 일으킬 걸세. 그러면 바로 관리인이 깰 테고…… 그리고 또……" "그러면 며칠도 안 되겠군요." "우리집에 있으려고 온 건가? 오, 친애하는 아파케르, 그럼 되고말고! 자네 같은 친구라면 당연히 되지. 하지만 미안해. 개가 있는데 어쩌지?"

그의 거절에 아파케르는 적잖이 당황했다. 그는 감정에 호소하기로 했다. "선생님은 우셨지요. 한 달 전 묘지에서 사람들이 내 관을 묻기 전에 송별사를 하며 우셨어요. 기억나세요? 내가 선생님의 흐느낌을 들었습니다. 그랬지요?"

"오 친구, 그만하게나…… 그때의 고통이 여기서 느껴져."(그는 한 손을 가슴에 올렸다.) "맙소사, 아무래도 지금 블리츠가……"

아파트 안쪽에서 낮게 으르렁대며 위협하는 소리가 들렸다.

"친구, 기다려주게. 잠시 들어가서 저 성가신 짐승을 진정시켜야 겠군. 잠깐이면 돼."

그는 뱀장어처럼 안으로 쓱 미끄러져들어가 문을 닫고는 빗장을 단단히 질렀다. 그런 다음 조용해졌다.

아파케르는 몇 분쯤 기다렸다. 그러다 나지막하게 친구를 불렀다. "탐부를라니, 탐부를라니." 문 저편에서는 아무런 대답이 없었다. 그는 톡톡 힘없이 주먹으로 문을 두드렸다. 하지만 완벽한 정적만 흘렀다.

아파케르는 밤길을 걸었다. 그는 여러 번 만났던 마음 착한 매춘부 잔나의 집에 가보기로 했다. 그녀는 도시 외곽의 오래된 공동주택에서 방 두 개짜리 집에 살고 있었다. 그곳에 도착한 것은 새벽 세시가 지난 시간이었다. 벌통 같은 서민주택이 대체로 그렇듯이, 다행히 정문이 잠겨 있지 않았다. 아파케르는 가까스로 5층까지 올라갔다. 그는 돌아다니느라 지쳐 있었다.

복도의 짙은 어둠 속에서도 어렵지 않게 집을 찾을 수 있었다. 그는 조심스럽게 문을 두드렸다. 인기척이 들릴 때까지 계속해서 두드렸다. 그러다 잠이 그득한 그녀의 목소리가 들렸다. "누구세요? 이 시간에 누구죠?"

"혼자 있니? 문 좀 열어줘. 나야, 토니."

"이 시간에?" 그녀는 시큰둥하게 같은 말만 반복했지만, 평소의 친근하고 스스럼없는 말투가 느껴졌다. "기다려. 금방 나갈게." 무기력하게 발을 질질 끄는 소리, 전기 스위치의 딸깍 소리, 자물쇠 돌리는 소리가 이어졌다. "이 시간에 어쩐 일이야?" 문을 연 잔나는 문 닫는 일을 그에게 맡긴 채 침대로 곧장 돌아가려다가 아파케르의 이상한 모습을 보곤 경악했다. 어리둥절하여 그를 빤히 바라보는 사이, 그제야 졸음의 안개 속에서 끔찍한 기억이 떠올랐다. "그런데 당신…… 그런데 당신…… 당신……" 잔나는 '당신 죽었잖아. 이제 생각났어'라고 말하려 했지만, 겁이 났다. 그녀는 뒷걸음질을 쳤고, 그가 가까이 다가오면 밀어낼 생각으로 두 팔을 뻗었다. "그런데 당신…… 당신 말이야." 급기야 비명 같은 소리가 터져나왔다. "나가…… 제발 나가!" 그녀는 공포에 질려 휘둥그레진 눈으로 애원했다. 그가 대답했다. "잔나, 부탁이야…… 잠시만 쉬게 해줘." "아니, 안 돼. 나가! 무슨 생각인 거야? 나 미치는 꼴 보고 싶어? 나가, 나가라고! 여기 주민 전부를 깨우고 싶은 거야?"

아파케르가 꿈쩍도 하지 않자, 잔나는 그에게서 시선을 거두지 않은 채 손을 뒤쪽으로 뻗어 찬장 위를 더듬었다. 손에 가위가 잡혔.

"갈게, 갈게." 그가 당혹스러워하며 말했지만, 여자는 필사적으로 발악하며 그 우스꽝스러운 무기로 그의 가슴을 찔렀다. 두 쪽의 가윗날은 아무 저항 없이 환영 속으로 부드럽게 잠겼다. "오, 토니 용서해줘. 이럴 마음은 없었어." 잔나가 화들짝 놀라서 외쳤다. 그는 미치광이처럼 웃으며 발작을 일으켰다. "그러지 마…… 아, 간지러워, 제발…… 간지러워!" 문밖의 안뜰에서 요란스럽게 덧문을 두들기는 소리가 나더니 누군가 화를 내며 소리쳤다. "도대체 무슨 일이야? 새벽 네시에! 세상에 이 무슨 난리람!" 아파케르는 이미 바람처럼 사라진 뒤였다.

이제 누가 더 있을까? 도시 밖, 산칼리스토성당의 보좌신부? 고교 동창이자 그가 죽음의 침상에 있을 때 마지막 종교의례를 거행해준 훌륭한 라이몬드 신부에게 갈까? "물러가, 악마의 화신아, 물러가!" 거룩한 사제는 옛친구가 눈앞에 나타나자 냅다 소리를 질렀다.

"나야, 아파케르. 모르겠어? 라이몬드 신부, 여기 좀 있게 해줘. 이제 곧 새벽이야. 아무도 날 받아주지 않았어. 친구들 모두 나를 거절했어. 적어도 너는……"

"난 네가 누군지 몰라." 사제가 우울하고 엄숙한 목소리로 말했다. "아마 악마이거나 허깨비겠지. 하지만 네가 정말로 아파케르라면, 어서 들어와. 저기 내 침대가 있으니 누워서 쉬어."

"고마워. 라이몬드, 고마워. 그럴 줄 알았어……"

"걱정하지 마." 사제는 다정하게 말을 이어갔다. "주교가 날 못 미더워하지만 넌 걱정할 것 없어. 부디 넌 걱정하지 마. 여기 네 존재가 내 심각한 상황을 더욱 악화시키더라도…… 어쨌든 내 상황은 신경쓰지 마. 나를 망치기 위해 네가 온 거라면 그것도 신의 뜻일 테니까! 그런데 너 지금 뭐하는 거니? 가는 거야?"

이런 이유로—땅에서 끈질기게 머무르는 불행한 일부—영혼은 우리와 같이 있으려 하지 않고 버려진 집이나 옛 성의 폐허, 숲속의 외딴 예배당, 파도에 부딪치고 부딪쳐서 서서히 부스러지는 고독한 절벽에 머무는 것이다.

25
레티아리우스들*

몬시뇰은 혼자 평야에 있었다. 그는 산울타리로 다가가 나뭇가지로 큰 거미를 거미줄에서 떼어냈다. 거미는 원기 왕성하고 야무지고 의젓했다. 매우 섬세한 색깔의 근사한 무늬가 불룩하고 둥근 복부를 장식하고 있었다. 작은 동물은 죽 뽑아낸 한 가닥 거미줄에 매달려서 영문도 모른 채 이리저리 흔들렸다.

그런데 산울타리 옆 통로에 친 거미줄 중앙에는 더 거대한 다른 거미가 있었다. 몰록 신, 혹은 전설 속의 용이나 사탄으로 불리는 고대의 뱀과도 닮은 모습이었다. 그 거미는 세상의 작은 구석에서 생명의 찬란한 광채를 내뿜으며 가만히 만족스럽게 군림하고 있었다. 몬시뇰이 시험삼아 정확한 동작으로 녀석의 거미집 안에다 첫 번째 거미를 던지자, 거미는 거기에 찰싹 달라붙었다.

남자가 제대로 살필 겨를도 없었다. 자는 것처럼 보였던 거대한

* 삼지창과 그물로 승률 높은 싸움을 했던 로마시대의 투망 검투사를 가리키는 말.

거미가 침입자 거미에게 번개같이 달려들었다. 녀석의 다리는 순식간에 은빛 그물로 침입자를 휘감았다. 전투 같은 건 없었다. 잠시 후 먼젓번 거미는 완전히 그물망에 갇혀 움직이지 못하게 되었다.

저녁이었고, 평야는 고요했다. 태양이 거미집 구석구석을 선명하게 비추다 차츰차츰 산기슭으로 향했다. 모두에게 평화의 시간이 돌아왔다. 거대한 거미는 조금 전과 마찬가지로 깊은 잠을 자듯이 거미줄 한가운데서 꼼짝 않고 있었다. 그 아래쪽에 적을 꽁꽁 묶은 원뿔형 주머니가 매달려 있었다. 적은 죽었을까? 때때로 두 앞다리가 알아채지 못할 정도로 미세하게 움찔거렸다.

그러다 죄수가 갑자기 풀려났다. 그리 힘을 들이지도, 진동조차 일으키지 않고 말이다. 덫에 갇힌 채 명상하면서 암호라도 해독한 것일까? 거미는 밖으로 나와 온전한 모습을 드러냈다. 그러곤 방사형 거미줄의 한 줄을 따라 천천히 기어갔다. 몬시뇰은 마음속으로 외쳤다. '빨리 움직여! 다시 잡히고 싶니?' 하지만 거미는 느긋했다.

몰록은 왕좌에서 꿈쩍도 하지 않았다. 둘 사이에 어떤 협정이 있었던 걸까? 가령 더 큰 거미가 다른 거미에게 '만약 네가 스스로 탈출하면 너를 사면하거나 그 비슷한 자비를 베풀겠다'라고 말했을지도 모른다. 실제로 거대한 거미는 모르는 척 봐주면서 조각상처럼 잠자코 있었다. 작은 거미는 이미 나뭇잎들 사이로 나아가고 있었다.

하지만 몬시뇰이 재빠르게 손을 써서 도망가는 거미를 조심스럽게 식물에서 떼어냈다. 이어 시계추가 진동하듯이 거미를 두세 번 흔들고는 살며시 거미줄로 다시 던졌다.

거대한 거미가 두번째 공격을 개시했다. 쏜살같이 상대를 덮쳐 다리로 거미줄을 휘감았다. 전투는 금방 끝났다. 작은 거미는 꼼짝

달싹 못하게 묶여 큰 거미를 정면으로 보고 싸울 수조차 없었다. 하지만 몸을 틀어가며 어떻게든 맞서려 했기에 잠시 뒤에는 구부정한 자세로 묶이게 되었다.

그런데 포승줄이 아까보다 매우 엉성했다. 거대한 거미는 첫 공격에서 아낌없이 분비물을 쓴 터라, 이제 남아 있는 것이 거의 없었다. 빈틈을 남기며 그물을 성기게 감을 수밖에 없었다. 그때 몬시뇰의 뒤에서 작고 검은 뭔가가 움직였다. 아마 새이거나 낙엽, 뱀일 터였다. 그가 홱 돌아봤지만 들판은 텅 비어 있었다. 적을 제압한 거미는 원위치로 곧장 돌아가지 않았다. 이번에는 포로를 가두는 것에 그치지 않고 등을 물어 서서히 독을 주입했다. 상대 거미는 체념한 듯 그대로 있었는데 고통스러워 보이지는 않았다.

한참을 그렇게 물고 있던 거미는 거미줄 중앙으로 돌아왔다가 이내 마음을 바꾸어 세 차례나 다시 물기를 반복했다. 세번째 물었을 때, 포로가 감옥의 작은 틈으로 집게발들을 내밀어 사형집행인의 다리 한 짝을 잽싸게 붙잡았다.

화들짝 놀란 몬시뇰은 적을 포기하고 물러나려 했다. 하지만 작은 거미가 격렬하게 물고 늘어졌다. 다리가 한껏 팽팽하게 당겨져 곧 부러질 태세였다. 그러다 포로는 기운이 빠져서 집게발들을 풀었다.

몬시뇰은 누군가 뒤에서 지켜보고 있다는 느낌이 들어 다시 돌아보았다. 하지만 아무것도 없었다. 평야와 일몰, 누르스름한 구름 한 점뿐이었다. 구름은 경고하듯 팔을 길게 뻗고 있었다. 혹시 그에게 주의를 주는 걸까?

거대한 거미는 기세가 꺾이고 실의에 빠져 다시 제자리로 올라갔다. 독이 퍼졌을지 모른다는 두려움을 느꼈는지, 녀석은 적이 꽉 쥐었던 다리를 지극정성으로 어루만지기 시작했다. 다른 일곱 다리

로 부드럽게 쓰다듬었고, 입으로도 핥는 것 같았다. 그러고는 우리
가 관절이 접질릴 때 하듯이 다리를 쭉 뻗어보았다. 마치 아기를 다
루는 엄마 같았다. 몇 분 뒤 그의 고통은 진정되어갔다. 이제 그는
다리가 잘 버티는지 확인하려고 거미줄 위에서 하프를 타는 것처럼
움직여보았다. 그러다 이내 진저리치며 다리를 거둬 다시 쓰다듬
었다.

모든 처치를 마친 거미는 맹위를 떨치며 잔인한 작업을 재개했
다. 그는 두꺼운 양철통을 따듯이 두툼한 껍질을 찢으며 적의 복부
로 집게발을 쑤셔넣었다. 갈라진 틈에서 찐득하고 희끄무레한 액체
가 새어나왔다.

이때, 태양이 지는 동안 골짜기 위에 걸려 있던 구름의 광대한
팔이 타오르듯 벌겋게 변하며 세상을 뒤덮었다. 산울타리의 작은
공간도 빛을 발했다. 그러나 모든 것은 이전보다 더 고요해졌다. 조
금 전까지만 해도 두 마리의 거미가 기회를 엿보고 있었다면, 지금
은 아무 일도 없었다는 듯 잠자코 움직이지 않는 거미 한 마리만 남
아 있었다. 다른 쪽은 더이상 거미가 아니라 무기력하고 연약한 곤
충의 알주머니였고, 거기서 흘러나온 내장의 점액질도 응고돼가고
있었다. 하지만 아직 죽은 것은 아니었다. 주머니 속에서 마비된 두
앞다리가 보이지 않게 바르르 떨렸다.

인근 도로에 이륜마차가 지나갔다. 망아지는 흥겹게 종종걸음을
치며 북쪽으로 사라졌다. 몬시뇰은 강 건너편의 시골 여자가 흥에
겨워 멋대로 부르는 노랫소리에 귀를 기울였다. 그는 혼자 있었다.
이제 그는 나뭇가지로 외과의사처럼 정밀하게 주머니를 찢어 고통
받는 작은 생물을 꺼냈다. 그런 다음 나뭇잎 위에다 조심스레 내려
놓았다.

생물은 만신창이가 되어 있었다. 석고붕대에 갇힌 채 마비된 듯 꿈쩍도 하지 않았다. 이윽고 거미는 기어가려 하다가 옆으로 쓰러졌다. 여덟 다리가 간절히 기도하는 것처럼 한꺼번에 파르르 떨렸다. 버림받은 자, 죄 없는 자, 하느님의 어린양.

몬시뇰은 땅바닥에 무릎을 꿇고 괴로워하는 생물을 향해 몸을 구부렸다. 오, 무슨 짓을 저지른 것인가! 장난삼아 한 사소한 실험이 한 생명을 망가뜨리다니! 이런 생각을 하는 순간 그의 시선이 자신을 바라보는 거미의 눈과 마주쳤다. 무표정한 작은 눈동자에서 나온 냉혹하고 강렬한 무언가가 그에게 가닿았다. 어느새 해가 졌다. 나무들과 산울타리는 안개의 솜털 사이에서 신비스럽게 변했다. 그리고 지금, 누가 그의 뒤에서 움직인 걸까? 누가 그의 이름을 가만가만히 속삭였을까? 아니, 정말로 거기엔 아무도 없는 것 같았다.

26
수소폭탄

나는 전화벨소리에 잠을 깼다. 갑자기 깨서인지, 아니면 주위에 감돌던 무거운 정적 때문인지, 소리가 평소보다 더 길고 섬뜩하고 날카로운 느낌이었다.

나는 불을 켠 뒤 잠옷 바람으로 전화를 받으러 갔다. 추웠고, 내가 일어나자 밤에 깊숙이 잠겨 있던 가구들(영감이 차오른 오묘한 느낌!)은 화들짝 소스라쳤다. 어쨌든 나는 그날 밤이 깊디깊고 지극히 드문, 근사한 밤임을 직감했다. 세상이 모르는 사이에 운명이 성큼 다가오는 그런 밤 말이다.

"여보세요, 여보세요." 수화기 저편에서 익숙한 목소리가 들렸지만 나는 비몽사몽간이라 누구인지 알 수가 없었다. "너구나? 음, 그러니까…… 누구더라……"

친구인 건 분명한데 정확히 누구인지 떠오르지 않았다(본인 이름을 곧바로 밝히지 않는 얄미운 고집이란).

나는 그의 얘기를 듣지 않고 황급히 말을 이었다.

"그런데 내일 전화해줄래? 지금 몇신지 아니?"

"오십칠시 십오분." 그가 대답했다. 그러고는 이미 말을 너무 많이 했다는 듯 한참을 묵묵히 있었다. 사실 그때껏 잠에서 깨어 이처럼 깊은 밤의 심연 속에 끼어든 적이 없었던 나는 모종의 흥분감을 느꼈다.

"그런데 어쩐 일이야? 무슨 일 있니?"

"없어. 아무 일도 없어." 그는 당황한 것 같았다. "무슨 얘기를 들었는데…… 하지만 중요한 건 아니야. 별일 아니야. 미안해……" 그러곤 수화기를 내려놓았다.

왜 그 시간에 전화했을까? 게다가 누구였을까? 분명히 친구, 아는 사람은 맞는데, 정확히 누구지? 나는 그가 누구인지 알아내지 못했다.

침대로 돌아가려는데 전화가 다시 울렸다. 벨소리가 더한층 거슬리고 단호하게 들렸다. 조금 전에 전화한 사람은 아닐 거라는 짐작이 들었다.

"여보세요." "너니? 아, 다행이야." 전화를 건 사람은 여자였다. 이번에는 누군지 단박에 알 수 있었다. 루이사. 변호사의 비서로 일하는 유능한 친구인데, 나와 안 만난 지는 수년이 되었다. 그녀는 내 목소리를 듣고 커다란 안도감을 느낀 것 같았다. 그런데 왜? 무엇보다도 오랜 세월이 흐른 지금에 와서, 그것도 한밤중에, 이처럼 다급한 전화로 안부를 묻는 이유가 뭘까?

"무슨 일이야?" 나는 초조해하며 물었다. "말해줄래?"

루이사가 희미한 목소리로 대답했다. "정말 다행이야! 꿈을 꿨거든. 무서운 꿈…… 깜짝 놀라 잠에서 깼지 뭐야. 전화를 안 할 수가 없었어."

"뭐라고? 오늘밤 이게 두번째 전화야. 맙소사, 웬 난리람?"

"미안, 미안해. 휴, 내가 얼마나 걱정했는지…… 이제 자러 가. 이러다 감기 걸리겠다. 안녕." 그렇게 대화는 끝났다.

나는 고요 속에서 수화기를 든 채 가만히 있었다. 전깃불이 아주 평범하게 비추고 있는데도 가구들이 이상하게 보였다. 마치 뭔가를 말하려다 멈춘 것 같았고, 그 뭔가는 우리에게 비밀로 남은 듯했다. 아마 단순히 밤의 효과일 것이다. 사실 우리는 밤의 작은 일부분만 알고 있고 나머지는 광대한 미지의 영역이라, 극히 드문 기회에 그리로 들어가게 되면 모든 것이 우리를 두렵게 하는 법이다.

더할 나위 없이 평온하고 조용했다. 집들은 무덤 같은 잠, 광야의 정적보다 훨씬 깊고 먹먹한 잠에 빠져 있었다. 그런데 그 둘은 왜 전화했을까? 나에 관한 어떤 소식이 그들에게까지 닿은 걸까? 불행한 소식? 어쩌면 예감이 들었거나 예지몽을 꾼 것일까?

터무니없는 생각이다. 나는 따뜻한 잠자리의 기쁨을 느끼며 침대에 들었다. 불을 끄고 평소 습관대로 배를 깔고 엎드렸다.

그때 초인종이 울렸다. 길게 두 번. 그 소음이 척추를 타고 올라 등으로 스며들었다. 무슨 일이 생겼거나 내게 어떤 일이 닥치고 있었다. 이처럼 절박한 시간에 수행돼야 하는 불길한 사건, 틀림없이 고통스럽거나 끔찍한 사건일 터였다.

심장이 쿵쿵 요동쳤다. 나는 방의 불을 다시 켰지만 신중을 기하고자 복도 불은 켜지 않았다. 현관문의 작은 틈으로 누가 나를 엿볼지도 몰랐다. "누구세요?" 나는 기운차게 소리치려고 했다. 하지만 목소리가 들릴락 말락 우스꽝스럽게 떨렸다.

"누구세요?" 다시 물었지만, 대답이 없었다.

나는 여전히 조심스레 어둠 속에서 현관문으로 다가갔다. 그러곤 몸을 구부려 문구멍에 눈을 갖다댔다. 희미하게나마 밖이 내다보였다. 층계참은 텅 비어 있었고, 그림자가 움직이는 낌새도 없었다. 여느 때처럼 희미하고 쩨쩨하고 절망적인 불빛, 저녁이면 집으로 돌아오는 사람들을 삶의 무게로 내리누르는 불빛이 계단을 비추고 있었다.

"누구세요?" 나는 세번째로 물었다. 아무 대답이 없었다.

그때 어떤 소음이 들렸다. 문밖의 층계참이나 가까운 계단에서 나는 게 아니라 아래쪽, 아마도 지하실에서 나와 건물 전체를 울리는 소리였다. 아주 무거운 것이 좁은 통로에서 힘들게, 가까스로 끌리며 나는 소리 같았다. 분명 어떤 마찰 때문에 생긴 소음인데, 가만히 들어보면―신이시여, 자비를 베푸소서!―대들보가 무너지기 직전이나 펜치로 치아를 비틀 때처럼 소름 끼치는 쇳소리가 길게 묻어났다.

나는 무슨 상황인지 이해되지 않았다. 하지만 바로 이것 때문에 조금 전 친구들이 전화를 하고 현관문의 초인종이 울렸다는 것을 즉시 깨달았다. 이 어둡고 신비스러운 밤의 구렁에!

소음이 다시 들렸다. 길게 가르는 날카로운 소리가 위로 오르는 것처럼 한층 더 강하게 울렸다. 그와 동시에 아주 낮게 북적대는 인기척이 계단에서 들려왔다. 나는 참을 수가 없었다. 천천히 자물쇠를 돌려 문을 살짝 열었다. 그런 뒤 밖을 내다보았다.

내 시야에 들어오는 두 층의 계단이 복작거리고 있었다. 주민들은 실내복이나 잠옷 차림으로, 누군가는 맨발로 나와서 걱정스레 난간 아래를 내려다보았다. 다들 얼굴이 창백했고 두려움에 얼어붙은 듯 꼼짝 않고 부동자세로 서 있었다.

"쉬, 쉬." 나는 잠옷 차림으로 선뜻 나가지 못하고 문틈으로 신호를 보냈다. 5층에 사는 아룬다 부인이 (머리에 아직 헤어롤러를

만 채) 질책하는 표정으로 돌아보았다. 나는 "무슨 일인가요?"라고 속삭였다. (하지만 모두 깨어 있는 마당에 왜 큰 소리로 말하지 않았을까?)

"쉿." 그녀는 의사에게 암 진단을 받은 환자처럼 한껏 비통한 어조로 나지막하게 말했다. "원자폭탄!" 그러곤 검지로 1층을 가리켰다.

"뭐라고요? 원자폭탄?"

"그게 도착했어요. 그들이 이리로 가져왔어요. 우리한테…… 이리 와서 보세요."

나는 옷차림이 부끄러웠지만 충계참으로 나갔다. 그러곤 처음 보는 두 남자 사이를 헤치고 나아가 아래를 내려다보았다. 커다란 상자 같은 검은 물체가 보였고, 그 주위에서 푸른 작업복을 입은 몇 사람이 지렛대와 밧줄로 무언가를 하고 있었다.

"저건가요?" 나는 물었다.

"그래요. 그럼 저게 뭐겠소?" 내 옆의 막된놈이 쏘아붙였다. 그리고 결례를 바로잡으려는 듯 덧붙여 말했다. "그거 아쇼? 이건 탄소폭탄이오."

피식거리며 비웃는 소리가 들렸다. "탄소라니? 수소, 수소폭탄이에요! 젠장맞을, 강력한 핵폭탄! 수십억 인구 중에 하필 우리한테 보내다니! 하필이면 우리한테, 산줄리아노 거리 8번지에!"

얼떨떨한 처음의 충격이 가시자 사람들의 웅성거림은 한층 사납고 격렬해졌다. 이런저런 목소리와 여자들의 억눌린 흐느낌, 욕설, 한숨 소리가 들렸다. 서른 살쯤 되어 보이는 한 남자는 계단에서 오른발을 세게 구르며 펑펑 울음을 터뜨리고 불평을 쏟아냈다. "억울해. 나는 여기 우연히 들른 거야! 그저 지나던 길이었다고! 난 상관없는 사람이야! 내일 나는 떠나야 했어!"

그의 푸념을 듣고 있기가 힘들었다. 오십대의 한 신사가 남자를 향해 매섭게 말했다. 아마 8층에 사는 변호사일 것이다. "나는 내일, 나는 내일 아뇰로티 파스타를 먹기로 했소. 아시겠소? 아뇰로티! 꼭 먹을 거요. 꼭!"

한 여자는 이성을 잃었다. 그녀가 내 손목을 잡고 흔들었다. "저들을 보세요. 저들을 보시라고요." 그녀는 뒤에 있는 두 아이를 가리키며 조그맣게 말했다. "저 두 천사를 보세요! 어떻게 이런 일이 가능할까요? 하늘도 정말 무심하시지!" 나는 뭐라고 대꾸해야 할지 알 수가 없었다. 추웠다.

아래쪽에서 침울하고 커다란 소음이 들렸다. 그들은 거대한 상자를 성공적으로 옮겨야 했다. 나는 계속 아래를 바라보았다. 끔찍한 물체는 불빛이 닿는 범위 안에 있었다. 짙은 파란색이었고, 글자와 꼬리표가 잔뜩 붙어 있었다. 떨어질 위험에도 불구하고, 사람들은 더 잘 보려고 난간에 매달리다시피 몸을 기댔다. 뒤죽박죽 혼란한 목소리들이 들려왔다. "언제 폭발할까? 오늘밤?" "마리오오! 마리오오오! 마리오, 일어났니?" "지사, 보온 물주머니를 네가 갖고 있어?" "얘들아, 내 새끼들!" "그런데 너 그 사람한테 전화했어? 그래, 내가 말했잖아. 전화하라고! 두고 봐, 그가 뭔가 손을 쓸 거야." "친애하는 선생님, 그건 터무니없는 소리예요. 우리만이라니…… 누가 그러던가요? 그걸 어떻게 알죠?" "베페, 베페, 나 좀 안아줘. 부탁이야, 나 좀 안아줘!" 그리고 기도, 성모송, 호칭기도가 이어졌다. 한 여자는 불 꺼진 큰 초를 손에 들고 있었다.

그런데 느닷없이 아래에서 시작된 어떤 소식이 계단을 타고 전해졌다. 흥분된 목소리가 오가면서 서서히 올라왔다. 사람들의 유쾌한 어조로 미루어 좋은 소식임이 틀림없었다. 위층에서는 안달을 부리며 물어댔다. "무슨 일이야? 뭔데?"

마침내 우리가 있는 6층까지 대화의 일부가 귓결에 들려왔다. "이름과 주소가 있어.""뭐라고, 이름?""그래, 원자폭탄 수신인의 이름……""그럼 개인에게 온 거네. 이 건물 전체에 보낸 게 아니야. 단 한 사람에게…… 주민 전체에게 온 게 아니라고!" 그들은 미친듯이 웃고, 포옹하고, 서로 입을 맞추었다.

그러다가 이내 열광된 분위기에 찬물을 끼얹는 의구심이 일었다. 각자 자신에게 온 게 아닐까 하고 불안해하기 시작했다. 계단은 다급한 대화와 혼란한 웅성거림에 휩싸였다. "이름이 뭐지?""잘 안 보여. 어디 보자, 뭐라고 쓰여 있냐면…… 그래, 외국인 이름 같아(모두는 2층의 치과의사 스트레스를 떠올렸다). 아니, 아니야. 이탈리아 이름이야……""뭔데? 뭐야?""첫 글자가 T로 시작해. 아니, 아니야…… B로 시작해. 베르가모Bergamo 할 때의 B……" "그리고? 그다음은? 두번째가 U라고 했니? 우디네Udine의 U?"

사람들은 일제히 나를 바라보았다. 나는 여태 그처럼 원시적인 행복감에 도취한 인간들의 얼굴을 본 적이 없었다. 메르칼리 노인은 참지 못하고 웃음을 터뜨리다가 컥컥 기침을 토했다. 나는 깨달았다. 지옥을 품고 온 그 상자는 바로 내게 온 것이었다. 오직 나만을 위한 선물. 다른 사람들은 안전했다.

뭐 더 할일이 있겠는가? 나는 문 쪽으로 물러났다. 주민들 모두 내 쪽으로 시선을 돌렸다. 그들은 어떤 기쁨을 느끼며 나를 바라보았다. 저 아래에서부터 천천히, 천천히 계단을 타고 올라오던 상자의 음울한 쌔근거림은 즉흥적인 아코디언 연주와 뒤섞였다. 〈장밋빛 인생〉이 울려퍼졌다.

27
낫고 싶었던 남자

도시에서 2킬로미터 떨어진 언덕 위에 자리한 대형 나환자 수용소는 높은 담장에 둘러싸여 있었다. 담장 꼭대기에서는 보초병들이 서성거렸다. 그들 중에는 거만하고 깐깐한 자도 있지만, 동정심을 가진 보초들도 있었다. 그래서 해 질 무렵 나환자들은 담장 아래에 모여 병사들에게 스스럼없이 묻곤 했다. 가령 다음과 같은 것들이다. "가스파레, 오늘 저녁에는 뭐가 보여? 길에 누군가 있니? 마차가 지나간다고? 그 마차는 어떻게 생겼지? 궁전에는 불이 켜졌니? 탑 위의 횃불은 밝혔어? 왕자는 돌아왔을까?" 그들은 지치지도 않고 몇 시간이고 질문을 계속했고, 착한 보초병들은 규칙에 어긋나지만 대답해주었다. 종종 없는 얘기를 지어내기도 했다. 나그네가 지나간다거나 조명이 빛난다거나 화재가 발생했다고, 에르마크화산이 폭발했다고도 했다. 절대 밖으로 나갈 수 없는 사람들에겐 어떤 소식이든 유쾌한 즐거움이 된다는 것을 알기 때문이다. 중환자들과 죽음이 임박한 병자들도 아직 정정한 나환자들의 도움으로 들것에 실려와 그 모임에 참여했다.

단 한 사람, 두 달 전 수용소에 들어온 젊은이만 오지 않았다. 그는 기사 작위를 받은 귀족으로, 짐작건대 매우 잘생긴 남자였다. 하지만 나병이 아주 고약하고 난폭하게 들러붙어 단시일에 그의 얼굴을 망쳐버렸다. 그의 이름은 므세리돈이었다.

"넌 왜 안 가니?" 사람들은 그의 막사 앞을 지나며 물었다. "바깥소식을 들으러 너도 같이 가자. 오늘밤에는 불꽃놀이가 펼쳐질 거고, 가스파레가 자세히 들려주기로 약속했어. 정말 멋질 거야."

"친구들." 그가 입구로 얼굴을 내밀며 다정하게 말했다. 사자를 닮은 흉측한 얼굴은 흰 아마포에 덮여 있었다. "보초병이 들려주는 소식이 너희에게 위로가 된다는 거 알아. 바깥세상, 활기찬 도시와 이어진 유일한 끈일 테니까. 그렇지?"

"그래, 맞아."

"그건 너희가 여기서 평생 사는 걸 받아들였다는 의미야. 하지만 나는……"

"너는?"

"난 나을 거야. 난 포기하지 않았어. 알겠니? 나는 옛날로 돌아가고 싶어."

그때 므세리돈의 막사 앞에 있던 사람들 사이로 현명한 노인 자코모가 지나가고 있었다. 그는 공동체의 장로였다. 적어도 나이가 백열 살은 되었고, 거의 한 세기 동안 나병을 앓고 있었다. 온전한 사지가 없었고, 머리도 팔다리도 구별할 수 없었으며, 몸은 지름이 3 내지 4센티미터쯤 되는 막대기처럼 변해 있었다. 어떻게 균형이 유지되는지 알 수 없는 그 막대기 맨 위에는 아비시니아 귀족들이 쓰던 파리채와 흡사하게 생긴 흰머리 다발이 있었다. 어떻게 보고 말하고 먹는지도 수수께끼였다. 문드러진 얼굴 피부는 자작나무 껍질같이 희끄무레한데다 구멍이라곤 찾아볼 수 없었기 때문이다. 여하튼 그것은 나환자들만 아는 비밀이었다. 걸을 때는 관절이 움직이지 않아, 지팡이 발처럼 둥근 한쪽 발로 뛰어서 이동했다. 전반적인 외모는 섬뜩하기보다는 우아해서 사실상 식물로 변한 남자로 보였다. 그는 매우 선량하고 현명했기에 모두가 그를 존경했다.

노인 자코모는 므세리돈의 말을 듣더니 걸음을 멈추고 그에게 말했다. "므세리돈, 가엾은 젊은이, 나는 거의 백 년을 여기서 살고 있네. 그 세월 동안 들어온 사람은 봤어도 나간 사람은 한 명도 없었어. 우리가 걸린 병이 그러하거든. 하지만 보다시피 이곳에서도 우리는 살 수 있네. 누군가는 일하고, 누군가는 사랑하고, 누군가는 시를 쓰고, 또 재단사도 있고 이발사도 있지. 바깥세상 사람들이랑 비교할 건 못 되지만, 여기서도 행복할 수 있어. 이 모두는 받아들이는 자세에 달렸네. 그런데 므세리돈, 마음이 반란을 일으키면 큰일이야. 적응하지 못하고 헛된 치유를 열망하면 가슴속에 독이 차오르거든." 노인은 이렇게 말하면서 멋진 백발을 가로저었다.

므세리돈이 반박했다. "하지만 저는 꼭 나아야 합니다. 저는 부자예요. 담장 위로 올라가면 제 저택을 볼 수 있습니다. 은으로 만든 돔 두 개가 반짝거리는 그곳이 제 집이에요. 저 아래서 제 말들이 저를 기다리고, 제 사냥개들과 사냥꾼들, 그리고 고분고분한 어린 여종들도 제가 돌아오기만을 기다립니다. 지팡이 어르신, 이해하시겠어요? 저는 반드시 나아야 합니다."

"낫고 싶다고 낫는다면 문제는 아주 간단하겠지." 자코모가 온화한 미소를 지으며 말했다. "그러면 더한 자든 덜한 자든, 모두 나을 수 있을 거야."

젊은이가 고집스럽게 말했다. "그렇지만 전 다른 사람들은 모르는 치유법을 알고 있습니다."

"오, 알 것 같군. 새로 온 사람들에게 기적과 신비의 약이라며 비싼 가격에 연고를 파는 사기꾼들이 있지. 나도 젊을 땐 그런 것들에 혹했어."

"아니요, 연고가 아닙니다. 저는 그저 기도에만 의지합니다."

"낫게 해달라고 신께 기도한다고? 그래서 낫기를 확신한다고? 우리 모두도 기도하고 있어. 매일 밤 신에게 빌지. 하지만……"

"모두가 기도하는 건 맞지만 저처럼 하진 않아요. 여러분이 보초병에게 소식을 들으러 가는 저녁에도 전 기도한다고요. 여러분은 일하고 공부하고 카드놀이를 하면서 다른 사람들이 사는 것처럼 살지만, 저는 먹고 마시고 자는 불가피한 시간을 제외하곤 기도만 합니다. 쉼없이 기도하고, 어쨌든 먹는 동안에도, 심지어 자면서도 기도해요. 실제로 얼마 전부터는 무릎 꿇고 기도하는 꿈을 꿀 정도로 제 의지는 강인합니다. 여러분이 하는 기도는 장난인 거죠. 진정한 기도에는 엄청난 노력이 필요합니다. 저는 온 힘을 다하느라 밤이면 녹초가 돼요. 그리고 고단한 새벽에도 눈뜨자마자 다시 기도합니다. 이따금 이럴 바엔 차라리 죽는 게 낫겠다 생각도 들지만, 이내 각오를 다지며 무릎을 꿇습니다. 자코모, 당신은 나이가 많고 지혜로우니 저를 이해하실 겁니다."

이때 자코모는 가까스로 균형을 유지하느라 버둥대는 모양으로 흔들리기 시작했다. 이윽고 뜨거운 눈물이 그의 잿빛 껍데기로 흘러내렸다.

"그래그래." 노인은 훌쩍거렸다. "나도 자네 나이 때는…… 나도 기도에 전념했어. 일곱 달을 매달리니 상처가 아물고 피부가 매끄러워지더군. 나는 치료되고 있었지. 하지만 갑자기 더는 할 수 없게 되었고, 모든 노력이 허사로 돌아갔네. 보다시피, 지금의 꼴이 돼버렸고……"

"그래서 믿지 않는다는 겁니까? 제가……"

"신이 자네와 함께하길 바라네. 그 외엔 달리 할 말이 없어. 전능하신 신께서 자네에게 힘을 주시길!" 노인은 중얼거렸다. 그러곤 군중이 모인 담장을 향해 깡충깡충 뛰어갔다.

므세리돈은 자기 막사에 틀어박혀 계속 기도했다. 나환자들의 부름에는 꿈쩍도 하지 않았다. 입을 꾹 다문 채 온 정신을 신에게로 향하고, 전력을 다하느라 땀에 흠뻑 젖어가며 질병과 싸웠다. 이윽고 서서히 불결한 부스럼의 테두리가 일그러지다가 떨어졌고 건강한 새살이 남았다. 그사이 말이 퍼져나가 그의 막사 주위로 궁금해하는 사람들이 몰려와서 머물기 시작했다. 어느새 므세리돈은 성인이라는 평판이 자자했다.

그는 이겼을까? 아니면 그 헌신이 헛일로 돌아갔을까? 사람들은 이 완고한 젊은이를 사이에 두고 두 패로 갈렸다. 거의 이 년의 은둔생활 이후, 어느 날 므세리돈이 오두막에서 나왔다. 드디어 그의 얼굴에 햇빛이 비쳤다. 나병의 흔적이 전혀 없고 사자의 주둥이와도 닮지 않은 그의 얼굴이 화사하고 아름답게 빛났다.

"그가 나왔다. 그가 나았어!" 군중이 소리쳤다. 기뻐서 울음을 터뜨리는 사람이 있는가 하면 시기심에 사로잡힌 이들도 있었다. 므세리돈은 정말로 나았지만, 나환자 수용소를 나오려면 의사의 소견서가 있어야 했다.

그는 매주 진찰을 하는 의사에게 가서 옷을 벗고 검사를 받았다.

"젊은이, 자넨 운이 좋군그래." 의사가 말했다. "거의 나았다는 건 인정하네."

"거의라뇨? 왜죠?" 젊은이는 몹시 낙담하며 물었다.

"여길 봐. 여기 흉측한 표피를 보라고." 의사는 손이 닿는 걸 피하고자 지시봉으로 가리켰다. 한쪽 발의 새끼발가락에 머릿니만큼 작은 크기의 거무스레한 점이 있었다. "내 소견서를 받고 싶으면 여기까지 말끔해져야 해."

자신의 막사로 돌아온 므세리돈은 좌절감을 어떻게 추슬러야 할지 알 수 없었다. 그는 완치되었다고 믿었고, 몸의 기운이 다 빠진 상태였으며, 노고에 대해 보상을 기대하던 터였다. 그런데 다시 고난의 길을 걸어야 하는 것이었다.

"용기를 내게." 노인 자코모가 그를 격려했다. "조금만 더 노력하면 돼. 큰 산은 넘었으니 여기서 포기하는 건 말도 안 돼."

새끼발가락 위의 작디작은 자국이었지만, 도무지 항복할 기미가 보이지 않았다. 한 달, 그리고 두 달째, 맹렬한 기도가 쉼없이 이어졌다. 그대로였다. 석 달, 넉 달, 다섯 달이 흘렀다.

그대로였다. 므세리돈은 포기하기 직전이었다. 그러다 여느 때처럼 이제는 기계적으로 기도하며 보내던 어느 날 밤, 발 위에 손을 대어보니 부스럼이 만져지지 않았다.

나환자들은 그의 승리를 한껏 축하해주었다. 므세리돈은 드디어 자유의 몸이 되었다. 수위실 앞에서 작별인사를 나눈 그를, 노인 자코모만 깡충깡충 뛰어서 바깥문까지 배웅했다. 보초병이 서류를 검사한 뒤 열쇠로 자물쇠를 끼익 돌려 문을 활짝 열었다.

이른 아침, 희망으로 들뜬 상쾌한 햇살 속에 세상이 드러났다. 숲, 초원, 노래하는 새들, 그리고 저멀리 도시가 희끗하게 보였다. 새하얀 탑들과 정원으로 에워싸인 테라스들, 펄럭이는 깃발들, 하늘 높이 떠 있는 용과 뱀 모양의 연들, 그리고 그 아래 보이지 않는 곳에 자리한 무수한 삶과 사건, 여자, 쾌락, 사치, 모험, 궁정, 모략, 권력, 무기, 인간의 왕국!

노인 자코모는 기쁨으로 빛날 그의 얼굴이 궁금해서 젊은이를 지켜보았다. 므세리돈은 자유의 광경을 보며 미소 지었다. 하지만 잠깐이었다. 젊은 기사의 얼굴은 곧장 파랗게 질렸다.

"어때?" 노인은 그가 숨막힐 정도로 감격했으리라 생각하면서 물었다. 보초병이 재촉했다. "자, 자, 서둘러. 문을 닫아야 하니 어서 가. 이제 기도할 일이 없기를 바란다!"

그런데 므세리돈은 한 걸음 물러서더니 손으로 눈을 가렸다. "아, 끔찍해!"

자코모가 다시 물었다. "무슨 일이야? 몸이 안 좋은가?"

"난 못해!" 므세리돈이 말했다. 그의 눈앞에 있던 풍경이 갑자기 바뀌었다. 탑과 돔지붕은 온데간데없고 쓰레기와 배설물로 가득한 먼지투성이 판잣집이 지저분하게 얽혀 있었다. 지붕 위의 깃발들은 말파리떼로 변해 오염된 먼지구름처럼 버글거렸다.

노인이 물었다. "므세리온? 뭐가 보이나? 말해봐. 눈부시게 아름답던 것들이 참혹하고 불결하게 변했지? 근사한 저택이 허름한 판잣집으로 바뀌었지? 그렇지?"

"그래요. 모든 게 끔찍하게 변했어요. 왜죠? 무슨 일이 일어난 겁니까?"

"난 알고 있었어. 그걸 알았지만 차마 자네에게 말할 수 없었지. 이게 우리 인간의 운명이야. 뭐든 큰 대가를 치러야 해. 누가 자네에게 기도할 힘을 줬을까? 자네의 기도는 하늘의 분노조차 떨쳐버렸어. 자네는 이겼고, 말끔히 나았지. 그리고 이제 값을 치르는 거야."

"값이라니요? 무슨 말이죠?"

"은총이 자네를 도왔어. 전능하신 신의 은총은 끝이 없지. 자네는 치유되었지만, 예전과 같을 순 없네. 매일매일 은총이 자네 안에 머무는 사이, 자넨 자신도 모르게 인생의 맛을 잃어갔어. 병이 나았지만, 완치의 열망을 자극한 것들은 서서히 떨어져나갔지. 세월의 바다 위에서 떠도는 조각배처럼 허상이 된 거야. 난 알고 있었네. 자네가 이겼다고 생각하겠지만, 진정한 승자는 신이야. 자넨 영원히 욕망을 잃었으니까. 부자지만 이제 자네에게 돈은 아무것도 아니지. 젊어도 여자에게 관심이 없어. 자네에게 도시는 돼지우리와 같아. 자넨 귀족이었지만, 이제는 성인聖人이네. 계산이 어떻게 되는지 알겠지? 므세리돈, 마침내 자넨 우리가 된 걸세! 자네에게 남은 유일한 행복은 여기 우리 가운데, 위로하는 나환자들 사이에 있어. 자, 보초병, 어서 문을 닫게. 우리는 다시 들어가네."

보초병은 문손잡이를 잡아당겼다.

28
1958년 3월 24일

　대기와 시간과 빛이 어떤 조건을 갖추면, 우리는 세 개의 작은 인공위성을 육안으로도 볼 수 있다. 1955년부터 1958년까지 인류는 지구에서 행성과 행성 사이의 공간으로 인공위성을 쏘아올렸다. 세 위성은 우리 주위를 돌고 돌며, 짐작건대 영원히 그 공간에 매달려 있을 것이다. 대기가 수정처럼 맑은 겨울의 어느 일몰 무렵, 세 개의 작은 점이 견고하고 섬뜩한 빛을 발하며 반짝거린다. 두 개는 거의 스칠 듯이 가까이 있고, 하나는 저멀리 외따로 떨어져 있다. 만약 고성능 쌍안경이나 고배율 망원경이 있다면 적당한 높이에서 나는 비행기를 보듯 더 잘 관찰할 수 있다. (그 위성사업을 기획하고 추진한, 이제는 팔십 세의 노인이 된 포레스트는, 시골집 안마당에서 접의자에 드러누워 있다. 그는 위성들을 관찰하며 천식이 도지는 불면의 밤을 보낸다. 1호 위성이 처마의 검은 가장자리에서 나타나자, 그는 특수한 고무지지대에 달린 작은 망원경을 눈앞으로 가져간다. 그러곤 여러 시간 동안 보고 또 본다.)

1호 위성에는 '호프Hope'라는 이름이 붙었다. 그 잊지 못할 9월, 인류는 자기들이 저지른 부정을 딛고 희망에 넘쳐 있었기 때문이다 (그러나 천정天頂을 향해 수직으로, 길게 쉬익 소리를 내며 그것을 쏘아올린 것은 가증스러운 목적, 지배권에 대한 숨겨진 갈망이었다. 그것이 아침 네시 오십삼분, 화이트샌즈 기지에 모인 삼십만 명의 얼굴을 동시에 하늘로 향하게 했다). 아득히 멀리 보이는 '호프'는 몽당연필 형태에 은빛을 띠었다. 밝은 쪽에서 빛이 번뜩이고 나머지 부분은 어둠에 싸여 있다. 비스듬히 기울어진 채 매달려 있는 모습이다. 매달리고 잊히고 죽은 듯한 모습. 하지만 그 안에서 우리가 영웅이라 부르는 개척자들, 윌리엄 B. 버킹턴, 에른스트 샤피로, 버나드 모건이 계속해서 돌고 있다고 믿으며 상상하는 노력이 필요하다. 벌써 이십 년이 된 일이다!

시간 순서상 두번째로 쏘아올려진 2호 위성은 더 크고 가까이 있다. 1호보다 적어도 네 배는 더 크다. 매끄럽고 아름다운 달걀 모양에 동화 같은 오렌지색을 띠고 있다. 꽁지 쪽으로 가지런한 여러 개의 오르간파이프 같은 것이 보인다. 나는 그것이 로켓의 도관이라고 들었다. 그 위성의 이름은 '로이스 에그Lois Egg'의 첫 자를 딴 'L. E.'다. 로이스의 달걀이라는 뜻인데, 제작자의 사랑하는 아내 로이스 버거 여사에게 경의를 표하는 의미에서 그런 이름이 붙었다. 그녀는 남편을 따라 우주로 떠나 그와 함께 저 위에서 영원히 돌고 있다. 그리고 여기서 우리는 그들의 일곱 동료 또한 잊어서는 안 될 것이다.

이제 24도 각도로 망원경을 옮겨 세번째 위성을 만나보자. 역시 시간 순서상 세번째인 3호 위성은 끝없이 도전하는 인간의 신념을 표명하고자 '페이스Faith'라는 이름이 붙었다. 훨씬 더 크다는 것만 빼면 '호프'와 윤곽이 비슷하다. 노란색과 검은색의 줄무늬는 지금까지도 선명하게 보인다. 무엇보다도 줄무늬는 그것이 우리가 만든 것임을, 어떤 미지의 대변동으로 궤도를 벗어나 떠도는 조각이 아님을 증명한다. '페이스'는 다섯 사람과 함께 떠났다. 팔머, 소프, 라살, 콘센티노, 톰슨이 그들이다. 우리의 작은 세상에 흩어진 다섯 개의 서로 다른 공동묘지에는 다섯 개의 빈 무덤이 준비돼 있다. 하지만 그들은 아마도 썩지 않은 모습으로 계속해서 돌 것이다. 마지막 인류가 사라진대도 그들은 여전히 돌 것이다.

세번째 위성을 쏘아올린 1958년 3월 24일은 가장 끔찍한 날이다. 그날은 국경일로 축하하지 않으며, 매년 기념일에는 기억조차 두려운 듯 조용히 지나간다. 심지어 교과서에도 짧게 언급되었다. 하지만 자마전투, 발미전투, 쿨리코보전투, 워털루전투, 아메리카 대륙의 발견, 프랑스혁명도 그날과는 비교할 수 없다(아마도 우리 주 예수그리스도의 탄생일이라면 모를까). 그때부터(오, 나도 당시 상황이 어땠는지 기억한다) 사람들이 바뀌었다. 생각과 일과 욕구, 풍속과 오락, 사랑의 관점이 달라졌다. 수치심에 스스로 인정하지는 않았지만, 사람들은 다른 길을 택했다. 그래서 더 나아졌을까? 더 나빠졌을까? 물을 필요는 없다. 주위를 둘러보고, 대화를 듣고, 이 은혜로운 1975년이 어떻게 돌아가는지 살펴보면 알 수 있다. (하지만 노인 포레스트는 맑은 밤이면 침대에 틀어박혀 이 기이한 세 물체를 관망하느라 여념이 없다. 이는 벌어진 상황에 대한 반발, 우리 인생을 바꾼 숙명적인 발견에 대한 일종의 항의라고 할 수 있다.)

기억하는가? '호프'에는 고성능 통신 장비가 장착되었다. 완벽한 출발, 완벽한 궤도. 여정은 한 치의 오차도 없이 아래에서 조정되었다. 그런데 그것이 갑자기 한쪽으로 쏠리고 괴상하게 기울어지더니 크리스마스트리에 비딱하게 걸린 양초처럼 거기에 남겨졌다. 메시지도 없고, 생명의 징후도 없었다. 모든 것이 정적에 둘러싸였다.

'L. E.'와 '페이스'는 처음의 좌절을 떨쳐버리는 경쟁 속에 태어났다. 둘 가운데 'L. E.'가 더 빨랐다. 세 비행사가 우주공간에서 죽고 묻혔다는 생각이 행사의 엄숙한 분위기를 한층 고조시켰다. 1957년 11월에 출발한 'L. E.'의 궤도는 창공의 무기력한 폐허, '호프'의 인근을 지나가도록 계산되었다. 로이스 버거 여사는 가장 나중에 로켓 발사체로 들어갔다. 작은 금속문이 마지막으로 닫히기 전, 그녀는 그 사랑스러운 머리를 내밀어 열광하는 군중에게 인사했다. 솟구치는 화염과 연기, 폭발적인 상승, 우울한 소음이 이어졌다. 우리가 잊지 못할 것들이었다. '달걀'은 시시각각 더 작아지다가 어느 순간 조그마한 불꽃이 되었다. "다 좋습니다!" 로켓에서 즉시 무전 메시지를 보냈다. "미미한 진동, 적정 온도…… 적정 온도." 얼마 후 같은 말이 반복되었다. 그러다 이해할 수 없는 메시지가 도착했다. "무슨 소리지? 기이한……" 그러곤 교신이 끊겼다. 잠잠했다. 결국 용감한 달걀은 심연에 매달리게 되었다(그리고 아직 살아 있는 지구 위에서 조용히 돌고 돈다).

그 죽음의 체험도 3호의 발사를 막지는 못했다. 전과 똑같은 장면을 거듭 묘사할 필요가 있을까? 여하튼 넉 달 뒤 '페이스'는 발사되었고, 설계된 그대로 정확히 공간을 가르며 질주했다. 곧 통신사 톰슨이 무선으로 첫마디를 전했으며, 어느 순간 "제기랄, 그래도 우린 지금 ……에 들어섰어!"라고 외쳤다. 그걸로 끝이었다. (그 유명한 통신을 고스란히 재현한 레코드판이 판매되었다. 절규하는 부분에서도 목소리는 낭랑하고 침착하다. "제기랄, 그래도 우린 지금……에 들어섰어!" 그러곤 축음기 바늘의 잡음, 그저 섬뜩한 정적만 흐른다.)

십칠 년이 지난 현재, 두 로켓이 남긴 죽음의 메시지를 집요하게 파고드는 이는 몇몇 고집불통뿐이다. 'L. E.'가 애매모호한 메시지를 남겼다면, '페이스'의 메시지는 스물네 시간이 지나기도 전에 그 의미가 파악되었고, 이후 '달걀'이 남긴 수수께끼도 밝혀졌다. 그러므로 오늘날 아무도 의문을 품지 않으며―인간의 자만을 한껏 뽐내려는 소수의 고집불통을 제외하면― 세 로켓이 우리의 불쌍한 영혼으로서는 견디지 못하는 소리에 휩싸였음을 의심치 않는다. 'L. E.'의 무선통신사는 '기이한 음악'이라고 말하려 했고, 바로 그 순간 그의 심장이 찢겼다. 톰슨은 "그래도 우린 지금 천국에 들어섰어"라며 안타까워했고, 그의 생명도 산산이 부서졌다.

당시 세상은 얼마간 혼란스러웠다. 논쟁이 일었고, 무분별한 분노 같은 것이 치솟았으며, 미국 대통령은 길고 자세한 담화를 발표했다. 마치 메시아의 강림이 선포된 양 극심한 동요가 일었다. 과학자들은 터무니없는 추측에 반박하며 말했다. "천박하긴! 우리는 중세에 사는 게 아니야!" 신학자들은 "부끄러운 줄 알아!"라며 맞섰다. 그들은 하늘나라가 우리 바로 위에 매달려 있고 머리를 치켜들면 보일 만큼 가까이 있다는 경솔한 생각에 모욕감을 느꼈다. 하지만 과학자들과 신학자들은 어느 순간 입을 다물었고, 더는 큰소리치지 않았다.

그런데 최악은 이것이다. 전능하신 신과 그의 왕국이 놀라우리만치 가깝다는 사실에, 사람들이 의기양양하고 좋아서 날뛰는 게 아니라 오히려 삶의 기쁨을 잃었다는 것. 그들은 서로 싸우지 않으며 서로 증오하지도 않는다. 그저 '인생의 기쁨은 어디에 있는가?'

라며 자문할 뿐이다. 신은 말했다. 여기는 내 집이고, 너희는 여길 지나갈 수 없다고. 그리하여 지구는 개암만한 크기로 쪼그라든 채 우리가 벗어날 수 없는 구슬픈 감옥이 되었다. 인간은 슬프다. 인간은 별무리 속에서 그 어느 때보다도 당황해하며 영원의 깊은 골짜기를 응시했다. 한때 우리 것처럼 여겨졌던 달도 범접할 수 없는, 산의 엄격한 위엄을 되찾았다. 복된 영혼들로 이루어진 투명한 군중이 노래하며 우리 위에서 넘실거린다(전부 단테 알리기에리가 꾸며낸 이야기라고들 믿었지만, 비로소 우리는 그 진실을 알게 되었다).

우리는 자랑스러워해야 한다. 천사들의 집은 우리의 주위에, 우주에 뿌려진 수많은 벼룩 중 하나이자 늙고 사악한 행성인 지구의 언저리에 있다. 어쩌면 우리가 선택받은 창조물이라는 증거가 아닐까? 하지만 그 대신 나는 우리 모두가 마음의 상처를 입었다는 느낌이 든다. 막강한 그레이트데인 품종을 가까이서 보기 전까지 스스로 인생의 주인이라고 믿어온 떠돌이 강아지 같다. 또는 보석을 두른 관리 옆에서 식욕이 줄어든 걸인이거나, 어느 날 숲 바로 뒤편, 자신의 오두막 근처에 지어진 왕의 궁전을 본 농부와도 같다. 게다가 그 신성한 음악은 치명적으로 위험하다. 저 위에서 그들은 연주하고 노래한다. 너무도 아름다워서 견딜 수 없는 그 선율을 차단할 만큼 충분히 큰 (만리장성처럼 두텁기도 한) 포대기는 존재하지 않는다.

그것으로 인해 노인 포레스트는 천식으로 고생하는 밤에 야외 발코니에 누워 안타까워한다. 그것으로 인해 우리는 고통스러워한다. 그것은 하늘의 요새, 영원한 승리의 왕국, 최고로 높은 하늘, 성스러운 엘리사*이기 때문이다. 하지만 그것은 우리의 길을 막는,

우리의 마지막 경계이기도 하다. 그리고 우리는 살아 있는 인간이다! 우리는 솔직하게 말한다. 강철과 바위로 만든 돔지붕도 더 무거울 수는(그러니까 천국보다 더 무거울 수는) 없다고. 이게 신성 모독일까?

---

* 구약성경에 나오는 예언자 엘리야의 제자이자 후계자로, 이교도의 신을 추방하고 엘리야의 사업을 성취했다.

29
유혹과 싸우는 성 안토니우스

여름이 끝나고 휴가객들이 도시로 돌아가면, 가장 아름다운 장소들은 적막해진다(하지만 계곡에서 사냥꾼들은 총을 쏘고, 바람 부는 산지에서 뻐꾸기가 울어대고, 가을의 첫 마법사들은 이미 불가사의한 꾸러미를 어깨에 메고 내려오고 있다). 이즈음, 오후 다섯시 반이나 여섯시쯤이면 일몰의 커다란 구름은 시골의 가엾은 사제들을 유혹하기 위해 몰려든다.

바로 그 시간에, 젊은 보좌신부 안토니오는 한때 직장인 체육관이었던 소강당에서 아이들에게 교리를 가르치고 있다. 그는 여기에 서 있고, 아이들은 저기 의자에 앉아 있고, 저 끝에는 천장까지 닿는 큰 유리창이 동쪽으로 나 있다. 그 창문을 통해 일몰의 햇살에 빛나는 고요하고 장엄한 콜지아나산山이 보인다.

"성부와 성자와 성령의 이름으로……" 안토니오 신부가 말한다. "얘들아, 오늘은 죄에 관해 얘기할 거야. 죄가 뭔지 아는 사람? 얘, 비토리오, 왜 넌 항상 그렇게 구석에만 앉는지 모르겠구나. 죄가 뭐라고 생각하는지 말해볼래?"

"그러니까 죄는…… 어떤 사람이 나쁜 짓을 하는 거요."

"그래, 맞아. 거의 맞는 말이야. 그런데 더 정확히 말하면, 죄는 하느님의 말씀을 거역하고 그분의 뜻을 거스르는 거야."

그러는 사이 거대한 구름이 장대한 광경을 연출하며 콜지아나산 꼭대기로 피어오른다. 말을 이어가는 안토니오 신부에겐 창문을 통해 그 장면이 잘 보인다. 그는 창 구석(각다귀들의 왕래가 가장 뜸한 곳)에 친 거미줄의 거미도 보고, 계절의 변화로 둔해져 유리에 달라붙은 파리도 본다. 처음에 구름은 기다랗고 평평한 바닥에서 커다란 솜뭉치 같은 것이 불룩불룩 솟아오른 모습이었는데, 이내 그 부드러운 테두리가 진득한 소용돌이를 일으키며 확대되었다. 왜 그러는 걸까?

"자, 들어봐. 만약 엄마가 어떤 걸 하지 말라고 하셨는데 너희가 그걸 하면 엄마는 실망하시겠지. 마찬가지로, 하느님이 하지 말라고 하신 것을 너희가 하면 하느님도 실망하셔. 하지만 아무 말도 안 하시지. 하느님은 보기만 하셔. 모든 것을 보셔. 지금 수업에 집중하지 않고 칼로 책상을 긋는 바티스타, 너도 보고 계셔. 그리고 하느님은 기억하시지. 백 년이 흘러도 바로 일 분 전의 일처럼 다 기억하셔."

그는 우연히 눈을 들어 넘치는 햇살과 침대 모양의 구름을 본다. 침대 위로 구불구불한 꼬임 장식과 술이 달린 캐노피가 솟아 있다. 터키 궁정의 오달리스크가 쓰는 침대다. 사실 안토니오 신부는 졸음에 겨워 있다. 오늘 그는 산중의 작은 성당에서 미사를 올리기 위해 새벽 네시 삼십분에 일어났다. 게다가 온종일 돌아다녔다. 가난한 사람들, 새로 도착한 종, 두 차례의 세례성사, 병자 방문, 묘지의 장례식, 보육원, 고해성사 등등 새벽 다섯시부터 각종 용무로 이리저리 오갔다. 그리고 이젠 저 부드러운 침대가 피로에 지친 가엾은 사제를 기다리고 있는 것만 같다.

좀 우습지 않은가? 끔찍이 피곤한 사제와 하늘 한가운데 마련된 침대라니, 단순히 우연의 일치일까? 그 위에 드러누워 아무 생각 없이 눈을 감는다면 얼마나 행복할까!

하지만 그의 앞에서는 둘씩 짝지어 앉은 아이들이 술렁대고 있다. 그는 계속 수업을 이어갔다. "죄에는 여러 종류가 있어. 그런데 다른 모든 것과는 다른, 아주 특별한 죄가 있어. 그게 바로 원죄야."

그때 두번째 구름이 나타난다. 궁전 모양을 한 거대한 구름이다. 주랑, 돔지붕, 로지아, 분수, 꼭대기의 깃발까지 있다. 그 안에는 아마 쾌락의 삶이 있을 것이다. 연회, 하인들, 음악, 금화 무더기, 향수, 어여쁜 시녀들, 꽃병과 공작새, 그리고 동전 한 닢 없는 시골의 소심한 사제를 부르는 은나팔까지. (그는 생각한다. '음, 저런 성에서는 분명 호화로운 생활을 하겠지. 내게 그런 일은 절대 없을 거야.')

"그리하여 원죄가 생겨난 거야. 하지만 이런 의문이 들겠지. 나쁜 행동을 한 건 아담인데, 우리가 무슨 죄지? 우리가 무슨 상관이지? 왜 우리가 그자 때문에 죗값을 치러야 하지? 그런데 말이야……"

둘째 줄, 혹은 셋째 줄 책상에서 몰래 무언가를 먹는 아이가 있었다. 빵이나 바삭바삭한 음식 같았는데, 생쥐가 내는 듯한 작은 소음처럼 들렸다. 하지만 아주 조심스러웠다. 사제가 말을 멈추면 그 녀석은 즉시 아래턱의 움직임을 멈췄다.

안토니오 신부가 심한 허기를 느끼는 데는 그 희미한 소음으로도 충분했다. 그때 그는 가로로 길게 펼쳐진 세번째 구름을 보았다.

구름은 칠면조를 본떠놓은 모양이었다. 밀라노 같은 대도시 사람들 모두가 배불리 먹을 만큼 어마어마한 크기였다. 칠면조는 상상의 쇠꼬챙이에 꽂혀 돌아가며 석양에 구워지고 있었다. 그 옆의 다른 구름은 자줏빛의 길쭉하고 뾰족한 병 모양을 만들었다.

사제가 말했다. "죄는 어떻게 지을까? 오, 인간들은 갖가지 방법으로 하느님을 실망시키지. 가령 누군가는 도둑질하며 행동으로 죄를 지어. 또 누군가는 욕을 해서 말로 쉽게 죄를 짓지. 그리고 생각으로도 죄를 지어. 그래, 때때로 생각은 얼마든지……"

도대체 저 무례한 구름은 뭐란 말인가. 높이 솟은 거대한 구름 하나는 주교관의 형상을 하고 있었다. 출세의 야망과 자부심을 암시하려는 걸까? 파란 하늘에 새하얀 주교관이 세밀하게 묘사되었고, 양옆으로 금실과 비단으로 장식한 술이 은근하게 흘러내렸다. 이후 주교관이 한층 더 부풀어오르는가 싶더니 그 표면에 작은 꽃송이가 여럿 튀어나왔다. 신비한 힘이 작용했는지 그것은 교황관이 되었다. 가엾은 시골 사제는 잠시 마지못해 선망의 눈빛으로 그것을 바라보았다.

이제 장난은 더 교묘해져 음흉한 미끼를 던지고 있었다. 안토니오 신부는 불안한 마음이 들었다.

그때 빵집 주인의 아들 아틸리오가 옥수수 알갱이를 넣은 딱총나무빨대를 입으로 불어 친구의 목덜미에 쏘아대다가 안토니오 신부의 하얗게 질린 얼굴을 보았다. 그 모습은 그가 빨대를 내려놓을 만큼 충격적이었다.

사제는 말을 이었다. "구분하는 것…… 죽을죄에서 가벼운 죄를 구분해내는 것. 죽을죄, 왜 그리 말할까? 죽을지도 몰라서? 바로 그래…… 육체가 죽지 않더라도 영혼이……"

그는 우연일 수 없다고, 괴이한 변덕을 부리는 바람 탓이 아닐 거라고 생각했다. 그, 안토니오 신부는 지옥의 힘에 휘둘리는 사람이 아니었다. 그렇지만 교황관 형상은 남다른 공모의 냄새를 풍겼다. 아주 먼 옛날 모래 속에서 나타나 은수자의 발을 찔러대던 그 악마가 가담한 것은 아닐까?

구름 무리에서 거의 중간쯤에 자리한 커다란 덩어리는 지금껏 별다른 움직임이 없었다. 안토니오에게는 그것이 오히려 이상하게 여겨졌다. 나머지 모두는 끊임없이 움직이는데, 그것만 꼼짝하지 않는다니. 떠들썩한 사육제가 한창인데, 그 구름만 무언가를 기다리는 듯 고요하고 심드렁했다. 이제 사제는 불안해하며 그 구름 덩이를 주시했다.

비로소 큰 구름이 움직이기 시작했다. 잠에서 깨어난 비단뱀이 어두운 악을 품은 엉큼한 속내를 숨긴 채 무심히 움직이는 것 같았다. 어떤 연체동물의 껍데기에서 볼 수 있을 법한 옅은 분홍빛을 띤 그것의 각 부위가 둥그렇게 부풀어올랐다. 무엇을 준비했을까? 어떤 형태를 만들까? 단정짓기에는 아직 이르지만, 안토니오 신부는 성직자의 직관으로 어떤 모양이 만들어질지 이미 눈치채고 있었다.

그는 얼굴이 붉어진 걸 깨닫고는 지푸라기, 담배꽁초(왜 이게 있는지 모르겠지만), 녹슨 못, 흙 부스러기가 있는 바닥으로 시선을 내렸다. "하지만 얘들아, 하느님의 자비와 은혜는 끝이 없어." 그는 말을 하면서 구름의 모양이 완성되기까지의 시간을 대략 가늠해보았다. 그것을 다시 바라볼 것인가? "아니, 안 돼. 안토니오, 조심해! 자신을 믿지 마. 넌 네가 어떻게 될지 몰라." 소심한 마음속에서 우러나온 성가신 속삭임이 그를 나무랐다. 하지만 다른 소리도 들렸다. 부드럽고 상냥한 목소리가 용기를 내라고 부추겼다.

"뭘 두려워하는 거야? 천진난만한 구름? 그걸 피하는 건 좋지 않은 징조야. 네 마음이 불순하다는 거지. 생각해봐, 구름이 무슨 죄가 있겠니? 저길 봐. 얼마나 아름다운지!"

그는 잠시 고민했다. 눈꺼풀이 짧게 떨렸고, 곧 안토니오 신부는 게슴츠레 실눈을 떴다. 볼 것인가, 말 것인가? 사악하고 추하고 놀라운 형상이 이미 그의 머릿속에서 떠오른 터였다. 그는 은밀한 유혹에 허덕이고 있었다. 그래서 환영들이 그를 목표물 삼아 하늘에서 파렴치한 암시들로써 도발을 하고 있는 것일까?

혹시 이것이 성직자들에게 주어지는 큰 시험일까? 한데 수많은 사제 중에서 왜 하필이면 그가 선택됐을까? 그는 사막에서 유혹을 당한 성 안토니우스를 생각했고, 자신 앞에 놓인 신성하고 영광스러운 운명까지도 내다보게 됐다. 그에겐 혼자만의 시간이 필요했다. 그는 아이들에게 교리 수업이 끝났다고 알리고 성호를 그었다. 아이들이 재잘거리며 자리를 뜨자 이내 고요한 정적이 감돌았다.

그는 달아날 수 있었다. 구름이 볼 수 없는 안쪽 방으로 숨어들 수 있었다. 하지만 피하는 것은 소용없는 짓이다. 도망은 항복이리라. 그는 하느님께 도움을 청했다. 결승선을 눈앞에 둔 선수처럼 이를 악물고 맹렬하게 기도했다.

승자는 누구일까? 무엄하고도 달콤한 구름일까, 순수한 그일까? 그는 한참 기도했다. 그러곤 자신이 충분히 강해졌다고 여겨지자 기운을 모아 눈을 떴다.

하지만 콜지아나산 위 하늘에는 그냥 그런 구름만 있었다. 이상한 실망감이 느껴졌다. 불경스러운 형상은 온데간데없고 그저 수증기 덩어리, 조각조각 흩어진 안개의 점액만 보였다. 분명히 무엇을 꾀하지도, 사악한 짓을 하거나 시골의 젊은 사제에게 장난을 칠 수

도 없을 구름이었다. 그를 겨냥해서 괴롭히는 악마가 아니었다. 구
름, 그뿐이었다. 실제로 기상관측소에서는 그날 날씨를 다음과 같
이 예고했다. "대체로 맑은 하늘, 오후에 일부 적란운, 잔잔한 바
람." 악마에 관한 얘기는 한마디도 없었다.

30
폭군 어린이

조르조는 잘생기고 착하고 똑똑한 어린아이라고 집안사람들은 말했지만, 사실 두려움의 대상이었다. 집에는 아버지와 어머니, 할아버지와 할머니, 그리고 가정부 안나와 이다가 있었다. 모두 조르조의 악몽 같은 변덕 아래 살면서도, 아무도 감히 솔직히 말할 엄두를 못 냈다. 오히려 세상에 둘도 없이 귀엽고 다정하고 온순한 아이라고 앞다투어 말했다. 끝없는 칭찬 겨루기에서 서로 1등이 되려고 했다. 그리고 무심결에 아이를 울릴 수 있다는 생각에 두려워했다. 말인즉슨 아이의 눈물보다 근본적으로 더 큰 일은 어른들끼리의 비난이었다. 사실 그들은 아이를 사랑한다는 구실로 서로를 통제하고 염탐하면서 자기네끼리 사악한 기운을 내뿜고 있었다.

여하튼 조르조의 분노는 그 자체로 두려웠다. 조르조는 어린아이 특유의 영악함으로 다양한 심술이 내는 효과를 꿰고 있었다. 따라서 상황에 따라 차이를 두며 자신의 무기를 사용했다. 사소한 문제에는 그저 울음을 터뜨렸다. 설움이 복받친 듯 정말로 딸꾹질까지 해대며 흐느꼈다. 좀더 큰일인 경우, 반대를 이기고 원하는 것을 얻을 때까지 버텨야 할 때는, 토라져서 말하지도 놀지도 않고 먹기를 거부했다. 그러면 가족들은 하루도 못 되어 어찌할 줄을 몰랐다. 그보다 심각한 상황에서 쓰는 전략은 두 가지였다. 하나는 아픈 척하는 것이다. 뼈가 이상하게 아프다든지 머리와 배가 아프다고 하되 설사약을 먹는 위험은 피했다(아픈 곳을 선택할 때도 어쩌면 그의 무의식적인 악의가 드러났다. 그게 맞건 틀리건, 그 부위가 소아마비를 떠올리게 했기 때문이다). 다른 하나는 아마도 최악의 방법인 통곡이었다. 그의 목구멍에서 극도로 날카로운 비명이 똑같은 억양으로 끊임없이 나왔다. 어른들이 흉내도 낼 수 없는 그 고음은 머릿속을 뒤흔들 정도였다. 그러면 어찌할 도리가 없었다. 조르조는 금방 승리를 거두었고, 아이를 격노하게 한 책임을 따지며 어른들이 다투는 꼴을 보면서 성취의 만족감과 함께 두 배의 기쁨을 만끽했다.

조르조는 정말로 장난감이 좋아서 가진 적은 없었다. 오직 자랑을 하기 위해 멋진 것들을 잔뜩 가지려고 했다. 그의 취미는 두세명의 친구를 집으로 데려와 그들을 놀라게 하는 것이었다. 조르조가 열쇠로 잠가둔 작은 장롱에서 하나하나 차례로, 갈수록 점차 으리으리해지는 자기의 보물들을 꺼내면, 친구들은 부러워서 안달을 부렸다. 그는 그들에게 면박을 주며 즐거워했다. "안 돼. 넌 손이 더러우니까 만지지 마…… 흥, 이게 좋다고? 이리 줘, 내놔. 안 그럼 망가뜨릴 거잖아…… 너도 이런 선물 받았겠지?" (그렇지 않다는 걸 잘 알면서 심술을 부렸다.) 부모와 조부모는 문틈을 통해 사랑스러운 눈으로 그를 지켜보며 소곤거렸다. "우리 아기, 이제 사내가 다 됐네…… 저 우쭐거리는 것 좀 봐!…… 장난감을 소중히

여기잖아. 할머니가 선물한 곰인형을 끔찍이도 아껴!" 그들은 장난
감으로 부러움을 사는 것이 어린아이에게 대단한 미덕인 것처럼 굴
었다.

이쯤 해두자. 그건 그렇고 어느 날 한 친척이 미국에서 가져온
놀라운 장난감을 조르조에게 선물했다. 실물과 똑같이 만든 '우유
배달 트럭'이었다. 흰색과 파란색으로 칠해진 트럭은 옷을 입혔다
벗겼다 할 수 있는 제복 차림의 두 운전자에 여닫히는 앞문, 타이어
바퀴까지 갖추고 있었다. 화물칸 안에 절묘하게 차곡차곡 쌓은 수
많은 양철통 안에는 알루미늄뚜껑을 씌운 여덟 개의 작은 병이 담
겨 있었다. 게다가 트럭 양옆에는 진짜처럼 위아래로 여닫는 두 개
의 작은 문짝도 있었다. 틀림없이 조르조의 장난감 중에서도 가장
멋지고 특별하며, 아마 가장 비싼 물건일 터였다.

그런데 어느 오후, 대개 무료하게 일상을 보내는 퇴역 대령인 할
아버지가 장난감이 든 장롱 앞을 지나다가 우연히 작은 문의 손잡
이를 당겼다. 가구 문이 열렸다. 조르조가 평상시처럼 열쇠로 잠갔
지만, 깜빡하고 걸쇠를 끼우는 두 짝의 문에다 위아래로 빗장을 지
르지 않던 것이다. 그래서 문은 양옆으로 활짝 열렸다.

4단으로 아주 정연하게 배치된 장난감들은, 조르조가 거의 쓰지
않았기에 여전히 윤이 나고 근사했다. 조르조는 이다와 함께 나갔
고, 그의 부모도 외출중이었으며, 할머니 엘레나는 거실에서 뜨개
질을 하는 참이었다. 안나는 부엌에서 졸고 있었다. 집은 조용하고
잠잠했다. 할아버지는 도둑처럼 뒤를 둘러보았다. 그러곤 오랫동안
간직해온 열망으로, 어스름 속에서 빛나는 우유배달 트럭을 향해
손을 뻗었다.

할아버지는 탁자 위에 그것을 올려놓고 자리에 앉아 유심히 살

피기 시작했다. 그런데 불가사의한 이치가 하나 있으니, 만약 어린이가 몰래 어른의 물건에 손대면 그 물건은 금방 망가진다는 것이다. 그와 마찬가지로, 어린이가 몇 달 동안 아무 탈 없이 막 다뤘던 장난감도 어른의 손이 닿으면 바로 망가지는 법이다. 할아버지가 시계수리공처럼 조심스럽게 측면의 작은 문짝을 들어올리자마자, 딸각하는 소리가 나면서 페인트칠한 양철조각 하나가 튕겨나왔고, 문짝에 감긴 핀이 지지대 없이 매달려 흔들거렸다.

노인은 심장이 철렁하며 원래대로 해놓으려고 애를 썼지만, 손이 떨렸다. 게다가 그에겐 망가진 것을 고칠 만한 솜씨가 없었다. 살짝 숨길 수 있는 고장도 아니었다. 핀이 풀린 문은 비딱하게 기울어 닫히지 않았다.

한때 몬텔로산 기슭에서 휘하 기병들에게 오스트리아인들의 기관총에 맞선 필사적인 돌격을 지휘했던 그에게, 극도의 절망감이 밀려왔다. 그 순간 최후의 심판 같은 목소리가 들렸다. "맙소사, 안토니오. 어떻게 된 거야?" 전율이 척추를 타고 흘렀다.

퇴역 대령은 뒤를 돌아보았다. 아내 엘레나가 문지방에 우두커니 선 채 눈을 휘둥그렇게 뜨고 그를 바라보고 있었다. "당신이 그랬어? 당신이 망가뜨린 거야?"

"무슨 소리야. 아니…… 아무것도 아니야." 늙은 군인은 원래대로 되돌려놓으려고 헛되이 손을 놀리며 웅얼거렸다. "그럼 뭐하는 건데? 지금 뭐하고 있어?" 아내가 다급하게 따져 물었다. "조르조가 알게 되면? 지금 뭐하는 거야?" "난 이제 막 만진 거야. 맹세해…… 이미 부서져 있었어. 난 아무 짓도 안 했어." 대령은 애처롭게 변명하려고 애를 썼다. 그러면서 아내에게 어떤 도덕적인 연대감을 기대했으나 돌아온 건 노파의 분노였다. "안 했어, 안 했어…… 앵무새야? 그게 저절로 부서졌다는 거야? 뭐라도 해봐. 멍청이처럼 그러고 있지 말고 움직여! 곧 조르조가 이리로 올 거야. 그러게 누가…… (격한 감정에 그녀는 목이 메었다) 누가 장난감 장롱을 함부로 열래?"

퇴역 대령은 완전히 이성을 잃었다. 불행히도 그날은 일요일이라 장난감 트럭을 고칠 만한 기술자를 찾을 수도 없었다. 한편 엘레나 부인은 마치 범죄에 연루되지 않으려는 듯 어디론가 가버렸다. 대령은 험난한 인생길에 홀로 버려진 기분이었다. 햇살이 기울고 있었다. 곧 어두워지고 조르조가 돌아올 것이다.

곤경에 빠진 할아버지는 이제 노끈을 찾아 부엌으로 달려갔다. 그는 노끈을 트럭 지붕에 연결한 뒤 문짝 끄트머리를 고정해서 대충 닫아놓았다. 틀림없이 다시 열 수는 없을 테지만 적어도 겉으로 보기엔 아무 이상이 없었다. 그는 장난감을 제자리에 놓고 장롱을 닫았다. 그러곤 자신의 서재로 물러났다. 딱 시간에 맞추었다. 초인종소리가 폭군의 귀가를 알렸다.

부디 할머니가 입을 다물어야 할 텐데! 그건 가당찮은 기대였다. 식사시간에 아이를 제외한 모두가 가정부들까지도 사건을 알고 있는 듯했다. 조르조보다 덜 약삭빠른 아이일지라도 무언가 의심스럽고 심상찮은 분위기를 눈치챘을 것이다. 퇴역 대령은 두세 차례 대화를 시도하려 했다. 하지만 아무도 그를 도와주지 않았다. 조르조가 평소처럼 무례하게 물었다. "무슨 일이야? 다들 보름달인데?"*

"아, 그거 멋진 말이네. 그래, 우리는 보름달이야. 하하!" 할아버지

* 조르조는 잘못된 표현을 썼는데, 흔히 어린이들이 하는 말실수로 이해할 수 있다. '둥근 달luna piena'이 아니라 기분이 언짢은 상태를 비유하는 '일그러진 달luna storta'이 올바른 표현이다.

는 모든 것을 농담으로 돌리려고 애쓰며 의연하게 대처했다. 하지만 그의 웃음은 침묵 속에 묻혔다.

아이는 더 묻지 않았다. 악마 같은 영리함으로 이 전반적인 불편함이 자신과 관련되어 있다는 사실을 이해한 것 같았다. 무슨 영문인지 모르겠지만 가족 전체가 죄책감을 느꼈고, 그 열쇠는 조르조의 손에 쥐어 있었다.

어떻게 그걸 알아냈을까? 한시도 그를 놓지 않는 가족들의 불안한 시선에 이끌린 걸까? 혹은 누가 고자질을 한 걸까? 식사를 마친 뒤 조르조는 야릇한 미소를 지으며 장난감 장롱으로 갔다. 문을 활짝 열고는 범인의 불안감을 연장하려는 듯 한참 가만히 들여다보았다. 그러곤 가구에서 트럭을 꺼내 한쪽 팔 밑에 단단히 끼운 채 소파로 가서 앉았다. 그곳에서 아이는 어른들을 차례차례 빤히 쳐다보았다.

"조르조, 뭐하니?" 마침내 할아버지가 나지막하게 물었다. "자러 갈 시간 아니니?" "잠?" 손주는 비웃는 듯한 미소를 지으며 애매하게 대답했다. "그러면 장난감 갖고 놀지그래?" 노인은 과감하게 물었다. 일찌감치 재앙을 겪는 게 이 격심한 불안감보다 차라리 나을 것 같았다. "아니." 아이는 심술궂게 말했다. "싫어. 놀고 싶지 않아." 그러고 나서 삼십 분쯤 꼼짝도 않고 있다가 한마디 던졌다. "자러 갈 거야." 아이는 팔에 트럭을 낀 채로 방을 나갔다.

그것은 광적인 집착이 되었다. 다음날 온종일, 그리고 그다음날에도 조르조는 잠시도 트럭에서 떨어지지 않았다. 장난감을 처음 가져본 아이처럼 식탁에서마저 옆에 두려 했다. 하지만 갖고 놀지도, 그렇다고 건드려보지도 않았을뿐더러, 안을 들여다보려 하지도 않았다.

할아버지는 가슴이 조마조마했다. 여러 번 그에게 말했다. "조르조, 왜 항상 트럭을 가지고 다니지? 갖고 놀지도 않으면서. 왜 그리 집착하니? 자, 이리 와서 예쁜 우유병들을 보여주렴." 요컨대 그는 손주가 장난감이 망가진 걸 알아챘으면 했고, 또 그 이후 일어날 일을 더는 기다릴 수가 없기도 했다(하지만 용기 있게 스스로 사실을 고백하지는 않았다). 기다리는 게 너무 고통스러웠다. 그러나 조르조는 꿈쩍도 하지 않았다. "아니, 그러기 싫어. 트럭은 내 거야, 아니야? 그러니까 날 가만둬."

밤에 조르조가 자러 간 뒤, 어른들은 의논에 들어갔다. 조르조의 아버지가 할아버지에게 말했다. "아버지가 그애에게 말하세요! 계속 이렇게 있는 것보단 나아요! 그 빌어먹을 트럭 때문에 살 수가 없어요!" "큰일날 소리!" 할머니가 반박했다. "장난으로라도 그런 말은 하지 마. 녀석이 제일 아끼는 장난감이야. 가엾은 내 새끼!" 아버지는 그에 아랑곳없이 화를 내며 거듭 다그쳤다. "용감하게 말하시라니까요. 전쟁을 두 번이나 치른 사람이 뭐가 겁나세요?"

그럴 필요가 없었다. 사흘째 날, 조르조가 트럭을 들고 나타나자 할아버지는 참지 못하고 물었다. "조르조, 왜 트럭을 움직이지 않니? 왜 갖고 놀지 않아? 그걸 계속 팔에 끼고 있는 게 영 거북하구나!" 그러자 아이는 변덕을 부릴 때처럼 부루퉁한 표정을 지었다.(진짜로 토라진 걸까, 아니면 쇼를 하는 걸까?) 그러더니 흐느끼며 소리치기 시작했다. "내 트럭은 내가 알아서 해. 내 맘대로! 날 그만 좀 괴롭혀. 알아들었어? 내가 원하면 이걸 박살낼 수도 있어. 발로 밟아버리겠어. 자, 봐!" 그는 두 손으로 장난감을 높이 들었다가 바닥으로 힘껏 내던졌다. 그러곤 발뒤축으로 쿵쿵 찧어댔다. 지붕이 떨어져나가고, 차체가 찌그러지고, 작은 우유병들이 바닥에 흩어졌다.

그때 갑자기 조르조가 동작을 멈추고 울음을 뚝 그쳤다. 몸을 구부려 트럭 안쪽 면을 살피더니 할아버지가 옆문에 연결한 비밀스러운 노끈 끝을 잡았다. 그는 분노로 씩씩대며 주위를 둘러보았다. "누구야? 누가 그랬어? 누가 여기 손댔어? 누가 고장낸 거야?"

늙은 군인 할아버지가 조금 구부정하게 앞으로 나섰다. 조르조의 엄마가 애원했다. "조르조, 소중한 우리 아기, 착하지. 할아버지가 일부러 그런 게 아니야. 믿으렴. 할아버지를 용서해줘. 우리 조르조!"

할머니가 끼어들었다. "오, 아니다. 네가 옳아. 장난감을 모두 부순 못된 할아버지 때리자. 가엾은 내 새끼. 장난감을 부수고는 너더러 착하게 굴라고 하다니. 불쌍한 것. 못된 할아버지를 혼내줘!"

조르조는 갑자기 조용해지더니 자신을 둘러싼 불안한 얼굴들을 천천히 돌아보았다. 그의 입술에 미소가 번졌다.

엄마가 말했다. "내가 그랬죠! 앤 천사라고 항상 말했잖아요! 자, 조르조가 할아버지를 용서했어요! 저 어여쁜 별을 보세요!"

하지만 아이는 다시 어른들의 얼굴을 하나하나 유심히 살폈다. 아빠, 엄마, 할아버지, 할머니, 두 가정부. 그는 조롱하듯 흉내내며 흥얼거렸다. "저 별을 보세요…… 저 어여쁜 별!" 아이는 뭉개진 트럭을 벽으로 걷어찼다. 그러곤 미친듯이 웃기 시작했다. 웃음소리가 귀를 찢는 듯했다. "저 별을 보세요!" 그는 거듭거듭 비웃으며 방을 나갔다. 어른들은 입을 다문 채 두려움에 떨었다.

31

리골레토

독립을 기념하는 군대 열병식에서, 핵무기 부대가 처음으로 대중 앞에 행렬 의식을 선보였다.

다소 흐린 2월의 어느 날이었고, 깃발이 펄럭이는 대로의 먼지투성이 저택들 위로 단조로운 햇볕이 내리쬐었다. 내 앞으로 거대한 탱크 대열이 행진하고 있었다. 자갈포장을 한 바닥에서 요란한 소리가 나는 바람에 평소처럼 군중을 열광케 하는 효과는 없었다. 길쭉한 대포가 달리고 가죽과 강철 헬멧을 쓴 멋진 군인이 작은 탑 꼭대기에 서 있는 장대한 차량이 나타나자, 마지못해 무기력한 박수가 나왔다. 시선은 모두 저 아래쪽, 핵무기 부대가 명령을 기다리고 있는 파를라멘토광장으로 향했다.

탱크 행진이 사십오 분가량 이어지자, 관중은 머릿속이 윙윙거릴 지경이었다. 드디어 마지막 괴물이 끔찍한 소음과 함께 멀어져가자 거리는 조용해졌다. 주변의 발코니에 내걸린 깃발이 바람에 나부끼는 동안, 거리에는 적막감이 감돌았다.

왜 아무도 행진하지 않지? 탱크들 소음도, 멀어져간 군악대가 내는 어렴풋한 울림 가운데 저멀리 사라진 뒤였다. 텅 빈 거리는 여전히 기다리고 있었다. 명령이 철회된 걸까?

그런데 저 끝에서, 아무 소리도 없이 뭔가가 앞으로 오고 있었다. 이어 두번째, 세번째, 그리고 아주 많은 것이 길게 줄지어 오기 시작했다. 각각은 네 개의 고무바퀴를 달고 있었지만, 정확히 자가용도 승합차도 탱크도 그 어떤 다른 차량도 아니었다. 어떻게 보면 초라하고 특이한 모양의 수레에 가까웠다.

나는 앞줄에 서 있었기에 그것들을 자세히 볼 수 있었다. 대충 설명하자면, 원통형 관이나 야외 취사장의 둥그런 냄비, 그리고 관棺을 떠올리게 하는 모양이었다. 크지 않고, 볼품없었으며, 흔히 남루한 무기들의 품격을 높이는 외적 견고함도 갖추지 않았다. 외부를 덮고 있는 금속껍질은 '두들겨맞기'라도 한 듯, 약간 찌그러진 측면에 달린 작은 덮개가 닫히지 않아 부딪히면서 덜커덕거렸던 것이 기억난다. 색깔은 누르스름했고, 위장을 위해 양치식물 비슷한 녹색 무늬가 괴상하게 그려져 있었다. 두 명씩 짝을 지은 남자들은 운송 차량의 뒷부분에 푹 들어앉아 상반신만 보였다. 군복, 군모, 무기, 지극히 군인다운 차림이었다. 멀지 않은 과거에 기사들이 여전히 사브르검과 창으로 무장했듯이, 군인들은 분명 장식 목적으로 표준 모델의 자동 머스킷총을 들고 있었다.

두 가지가 매우 인상적이었다. 먼저, 알 수 없는 힘에 의해 움직이는 장비가 나아가는 동안의 완벽한 정적. 그리고 특히 장비에 탑승한 군인들의 신체적 외모가 인상적이었다. 그들은 탱크에 탄 군인들처럼 활기차고 씩씩한 젊은이들이 아니었다. 햇볕에 얼굴이 그을리지도 않았고, 천진한 허세를 부리며 웃지도 않았으며, 군기가 바짝 잡혀 있는 것 같지도 않았다. 대개는 괴짜 철학과 학생들 같은 유형에 넓은 이마와 커다란 코를 가진 이들로, 모두 전신기사처럼 헤드폰을 썼고, 많은 이가 안경을 끼고 있었다. 태도로 미루어보아, 자신들이 군인이라는 사실을 모르는 사람들 같았다. 그들의 얼굴에서 어떤 체념과 근심의 빛이 드러났다. 기계 조정에 집중하지 않고 멍하니 무표정한 얼굴로 주위를 둘러보는 이도 있었다. 상자처럼 납작한 수레 차량을 모는 두 운전사만 기대에 다소 부응했다. 그들은 위쪽이 원뿔형으로 열린, 술잔 모양의 투명한 가리개 같은 것을 머리에 둘렀는데, 큰 가면을 쓴 것처럼 섬뜩한 모습이었다.

둘째 혹은 셋째 수레에 있던 꼽추가 기억난다. 그는 다른 이들보다 약간 더 높은 곳에 앉아 있었는데, 아마 장교였을 것이다. 그는 군중에 아랑곳하지 않고, 혹시라도 길에서 멈출까봐 걱정하듯 연신 뒤따르는 운송 차량들을 돌아보았다. 한 사람이 발코니에서 소리쳤다. "어이, 리골레토!" 그는 위쪽을 올려다보고는 애써 미소 지으며 한 손을 흔들어 인사했다.

정말이지, 큰 실망감을 안기는 극도로 볼품없는 장비였다. 하지만 어떤 무시무시한 파괴력이 그 금속용기 안에 담겼는지는 모두가 짐작할 수 있었다. 만일 그 장비가 훨씬 더 웅장했다면, 아마도 이처럼 혼탁하고 막강한 인상을 주지는 못했을 것이다. 대중이 불안한 시선으로 집중하는 것도 그러한 이유에서였다. 박수갈채도, 환호성도 없었다.

쥐죽은듯 조용한 가운데, 그 기묘한 장비에서 뭐랄까, 가볍게 흥얼대는 찍찍 소리가 들리는 것 같았다. 철새들의 울음소리와 비슷했지만 새가 낸 소리는 아니었다. 처음에는 아주 희미하게 들리다가 똑같은 리듬이 서서히 더 또렷하고 분명하게 들렸다.

나는 꼽추 장교를 바라보았다. 그는 전신기사용 헤드폰을 벗고 더 아래쪽에 앉은 동료와 격렬하게 이야기를 나누고 있었다. 다른 차량의 군인들 사이에서도 동요의 낌새가 보였다. 무언가 심상치 않은 일이 벌어진 모양이었다.

그 순간 주변의 집에서 예닐곱 마리의 개가 한꺼번에 짖어대기 시작했다. 구경꾼들이 창가에 몰려 거의 모든 창이 열려 있던 탓에, 동물들의 울음소리는 거리로 넓게 울려퍼졌다. 동물들이 왜 그러는 걸까? 격렬하게 짖어대며 누구에게 도움을 청하는 걸까? 꼽추는 안절부절못하는 기색이었다.

그때, 뒤쪽에서 시커먼 물체가 쏜살같이 달리는 모습이 내 시야 한구석에 들어왔다. 휙 뒤돌아서니 서너 마리의 쥐가 보였다. 길바닥에 난 지하실 채광창에서 빠져나온 쥐들이 급히 달아나고 있었다.

내 옆의 노신사가 하늘을 향해 검지를 쳐들었다. 이어 우리는 길 한가운데 자리한 핵무기 장비 위로 토네이도 비슷한, 그러나 소용돌이치지 않고 수직으로 잔잔하게 치솟는 먼지기둥들을 보았다. 그것들은 몇 초 사이에 농도가 더 진해지면서 기하학적인 형태를 띠었다. 그 모습을 묘사하기는 어렵다. 공장의 높은 굴뚝에서 나는 연기 같은데, 연기를 뿜는 굴뚝은 없다고나 할까. 유령처럼 술렁이는 짙은 먼지로 된 탑들이 이제 저택 지붕들 위로 30미터가량 올라갔고, 이어 탑 꼭대기들을 잇는 시커먼 연기다리가 만들어졌다. 그리하여 차량의 행렬에 맞추어 끝없이 이어지는, 거대하고 촘촘한 그림자 형체가 만들어졌다. 집안의 개들은 연신 짖어댔다.

어떻게 된 일인가? 행렬은 멈췄고, 꼽추는 차량에서 내려 외국말처럼 들리는 알 수 없는 명령을 외치며 급히 대열을 거슬러올라갔다.

군인들은 초조함을 숨기지 못한 채 장비들을 조작했다.

이제―핵무기 장비에서 배출되는 것이 분명한―안개 혹은 흙먼지 첨탑들은 위협적으로, 철저하게 줄을 맞춰 군중 위로 아주 높이 솟구치고 있었다. 또다른 쥐떼가 채광창 밖으로 튀어나와 미친 듯이 내달렸다. 그런데 어째서 그 불길한 첨탑들은 깃발처럼 바람에 흔들리지도 않는 것일까?

불안감이 감돌았지만, 군중은 여전히 말이 없었다. 내 맞은편 건물 3층에서 갑자기 창문이 열리더니 머리가 헝클어진 젊은 여자가 나타났다. 일순간 그녀는 알 수 없는 안개봉우리들과 그 사이를 잇는 하늘다리들을 보며 말문이 막혔던 것 같다. 이윽고 공포에 떨며 손을 머리에 갖다대더니 비탄에 잠겨 외쳤다. "오, 성모마리아여!"

그 절규에 퍼뜩 정신이 들었다. 나는 침착하려고 애쓰면서 뒤로 물러났다. 그러면서 어쩔 줄 모르고 흥분하여 장비 주변을 우왕좌왕하는 군인들에게 마지막 시선을 던졌다(나중에 생각해보니, 비록 겁을 먹고 서툴렀을지언정 그들은 진정한 군인들이었다). 너무 늦은 건 아닐까? 나는 사람들 눈에 띄지 않게 종종걸음으로 걷다가 갈수록 더 빠르게 움직여 군중을 빠져나온 뒤 옆길로 접어들었다.

그제야 충격과 두려움에 휩싸인 군중의 비명이 등뒤에서 들려왔다. 300미터쯤 달아났을 때 나는 간신히 용기를 내어 뒤를 돌아보았다. 도망치는 군중이 이룬 시커멓고 격렬하고 떠들썩한 무리 위에서, 발그레한 그림자 탑들이 이제 서로를 잇는 다리를 천천히 비틀며 흔들거리고 있었다. 지대한 힘이 작용하고 있었던 것이다. 그것들의 눈부신 움직임은 갈수록 더 빠르게, 광적으로 변했다. 그러다 어둡고 참혹한 굉음이 집들 사이로 울려퍼졌다.

그 이후, 모두가 알고 있는 일이 벌어졌다.

32
시샘 많은 음악가

아우구스토 고르자는 시샘이 아주 많은 사람으로, 경력과 명성이 이미 정점에 오른 작곡가였다. 어느 저녁, 그는 집 주변을 혼자 걷다가 한 공동주택에서 나는 피아노 소리를 들었다.

고르자는 발걸음을 멈췄다. 현대음악이었지만, 그나 다른 동료들의 음악과는 사뭇 달랐다. 그런 음악은 들어본 적이 없었다. 진지한 음악인지, 가벼운 음악인지조차 얼른 말할 수 없었다. 어떤 조악한 면이 대중가요를 떠올리게 하면서도 신랄한 경멸을 담고 있었고, 그 깊은 곳에서는 열정적인 신념이 느껴질지라도 장난을 치는 것만 같았다. 하지만 고르자는 무엇보다도 그 표현기법에서 강한 인상을 받았다. 기존의 화성법에서 벗어났으되, 예리하고 고압적이면서도 지극히 명료한 화음을 연출하는데다 격정적인 비약, 경쾌한 느낌도 무리 없이 표현해낸다는 점이 특징적이었다. 하지만 이내 피아노 소리가 그쳤고, 고르자는 연주가 다시 시작되기를 기다리면서 부질없이 계속 거리를 서성거렸다.

'미국 곡일지 모르겠군.' 그는 생각했다. '거기 음악은 가장 끔찍한 것들로 뒤섞인 잡탕 같으니까.' 그러고서 집으로 돌아갔다. 하지만 그날 밤과 이튿날 온종일 마음이 편치 않았다. 마치 숲에서 맹렬히 사냥하는 중에는 바위나 나무에 부딪쳐도 아무렇지 않다가 밤이 돼서야 어디서 어떻게 다쳤는지 모르는 부위가 욱신거리는 것처럼 말이다. 상처가 낫기까지는 일주일이 더 걸렸다.

그로부터 얼마 뒤, 오후 여섯시쯤 집으로 돌아와 현관문을 열었을 때, 거실에 켜둔 라디오 소리가 들렸다. 그는 즉시 전문가의 식견으로 그 악곡을 알아보았다. 이번에는 피아노 독주가 아니라 오케스트라 연주였지만, 그날 저녁 밖에서 들은 곡과 똑같이 굳세고 훌륭한 기세, 기이한 악절, 목적지를 향해 격렬히 질주하는 말을 연상케 하는 난폭한 힘이 느껴졌다.

고르자는 문을 닫을 새도 없이 들어왔으나 음악소리는 그치고 말았다. 그리고 거실에 있던 아내 마리아가 평소와 달리 서두르는 기색으로 다가왔다. "어, 당신 왔구나. 이렇게 일찍 올 줄 몰랐어." 그런데 왜 그녀는 당황한 얼굴일까? 뭔가 숨기는 게 있는 걸까?

"무슨 일 있어?" 그가 어리둥절해하며 물었다.

"무슨 말이야? 무슨 일이 있어야 하는 거야?" 마리아는 곧바로 태연하게 대꾸했다.

"그게 아니라 분위기가 좀…… 그나저나 라디오에서 무슨 방송이 나온 거야?"

"라디오 좀 들으면 안 된다는 거야?"

"그럼 왜 내가 들어오자마자 껐어?"

"지금 나 취조해?" 그녀가 웃으면서 말했다. "정 사실이 알고 싶다면, 내가 여기 나오면서 라디오를 끈 거야. 나는 저기 내 방에 있었고, 켜진 줄도 몰랐어."

고르자는 생각에 잠겨 말했다. "음악이 나오고 있었어. 신기한 음악……" 그러더니 거실로 향했다.

"음악밖에 모르는 복받은 남자…… 아침부터 밤까지 음악 생각 뿐이라니. 라디오는 좀 넵둬!" 남편이 다시 켜려고 하자 그녀가 말렸다.

그는 뒤돌아서 그녀를 바라보았다. 그녀는 거의 뭔가를 두려워하는 듯 불안해 보였다. 그가 짓궂게 작동 버튼을 누르자 삑삑거리는 잡음이 나오다가 말소리가 들렸다. "실내악 연주를 전해드렸습니다. 트레멜 기업에서 후원하는 다음 콘서트는……" 그러자 그녀가 한결 가벼워진 태도로 말했다. "이제 만족해?"

그날 저녁, 그는 친구 자코멜리와 저녁식사를 마친 뒤 신문을 한 부 사서 그날의 라디오 프로그램을 살펴보았다. "오후 네시 사십오분. 실내악 연주회. 지휘자: 세르조 안포시, 작곡가: 힌데미트, 쿤츠, 메시앙, 리벤츠, 로시, 스트라빈스키." 그가 연주회 막바지에 들은 곡은 분명히 스트라빈스키의 음악이 아니었다. 신문에는 작곡가 이름이 알파벳 순서로 실렸지만, 연주 순서는 다를 것이다. 하지만 그가 들은 곡은 힌데미트도, 메시앙도 아니었다. 고르자는 그들을 아주 잘 알았다. 그렇다면 리벤츠일까? 아니다. 막스 리벤츠는 그가 음악학교에 다니던 시절의 옛친구로, 십 년 전 폴리포니 형식의 장편 칸타타 작품에서 성실하지만 초보적인 작업이라는 평가를 받았다. 이후 그는 작곡을 그만두었다. 한동안 소식이 없다가 최근에서야 국립극장에서 오페라를 준비하며 활동을 재개했다. 그는 친구의 공연을 보러 가겠지만, 오랜 전례로 비추어보아 그의 음악이 어떠할지 예측할 수 있었다. 따라서 리벤츠는 아니다. 그렇다면 쿤

츠와 로시가 남는다. 그런데 그들은 누구인가? 고르자는 그 이름을 들은 적이 없었다.

"뭘 들여다보고 있어?" 자코멜리가 골똘히 생각에 빠진 그에게 물었다. "아무것도 아니야. 오늘 라디오에서 음악을 들었거든. 누구 것인지 알고 싶어서. 신기한 음악이었어. 그런데 신문을 봐도 모르겠네." "어떤 종류의 음악인데?" "딱 집어서 말하긴 힘들어. 그 뭐랄까, 아주 무례한 음악이었어." 그의 예민한 성격을 아는 자코멜리가 장난스럽게 말했다. "훠이, 휘이, 잊어버려. 네가 더 잘 알잖아. 너를 밀어낼 음악가는 아직 태어나지 않았어."

고르자가 그의 말에 섞인 야유를 감지하고 대꾸했다. "오히려 그러면 난 기쁠 거야. 마침내 누군가가…… (불쾌한 생각이 그의 뇌리를 스쳤다) 그나저나 리벤츠의 오페라 공연이 내일인가?" 자코멜리는 얼른 대답하지 않다가 무심하게 말했다. "아니, 아니야. 연기됐을 거야." "넌 보러 갈 거야?" "음, 아니. 알잖아. 내겐 감당하기 버거워." 그 말에 고르자는 기분이 좋아져서 외쳤다. "불쌍한 리벤츠, 가엾은 늙은이 리벤츠! 그가 잘됐으면 좋겠어. 적어도 이 바람은…… 진심이야!"

다음날 저녁, 집에 있던 고르자는 마지못해 피아노나 쳐볼까 하다가, 닫힌 문 너머로 갑자기 말소리를 들은 듯했다. 그는 수상쩍어하며 이를 엿듣기 위해 가까이 다가갔다.

옆 거실에서 그의 아내와 자코멜리가 낮은 소리로 얘기하고 있었다. 자코멜리가 말했다. "머잖아 그도 알게 될 거야." 마리아가 대답했다. "늦을수록 낫겠지." "아직은 아무 의심도 하지 않던데." "오히려 잘된 일이야. 그런데 신문은? 그가 신문을 못 보게 막을 방법이 없어." 그때 고르자가 문을 벌컥 열었다.

그들은 도둑질하다 들킨 사람처럼 자리에서 벌떡 일어섰다. 얼굴빛이 창백했다. 고르자가 물었다. "흠, 누가 신문을 읽어서는 안 된다는 거야?" 자코멜리가 대답했다. "그게 어, 횡령죄로 체포된 내 사촌에 관해 얘기하고 있었어. 그의 아버지, 그러니까 삼촌은 전혀 모르고 계시거든."

고르자는 긴 숨을 내쉬었다. 다행이었다. 그는 오히려 조심성 없이 끼어든 것에 부끄러움을 느꼈다. 경솔한 의심 탓에 스스로 우스운 꼴이 되지 않았는가. 하지만 자코멜리가 이어서 말하는 동안 어렴풋한 불안감이 다시 엄습했다. 사촌 얘기가 사실일까? 자코멜리가 즉석에서 꾸며낸 건 아닐까? 그게 아니라면 어째서 소곤소곤 말했을까?

그는 계속 주시했다. 마치 의사와 가족이 최종검사 결과를 환자에게 숨기려는 상황처럼 보였다. 환자가 거짓말의 낌새를 눈치챘지만, 다른 이들은 훨씬 더 치밀해서 그의 탐색을 피해갔다. 환자에게 심리적 고통을 겪게 할 바에야, 끔찍한 진실을 숨기는 편이 나았다.

집밖에서도 그는 의심스러운 조짐이 있다고 믿었다. 가령 동료들의 애매한 시선이라든지, 그가 다가가면 말을 멈추는 상황이라든지, 평소 능변인 사람들이 그와 논쟁하면서 당황해하는 모습 같은 것들이었다. 하지만 고르자는 이러한 의혹이 혹 신경쇠약의 징후가 아닌지 자문하며 마음을 추슬렀다. 나이가 들면서 곳곳에 적들이 있다고 여기는 이들이 있지 않은가. 그리고, 그가 두려울 게 뭐가 있겠는가? 그는 유명하고 존경받는 인물에, 경제적으로도 윤택했다. 극장과 음악회에선 경쟁하듯이 그의 작품을 올렸다. 건강은 더할 나위 없이 좋았다. 죄를 지은 적도 없었다. 그렇다면? 어떤 위기가 닥칠 수 있겠는가? 하지만 이런 생각에도 그는 안심이 되지 않았다.

다음날 식사 후에 그는 다시 불안감에 휩싸였다. 밤 열시가 다 된 시간이었다. 그는 신문을 훑어보다가 리벤츠의 새 오페라가 그 날 밤에 상연된다는 것을 알았다. 아니, 어째서? 자코멜리 말로는 연기됐다고 했는데? 어째서 아무도 그에게 알려주며 참석을 권하지 않았을까? 어째서 극장감독은 늘 보내던 초대장을 빼먹었을까?

"마리아, 마리아!" 그의 심장이 마구 요동쳤다. "리벤츠의 첫 공연이 오늘밤인 거 알았어?"

마리아가 한숨에 달려왔다. "나, 나 말이야? 그래, 그런데……"

"그런데 뭐? 초대장은? 그들이 초대장을 안 보냈을 리 없잖아."

"그래, 받았어. 봉투 못 봤어? 내가 서랍 위에 뒀는데."

"나한테 아무 말도 안 하고?"

"당신이 관심 없는 줄 알았어. 다신 안 가겠다고 했잖아. 다 시시하다고 그랬잖아. 암튼 그러고서 깜빡 잊었어, 사실을 고백하자면……"

고르자는 이성을 잃었다. "이해가 안 되네. 도저히 이해가 안 돼. 벌써 열시 오분이야. 이미 늦어버렸잖아. 자코멜리, 그 멍청이가…… (얼마 전부터 그를 괴롭혔던 의혹이 이제 모습을 드러냈다. 그가 상상조차 못하는 어떤 이유로, 리벤츠의 오페라에는 그에게 해를 끼칠 무언가가 있는 것이다. 그는 다시 신문을 살폈지만, 별다른 정보가 없었다.) 아, 라디오에서 중계하지…… 그렇게라도 들어야겠군."

마리아가 침울한 목소리로 말했다. "아우구스토, 어떡하지? 라디오가 안 나와."

"안 나온다고? 언제 고장이 난 거야?"

"오늘 오후부터 그래. 내가 다섯시에 켰는데 안에서 딸깍하더니 아무 소리도 안 나와. 전자관이 타버렸나봐."

"하필이면 오늘 저녁에? 다 같이 입을 맞추기로 했군."

"입을 맞췄다니 무슨 소리야?" 마리아는 거의 울상이 되었다. "내가 뭘 잘못했다고?"

"좋아, 난 나갈 거야. 어딘가에 라디오 한 대는 있겠지……"

"안 돼. 아우구스토…… 비가 오는데다, 당신 감기에 걸렸잖아. 너무 늦은 시간이야. 오늘이 아니어도 그 빌어먹을 오페라는 얼마든지 들을 수 있어." 하지만 고르자는 우산을 들고 밖을 나갔다.

그는 여기저기 걷다가 어느 카페의 흰 불빛에 이끌려 들어갔다. 손님이 많지 않았다. 하지만 안쪽 다실에 작은 무리가 모여 있는 것이 보였다. 그리고 거기서 음악소리가 들렸다. 고르자는 이상하다고 생각했다. 보통 사람들은 축구시합이 중계되는 일요일에만 라디오에 귀를 기울였기 때문이다. 게다가 그들이 리벤츠의 오페라를 듣고 있다는 게 말이 되는가? 그런데 뜻밖의 상황이 펼쳐졌다. 스웨터를 입은 두 젊은이와 단정치 못한 젊은 여자, 흰색 재킷을 입은 종업원 등등 여럿이 음악에 빠져 있었다.

고르자는 은밀한 부름에 이끌렸다. 마치 운명처럼 예견된 일 같았다. 여러 날, 아니 몇 달, 몇 년 전부터 자신이 그 시간에, 다른 곳이 아닌 바로 그 장소에 있게 되리란 것을 알고 있던 듯한 느낌이었다. 그리로 다가가면서 점차 리듬과 음정이 들려왔고, 그는 심장이 억눌리는 느낌을 받았다.

아주 새로운 곡이었지만, 음악은 그의 뇌리로 궤양처럼 파고들었다. 그가 길에서, 이후 집에서 들었던 그 이상한 음악이었다. 그런데 지금은 더욱더 자유롭고 오만하고 원시적인 저속함을 더 강렬하게 내뿜고 있었다. 무식한 사람들, 정비공들, 여자들, 종업원들도 그 앞에서 속수무책이었다. 노예들과 패배자들은 그저 입만 크게 벌리고 있을 뿐이었다. 천재! 그 천재의 이름은 바로 리벤츠였다. 친구들과 아내는 고르자를 측은하게 여겨 그 사실을 숨기려고 갖은 애를 쓴 것이다. 인류가 적어도 반세기 동안 기다려온 천재는 그, 고르자가 아니었다. 지금껏 무시받고 업신여김당하던, 그와 같은 나이의 다른 인물이었다. 그는 그 음악이 얼마나 싫었던가. 그것이 형편없다는 것을 드러내고 비웃음과 치욕으로 덮어버린다면 얼마나 좋을까. 그의 바람과 달리, 음악은 승리의 전함처럼 침묵의 물결을 갈랐다. 그리고 이내 세계를 점령할 것이다.

한 종업원이 그의 팔을 붙잡았다. "선생님, 실례합니다. 어디 안 좋으세요?" 고르자는 쓰러질 듯 비틀거렸다.

"아니, 아닙니다. 감사합니다." 고르자는 아무것도 마시지 않고 그곳을 나와 절망적인 심정으로 빗속을 걸었다. 자신의 모든 기쁨이 사라졌다는 생각에 그는 혼잣말을 중얼거렸다. "오, 주여!" 고통에서 벗어나기 위해 신에게 기도할 수도 없었다. 그건 신을 노하게 하는 일일 테니까.

33
필라델피아의 겨울밤

1945년 7월 초, 알프스 가이드 가브리엘레 프란체스키니는 코로델치마암벽의 새로운 경로를 탐색하기 위해 혼자서 험악한 (팔레디산마르티노산맥) 발카날리계곡을 올랐다. 바위 기슭으로부터 100미터 넘게 올라갔을 때, 그는 튀어나온 바위에 걸린 흰 물체를 발견했다. 자세히 보니 낙하산이었다. 지난 1월 오스트리아에서 귀환하던 미국 비행기가 그 부근에서 추락한 사건이 떠올랐다. 당시 비행사 일고여덟 명은 고살도 마을에 무사히 하강했다. 바람에 날려간 다른 두 명은, 크로다 그란데 봉우리의 뒤편으로 낙하하는 것이 목격되었으나 더는 알 길이 없었다.

바위 돌출부 아래로 작고 검은 무언가를 감은 흰 줄 몇 가닥이 흔들거렸다. 응급구호품이 담긴 가방인가? 오, 비행사의 시체가 햇빛과 까마귀들, 폭풍우 때문에 그렇게 변한 것일까? 그 지점의 암벽은 매우 가팔랐지만, '3단계' 정도로 아주 힘든 구간은 아니었다. 프란체스키니는 재빨리 그 장소에 도달해서, 검은 물체가 비행사의 몸에 연결됐던 끈들이 뒤엉킨 것이며 칼로 깔끔하게 잘려 있다는 것을 확인했다. 그는 낙하산을 아래로 끌어내렸다. 그러다 좀더 아래쪽 돌출부에 있는 선홍색 물체를 보았다. 그것은 두 개의 신기한 금속레버가 달린 구명조끼였다. 그가 레버 하나를 움직이자 쉭 소리와 함께 순식간에 조끼가 부풀어올랐다. 그 위에는 글자가 쓰여 있었다. Lt. F. P. 멀러, 필라델피아(펜실베이니아주). 더 아래쪽에서 프란체스키니는 권총의 빈 탄창을 발견했다. 그리고 눈으로 뒤덮인 대협곡과 바위 사이 구석에서 국방색 모직 스카프 하나도 찾았다. 그 외에 끄트머리가 부서진 단검도 있었다. 사람의 흔적은 전혀 없었다.

(맨 먼저 프랭클린 G. 고거가 뛰어내렸고, 그가 곧 뒤따랐다. 다른 사람들? 그의 하얀 낙하산이 이미 펼쳐졌을 때도 다른 이들은 아직 발을 떼지 않았다. 고거는 50미터쯤 더 아래에 있었다. 엔진음은 더이상 들리지 않았고, 그는 솜뭉치 속으로 떨어지는 것만 같았다.

바람이 불어와서 점점 내려갈수록 그들은 골짜기 밖, 눈 가득한 산으로 밀려갔다. 한눈에도 험난한 지형임을 알 수 있었다. 그늘진 골짜기 사이로 기이한 봉우리들이 높이 솟았고, 바닥은 시퍼런 눈밭이었다.

"고거, 고거!" 그는 소리쳤지만, 갑자기 그와 동료 사이에 암벽이 솟아나 그에게 달려들었다. 누런 잿빛을 띤 가파른 절벽이 순식간에 그를 덮쳤고, 그는 충격을 줄이기 위해 손을 뻗었다.)

프란체스키니는 계곡에서 내려와 가장 가까운 미국 사령부에 알렸다. 그런 뒤 열이틀 후에 다시 계곡으로 갔다. 그사이 눈이 많이 녹았다. 하지만 한참을 찾아봐도 허사였다. 다시 내려가려고 할 때, 골짜기 오른편에 눈으로 반쯤 덮인 시체가 보였다. 눈알이 없는 것 빼고는 거의 온전한 모습이었다. 정수리에는 그릇 모양으로 우묵하게 파인 끔찍한 상처가 있었다. 갈색 머리에 키가 큰 이십대 중반의 젊은이였다. 벌써 파리 몇 마리가 주위에서 윙윙거렸다.

(그는 바위에 부딪쳤다. 타격감이 예상만큼 끔찍하지는 않았다. 그는 바위를 잡지 못했다. 그래서 튀어오른 공처럼 이리저리 흔들리다 멈췄다. 낙하산이 밖으로 튀어나온 돌부리 같은 것에 얽혀, 그는 허공에 매달리게 되었다.

주위의 괴상하고 들쑥날쑥하고 아주 오래된 절벽들이 어떻게 균형을 유지하는지 신기했다. 햇살이 절벽을 비추고 있었다. 그는 심곡의 아래쪽, 매끈하고 부드러운—위에서 보기에는 거의 평평한—흰 바닥을 바라보았다. 꼭두각시 인형처럼 매달려 있는 자신의 꼴이 우스꽝스럽다는 생각이 들었다. 바로 정면에서는 수도자를 닮은 비스듬한 첨탑이 그를 가만히 응시하고 있었다.

너무나 고요했다. 그는 멀리서라도 인간의 소리가 들리기를 바라며 헬멧을 벗었다. 정적만 흘렀다. 고함도, 총성도, 종소리도, 자동차 소음도 들리지 않았다. 그는 있는 힘껏 소리쳤다. "고거! 고거!" "고거, 고거고거! 고그! ……고그!" 그의 소리는 메아리가 되어 연달아 돌아왔다. 차갑고 선명한 메아리가, 여긴 절벽밖에 없으니 아무리 외쳐봤자 소용없다고 말하는 것만 같았다.)

미국 사령부는 수색 명령을 내렸다. 한 중위의 통솔 아래 열 명의 남자가 프란체스키니와 함께 산에 올랐다. 그 산이 처음인 남자들은 아주 힘겹게 그 자리에 도착했다. 가이드와 중위는 서툰 프랑스어로 간신히 말을 주고받았다. 그들은 운반용 자루에 시신을 수습한 뒤 눈 덮인 협곡을 다시 내려오기 시작했다. 그런데 어느 지점에서 골짜기는 솟아오른 바위들로 앞이 가로막혀버렸다. 중위가 정지 명령을 내렸고, 그들은 멈춰 섰다. 그 틈에 프란체스키니는 시선을 '자신의' 암벽으로 돌려 어떤 바위틈을 살폈다. 그런데 문득 시야 한구석에 움직이는 무언가가 들어왔다. 시신이 담긴 자루가 바위 아래로 떨어진 것이다. 프란체스키니는 얼른 중위를 쳐다봤지만, 그는 태연한 표정이었다.

(그의 발아래로 1미터 50센티미터쯤 떨어진 곳에 선반처럼 튀어나온 바위가 있고, 그 위에는 군데군데 눈이 소복이 쌓여 있었다. 기회는 한 번뿐이었다. 그는 몸에 묶인 끈들을 잘라냈다. 손으로 끈을 잡고 대롱대롱 매달려 발을 뻗었다. 선반에 발이 닿았다.

하지만 그 밑으로는 가파른 암벽이었다. 흘낏 내려다봤지만, 그 끝이 어딘지는 보이지 않았다. 산! 그는 산을 가까이서 자세히 본 적이 없다. 산은 낯설었고, 지나치게 아름다웠고, 완전히 어그러진 곳이었다. 그는 진저리가 났다. 거기서 벗어나야 했다. 낙하산 줄을 활용하면 될 것 같았다. 하지만 그 줄은 이제 그의 위쪽에 매달려 있다. 그걸 찾기 위해 다시 기어오를 수는 없었다.

태양이 기울면서 빛이 약해지자 두려움이 일었다. 추웠다. "아오오!" 그는 분노를 터뜨리듯이 소리쳤다. "아오오아아오오오!" 그의 외침이 계곡 맞은편에서 일고여덟 번 되울려왔다. 얼핏 희망이 생겼다. 그는 권총을 꺼내 더 잘 들리게끔 팔을 높이 들어 발사했다. 일정한 간격으로 총탄을 모두 연발했다. 메아리가 반복해서 울려퍼졌다. 이어 침묵이 내려앉았다.

산처럼 그토록 꿈쩍도 않는 것은 처음이었다. 집들도 그만큼 완고하게 버티진 않는다. 비행복만으로는 추위를 견딜 수 없었다. 젊은이는 몸을 덥히기 위해 팔을 획획 내저었다. 담배도 한 대 피웠지만 위안이 되지 못했다. 그 망할 독일 놈들은 언제쯤에나 그를 잡으러 올 것인가?)

그들은 비탈 아랫부분에서 시신을 다시 찾았다. 아래로 떨어지면서 시신이 자루 밖으로 튀어나왔다. 그들은 할 수 있는 한 다시 수습했다. 프란체스키니가 허리띠 두 개를 이용해 눈이 끝나는 곳까지 운반용 자루를 끌었다. 거기서 시신은 들것에 실렸다. 그리고 그들은 또다시 멈춰 섰다.

(산꼭대기에도 해가 지고 절벽이 하염없는 어둠 속으로 잠기자, 비행사는 혼자라는 사실을 실감했다. 사람들, 마을, 불, 따뜻한 침대, 해변, 여자들, 모두 다른 세상의 터무니없는 이야기였다.

그는 가지고 있던 약간의 음식을 먹고 휴대용 술병에 담긴 진을 벌컥 마셨다. 분명히 내일 아침에는 누군가가 올 것이다. 그는 바위선반 위에서 몸을 웅크렸다. 다시 소리쳐봤지만, 아무것도 보이지 않는 어둠 속에서 울리는 메아리는 섬뜩했다. 술, 피로, 젊음. 조금 뒤 그는 잠이 들었다.)

중위는 프란체스키니에게 말가카날리까지 내려가자고 부탁했다. 거기서부터는 노새를 쓸 수 있었다. 그때까지 그들은 시신을 들고 아주 더디게 내려왔다. 다들 끔찍하게 피곤했다. 앞서가던 프란체스키니는 잠시 후 뒤에서 나는 소리를 들었다. 미국인들이 빈손으로 황급히 내려오고 있었다. 프란체스키니가 물었다. "시신은 어디 있나요?" "저기 바위 뒤에 내려놨습니다." "그럼 언제 다시 가지러 오죠?" 중위가 대답했다. "덜 무거울 때."

(잠에서 깨어난 그는 필라델피아를 보았다. 그리운 그의 도시! 그가 기억하는 것과는 뭔가 좀 달랐지만, 그의 기억이 잘못됐을 리는 없었다. 그는 밤의 도시를 바라보았다. 달빛에 빛나는 빌딩들의 정면과 거리에 시커멓게 잠긴 반대편 모서리. 하얀색 도로들. 어째 그리 새하얄까? 광장들과 유적들, 돔지붕들, 옥상에서 별들에 맞서는 기괴한 광고판들. 그래, 그 아래 굴뚝숲 너머, 두친 회사 담 뒤로 그의 집이 있다! 모두 잠들었나? 왜 불빛 하나 없는 거지?

어째서 불빛 하나, 불 켜진 창, 작고 짧은 라이터 불꽃 하나도 안 보이는 걸까? 그리고 거리는 순백의 교차로를 가르는 차 한 대 없이 적막했다. 부자들의 옥상 정원에 난 높다란 통유리창이 푸르스름한 석영 박편처럼 여기저기에서 번뜩였지만, 그 위쪽도 온통 무시무시한 잠에 빠져 있었다.

필라델피아는 죽었다. 불가사의한 재난이 도시를 그리 만들었다. 움직이지 않는 터빈, 철근콘크리트 고층 건물들 중간에 얼어붙은 엘리베이터, 꺼진 보일러, 먹통이 된 전화 수화기를 든 채 당황한 늙은 퀘이커교도들. 모피로 안을 댄 부츠를 뚫고 추위가 들어온다. 그런데 낮은 숨결 같은 이 소리는 무엇인가? 바람이 슬며시 주랑 사이로 들어와 구슬픈 한탄을 자아낸다. 혹시 사람의 소리일까? 인근 저택들 밀실에서는 바이올린이나 기타 연주를 하는 듯, 드문드문 혼란한 음악소리가 들리는 것 같다. 높이 솟은 첨탑들 위에는 은먼지가 내려앉은 듯하다. 추위가 칼날처럼 그를 찌른다. 신, 그는 신에 관한 말을 수도 없이 들었다. 신은 어디에 있는가? 이곳은 필라델피아가 아니다. 저주의 도시, 지구 최후의 역겨운 구덩이다.)

그리하여 멀러 소위는 그를 바라다보는 산의 중턱에, 햇빛에 노출된 채 홀로 남았다. 여름에 양떼를 몰고 그리로 오른 목동들은 아직 상태가 멀쩡한 가죽장화를 벗겼다. 그러다 나중에는 악취를 견딜 수 없어 시체를 불살랐다. 미국인들은 석 달 뒤에 유골을 거두러 왔다.

(새벽이 됐지만, 무슨 소용인가? 천 번의 여름도 그의 몸을 덥히지 못할 만큼, 밤은 깊이 그에게 스며들어 있었다. 멀러 소위는 나른한 로봇이나 다름없다. 산봉우리, 암벽, 비스듬히 돌출된 바위는 아직 잠들어 있다. 아무도 오지 않을 것이다. 이제 그는 아래쪽의 심연을 가늠해본다. 그리고 확신과는 상관없이 해야만 하는 일을 한다. 비행용 신발을 벗고, 단검을 뽑아 바위와 바위 사이에 끼워 붙잡고 몸을 지탱한다. 깔때기 모

양으로 파인 넓은 틈을 선택한다. 그 안이면 꼭 맞게 들어갈 것이다. 그는 두 손으로 틈을 부여잡으며 더할 나위 없이 무기력하게 시도해본다. 감각이 없는 손은 그의 것이 아닌 것 같다. 그는 훌쩍 바위틈으로 들어가 살짝 미끄러진다. 그러곤 잠시, 끝없이 뻗은 바위 표면에서 부서지는 햇살을 본다.

심연의 깊이는 얼마나 될까? 오른발을 디뎠던 아래쪽에서 무언가가 날아간다. 돌들이 우르르 떨어지는 소리가 들린다. 단검 끝이 삐걱거리며 간신히 버틴다. 더디고 강력한 힘이 그를 뒤로 떨어뜨린다. 자, 암벽은 이제 거의 지평이 되듯 그의 앞에서 낮아진다. 자유! 웃음소리가 괴기스럽게 퍼지며 셋, 다섯, 열 개의 암벽을 스치다 금세 사그라진다. 단검은 바위를 따라 아래로 날듯이 미끄러지며 경쾌하게 땡그랑거린다. 이윽고, 모든 것이 원래대로 돌아온다. 꿈쩍도 없이 고요하기만 하다.)

이제 그 자리에는 아무것도 남지 않았다. 피난소 '트레비소' 관리인은 고인이 석 달간 방치되었던 그 자리에 작은 표식을 남겼다. 수풀 한가운데 돌을 쌓고 십자가를 세운 다음, 돌에다 붉은 페인트로 고인의 이름, F. P. 멀러를 썼다. 그 아래에는 '영국'이라고 잘못 써놓았다. 신비스러운 발카날리계곡에서 미국과 영국은 똑같이 까마득히 먼 나라라 혼동하기 쉬웠던 모양이다.

34
산사태

그는 전화벨소리에 잠이 깼다. 그가 일하는 신문사의 편집장이
건 전화였다. 편집장은 그에게 "속히 차로 출발하세요"라고 말했
다. "오르티카 골짜기에 큰 산사태가 났어요…… 그래요, 고로 마
을에 있는 오르티카요. 마을 전체가 휩쓸려서 사상자가 많이 발생
했을 겁니다. 어쨌든 당신이 가보면 알겠지요. 서두르세요. 그리고
최선을 다해주세요!"

처음으로 중요한 임무를 맡은 그는 잘해내지 못하면 어쩌나 하
는 걱정이 앞섰다. 하지만 시간을 계산해보고는 자신감을 찾았다.
200킬로미터 거리니 세 시간이면 그곳에 도착할 것이다. 그러면
취재하고 기사를 쓸 시간이 반나절이나 남아 있었다. 어렵지 않은
일 같았다. 그다지 큰 노력 없이도 공을 세울 수 있을 터였다.

2월의 추운 아침, 그는 출발했다. 도로가 거의 텅 비었기에 빠르
게 나아갈 수 있었다. 예상보다 일찍 언덕들의 윤곽이 가까워졌고,
이후 자욱한 안개 사이로 눈 덮인 산봉우리가 보였다.

그는 가는 동안 산사태에 대해 생각했다. 수백 명의 피해자가 속출한 대참사일 테니, 이삼일 연달아 2단 기사를 쓸 수 있으리라. 그는 냉담한 사람이 아니었지만, 수많은 사람이 겪을 고통에 슬퍼하지도 않았다. 그러다 문득 다른 신문사의 기자들, 그의 경쟁자들이 떠올라 불쾌한 기분이 들었다. 그들이 이미 현장에 도착해서 그보다 훨씬 더 신속하고 유능하게 귀중한 정보를 모으는 장면이 머릿속에 떠올랐다. 그는 자신과 같은 방향으로 가는 모든 자동차를 초조하게 살피기 시작했다. 틀림없이 그들 모두 산사태 때문에 고로마을로 가고 있을 것이다. 종종 직선도로에서 한참 앞서 달리는 자동차가 보이면, 그는 바짝 따라가서 누가 타고 있는지 확인하곤 했다. 그때마다 동료 기자이리라 확신했지만 매번 모르는 얼굴들이었다. 주로 시골 사람들, 소작농들, 중개상들처럼 보였고, 사제도 있었다. 다들 대참사는 아무 관심 없다는 듯 따분하고 나른한 분위기를 풍겼다.

그는 아스팔트 직선구간을 벗어나 오르티카 골짜기로 가기 위해 좁고 흙먼지가 이는 왼쪽 길로 접어들었다. 늦은 아침인데도 별다른 기색이 느껴지지 않았다. 그가 상상했던 것과는 달리 군부대나 구급차, 구호품 수송차도 보이지 않았다. 온통 겨울의 무기력에 빠진 가운데, 몇 채의 농가만 굴뚝으로 연기를 피워 올리고 있었다.

길가의 이정표가 남은 거리를 알렸다. 고로까지 20킬로미터, 고로까지 19킬로미터, 고로까지 18킬로미터. 하지만 술렁이거나 불안한 낌새는 여전히 없었다. 조반니는 산사태가 남긴 파괴 흔적이나 희끄무레한 자국을 발견하기 위해 가파른 비탈을 헛되이 둘러보았다.

그는 정오쯤 고로에 도착했다. 고로는 황량한 골짜기의 외진 마을이다. 백 년 전 과거에 머물러 있는 듯한 곳, 여름의 숲도 겨울의 눈도 없는 음울한 산에 짓눌린 스산하고 적막한 마을. 희망을 잃은 서너 가족만이 이곳으로 휴가를 보내러 온다.

그 시간에 마을 중앙의 작은 광장은 비어 있었다. 조반니는 이상하다고 생각했다. 대참사가 일어났는데 어떻게 모두 도망갔거나 집 안에만 있을 수 있지? 혹시 산사태가 인근 다른 마을에서 일어났고, 모두 거기에 있는 걸까? 창백한 햇살이 여관 정면을 비추고 있었다. 조반니는 차에서 내려 유리문을 열고 들어갔다. 유쾌한 식사 자리에서 나올 법한 시끌벅적한 대화 소리가 들렸다.

아닌 게 아니라, 여관 주인이 대가족과 식사를 하고 있었다. 그 계절에 분명 손님은 없었다. 조반니는 양해를 구하고 자신을 기자라고 소개한 뒤 산사태에 관한 소식을 물었다.

"산사태?" 호탕하고 친절한 여관 주인이 되물었다. "여긴 산사태가 없었는데…… 그건 그렇고 혹시 시장하시면, 앉으세요. 앉아요. 괜찮다면 여기 우리와 같이 앉으시죠. 다른 방은 난방이 안 돼서요."

그는 조반니에게 같이 식사하자고 끈질기게 권했다. 그사이 십대 중반으로 보이는 두 소년은 방문객의 등장에도 아랑곳없이 허물없는 농담으로 식탁에 큰 웃음을 자아냈다. 여관 주인은 조반니에게 앉으라고 거듭 말하며 이맘때 골짜기에서 먹을 곳을 찾기란 쉽지 않다고 강조했다. 하지만 그는 불안한 마음이 들기 시작했다. 흔쾌히 식사에 동참하고 싶지만, 먼저 산사태 현장을 봐야 했다. 어떻게 여기 고로에서 그들은 아무것도 모를 수 있을까? 편집장이 그에게 알려준 지명은 여기가 틀림없었다.

두 사람의 실랑이가 계속되자 식탁에 앉은 소년들은 방문객의 이야기에 관심을 갖기 시작했다. "산사태?" 열두 살쯤 된 소년이 대화를 듣다가 불쑥 말했다. "맞아, 그래요. 더 높은 곳, 산텔모에서 있었어요." 그는 아버지가 모르는 정보를 알고 있다는 사실에 신이 나서 소리쳤다. "산텔모에서 일어났어요. 어제 론고가 그랬어요!"

"론고가 그랬다니, 대체 무슨 소리야?" 여관 주인이 쏘아붙였다. "넌 잠자코 있어. 론고가 뭘 안다는 거야? 산사태는 그가 아직 아기일 때 한 번 일어났어. 그것도 고로보다 훨씬 더 낮은 지역에서. 아마 기자 양반도 오다가 봤을 겁니다. 여기에서 10킬로미터 떨어진 곳인데, 거기 도로가……"

"하지만 론고가 말했어. 아빠, 정말이야!" 소년은 강력하게 주장했다. "산텔모에서 일어났대!"

조반니가 끼어들지 않았다면 그들의 말다툼은 계속됐을 것이다. "그럼, 저는 산텔모로 가서 알아보겠습니다." 여관 주인과 그의 가족은 광장까지 따라나와 한 번도 본 적 없는 최신 자동차를 황홀하게 바라보았다.

고로에서 산텔모까지는 4킬로미터 거리밖에 안 됐지만, 조반니에게는 아주 멀게 느껴졌다. 좁고 구불구불한 도로는 깎아지른 듯 가팔라서 차가 뒤로 밀리곤 했다. 골짜기는 갈수록 더 어둡고 음산해졌다. 멀리서 들리는 종탑의 종소리만 조반니에게 위안이 되었다.

산텔모는 고로보다 더 작고 소외되고 가난한 마을이었다. 이제 막 열두시 사십오분이 되었지만, 위압적인 산의 어두운 그림자 때문인지, 황량한 풍경이 만들어낸 침울한 분위기 때문인지, 해질녘이 멀지 않은 것 같았다.

조반니는 이제 걱정이 되었다. 어디서 산사태가 났단 말인가? 편집장이 오보를 전해듣고 그를 급히 보낸 건 아닐까? 혹시 실수로 지명을 잘못 알려준 건 아닐까? 시간이 빠르게 흘러갔고, 그는 기삿거리를 놓칠 위기에 처했다.

조반니는 차를 세우고 한 소년에게 길을 물었다. 소년은 상황을 잘 알고 있는 듯했다.

"산사태요? 저 위예요." 소년이 손으로 위쪽을 가리키며 말했다. "이십 분 정도 걸려요." 이어 그는 차에 오르는 조반니를 보면서 조언했다. "차로는 갈 수 없어요. 걸어서 가야 해요. 오솔길만 있거든요." 그러곤 길잡이가 되어달라는 조반니의 청을 받아들였다.

그들은 마을에서 나와 산등성이를 비스듬히 가르는 진흙투성이 샛길을 올라갔다. 조반니는 소년을 따라가느라 애를 먹었다. 말도 못 걸 정도로 숨이 찼다. 하지만 그게 대수겠는가? 이제 곧 그는 산사태 현장을 볼 것이고, 무사히 임무를 완수할 것이다. 그보다 앞서 도착한 기자는 없을 것이다. (그런데 사람들이 통 보이지 않는 게 이상했다. 짐작건대, 피해자가 없었거나, 구조 요청을 안 했거나, 사람이 살지 않는 집 몇 채 정도만 피해를 입은 모양이었다.)

"자, 도착했어요." 산언덕의 돌출부 같은 곳에 다다랐을 때, 드디어 소년이 입을 떼며 손가락으로 가리켰다. 그들 앞쪽, 맞은편 계곡 정면의 붉은색 토양이 심하게 붕괴돼 있었다. 산사태 규모는 꼭대기 지점에서 커다란 바위가 무더기로 쌓인 계곡 아래까지 300미터가량 돼 보였다. 하지만 거기에 마을이나 작은 촌락조차 보이지 않는 게 이상했다. 그리고 산비탈에 드문드문 자라는 식물도 의아하게 여겨졌다.

"보이세요? 저기 다리요." 소년이 계곡 아래, 붉은 바윗더미 가운데 남아 있는 건축물의 잔해를 가리키며 말했다.

"그런데 아무도 없는 거야?" 조반니가 당황해서 물었다. 그는 주변을 샅샅이 둘러봤지만, 사람은 보이지 않았다. 벌거벗은 산마루, 도드라진 암석들, 개울의 축축한 자국, 좁은 경작지를 두른 돌담, 어디든 삭막한 붉은빛뿐이었다. 하늘은 천천히 구름으로 덮이고 있었다.

소년은 이해하지 못한 채 멀뚱멀뚱 그를 바라보았다. 조반니가 고집스럽게 물었다. "언제 발생했지? 며칠 전?" "언젠지 누가 알겠어요! 어떤 사람은 삼백 년 됐다 하고, 다른 사람은 사백 년 됐다고 해요. 하지만 아직도 가끔 무너지고 있어요."

"젠장!" 조반니는 벌컥 화를 내며 소리쳤다. "미리 말했어야지!" 그가 삼백 년 전의 산사태를 보려고, 혹은 여행안내서에 나오는 산텔모의 지형이 궁금해서 여길 왔단 말인가! 그리고 저 계곡 아래의 다리 잔해는 고대 로마의 유적일 테지! 멍청하기 짝이 없는 실수를 저질렀고, 그러는 동안 날이 어두워지고 있었다. 그런데 산사태 현장은 어디에, 도대체 어디 있단 말인가?

조반니는 소년보다 앞서서 샛길을 달려내려왔다. 소년은 사례금을 못 받을까봐 걱정되어 울먹거리며 몹시 속을 태웠다. 조반니가 왜 화를 내는지 이해하지 못한 채, 그저 그가 진정되기를 간절히 바라며 뒤따라 달렸다.

"이분이 산사태를 찾고 있어요!" 소년은 만나는 모두에게 소리쳤다. "나는 몰라요. 이분이 옛날 다리를 찾는 줄 알았어요. 그런데 그게 아니었어요. 어디서 산사태가 났는지 아세요?" 그는 길에서 만나는 모두에게 물어보았다.

"잠깐, 잠깐만!" 마침내 문 앞에 나와 있던 어느 왜소한 부인이 그의 물음에 대답했다. "잠시 기다려봐. 우리집 양반 좀 부를게!"

잠시 후 달가닥거리는 나막신 소리와 함께 한 남자가 문간에 나타났다. 쉰 남짓한 나이인데 벌써 무기력한 분위기에 침울한 표정을 짓고 있었다. "아, 보러 오셨군!" 그는 조반니를 보자 소리쳤다. "모조리 무너진 걸로도 모자라 이제 구경꾼까지 납셨어! 그래, 그래요. 보러 갑시다!" 그는 조반니에게 소리쳤지만, 낯선 사람에게 악감정이 있어서라기보다는, 그저 타인 앞에서 자신의 분노를 터뜨린 것이 분명해 보였다.

그는 조반니의 한쪽 팔을 잡고서 샛길로 이끌었다. 좀전의 길과 비슷했지만 이곳에는 거친 돌담이 둘려 있었다. 조반니는 (추위가 점점 더 기승을 부리고 있어) 외투를 여미기 위해 가슴 쪽으로 왼손을 올리다가, 우연히 손목시계를 슬쩍 보았다. 벌써 다섯시 십오분이었다. 곧 날이 저물 텐데 그는 정말이지 산사태에 관한 어떤 정보도 알지 못했을 뿐 아니라, 심지어 장소도 몰랐다. 그나마 이 얄미운 농부가 현장으로 안내해준다면 좋을 텐데!

"만족하세요? 자, 여기 있습니다. 그놈의 빌어먹을 산사태를 실컷 보세요!" 농부가 갑자기 멈춰 서더니 말했다. 그는 증오와 경멸을 담아 턱으로 분노의 대상을 가리켰다. 조반니는 면적이 몇백 제곱미터에 불과한 작은 밭 언저리에 있었다. 가파른 산비탈에 있다는 것 빼고는 별 볼일 없는 땅조각으로, 거친 땅을 애써 조금씩 일구고 돌담을 두른 개척지였다. 그런데 그 공간의 3분의 1가량이 무너진 흙과 돌로 뒤덮여 있었다. 비나 계절별 습도, 혹은 알 수 없는 다른 이유로 산비탈의 작은 일부가 밭으로 미끄러진 것이다.

"보세요. 이제 됐습니까?" 농부는 악을 써댔다. 영문도 모르는 조반니를 향한 것이 아니라, 수개월 간의 고된 노력을 흩어버린 그 재앙에 대한 분노였다. 조반니는 산의 긁힌 자국, 그 사소하고 놀랄 것 없는 산사태를 얼빠진 눈으로 바라보았다. 그것은 전혀 재해라고 할 수 없는, 가벼운 사고 같은 것이었다. 그러는 동안 시간은 흘러갔고, 그는 밤이 되기 전에 신문사에 전화해야 했다.

그는 한마디 말도 없이 농부를 등진 채 자동차를 세워둔 광장으로 달려갔다. 그러곤 그의 자동차 타이어를 눌러보고 있던 촌뜨기 셋에게 버럭 소리를 질렀다. "어디서 산사태가 났소?" 그는 마치 그들 탓인 양 애꿎은 분풀이를 했다. 이제 산은 어둠 속에 잠겼다.

키가 멀쑥하고 옷을 잘 차려입은 한 남자가, 그때껏 성당 앞 계단에 앉아서 담배를 피우고 있다가 자리에서 일어나 조반니에게 다가왔다. "누가 그러던가요? 누가 그 소식을 알려줬죠?" 그는 다짜고짜 물었다. "산사태가 났다고 누가 말했습니까?"

그의 어조는 모호했고, 위협적이기까지 했다. 그 주제를 떠올리기도 언짢다는 투였다. 그때 갑자기 조반니의 머릿속에 위안이 되는 생각이 스쳤다. 산사태에 관한 일에 뭔가 수상쩍고 잘못된 구석이 있다는 생각이었다. 그래서 모두가 그를 엉뚱한 곳으로 안내했고, 정부 당국은 재난 경고를 하지 않았으며, 현장으로 달려간 사람도 전혀 없었던 것이다. 오, 필연적으로 평범할 수밖에 없는 단순한 재해 사고 대신에, 세상 밖의 그 위쪽 마을에서 기이하기 짝이 없는 어떤 낭만적인 음모를 밝히는 게 그의 운명이 아니었을까!

"산사태라니!" 그자는 조반니가 대답할 틈도 없이 다시 쏘아붙였다. "난 그딴 헛소리를 들은 적이 없어요! 당신은 철석같이 믿고 있지만!" 그는 돌아서서 천천히 걸어갔다.

조반니는 성난 그에게 다가갈 엄두가 나지 않았다. "저자가 뭐라는 거요?" 그는 촌뜨기 중 덜 멍청해 보이는 사람에게 물었다.

"아!" 그 청년이 웃으면서 대답했다. "늘 하는 얘기죠! 난 할 말 없어요. 그 문제에 엮이기 싫거든요. 난 아무것도 몰라요!"

"그가 두려운 거지?" 다른 두 친구 중 하나가 그를 질책했다. "그가 사기꾼이라서 입다물고 싶은 거지? 산사태? 그럼, 났고말고!"

그는 무슨 일인지 알고 싶어 안달인 조반니에게 사건을 설명했다. 조금 전 그 남자는 산텔모 외곽에 있는 집 두 채를 팔려고 내놨다. 그런데 그 일대의 지반이 단단하지 않아, 머잖아 담이 무너질 테세인데다 수월찮이 생긴 균열을 손보는 데만도 시간과 비용이 만만찮게 들 터였다. 처음에는 몇 사람만 그 사실을 알았지만, 소문이 돌아서 이제는 아무도 그 집을 사려 하지 않았다. 이런 이유로 그 남자는 산사태를 부정하는 것이었다.

이게 다인가? 산속의 우울한 저녁, 우둔하고 아리송한 사람들 사이에서 수수께끼 놀음은 이것으로 끝난 건가? 날이 저물며 찬바람이 불어왔다. 사람들의 희미한 그림자는 차례차례 사라지고, 허름한 집들의 문이 삐걱거리며 닫혔다. 촌뜨기 셋도 자동차 구경이 싫증나서 홀연히 사라졌다.

더 묻는 건 부질없다고 조반니는 생각했다. 여태껏 그랬듯이 모두가 다른 답을 줄 것이고, 다른 장소로 안내할 것이며, 신문 기사는 한 줄도 쓸 수 없을 것이다. (실제로 모두에게 각자의 산사태가 있다. 누군가에게는 산비탈의 흙이 밭으로 무너진 일이고, 다른 누군가에게는 거름더미가 무너진 일이요, 또다른 누군가에겐 돌담이 붕괴된 일이다. 누구나 자신의 불행한 산사태를 품고 있지만, 조반니가 찾아 헤맨 것은 그것이 아니다. 그는 지면 세 단을 채우고, 어쩌면 그에게 행운을 안겨줄 대규모 산사태를 보려 했다.)

거대한 정적 속에서 저멀리 종탑의 종소리가 다시 들리다가 그쳤다. 조반니는 차에 올라 시동을 걸고 전조등을 켰다. 그러곤 풀이 죽은 채 도시를 향해 출발했다.

그는 우울한 기분으로 도무지 뭐가 뭔지 모르겠다고 생각했다. 산사태에 관한 소식은 아마 그 성마른 농부의 밭에 일어난 사소한 붕괴 사고가 어찌어찌 도시로 전해지면서 왜곡되어 재난으로 변질된 것이리라. 그런 일은 드물지 않고, 평범한 일상에서 심심찮게 벌어진다. 하지만 이번 일은 조반니가 대가를 치러야 했다. 사실 그의 잘못은 전혀 없지만, 어쨌든 그는 빈손으로 돌아가서 초라한 꼴을 보일 터였다. "만에 하나⋯⋯" 터무니없는 생각에 그는 피식 웃음이 났다.

그의 자동차는 이제 산텔모를 벗어나 있었다. 가파르게 구부러진 길은 인적 없는 계곡의 시커먼 동굴에 잠겼다. 자동차는 가볍게 자갈 구르는 소리를 내며 나아갔고, 전조등의 두 줄기 빛은 이따금 맞은편 골짜기의 벽이나 낮은 구름, 험준한 바위들, 고사목들을 비추면서 주위를 살폈다. 그의 차는 마지막 희망의 끈을 놓지 않으려는 듯 머뭇머뭇, 천천히 내려갔다.

그러다 문득 엔진소리가 멈추었다. 환청일 수도, 아닐 수도 있는 무슨 소리가, 조반니의 뒤에서 들려온 듯했다. 그는 등뒤로 땅을 흔드는 것 같은 무시무시한 굉음의 첫마디를 들었다. 그리고 그의 가슴은 이상하게도 환희와 비슷한, 야릇한 흥분에 휩싸였다.

35
그저 그들이 원했던 것

날이 더웠다. 계속 복도에 선 채로 장거리 기차 여행을 한 안토니오와 안나는, 녹초가 되어 큰 도시에 도착했다. 그곳에서 그들은 하룻밤을 보내야 했다. 다음날 아침까지 기차가 없었기 때문이다.

그들은 역 앞의 뜨거운 광장으로 나왔다. 안토니오는 한 손에 평범한 작은 가방을 들고, 다른 손으로는 피로에 발이 부어올라 잘 걷지 못하는 안나를 부축했다. 날이 무척 더웠다. 얼른 호텔방에 들어가서 쉬어야 했다.

역 주변으로 호텔이 많았다. 덧창이 내려와 있고 주차된 차도 없는데다 현관이 한적한 것으로 보아, 다 비어 있는 것 같았다. 그들은 숙박비가 저렴해 보이는 한 곳을 택했다. '스트리고니호텔'이었다.

로비에는 아무도 없었다. 온통 나른하고 정체된 분위기가 감돌았다. 그들은 접수대 너머 안락의자에 파묻혀 잠든 직원을 보았다. 안토니오는 나지막한 목소리로 "실례합니다"라고 말했다. 직원은 가까스로 눈을 뜨고 천천히 일어났다. 키가 아주 큰 흑인 남성이었다.

그는 안토니오가 입을 떼기도 전에 고개를 가로젓고는 적을 노려보듯이 두 사람을 바라보았다. 그러곤 접수대 위의 객실 안내표를 집게손가락으로 가리키며 "만실"이라고 알렸다. "죄송합니다. 구멍 하나 없어요." 수년간 계속해서 반복해온 공식을 지루하게 읊조리는 것 같았다.

다른 호텔에도 빈방이 없었다. 하지만 다른 곳 로비도 모두 텅 비어 있었고, 현관을 드나드는 사람도 없었으며, 계단에서 사람 소리도 들리지 않았다. 대부분의 직원이 졸고 있었고, 땀을 흘렸고 우울한 분위기였다. 다들 객실 안내표를 내밀며 빈 쪽방도 없다고 했다. 그리고 똑같이 의심의 눈초리로 두 사람을 빤히 노려보았다.

이런 식으로 한 시간가량 푹푹 찌는 거리를 돌아다니는 동안 그들은 점점 더 지쳐갔다.

일곱, 혹은 여덟번째 호텔에서도 거절당하자, 참다못한 안토니오는 욕실이라도 이용할 수 있는지 물었다. "욕실? 욕실을 찾으세요? 그렇다면 공중목욕탕으로 가세요. 여기서 아주 가깝습니다." 그러고서 직원은 가는 길을 설명했다.

그들은 그리로 향했다. 안나는 이제 굳은 표정이었고, 화가 났을 때 늘 그렇듯 말이 없었다. 그들은 공중목욕탕 입구의 알록달록한 대형 표지판을 발견했다. 입구에는 지하로 내려가는 계단이 있었다. 거기에도 사람은 없었다.

하지만 지하로 내려가자마자 그들에게서 한숨이 터져나왔다. '화장실'이라고 적힌 두 창구 앞에 긴 줄이 늘어서 있었다. 게다가 이미 입장권을 산 다른 사람들도 주위에 앉아 쑥덕대며 기다리는 중이었다.

한쪽 창구는 남성용, 다른 한쪽은 여성용이었다. "맙소사, 더는 못 버티겠어." 안나가 실망하자 안토니오가 그녀를 다독였다. "기운 내. 목욕탕에서 씻고 더위를 좀 식히자. 그런 다음 운이 좋으면 호텔방을 찾을 수 있을 거야." 이리하여 그들은 각자의 줄에 섰다.

심지어 지하에서도 복도의 열기 때문에 공기가 눅눅하고 답답했다. 한편 안토니오는 앉은 사람들이 그들, 특히 안나를 주의깊게 관찰한다는 것을 알아챘다. 사람들은 흘낏거리면서 서로 소곤댔다. 하지만 악의는 없어 보였다. 웃는 사람이 없었기 때문이다.

안나가 그보다 약간 빨랐다. 삼십 분쯤 지났을 때, 안토니오는 옆줄의 안나가 그를 앞질러서 창구로 다가가는 것을 보았다. 자기 차례가 되자 안나는 100리라짜리 지폐를 내밀었다.

이때 안토니오의 앞사람과 매표원 사이에 실랑이가 벌어져 그의 주의가 산만해졌다. 매표원은 거스름돈이 없었고, 고객은 1000리라짜리 지폐만 있었다. "제발, 한쪽으로 비켜서주세요. 다른 사람들이 지나갈 수 있게……" 그들은 누가 엿들을까 두려운 듯이 작은 목소리로 속닥거렸다. 결국 앞사람은 투덜거리며 한쪽으로 비켜서서 안토니오에게 자리를 내주었다.

그제야 그는 안나도 옆줄에서 말다툼을 하고 있다는 것을 알았다. 안나는 상기된 얼굴로 어쩔 줄 몰라 하며 허둥지둥 핸드백에서 뭔가를 찾고 있었다. 그가 그녀에게 물었다. "돈 잃어버렸어?" "아니, 여기 신분증이 있어야 한대. 근데 아무리 찾아도 없어."

"저기요." 매표원이 나지막이 안토니오를 재촉했다. "목욕탕 쓰실 거죠? 80리라요." "신분증이 필요한가요?" 매표원은 어렴풋이 미소를 지었다. "그러면 좋죠……" 뭔가 의미심장한 말투였다. 안토니오가 신분증을 내밀자, 그는 명부에다 인적 사항을 기록했다.

한편, 안나가 허둥대는 사이에 여자들 줄이 멈추고 불평소리가 나오기 시작했다. 급기야 창구 안의 여자가 통명스럽게 말했다. "이봐요, 신분증이 없으면, 부탁인데 좀 빠져주세요!" "하지만 저는 많이 지쳤어요. 그래서 꼭……" 안나는 힘겹게 미소를 지으며 그녀에게 양해를 구하려 했다. "여기 저를 아는 친구가 있어요. 이 친구는 신분증도 있고……" 매표원은 단박에 거절했다. "이봐요. 난 딴짓할 틈이 없어요. 부탁합니다!" 안토니오는 안나의 팔을 잡고 부드럽게 끌어냈다. 갑자기 그녀가 버럭 화내며 직원을 향해 소리쳤다. "무례하군요! 난 범죄자가 아니라고요!" 그녀의 큰 목소리가 고요한 실내에 쩌렁쩌렁 울렸다. 모두가 놀라서 돌아보았고, 전보다 더 격하게 쑥덕거렸다.

"이것마저 뜻대로 안 되다니! 이젠 어쩌지?" 안토니오가 물었다. "내가 어떻게 알아!" 안나는 금방이라도 울음을 터뜨릴 태세였다. "이 빌어먹을 도시에선 목욕탕도 이용할 수 없으니…… 그래도 넌 입장권을 샀지?"

"난 있어…… 그렇담 나 대신에 네가 들어갈 수 있는지 한번 보자." 그들은 목욕탕 입구에서 표를 받는 관리인에게 다가갔다. 그녀는 어눌한 목소리로 차례차례 다음 번호를 부르고 있었다.

"실례합니다." 안토니오가 애걸하듯이 말했다. "제가 표를 벌써 샀지만, 가봐야 해서…… 여기 숙녀분이 대신 쓸 수 있을까요?" "물론이지요." 부인이 대답했다. "안내 창구로 가서 신분증만 등록하면……" "저기요." 안나가 나서서 말했다. "좀 봐주세요…… 제가 신분증을 분실했거든요. 그래도 목욕탕을 쓸 수 있게 해주세요. 몸이 좋지 않아요…… 여기 발목을 좀 보세요."

"나로선 어쩔 수가 없어요." 관리인이 말했다. "만약 그들이 알게 되면, 곤란해지는 건 나예요. 정말로요……"

"가자." 안토니오도 부아가 치밀었다. "경찰서가 따로 없군그래." 주변 사람들의 시선은 더욱더 이 연인에게 집중되었고, 그들이 지상으로 올라가기 위해 계단으로 향하자 소곤거림이 잠시 중단되었다.

"오, 제발 어디 가서 좀 앉기라도 하자." 안나가 앓는 소리를 냈다. "더는 못 서 있겠어…… 저기 봐, 공원이야!"

그 길은 공원으로 이어져 있었다. 멀리서 봤을 땐 한적해 보였는데, 막상 가보니 그늘이 진 벤치는 모두 차 있었다. 그들은 나뭇가지가 절반만 드리운 자리에 만족해야 했다. 안나는 앉자마자 신발부터 벗었다. 사방에서 매미가 울어댔다. 주변은 먼지가 자욱하고 황량했다.

그들 앞의 둥그런 공터에는 가운데서 물이 솟구치는 커다란 원형 분수대가 있었다. 햇볕이 내리쬐는데도 공원에서 유일하게 사람이 붐비는 장소였다. 사람들은 분수대 가장자리에 걸터앉아서 물속에 손을 담가 더위를 식히고 있었다. 안에서는 어수선하고 시끄러운 아이들 무리가 웃통을 벗은 채 장난감 배를 가지고 놀고 있었다. 아이들은 즐겁게 첨벙거리며 서로에게 물장난을 쳤고, 어떤 아이는 엄마의 잔소리에도 아랑곳없이 옷을 다 입은 채 허리까지 젖어 있었다.

도시에 감도는 (아마 인근의 오염된 논에서 발생했을) 흐릿한 연무가 햇빛의 기세를 다소 누그러뜨렸다. 하지만 더위는 더 심해진 것 같았다.

"저길 봐…… 물이야!" 별안간 안나가 말했다. "잠깐만 있어봐……" 그녀는 안토니오가 말릴 새도 없이 웃으면서 맨발로 잽싸게 달려갔다. 그러곤 분수대 끝에 앉은 사람들에게 "실례합니다"라고 중얼거리곤 가볍게 턱을 뛰어넘어 치마를 살짝 들어올리면서 물속으로 들어갔다. 그녀의 가방과 신발을 챙겨 황급히 달려온 안토니오에게 그녀가 외쳤다. "아, 살 것 같아!"

물가에서 위안을 찾던 사람들의 시선이 그 어여쁜 여인에게로 향했다. 나른함에 빠져 꼼짝 않던 사람들 사이에 돌연 부산스러운 대화가 오가며 생기가 돌았다. 잠시 후 또랑또랑한 목소리가 들려왔다.

"이봐요, 밖으로 나오세요. 분수대는 아이들을 위한 거예요." 소리친 여자는 마흔 살쯤 된 억척스러운 살림꾼으로 보였다.

하지만 안나는 물속에서 한껏 신나 있었고, 아이들의 함성 때문에 그 소리를 듣지 못했다.

"이봐요!" 그녀가 더 크게 소리쳤다. "어른은 분수대에 들어갈 수 없어요. 아이들 전용이라고요." 다른 여자들도 동의하며 고개를 끄덕였다.

깜짝 놀라서 뒤돌아봤으나, 안나는 여전히 웃고 있었다. "아이들 전용이라니, 오, 안 돼요. 괜찮다면 잠시만 더 있을게요." 안나는 장난기가 섞인 정중하고 상냥한 어조로 말했다. 그러곤 수심이 더 깊은 분수 중앙으로 나아갔다.

여우처럼 영악한 표정의 다른 여자가 손을 내저으며 소리쳤다. "이 분수는 아이들 거라니까요. 알아들었어요? 아이들 거라고요!"

다른 여자들도 가세했다. "거기서 나와! 나오라고! 아이들 거야!" 이제 아이들도 자기들과 같이 물속에 있는 안나의 존재를 알게 되었다. 아이들은 놀이를 멈추고 뭔가를 기다리듯이 그녀를 바라보았다.

"밖으로 나와! 들어가선 안 돼! 나오라니까!" 안나는 아이들이 가장 붐비는 중앙에 있었다. 물이 그녀의 무릎까지 차 있었다. 그녀는 고함을 듣고 다시 몸을 돌렸지만, 어떤 이유에선지 주변 여자들의 돌변한 표정, 분노로 빨개지고 땀범벅에 증오로 입가가 일그러진 그들의 얼굴을 알아채진 못했다. 안나는 보지 못했기에 두려워하지 않았다. "휴우!" 그녀는 귀찮게 보채지 말라는 뜻으로 한 손을 들어올리며 혀를 찼다.

분수대 언저리에 있던 안토니오는 분란이 더 커지는 상황을 피하고자 순순히 타일렀다. "안나, 안나, 이제 돌아와. 한참 있었잖아."

하지만 그녀는 안토니오가 자신을 창피하게 여기고 살짝 다른 여자들을 편든다고 생각했다. 그래서 반발심에 철부지 소녀처럼 물속에서 발을 동동 굴렀다. "그래, 갈게, 잠시만!" 그녀는 마녀들에게 지고 싶지 않았다.

철벅. 잿빛을 띤 뭔가가 물 위로 날아가는가 싶더니 안나의 등에 크고 묵직한 얼룩이 생겼다. 꽃무늬 파란색 옷감에 질척한 흙덩이가 떨어졌다. 누가 그랬을까? 무리 가운데 키 크고 훤칠하고 체격이 다부진 한 여자가 갑자기 분수대 바닥에서 진흙을 한 움큼 집어 안나에게 던진 것이다.

폭소와 함성이 일었다. "나와! 밖으로 나와! 나와!" 이제 남자들 목소리도 들렸다. 조금 전까지만 해도 무심하고 너그럽던 대중이 온통 흥분에 휩싸여 있었다. 얼굴과 말투로 보아, 이방인이 틀림없는 저 뻔뻔한 여자에게 굴욕감을 안기는 기쁨에 도취된 듯했다.

"쫄보들!" 안나가 획 돌아서며 외쳤다. 그러곤 등에 붙은 진흙을 손수건으로 닦아내려고 했다. 하지만 장난은 이제 시작이었다. 다른 흙덩이가 어깨로 날아왔고, 세번째는 목과 옷깃에 떨어졌다. 어느새 진흙 던지기 경기가 되어 있었다.

"나가! 나가!" 사람들은 환호하듯이 외쳤다. 그러다 큼지막한 진흙 덩이가 안나의 귀를 치고 오물이 얼굴로 튀었을 때는 폭소가 한참 이어졌다. 그녀의 선글라스가 날아가 물속으로 사라졌다. 안나는 이 거센 폭풍 속에서 숨을 헐떡이며 알아들을 수 없는 말을 외쳤다.

급기야 안토니오가 군중 사이로 나아가며 호소했다. 하지만 감정이 격한 순간에 그러하듯이 말문이 턱턱 막혔다. "제발, 제발. 그만하세요! 그녀가 무슨 피해를 줬다고…… 제발…… 저기요…… 들어봐요…… 부탁입니다…… 안나, 안나, 당장 나와!"

안토니오는 이방인이었고, 군중은 모두 그곳 사투리를 썼다. 그의 말은 이상하게 들릴 뿐 아니라 우스꽝스럽기까지 했다.

그의 바로 옆에 있는 사람이 웃기 시작했다. "제바알? 제발?" 그가 말투를 흉내냈다. 민소매 셔츠를 입은 삼십대 청년으로, 싸늘하고 교활한 악당의 얼굴이었다.

안토니오는 입술을 떨며 물었다. "왜 그래요? 왜?" 이 말과 동시에 진흙을 다시 던지려고 팔을 쳐든 한 여자가 그의 시야 구석에 들어왔다. 그는 잽싸게 손목을 잡아 못하게 말렸다. 진흙이 그녀의 손에서 빠져나갔다.

"여자한테? 여자한테 분풀이를 해?" 민소매 청년이 말했다. "네가 저 여자의 남자친구일 테지?" 그러곤 바짝 다가섰다. "자, 자." 그가 안토니오의 얼굴에 스치듯이 주먹을 들이밀고 위협하며 도발했다. 안토니오는 그를 밀어내려고 주먹을 날렸다. 하지만 주먹은 어설프게 날아가서 그의 어깨를 스칠 뿐이었다.

청년은 비틀거리지도 않았다. 오히려 아주 즐겁다는 듯 웃음을 터뜨리고는 권투선수처럼 주먹을 흔들며 제자리에서 뛰기 시작했다. "자, 이제 간다!"

그가 왼팔을 쭉 뻗었다. 느린 속도였고, 힘도 거의 실려 있지 않았다. 하지만 어쩐 영문인지 안토니오는 피할 수가 없었다. 그의 복부에 장난으로 가볍게 친 주먹 같았는데도, 곧바로 안토니오는 헉헉대며 내장으로 퍼지는 지독한 통증을 느꼈다. 깊고, 은근하고, 끔찍한 고통이었다. 숨을 쉴 수가 없었다.

"제발! 제발!" 청년은 다시 흉내내며 낄낄거렸다. 이어 그가 다른 팔을 뻗었다. 주먹은 거의 닿지 않은 듯 보였다. 하지만 잠시 후 안토니오는 끙 소리를 내며 몸을 웅크렸다. 뱃속에서 엄청난 욕지기가 치밀어올랐다. 눈앞에선 혼란한 그림자만 어른거렸다. 그는 간신히 가까운 나무로 몸을 옮겨 기댔다.

그가 정신을 차렸을 때—불과 몇 초 사이였다—분수대에서는 다른 상황이 벌어지고 있었다.

안나는 아직 분수 한가운데 있었다. 온몸이 진흙투성이에다 괴로움에 잔뜩 찡그린 얼굴로 손으로 몸을 가리거나 공격하는 사람들에게 물을 튀기기도 했다. 하지만 갑작스러운 탈진 상태에 빠진 듯 힘겨운 움직임이었다. 이제 그녀는 아이들 사이에 서 있었다. 엄마들이 아이가 맞을 것을 염려해 섣불리 공격하지 못하리라는 계산에서였다. "안토니오, 안토니오!" 그녀가 불렀다. "저들이 무슨 짓을 했는지 봐! 내게 무슨 짓을 했는지!" 다른 말은 할 줄 모르는 사람처럼 그녀는 기계적으로 같은 말만 외쳐댔다.

"밖으로! 밖으로 나와! 거기서 나오라고! 이거나 받아라! 나와! 더럽다고? 더러워졌다고? 나와, 나오라니까! 그리고 애, 니니, 그쪽에서 물러서! 얘들아, 모두 거기서 물러서!" 여자들이 소리쳤다. 그러자 아이들은 안나를 피해 물러났다.

이제 안나는 밖으로 나가고 싶었지만, 그마저도 간단한 일이 아니게 되었다. 그녀가 지나가도록 그들이 놔둘까? 더 격하게 달려들지 않을까? 갑자기 주변의 나무에서 매미들이 훨씬 더 사납고 세차게 울어댔다. 공포가 나뭇잎을 뒤흔들기라도 한 것 같았다. 바로 그때 열띤 함성에 흥분한 여덟아홉 살쯤 된 한 아이가 조잡한 나무배를 들고 안나에게 다가갔다. 그러고는 잠자코 그녀의 정강이를 향해 장난감을 힘껏 던졌다. 금속판으로 덧댄 용골 부분이 예리하게 뼈에 부딪쳤다.

대부분의 일은 단 몇 분 사이에 일어나고, 인간은 그 짧은 시간 동안 많은 것을 해낸다. 설령 날이 덥고, 오염된 논이 내뿜는 역겨운 연무가 증오의 삶을 부추기며 도시를 역습할지라도 그럴 수 있다. 안나는 비명을 질렀지만, 목소리 대신 쉭쉭거리는 거친 입김만 나왔다. 극심한 고통의 순간, 그녀는 아이를 휙 낚아채서 물속으로 밀어버렸다. 잠깐 아이의 머리가 수면 아래로 사라졌다.

분수대 밖에서 짐승이 울부짖는 듯한 괴성이 터져나왔다. "저 여자가 내 아들을 죽여요! 내 아들을 죽여요! 도와주세요! 도와주세요!"

이제 누가 더위를 느끼겠는가? 기막히게 멋진 빌미였다. 오랫동안 깊숙한 곳에 품어왔으나 깨닫지 못했던 사악하고 더러운 본심, 그 영혼의 바닥을 쏟아낼 절호의 기회였다. 광적인 흥분이 여자들을 덮쳤다. 여우를 닮은 여자는 펄쩍펄쩍 뛰고 제자리를 돌며 외쳐댔다. "살인자! 살인자! 살인자!" 아무 생각 없이 악을 써댔다.

10여 미터 떨어진 곳에서 안토니오는 계속되는 옆구리 통증을 참으며 여전히 헐떡이고 있었다. 그저 어수선한 장면만 눈에 들어올 뿐, 그는 상황을 깨닫지 못했다. 하지만 군중이 처음과는 다른 말을 쓴다는 것은 알 수 있었다. 그때까지 군중은 그가 쉽게 이해할 수 있는 평범한 사투리를 쓰고 있었다. 이제는 무슨 이유에서인지 그들의 입이 불룩해지는 것 같았고, 거기서 거칠고 불분명한 소리의 다른 말이 튀어나왔다. 먼 곳의 우물에서 울리는 섬뜩하고 암울한 메아리 같았다. 독을 잔뜩 품은, 지하세계의 악랄한 소리가 갑작스레 다시 살아난 걸까? 종잡을 수 없는 이 먼 땅에서 그는 이방인이요, 적이었다.

그때 함성이 터졌다. 사람들이 분수대 턱을 넘어 안으로 뛰어들었다. 아수라장이 되었다. 이후 모두 다시 밖으로 나왔고, 안나가 여자 두세 명한테 맞으며 난폭하게 끌려나왔다. 그녀는 진흙투성이에 온통 흐트러져 있었고, 흙빛이 된 얼굴은 극심한 고통으로 일그러져 있었다. 오열하는 걸까? 흐느끼는 걸까? 소리치는 걸까? 그녀의 소리는 군중의 아우성에 휩쓸려 들리지 않았다. 연신 구타를 당해 비틀대는데도, 여자들은 안나의 두 팔을 꼼짝 못하게 뒤로 잡고서 어딘가로 끌고 가고 있었다. 어디로 데려가는 걸까?

안토니오는 어찌할 바를 몰라 주위를 둘러보았다. 자신을 응시하는 냉혹한 시선과 성난 얼굴만 보였다. 그는 두근거리는 마음으로 경찰을 부르러 달려갔다. 그러는 사이 함성이 다시 터졌다. '우리에게!'라고 외치는 것 같았다. 하지만 아마 잘못 들었을 것이다. 대체 그게 무슨 소리람?

200미터쯤 달려가던 그에게 경찰관 두 명이 보였다. 그들은 소동에 이끌려 군중을 향해 가고 있었지만, 서두르는 기색은 없었다. 그가 더듬거리며 간신히 말했다. "빨리 좀 가주세요! 여자가 죽게 생겼어요! 붙잡혀서 끌려가고 있어요!"

두 경찰은 이해하지 못하겠다는 어리둥절한 표정으로 그를 바라볼 뿐이었다. 걸음을 더 재촉하지도 않았다. 어쨌거나 그들은 안나를 끌고 가는 여자들 무리와 마주쳤다. 이제 안나는 넝마나 다름없었고, 넋이 나간 듯 보였다. "엄마! 엄마!"라는 말만 거듭 되뇌었다. 그리고 여자들은 짐승을 다루듯 그녀를 몰았다.

그 바로 뒤에 대부분 여자로 이루어진 다른 무리가 오고 있었다. 그들은 의기양양하게 사내아이를 안고 있었다. 안나가 물에 빠뜨린 아이였다. 아이의 엄마는 그애의 다리를 쓰다듬었다. "토니노, 내 새끼!" 그녀가 절규했다. "내 아들! Chelle cnn che lev mmmmmm!" 첫마디 이후의 말은 알아들을 수 없는 웅얼거림으로 변했다. 다른 여자들은 고개를 끄덕이고 손뼉을 치며 동조했다. 그러다 한 여자가 한시도 지체할 수 없다는 듯 황급히 앞으로 달려나가 안나에게 무지막지한 주먹을 날렸다.

경찰관들은 무얼 망설이고 있는 걸까? 머뭇거리던 그들이 행렬 옆으로 다가가더니 어색한 손짓을 했다. 작달막한 꼽추가 그들에게 와서 숨을 헐떡이며 설명했다. "우리가 저 여자를 붙잡았어요. Voleva mmegh nbemb ghh mmmm mmmm!" 그의 말도 암울하게 윙윙대는 소리로 흐려졌다. 경찰들의 안색이 창백해졌다.

경찰 한 명이 미안해하는 눈으로 안토니오를 바라보았다. 하지만 실망한 그의 얼굴에서 자신의 의무가 떠올랐던 모양이다. 그는 동료에게 행동을 취해야 할 때라는 신호를 보냈다. 그러고는 한 여자의 팔을 잡았다. "잠시만! 잠깐만요!" 그가 불안정한 목소리로 명령했다.

여자는 돌아보지도 않았다. 어떤 강력한 어둠의 힘이 다른 여자들과 함께 그녀를 이끌고 있었다. 윙윙거리며 비난하는 소리가 잇따랐다. 경찰은 쥐고 있던 손을 풀었다. 수많은 발걸음 탓에 역겨운

더운 입김과 뒤범벅된 먼지구름이 일었다.

그들은 공원 끝에 솟은 고성으로 안나를 끌고 갔다. 권양기로 끌어올린 작은 철제 우리가 그곳 도개교 위에 걸려 있었다. 옛날에 죄인들을 웃음거리로 만드는 데 사용하던 우리였다. 꼭 누르스름한 벽에 걸린 거대한 박쥐처럼 보였다.

그 아래로 안나를 에워싼 군중이 모여들었다. 곧 우리가 흔들리더니 군중이 있는 아래로 덜컥거리며 내려왔다. 기세등등한 환호성이 터졌다. 잠시 후 밧줄이 팽팽해지면서 인간을 태운 우리가 위로 올라갔다. 파란색 옷을 입은 인간은 무릎을 꿇었고, 창살을 부여잡은 채 흐느꼈다. 수많은 팔이 그쪽으로 향하며 무언가를 던졌다.

그런데 우리가 군중의 머리 위로 1미터쯤 올라섰을 때, 오래된 기중기가 삐거덕하고 부서지며 나무손잡이가 아무렇게나 돌아갔다. 밧줄이 휘리릭 풀리면서 다리 위의 우리는 시커먼 해자로 떨어졌다. 그러다 마침내 장치가 끼익 소리를 내며 멈췄고, 우리는 지면 4미터 아래의 외벽에 쿵 하고 부딪치면서 정지했다. 군중은 계획에 차질이 생길까봐 야단법석이었다. 그들은 우르르 철책으로 몰려가서 몸을 구부려 아래를 내려다보았다. 누군가는 침을 뱉었다.

저 아래 들썩이는 안나의 가냘픈 어깨와 축 늘어진 머리가 보였다. 그녀의 헝클어진 머리카락으로 흙과 돌과 온갖 쓰레기가 떨어졌다. "저것 봐, 저것 좀 봐! cragghh craghh guaaaah가 없어!" 사람들은 소리치면서 토니노를 어깨 높이 올렸고, 아이는 영문도 모른 채 겁에 질려서 두리번거렸다.

마침내 안토니오는 다리난간에 닿을 수 있었다. 이제 그에게도 우리가 보였다. "안나! 안나!" 그는 소동의 한가운데서 소리쳤다. "안나! 안나! 내가 왔어!"

그가 세 차례 고함을 질렀을 때, 누군가가 그의 어깨를 툭툭 쳤다. 쓸쓸하고 우울해 보이는 마흔 살가량의 남자였다. 그는 고개를 저으며 말했다. "아니, 그러지 마세요." 그의 정중한 말투에 안토니오는 고마운 마음이 와락 솟구쳤다. "제발 하지 마세요."

안토니오는 이해하지 못했다. "뭘요? 뭐를요?" 그가 더듬거리며 물었다.

남자는 다시 고개를 젓고는 조용히 해달라는 의미로 입술에 검지를 갖다댔다. "하지 마세요…… 당신은 가는 게 좋겠어요. 여긴 더워요. 너무 더워요……"

"저요? 저 말이에요?" 그가 떨면서 다시 물었다. 예닐곱 사람의 험악한 얼굴이 눈에 들어왔다. 다들 목을 길게 빼고서 이야기를 엿듣고 있었다. 안토니오는 슬그머니 난간에서 물러났다.

일몰이 다가오고 있었지만, 시원함도 위안도 가져다주지 않았다. 고함은 차츰 잦아들어 나지막하고 음울한 속삭임으로 변했다. 그렇지만 해자 철책에 늘어선 군중은 꿈쩍도 하지 않았다. 두 경찰은 조금 떨어진 거리에서 초조하게 서성거렸다. 그들은 사람들이 돌아가기만을 기다리는 걸까? 어쩌면 그것이 더 큰 혼란을 막기 위한 이곳의 방침일까?

"맙소사, 어떻게 이런 일이!" 안토니오는 난간으로 다시 가려고 애쓰며 중얼거렸다. 몇 분 후에 자리를 잡았지만 우리에서 먼 곳이었다. 그는 또다시 불러보았다. "안나! 안나!"

문득 뒷덜미에 갑작스러운 충격이 느껴졌다. 민소매 청년이었다. "여기 있군. 또 너냐?" 그는 사악한 미소를 짓더니 알아들을 수 없는 그렁 소리를 쏟아냈다. "Non ti bst bst cedìn ghaaaah!"

"이자는 공범이야. 체포해! Face guisc guisc ellèh…… mmm

…… mmmm!" 주위 사람들이 소리쳤다.

"그놈도 잡아!" 한 사람이 외쳤다. "그놈도!" 다른 모두가 응답했다. 안토니오는 달아나려 했지만 붙잡히고 말았다. 사람들이 그의 손목을 묶고는 난간에서 떠밀었다. 안토니오는 밧줄에 매달린 채 해자로 떨어졌다. 그들은 벽을 따라 밑으로 그를 내려보내다가 그가 우리에 닿자 줄을 느슨히 풀었다. 갑자기 우리 바닥으로 떨어지는 바람에, 안토니오는 안나의 발을 밟고 말았다. 안나는 아무 움직임이 없었다. 사납게 으르렁거리는 아우성이 위에서 들려왔다. 햇빛은 점점 희미해졌다.

안토니오는 가까스로 밧줄을 푼 뒤 그녀의 어깨를 팔로 둘렀다. 그녀의 몸에 들러붙은 오물의 끈적임이 느껴졌다. 안나는 여전히 고개를 푹 숙인 채로 무감각하게 "엄마, 엄마"만 되뇌고 있었다. 그러다 온몸을 흔들며 기침을 해댔다. 위에서는 여전히 소리를 치고 있었다.

이제 어지간히 만족했거나 염증을 느낀 건지 많은 사람이 자리를 떴다. 칼새들이 땅거미 지는 성 주변에서 울어댔다. 먼 병영에서 점호시간을 알리는 나팔소리가 들렸다. 이윽고 먼지 가득한 도시에 밤이 내렸다. 그때 한 노파가 커다란 보따리를 들고 나타나 행복하게 웃으며 외쳤다. "토니노! 토니노!" 그러곤 굉장한 멋진 것이 들었다고 알리려는 듯 손으로 보따리를 가리켰다. 사람들은 노파가 지나가도록 길을 내주었다.

노파는 난간으로 가더니 보따리를 풀어 어린이 요강을 꺼내서는 모두가 안을 들여다볼 수 있게 항아리를 기울였다. 그러곤 내용물을 가리키며 "토니오, 토니오"라고 말했다.

이제 노파는 난간 밖으로 몸을 숙여 우리를 향해 항아리를 겨냥한 뒤 말했다. "이것도 과분한 줄 알아!"

안나의 어깨 위로 오물이 주르륵 미끄러져내렸다. 하지만 그녀는 움직이거나 저항하지 않았다. 깊고 건조한 기침소리만 하염없이 뱉어낼 뿐이었다.

한순간 군중이 멈칫했다. 그러자 노파는 낄낄대며 웃음을 터뜨렸다.

정적이 이어지는 가운데, 우리와 맞닿은 해자 벽면에서 귀뚜라미 울음소리가 들려왔다. 애절한 소리는 점점 더 크게 들렸다.

안나는 귀뚜라미에게 도움을 청하려는 듯, 떨리는 작은 손을 들어 철창 밖으로 천천히 내밀었다.

36
비행접시가 착륙했다

평야는 이미 반쯤 잠들어 있고, 계곡에서는 솜털 안개가 피어오르고, 고독한 개구리 울음소리도 뚝 그친 늦은 저녁(투명한 하늘에 차가운 마음마저 녹아내리고, 불가해한 정적과 연기 냄새가 감돌고, 박쥐들이 날고, 오래된 집에서 유령들이 살금살금 걸어다니는 시간), 마을 꼭대기에 솟은 성당 지붕에 비행접시가 착륙했다.

사람들이 집안으로 들어가고 아무도 없을 때, 비행체는 우주에서 수직으로 내려와 윙윙 소리를 내며 잠시 머뭇거렸다. 그러다 비둘기처럼 가볍게 지붕 위로 내려앉았다. 비행체는 크고 매끈하고 견고했다. 거대한 렌즈콩과 비슷한 모양이었다. 그 물체는 여러 통풍구로 연신 바람을 내뿜다가 소리를 멈추고 죽은듯이 가만히 있었다.

저 위, 성당 지붕이 내려다보이는 방에서, 본당신부 피에트로는 토스카노 시가를 피우며 책을 읽고 있었다. 그는 기이한 소음이 들리자 의자에서 일어나 창밖을 내다보았다. 그리고 지름이 10미터가량 되는 하늘색의 그 괴상한 물체를 보았다.

신부는 겁먹지 않았고, 소리를 지르지도 어리둥절해하지도 않았다. 대범하고 침착한 피에트로 신부가 무언가에 놀란 적이 있던가? 그는 시가를 문 채 가만히 지켜보았다. 그러다 작은 출구가 열리는 걸 보곤, 엽총이 걸린 벽을 향해 조용히 팔을 뻗었다.

그때 접시에서 나온 두 괴생물체의 생김새는 도저히 믿기지 않았다. 피에트로 신부는 몹시 혼란스러웠다. 그는 훗날 이 이야기를 하면서도 계속 횡설수설했다. 확실한 건 그들이 각각 100센티미터, 110센티미터쯤 되는 작은 키에 홀쭉한 체형이었다는 것이다. 또 그는 그들이 고무로 된 것처럼 늘어났다 줄어들었다 했다고 한다. 형체에 관해선 설명이 명확하지 않았다. 피에트로 신부는 말했다. "그들은 분수에서 솟구치는 물줄기처럼 아래는 좁고 위쪽은 더 크게 생겼어요. 두 요정 같기도 했고, 두 마리 곤충 같기도 했습니다. 작은 빗자루 같기도 했고, 커다란 성냥 같기도 했어요." "우리처럼 눈이 두 개였나요?" "그럼요, 한쪽에 하나씩. 하지만 작았어요." 그리고 입은? 팔은? 다리는? 피에트로 신부는 머뭇거렸다. "어느 순간 작은 두 다리를 보긴 했지만 잠시 후엔 보이지 않았습니다. 어쨌든 제가 뭘 알겠어요? 절 좀 가만 내버려두세요!"

사제는 그들이 비행접시를 다루는 장면을 조용히 지켜보았다. 그들은 잡음처럼 삑삑거리는 소리로 서로 나직이 이야기했다. 그러다 경사가 아주 완만한 지붕 위로 기어올라 성당 정면의 꼭대기에 있는 십자가에 다다랐다. 그 주위를 돌며 십자가를 만지기도 했는데, 관찰하는 것처럼 보였다. 피에트로 신부는 계속 엽총을 든 채 잠시 그들을 그냥 내버려두었다. 그러다 갑자기 생각을 바꾸었다.

"어이!" 그가 우렁찬 목소리로 외쳤다. "젊은이들, 거기서 내려와요. 당신들은 누구죠?"

둘은 고개를 돌려 그를 보았는데 별로 당황한 기색은 없었다. 어쨌든 그들은 곧바로 내려와 사제가 있는 창문으로 다가왔다. 그러곤 둘 중 키가 더 큰 외계인이 말하기 시작했다.

피에트로 신부는—그가 직접 들려준 바에 따르면—얼핏 실망스러운 마음이 들었다. 그 화성인은 미지의 언어를 말했다(그러니까 이유는 알 수 없지만 그는 처음부터 비행접시가 화성에서 왔다고 확신했고, 그에 관해서는 물어볼 생각도 안 했다). 하지만 그게 정말 언어이기는 했을까? 사실 소리는 불쾌하지 않았고, 연달아 죽이어져서 나왔다. 그런데 사제는 마치 고향 사투리를 듣는 것처럼 그 소리를 대번에 모두 알아들었다. 생각이 전송된 것일까? 아니면 저절로 알아듣게 되는 세계공통어 같은 걸까?

"진정해, 진정해." 외계인은 말했다. "우리는 곧 떠날 거야. 그거 알아? 오래전부터 우리는 너희 주위를 맴돌았어. 너희를 지켜보고, 라디오를 듣고, 거의 모든 것을 익혔지. 가령 난 네 말을 알아들을 수도 있어. 그런데 딱 하나 모르는 게 있어. 그래서 우리가 내려온 거야. 이 안테나들은 뭐지? (그는 십자가 표시를 했다) 탑 꼭대기, 종루, 산 정상, 어디에든 있어. 그리고 담으로 둘러싸인 수목원 같은 곳 여기저기 잔뜩 세워져 있는 것도 봤어. 그게 뭔지 알려줄래?"

"그건 십자가잖아!" 피에트로 신부가 말했다. 그리고 그는 그 둘의 머리에 길이가 20센티미터쯤 되는 가느다란 타래가 솟아 있는 것을 보았다. 아니, 머리카락은 아니었다. 식물의 얇은 줄기 같은 것이 살아 있는 듯 계속해서 흔들거렸다. 오, 어쩌면 짧은 광선이거나 전기를 방출하는 왕관이었을까?

"십자가." 외계인은 또박또박 따라서 말했다. "무엇에 필요한 거지?"

피에트로 신부는 엽총을 바닥에, 하지만 여전히 손이 닿는 거리에 내려놓았다. 이제 그는 허리를 똑바로 쭉 펴고 엄숙한 표정을 지었다.

그가 대답했다. "우리의 영혼에 필요하지. 우리를 위해 십자가에서 죽은, 하느님의 아들 예수그리스도의 상징이야."

화성인들의 머리 위에서 가느다란 타래가 갑자기 부르르 떨렸다. 관심이나 감정의 표시였을까? 아니면 그들이 웃는 방식이었을까?

"어디서, 어디서 그런 일이 있었지?" 키 큰 외계인이 계속해서 삑삑 소리를 내며 물었다. 모스전신을 연상시키는 그 소리가 어렴풋이 비꼬는 듯 들렸다.

"여기, 지구, 팔레스타인에서."

"그러니까 신이 여기 너희 가운데 오셨다는 말이야?"

의심 어린 말투에 피에트로 신부는 짜증이 났다.

"얘기가 길어. 아마 너희처럼 똑똑한 자들에겐 너무도 긴 이야기일 테지."

외계인의 머리에서 우아하고 미묘한 왕관이 두세 번 움직였다. 바람에 흔들리는 것 같았다.

"오, 굉장한 이야기인가보네." 외계인이 선심 쓰듯 말했다. "지구인, 그 이야기를 듣고 싶어."

외계인을 상대로 선교한다는 기쁨이 피에트로 신부의 마음속에서 솟구친 걸까? 그것은 역사적인 일이고, 무한한 영광일 터였다.

"원하는 게 그뿐이라면야." 그는 얼버무리듯 말했다. "이리 가까이 오든가. 여기 내 방으로 들어와."

정말이지 기이한 광경이었다. 본당신부의 방에서 그는 낡은 스탠드 불빛 아래 책상에 앉아 성경책을 들고 있었고, 두 화성인은 침대 위에 서 있었다. 피에트로 신부가 매트리스 위에 편히 앉으라고 여러 차례 권했지만, 그들의 몸으론 앉을 수가 없었다. 결국 둘은 호의를 거절하지 않기 위해 침대로 올라가서 똑바로 섰는데, 타래가 아까보다 더 뻣뻣하고 더 많이 넘실거렸다.

"잘 들어. 작은 브러시들!" 사제가 성경책을 펼치면서 퉁명스럽게 말했다. "주 하느님께서는 사람을 데려다 에덴동산에 두시어⋯⋯ 이렇게 명령하셨다. '너는 동산에 있는 모든 나무에서 열매를 따먹어도 된다. 그러나 선과 악을 알게 하는 나무에서는 따먹으면 안 된다. 그 열매를 따먹는 날, 너는 반드시 죽을 것이다.' 주 하느님께서⋯⋯"

그는 성경에서 눈을 떼어 두 화성인의 타래가 몹시 흔들리는 것을 보았다. '무슨 일이 있나?'

화성인이 물었다. "그런데 너희는 그걸 먹은 거지? 참지 못한 거지? 그렇게 된 거지?"

"그래, 먹었어." 사제는 인정했고, 화가 난 목소리였다. "너희라면 어땠을까? 혹시 너희한테도 선악을 알게 하는 나무가 있었어?"

"물론이야. 우리 행성에서도 자랐어. 수백만 년 전에. 지금도 여전히 싱싱해⋯⋯"

"그럼 너희는? 너희는 그 열매를 따먹지 않았다는 거야?"

"결단코." 외계인이 말했다. "법으로 금지돼 있어."

피에트로 신부는 부끄러운 마음에 씩씩거렸다. 그렇다면 저 둘은 하늘의 천사들처럼 순수하단 말인가? 죄가 무엇인지, 악의와 증오, 거짓이 무엇인지 모른단 말인가? 그는 도움을 구하려는 듯이 주변을 둘러보았다. 어스레한 실내의 침대 위에 검은 십자가가 보였다.

그는 기운을 되찾았다. "그래, 그 열매 때문에 우리는 망했어." 격한 어조로 말하는 그의 목이 메어왔다. "하지만 하느님의 아들이 사람이 되셨어. 그리고 여기 우리 가운데로 내려오셨지!"

외계인들은 태연하기만 했다. 그들의 타래만 불꽃이 장난치듯 이리저리 흔들거릴 뿐이었다.

"여기 지구로 왔단 말이지? 그래서 너희는 어떻게 했니? 그를 너희의 왕으로 선포했니? 내 기억이 옳다면, 그가 십자가에서 죽었다고 했던 것 같은데…… 그렇담 너희가 그를 죽였다는 거야?"

피에트로 신부는 맹렬히 맞섰다. "그로부터 거의 이천 년이 흘렀어. 그분은 바로 우리 때문에, 우리의 영생을 위해 돌아가셨어!"

그는 입을 다물었다. 더는 무슨 말을 해야 할지 알 수가 없었다. 어두운 구석에서 두 외계인의 신비스러운 머리털이 불타올랐다. 기이한 빛을 발하며 정말로 타오르고 있었다. 침묵이 흐르는 가운데 밖에서 귀뚜라미들의 노랫소리가 들려왔다.

가까스로 마음을 다스리고 있는 사제에게 화성인이 다시 물었다. "그 모든 게 이로웠다는 거지?"

피에트로 신부는 대답 없이 오른손만 내저었다. 실의에 빠진 그 손짓은 다음과 같이 말하는 듯했다. '무슨 대답을 원하니? 우리는 이렇게 생겨먹었어. 우리는 죄인이야. 신의 자비가 필요한 불쌍하고 하찮은 죄인들이라고.' 그런 뒤 그는 손으로 얼굴을 가린 채 무릎을 꿇었다.

얼마나 시간이 흘렀을까? 몇 시간, 몇 분? 피에트로 신부는 손님들의 소리에 퍼뜩 정신이 들었다. 고개를 들어보니 그들은 떠나기 위해 이미 창턱에 가 있었다. 밤하늘을 배경으로 그들의 두 타래가 우아하고 사랑스럽게 넘실댔다.

키가 큰 외계인이 물었다. "지구인, 뭘 하는 거지?"

"내가 뭘 하느냐고? 기도하잖아! 너흰 안 하니? 기도하지 않아?"

"기도? 우리가? 왜 기도를 하지?"

"하느님에게 기도하지 않는다고?"

"안 해!" 어찌된 일인지 외계 생명체의 생생한 왕관이 흐느적거리고 창백해지더니 갑자기 움직임을 멈췄다.

"오, 가엾어라!" 피에트로 신부는 심각한 환자를 앞에 두고 말하듯 그들이 들리지 않게 중얼거렸다. 자리에서 일어서자 온몸의 혈관으로 피가 힘차게 돌기 시작했다. 조금 전까지만 해도 스스로 벌레가 된 기분이었지만, 이제는 행복했다. 그는 마음속으로 비웃었다. '이봐, 너희는 원죄를 짓지 않았고, 그로 인한 우여곡절을 겪지 않았어. 너희는 정직하고 현명하고 나무랄 데 없어. 악마의 손길이 닿지 않았지. 하지만 해가 저물 때 너희가 어떤 기분일지 궁금하군! 짐작건대, 끔찍하게 외롭고 허무하고 지루할 거야.' (그러는 사이 두 외계인은 비행접시로 들어가 출입문을 닫았다. 엔진이 나지막하고도 조화롭게 윙윙 소리를 내며 돌기 시작했다. 기적이 일어나듯, 천천히 비행접시가 풍선처럼 떠오르며 지붕에서 멀어졌다.)

"오!" 사제는 혼자 중얼거렸다. "분명 하느님은 우리를 더 사랑하실 거야! 이러니저러니 해도 결국엔 우리같이 탐욕스럽고 비열하고 거짓말을 일삼는 골칫거리들이 더 나아. 말 한마디 않는 우등생들보단 낫다고. 그들을 보며 신이 무슨 기쁨을 느끼겠어? 죄악과 후회와 눈물이 없다면 인생이 무슨 의미가 있겠어?"

그는 뿌듯해하며 엽총을 들어 하늘 가운데 흰 반점이 된 비행접

시를 겨눴다. 한 발을 쏘았다. 총성에 놀란 개들이 머나먼 언덕에서
짖어댔다.

37
도로 개통식

1845년 6월 20일에 도로 개통식이 열린다. 날짜는 이미 한참 전에 정해져 있었다. 새 도로는 수도와 산피에로를 잇는 80킬로미터 구간으로, 방대한 황야에 둘러싸인 외딴 지역 산피에로는 거의 왕국의 경계에 있는, 인구 사만 명의 대도시다. 공사는 이전 총독의 지시로 시작되었다. 불과 두 달 전에 선출된 새 총독은 그 사업에 별 관심이 없었기에, 가벼운 질병을 구실로 내무장관 카를로 모르티메르 백작에게 개통식에 참석하라고 했다.

개통식은 도로 공사가 완전히 끝나지 않았는데도 개최된다. 산피에로 방면 마지막 20킬로미터는 기초 작업으로 자갈층만 깔아둔 상태였다. 그래도 공사감독은 마차가 끝까지 갈 수 있다고 장담했다. 게다가 오랫동안 기다려온 행사를 연기하는 것도 적절치 않은 것 같았다. 산피에로 주민들은 흥분과 열광 속에서 한껏 들떠 있었다. 6월 초에는 열두 마리의 비둘기 전령이, 총독에 대한 충성 맹세와 산피에로에서 큰 축제를 준비했다는 소식을 가지고 수도에 도착했다.

그리하여 6월 19일, 개통식 참석 행렬이 수도에서 출발했다. 대열은 기마호위대와 네 대의 마차로 구성되었다.

첫번째 마차에는 카를로 모르티메르 백작과 그의 비서 바스코 데투이, 그리고 공공사업 감독관 빈첸초 라고시(리안테전투에서 용맹스럽게 전사한 라고시의 아버지), 도로 공사시공자이자 건설업자 프랑코 마차롤리가 타고 있었다.

두번째 마차에는 안테스레쿠오츠 장군과 괴짜이지만 용감한 여성인 그의 아내, 그리고 공무원 두 명이 있었다.

세번째 마차에는 행사 진행자 디에고 크람피와 그의 아내, 젊은 비서, 그리고 외과의사 제롤라모 아테시가 있었다.

네번째에는 하인들이 탔고, 가는 동안 음식 구하기가 쉽지 않을 터였기에 식량도 실려 있었다.

그들이 하룻밤을 보낸 작은 마을 파소테르네까지 모든 게 차질 없이 진행되었다. 다음날은 30킬로미터 정도만 더 가면 되었다. 하지만 그중 20킬로미터는, 앞서 말했듯이 도로가 미완성 상태라 천천히 힘겹게 나아가야 했다.

일행은 시원할 때 이동하기 위해 아침 여섯시에 파소테르네에서 다시 출발했다. 주변 풍경은 몹시 쓸쓸했을지라도 모두 기분이 좋았다. 태양이 작열하는 평지 여기저기에는 지반이 10 내지 20미터 높이로 기이하게 솟아오른 붉은 혹이 즐비했다. 나무는 거의 없었고, 집은 더 없었다. 길을 닦는 동안 일꾼들이 머물렀던 작은 오두막만 간혹 보였다.

한 시간쯤 이르게, 일행은 미완성 도로가 시작되는 지점에 이르렀다. 땅바닥이 울퉁불퉁하고 푸석거리고 좁아졌다. 거기서, 많은 인부가 잔가지와 붉은 자투리천으로 꾸민 조악한 널빤지 개선문을 만들어 기다리고 있다가 일행을 반갑게 맞았다.

말들은 매우 천천히 나아갈 수밖에 없었고, 견고하게 제작된 마차도 삐걱거리며 흔들거렸다. 뜨거운 날씨에 공기는 무겁고 축축했다. 풍경은 갈수록 더 삭막해졌다. 지평선까지 초목이 거의 없는 불그스름한 땅이 사방에 펼쳐져 있었다.

모두가 참기 힘든 나른함에 빠져 마차 안의 대화도 시들해졌다. 오직 모르티메르 백작만이 갈수록 더 험해지는 눈앞의 길을 불안한 기색으로 계속 주시하고 있었다.

어느 순간 세번째 마차가 미끄러지며 멈춰 섰다. 바퀴 하나가 구덩이에 박혔는데, 빼내려고 여러 차례 시도하다가 그만 박살이 나고 말았다. 행사 진행자와 그의 아내, 비서와 의사는 다른 마차에 나눠서 타야 했다.

힘겨운 전진이 두 시간 남짓 이어졌을 때(산피에로까지는 10킬로미터도 채 남지 않았다), 첫번째 마차도 한껏 요동치다가 멈췄다. 졸리고 피곤했던 나머지, 자갈길이 갑자기 끝나고 어수선한 돌무더기 바닥으로 바뀐 것을 마부가 제때 깨닫지 못한 것이다. 그 바람에 말 한 마리가 거칠게 넘어졌고 하마터면 마차가 뒤집힐 뻔했다.

모두 땅으로 내려왔고, 거기서 길이 끝났다는 것을 확인하곤 경악했다. 그 이후로는 작업한 흔적이 전혀 없었다. 화가 치민 모르티메르 백작은 쇳소리를 내지르며 공사 책임자 마차롤리를 불렀다. 하지만 마차롤리는 나타나지 않았다. 쥐도 새도 모르게 사라져버린 것이다.

잠시 그들은 미묘한 불안감에 사로잡혀 얼어붙은 듯 서 있었다. 어차피 마차롤리가 사라진 마당에 그의 파렴치함을 욕하는 것은 부질없는 짓이었다. 따라서 모르티메르 백작은 100미터쯤 떨어진, 암벽 기슭에 파묻혀 있는 듯한 오두막으로 호위병사를 보냈다. 병사는 오두막에 사는 노인을 모르티메르 앞으로 데려왔다.

노인은 도로에 관해선 아무것도 몰랐고, 산피에로는 이십 년 넘게 가본 적이 없지만 빠른 걸음으로 두 시간만 가면 도착할 수 있다고 했다. 시야가 멀리까지 트인, 나지막한 돌출 바위를 통과하고 늪지를 돌아가야 하는데, 그 일대는 인적이 드물기에 오솔길조차 없다는 말도 했다.

모르티메르를 비롯한 모든 일행은 망연자실했다. 도로 작업이 갑자기 중단되었고 그 선 너머론 돌 하나도 치우지 않았다니, 도무지 납득할 수가 없는 상황이었다. 어쨌거나 그들은 가장 합리적인 대책을 세워야 했다. 수도로 돌아가서 이 말도 안 되는 사건을 최대한 수습하고 책임자들을 처벌하는 수밖에 없었다.

하지만 놀랍게도 모르티메르 백작은 계속 나아가겠다는 확고한 의사를 밝혔다. 자신은 말 타는 법을 모르니 걸어서 가겠다는 것이다. 산피에로 주민이 그를 기다리고 있었다. 가난한 백성들이 이 근사한 환영 행사 준비차 큰 비용을 부담한 터였다. 다른 사람들은 돌아가도 좋지만 자신에겐 수행해야 하는 분명한 임무가 있다고 그는 말했다.

그를 설득하려는 노력은 소용없었다. 다른 구성원들이 도의상 어쩔 수 없이 백작을 따라가야 한다고 느끼며 도보 여정을 시작한 시간은 정오쯤이었다. 남은 식량을 운반하는 기마호위대가 앞장섰다. 부인 둘만 마차를 타고 수도로 돌아갔다.

태양과 세월이 바스러뜨린 황야에는 그늘도 초목도 없이 지독한 더위뿐이었다. 일행은 괴로워하며 더디게 나아갔다. 의례용 신발은 울퉁불퉁한 땅에서 신을 게 못 됐다. 장식이 잔뜩 달린 제복이 답답했지만, 아무도 벗을 엄두를 내지 못했다. 모르티에르 백작이 불편한 기색을 전혀 내비치지 않고 의연하게 앞서갔기 때문이다.

걷기 시작한 지 삼십 분이 채 안 됐을 때, 호위대장이 백작에게 와서 말들이 별 이유도 없이 꿈쩍도 하지 않는다고 보고했다. 아무리 박차를 가해도 한 걸음도 내딛지 않는다는 것이었다.

이제 모르티메르도 화가 치밀어 가타부타 긴말 없이 공직자를 경호하는 네 명을 제외한 호위대는 돌아가라고만 명령했다.

오후 두시쯤, 그들은 어느 초라한 농장에 도착했다. 농부는 놀랍게도 조그만 밭을 그럭저럭 경작하며 염소 몇 마리도 기르고 있었다. 지치고 목마른 일행은 염소젖으로 기운을 차릴 수 있었다. 하지만 그 기쁨도 잠시였다. 농부는 산피에로까지 가려면 부지런히 걸어도 네 시간은 족히 걸릴 거라고 장담했다.

아무 이유 없이 중단된 도로, 오솔길도 없는 노정, 을씨년스러운 풍경, 걸어갈수록 더 멀어지는 것만 같은 산피에로. 이 모두가 모르티메르 일행을 낙담케 했다. 그들은 백작을 에워싼 채 계획을 포기하자고 간청했다. 악몽에서 벗어나야 할 때였다. 이런 황야에서 길을 잃기란 너무 쉬웠다. 이 지옥 같은 곳에서 길을 잃으면 누가 그들을 구하러 오겠는가. 게다가 분명히 어떤 저주 같은 것이 그들에게 뻗친 듯했다. 그러니 한시라도 빨리 달아나야 했다.

이제 모르티메르 백작은 혼자서 길을 가겠다고 선언했다. 그의 눈에선 결연한 의지의 빛이 번뜩였다. 식량 꾸러미와 물병을 챙겨 농가를 나선 그는 돌출 바위를 향해 성큼성큼 걸어갔다. 노인이 말한 대로 거기서는 산피에로의 첨탑과 종탑이 선명하게 보일 것이다! 남은 사람들은 잠시 우두커니 서 있었다. 그러다 두 사람이 백작을 따라나섰다. 비서 바스코 데투이와 의사 아테시였다. 어두워지기 전에는 목적지에 도착할 수 있으리라고 그들은 생각했다.

셋은 작열하는 태양 아래 조용히 걸었다. 바싹 마른 흙과 돌부리 투성이 바닥 때문에 발이 아팠다. 그들은 두 시간을 걸어 돌출 바위 정상에 이르렀다. 하지만 자욱한 안개가 앞을 가려 산피에로는 보이지 않았다.

세 사람은 모르티메르가 시곗줄에 매단 작은 나침반의 안내를 받으며 한 줄로 서서 걸어갔다. 바위를 지나왔지만 여전히 마른땅과 돌바닥이 이어졌다. 태양은 무서운 기세를 꺾지 않았다.

그들은 안개 사이로 종탑의 윤곽이 나타나기를 초조하게 기다렸으나 허사였다. 틀림없이 제자리를 맴돌았거나, 혹은 걷는 속도를 지나치게 낙관적으로 계산한 듯했다. 어찌되었든 기대를 접을 수는 없었다.

일몰이 가까워졌을 때, 당나귀를 탄 자그마한 노인이 그들 셋에게 다가왔다. 그는 인근에 있는 자신의 농장에서 오는 길이며 파소 테르네로 물건을 사러 간다고 설명했다.

"산피에로까지 아직 많이 남았는가?" 모르티메르가 물었다.

"산피에로요?" 노인은 무슨 소린지 모르겠다는 듯이 되물었다.

"맙소사. 이웃 마을 산피에로 말이네. 잘 알지 않는가?"

"산피에로라?" 노인은 혼잣말하듯이 되뇌었다. "아니요, 나리. 처음 듣는 곳입니다. 아, 그래요. 지금 막 생각났는데, (잠시 말을 멈추더니) 맞아요. 종종 선친이 저쪽에 있는 (지평선을 가리키며) 큰 도시에 대해 말하곤 했어요. 비슷한 이름이었어요. 산피에로인지 산데드로인지 그랬을 겁니다. 하지만 난 그분 말을 믿은 적이 없지요."

당나귀 탄 노인은 등을 돌려 제 갈 길을 갔다. 세 사람은 바위에 걸터앉았다. 누구도 먼저 말할 용기를 내지 못했다. 그런 상태로 날이 어두워졌다.

마침내 모르티메르가 어둠 속에서 입을 열었다.

"친구들, 지금껏 나와 동행하느라 너무 고생이 심했소. 날이 밝는 대로 두 사람은 돌아가시오. 나는 계속 갈 것이오. 이미 늦긴 했지만, 산피에로 주민을 하염없이 기다리게 할 순 없소. 나를 맞이하려고 큰 희생을 치른 가여운 백성들 아니오."

나중에 데투이와 아테시가 이야기를 들려주었다. 다음날 아침 갑작스러운 바람이 불어와 황야의 안개를 싹 걷어갔지만, 산피에로의 집들은 보이지 않았다. 그들의 간청에도 아랑곳없이, 모르티메르는 끝없이 펼쳐진 쓸쓸한 광야와 적막한 지평선을 향해 홀로 계속 나아가기로 했다.

그들은 메마른 돌무더기 가운데서 느리지만 단호하게 걸어가는 백작의 모습을 시야에서 사라질 때까지 지켜보았다. 그가 사라진 뒤에도 그들은 두세 차례 짧게 번뜩이는 빛을 본 듯했다. 고귀한 인간의 제복 단추에 반사된 태양빛의 반짝임이었다.

38
자연의 마법

쉰두 살의 벽화 화가 아돌포 로리토는 침대에 누워 있다가 현관 자물쇠 소리를 들었다. 그는 시계를 보았다. 한시 십오분. 아내 레나타가 돌아온 것이다.

그녀는 방 문간에서 깃털이 달린 작은 모자를 벗었다. 입가엔 활짝 미소를 짓고 있었다. 서른여덟 살, 날씬한 몸매, 잘록한 허리, 아이같이 성내며 찡그릴 때면 삐죽이 튀어나오는 입술, 그녀에겐 뭔가 음란하고 뻔뻔한 구석이 있었다.

그는 베개에서 머리를 들지 않은 채 불평하는 투로 앓는 소리를 냈다. "나 아팠어."

"아팠다고?" 그녀가 옷장으로 다가가면서 차분히 물었다.

"극심한 복통이 도졌어. 정말 끔찍했어."

"지금은 괜찮아?" 아내는 여전히 침착하게 물었다.

"이제 좀 나아졌어. 하지만 아직도 아프긴 해." 갑자기 그의 목소리가 날카롭고 사납게 변했다. "그런데 당신은 어디 있었어? 어딜 갔는지 말 좀 해볼래? 지금 시간이 몇신지 알아?"

"저기, 그렇게 큰소리칠 필욘 없잖아. 어디 갔었느냐고? 프랑카랑 영화관에 갔었어."

"영화관 어디?"

"막시뭄영화관."

"어떤 영화를 봤는데?"

"오늘 도대체 왜 이래? 내가 어디 갔었는지, 어느 영화관이었는지, 어떤 영화를 봤는지 왜 꼬치꼬치 캐묻는 거야? 몇 번 트램을 탔는지도 알고 싶어? 프랑카랑 같이 갔다고 했잖아!"

"그래서 어떤 영화를 봤는데?" 그는 말하면서 몸을 일으켰다. 그러곤 끙끙 소리를 내며 침대 옆 작은 탁자에서 신문 꾸러미를 집었다.

"꼬치꼬치 따지자는 거야? 그래? 나 못 믿어? 궁지로 몰아넣고 싶지? 좋아, 그렇다면 한 마디도 안 해. 그래야 당신도 정신 차리지."

"당신이 어떤지 알아? 내가 말해줄까?" 로리토는 스스로에 대한 연민의 감정이 솟구쳐 거의 울음을 터뜨릴 지경이었다. "어떤지 말해줘? 어떤 여자인지?" 마음속에 분노가 차올라 그는 바보 같은 질문을 자꾸 반복했다.

"말해, 하고 싶으면 해봐!"

"당신…… 당신은 말이야…… 당신은……" 그는 마음속 상처를 휘젓는 은밀한 희열을 한껏 느끼면서, 같은 말을 적어도 열 번은 기계적으로 되뇌었다. "나는 여기서 금방이라도 죽을 듯이 괴로운데 당신은 영화관엘 갔다고? 누군지 모를 사람과…… 남자들과 시시덕대니 좋아? 당신은 나쁜 년이야." 그는 절절한 감정을 강조하고자 흑흑 소리를 내며 말을 떠듬거렸다. "나를, 당신은 나를, 당신은 날, 무시했어. 부끄러운 줄 알아. 남편은 아파서 침대에 누워 있는데, 부인은 밤새 밖으로 쏘다니다니!"

"휴, 지겨워, 지겨워." 그녀는 모자와 외출복을 옷장에 걸면서 대꾸하더니 몸을 돌려 그를 바라보고는 창백한 얼굴에 인상을 쓰며 말했다. "이제 그만 됐어. 그만해."

"아, 입까지 다물라고? 그런 용기는 어디서 나와? 나보고 조용히 하라고? 아무것도 모른 척하라고? 당신이 새벽 한시까지 멋대로 즐기며 돌아다니는데도? 나보고 입마저 다물라고?"

그녀는 낮은 소리로 천천히 또박또박 말했다. "당신이 얼마나 역겨운지 당신은 모르지. 얼마나 늙고 추한지도 모르지. 당신 꼴을 봐. 로리토, 이 형편없는 칠장이야." 그녀는 말 한마디 한마디가 그의 심장에 송곳처럼 예리하고 고통스럽게 박히는 것을 즐기고 있었다. "똑똑히 보라니까. 거울 속의 자신을 봐. 당신은 끝났어. 이도 빠지고, 머리엔 이가 득실거리는 추해빠진 늙은이일 뿐이야. 뭐, 예술가? 좋아하시네! 당신은 냄새도 고약해. 이 방에서 나는 악취를 못 느끼겠어?" 그녀는 코를 틀어막으며 창문을 활짝 열더니 깨끗한 공기를 마시려는 듯이 창밖으로 고개를 내밀었다.

침대에서 한탄이 흘러나왔다. "죽어버릴 거야. 맹세코, 죽어버릴 거야. 지긋지긋해……"

여자는 12월의 차가운 밤 풍경을 바라보며 말없이 가만히 서 있었다.

이윽고 그가 한탄을 거두고 발끈 화내며 소리쳤다. "닫아, 빌어먹을 창문 닫으라고. 날 얼려 죽일 셈이야?"

하지만 아내는 움직이지 않았다. 그는 곁눈으로 아내의 얼굴을 보았다. 좀전의 사납고 험악한 기색은 온데간데없이 불현듯 생기를 잃은 듯했고, 새로운 감정이 배어들어 사뭇 다르게 느껴졌다. 어디에서 왔는지 알 수 없는 한줄기 빛이 그 얼굴을 환히 비추었다.

'무슨 생각을 하는 거지?' 그는 의아해하며 생각했다. '내가 죽겠다고 해서 놀란 건가?' 하지만 곧 그게 아니라는 걸 깨달았다. 어쩌면 아내에 대한 애착에서 여전히 착각하는 것일 수도 있지만, 뭔가 다른 이유가 있어 보였다. 훨씬 더 엄청나고 강력한 뭔가가 있었다. 그게 뭘까?

그때 그녀가 가만히 남편을 불렀다. "아돌포." 몹시 놀란 여자아이의 가느다란 목소리였다. "아돌포, 저걸 봐." 그녀는 기묘한 무언가에 놀라 거의 마지막 숨을 내쉬듯이 속삭였다.

로리토는 궁금한 나머지 추위도 잊은 채 침대에서 빠져나와 창가에 있는 아내에게 다가갔다. 그도 석상처럼 그대로 굳어버렸다.

안뜰 너머 지붕들의 검은 능선에서 거대하고 밝은 무엇이 하늘로 천천히 오르고 있었다. 아주 고른 곡선의 윤곽이 서서히 떠오르면서 형체를 드러냈다. 환하게 빛나는 어마어마한 크기의 원형체였다.

"맙소사, 달이잖아!" 그 광경에 깜짝 놀란 남자가 외쳤다.

그것은 달이었지만, 우리가 밤에 보곤 하는 평온한 달덩이가 아니었다. 사랑의 묘약이 되고, 경이로운 빛으로 오두막을 근사한 성으로 둔갑시키는 사려 깊은 친구가 아니었다. 심연에서 솟아난 거대한 곰보괴물 같았다. 전대미문의 우주적 대재앙으로 무섭게 확대된 달이 지금 횃불의 불꽃처럼 고요하고 눈부신 빛을 발산하면서 조용히 세상을 위협하고 있었다. 그 광선이 사물의 가장 세밀한 부분, 모퉁이, 담벼락, 테두리, 돌멩이, 사람들의 털과 주름까지 비추었다. 하지만 주변을 둘러보는 자는 없었다. 사람들의 시선은 온통 하늘로 향했고, 그 섬뜩한 형체에서 눈을 떼지 못했다.

요컨대 자연의 법칙이 깨졌고, 우주의 질서를 파괴하는 끔찍한 재앙이 일어난 것이다. 아마도 세상의 종말이 온 것이리라. 지금도 그 위성은 점점 빠르게 다가오는 중이고, 얼마 안 있어서 저 치명적인 구체는 하늘을 가득 채울 정도로 커지리라. 이후 그 빛은 지구의 그림자 속에서 꺼질 것이고, 더는 보이지 않게 되리라. 그러다 찰나의 순간에 밤이 내린 도시의 희미한 불빛 속에 거칠고 광대한 돌천장이 우리 위로 떨어지는 것을 직감할 테지만, 그것을 눈으로 확인할 겨를은 없으리라. 청각이 충돌음의 첫 외마디를 지각하기도 전에, 모든 것은 무의 상태로 바스러지리라.

안뜰에서 창문과 덧문을 쾅 닫는 소리, 절실한 호소, 공포의 절규가 들려왔고, 창턱에 자리한 인간의 형상은 달빛 아래 유령처럼 어른거린다. 로리토는 그의 오른손이 아플 정도로 힘껏 잡는 아내의 손길을 느낀다. 그녀는 단숨에 속삭인다. "아돌포, 아돌포, 오, 날 용서해줘. 내게 자비를 베풀어 용서해줘!"

그는 훌쩍거리며 부들부들 떠는 아내의 손을 세게 잡는다. 세상의 깊은 곳에서 나오는 듯한 굉음―수많은 사람이 일제히 지르는 고함과 울부짖음―이 공포에 휩싸인 도시에서 일어날 때, 그는 괴물 같은 달을 똑바로 응시하며 아내를 꽉 껴안는다.

39
아나고르 성곽

　티베스티에서 원주민 가이드는 내게 아나고르 성곽에 가고 싶은지 물었다. 내가 가고 싶다면 길잡이를 하겠다고 했다. 나는 지도를 살펴봤지만 아나고르라는 도시는 보이지 않았다. 갖가지 정보가 실린 관광안내서에도 나오지 않았다. "지도에도 없는 그 도시는 어떤 곳인가요?" 내가 묻자 그는 다음과 같이 대답했다. "크고 부유하고 막강한 도시입니다. 하지만 지도에는 나와 있지 않습니다. 우리 정부가 그곳을 모르거나 모르는 척하기 때문이죠. 그 도시는 자주적이라 복종하지 않습니다. 독립적으로 존재하고, 왕의 사절단도 그곳에 들어갈 수 없습니다. 가깝든 멀든 다른 도시들과 교역도 하지 않는 폐쇄적인 곳입니다. 수세기 전부터 견고한 성곽에 둘러싸여 있습니다. 그리고 거기서 나온 자가 아무도 없다는 사실은, 아마 그곳에서의 삶이 행복하다는 의미가 아닐까요?"
　나는 고집스럽게 의문을 제기했다. "지도에 아나고르라는 이름의 도시는 없어요. 그러니 이 지역의 수많은 전설 중 하나가 아닐까 합니다. 순전히 사막의 태양빛이 만든 신기루에 불과할 겁니다."

"해 뜨기 두 시간 전에 출발하는 게 좋겠어요." 마갈론이라는 이름의 원주민 가이드는 아무 말도 못 들은 듯이 말했다. "선생님 자동차로 가면 정오쯤 아나고르 성벽을 보게 될 겁니다. 새벽 세시에 모시러 오죠."

"당신이 말한 그런 도시는 지도상에 정확한 이름과 함께 표시되어야 마땅합니다. 그런데 아나고르라는 이름의 도시는 어디에도 없으니, 분명히 존재하지 않는 곳일 거예요. 아무튼 그 시간에 준비하고 있겠습니다."

우리는 새벽 세시에 자동차 전조등을 켜고 모래벌판의 남쪽을 향해 출발했다. 몸이 따듯해지길 바라며 연달아 담배를 피우는 사이, 내 왼편으로 지평선이 환하게 밝아오더니 금세 태양이 떠올랐다. 사막은 내리쬐는 햇볕에 뜨겁게 달궈지며 바르르 떨렸다. 이내 근방에서 호수와 늪지가 보였고, 거기에 바위들이 선명한 윤곽을 드러내며 반사되었다. 하지만 실제로는 물은커녕 작은 우물조차 없었다. 모래와 눈부시게 밝은 돌들뿐이었다.

자동차는 기운차게 거침없이 달렸고, 정확히 열한시 삼십칠분에 내 옆에 앉은 마갈론이 말했다. "선생님, 여깁니다." 나는 수 킬로미터에 걸쳐 이어진 도시의 성벽을 보았다. 20에서 30미터 높이에 누르스름한 색으로, 여기저기 작은 탑들이 솟아 있었다.

그리로 다가가니 성벽 가까이 여러 곳에서 야영하는 무리들이 눈에 띄었다. 허름한 천막과 평범한 천막, 누각 형태에 깃발을 꽂은 부유한 귀족들의 천막도 있었다.

"저 사람들은 뭐죠?" 내가 묻자 마갈론이 설명했다. "그들은 도시로 들어가고자 문 앞에서 기다리는 사람들입니다."

"아, 성문이 있나요?"

"크고 작은, 아주 많은 문이 있습니다. 아마 백 개 이상 될 겁니다. 하지만 도시의 둘레가 아주 넓어서 문 사이의 간격은 꽤 멀죠."

"그 문들은 언제 열립니까?"

"문이 열린 적은 거의 없습니다. 하지만 몇 개는 열린다고 합니다. 그날이 오늘밤이나 내일일지, 석 달 뒤나 오십 년 후일지는 아무도 모릅니다. 그것이 바로 아나고르의 큰 비밀입니다."

우리는 그곳에 이르러 묵직한 철문 앞에 멈춰 섰다. 많은 사람이 거기서 기다리고 있었다. 초췌한 베두인족, 걸인들, 가리개를 쓴 여자들, 수도자들, 완전 무장한 병사들, 작은 개인 궁전을 갖춘 왕자까지 있었다. 그리고 때때로 누군가가 곤봉으로 문을 쳐서 쾅쾅대는 소리가 났다.

가이드가 말했다. "아나고르가 소리를 듣고 문을 열 때까지 두드리는 겁니다. 두드려야 열릴 거라는 일반적인 믿음으로요."

나는 의심쩍은 생각이 들었다. "그런데 성벽 너머에 누군가가 있는 게 확실합니까? 도시가 사라졌을 수도 있잖아요."

마갈론은 웃었다. "여기 처음 오는 사람들은 모두 그리 생각합니다. 한때는 저도 성벽 안에 아무도 살지 않을 거라고 생각했습니다. 하지만 사람이 산다는 증거가 있습니다. 달빛이 환한 밤이면 수많은 향로를 피우듯이 하늘로 쭉 오르는 도시의 연기를 볼 수 있죠. 그 안에서 사람들이 불을 피우고 요리를 하며 산다는 증거입니다. 게다가 훨씬 더 확실한 사례가 있습니다. 오래전에 문 하나가 열렸거든요."

"언제였나요?"

"솔직히 말하면 날짜는 불확실합니다. 어떤 이들은 한 달이나 한 달 반 전이라고 하고, 다른 이들은 더 오래된 일이라고 하지요. 이 삼 년 전이거나 사 년 전이라는 사람도 있고, 또 누군가는 술탄 아흐메르 에흐르군이 통치하던 시대라고도 주장합니다."

"그 왕이 언제 다스렸나요?"

"삼백 년 전쯤…… 하지만 선생님은 운이 매우 좋은 편입니다. 보십시오. 푹푹 찌는 한낮인데도 저기 연기가 보이잖습니까."

무더운 날씨에도 불구하고 갑작스러운 흥분이 잡다하고 이질적인 야영지로 퍼져나갔다. 모두가 천막에서 나와 성벽 꼭대기 저편의 잔잔한 대기에서 흔들리며 모락모락 피어오르는 두 가닥의 뿌연 연기를 응시했다. 나는 그들이 들떠서 웅성대는 소리를 하나도 이해할 수 없었다. 하지만 분명히 열광하고 있었다. 다들 그 희미한 연기 두 줄이 세상에서 가장 놀라운 일이고, 앞날의 행복을 약속하는 징조인 양 환호했다. 내게는 그 모든 상황이 터무니없어 보였다. 다음과 같은 이유에서다.

먼저 연기가 난다고 해서 그 문이 열릴 가능성을 의미하진 않는다. 따라서 환호할 이유가 없다.

둘째, 성벽 안에서 이 시끄러운 소리를 듣는다면, 도리어 문을 더 열어주지 않을 것이다.

셋째, 연기 그 자체로 아나고르에 사람이 산다는 사실을 증명할 수는 없다. 뜨거운 햇볕 때문에 우연히 화재가 발생한 게 아닐까? 또는 훨씬 더 그럴싸한 추측은, 버려진 불모의 도시를 약탈하기 위해 성벽의 비밀구멍으로 들어간 도둑들이 불을 피웠을 가능성이다. '정말 이상하군.' 나는 생각했다. 그 연기 말고는 아나고르에 사람이 산다는 그 어떤 징후도 보이지 않았다. 소리도 음악도 개 울음소리도 들리지 않았고, 탑에서 보초를 서거나 호기심에 내다보는 사람도 전혀 없었다. 정말 이상했다.

그래서 나는 마갈론에게 물었다. "전에 문이 열린 적이 있다고 했죠? 그때 몇 명이나 안으로 들어갔습니까?"

"단 한 사람입니다."

"그럼 다른 사람들은요? 성문 밖으로 내쫓겼나요?"

"다른 사람은 없었어요. 순례자들이 신경쓰지 않던 아주 작은 문 하나가 열렸거든요. 그날 그 앞에서 기다리던 사람은 아무도 없었죠. 저녁쯤 한 나그네가 와서 그 문을 두드렸습니다. 그는 그곳이 아나고르인지도 몰랐고, 특별한 것을 기대하지 않았어요. 그저 하룻밤 묵게 해달라고 부탁했을 뿐입니다. 아무것도 모른 채 우연히 거기 있었던 거죠. 어쩌면 그래서 그에게 문을 열어줬을 겁니다."

나의 근황을 알리자면, 나는 거의 이십사 년 동안 성벽 주위에서 야영하며 기다렸다. 하지만 문은 열리지 않았다. 이제 나는 고국으로 돌아간다. 순례자들은 떠날 채비를 하는 나를 보며 고개를 가로저었다. "이보게, 친구. 뭐가 그리 급한가! 젠장, 인내심을 가지게나. 자네는 인생에 너무 많은 걸 기대하는군."

40
급행열차

"저 열차를 타니?" "그래, 저 기차야." 연기 가득한 지붕을 이고 나타난 기관차는 무시무시했고, 꼭 앞발을 구르며 돌진하려는 사나운 황소 같았다.

"이 열차로 가는 거야?" 그들이 내게 물었다. 칙칙 소리를 내며 미친듯이 뿜어져나오는 수증기가 두려움을 불러일으켰다. "응. 이 열차로 가." 내가 대답했다.

"그런데 어디로?" 나는 그곳 이름을 댔다. 그동안 부끄러운 마음이 들어 친구들 앞에서 입 밖에 낸 적이 없었다. 위대하고 숭고한 이름, 동화 속의 장소. 여기에다 그걸 쓸 용기는 나지 않는다.

그들은 이런저런 시선으로 나를 바라보았다. 나의 어리석음에 노여워하고, 광기를 조롱하고, 내 착각을 불쌍히 여겼다. 누군가는 웃었다. 나는 곧장 열차에 올랐다. 차창을 활짝 열고, 군중 속에서 친구들 얼굴을 찾았다. 아무도 없었다.

자, 그러면 열차야, 지체할 것 없어. 전속력으로 달리자. 기관사님, 부디 석탄을 아끼지 말아주세요. 열차괴물에게 숨결을 불어넣으세요. 성급한 숨소리와 함께 열차는 덜커덩덜커덩 플랫폼 차양을 받친 기둥들을 스쳐지났다. 처음에는 천천히 하나하나씩 지나갔다. 그러다 집집, 공장, 가스탱크, 지붕, 집집, 굴뚝, 현관, 집집, 나무, 채소밭, 집, 휙휙 휙휙, 들판, 농지, 그리고 탁 트인 하늘을 떠도는 구름! 기관차는 온 힘을 다해 증기를 뿜으며 내달렸다.

세상에, 어쩌나 빠른지! 이런 속도라면 금방 도착하겠어, 나는 생각했다. 첫째 정거장, 둘째, 셋째, 넷째, 다섯째가 종착역이고, 거기에 닿으면 정말 감격스럽겠지. 나는 흡족한 마음으로 유리창 너머 전선들을 바라보았다. 전선은 점점 낮아지다가 휘익 치고 올라가 다음 전봇대에서 원래 높이로 돌아오곤 했다. 그 율동은 갈수록 더 빨라졌다. 하지만 내 앞의 붉은 벨벳좌석에 앉은 두 신사는 답답해하며 연신 시계를 확인하고 고개를 내저으며 투덜거렸다.

그 모습에 다소 예민한 성격인 나는 간신히 용기를 내어 물었다. "저기요, 실례지만 혹시 무슨 일인지 여쭤도 될까요?"

두 사람 중 더 나이 많은 쪽이 내게 말했다. "이 빌어먹을 열차가 제 속도를 못 내고 있잖습니까. 이러다간 엄청나게 늦게 도착할 거예요."

나는 아무 말 없이 마음속으로 생각했다. '인간들은 만족을 몰라. 솔직히 이 열차는 짜릿할 정도로 기운차게 달리고 있잖아. 활력이 넘치는 호랑이 같아. 아마 다른 어떤 열차도 이처럼 빠르게 달리진 못할걸. 그런데도 불평하는 영원한 여행자들이 여기에 있군.' 그사이 들판이 쏜살같이 달음질쳐 우리 뒤로 까마득하게 멀어져갔다.

실제로 내 예상보다 일찍 첫번째 정거장이 나타났다. 나는 시간을 확인했다. 딱 제시간이었다. 계획에 따르면, 여기서 나는 매우 중요한 업무를 위해 엔지니어 모핀을 만나야 했다. 서둘러 내려 약속해둔 고급 레스토랑으로 가니, 정말로 거기에 막 식사를 마친 모핀이 있었다.

나는 그에게 인사하고 자리에 앉았다. 그런데 그는 곧장 본론으로 들어가지 않고, 시간이 무척 여유로운 사람처럼 날씨 얘기나 일과는 무관한 것들을 늘어놓기 시작했다. 십 분이 훌쩍 지나서야(열차가 출발하기까지는 겨우 칠 분이 남아 있었다), 그는 가죽가방에서 필요한 서류 뭉치를 꺼냈다. 그러다 시계를 흘끗거리는 내 모습을 그가 보았다.

"혹시 급한 일이 있나봐요?" 약간 비꼬는 듯한 기색이었다. "솔직히 말하자면, 저는 성급하게 일 처리하는 것을 좋아하지 않습니다."

"엔지니어님, 백번 지당하신 말씀입니다. 하지만 열차가 곧 다시 출발해서요."

그는 기운찬 손동작으로 서류를 다시 거두며 말했다. "그렇다면 유감입니다. 안타깝군요. 다음에 당신이 편할 때, 그때 다시 얘기합시다." 그러곤 자리에서 일어섰다.

"죄송합니다." 나는 말을 더듬었다. "제 불찰입니다. 그러니까 열차가……"

"괜찮습니다. 괜찮아요." 그는 거만한 미소를 지어 보였다.

내가 제자리로 돌아오자마자 열차가 천천히 움직이기 시작했다. 나는 생각했다. '그래 침착하자. 다음 기회가 있을 거야. 중요한 건 기차를 놓치지 않는 거야.'

우리는 들판과 발작하듯 위아래로 춤추는 전선들 사이로 날아갔다. 고독과 신비를 향해 펼쳐지는 북부의 땅으로 나아감에 따라 초원이 끝없이 이어졌고 집들은 점점 더 줄어들었다.

아까의 두 신사는 자리에 없었다. 내가 있는 객실에는 온화해 보이는 개신교 목사가 콜록대며 앉아 있었다. 우리 뒤로 지나가는 풀밭, 숲, 습지, 머나먼 풍경이 회한의 입김으로 부풀어올랐다.

갑자기 무엇을 해야 할지 몰라 나는 시계를 보았다. 기침하던 개신교 목사도 시간을 확인하더니 이내 고개를 가로저었다. 나는 그 이유를 알고 있었기에 이번에는 묻지 않았다. 시간은 오후 네시 삼십오분이었고, 우리는 이미 십오 분 전에 두번째 역에 도착했어야 했다. 그런데 정거장은 아직 지평선에서도 나타나지 않았다.

두번째 역에서 로산나가 나를 기다리기로 했다. 열차가 도착했을 때 플랫폼에는 사람들이 많았다. 하지만 로산나는 없었다. 우리는 삼십 분 늦게 도착했다. 나는 기차에서 내린 뒤 역사를 가로질러 작은 광장으로 나갔다. 그때 저멀리 길 끝에서 약간 구부정하게 걸어가는 로산나가 보였다.

"로산나, 로산나!" 나는 목청껏 불렀다. 하지만 내 사랑은 이미 멀리 있었다. 한 번 돌아보지도 않았다. 고민스러웠다. 기차와 모든 것을 내팽개치고 그녀를 뒤쫓아가야 할까?

로잔나는 길 끝으로 사라졌다. 나는 한 가지를 더 포기한 채 급행열차에 다시 올랐다. 그렇게 북쪽 평야를 횡단하며 인간들이 운명이라 부르는 곳으로 나아갔다. 결국, 사랑이 뭐 그리 중요하겠는가?

우리는 여러 날을 계속해서 나아갔고, 선로 옆의 전선들은 계속해서 너울너울 날뛰었다. 그런데 어째서 바퀴의 굉음과 추진력이 처음보다 떨어지지? 어째서 지평선의 나무들은 깜짝 놀란 산토끼들처럼 퍼덕이지 않고 나른하게 우물쭈물하는 걸까?

세번째 역에는 겨우 스무 명가량의 사람이 나와 있었다. 나를 축하해주러 오겠다고 한 위원회는 보이지 않았다.

나는 플랫폼에 내려 역무원에게 혹시 여차여차한 위원회가 오지 않았느냐고 물었다. "현수막과 깃발을 들었을 텐데요."

"네, 네. 왔었어요. 한참 기다리기도 했지요. 그렇게 있다가 돌아갔어요."

"언제요?"

"서너 달 전이었을 거예요." 그때 열차의 출발을 알리는 긴 기적소리가 들렸다.

자, 힘내. 전진하는 거야. 급행열차는 있는 힘을 다해 터덕터덕 나아갔다. 이전과 비교해 속력이 현저하게 떨어졌다. 석탄이 부족한가? 공기가 달라졌나? 날씨가 추운 걸까? 기관사가 피곤한가? 우리 뒤로 멀리 보이는 풍경은 현기증을 일으키는 심연과도 같았다.

네번째 역에는 엄마가 있어야 했다. 하지만 기차가 멈춰 섰을 때 플랫폼은 텅 비어 있었다. 그리고 눈이 내리고 있었다.

나는 차창 밖으로 얼굴을 길게 내빼어 주위를 둘러보았다. 실망하여 창문을 닫으려는 순간, 엄마가 보였다. 엄마는 대합실 구석의 의자에 앉아 졸고 있었다. 가엾어라, 왜 저렇게 쪼그맣게 변하신 거야.

나는 기차에서 뛰어내려 엄마에게 달려가 꽉 끌어안았다. 그 몸은 너무나 앙상했다. 허약한 뼈들만 느껴졌다. 엄마는 추위에 떨고 있었다.

"엄마, 오래 기다렸지?"

"아니, 아니야." 엄마는 행복한 미소를 지었다. "사 년도 안 됐어."

그러면서 엄마는 나를 보는 대신 뭔가를 찾는 듯 주변 바닥을 두리번거렸다.

"엄마, 뭘 찾고 있어?"

"아무것도 아니야…… 그런데 네 가방은? 밖으로 꺼냈니?"

"열차에 있어."

"열차에?" 이마에 쓴 베일처럼 슬픔의 그림자가 엄마의 얼굴에 드리웠다. "아직 짐을 내리지 않은 거야?"

"저기, 그러니까……" 어떻게 말해야 할까.

"바로 다시 가야 한다는 거니? 하룻밤도 못 있고?"

엄마는 얼이 빠진 듯 가만히 나를 바라보았다.

나는 한숨을 쉬었다. "그래 좋아! 까짓것, 기차에서 내리면 돼. 얼른 가서 가방 가져올게. 마음먹었어. 엄마랑 여기 있을래. 장장 사 년을 기다렸잖아."

내 말에 엄마의 표정이 달라졌다. 얼굴에 기쁨의 미소가 떠올랐다. 하지만 조금 전처럼 환한 미소는 아니었다.

"아니, 아니야. 그러지 마. 내가 괜한 말을 했어." 엄마는 애원하듯 말했다. "알잖아, 농담한 거야. 이해해. 넌 이 가난한 마을에 있을 수 없어. 그럴 가치가 없는 곳이야. 한 시간도 지체하지 마. 바로 다시 떠나는 게 나아. 암, 그렇고말고. 그렇게 해야 돼…… 내 소원은 딱 하나였어. 너를 다시 보는 것. 이제 봤으니 난 됐어."

나는 소리쳐 불렀다. "짐꾼, 짐꾼! (한 사람이 득달같이 달려왔다) 가방 세 개를 내려야 해요!"

"가방이라니, 무슨 소리야!" 엄마가 거듭 말했다. "이런 기회가 언제 또 온다고. 넌 젊고 앞날이 창창하잖니. 어서, 열차에 타. 가, 빨리 가." 엄마는 애써 미소 지으며 기차 쪽으로 힘없이 나를 밀었다. "제발 서둘러. 열차 문이 닫히려고 하잖니."

에라, 모르겠다. 나는 자신만 생각하는 이기적인 마음으로 다시 열차에 올랐다. 그러곤 열린 창문 밖으로 몸을 내밀어 마지막 인사를 했다.

기차가 달아나면서 곧 엄마는 실제 모습보다 더더욱 작게 변했다. 눈 내리는 적막한 인도에서, 그 작은 형상이 괴로워하며 가만히 서 있었다. 그러다 무한한 우주공간의 작디작은 개미처럼 얼굴 없는 검은 점이 되었고, 이내 허공 속으로 사라졌다. 안녕.

우리는 수년의 세월을 지체해가며, 그렇게 다시 나아가고 있다. 그런데 어디로? 해가 저물자 열차 안이 몹시 추웠다. 남은 사람은 얼마 없었다. 여기저기 어둑한 객실 구석에 해쓱하고 굳은 얼굴을 한 낯선 사람들이 추위에 떨며 말없이 앉아 있었다.

어디로 가는가? 종착역까지 얼마나 걸릴까? 우리가 거기에 갈 수 있을까? 사랑하는 사람들과 장소들을 매정하게 뿌리치고 달아날 만큼 가치 있는 곳일까? 내가 담배를 어디, 어디에 뒀더라? 아, 여기 잠바 주머니에 있지. 당연히, 돌아가는 일은 불가능하다.

그러니, 기관사님, 힘내세요. 당신은 어떻게 생겼나요? 이름이 뭔가요? 나는 당신을 모르고, 본 적도 없어요. 하지만 당신이 도와주지 않는다면 큰일일 테죠. 멋진 기관사님, 꿋꿋이 버티세요. 마지막 석탄을 불속으로 던져서 낡고 삐걱대는 이 고철이 날아가게, 맹렬히 질주하게 해주세요. 제발 조금이라도 예전처럼 돌아가게 해주세요. 그때 기관차가 어땠는지 기억하시죠? 어느덧 밤의 어둠이 몰려오네요. 하지만 굴복하지 마세요. 잠들지 마세요. 어쩌면 내일 도착할지도 모르잖아요.

41
개인의 도시

　나는 아무도 모르는 도시에서 이런저런 소식을 전합니다. 아마 여러분 누구나 다른 지역을 알고, 직접 가기도 할 것입니다. 하지만 내가 말하는 이 도시에서는 나 말고 아무도 살 수 없을 것입니다. 그러므로 내가 전하는 소식은 독보적이고도 확실한 관심을 끌 것입니다. 이 도시는 존재하고 있고, 단 한 사람만이 정확한 소식을 전할 수 있으니까요. 그 누구도 "내가 알 게 뭐냐?"라고 솔직하게 내뱉을 수는 없습니다. 세상의 관심을 구하는 데는 비록 작을지언정 무언가 하나라도 존재하고 있다는 것만으로도 충분하기 때문입니다. 그리고 어마어마하게 큰 도시 전체를 상상해보십시오. 오래되거나 새로운 구역들, 끝없는 미로 같은 도로들, 수천 년의 밤을 지새운 폐허와 유적들, 금은으로 장식한 대성당들, 공원들(주위 산봉우리가 높이 솟고, 광장에서 노는 아이들의 그림자가 길게 늘어지는 황혼 무렵), 그리고 모든 돌, 모든 창문, 모든 상점이 기억과 감성과 삶의 강렬한 시간을 담고 있는 곳!

전부 다 상상할 수 있을 겁니다. 내가 사는 곳과 비슷한 도시는 세상에 수천, 수십만 개가 있으니까요. 그런데 종종 나는 그 무수한 도시에도 나의 개인적인 도시처럼 단 한 사람만이 살고 있다는 생각이 들곤 합니다. 하지만 무릇 그런 도시는 존재하지 않는 것이나 마찬가지겠지요. 거기서 만족스러운 정보를 줄 수 있는 사람이 얼마나 되겠습니까? 아주 적습니다. 대다수는 그들이 공유하는 비밀의 중요성을 짐작하지 못하고, 그것을 알릴 생각을 하지 않습니다. 또한 형용사가 빼곡한 장문의 편지를 보내지만, 다 읽어보면 그저 그런 보통 이야기로 느껴질 뿐이죠.

나는 다릅니다. 우스꽝스러운 자랑으로 들린다면 죄송합니다. 조금, 아주 조금씩이지만, 나는 틈틈이 노력을 기울여, 운명이 나에게 허락한 도시에 대해 (애매하고 막연할지라도) 그 생각을 전합니다. 끝끝내 읽히지 않을지도 모를 나의 많은 메시지 중 하나가 어쩌다 누군가에게 닿기도 할 겁니다. 사실, 호기심에 이끌린 몇몇 방문객이 성문에 도착해서 나에게 도시 안내와 적당한 설명을 부탁하는 일도 있지요.

하지만 그들을 만족시키기는 힘듭니다. 우리는 서로 다른 언어를 쓰기에, 몸짓과 미소로만 소통할 수 있습니다. 게다가 더 흥미로운 가장 안쪽 구역으로 내가 그들을 데려갈 순 없습니다. 절대로요. 나 자신조차 (천사나 악마들이 주둔해 있는 곳일까요?) 저택과 집, 오두막으로 뒤얽힌 그 미궁을 탐색할 용기가 나지 않습니다.

따라서 나는 그 점잖은 방문자들에게 가장 평범한 것들을 보여줍니다. 시청사, 대성당, 크로피박물관(그렇게 불립니다) 등, 솔직히 특별할 게 전혀 없는 것들입니다. 이에 그들은 실망을 느낍니다.

이 자발적인 무리에는 관료, 관리자, 관장, 경감, 경영인, 경찰국장이나 그 비슷한 지위, 최소 부국장 정도의 인사가 포함되어 있습니다. 예를 들어, 한 부국장은 내게 이렇게 묻습니다. "선생님, 혹시 하수처리시설이 어떤지 설명해주시겠어요?" 나는 당황하여 되묻습니다. "왜 그러시죠?" "냄새가 좀 나지 않나요?" "아니요. 아니, 그것 때문이 아닙니다. 하지만 흥미로운 문제군요. 네, 무슨 말씀인지 압니다. 그런데 만족스러운 답변을 못 드릴 것 같아 죄송스럽습니다. 하수처리시설은 있을 거로 짐작합니다만, 제가 주의깊게 살피지 못했습니다." 부국장은 고개를 가로저으며 거만한 태도로 중얼거립니다. "그럼 안 되죠. 안 돼요. 이런 것들은 깊이 연구할 필요가 있는데…… 연간 일인당 가스공급량은 얼마나 됩니까?" 나는 그의 기대를 완전히 무너뜨리며 닥치는 대로 대답합니다. "공급되지 않습니다." "그게 무슨 말이죠?" "공급도 없고, 가스도 없습니다. 여기선 사용하지 않습니다." "아!" 그는 굳은 표정으로 외마디소리를 냅니다. 그러곤 다른 질문을 삼가지요.

자신의 역사 지식을 뽐내고 싶어하는 중년 여성도 있습니다. "실례지만, 설립 시기가 로마제국 후기까지 거슬러올라가나요? 붙임기둥 작업 방식이 흥미롭군요. 트라브존의 일주문에서 똑같은 것을 볼 수 있지요. 당신도 알고 계셨을 테지만?" "아, 그게, 그러니까…… 저, 솔직하게 말하면……" 그녀는 얼른 눈을 돌려 아치문의 흔적이 남아 있는 오래된 담을 보며 감탄합니다. "아, 근사해요! 대단히 흥미롭군요. 전형적인 카롤링거왕조풍 하단에다 슈바벤양식을 접목했네요. 이처럼 뚜렷이 구별되는 경우는 극히 드물지요. 이 독특한 유적의 제작 연대는 정확히 언제인가요?" 나는 나의 무지 속에서 허우적대며 대답합니다. "네, 오래된 담입니다. 제 할아버지 때도 있었고, 그건 확실합니다. 하지만 정확히 언제 만들어졌는지는 모릅니다."

한편 경험을 갈망하는, 더욱더 위험한 젊은 여자도 있습니다. 그녀는 주위를 둘러보고는 번개처럼 재빠르게 당혹스러운 요소들을 끄집어냅니다. 지저분하게 얼룩진 시커멓고 높다란 집들 사이, 죄악이 깃들었음직한 불길한 틈을 가리키며 묻지요. "그런데 저 그림 같은 길은 어디로 향하나요? 저기로 안내해주실 수 있나요? 사진을 찍고 싶어요."

하지만 나는 그녀를 거기로 인도할 수 없습니다. 가파른 계단이 강으로 떨어지는 그 음침한 골목은 나조차도 지나쳐본 적이 없으니까요. 그리고 절대 시도할 생각도 없습니다. 두렵냐고요? 아마도요.

그러는 사이, 나는 조금 전까지만 해도 숨막히게 빛나던 태양이 도시 가까이에 솟은 험악한 산마루 뒤로 사라진 것을 깨닫습니다. 저녁이 되면 약속이나 한 듯이 나의 손님들은 그림자를 질질 끌며 강에서 올라옵니다. 강에는 이미 등불 몇 개가 바람에 흔들리고 있습니다. 머잖아 밤이 내립니다.

이즈음 방문객들은 막연한 불안감에 사로잡힙니다. 그들은 슬그머니 시계를 흘긋대고, 서로 수군거립니다. 여하튼 서둘러 돌아가려는 기색이 역력하지요. 나의 도시는 안타깝게도 어둠이 내릴 때는 도무지 즐겁지 않습니다. 외지인들은 마음이 불편해집니다. 하지만 나 역시 평정심을 잃고, 가까이 닥쳐오는 어둠을 느낍니다. 왠지 모르게 어둠이 쓰라린 압박을 가하며 오래된 구역의 미로에서부터 밀려옵니다. 나도 떠나고 싶습니다.

방문객들은 말합니다. "늦었어요. 아쉽지만, 가야겠군요. 모든 것에 감사드립니다. 최고로 흥미진진했어요." 그들은 얼른 자리를 뜨고 싶어 어쩔 줄 모릅니다.

"실례합니다만, 나도 같이 가면 안 될까요?"

부국장은 차량의 좌석수를 세는 척하더니 애석한 표정을 지으며 말합니다. "안타깝지만 안 되겠어요. 정말 아쉽습니다. 차에 자리가 없어서요. 이미 빽빽하게 들어찼어요. 정말, 정말로 유감입니다."

"오, 친구들, 잠깐만요." 나는 홀로 남겨지지 않기를 바라며 말합니다. 자신의 살과 영혼, 영혼과 살로 건설한 자신의 도시일지라도, 큰 도시에서 동반자 한 명 없이 밤을 꼬박(밤은 기니까요) 보내기란 사실 쉽지 않습니다. "기다리세요, 여러분. 서두르지 마세요. 이곳은 밤거리가 더 안전합니다. 밤공기는 신선하고 무척 향기롭습니다. 여러분은 아직 제대로 본 게 없잖습니까. 친구들, 인내심을 가지세요. 이 장소의 가치를 합당하게 알아보고, 최고로 빛나는 순간을 감탄하며 누리시려면 해질녘에 있어보셔야 합니다. 여러분, 황혼의 태양이 끈질기게 비추는 구름의 반영이 지붕, 테라스, 돔지붕, 채광창, (황제들의 조각상이 장식된) 오래된 성당들의 첨탑, 거대한 공장의 유리벽, 경기장 좌석, 클로린다가 그늘에서 잠든 참나무숲 꼭대기로 넓게 퍼진답니다. 연기와 아련한 소리가 삼거리 깊은 곳에서 일어나고, 기계류의 왁자지껄한 소음이 우리의 꿈과 희망을 뒤섞으며(그사이 부동의 달빛은 안뜰에서 동화 같은 분위기를 연출하며) 무한하고 조화로운 합창곡을 연주하지요. 아, 여러분 기다려주세요."

솔직히 털어놓자면, 그건 사실이 아닙니다. 한밤중 이 무서운 주택가 사이에 혼자 있는 것은 권장할 만한 일이 아니지요. 어두워지면, 가로등의 선명한 불빛에도 불구하고 만나지 않았으면 하는 그 존재들이 여러 문에서 나옵니다. 옛날 사람들, 서로의 사소한 생각을 알고 새벽부터 일몰까지 내내 함께 지내던 사랑하는 친구들, 또는 들뜬 표정으로 저녁 약속에 나오던 스무 살도 안 된 소녀들. 그런데 무슨 문제라도 있는 걸까요? 왜 나에게 인사도, 포옹도 않는 걸까요? 왜 그저 야릇한 미소만 띠며 옆으로 지나가는 걸까요? 기분이 상한 걸까요? 뭣 때문에? 아니면 몽땅 잊어버린 걸까요?

아니요. 그저 세월이 문제입니다! 그들이 더는 예전 같지 않기 때문이지요. 세월이 흐르면서—오랜 시간!—의심할 여지 없이 그들도 비밀스럽고 신비한 존재로 변했습니다. 환영, 이름과 성 외에는 남지 않았지요. 그들은 망령처럼 조용히 내 옆으로 지나갑니다. 나는 그들에게 말을 건넵니다. "안녕, 안토니오! 안녕, 리타! 안녕, 귀도발도! 잘 지내니?" 그들은 듣지 못하고, 고개를 돌리지도 않습니다. 또각또각 신발소리가 멀어집니다.

"잠시만 더 기다려주세요. 친구 여러분, 저명하고 고귀하고 훌륭하신 여러분, 부탁입니다. 왜 급히 달아나려 하시나요? 여러분은 아직 아무것도 보지 못했습니다. 곧 불이 켜지고, 거리는 제목이 기억나지 않는 소설들 속 어떤 장면처럼 변할 겁니다. 암미랄리아토 정원에서는 매일 밤 아홉시에 나이팅게일이 빼어난 노래 실력을 선보이지요. 백옥 같은 미녀들이 강변 난간에 팔꿈치를 기댄 채 기다리고 있습니다. 아마도 여러분을요. 17세기 궁전의 샹들리에 불빛 아래서, 군주는 손님들을 위한 파티를 열 거고요. 바이올린 연주가 시작됐네요. 들리지 않으세요?"

하지만 사실이 아닙니다. 여러분 중 그 누구도 모르고, 앞으로도 알지 못할 광대한 도시에서, 나의 삶 자체로(공원 건물 작별 가스탱크 병원 봄날 경찰서 주랑 성탄절 기차역 조각상 사랑으로) 만

들어진 도시에서, 맙소사, 나는 혼자 있습니다. 발소리가 이집 저집에서 기이하게 울리며 말합니다. "너 뭐하니?" "뭘 원하는데?" "다 부질없다는 걸 모르겠니?"

그들은 떠났습니다. 사막으로 향한 헤드라이트 불빛들은 어둠 속으로 사라졌습니다. 더는 아무도 없는 건가요? 아아, 맴도는 인간의 유일한 흔적은 망령뿐이고, 저 아래 낮은 구역의 구불구불한 길에서는 무시무시한 어둠의 산들이 쌓여갑니다. 어느 탑에 있는지 모를 시계가 밤 열한시를 알리는군요.

아닙니다. 다행히도, 완전히 나 혼자인 것은 아닙니다. 나를 찾는 존재가 있습니다. 살과 뼈로 된 생명체. 5월 18일 대로의 저 끝, 푸르께한 가로등 불빛 아래서 그것이 터벅터벅 다가옵니다.

한 마리 개입니다. 털이 긴 검은색 개가 온순하고 그윽한 표정을 짓고 있습니다. 십오 년 전에 기르던 푸들, 스파르타코와 이상하게 닮았습니다. 비슷한 윤곽, 똑같은 걸음걸이, 똑같이 다소곳한 얼굴.

닮았다고? 닮은 게 아닙니다. 지금은 행복한 기억으로만 남은 과거의 살아 있는 상징, 바로 스파르타코 자신입니다.

개가 나에게 곧장 다가옵니다. 불안하고 걱정스러운 눈으로, 깊고 무거운 눈빛으로 나를 응시합니다. 머잖아 기쁨으로 컹컹대며 뛰어오를 모습이 그려집니다.

그런데 개를 쓰다듬으려고 2미터쯤 앞에서 손을 내밀었을 때, 스파르타코가 낯설게 슬며시 지나쳐 멀어집니다.

"스파르타코! 스파르타코!" 나는 소리칩니다.

하지만 개는 대답하지 않고, 걸음을 멈추지도 않고, 주둥이를 돌리지도 않습니다.

양처럼 북슬북슬한 검은 개가 점점 작아지며 빛무리를 벗어나는 장면을 나는 바라봅니다. "스파르타코!" 다시 불러봅니다. 대답이 없습니다. 터벅터벅. 이제 개는 더이상 보이지 않습니다.

42
전화 파업

파업이 일어난 날, 사람들은 전화서비스가 불안정하고 이상하다고 불평했다. 무엇보다 통화중에 혼선이 일어나 다른 사람들의 말소리가 들리고 그 대화에 끼어들 수도 있는 상황이 벌어졌다.

밤 아홉시 사십오분쯤, 나는 친구에게 전화를 걸려고 했다. 그런데 번호판의 마지막 숫자를 돌리기도 전에 내 전화는 나와 관계없는 통화에 접속되었고, 이후 다른 선들이 추가되어 놀라운 소동에 빠져들었다. 이내 어둠 속의 작은 모임이 만들어졌다. 사람들은 예기치 못한 방식으로 연결됐는데, 서로 누가 거기 있는지 모르고 다른 사람들도 우리가 누군지 알 수 없었기에, 모두 평소의 위선을 버리고 거리낌없이 이야기했다. 한바탕 어우러지던 옛날 카니발에서처럼, 마법에 홀린 듯 유쾌하고 가벼운 마음으로 다 같이 즐기는 장이 된 것이다.

처음에 나는 두 여자가 이야기하는 소리를 들었다. 옷에 관한 알

쏭달쏭한 사건이었다.

"천만에, 조건은 확실했다고 난 말했어. 그 여자가 나한테 목요일에 치마를 보냈어야 했는데, 월요일 저녁인 지금까지도 아직 준비가 안 되어 있다고 하더라고. 그래서 내가 또 뭐라고 했는지 알아? '친애하는 브로지 부인, 그 치마는 당신한테 넘길게요. 그쪽에게 어울린다면 얼마든지 입으세요!'" 날카롭고 도도한 말소리가 쉴 없이 빠르게 쏟아졌다.

젊고 다정하고 웃음기 섞인 목소리가 답했다. 에밀리아로마냐 지역의 억양에 약간 늘어지는 발음이었다. "잘했어! 그런데 그렇게 해서 무슨 이득을 봤니? 그 여자가 옷감을 변상해줄 때까지 기다리지 그랬어."

"화가 나서 견딜 수가 없더라고. 네게 말은 안 했지만, 그동안 얼마나 참았는지 몰라. 코를 납작하게 만들어줄 거야. 클라라, 너 거기 가면 날 위해서 따끔하게 한마디해줘. 그런 식으로 하지 말라고. 어쨌든 그건 코멘치니 부인을 위한 일이기도 해. 부인은 붉은색 외투를 아주 넝마로 망쳐놨다면서 다신 안 가겠다고 했어. 그 가게에선 도대체 고객이 자기 뜻대로 주문할 수가 없다니까. 너, 이 년 전에 그 가게 개업했을 때 기억나? '부인 여기요, 부인 저기요' 해가며 그 여자가 입에 침이 마르도록 아양을 떨었잖아. '당신 같은 분의 옷을 만들 수 있어서 기쁘고 행복하다'고 치사를 늘어놨지. 그런데 지금은 어떻지? 말투도 완전히 바뀌었어. 그렇지 않니? 클라라 넌 못 느꼈어? 그나저나, 내일 차 마시러 줄리에타 집에 갈 때 뭘 입지? 걸치고 갈 누더기 하나조차 없어. 뭘 입으면 좋을까?"

클라라가 침착하게 대답했다. "그런데 프란키나, 넌 옷이 넘쳐나잖아. 어디에다 둬야 할지 모를 정도로 말이야."

"오, 그런 소리 마. 다 오래된 헌옷이야. 가장 새것이 작년 가을에 마련한 슈트 한 벌이라고. 그 밝은 갈색 슈트 기억나지? 여하튼 입을 만한 게……"

"근데 난 뭘 입을까? 풍덩한 녹색 치마에다 검은색 스웨터를 입어야겠다. 검은색은 항상 우아해 보이니까. 아니면 새로 산 그 회색 스웨터는 어떨까? 아마 좀더 화사해 보이겠지? 네 생각은 어때?"

이때 난데없이 한 남자가 투박한 말투로 끼어들었다.

"자, 부인, 말씀해보세요. 노란색 레몬을 입고 머리에는 멋진 양배추를 쓰는 건 어떨까요?"

정적. 두 여자는 입을 다물었다.

"부인, 말씀해보세요." 남자는 에밀리아로마냐 지역의 억양을 흉내내며 고집스럽게 물었다. "페라라에서 온 새 소식은 없나요? 그리고 프란키나 부인, 혹시 당신의 혀가 폭포수는 아니겠지요? 그러면 정말 큰일인데요."

여러 곳에서 웃음소리가 터져나왔다. 틀림없이 다른 사람들도 그 통화권에 들어와 나처럼 말없이 듣고 있는 모양이었다.

프란키나가 거만하게 말했다. "저기, 선생님, 뉘신지 모르겠지만 무례하시군요. 아니, 아주 막돼먹은 인간이에요. 왜냐하면 먼저, 다른 사람의 대화는 엿듣는 게 아니랍니다. 이건 기본적인 교육의 문제이지요. 그리고 두번째 이유는……"

"어휴, 웬 훈계람. 자, 부인, 아니 미혼이시면 아가씨, 농담으로 받아주세요. 죄송합니다! 만약 저를 개인적으로 아신다면 그렇게 발끈하지는 않으실 거예요."

"그 사람 신경쓰지 마!" 클라라가 친구에게 말했다. "너는 왜 몰상식한 사람들이랑 말씨름을 하려고 하니? 내가 다시 걸 테니까 일단 전화 끊자."

"아니, 안 돼요. 잠시만요." 다른 누군가가 말했다. 나이가 더 들었음직한 남자의 점잖고 부드러운 목소리였다. "클라라 씨, 기다려요. 아마 나중에는 연결이 안 될 거예요!"

"흠, 그게 그렇게 안타까운 일은 아닐 것 같은데요."

그때 새로운 목소리들이 난입하며 난장판을 벌였다. 대략 다음과 같은 소란이 일었다.

"그만들 해요, 이 수다쟁이들!"(어떤 여자였다.) "수다쟁이는 당신이겠죠. 남의 집을 엿보고 있잖아요!" "내가 엿본다고요? 말을 함부로 하시네요! 그게 아니라 난⋯⋯" "클라라 씨, 클라라 씨(어떤 남자의 목소리였다), 들리세요? 전화번호가 어떻게 되세요? 저한테 알려주세요. 저는 로마냐 여자에게 끌려요. 고백하자면, 꼼짝 못할 정도입니다." "내가 알려줄게요(어떤 여자, 아마 프란키나일 것이다). 그런데 누구신지 알 수 있을까요?" "저는 말런 브랜도입니다." "아, 아!"(모두가 웃음을 터뜨렸다.) "어이쿠, 재밌는 분이네요." "변호사님, 바르테사기 변호사님! 여보세요, 여보세요! 변호사님 맞으시죠?"(처음 듣는 여자의 목소리였다.) "네, 그렇습니다. 그런데 어떻게 아셨나요?" "저, 노리나예요. 모르시겠어요? 오늘 퇴근하기 전에 깜빡하고 전달하지 못한 내용이 있어서 전화드렸어요. 토리노에서⋯⋯" 바르테사기는 당황하는 기색이 역력했다. "음! 나중에 전화해주세요. 우리의 사적인 업무를 도시 전체에 알리는 건 적절치 않아 보이네요." "에이, 변호사님(다른 남자였다), 그러면 여자들에게 치근대는 건 적절하고요? 말런 브랜도 씨는 로마냐 여자에게 사족을 못 쓰지요. 아, 아!" "제발, 그만하세요. 잡담할 시간이 없는 사람도 있어요. 급히 전화를 써야 하는 사람도 있고요!"(육십대로 여겨지는 여자의 목소리였다.) "어이, 이봐요(프란키나의 목소리)! 당신이 전화의 여왕이라도 됩니까?" "수화기나 내려놓으시죠! 그리 말하고도 아직 기운이 남았어요? 나는 시외전화를 기다리고 있고, 당신이 끊지 않는 한……" "아, 그러니까 내 말을 듣고 있었다? 그리 과묵하신 분이!" "주둥이 좀 닫아! 이 오리야!"

잠깐 침묵이 흘렀다. 강력한 한 방이었다. 프란키나는 적절하게 받아칠 말을 찾아내지 못했다. 기세등등한 한 방이 다시 이어졌다. "이히히히! 미운 오리 새끼!"

한바탕 폭소가 이어졌다. 적어도 열두 사람은 되는 것 같았다. 그러곤 다시 정적이 흘렀다. 모두 한꺼번에 철수한 것일까? 아니면 다른 사람이 말하기를 기다리는 걸까? 고요한 가운데 바스락대는 소음과 심장 고동 소리, 숨소리가 들려왔다.

마침내 클라라가 경쾌하고 아름다운 억양으로 입을 열었다. "음, 우리만 있는 건가? 그렇담 프란키나, 내일 내가 뭘 입으면 좋겠니?"

이때 새로운 남자의 듣기 좋은 목소리가 튀어나왔다. 젊은이 특유의 격의 없고, 당당하고, 생기 가득한 음성이었다.

"클라라, 괜찮다면 제가 조언해줄게요. 내일 작년에 산 파란색 치마에 방금 얼룩을 뺀 보라색 스웨터를 입으세요. 그리고 검은색 클로슈모자도. 아시겠죠?"

"당신은 누구죠?" 클라라는 너무 놀란 나머지 갈라진 목소리로 물었다. "도대체 누구세요?"

상대방은 입을 다물었다.

프란키나가 말했다. "클라라, 클라라, 이 사람이 그걸 어떻게 알지?"

남자는 매우 진지하게 대답했다. "나는 적잖은 것들을 알고 있습니다."

클라라: 거짓말! 어쩌다 한번 들어맞은 거겠지요!

그 남자: 제가 우연히 맞혔다고요? 그럼 다른 증거도 대볼까요?

클라라: (머뭇거리며) 자, 어디 해보세요.

그 남자: 좋습니다. 클라라, 내 말 잘 들으세요. 당신은 렌틸콩을 가지고 있습니다. 작은 새싹을…… 으흠, 음…… 어디에 있는지는……

클라라: (단호하게) 당신은 그걸 알 수 없어요!

그 남자: 그럴까요, 아닐까요?

클라라: 당신은 알 수 없어요!

그 남자: 그럴까요, 아닐까요?

클라라: 맹세코, 엄마 말고는 그걸 본 사람이 없어요!

그 남자: 그러니 제 말이 맞긴 맞는 거죠?

클라라는 거의 울기 직전이었다. "아무도 본 사람이 없단 말이에요. 몹쓸 장난을 치는군요!" 그러자 그가 누그러진 목소리로 말했다. "그런데 제가 당신의 작은 렌틸콩을 봤다고는 안 했습니다. 당신이 가지고 있다고만 말했어요!"

다른 남자의 목소리: 광대 짓 그만둬!

그 남자: (재빠르게) 당신에 대해 읊어보죠. 고인 엔리코의 아들 조르조 마르코치, 나이 서른둘, 키아브레라 거리 7번지 거주, 키 170센티미터, 기혼남, 이틀 전부터 인후염 증상 발현, 그런데도 필터 없는 담배를 피움. 이만하면 됐나요? 모두 정확하죠?

마르코치: (깜짝 놀라며) 당신 누구십니까? 어떻게 이럴 수가 있죠? 나는, 나는……

그 남자: 너무 열내지 마세요. 그보다 우리 이 순간을 좀 즐겁게 보내도록 합시다. 클라라 씨도요. 이처럼 멋지고 사랑스러운 친구들과 같이 있는 건 아주 드문 일 아닙니까.

아무도 감히 그 말에 반박하거나 그를 조롱하지 못했다. 어렴풋한 불안감, 신비한 현존의 느낌이 전화선으로 들어왔다. 그는 누구일까? 마법사? 파업노동자들을 대신해서 전화교환국을 조정하는 초자연적인 존재? 악마? 도깨비 같은 건가? 하지만 그의 목소리는 사악하지 않았고, 오히려 황홀한 매력을 발산하고 있었다.

"자, 자, 여러분, 뭘 두려워하는 겁니까? 자, 제가 노래 한 곡 불러도 될까요?"

목소리들: 네, 네.

그 남자: 무슨 노래가 좋을까요?

목소리들: 〈스칼리나텔라〉, 아니, 아니, 삼바…… 아니, 〈물랭 루주〉 〈아지오 페르두토 오 수온노〉 〈아베바 운 바베로〉 〈엘 바이온, 엘 바이온〉!

그 남자: 흠, 여러분이 결정하기 어렵다면…… 클라라 씨, 당신은 어떤 노래를 좋아하세요?

"오, 저는 〈우페미아〉를 좋아해요."

그는 노래했다. 내 인생에서 그 같은 노랫소리는 들은 적이 없을 정도로 매혹적이었다. 빛나고 신선하고 소박하고 순수한 노래를 듣자니 전율이 등골을 타고 올랐다. 그가 노래하는 동안 모두 숨죽인 채 가만히 있었다. 이후 "만세, 브라보, 앙코르"가 터져나왔다. "당신 정말 대단해요! 진정한 예술가네요! 라디오에 나가야 해요. 수

많은 사람이 나처럼 감탄할 겁니다. 나탈리노 오토*가 들으면 쥐구멍으로 숨어들 거예요. 자, 자, 몇 곡 더 불러주세요!"

"그럼 여러분도 다 같이 불러야 합니다."

정반대 구역, 멀찍이 떨어진 각자의 집에서, 응접실에 서 있거나 앉거나 침대에 누운 사람들이 귀에 수화기를 댄 채로 서로 가느다란 전화선에 연결되어, 이상한 파티가 벌어졌다. 이제 처음의 악의나 조롱, 저속함, 어리석음은 찾아볼 수 없었다. 이름, 나이, 사는 곳에 상관없이, 지금껏 본 적 없고 아마 영원히 마주치지 않을 거라는 익명성 덕분에 이 열댓 명은 서로에게 친근한 감정을 느꼈다. 남자들은 모두 젊고 아름다운 여자와 얘기한다고 믿었고, 여자들은 모두 전화선 건너편의 남자들이 준수한 외모에 부자이고 흥미진진한 경험의 소유자라고 상상했다. 그러는 가운데 그 놀라운 지휘자는 모두를 어린아이처럼 매혹시켜 도시의 검은 지붕 위로 높이 날아오르게 했다.

마지막을 알리는 (거의 자정이 다 된 시간에) 신호를 준 것도 그 남자였다.

"좋습니다. 여러분, 이제 마치도록 하지요. 저는 내일 아침 일찍 일어나야 합니다. 함께해주셔서 고맙습니다."

모두가 하나같이 반대했다. "아니, 안 돼요. 그러지 마세요. 조금만 더, 한 곡만 더, 제발요!"

"저는 정말로 가야 합니다. 용서를 구합니다. 신사 숙녀 여러분, 친애하는 친구들, 안녕히 계세요."

---

* 1912~1969. 이탈리아의 유명 가수이자 음반 제작자.

모두는 씁쓸하게 입맛을 다시며 시들하고 우울한 마지막 인사를 나누었다. "그렇다면 어쩔 수 없네요. 모두 안녕히 주무세요. 안녕히…… 누구신지는 모르지만, 음, 누군지 알 수 없지만, 안녕히 계세요. 모두 편히 주무세요."

그렇게 다들 여기저기로 흩어졌다. 집들은 갑자기 밤의 고독에 휩싸였다.

하지만 나는 여전히 귀기울이고 있었다.

잠시 뒤, 수수께끼 같은 그 남자가 나지막하게 말하기 시작했다. "접니다. 저 아직 여기 있어요. 클라라, 제 말 들려요?"

"네." 그녀가 부드럽게 소곤대며 대답했다. "네, 들려요. 그런데 다른 사람들이 전부 돌아간 게 확실한가요?"

"한 사람만 빼고요." 그가 온화하게 말했다. "지금까지 한마디도 안 하고 내내 듣기만 했던 한 사람만 빼고요."

바로 나였다. 나는 두근거리는 마음으로 즉시 수화기를 내려놓았다.

그는 누구였을까? 천사? 예언자? 메피스토펠레?* 오, 모험의 영혼이었을까? 아니면 어느 구석에서 우리를 기다리는 미지의 화신? 아니면 그냥 희망인가? 태곳적 불굴의 희망이 하찮은 인간들을 구하기 위해 파업이 있는 날 전화의 미로 같은 황당하고 별난 장소로 숨어든 것일까?

---

* 아리고 보이토가 괴테의 『파우스트』에서 영감받아 작곡한 오페라 〈메피스토펠레〉 (1867)에 등장하는 지옥의 지배자.

43
바람 따라가기

('도리스 메차바'라는 필명으로 이미 작가로 등단한데다, 사투리로 쓴 몇 편의 희곡을 지역극장에서 성황리에 상연하기도 한) 고등학교 문학교사였던 고인 이시도로 메차로바의 관이, 뉴턴 거리 71번지에서 마을 성당으로 향했다. 운구 행렬에는 동료들, 교장, 교육감, 학생들, 단체기를 든 '잔 바티스타 비코'회의 대표단이 참석했다. 그때 유명한 작가 페데리코 파니가 나타났다. 놀라운 등장이었다. 검은 옷의 신사 두세 명이 그에게 인사하러 다가갔다. "선생님, 고맙습니다. 정말 고맙습니다. 그가 무척 기뻐할 겁니다. 오, 불쌍한 이시도로…… 저기, 괜찮으시다면……" 그는 가엾은 친척의 손에서 관을 묶은 밧줄 중 하나를 빼앗아 조각 케이크를 권하듯 정중한 태도로 소설가에게 내밀었다. 이에 파니는 침울한 표정을 지으며 돼지가죽장갑을 낀 왼손으로 밧줄을 잡고서 앞으로 나아갔다. 옆으로 늘어뜨린 오른손으로는 검은 영국제 중절모 챙을 쥐고 있었다. 다행이라고 그는 생각했다. '적어도 이 멍청한 사람들과

말 섞지 않아도 되니까.' 슬픔에 잠긴 주변의 작은 무리는 아직 행렬을 이루기 전이었다. 피니는 약간의 우월감을 즐기며 우울한 눈빛으로 주위를 둘러보았다. 사람들의 시선이 느껴질 때면 아주 점잖고도 애처로운 미소를 입가에 띠었다. 검푸른 외투, 회색 캐시미어 목도리, 희끗한 관자놀이, 여전히 풍성한 머리카락, 큰 키에 꼿꼿한 몸매, 침통한 분위기로 고개만 살짝 숙인 그는, 인생의 전성기에 이르러 매력을 내뿜는 멋진 남자였다. 바로 옆에서 여학생 네 명이 넋 나간 꼴로 그를 바라보고 있었다. 특히 양털외투를 입은 아리따운 여자가 그를 뚫어지게 바라보았다. 그는 강렬한 눈빛으로 응답했고, 그녀의 얼굴이 붉어지는 것을 보았다. 내심 기뻐하며 그는 속으로 중얼거렸다. '저 여자가 내일 내게 전화하지 않는다면 내 성을 갈겠어.'

라에티티아 자게티 브린 부인은 딸에게 말했다. "안 돼. 지피, 내 말 잘 들어. 사교 무도회에 가지 마. 미안하지만, 너 거기 가면 안 돼!" "엄마, 이미 다 약속했단 말이야! 가브리엘라, 안드레이나, 루도 올 거야. 파브리지아도 오기로 했어. 걔 부모님도 무척 엄격하셔." "다른 애들이 가든 말든 넌 그날 밤 집에 있어. 각자 옳다고 여기는 대로 행동하는 거야. 올해는 난장판이 따로 없을 거다. 또 누가 가는지 아니? 세상에, 여기 아래 잡화점 하는 부라키도 딸을 데리고 간다더구나." "휴, 시대가 변했어. 고리타분한 생각 좀 버려. 유익한 무도회고, 아이들에게도 나쁠 게 없어." "고리타분한 게 아니야. 넌 내 딸이니 파티에 가지 마. 유익한 거라면 얼마든지 권할 테지만, 파티는 안 된다. 아유, 이 기본적인 수칙을 모른다니 놀랍구나. 그래, 우리 같은 귀족의 이름으로 사는 게 불편하겠지. 그래도 지킬 건 지켜야 해. 전통, 가문의 명예…… 아, 그래, 알아. 네겐 당치 않은 소리겠지. 네 맘대로 한다면 아마 천민 수준이 되어버릴 거다. 실존주의! 그저 실존주의밖에 모르지! 하지만 저기 벽에 걸린 네 선조의 사진을 좀 보렴! 어떤 얼굴, 어떤 모습이니? 그게 우리야! 아이고, 어쨌든 넌 무도회에 가지 마."

쉰다섯 살의 (혼인무효소송 전문) 변호사 세르조 프레디칸티는 양복점에 갔다. 감색 바탕에 아주 가느다란 빨간 줄이 보일락 말락 그어진 정장을 입어보러 간 참이다. 이번이 두번째 방문이다. 변호사는 참지 못하고 화를 냈다. "원래 이렇다, 원래 이렇다, 이미 들은 말입니다. 친애하는 마르조니 씨, 당신에게 수도 없이 부탁했어요! 등, 등, 등쪽 말이에요. 여기 뒤에 볼록 튀어나온 게 안 보이세요? 혹 안 보입니까? 얼마나 흉측한지 모르시겠어요?" "변호사님, 흥분하지 마세요. 바로 손보겠습니다. 간단한 일입니다. (분필로 표시하며) 자자 여기, 진동을 손보면…… 멋지게 수선하면 혹이 사라질 겁니다." "수선, 수선! 친애하는 마르조니 씨, 당신은 항상 그 말만 하는군요. 아, 그나저나 소매에 단추 네 개, 잊지 마세요. 부탁인데, 반드시 네 개여야 합니다. 적어두는 게 좋을 거예요. 그리고 가짜 단춧구멍은 안 됩니다. 네 개 다 끄를 수 있어야 해요. 아시겠어요? 더이상의 실수는……"

저녁 무렵, 농부 피에로 스카라바티는 거름더미 가장자리에서 쇠스랑으로 수레의 건초를 내린다. 본당신부 돈 안셀모가 길을 가다 멈춰 서서 그를 바라본다. 그가 미소 띤 얼굴로 말한다. "피에로, 훌륭하군요! 아주 열심인데요? 근육이 보통이 아니네요!" 피에로는 웃으며 일손을 멈춘다. "네, 그래요. 자랑하고 싶진 않지만! 돈 안셀모, 당신은 모르셨나보군요. 전 이미 소문이 자자해요." "무슨 소문 말입니까?" "제가 지금 하는 것 말이죠…… 보세요, 보세요! 갈퀴질 한 번에 50킬로그램을 들어올린다고요. 보세요, 스파게티를 말아올리듯이…… 으읏차! 보셨죠? 한 번 찍으면 못해도 퇴비가 60킬로그램! 이 정도면 나쁘지 않죠. 그런데 돈 안셀모, 여태 그걸 모르셨어요? 아무도 없어요. 이 근방에서 나만한 사람은 아무도 없다고요. 노인들도 나만큼 잘하지 못해요."

대학에서 행정법을 가르치는 굴리엘모 카코파르도 교수는 동료와 함께 새 잡지 『공법 노트』 교정쇄를 살피고 있다. "아니, 아니, 제발…… 자라타나, 자네도 냉정하게 평가해보게. 내가 보기엔 적절치 않아. 여기, 편집위원 명단을 좀 보라고! 우리 두 이름이 엊그제 교수직을 딴 애송이들 이름과 뒤섞여 있잖나. 알파벳순! 알파벳순이라니! 우리가 지금껏 가르친 세월이 삼십 년이야. 이래서야 되겠나? 적어도 우리 이름을 더 크게 부각했어야 해. 하지만 그러기는커녕…… 내가 장담하는데, 그들이 일부러 야비하고 더러운 짓을 꾸민 거야. 뻔뻔한 출세주의자들! 오, 날 위해서 이러는 게 아니야. 자라타나, 자넨 날 알잖아. 이런 하찮은 일에 매달리는 사람이 아니라는 거…… 난 정의감에서 이러는 거야. 단지 정의감일 뿐이라고. 오늘밤 당장 그 협잡꾼들에게 위원회 탈퇴 편지를 쓸 거야. 학교와 학회의 권위를 세우기 위해서! 자라타나, 자넨 어떻게 할 건가? 자네도 내 의견에 동의하나?"

쉰아홉 살의 〈스미데를레&쿤츠 철강 주식회사〉 네시에 스미데를레 부인은 머리카락을 탈색하기로 했다. 미용사가 마무리 작업을 하는 동안 그녀는 초조하게 거울을 본다. "부인, 절 믿으세요. 부인의 머릿결은 정말 특별해요. 일하기가 어쩜 이리도 수월한지!" "그런데 저기 플라비오, 너무 밝은 것 같지 않아요? 솔직히 이 백금색은 전혀 내 마음에 안 들어요." "부인, 무슨 소리세요? 백금이라뇨? 농담도 잘하시지. 이 색은 상류층 사교계에서 아르카디아 황금색으로 통해요. 부인 머리처럼 아름다운 말런 브랜도의 머리를 연출하는 완벽한 뉘앙스죠." "그런데 플라비오, 루주, 그러니까 빨강, 그 뭐더라…… 아, 그래, 루주 벽돌색이 더 젊어 보이지 않을까요?" "아, 루주 브리크타주, 그러니까 붉은 벽돌색 말씀하시는 거죠? 오, 아니에요. 잔 다르크풍 헤어스타일은 어쨌거나 부인에게는 어울리지 않아요. 스미테를레 부인, 보세요, 보시라고요! 어려 보이지 않나요? 생제르맹데프레 지구의 불량 청소년 같아요." "플라비오, 진심이에요?" "오, 부인!"*

어느 일요일 저녁, 아마추어 운동가들의 카페에 한순간 정적이 흘렀다. 공손하게 길을 터준 사람들 사이로 구부정하고 마른 남자가 들어왔다. 모두의 시선이 그리로 쏠렸다. "아니, 저 자그마한 꼽추는 누구야?" "뭐라고? 모르니? 아타반티의 친구 베피노 스트라치야." 유명한 센터포워드 마우로 아타반티와 친한 사이라는 이유로 스트라치는 그 무리에서 특별 대우를 받았다. '그의' 탁자에는 험상궂고 부유해 보이는 남자 넷이 앉아 있었다(셋은 밝은 낙타털

---

* 이 일화에서 손님과 미용사는 당시 유럽 상류층의 사교 언어로 인식되었던 프랑스어를 섞어가며 대화한다.

외투를 입었다). 넷 모두는 스트라치를 보자 미소 지으며 갑자기 일어섰다. 작은 남자는 고맙다는 말도 없이 자리에 앉았다. 그의 얼굴은 노여움으로 창백했다. 스무 명가량의 사람이 소식을 궁금해하며 그의 주위로 모여들었다. 일제히 터져나오는 외침과 질문 가운데 스트라치의 쉰 목소리가 들렸다. "이렇게 끝나지 않아. 당연하지(세 시간 전 결정적인 시합에서 아타반티는 심판 폭행죄로 실격된 터였다). 왜냐? 그는 스치지도 않았거든. 모두가 다 봤는데…… 오, 여기선 숨을 못 쉬겠군. 여러분, 좀 물러나주세요. 마우로가 어땠느냐고? 가엾은 애가 울기만 하더군!" 관심에 도취된 남자는 거드름을 피웠다. 그때 종업원이 흥분한 무리의 머리 위로 쟁반을 쳐든 채 통로를 찾고 있었다. "실례합니다. 실례합니다. 스트라치 씨를 위한 펀치 음료요!" 군중은 즉시 길을 내주었다. 스트라치는 으쓱거리며 건방을 떨었다. "오, 자코모 훌륭해! 이 불쌍한 베피노를 기억하는 사람이 있다니!" 누군가가 웃으며 말했다. "착하기도 하지!" 이어 쉰 목소리가 계속해서 들렸다. "마우로가 내게 말했어…… 마우로는 그걸 알고 있어…… 만약 마우로가 내 말을 듣는다면…… 마우로가 내게 맹세했어……"

"요세파, 프로치다에서 내가 누굴 만났는지 아니? 리사 스콰르차 백작부인! 네 사촌 맞지?" 아름다운 요세파 스콰르차는 꼬리를 밟힌 뱀 같은 표정을 지었다. "내 사촌 리사 스콰르차?" "그 여자 알지?" "어쩌면, 한때 그랬지…… 하지만 우리는 그 가난뱅이들과 늘 거리를 뒀는걸." "그래도 사촌인 건 맞지?" "어림없는 소리. 아주 먼 친척이야. 게다가 백작부인도 아니고." "하지만 모두가 그렇게 부르던데. 그리고 그녀의 남편은 왕관 모양의 자수를……" "그만! 그 작위는 오직 우리만 쓸 수 있어. 마시모가 가계도를 잘 알 텐데." "그렇지만 요세파, 내가 장담하는데……" "제발 그만해. 라우라, 미안한데, 솔직히 말할게. 난 받아들일 수 없어. 촌뜨기들, 그래 남부의 촌뜨기들이 우리 이름을 악용하는 걸…… 리사 스콰르차 백작부인이라니! 하하하!" 그녀는 신경질적으로 웃어댔다. "친구야, 미안해. 그런 줄 몰랐어." "아냐, 내가 미안. 너무 흥분했지. 하지만 그런 얘기가 나오면 울컥해서 말이야……"

시장은 호적과에 들인 새로운 장비들을 보러 갔다. 흰 가운을 입은 클라우디오 비체도미니 과장이 최근에 설치한 전자보관함의 놀라운 기능을 설명했다. 그들은 레버와 버튼으로 가득한 대형 계기판 앞에 있었다. 비체도미니 과장이 말했다. "이 기계는 이전에 직원 열 명, 열한 명이 여섯 시간 걸려서 했던 일을, 단 삼 초 만에 실행합니다. 시장님, 한번 시험해보시지요. 자, 아무 날짜나 연월일을 말씀해주세요." "음, 글쎄…… 6월 16일, 1957년 6월 16일." "좋습니다. 저는 버튼을 누르기만 했을 뿐입니다. 그럼 이제 하나, 둘, 셋……" 윙윙 소리가 들리며 기계의 신비스러운 내부에서 뭔가가 작동되었고, 이내 기다란 용지가 바구니로 부드럽게 미끄러져나왔다. 비체도미니는 의기양양하게 외쳤다. "다 됐습니다. 자, 여기 있어요. 그 날짜의 인명부입니다. 이쪽은 시시각각의 출생자, 저쪽은 사망자 명단입니다." 시장은 정중하게 명부를 받아서 안경 너머로 사망자들의 이름을 멀거니 훑어보았다. 자게티 브린 가문의 코치 라에티티아, 프레디칸티 세르지오, 스카라바티 피에트로, 카코파르도 굴리엘모, 스미데를레 가문의 알폰시 에르네스타, 스트라치 주세페, 파니 페데리코, 스콰르차 가문의 파살라콰 엘리사…… 시장은 무언가를 기억해내려는 듯 중얼거렸다. "파니, 파니…… 파니 페데리코…… 음, 기억나지 않는군. 누군지 모르겠어."

비체도미니가 물었다. "놀랍지 않습니까?" "그렇소, 놀랍군." "시장님, 그럼 이제 색인카드를 보러 갑시다. 괜찮으시다면 제가 안내하지요." 그는 한 여직원에게 미소 지으며 말했다. "엘리데 씨, 나중에 불 끄는 거 잊지 마세요."

44
이중 잣대

신문기자 베니아미노 파렌은 소파에 앉아 휴대용 타자기를 무릎에 놓고서 종이를 롤러에 끼운 뒤, 담뱃대에 불을 붙이고는 기분좋게 글을 써내려갔다.

〈뉴 글로브〉 대표님께.

존경하는 사장님,

사장님이 확고한 의지와 빛나는 감성으로 지휘하는 신문의 충실하고 오랜 독자로서 편지드립니다. 굳은 신념으로 시작된 사장님의 과업에 미약하게나마 도움이 되었으면 하는 열망 하나로 제 소견을 전하고자 합니다. 얼마 전부터 〈뉴 글로브〉지에 '조지 맥 너마라'라는 서명으로 다양한 주제의 기사가 실리기 시작했습니다. 저는 그자가 누구인지 모르고, 우리나라에서 가장 진중하고 권위 있는 언론으로 평가받아 마땅한 귀사에 어떤 명분으로 협력하고 있는지도 모릅니다. 그런데 그의 글이 〈뉴 글로브〉가 지닌 가장 고상하고 귀한 면모로 꼽히는, 저널리

즘적 문학적 품격에는 걸맞지 않다는 지적이 다수입니다―교양을 갖춘 높은 지위의 많은 사람이 저와 같은 견해를 피력했습니다. 진부함, 불편하게 거듭되는 억지 유머, 장황함, 부정확함…… 기타 등등.

그는 두 쪽에 걸쳐 편지를 썼고, 마지막에는 '충실한 친구'라고 서명했다. 종이를 접어 봉투에 넣고 주소를 쓴 다음 우표를 붙였다. 그런 뒤 모자와 우산을 챙겨들고 집밖으로 나가 우체통에 편지를 넣었다.

여름의 부드러운 황혼을 천천히 음미하며 그는 〈뉴 글로브〉 본사에 도착했다.

"안녕하세요. 파렌 씨." 수위가 공손하게 인사했다. "제롤라모, 좋은 저녁입니다." 파렌은 온화하게 인사를 받았다.

1층 복도에서 맥 나마라와 마주친 그는 한 손으로 그의 어깨를 툭 치며 인사했다. "안녕, 못된 해적! 어제 기사 꽤 괜찮더군. 정말 훌륭해." 젊은 신입 기자 맥 나마라는 낯을 붉히며 고맙다는 말을 더듬거렸다.

파렌은 보도실로 들어가자마자 물었다. "오늘밤에는 어떤 뉴스가 있지?" 그의 부하 직원이 대답했다. "특별한 건 없습니다. 섬유박람회 개막, 작은 강도 사건, 마약 압수 정도예요." "또 마리화나?" "아니요, 이번엔 코카인입니다." "체포는 됐고?" "아뇨, 그들은 처벌을 면했습니다." "흠, 번듯한 기사 두 줄로는 뿌리를 뽑을 수 없지. 경찰국장을 자극하는 다정한 질책이 필요해!"

그는 낄낄대며 기사를 가져오라고 했다. 그러곤 외투를 벗고 타자기 앞에 앉아 담뱃대에 불을 붙인 다음 쓰기 시작했다.

문제가 한둘이 아니다. 국가기관 업무에 대한 불만이 거의 매일같이 쏟아져나온다. (여기서 파렌은 자신의 신랄한 풍자에 미리 감탄하며 웃음을 터뜨렸다.) 하지만 마약 공급을 눈감아준다고 개탄하는 것은 부당한 현실이 되었다. 우리 도시는 타락한 마약밀매에서 국내 최고 기록을 세웠고, 그것을 자랑스러워한다. 그 사실을 확인하는 것이 굴욕스럽다. 유익한 일로 정직한 하루를 보낸 착한 시민이 깊이 잠든 밤, 누군가는 사악한 악습의 소굴에서 나와 독과 타락을 곳곳에 퍼뜨린다. 이것이야말로 가장 가증스러운 위법행위가 아니겠는가? 착한 시민사회에 대한 배반이 아니겠는가? 등에다 칼을 꽂는 것과 뭐가 다르겠는가? 그러니 우리가 더욱 효과적인 통제와 더욱 강력한 처벌을 당국에 요구하는 게 당연하지 않겠는가? 기타 등등.

"멈춰! 멈춰!"(자투리 명주실로 만든 옷을 입은) 프란카 아마빌리 부인이 운전사에게 소리쳤다. 근사한 회색 벤틀리 자동차가 부드럽게 떨리며 멈춰 섰다. 부인은 허둥지둥 차에서 내려 길가에 있는 마부에게 다가갔다.

"부끄럽지도 않아? 서 있지도 못하는 불쌍한 짐승을 어떻게 때릴 수 있지? 망나니 같은 놈!"

"하지만 움직이려고 하질 않잖아요." 마부가 채찍 손잡이로 노새의 옆구리를 툭 치면서 대답했다.

"아, 움직이지 않는다고? 난 동물애호가야. 네가 앞으로 가면서 제대로 끌어봐!"

"보세요. 꼼짝도 안 하잖아요!" 영문 모를 갑작스러운 참견에, 남자는 아무 소용도 없다며 항의하듯 말했다.

"너 이름이 뭐야?" 프란카 아마빌리는 핸드백에서 공책을 꺼냈다. 그러곤 그 무식쟁이에게 동물을 어떻게 대해야 하는지 설명하기 시작했다.

한 시간 뒤에 그녀는 남편과 친구 한 명과 함께 레스토랑에 있었다.

"우선 새우 두 접시로 시작할까요?" 지배인이 넌지시 제안했다. "아니면 훈제연어는 어떠세요?"

"좋은 생각이네요. 전 연어로 할게요." 프란카 부인이 주문했다. (친구들과 즐겁게 놀던 찬물에서 갑자기 끌어올려진 연어는 깜짝 놀라 숨을 헐떡이며 두리번거렸다. "우아, 최소 50킬로그램은 나가겠어." 어부가 기뻐하며 외쳤다. "에르네스트, 나 좀 도와줘. 혼자선 도저히 못하겠어." 그들은 마구 떠들어대며 배에다 사냥감을 내던졌다. 생선은 갑판 위에서 한참을 고통스럽게 버둥거렸고, 애처로운 그 눈은 마지막 기도를 올렸다. 연어의 미약한 기도는 아주 멀리, 어딘가의 새하얀 빙하열주 아래 자리한 바위호수까지 날아갔다.)

"그다음은요?" 지배인은 수첩에서 연필을 떼며 알랑거리는 말투로 물었다.

프란카 부인이 말했다. "배가 별로 안 고프네요. 콩소메를 갖다주시고, 그다음엔 스테이크 하나 주세요. 부드러운 고기로 부탁합니다." (잔뜩 겁에 질린 송아지는 고개를 뒤로 돌려 친구의 모습을 찾았다. 하지만 주위에는 소 울음소리와 둔탁한 매질, 인간의 고함이 뒤엉킨 가운데 그처럼 흥분한 다른 짐승들뿐이었다. 쇠몽둥이가 사납게 그의 주둥이를 내려쳐서 도로 고개를 돌려놓았다. 그는 도망가려 했지만 뭔가가 그를 단단히 죄어 꼼짝 못하게 했다. 검은 그림자가 다가왔다. 피냄새. 송아지는 음매음매 울었다. 잔인한 악마의 불기둥이 그의 뇌를 꿰뚫었다.) 프란카 부인은 남편과 친구를 향해 말을 이었다. "이제 내가 재밌는 얘기 하나 해줄게. 오늘 아침에 겪은 일이야. 줄리오, 건널 목 앞 교차로 알지? 거기에서 어떤 무식한 마부가……"

삽과 곡괭이로 땅을 파던 남자 예닐곱 명은, 밤이 되자 드디어 왕의 무덤으로 이어진 지하통로를 찾을 수 있었다. 그들은 그리로 들어가서 보물을 발견했다.

한참 쓸어담고 있을 때 경보음이 울려, 그들은 묵직한 황금집기 들을 챙겨 얼른 밖으로 나왔다. 대규모 대열이 그들을 기다리고 있었다.

사형이 집행되었다. 아침햇살이 장밋빛 모래밭을 비추었고, 예 닐곱 사람의 머리가 피를 뿌리며 여기저기 흩어졌다.

하늘 꼭대기에서 전능하신 신이 지상을 내려다보고 있었다. 신은 그 장면을 보았고, 잠깐 눈꺼풀을 감았다.

그분이 다시 눈을 떴을 때―얼마의 시간이 흘렀을까? 절대자 가 눈 깜박하는 순간은 우리의 몇 년, 몇백 년, 몇천 년에 해당할 까?―곡괭이와 삽을 든 다른 무리가 비밀통로의 입구를 힘겹게 열고 있었다. 깊은 밤이었고, 신성한 달빛이 사막의 묵묵한 바위들을 부드럽게 비췄다.

그들은 안으로 들어가 군주의 무덤에 다다랐다. 그곳에는 황금 과 보석, 동화 속의 엄청난 보물이 있었다.

그들은 전설의 보물을 들고 밖으로 나왔다. 달은 지평선에 솟은 괴괴한 절벽으로 기울어 쓸쓸한 분위기를 자아내면서도 여전히 적 막한 골짜기를 밝히며 반짝거렸다. 밖에서는 빽빽한 대열이 그들을 초조하게 기다리고 있었다.

밤의 고요함 속에서 박수갈채가 터져나왔다. 몇몇 젊은이가 도굴단 대장에게 다가와 질문했다. 카메라플래시가 번쩍거렸다. 군중 사이에서 격렬한 웅성거림이 일었다. 도굴단 대장은 우쭐해하며 대답했다. "노코멘트. 때가 되면 왕립고고학협회에 전달하겠습니다."

저무는 달빛 아래 보도기자들은 자동차로 달려가 사막을 가로질러 도시로 향했고, 거기서 곧장 전화를 걸어 놀라운 소식을 대도시에 전했다.

한 원주민이 엄숙한 발걸음으로 약탈자들의 대장에게 다가가 고개를 숙이며 봉투를 건넸다. 두번째, 세번째 사람도 멀리서 도착한 전보용지를 전달했다. 각국의 정부가 고고학자에게 보낸 축전들이었다. 영예로운 순간이었다.

회랑 아래에서 후줄근한 행색을 한 남자가 오른손으로 노끈 끝을 잡고 묘기를 부리고 있었다. 노끈의 다른 쪽 끝은 둥근 구멍을 통해 바닥에 놓인 신발 상자 안으로 연결되어 있었다. 상자 덮개 위에는 누군가가 들어올리지 못하도록 최소 4킬로그램은 나가는 돌을 얹어둔 채였다.

남자는 노끈을 조금 끌어당기는 시늉을 하며 상자를 향해 말했다. "자아, 자, 피롤리노. 사람들에게 보여줘. 겁내지 마! 왜 그러는 거야?" 그러곤 걸음을 멈춘 행인들에게 양해를 구하듯이 말했다. "오늘은 변덕을 부리네요. 기분이 언짢은가봐요. 어제는 아주 높이 뛰어올랐거든요." 그는 다시 상자를 향해 외쳤다. "피롤리노, 자, 해보자! 이 점잖은 관객들을 계속 기다리게 할 셈이야? 여기 아름다운 두 분도 계시잖니. 어서 우리에게 보여줘!" 상자가 들썩거렸다. "여러분, 여러분, 보셨나요? 작은 주둥이를 잠깐 내밀었어요. 여러분, 보셨지요? 어디, 여기 여자분이 말해보세요. 그걸 봤나요?"

"음, 모르겠어요." 젊은 여자가 웃으며 대답했다. "어쩌면요. 하지만 제대로 보지는 못했어요."

친구가 팔꿈치로 그녀를 찌르며 말했다. "네네, 그만 가자! 여기서 무슨 시간 낭비니?"

네네가 대꾸했다. "뭐 어때? 미니, 넌 나오는 거 못 봤어?"

"뭐가?" "작은 동물!" 미니는 웃음을 터뜨렸다. "와, 넌 참 순진해. 상자 안에 뭐가 있다고 믿는 거야? 그냥 바람잡이잖아. 그런 속임수로 사람들 발길을 붙잡았다가 적당한 순간에 복권 같은 걸 꺼내 팔려는 수작이야."

두 여자는 즐겁게 걷다가 미술관으로 들어갔다. 멕시코 출신의 화가 호세 우루비아의 특별전시회가 열리고 있었다. 주로 노란색과 갈색의 혼란한 색채로 이루어진 대형 그림이 스무 점가량 벽에 걸려 있었다. 벨벳재킷을 입은, 섬세한 콧날을 지닌 흰머리 남자가, 부인들 무리에 둘러싸인 채 서로 겹쳐진 작은 마름모가 가득한 유화를 가리키며 설명중이었다. "이 작품은 우루비아 특유의 양식이 반영된 대표작입니다. 부팔로박물관 소장품이죠. 보시다시피 우루비아의 전 작품에서 보이는 율동성은 독특한 색채기법으로 표현됩니다. 언뜻 기존의 작품에 비해, 음, 그러니까, 시적 형식의 강렬함이 잘 느껴지지 않는다고 말할 수도 있겠죠. 반면에 자유가 있습니다. 엄격하고 무정하고 논리적인 색채의 자유! 여러분, 자, 이제 감동적인 기록을 소개하죠. 〈대화 5〉를 보면…… 앨버트 피철이 뭐라고 정의했는지 아십니까? 마니교, 한마디로 마니교입니다! 아시겠어요? 작품의 근본적인 통일성을 표현하는 대립적 충동의 이원성에서 그리 말했습니다. 보시다시피, 우루비아는 그만의 천재성으로 오르페우스의 황홀경을 자유자재로 다스리며 거기에 기하학적인 운율을 부여했습니다. 물론 이 시점에서, 우리는 결정적인 서정성의 이유를 확인하고 싶은 유혹을 느낍니다. 그 뭐랄까요, 일종의 형이상학적이면서도 사실적인 우연과 같은……"

미니는 넋이 나간 듯이 한마디 한마디에 빠져들었다.

"이제 그만 가자!" 네네가 팔꿈치로 찌르며 친구에게 속삭였다. "이 그림들은 도통 이해할 수가 없어."

미니가 반박했다. "오, 미안한데, 솔직히 말해 넌 시대에 뒤처졌어. 내가 보기엔 걸작이 따로 없어!"

45
쓸데없는 경계심

사기 조심

서른 살의 외판원 레오 부시는 4천 리라짜리 자기앞수표를 현금으로 바꾸기 위해 크레디토나치오날레은행 제7지점으로 들어갔다.

고객 창구는 없었지만, 긴 접수대 뒤에서 직원들이 일을 하고 있었다.

"어떻게 오셨어요?" 직원 중 한 명이 친절하게 물었다.

"수표를 현찰로 바꾸러 왔습니다."

"이리 주십시오." 그 직원은 수표용지를 손에 들고 앞면과 뒷면을 검사한 뒤 말했다. "저쪽에 있는 제 동료에게 가세요."

그 동료 직원은 쉰 살가량의 남자였다. 그는 (앞뒤로 돌려가며) 수표를 한참 들여다보았고, 쿨럭쿨럭 기침을 했고, 시선을 안경 위로 올려 고객의 얼굴을 살폈다. 다른그림찾기를 하듯 다시 수표와 부시의 얼굴을 갈마보던 그가 마침내 입을 열었다. "저희 은행 계좌가 있으세요?"

"아니요."

"신분증은요?"

부시는 여권을 내밀었다. 직원은 여권을 받아들고 자기 책상으로 가서 앉았다. 그러곤 여권을 넘기며 검사하고, 신청서에다 이름, 번호, 발급 일자 등을 기록하며 적어나가기 시작했다. 그러다 어느 순간 기록을 멈추더니, 안경을 올리며 몇 마디 중얼거렸다.

"무슨 문제가 있나요?" 부시는 악당으로 오해받는 듯한 기분을 느끼며 물었다.

"아니, 아닙니다." 그가 애매한 미소를 지으며 대답하고는, 여권을 들고 구석의 가장 큰 책상에 있는 지점장에게 의견을 구하러 갔다.

그 둘은 이야기를 나누며 이따금씩 고개를 들어 외판원의 얼굴을 자세히 살폈다. 마침내 직원이 돌아와서 물었다.

"이 은행은 첫 방문이십니까?"

"네, 처음입니다. 그런데 혹시 무슨 문제라도 있어요?"

"아니, 아닙니다." 직원은 똑같이 웃으며 대답을 되풀이했다. 이어 현금교환신청서를 마저 작성해서 고객에게 서명을 요청했고, 신청서를 되돌려받은 다음에는 여권을 다시 펼쳐 서명이 같은지 확인했다. 그리고 이 시점에 다시 뭔가 의혹을 느낀 듯, 두번째로 지점장에게 상의하러 갔다. 접수대에서 기다리던 부시는 한마디 쏘아붙이고 싶었지만 마음속으로만 투덜거렸다. '고작 4천 리라에 이 난리람! 10만 리라였으면 어쩔 뻔했어?'

결국 직원은 접수대로 돌아왔다. 조사를 더 확대할 다른 이유를 찾지 못해서인지 실망한 표정이었다. "자, 다 됐습니다. 출납계로 가시면 됩니다." 그는 여권과 함께 번호가 적힌 접수증을 건넸다.

출납계로 간 부시는 자기 차례가 되자 접수증을 건넸다. 뚱뚱하고 듬직한 인상의 출납원은 수표를 조심스럽게 만지작거렸고, 청구서와 비교한 다음 부시를 바라보았다. 이어 자기앞수표와 자기 앞의 남자 사이에서 신비한 공통점을 찾기라도 하듯, 다시 수표와 그를 번갈아 보았다. 마침내 그는 핀이 달린 특수스탬프로 수표용지에 구멍을 뚫었고, 다시 그걸 들여다본 다음 옆에 있는 상자에 놓았다. 그러고 나서 성직자처럼 엄숙하게 지폐를 꺼내 손가락으로 착착 특이한 소리를 내며 셌다. 한 장, 두 장, 세 장, 그렇게 1만 리라를 세서 고객에게 건넸다.

첩자 조심

국가 고위공무원인 안토니오 란첼로티는 매우 신중한 사람이다. 그는 중앙관청에서 모디카 부경감을 만난다. 모디카는 그의 부하이지만, 첩자라는 평판을 듣고 있기에 주의해야 하는 인물이다. 그는 순전히 친근함의 표시로 장난스럽게 묻는다. "어이, 모디카, 무슨 일이야, 무슨 일인데?" 모디카는 고개를 내저으며 대답한다. "음, 귀를 막는 편이 나아요. 여기 관청에서 하는 중요한 일이란 험담하는 거니까요!" "누구에 대한 험담?" 란첼로티가 즐겁게 웃는다. "존경하는 상사님, 모두가 도마 위에 오르죠. 가장 정직하고 나무랄 데 없는 사람도 피해갈 수 없어요." "그럼 내 오랜 친구 모디카, 자네도?" "물론입니다. 물론이죠! 그들이 말단 사원인 제 험담을 한들 별수없죠. 솔직하게 털어놓자면, 상사님도 예외가 아니고요!" 란첼로티는 초조해한다. "나도? 나에 대해 뭐라는데?" "부탁인데, 신경쓰지 말아요. 다 한심한 비방이니까요." "비방? 도대체 왜?" "정말 낱낱이 다 알고 싶으세요? 아니, 아니요. 모르는 게 나아요!" 그의 상관 란첼로티는 안절부절못한다. "자, 모디카, 나는 알 자격이 있어!"

거듭된 설득 끝에 모디카는 말하기로 한다. "그들이 뻔뻔스럽게 뭐라는지 아세요? 감히 한다는 말이, 상사님이 험담꾼이라고, 그래서 우리의 최고 대장 마레시알로 발타차노에 대해 조목조목 험담을 늘어놓는다고 하더라고요." "내가? 내가? 나는 발타차노를 위해서라면 목숨도 아깝지 않은 사람이야! 매일 잠들기 전 그의 글을 읽는다고!" 모디카가 그를 바라본다. "흠, 아시잖아요? 설령 그렇더라도!" "설령 그렇다니, 그게 무슨 소리야?" "당신이 발타차노를 홍보하는 게 사실일지라도…… 그러니까, 자, 존경하는 상사님, 솔직해지자고요. 우리끼리 이야기지만, 얼마 전부터 마레시알로가 예전 같지 않다는 인상을 받지 않으셨어요? 그 뭐랄까, 꼭 집어 노망이라고 할 순 없지만……" "오, 아니야, 절대로!" 란첼로티는 반박하면서 생각한다. '오호라, 선동하는 첩자가 여기 납셨군.' "아닐세! 오히려 그의 최근 연설은 전보다 더 멋진 것 같던데. 더 강하고, 거침없고, 빛이 났지." "하지만 발타차노가 이메네츠 장관이 계획한 간척사업에 반대하는 건요? 상사님도 대장과 같은 의견인가요?" "그렇고말고! 마레시알로의 생각을 지지해." 그는 지나가는 직원 세 명에게 들리도록 목소리를 높인다. "마레시알로는 국가의 진정한 이익을 위해 눈부신 전망을 제시할 거야. 비교하자면, 우리의 위대한 발타차노가 독수리라면, 이메네츠는 거의 참새에 가깝다고 할 수 있지! 친애하는 모디카, 마레시알로는 내가 본 이 시대의 가장 막강한 정치인이야." 직원 셋은 가던 길을 멈추고 가까이에서 흥미진진하게 듣는다. 그러다 한 명이 모디카에게 다가가 신문을 건넨다. 란첼로티는 곁눈질로 커다란 활자를 얼핏 보고는 수상쩍어서 묻는다. "무슨 일인가?" "아뇨, 아무것도 아닙니다." "아니, 어디 한번 보세."

신문 1면 전체에는 '국가위원회의 결정'이라는 커다란 제목 아래 다음의 내용이 쓰여 있다. "발타차노, 교조적 모순으로 실각—체포령 발동으로 해외도피 시도 좌절—새 위원장은 이메네츠로 발표."

란첼로티는 침몰하는 기분을 느끼며 비틀거린다. 그가 간신히 숨을 몰아쉬며 묻는다. "모디카, 자네는 알고 있었나?"

상대방은 사악한 미소를 지으며 대답한다. "저, 저요? 맹세코 전혀 몰랐어요!"

도둑 조심

지역에서 세 건의 강도 사건이 벌어진 이후, 지주 프리츠 마르텔라는 공포에 사로잡혔다. 그는 아무도 믿을 수 없다. 가족도, 하인들도, 훌륭한 지킴이인 개들도 믿을 수 없다. 금화와 보물을 어디에다 숨길까? 집은 안전한 장소가 아니다. 지금까지 금고로 사용했던 장롱이 안전장치가 되기에는 턱없다. 오랜 고민 끝에 그는 어느 밤 아무에게도 말하지 않은 채 귀중품 상자와 삽을 들고 집을 나선다. 숲속 강가로 가서 깊은 구덩이를 파고 거기에 상자를 묻는다.

하지만 집으로 돌아와서 노심초사한다. '이 멍청한 놈! 뒤집힌 흙이 이상하게 보일 수 있다는 생각은 왜 못했을까? 사람이 잘 다니지 않는 길이긴 하지만, 혹시라도 사냥꾼이 그리로 갈지 누가 알겠어? 그가 이상한 낌새를 느끼고 땅을 파헤친다면?'

그는 마음을 졸이며 이불 속에서 이리저리 몸을 뒤척이느라 잠을 이루지 못한다. 한편 동이 트기 전, 살인자 셋은 길에서 살해한 보석상을 묻기에 적당한 장소를 찾아 숲속 강가로 간다. 그들은 누가 뭣 때문에 그랬는지 알 수 없지만, 최근에 파헤친 듯한 흙덩이를 보고 의아하게 여긴다. 그들은 거기다 황급히 시체를 파묻는다.

다음날 밤, 지주는 불안한 마음으로 삽을 어깨에 걸치고 숲으로 간다. 귀중품 상자를 꺼내 더 안전한 곳에다 숨길 셈이다.

그는 땅을 파던 중 어수선한 발걸음소리를 듣고 돌아본다. 병사 십여 명이 초롱불을 밝히고 나아가고 있다. "정지!" 대장의 명령소리가 들린다.

마르텔라는 삽을 손에 쥔 채 순간 얼어붙는다.

"이 시간에 여기서 무얼 하시나요?" 경비대 대장이 묻는다.

"저요? 별것 아닙니다. 저는 지주고, 땅을 파고 있습니다. 여기다 제 상자를 묻었거든요."

상대방이 히죽거리며 말한다. "아, 그래요? 우리는 시체를 찾고 있습니다. 사살된 시체요! 그리고 살인자들도 찾고 있지요."

"저는 아무것도 모릅니다. 말했다시피, 전 그저 제 상자를 가지러 왔을 뿐입니다."

경비대 대장이 큰 소리로 외친다. "좋아, 좋습니다! 자, 힘내서 파세요. 어서, 어서! 뭐가 나오는지 어디 봅시다."

사랑 조심

그 사람이 떠났다. 다시는 오지 않을 것이다. 그는 사라졌고, 마치 죽은 것처럼 인생의 지도에서 말끔히 지워졌다. 그녀, 이레네는 마음을 단단히 먹고 신에게 용기를 청하여 내장에까지 들러붙은 불행한 사랑의 가지를 쳐내는 수밖에 없다. 이레네는 언제나 강한 여자였고, 이번에도 다를 게 없을 것이다.

해냈다! 그녀가 생각했던 것만큼 끔찍하지 않았고, 시간도 덜 걸렸다. 넉 달도 채 지나지 않아 고통에서 완전히 벗어났다. 조금 살이 빠지고 창백하고 허약해지긴 했지만, 회복기의 기분좋은 노곤함과 함께 마음이 가벼웠을 뿐 아니라 막연하나마 새로운 기대감으로 두근거리기까지 했다. 오, 그녀는 용감하게 잘해냈다. 스스로에게 잔인하리만치 엄격했고, 자칫 옛 기억에 빠져들게 할 수 있는 모든 유혹도 완강히 떨쳐냈다. 그의 물건은 바늘 하나까지도 다 부숴버렸다. 편지와 사진도 불태웠다. 그의 시선이 미세한 흔적을 남겼을지 모르는, 그를 만날 때 입었던 옷가지도 버렸다. 그와 함께 읽으면서 서로의 생각과 비밀을 공유했던 책들도 처분했고, 그를 알아보고 정원 울타리로 달려가곤 하던 개도 팔았다. 두 사람이 모두 아는 친구들과도 교제를 끊었다. 급기야 집까지 이사했다. 어느 저녁 그가 그 집 벽난로 가장자리에다 팔꿈치를 기댔기 때문이다. 어느 아침 그 집 대문이 열리고 그가 들어왔기 때문이다. 그가 올 때마다 초인종이 똑같은 소리로 울렸기 때문이고, 방마다 그의 신비스러운 자취가 남은 것 같았기 때문이다. 그것으로 그치지 않았다. 그녀는 애써 다른 것들을 생각했고, 위험이 은근히 파고드는 밤에는 깊은 잠에 곯아떨어지기 위해 무지막지하게 일을 했다. 새로운 사람들을 만나고, 새로운 장소들을 드나들고, 머리카락 색깔도 바꾸었다.

그녀는 옛 기억이 파고들 한 치의 빈틈도 남기지 않으려고 필사적인 노력을 기울여 그 모든 것을 해냈다. 드디어 그녀는 성공했다. 그리고 치유되었다. 상쾌한 아침이다. 이레네는 재봉사가 방금 보낸 예쁜 파란색 옷을 입고 집을 나서려는 참이다. 밖은 화창한 날씨다. 그녀는 건강하고 젊고 홀가분하고 열여섯 소녀 때처럼 풋풋한 기분이 든다. 그녀는 행복한가? 거의 그렇다.

그런데 옆집에서 짧은 선율이 들려온다. 누군가가 라디오나 전축을 튼 채 창문을 연 것이다. 창문은 금세 다시 닫혔다.

그것으로 충분했다. 단 예닐곱 개의 음계로 옛사랑의 주제곡, 그의 애창곡이 떠올랐다. 자, 이레네, 기운을 내! 그런 사소한 것에 휘둘리지 마! 일하러 가! 멈추지 마! 웃어! 하지만 그녀의 가슴속에는 이미 지독한 공허감이 똬리를 틀고 심연으로 파고들었다. 몇 달간 사랑, 이 기이한 형벌은 잠자는 척하며 이레네를 착각으로 이끌었다. 그러나 이제, 그 사소한 것으로 충분했다. 밖에는 자동차와 사람들이 지나다닌다. 아무도 모를 것이다. 한 여자가 몹시 서러운 여자아이처럼 예쁜 새 옷을 구기며 현관문 옆의 바닥에서 미친듯이 울고 있다는 것을. 그는 멀리 떠났고, 절대 돌아오지 않을 것이다. 그리고 모든 것은 부질없었다.

46
병든 폭군

볼피노 품종의 개 레오는 항상 그 시간에, 즉 오후 여섯시 사십 오분에 모로코 거리와 카세르도니 거리 사이, 건축부지라고 불리는 곳으로 지나가는 마스티프종 트론크를 본다. 주인인 교수가 그의 목줄을 잡고 있다.

그 짐승은 늘 그렇듯 귀를 쫑긋 세운 채 집들 사이 그 더러운 풀밭의 좁디좁은 시야를 탐색했다. 그는 지역의 제왕, 폭군이었다. 하지만 울분 가득한 늙은 레오는 트론크가 예전 같지 않다는 것을 금세 깨달았다. 한 달 전과 비교해서도 달랐고, 그가 사나흘 전에 보았던 험악한 개도 아니었다.

녀석은 시시한 존재가 되었다. 발을 딛는 방식, 흐리멍덩한 시선, 휘어진 등, 칙칙한 털, 그리고 더 그럴싸한 징후, 그러니까 눈가에서부터 입가까지 드리운 그림자(끔찍한 잿빛 그림자!)까지.

아무도, 심지어 교수도 그 아주 작은 징후들을 알아차리지 못했다. 그렇게 작은데도? 늙은 레오는 그러한 증상을 이미 본 적이 있었기에 알 수 있었다. 그리고 이내 사악한 기쁨으로 가슴이 두근거렸다. '아, 드디어 네가, 이제 너도!' 그는 마스티프가 더는 두렵지 않았다.

그들은 지난 전쟁 때 공중폭격으로 생긴 어느 공터에 있었다. 외곽 방향에 자리한 그 지대에는 공장, 보관소, 오두막, 창고로 들어차 있었다. (하지만 가까운 거리에 대형 부동산 개발 회사들의 멋진 건물이 들어서서, 파손된 가스관을 수리하는 노동자와 회랑 아래 모퉁이 술집 에스페리아의 탁자 사이에서 바이올린을 연주하는 피곤한 악사 위로 칠팔십 미터쯤 높이 솟아 있었다.) 공터 여기저기에는 한때 집이 있던 흔적이 보였다. 무너진 담벼락과 타일바닥 자국이 남아 경비실이나 1층의 주방, 또는 (밤이면 희망과 꿈이 부풀어오르고, 어쩌면 아이가 태어나고, 4월 아침에는 소녀의 꾸밈없고 열정적인 노래가 흘러나와 안뜰의 어두운 그림자를 가르고, 저녁에는 불그레한 전등빛 아래서 서로 미워하거나 사랑하던) 서민 주택의 침실을 떠올리게 했다. 나머지 텅 빈 공간에는 우리가 조금의 땅만 남겨도 활짝 웃는 자연이 느닷없이 스쳐간 감동적인 손길이 있었다. 잔디와 풀, 야생식물, 덤불이 다시 자라서 동화 속의 근사한 골짜기 같은 풍경이 연출되었다. 작은 꽃이 만발한 초원의 포근한 품안에서, 지친 사람들은 머리 뒤로 팔짱을 끼고 드러누워 오만한 인간들 위로 자유롭게 흘러가는 흰구름을 바라보았다.

하지만 도시는 늘 식물과 나무와 꽃의 입김을 몰아내지 못해 안달이다. 거기에 돌무더기, 쓰레기, 추잡한 오물, 악취나는 부패물, 기름 찌꺼기 등이 버려졌다. 풀밭 가장자리는 뒤죽박죽 쓰레기장이 되어 누렇게 변했다. 그래도 나무와 풀은 오물더미 사이에서 태양과 삶을 향해 줄기를 수직으로 세우며 계속 싸우고 있었다.

마스티프는 다른 개를 발견하자 멈춰 서서 물끄러미 상대를 바라보았다. 이내 그는 뭔가가 달라졌다는 것을 알아챘다. 자신을 바라보는 볼피노의 눈길이 달라졌다. 평상시처럼 겁을 내거나 존경하거나 경계하는 게 아니라, 조롱하듯 번뜩거리는 눈빛이었다.

무더운 여름 저녁이었다. 흐릿한 연무가 콘크리트와 크리스털로 된 도시의 고층건물들을 휘감았고, 석양이 내리며 빛을 발했다. 모든 것이 지치고 무기력해 보였다. 뻔뻔스러운 초록색 미제 자동차들도, 평소에는 즐거워 보이던 가전제품 진열창들도, 클랍 치약의 광고판에서 (매일 사용하면 천국 같은 삶을 누리게 될 거예요. 광고부 매킨토시 부장님, 그렇죠? 하며) 활기차게 웃고 있는 금발 여자도 시들해 보였다.

교수는 개의 등에 길쭉하고 시커먼 반점이 생긴 것을 보았다. 짐승이 병에 걸려 고통받고 있다는 징후였다.

바로 그때, 그 어떤 도발의 기미도 없던 볼피노가 조용히 마스티프에게 다가와서 오른쪽 뒷다리를 잽싸게 물었다.

트론크는 아파하며 몸을 옆으로 틀었지만 한순간 머뭇거렸고, 그저 다리를 흔들어 적을 뿌리치려고만 했다. 그러다 돌발적으로 사나운 본성을 되찾았다. 교수의 손에서 개의 목줄이 빠져나갔다.

레오의 뒤에는 세구지오 품종과 비슷해 보이는 작은 똥개가 있었다. 평소 소심하고 겁이 많은 이 친구가 마스티프에게 달려들었다. 순간적으로 이빨이 옆구리에 박히는 게 보였다. 마스티프는 먼지 속에서 격렬하게 발버둥치며 짖어댔다.

"트론크, 이리 와, 트론크!" 당황한 교수는 사납게 뒤엉킨 무리를 향해 오른팔을 내저으며 소리쳤다. 마스티프의 목줄을 잡으려 해보았지만, 격앙된 싸움의 기세에 놀라 어찌할 바를 몰랐다.

금방 끝났다. 개들은 스스로 떨어졌다. 레오는 컹컹거리며 뒤로 펄쩍 물러났고, 그의 친구도 목에 피를 흘리며 트론크에게서 떨어졌다. 마스티프는 맥을 못 추고 땅에 주저앉더니 혓바닥을 늘어뜨린 채 숨을 가르랑거렸다.

"트론크, 트론크……" 교수가 애처롭게 부르며 목줄을 부여잡으려고 했다.

하지만 아무도 눈치채지 못하는 사이, 근처 차고에 사는 늑대개 판체르가 홀연히 다가왔다. 트론크가 지금껏 겉모양만 보고 눈으로 경계해온 무법자였다. 녀석도 일종의 복수를 위해 온 셈이었다. 트론크가 딱히 그를 자극하거나 못되게 군 적은 없었지만, 그의 존재 자체가 받아들이기 어려운 매일의 굴욕이었기 때문이다. 트론크는 종종 차고 앞을 어물거리며 지나갔고, 그때마다 거만한 표정으로 안을 들여다보며 다음과 같이 말하는 듯했다. "여긴 다들 싸울 줄도 모르나?"

교수가 뒤늦게 알아채고는 소리쳤다. "훠이, 저리 가, 늑대! 훠이, 차고로 돌아가!" 시커멓고 뻣뻣한 털이 난 늑대개는 무시무시한 모습이었다. 그와 비교하면 마스티프는 어쩐지 몸이 움츠러든 것처럼 보였다.

트론크는 곁눈질로 간신히 때맞춰 그를 발견했다. 늑대개는 이빨을 한껏 드러내며 높이 뛰어올랐고, 목덜미를 물린 마스티프는 돌무더기와 폐기물 사이에서 뒹굴었다.

교수는 목숨을 걸고 싸우는 두 마리 개를 도저히 떼어놓을 수가 없었다. 혼자 힘으로는 감당할 수 없었기에 그는 도움을 요청하러 달려갔다.

그사이 레오와 친구 개도 다시 용기를 냈고, 패배 직전의 폭군을 처단하기 위해 뛰어들었다.

트론크는 마지막 공격을 가했다. 격렬하게 몸부림치면서 늑대개의 주둥이를 물었다. 하지만 곧 굴복해야 했다. 늑대개는 홱 물러나 벗어나더니, 다시 그의 목덜미를 물어 넘어뜨렸다.

끔찍한 개 울음소리에 사람들이 창문 밖으로 얼굴을 내밀었다. 차고 쪽에서는 갈팡질팡 어쩔 줄 모르는 교수의 고함이 들렸다.

그러다 불현듯 조용해졌다. 한쪽에서 마스티프가 혀를 온통 늘어뜨린 채 간신히 다시 일어섰다. 갑자기 옥좌에서 끌어내려져 진흙에 처박힌 제왕의 충격적인 치욕이 그의 눈에 서려 있었다. 다른 쪽에서는 늑대개, 볼피노, 가짜 세구지오가 겁에 질려 물러나 있었다.

무엇이 그들을 물러서게 한 걸까? 승리를 눈앞에 둔 그들은 왜 후퇴했을까? 마스티프가 다시 무서워진 걸까?

트론크 때문이 아니었다. 그보다는, 그의 안에서 만들어져 오염된 달무리처럼 천천히 밖으로 확대되고 있는 무형의 새로운 무언가가 그 이유였다.

그들은 트론크에게 어떤 일인가가 벌어졌음을, 이제는 그를 두려워할 이유가 없음을 직감했다. 자기들이 살아 있는 개와 격투를 치른다고 믿었지만, 털이나 입김의 기이한 냄새, 역겨운 피맛이 그들을 뒤로 물러서게 했다. 짐승들은 끔찍한 위험이나 불치병을 암시하는 지극히 작은 신호도 병원의 그 어떤 전문가들보다 더 잘 감지해내기 때문이다. 이제 생명의 범주를 벗어난 투견의 육체 깊은 내부에서는 세포조직이 이미 분해되고 있었다.

적들은 사라졌다. 그는 이제 홀로 남았다. 황혼의 장엄함 속에 신축건물들의 투명하고 매끈한 유리벽이 땅 위로 웅장하게 솟아 있다. 석양은 맞은편에서 돌진하는 밤의 보랏빛 배경에 도전하듯 그 벽에 반사되어 반짝인다. 유리벽은 이 비통한 세상의 기수, 깃발이 되어 "그래, 내일, 내일!"이라고 말하며 피로와 먼지로 피폐해진 이들의 완고한 희망을 선언한다.

하지만 총독, 군주, 관리, 기병, 왕, 마스토돈, 키클롭스, 삼손에게 알루미늄과 공작석의 고층건물들은 더이상 존재하지 않는다. 도심에 폭음을 울리며 하이데라바드로 떠나는 사발비행기도 없다.[*] 해 질 무렵, 어두운 안뜰과 감옥의 수치스러운 철창, 암모니아로 뒤덮인 숨막히는 변소로 울려퍼지는 승리의 음악도 없다.

그는 강렬한 시선으로 있는 힘을 다해 그 오아시스를 응시한다. 목에 난 상처에서 흘러나오던 피는 굳으면서 멈췄다. 하지만 춥다. 지독하게 춥다. 게다가 안개가 깔려서 그는 잘 볼 수가 없다. 한여름에 안개라니, 이상하다. 바라본다. 사람들이 녹색이라고 부르는 것들의 일부가 눈에 들어온다. 그의 왕국을 이루는 녹색. 풀과 갈대, 처량한 덤불(숲, 광대한 수풀, 떡갈나무와 오래된 전나무의 밀림).

교수가 돌아오며 늑대개와 다른 두 악당이 멀찌감치서 겁에 질려 있는 것을 보고는 기뻐한다. 그는 자신의 개가 자랑스럽다. '오, 나의 트론크! 어림도 없지!' 그의 개는 고요하고 얌전하게 앉아 있다.

불과 사 년 전 그는 순진한 눈으로 주위를 둘러보던 강아지였다. 모든 것이 시작되기 전이었고, 분명 세상을 정복할 터였다.

---

[*] 하이데라바드는 인도 텔랑가나주의 주도로 옛 하이데라바드왕국의 수도이며, 사발비행기는 발동기가 네 개인 비행기를 뜻한다.

그는 제왕이 되었다. 지금은 크고 뚱뚱한 몸집에 황소의 가슴, 아즈텍 신의 야만적인 입을 지닌 개가 되었다. 총사령관, 기병대 대장, 황제 폐하를 보시라! 그 개가 추위에 떨고 있다.

"트론크, 트론크!" 교수가 그를 부른다. 처음으로 대답이 없다. 개는, 방망이질하는 심장의 고동을 느끼며 상상할 수 없을 만큼 새하얗게 질린 얼굴로 밤의 우울한 코뿔소들이 그를 향해 다가오는, 저 아래 원시림을 바라보고 있다.

47
주차 문제

자가용이 있으면 아주 편하다. 그런데 꼭 그런 것만은 아니다.

한때는 내가 사는 도시에서 자동차를 모는 일이 수월했다고 한다. 행인은 멀찍이 피해서 갔고, 자전거는 갓길로 다녔고, 여기저기 말들이 남긴 초록색 무더기만 쌓여 있을 뿐 도로는 텅 비다시피 했다고 한다. 게다가 어디든 마음대로 세울 수 있었고, 광장 한가운데라 해도 망설일 필요가 없었단다. 노인들은 추억에 젖어 우울한 미소를 지으며 그렇게 말한다.

그 말이 사실일까? 아니면 그저 집으로 슬픔이 스며들 때면 인간이 꾸며내는 전설이나 환상동화 같은 걸까? 인생이 지금처럼 늘 험난하기만 했던 게 아니라 맑고 평화로운 밤들도 있었다고 상상하는 것은 아름답지 않은가? (창턱에 팔을 기대고 평온한 마음으로 저 아래를 바라본다. 하루일을 마친 세상은 잠들어 있고, 아련한 노랫소리가 먼 곳으로 울려퍼진다. 어깨에서 부드럽게 느껴지는 그녀의 사랑스러운 머리, 밤의 환희에 취해 반쯤 열린 입술, 그리고 우리 위에서 빛나는 별, 별들!) 과거의 무언가가 되살아나고, 그때처럼 자수이불 끝에 내려앉는 아침햇살 속에서 눈뜨기를 바랄 수 있지 않을까?

여하튼 과거와 달리 오늘날은 전쟁터다. 도시에는 온통 딱딱한 모서리로 된 시멘트와 철근 건물이 수직으로 솟아 있다. 모두가 "아니야, 이건 아니야"라고 말한다. 여기서 살려면 우리도 강철이 되어야 한다. 몸안에는 부드럽고 따뜻한 내장 대신 콘크리트 덩어리를, 특히 시대에 뒤떨어진 우스꽝스러운 장치인 심장의 자리에는 1킬로그램짜리 거친 원석을 지니고 있으면 된다.

내가 걷거나 전차로 출근했을 때는 상대적으로 시간이 넉넉했다. 자동차를 타고 다니는 요즘은 그렇지 못하다. 자동차는 어딘가에 세워둬야 하는데, 아침 여덟시에 주차 공간을 찾기란 무척 힘든 일이기 때문이다.

나는 여섯시 삼십분, 늦어도 일곱시에는 일어난다. 씻고, 면도하고, 차 한 잔을 급히 들이켠 다음, 신호등이 모두 녹색이기를 기도하면서 후다닥 달려나간다.

자, 가고 있습니다. 가련한 노예처럼 조바심을 내는 시민들이 벌써 도심의 거리를 가득 채운 채 최대한 빨리 일상의 감옥에 들어가려고 서두른다. (잠시 뒤 책상과 작업대에 구부정하게 앉은 수많은 사람을 보라. 아아, 낭만과 우연, 모험과 꿈이어야 하는 인생이 하나같이 똑같으니 실망스럽다. 소년 시절 바다로 향하는 강변에서 나누던 열띤 대화는 다 어디로 갔는가.) 길고 곧은 도로에는 이쪽저쪽으로 계속되는 자동차들의 느릿한 행렬이 끝없이 늘어져 있다.

내 차를 어디에다 둬야 할까? 몇 달 전 중고로 산 자동차는 아직 그리 익숙하지 않고, 주차장은 적어도 634개의 또다른 공간으로 조각조각 나뉘어 능숙한 운전자들도 길을 잃는 미로와 같다. 표지판이 담벼락에 붙어 있지만, 옛 거리의 기념비적인 가치를 훼손하지 않기 위해 아주 조그맣게 만들어져 있다. 게다가 색깔과 디자인도 잘 드러나지 않는다.

나는 주차 공간을 찾아 헤매고 있다. 뒤에서는 트럭과 승합차가 무섭게 경적을 울리며 덮칠 듯이 쫓아온다. 어디에 자리가 있을까? 저 아래, 사하라사막의 베두인족에게 나타난 호수나 샘의 신기루처럼, 장엄한 거리의 한쪽 전체가 완전히 비어 있다. 환상이나 다름없다. 반갑기 그지없는 그 긴 구간이야말로 가장 믿을 수 없는 곳이다. 너무나 고맙지만, 틀림없이 함정이 도사리고 있다. 거기에 차를 두었다가는 고발, 압수, 돈이 드는 복잡한 소송에 휘말릴 수 있고, 어떤 경우에는 구류 판결까지 받을 수 있다. 하지만 간간이 거기에 아무렇게나 세워둔 차가 보인다. 몇 안 되지만, 그래도 있다. 대개 주문 제작한 기다란 차체에 사악한 주둥이를 내밀고 있다. 수상쩍은 부의 단면을 보여주는 그 차들의 주인은 누구일까? 잃을 게 전혀 없는 인생의 낙오자, 법을 위반하면서 뭐든지 다 하는 악당들이다.

기운을 내자. 나는 사무실과 멀지 않은 골목에서 내 소형차가 늘어갈 만한 작은 공간을 발견한다. 그곳에 내 차를 끼우기 위해 흰색과 빨간색이 어우러진 커다란 미국 차의 옆면을 따라 조심스럽게 후진한다. 빈곤에 한껏 모욕을 가하는 그 차의 운전석에는 탄탄한 체격의 기사가 앉아 있다. 잠든 듯 보이지만, 눈꺼풀 사이로 나를 지켜보는 적의에 찬 시선이 느껴진다. 내 차의 초라하고 녹슨 범퍼가 번쩍거리는 크롬과 지지대로 무장한 그의 강력한 방패에 부딪히거나 스치는 실수라도 했다가는, 십 년 동안 한 가정을 먹여 살리는 일과 맞먹는 꼴이 될 것이다.

나는 내 차가 최대한 주인에게 협조해줄 거라고 상상한다. 차는 더욱더 작아지고 홀쭉해지고 온몸을 비틀고 숨을 참아가며 고무 발끝으로 움직인다. 긴장감으로 땀투성이가 된 일곱 번의 시도 끝에, 드디어 빠듯한 공간 속으로 내 차를 집어넣을 수 있었다. 한 치의 오차도 없는 정밀한 작업이었다. 이제 나는 차에서 내려 의기양양하게 문을 닫는다. 그때 제복을 입은 관리인이 다가와서 말한다. "실례합니다." "무슨 일이죠?" 그는 작디작은 표지판을 가리킨다. "이거 안 보이세요? 전용 주차장. 올드레크 직원만 주차 가능." 아닌 게 아니라 몇 미터 앞에 대기업 본사의 장엄한 입구가 펼쳐져 있다.

나는 새하얗게 질린 얼굴로 다시 차에 오른다. 그러곤 나의 불결한 접촉으로 미국 항공모함의 위엄을 더럽히지 않으려고 진이 빠지도록 신경써서 차를 빼낸다. 가는눈을 한 운전자의 시선이 경멸의 바늘로 나를 찌른다.

늦었다. 한참 전에 사무실에 도착했어야 한다. 나는 초조해하며 피난처를 찾아 이 길 저 길을 탐색한다. 다행이다. 저기 자동차에 다시 타려는 한 부인이 있다. 나는 그녀의 자리를 넘겨받으려고 속도를 늦춘다. 그 즉시 뒤에서 요란한 경적이 미친듯이 터져나온다. 트럭 운전사가 상기된 얼굴을 밖으로 내밀어 무례한 폭언을 퍼붓는다. 울분을 주체하지 못해 주먹으로 차문을 두들기고 있다. 세상에, 성미 한번 고약하군.

어쩔 수 없이 계속 나아가야 한다. 그 구역을 한 바퀴 다 돌아 제자리로 돌아오니, 부인이 남긴 자리에는 이미 다른 사람이 주차하고 있다.

나는 죽 나아간다. 여기는 삼십 분만 주차할 수 있고, 저기는 홀숫날(오늘은 11월 2일이다)만 가능하고, 또 저기는 모터매틱클럽 회원만 댈 수 있고, 더 앞쪽 주차장은 Z 허가증이 부착된 (공공단체 및 준국가기관) 차량만 출입할 수 있다. 모르는 척 들어가면 군인모를 쓴 남자가 번개같이 달려와서 나를 쫓아낸다. 주차 요원들이다. 건장하고 키가 크고 콧수염이 있고, 이상하게 청렴하다. 몇 푼 찔러주려 해도 그들에게는 통하지 않는다.

인내심을 갖자. 이제는 사무실에 상황을 알려야 한다. 수위가 늘 건물 입구에 있으니 그에게 설명해서 전해달라고 할 수 있다. 그러나 정문 바로 앞에 도착하자 시선이 맞은편 인도의 빈 곳으로 향한다. 나는 마음을 졸이며 운전대를 꺾는다. 자칫 다른 차량과 충돌할 뻔한 위험을 무릅쓰고 길을 가로질러 재빠르게 자리를 잡는다. 기적이다.

드디어 평화가 찾아왔다. 오늘 저녁까지 평온하게 지낼 수 있다. 게다가 사무실 창문으로 차가 잘 있는지 지켜볼 수도 있다. 이제 쪼그마한 내 차가 근사해 보이기까지 한다. 꼭 미소 짓고 있는 것 같다. 분명 내 자동차도 세상이 허락한 자신의 공간을 뿌듯하게 여길 것이다. 정말 놀라운 일이다. 시내 한가운데, 내가 일하는 건물의 바로 맞은편에다 주차하다니! 절대 인생을 비관해선 안 된다.

두 시간이 흘렀다. 차량의 끝없는 소음 가운데 길에서 웅성대는 소리가 들리는 것 같다. 나는 슬픈 예감에 휩싸여 창문 밖을 내다본다. 오, 알고 있었는데…… 너무 쉬운 일에는 함정이 도사린다는 것을! 나는 집들의 담이 늘어선 곳에 주차했고, 거기에 차고 문이 있다는 걸 미처 깨닫지 못했다. 덧문이 열렸고, 거기서 작은 트럭 한 대가 나온다. 작업복 차림의 남자 셋이 악담을 퍼부으며 내 차를 거칠게 들어올리고 있다. 그들은 내 작은 차를 편안한 안식처에서 단숨에 번쩍 들어 트럭이 나갈 수 있게 옆으로 옮긴다. 그러고선 떠난다.

그렇게 내 자동차는 길에 비스듬하게 방치되어 차량 통행을 방해한다. 이미 교통이 정체되었고, 경찰관 두 명이 와서 수첩에다 차량번호를 적고 있다.

나는 서둘러 아래로 내려가 차를 빼낸다. 어떻게 해명해야 경찰관들이 딱지를 떼지 않을지 모르겠다. 어쨌든 거기에 내 차를 둘 순 없다. 그래서 다시 돌고 도는 소용돌이 속으로 휘말린다. 절대 멈출 수가 없다. 멈춰 설 곳이 없기 때문이다.

이것이 인생일까? 그렇다면 자, 외곽으로 가자. 매서운 경쟁이 덜한 그곳에서라면 자비로운 공간이 있을 것이다. 저 아래 텅 비다시피 한 도로와 거리가 있다. 노인들의 말이 사실이라면 옛날에는 도심의 거리도 그러했다. 하지만 그곳은 멀고 삭막하다. 그 유배지를 굳이 찾아가야 한다면 자동차가 무슨 소용이 있는가? 그리고 오늘밤에는 어쩌지? 해가 지고 어두워지면 자동차들도 우리처럼 피곤하고 집에서 쉬고 싶을 것이다.

하지만 주차건물은 만원이다. 몇 년 전만 해도 우리와 다르지 않던 저 겸손하고 착한 건물주들이 이제는 감히 다가갈 수 없을 정도로 막강한 인사가 되었다. 물론 그들의 회계사나 비서, 또는 다른 아랫사람들에게 말하면 될 일이지만 그들 또한 예전같이 친절한 젊은이들이 아니다. 웃음기 없고 건방진 태도로 우리의 처량한 간청을 듣고는 다음과 같이 답변한다. "하지만 이미 예약이 스무 건이

나 밀려 있어서요. 당신 앞에 플람의 대표, 엔지니어 졸리토, 시포네타 교수, 엘 모테로 백작, 스피키 남작부인이 있습니다." 모두 유명한 인물들이다. 나를 기죽이기 위해 자산가, 권력가, 저명한 외과의사, 지주, 유명 가수의 이름을 대는 것이다. 게다가, 그들이 입 밖에 내지는 않았지만, 내 자동차처럼 오래되고 낡은 소형차는 '건물'의 위신을 떨어뜨리기에 환영받지 못한다. 그랜드호텔에 초라한 차가 들어오면 수위들은 곧바로 얼굴을 찌푸린다.

그러니까 가자, 가자. 교외를 지나 평야와 황무지를 거쳐 더 멀리 나아가자. 나는 화가 치밀어 힘껏 가속페달을 밟는다. 공간은 갈수록 더 넓어지고 장엄해진다. 그루터기들이 나오고, 사바나 지대가 시작되고, 사막의 끝없는 모래벌판 속으로 길이 사라진다.

나는 드디어 자동차를 세운다. 주위를 둘러본다. 사람도 집도 없고, 생명의 흔적이라곤 전혀 없다. 마침내 혼자다. 정적만 감돈다.

나는 엔진을 끄고 차에서 내린 다음 차문을 닫는다. 그러곤 차를 향해 말한다. "영원히 안녕. 넌 좋은 차였어. 정말이야. 난 널 좋아했어. 여기에다 버리고 가서 미안해. 하지만 사람이 다니는 길에 두면 그들은 머잖아 벌금을 왕창 물리고 나를 찾으러 올 거야. 내 솔직함을 용서해줘. 넌 늙었고, 추하게 변했어. 이젠 아무도 널 원하지 않아."

차는 대답하지 않는다. 나는 걸어가면서 생각한다. '오늘밤은 어찌될까? 하이에나들이 몰려들까? 그들이 먹어치울까?'

저녁이 다 되었다. 나는 온종일 일하지 못했다. 어쩌면 해고 통보가 기다리고 있을지 모른다. 참기 힘든 피로가 밀려온다. 하지만 나는 자유다. 마침내 자유다!

이상하게 몸이 가벼워서 나는 춤을 추듯이 팔짝팔짝 뛴다. 만세! 뒤를 돌아 보니 저 끝에서 차가 아주 조그마하게 보인다. 사막의 넓은 품에서 잠든 작은 바퀴벌레 같다.

그런데 저멀리 한 남자가 있다! 키가 크고, 콧수염이 있고, 내가 잘못 본 게 아니라면 군인모를 쓰고 있다. 그가 내게 항의하며 고래고래 소리친다.

오, 제발 그만. 나는 깡충깡충하다 달린다. 노쇠한 내 다리로 빠르게 내달린다. 깃털처럼 가볍게 발을 구른다. 빌어먹을 주차 요원의 고함이 내 뒤에서 서서히 잦아든다.

48
그것은 금지되었다

시詩가 금지되고부터 분명 우리의 인생은 훨씬 단순해졌다. 더이상 마음이 느슨해지는 일도, 부드러운 자극도, 집단의 이익에 해가 되는 추억에 빠지는 일도 없다. 가장 중요한 것은 단 하나, 생산성뿐이다. 어떻게 인류가 수천 년 동안 이 근본적인 진실을 외면했는지 정말로 이해할 수 없다.

국가적인 과업을 고무하는 찬가는 엄중한 검열 과정을 거쳐 일부 허용되었다. 그렇다면 시는? 다행히 안 된다. 찬가들은 노동자의 마음을 강하게 할 뿐, 사악한 환상에 빠지는 빈틈을 허락지 않는다. 감상에 빠져 사랑의 고통을 노래할 필요가 있을까? 누구나 알듯 구체적인 성과에 전념하는 현사회에서, 실용가치가 전혀 없는 정신을 예찬할 수 있을까?

물론 이처럼 광범위한 정책 확립은 강력한 정부가 있었기에 가능했다. 민주주의자로 알려진 막강한 니차르디 총리가 이끄는 정부였기에 해낼 수 있었다. 민주주의는 필요하다면 냉혹한 주먹도 마다하지 않는다. 그렇고말고. 시를 금지하는 법률의 가장 열렬한 지지자는 국토개발부의 발테르 몬티키아리 장관이었다. 사실 그는 국가의 의지를 그대로 대변하되, (이 표현을 써도 된다면) 온전히 민주적인 노선에서 이를 실행에 옮겼다. 시가 정신적으로 유해하다는 국민의 불만은 수년 전부터 무수히 제기되어왔다. 그러니 오로지 공동체의 이익을 위해 엄격한 제한법으로써 성문화할 수밖에 없었다.

요컨대 어떤 법률은 시민 개개인이 살면서 느끼는 불편에 무감각하다. 요즘 누가 시를 읽는단 말인가? 누가 시를 쓴단 말인가? 그 비난받는 책들은 공공 및 민간 도서관에서 아무 어려움 없이 치워졌다. 오히려 그 작업은 즐겁게 들뜬 분위기 속에서 이뤄졌다. 마침내 못마땅한 짐을 내려놓듯, 생산하고, 건설하고, 그래프 곡선을 더 끌어올리고, 산업과 무역을 강화하고, 국가적 효율성을 높이는 과학적 연구를 발전시키고, 교통량의 점진적인 증가에 맞춰 더 많은 에너지를 나르게 된 것이다(나른다! 근사한 표현이다). 이것이야말로 시가 될 수 있는 것 아닌지! 기술, 계산, 상품의 구체성, 무게, 길이, 공시가, 시장가치, (꼭 필요하다고 여겨지는 경우) 건강한 사실주의에 기반을 둔 예술적 표현 만세!

발테르 몬티키아리 장관은 마흔여섯 살의 나이에 키가 제법 크고 그런대로 잘생긴 남자다. 옆방에서 흘러나오는 그의 웃음소리가 들리는가? (그는 마을 사람들이 노장 시인 오스발도 칸을 조롱한 얘기를 듣고 있다. 불행한 시인은 소리쳤다. "하지만 나는 이제 쓰지 않아. 안 쓴 지 어언 십오 년이라고. 난 그저 곡물상일 뿐이야." 사람들은 한껏 차려입고 모자와 지팡이까지 갖춘 그를 거름더미로 밀치며 대꾸했다. "하지만 너 좋은 시절에는 잘도 써댔잖아. 거만한 놈!") 장관이 어떻게 웃는지 들리는가? 아, 그는 자신감이 넘치고 현실에 발을 딛고 선, 매우 믿음직한 사람이다. 옛날 한때 난간에 살짝 기댄 채 황혼의 하늘을 바라보며 아름다운 여자에게 시를 낭송하던 그런 남자보다 훨씬 더.

어쨌든 장관 주위로는 모든 것이 구체적이고 확실하다. 그는 교양도 갖추었다. 그의 집무실 벽에는 유명 작가들의 회화가 걸려 있다. 주로 마음을 어지럽히지 않고 인간의 눈을 단련시키는 추상작품이다. 그가 수집하는 음반도 순수한 가치를 지향하는 강직한 취향을 반영한다. 쇼팽과 같은 야단스러운 음악은 찾아볼 수 없는 반면, 힌데미트의 음반은 전부 가지고 있다. 서재에는 과학서적과 기록물이 가득하고, 휴식시간에 기분전환으로 읽을 만한 서적도 있다. 하지만 당연히, 덧붙이거나 꾸미지 않고 담담하게 인생을 서술한 작가들의 것이다. 다행히도, 믿기 어렵지만 한때 허락되었고 열망의 대상이기도 했던 뻔뻔스러운 것이 마음 깊이 파고들 위험이 없는 책들이다.

장관의 호탕한 웃음소리가 기분좋게 들린다. 그 웃음은 상황의 완전한 지배, 낙천주의, 건설적인 계획에 대한 신뢰를 암시한다. 하지만 그의 마음은 정말로 평온할까? 국민의 불만이 완전히 사라졌다고 확신할 수 있을까?

저녁식사를 마친 어느 밤, 그가 방에서 서류를 살펴보고 있을 때 아내가 들어온다.

"발테르, 조르지나 어디 있는지 알아?"

"아니, 왜?"

"나한테 숙제하러 간다고 했거든. 그런데 걔 방에 가보니 없어.

불러도 대답이 없고, 이리저리 다 찾아봐도 안 보여."

"정원에 있겠지."

"정원에도 없어."

"친구들과 나갔을 거야."

"이 시간에? 그리고 아니야. 외투가 응접실에 걸려 있는걸."

부모는 걱정하며 집을 둘러본다. 하지만 그녀는 없다. 몬티키아리는 마지막 남은 다락방으로 올라간다.

그곳에는 사용하지 않거나 파손된 고물들이 혼란스럽게 방치된 가운데 고요하고 신비스러운 빛이 스며 있다. 지붕에 난 반달꼴 창에서 들어오는 빛이다. 창문은 열려 있다. 소녀는 추위에도 아랑곳없이 창턱을 손으로 움켜쥔 채 납치된 사람처럼 꼼짝 않고 있다.

여기서 혼자 무얼 하고 있을까? 장관은 떨칠 수 없는 의혹을 느낀다. 딸은 아버지의 등장을 알아채지 못하고 가만히 서 있다. 마치 기적을 앞에 둔 양 휘둥그레진 눈으로 골똘히 창밖을 보고 있다.

"조르지나!" 딸이 깜짝 놀라 고개를 홱 돌린다. 얼굴이 하얗게 질려 있다. "여기서 뭐 하니?" 그녀는 대답이 없다. "뭐 하느냐고 묻잖아! 말해!"

"아무것도. 그냥 듣고 있었어." "들었다고? 뭘 들었는데?" 조르지나는 대답하지 않은 채 달아난다. 계단을 타고 흐느끼는 울음소리가 들려온다.

장관은 창문을 닫고 자리를 뜨기 전에 의심스러운 눈초리로 밖을 내다본다. 조르지나는 무엇을 응시하고 있었을까? 무엇을 듣고 있었지?

그렇지만 보이는 거라곤 평범한 풍경뿐이다. 적막한 지붕들, 잎 떨어진 나무들, 길 저편의 산업단지, 그리고 도시를 비추는 둥그런

달의 빛줄기와 어두운 그림자, 투명한 구름 같은 익숙한 광경만 보인다. 소리도 특별할 게 없다. 다락의 오래된 나무들이 삐걱거리는 소리, 늦은 시간 생산활동이 멈추고 서서히 잠속으로 빠져드는 도시의 소음이 숨소리처럼 들릴락 말락 간신히 느껴질 뿐이다. 흥미로울 게 전혀 없는 너무나 평범한 현상들이다. 그게 아니면? (다락방은 춥다. 공기의 차가운 입김이 기왓장 틈새로 불어온다.) 그게 아니면 저 위, 달빛에 일그러진 지붕(솔직히 이건 부정할 수 없다) 위로 아직도 시詩가, 예전의 타락한 정서가 숨어 있는 걸까? 그래서 아무도 알려주지 않았지만, 순진한 아이들마저 유혹을 받고 있는 건가? 배반자들이 음모를 꾸미듯 도시 곳곳에서 그러고 있는가? 그러니까, 법적 처벌과 사회의 조롱으로도 그 빌어먹을 시를 근절하지 못한 것일까? 그렇다면 지금껏 이룬 모든 것은 그저 거짓, 오만한 위선의 과시, 가짜 순응주의란 말인가? 그리고 그, 몬티키아리는? 어쩌면 그의 내면에도 그 은밀한 감정이 잠재해 있는 게 아닐까?

잠시 후 거실에서 몬티키아리 부인이 남편에게 묻는다. "발테르, 어디가 아픈 거야? 오늘밤 얼굴이 창백해."

"아니야, 전혀. 기운이 넘쳐. 그나저나 지금 잠시 청사에 가봐야겠어."

"이 시간에? 뭐가 그리 급해서?"

그는 마음이 편치 않다. 홀로 집밖으로 나선다. 자동차에 오르기 전, 가능성 있는 모든 결과를 가늠하면서 유난히 강렬한 달을 잠깐 바라본다. 열시 십오분, 하루일을 마친 도시는 이미 고요하다. 하지만 그에게는 오늘밤 공기에서 이상한 무언가가 느껴진다. 어둠이 시커멓게 깔린 구석에 깃든 은밀한 존재의 미세한 두근거림. 집의 굴뚝 뒤에, 나무기둥 뒤에, 주유소의 불 꺼진 주유기 뒤에 숨은 경계의 시선. 어둠을 틈타 일어나는 불온한 열망들의 갑작스러운 해방.

몬티키아리는 미혹된 마음을 떨치지 못한다. 정부의 지침에 맞선 그 빛의 폭포가 하늘에서 내려와 그에게도 조용히 쏟아진다. 그것이 그의 외투를 살살이 스치며 층층이 쌓인 듯한 희미한 은빛 거미줄을 떼어낸다.

그는 정신을 차리고 자동차에 올라 훤한 전깃불이 달빛을 지워버린—적어도 그런 느낌이 드는—중심가에 이르러 가슴을 쓸어내렸다. 정부 청사로 들어가서 중앙계단을 오른 다음 집무실을 향해 길고 조용한 복도를 걸었다. 불길한 광선이 창을 통해 불이 다 꺼진 복도로 흘러들어왔다. 한 사무실에서 불빛이 새어나왔다. 장관은 걸음을 멈췄다. 그곳은 교육부의 수장, 원칙적이고 분명하고 숫자만 아는 카로네스 교수의 방이었다. 이상하다. 장관은 천천히 문을 열었다.

카로네스는 문을 등진 채 책상에 앉아 작은 전등 불빛 아래 무언가를 쓰고 있었다. 그는 만년필 꼭지를 입술에 갖다댄 채 깊은 생각에 잠긴 모습으로 영감에 이끌린 듯 창밖을 바라보았다. 유리창 너머 테라스에는 거스를 수 없는 달빛이 쏟아지고 있었다.

그날 밤 두번째로, 몬티키아리는 별난 일, 아마도 부정한 일에 열중하는 누군가의 모습에 놀라움을 느꼈다. 카로네스가 이렇게 늦게까지 일을 하다니 이상한 일이었다.

그는 카펫 위를 소리 없이 걸어 카로네스에게 다가갔다. 그러곤 그가 쓰고 있는 보고서 혹은 공문이 어떤 내용인지 어깨 너머로 홈쳐보았다.

오, 고요한 등불이여, 감미로운 너,
철강 공장의 어두운 장막으로부터
너는 일어난다.
요정들의 초롱불, 굳어버린 돌거울.
자신을 찾아나선 기나긴 여행.
인생이여! 여기 지금 지친 나는
네 앞에서 빛나는 우리의 불행을 바라본다.
만월의 순수하고 신비로운 평화,
지고한 영혼들의
궁전과도 같은……

장관은 가만히 있을 수 없었다. 그가 카로네스의 어깨에 한 손을 얹었다. "이게 뭐지요, 교수님?"

카로네스는 화들짝 놀라 뒤를 돌아보더니 온몸이 얼어붙은 채 신음을 흘렸다.

"교수님, 대체 이게 뭔가요?" 바로 그때 옆방에서 전화기 울리는 소리가 났다. 그리고 이내 복도 끝 더 먼 곳에서 전화벨이 울렸고, 세번째와 네번째 벨소리가 뒤따랐다. 동시에 잠들어 있던 건물이 불가사의하게 깨어났다. 마치 수백 명의 사람이 캐비닛 안이나 먼지투성이 커튼 뒤에서 신호를 기다리며 숨어 있던 것 같았다. 살그머니 끄는 발소리와 수군대는 말소리가 들리다가 곧 선명한 목소리, 외침, 단호한 명령, 문 부딪히는 소음, 바람, 급하게 달리는 발소리, 아득한 물소리가 들려왔다.

몬티키아리는 창문을 열고 테라스로 나갔다. 어쩐 일인지 청사를 둘러싼 정원의 전등이 꺼져 있었고, 달빛은 더욱 휘황찬란하게 마음을 어지럽혔다. 새하얀 길에서 남자 두세 명이 횃불을 든 채 달려가고 있었다. 커다란 붉은 망토를 입은 한 젊은이는 말을 타고 지나갔다. 이제 의관을 갖춘 군인 두 명이 건물의 중앙발코니로 나와 번뜩이는 검을 쥐고 나란히 섰다. 그들은 팔을 높이 들었다. 알고 보니 그들이 손에 쥔 것은 검이 아니라 나팔이었다. 우레와 같은 은나팔소리가 사람들 위로 높다란 원을 그리며 요란하게 울려퍼졌다.

몬티키아리는 무슨 일이 벌어지는지 한눈에 알 수 있었다. 혁명의 그림자가 정부 청사에 드리우고 있었다.

49
천하무적

고등학교 물리교사인 마흔두 살의 에르네스토 마나리니는 발칼리가에 있는 시골집에서 아내와 두 딸과 함께 휴가를 보내던 중, 7월의 어느 오후 엄청난 발명품을 만들었다. 넓은 다락방에 연구실을 만들어 거기서 온종일, 종종 밤에도 실험하며 보내던 터였다. 발명가의 기질은 그의 순수한 열정이었다. 주변에서는 이를 진지하게 받아들이지 않았기에, 오래전부터 그의 실험은 가족들의 농담거리나 동료들의 조롱거리였다.

그날―숨이 턱턱 막히는 무더운 날씨였고, 아내와 두 딸은 친구들과 산책하러 나가서 온 집안이 조용했다―그는 새로운 발명품을 손보고 있었다. 오랜 세월 동안 그가 아무 결실 없이 시도해온 수많은 장치 중의 하나였다. 그때 1층에서 폭발이 일어난 것처럼 끔찍한 굉음이 들렸다. 깜짝 놀란 교사는 장치 회로에서 전류를 차단하고는 급히 아래로 내려갔다. 가스레인지에 연결된 가스통이 폭발했나보다고 그는 생각했다. 하지만 주방을 가득 채운 짙은 연기 속에서 가스통은 멀쩡했다. 사고는 벽에 붙은 기다랗고 좁은 붙박이장에서 발생했다. 마나리니가 거의 사용하지 않는 사냥총과 총알을 보관해두는 곳이었다. 벽장문은 산산조각이 되어 날아가버렸고, 총이 뭉툭하게 잘려나간데다 벽면도 파손되었다. 의심의 여지가 없었다. 알 수 없는 원인으로 인해 탄약이 폭발한 것이었다.

마나리니는 잠깐 머뭇거리다가 이내 소리를 질렀다. "해냈어! 해냈어! 만세!" 그러곤 미친 사람처럼 파편과 석회조각 사이에서 펄쩍펄쩍 뛰었다.

잠시 후 집으로 돌아온 그의 아내 에벨리나는 주방에서 이상하게 흥분한 상태로 이리저리 서성대는 남편을 보았다. 이윽고 사고 현장을 보고 엄중한 잔소리를 하려는데, 남편이 눈을 크게 뜨고는 조용히 하라는 신호를 보내더니, 비밀스러운 분위기로 그녀를 한쪽으로 데리고 가서 딸들이 듣지 못하게 조용히 말했다. "에벨리나, 내 말 잘 들어. 당신한테 비밀을 털어놓을게. 혼자서 간직하기에는 너무나 무시무시한 비밀이야. 다른 사람에게 말하지 않겠다고 약속할 필요도 없어. 내 말을 듣고 나면 생사가 달린 문제라는 것을 당신도 알게 될 테니까." "에르네스토, 왜 이리 야단이야? 놀랐잖아." 그녀는 남편의 표정과 말투에 당황스러워했다. "아니, 놀랄 것 없어. 사실은 내가 엄청난 발명을 했어. 광선 같은 것에 전기장을 모으는 장치야. 이 광선으로 먼 거리에 있는 폭발물을 터뜨릴 수 있어. 아마 화재도 일으킬 텐데, 아직 장담할 순 없고. 당신한테 말은 안 했지만, 십 년 넘게 연구해온 일이야. 드디어 신이 내 노고에 대해 보상해주신 거야. 에벨리나, 왜 그런 눈으로 보는 거지? 에벨리나! 무슨 말인지 모르겠어? 오늘밤부터 나는 세상의 주인이 될 수 있어!"

"맙소사, 그래서 뭘 어쩌려는 거야?" 이제 그녀는 진심으로 놀라 물었다.

마나리니가 소리쳤다. "그런 눈으로 보지 마. 당신은 날 믿지 않는군. 내가 미쳤다고 생각하겠지. 내 말이 사실인지 보여줄까? 기다려봐." 그는 침실이 있는 위층으로 달려가더니 잠시 후 탄약 세 개를 들고 왔다. "자, 못 믿으면 직접 확인해봐. 정원 구석에 있는 전나무 밑에다 이걸 둬. 그런 다음 멀찌이 떨어져서 지켜봐."

에벨리나는 시키는 대로 했다. 딸들 모르게 정원을 가로질러 전나무 아래에다 탄약을 던졌다. 눈을 들어 지붕창으로 고개를 내민 남편을 쳐다보자, 그가 팔을 크게 휘두르며 물러나라는 신호를 했다. 그녀는 다시 집안으로 들어와 1층 창문으로 밖을 바라보며 생각했다. '착해빠진 에르네스토. 하지만 어떨 땐 정말 바보 같아. 단순히 더위 때문에 주방이 폭발했을 수도 있다는 걸 왜 의심조차 안 하지?'

평, 평평! 날카로운 세 차례의 폭발. 뒤의 두 개는 거의 동시에 터졌다. 전나무 아래서 작은 연기가 피어올랐고, 삭정이 하나가 땅으로 떨어졌다. 격렬하게 요동치는 그녀의 가슴속에서 갑자기 불안감이 부풀어오르기 시작했다. 걱정스러운 생각이 끝없이 밀려오며 마구 들끓는 가운데, 그녀는 평화로운 가정에 폭풍이 몰아칠지 모른다는 불길한 예감에 휩싸여 혼잣말을 했다. "그래서? 그는 이제 어쩌려는 거지? 발명품을 공개할까? 그런데 누구한테? 군대에? 경솔한 짓이야! 비밀유지를 위해 그를 체포할지도 몰라. 그가 감쪽같이 사라질 수도 있어." "엄마, 엄마!" 거실에서 파올라의 목소리가 들렸다. "무슨 일이야? 총소리 같은 거 못 들었어?" 에벨리나는 가까스로 마음을 가다듬으며 태연한 목소리로 대답했다. "별거 아니야. 사냥꾼일 거야. 일요일에는 이 주변에서 항상 총 쏘는 소리가 들리잖니……"

"또 마나리니 선생인가?" 참모총장은 버럭 화내며 부관에게 물었다. "대체 이 성가신 작자는 뭘 원하는 거야? 우리는 지금 중대한 임무를 수행하고 있어! 그자한테 이미 숱하게 얘기했는데. 이번에는 자네 선에서 처리하게. 잘 얘기해서 돌려보내. 그나저나, 그자가 여기 어떻게 들어왔지?"

"총장님, 이걸 보십시오. 판톤 차관의 소개장입니다."

"판톤? 이 사람은 누구인가?"

"교육부 차관입니다."

"전쟁 전야, 불길 속의 유럽, 눈앞의 적, 공포에 휩싸인 나라, 임박한 재앙, 이 상황에서 우리가 마나리니 선생의 개인적인 일까지 신경써야겠는가? 내 장담하는데, 그 집안에 군인은 한 명도 없을 거야!"

"그자의 말로는 국익에 관한 중대한 일이라고 합니다. 정확히 전하자면, 총장님이 아니면 아무와도 얘기하지 않겠답니다. 참관인 없이 개인적으로 만나고 싶어합니다. 그전까지는 돌아가지 않을 거라고, 한시가 급한 문제라고도 말했습니다."

"한시가 급한 문제라고?" 참모총장은 주먹으로 책상을 치며 콧방귀를 뀌었다. "들여보내게. 어서, 들여보내. 내가 바로 해결하지!"

마나리니가 들어왔다. 장군은 서류에서 눈을 떼지 않은 채 물었다. "당신이 마나리니 씨입니까?" "네, 그렇습니다." "무슨 일로 오셨습니까?"

마나리니는 벅차오르는 마음으로 목소리를 가다듬었다. "총장님, 전쟁이라는 비상사태에서 국민 각자의 행동이 얼마나 중요한지 잘 알고 있습니다. 그래서 제가 여기……"

"자원하겠다고요? 자원입대를 원해요? 그 얘기를 하자고 날 찾아온 겁니까?"

마나리니는 두 걸음 앞으로 나아갔다. 어디서 그런 용기가 났을까? 그가 목소리를 높였다. "총장님, 제 말 좀 들어주세요! 저는 적을 물리칠 수단을 제공하러 왔습니다."

"당신이…… 뭐라고요?"

"본론으로 들어가기 전에 요청할 게 있습니다. 완벽한 비밀보장과 함께 저와 제 가족의 안전을 보장해주시기 바랍니다. 그렇게 해주신다면 당장이라도 실험 결과를 보여드리겠습니다."

"어디서요?"

"물론 여기는 아닙니다. 넓은 들판이면 좋겠습니다. 운전할 줄 아십니까?"

"그건 왜 묻지요?"

"제가 운전을 못하기 때문입니다. 운전사는 우리와 동행할 수 없습니다. 총장님과 나, 둘만 있어야 합니다. 이건 필수 조건입니다. 그 어떤 다른 사람도 봐선 안 됩니다. 이건 제 인생이 걸린 문제입니다. 이제는 총장님의 인생도 걸려 있고요."

맑디맑은 아침햇살이 빛나는 해발 9천 미터 상공에서 날쌘 정찰비행대는 적군을 발견했다. 곧게 뻗은 길 위로 수 킬로미터에 걸친 끝없는 차량 대열이 천천히 전진하고 있었다. 둘씩 짝지은 늠름한 탱크 부대가 앞장서서 나아갔고, 그 위로는 역광에 비친 서른 대의 전투기가 빙글빙글 돌고 있었다.

적은 가까이 다가오는 세 대의 정찰기를 곧장 알아챘다. 엄호하던 전투기 중 열 대가 빠르게 대열에서 떨어져나와 두 패로 갈라진 뒤 우리 정찰대를 포위하려 했다.

선두 정찰기의 조종사 옆에 앉은 마나리니는 버튼을 눌렀다. 직사각형 화면이 켜졌다. 이제 그는 중심축 위에서 움직이는 튜브의 끄트머리 손잡이를 움켜쥐고 조심스럽게 움직였다. 조금 전까지 공격에 나섰던 적군 전투기들은 푸르스름한 작은 불꽃이 되어 하늘에서 번쩍거렸고, 검은 연기기둥이 먼 대지를 향해 수직으로 떨어졌다.

몇 초 뒤 하늘에서는 더 많은 숫자의 불꽃이 일었다. 산산조각이 난 다른 비행기들이 불잉걸처럼 연기를 내며 떨어졌다. 공중에는 높다란 연기기둥들만 시커멓게 남았다가 이내 바람에 흩어져버렸다.

이후 세 대의 정찰기는 항로를 바꾸지 않고 나란히 대형을 이루어 무장 행렬을 향해 돌진했다.

선두의 탱크들이 작은 섬광을 발하며 대공포 사격을 시작했지만, 그와 거의 동시에 정찰기에서도 행동을 개시했다.

이제까지 본 적 없는 장면이 연출되었다. 멀리서 보면, 꼭 길을 따라 늘어선 거대한 도화선에 불을 놓은 듯한 모습이었다. 불길은 한쪽 끝에서부터 아주 빠르게 타들어가며 행렬을 삼켜버렸다. 화염, 섬광, 폭죽, 불꽃분수, 자줏빛 구름, 불덩이가 한꺼번에 일어 대열 위로 날아올라 시커멓고 기다란 큰 구름으로 변했고, 휘발유에 불이 붙으며 모든 게 시뻘겋게 격렬한 소용돌이 속으로 휘감겼다. 몇 초 만에 세 개의 기갑사단 전체가 길게 늘어선 검은 재로 굳어버렸다.

총사령부의 공보 제14호에는 다음과 같은 소식이 실렸다.

"⋯⋯적군의 슈퍼-중포격기 세 편대가 북동쪽에서 침입해왔다. 850대가량의 첫번째 편대, 200대가량의 두번째 편대, 1100대가 넘는 세번째 편대는, 국경선을 넘자마자 우리의 특수정찰기들에 의해 전멸되었다."

"이오니아해에서 항공모함 2척, 전함 1척, 예비항공모함 3척, 호위어뢰정 13척으로 구성된 적의 해군함대가 우리 해역을 침범하다 격파되었다. 아군의 병원선은 2200명 이상의 조난자를 구조했다."

신문들의 1면을 장식한 표제는 다음과 같다.

"적군 3개 사단 추가 전멸"
"침략군 생존 부대, 퇴각하며 뿔뿔이 흩어져"
"8000대 이상의 적군 전투기와 무수한 핵미사일 공중에서 분해"
"마나리니 교사에게 보내는 국방부 장관의 편지"
"적군, 휴전 요청하다"
"빈국의 천재가 세계 최강 군대를 물리쳐"
"마나리니, 로마 시민에게 승리를 안겨주다"
"성대한 전승 축하연. 캄피돌리오 청사에서 마나리니의 담화"
"에르네스토 마나리니 노벨평화상 수상"
"국민투표, 마나리니 총리 선출"
"마나리니 총리 제44회 밀라노박람회 개막식 참석"

50
연애편지

무역회사를 운영하는 서른한 살의 엔리코 로코는 사랑에 빠졌다. 그는 사무실에서 연애편지를 쓰려고 한다. 그녀를 향한 마음이 너무나 간절하고 고통스러웠기에, 자존심과 수줍음을 무릅쓰고 용기를 냈다.

"친애하는 오르넬라 씨에게." 그녀의 시선이 종이에 남긴 펜의 흔적에 닿을 거라는 생각만으로도 그의 심장이 미친듯이 뛰기 시작했다. "나의 기쁨, 나의 영혼, 빛, 나를 지피는 불, 밤의 고뇌, 미소, 작은 꽃, 사랑……"

사환 에르메테가 들어왔다. "사장님, 죄송합니다. 어떤 분이 찾아오셨습니다." (쪽지를 힐끗 본다.) "만프레디니라는 분입니다."

"만프레디니? 누구지? 처음 듣는 이름이야. 여하튼 난 지금 바빠. 급한 용무가 있어. 내일이나 다른 날 오라고 해."

"저기, 재단사 같은데요. 가봉한 옷을 가져온 것 같습니다."

"아, 만프레디니! 음, 내일 다시 오라고 전해."

"네, 그런데 그 사람 말로는 사장님이 불러서 온 거라는데요."

"그래, 그랬지……" (한숨을 내쉰다.) "들여보내. 시간 없으니 서두르라고 하고."

만프레디니가 옷을 들고 들어왔다. 엔리코는 옷을 입는 둥 마는 둥 했다. 그가 얼른 재킷을 입었다 벗는 사이 재단사는 분필로 겨우 두세 군데만 표시했을 뿐이다. "죄송합니다. 제가 몹시 급한 일이 있어서요. 만프레디니, 그럼 안녕히 가세요."

그는 황급히 책상으로 돌아와서 다시 쓰기 시작했다. "성스러운 영혼, 어여쁜 사람, 당신은 지금 어디에 있나요? 무엇을 하나요? 나는 온 힘을 다해 당신을 생각합니다. 그러니 내 사랑이 당신에게 닿지 않을 리 없습니다. 당신이 멀리 있더라도, 바다 저편의 먼 섬처럼 느껴지는 도시 반대편에 있더라도……" (한편 그는 이상하다고 생각했다. 한 회사를 이끄는 당당한 남자가 갑자기 이런 낯간지러운 글에 열중하고 있다니, 이를 어떻게 설명해야 하지? 어쩌면 광기 같은 것일까?)

그때, 옆에 있던 전화기가 울렸다. 차가운 쇠톱이 그의 등을 찢는 것만 같았다. 숨이 턱 막혀와 그는 간신히 말을 내뱉었다.

"여보세요?"

어떤 여자가 고양이 울음처럼 나른하게 말했다. "안녀엉, 목소리가 왜 그래? 무슨 일 있는 거야?" "누구세요?" "오, 넌 어쩔 수가 없구나. 오늘, 그러니까……" "누구시죠?" "한데 적어도 넌……" 그는 수화기를 내려놓고 다시 펜을 잡았다.

"내 사랑이여, 밖에는 안개가 끼고 눅눅하고 추운 날씨네요. 답답하고 무거운 공기가 감돕니다. 그런데 그거 아세요? 나는 안개가 부럽습니다. 할 수만 있다면 나는 당장이라도……"

따르릉, 또 전화가 울렸다. 그는 20만 볼트짜리 전기에 감전된 양 전율했다. "여보세요?" "야, 엔리코!" 좀전의 목소리였다. "너 보려고 일부러 시내에 나왔는데 넌……"

그는 뒤통수를 얻어맞은 듯 얼떨떨했다. 사촌 프란카였다. 똑똑하고 매력적인 그녀는 무슨 생각에서인지 몇 달 전부터 그에게 추근대고 있었다. 여자들은 엉뚱한 소설을 쓰는 것으로 유명하다. 그녀를 함부로 대할 수는 없었다.

하지만 그는 강하게 버텼다. 편지를 방해하는 일은 그게 무엇이건 물리쳐야 했다. 편지야말로 그의 속에서 타오르는 불을 가라앉히는 유일한 수단이었기 때문이다. 오르넬라에게 편지를 쓰면서, 그는 어떻게든 그녀의 인생으로 들어가는 기분이었다. 아마 그녀는 편지를 끝까지 읽을 것이고, 미소를 지을 것이고, 가방 안에 편지를 넣을 것이고, 그가 격정의 언어로 뒤덮은 종이는 얼마 뒤 놀랍게도 작고 우아하고 향기로운 그녀의 것들과 맞닿을 것이다. 립스틱, 자수손수건, 은밀하고 고혹적인 장신구들과 뒤엉킬 것이다. 그리고 지금 프란카는 그것을 방해하고 있다.

그녀가 길게 늘어지는 말투로 물었다. "저기 엔리코, 내가 사무실로 갈까?" "아니, 안 돼. 미안하지만 지금 할일이 태산이야." "아, 둘러댈 것 없어. 내가 성가시다면 그냥 돌아갈게. 안녕." "아니야, 그런 게 아니야. 바쁘다고 했잖아. 그러니까 좀 나중에 와." "나중에 언제?" "음, 두 시간 뒤에 와."

그는 수화기를 세차게 내려놓았다. 돌이킬 수 없는 시간을 낭비한 기분이었다. 편지는 오후 한시 이전에 부쳐야 했다. 그러지 않으면 다음날에야 도착할 것이다. 안 된다. 빠른우편으로 보내야 했다.

"……안개가 되고 싶습니다. 그래서 당신의 집을 에워싸고, 당신의 방 앞에서 굽이치고, 눈이 있다면─안개도 볼 수 있을지 모르니까요─창을 통해 당신을 바라볼 겁니다. 그리고 틈새나 아주 작은 균열이라도 있다면 스며들고 싶습니다. 허락해주시겠어요? 아주 미세한 한 가닥이면 됩니다. 솜털같이 가벼운 숨결로 당신을 스쳐도 되겠습니까? 그것으로 나는 더 바랄 게 없습니다. 그것으로 사랑은……"

사환 에르메테가 문 앞에 있었다. "죄송합니다만……" "휴, 말했잖아. 급한 일이 있다고! 아무도 만날 수 없어. 오늘 저녁에 다시 오라고 해."

"그런데……" "그런데, 뭐야?" "인베르니치 감독관이 밑에서 차에 탄 채 기다리고 있습니다."

에잇, 인베르니치 감독관. 작은 화재가 있었던 창고 조사, 전문가들과의 만남. 생각지도 못했다. 젠장, 까마득히 잊고 있었다. 빠져나갈 구멍이 없었다.

그의 속에서, 정확히 가슴뼈 부위에서 타오르는 고통은 견딜 수 없는 지경에 이르렀다. 아프다는 핑계를 댈까? 그럴 순 없다. 편지를 이대로 끝낼까? 하지만 아직 그녀에게 할말이, 아주 중요한 할말이 많이 남아 있었다. 그는 낙담하여 편지지를 서랍에 넣은 뒤 외투를 입고 밖으로 나갔다. 최대한 빨리 끝내는 수밖에 없다. 잘하면 아마 삼십 분 안에는 돌아올 수 있을 것이다.

그는 한시 이십분에 돌아왔다. 오면서 보니 대기실에 서너 사람이 앉아서 기다리고 있었다. 그는 숨을 헐떡거리며 사무실로 들어와 책상에 앉았다. 그러곤 서랍을 열었는데 편지가 보이지 않았다.

심장이 덜컥 내려앉아 숨이 멎는 줄 알았다. 누가 책상을 뒤졌나? 아니면 착각한 것일까? 그는 허둥대며 다른 서랍들을 하나하나 열어보았다.

다행이다. 서랍을 혼동했다. 편지는 거기 있었다. 하지만 한시 이전에 부치는 건 불가능했다. 괜찮아—다른 방법이 있다. (이처럼 간단하고 뻔한 일에도) 머릿속에선 불안과 희망이 교차하며 뒤죽박죽으로 밀려들었다. 저녁 마지막 배송시간에 맞춰 빠른우편으로 보내면 된다. 아니, 그럴 바엔 에르메테에게 시키는 게 더 나을 것이다. 아니, 아니다. 이같이 신중함을 요하는 일에는 사환을 끌어들이지 않는 게 좋다. 그가 직접 가는 게 나았다.

"……그것으로 사랑은 공간을 정복하고……"

따르릉, 전화기가 요란하게 울렸다. 그는 펜을 쥔 채 왼손으로 수화기를 들었다.

"여보세요?" "여보세요. 저는 트라키 청장님의 비서입니다."

"네, 말씀하세요." "케이블 공급과 관련된 수입허가 건으로……"

그는 저항할 수 없었다. 그것은 큰 거래였고, 거기에 그의 미래가 달려 있었다. 전화통화가 이십 분 동안 이어졌다.

"……만리장성을 넘어갈 수 있습니다. 오, 사랑하는……"

사환이 다시 들어왔다. 그는 사납게 쏘아붙였다. "왜 이리 말귀를 못 알아들어? 아무도 만날 수 없다고 했잖아!" "하지만 약속했다고……" "안 돼. 그 누구도!" "세무감찰관이 약속했다고 그러던데요."

어쩔 수 없었다. 감찰관을 돌려보내는 건 미친 짓일 것이다. 파멸을 자초하는 자살행위나 다름없었다. 그는 감찰관을 맞이했다.

한시 삼십오분이다. 사촌 프란카가 사십오 분 전부터 기다리고 있다. 그리고 엔지니어 슈톨츠가 그를 만나기 위해 제네바에서 특별히 왔다. 변호사 메수메치는 하역 인부들 소송차 방문했고, 그에게 매일 주사를 놓는 간호사도 왔다.

"오, 사랑하는 오르넬라……" 그는 갈수록 더 높고 험한 파도에 부딪히는 조난자처럼 격분하며 편지를 이어간다.

전화기가 울렸다. "저는 무역부의 스타치 사무관입니다." 또 전화. "상공인협회 사무실입니다."

"오, 나의 소중한 오르넬라, 나는 원합니다……"

사환 에르메테가 들어와서 구청장이 왔다고 알린다.

"……당신이 알아주기를……"

전화. "참모본부 사령관입니다." 또 전화. "대주교 예하의 개인 비서입니다."

"……내가 당신을 얼마나……" 그는 입을 앙다물고 부들부들 떨면서 쓴다.

따르릉따르릉. 전화. "고등법원장입니다." 여보세요, 여보세요! "여기는 최고의회고, 저는 코르모라노 상원의원입니다." 여보세요, 여보세요! "황제 폐하의 일등 부관입니다."

그는 파도에 휩쓸려 이리저리 끌려다녔다.

"여보세요, 여보세요! 네, 접니다. 감사합니다. 대표님, 정말 고맙습니다!…… 즉시, 지금 바로 하겠습니다. 회장님, 반드시 그리하겠습니다. 무한한 감사를 드립니다…… 여보세요, 여보세요! 그럼요, 각하, 물론입니다. 무한한 충성을 바칩니다. (내팽개쳐진 펜은 천천히 책상 끄트머리까지 굴러가서 아슬아슬하게 흔들리다가 수직으로 떨어져 펜촉이 구부러진 채 바닥에 뒹굴었다.) 자, 앉으십시오. 아이고, 이리 오세요. 괜찮으시다면, 여기 더 편한 안락의

자에 앉으시지요. 이렇게 생각지도 못한 영광을 베풀어주시다니, 아이고, 정말 감사합니다. 저기 말씀만 하세요. 커피, 담배?"

소용돌이가 얼마나 계속됐을까? 몇 시간? 며칠? 몇 달? 수천 년? 해 질 무렵이 돼서야, 마침내 그는 혼자 있게 되었다.

사무실을 나서기 전, 그는 책상 위에 산더미같이 쌓인 공책이며 서류, 기획서, 공문서 들을 대강 정리했다. 그러다 무수한 종잇더미 아래서 회사 주소가 인쇄되지 않은 편지지를 발견했고, 이내 자신의 글씨를 알아보았다.

그는 궁금해하며 읽어보았다. "허튼소리, 멍청하고 얼빠진 짓! 내가 언제 이걸 썼지?" 그는 불쾌하고 실망스러운 마음으로 헛되이 기억을 되짚었고, 벌써 희끗희끗해진 머리를 매만졌다. "이런 바보 같은 걸 쓸 틈이 있었다니! 그리고 오르넬라는 대체 누구야?"

51
베네치아비엔날레의 야간전투

    천국에 있는 노장 화가 아르덴테 프레스티나리는, 어느 날 친구들에게 베네치아비엔날레를 보러 지상에 내려가겠다고 말했다. 아르덴테가 죽고 이 년이 지나 그를 기념하는 전시관이 거기에 마련되었던 것이다.

    친구들은 그를 말렸다. "그러지 마. 아르두초(평생을 두고 불렸던 그의 애칭). 우리 중 누군가가 내려가서 좋은 적이 없었어. 모두 괴로워했다고. 그 일은 잊어버리고 우리랑 여기 있자. 네 그림은 네가 알잖아. 분명 그치들은 언제나처럼 가장 안 좋은 걸 골라냈을 거야. 그리고 네가 가면 오늘밤 카드게임 네번째 주자는 누가 하니?"

    "다녀올게." 화가는 고집을 꺾지 않고 인간들이 사는 지상, 그중에서도 미술전이 열리는 베네치아로 내려갔다.

    행사장에 도착한 그는 수백 개의 전시관 중 자신에게 헌정된 공간을 순식간에 찾을 수 있었다.

    그는 흡족한 마음으로 둘러보았다. 전시 공간은 넓었고, 일정한 경로를 따라 감상하게 되어 있었다. 그의 이름이 출생일, 사망일과 함께 벽에 표시되어 있었으며, 솔직히 말해 그가 예상했던 것보다 더 안목 있는 작품들이 선정되었다. 고인의 정신으로, 이른바 '영원의 관점에서' 그림들을 살펴보니 살아서는 알지 못했던 결함과 잘못들이 수두룩하게 눈에 띄었다. 부리나케 화구를 가져와 얼른 손을 보고 싶은 충동이 그의 마음에 일었다. 하지만 그럴 수는 없었다. 그가 쓰던 도구들이야 남아 있을 테지만, 어디에 있는지 누가 알겠는가. 게다가, 그랬다가는 일대 소란이 일지 않겠는가?

그날은 평일의 늦은 오후라 방문객이 적었다. 금발의 한 젊은이가 들어왔다. 분명히 외국인, 아마도 미국인인 듯했다. 그는 한번 휙 둘러보고는 그 어떤 모욕보다도 무례한 무관심을 드러내며 자리를 떴다.

프레스티나리는 생각했다. '무지렁이! 미술전에 올 게 아니라 초원으로 가서 암소나 몰아라!'

그때 남녀 한 쌍이 들어왔다. 신혼여행중인 젊은 부부 같았다. 여자가 관광객 특유의 무기력하고 따분한 표정으로 둘러보는 동안, 남자는 작은 그림을 흥미롭게 들여다보았다. 그 그림은 화가의 초기작으로, 웅장한 사크레쾨르대성당을 배경으로 한 몽마르트르 골목 풍경이었다.

'젊은이, 그 그림은 소박한 지성을 담고 있다네. 그렇다고 감성이 부족한 것도 아니지. 작은 크기지만 가장 뛰어난 작품 중 하나야. 섬세하고 감미로운 색채가 무척 인상적이지.'

남자가 더없이 감미로운 목소리로 여자에게 말한다. "자기야, 이리 와봐. 이것 좀 봐. 우연의 일치야."

"뭐가?"

"기억 안 나? 우리가 달팽이 요리를 먹었던 그 레스토랑! 여기 봐, 바로 이 모퉁이었어." 그가 그림 한쪽을 손가락으로 가리켰다.

"그래, 맞아." 그녀가 활기를 띠며 소리친다. "솔직히 그 달팽이는 소화가 잘 안 되더라."

그들은 바보같이 웃으면서 전시관을 나간다.

오십대의 부인 두 명이 사내아이를 데리고 들어온다. 한 부인이 큰 소리로 이름을 읽으며 말한다. "우리 아래층에 사는 가족도 성이 프레스티나리던데, 친척일까? 잔도메니코, 가만히 있어. 만지지 마!" 피곤하고 지루해서 부루퉁한 아이는 작품 〈수확기〉에 도드라지게 튀어나온 물감 덩어리를 손톱으로 떼어내려 한다.

그때, 변호사 마테오 돌라벨라가 들어오는 것을 보자 프레스티나리의 가슴이 마구 뛴다. 돌라벨라는 그의 소중한 옛친구로, 예술가들의 술집에 자주 들르던 손님 중에서도 가장 빛나는 인물이었다. 그는 처음 보는 신사와 같이 있다.

돌라벨라가 기뻐하면 외친다. "오, 프레스티나리! 그의 전시관이 생겼군. 다행이야. 가엾은 아르두초! 이걸 봤다면 기뻐했을 텐데. 드디어 그만을 위한 공간이 생겼잖아. 살아서는 빛을 못 보더니…… 얼마나 힘들었을까! 너도 그를 알지?"

같이 온 남자가 대답한다. "개인적으로는 모르지만 언젠가 한 번 본 적은 있지. 좋은 사람이었지, 안 그래?"

"좋은 사람? 어디 그뿐이겠어? 매력적인 능변가에다 보기 드물게 지적이고 재치 있는 사람이었어. 그 신랄하고 역설적인 말재간! 잊지 못할 밤들을 그와 보냈지. 그의 천재성은 친구들과 이야기하면서 분출되었어. 물론 여기 보다시피 그의 그림들에도 기발한 재능이 담겨 있지. 오, 더 정확히 말해, 담겨 있었지. 이 그림은 이제 구식이 됐으니…… 세상에, 저 녹색과 저 보라색이라니. 그는 녹색과 보라색에 집착했고, 캔버스에 잔뜩 뿌려대도 부족한 듯했지. 가엾은 아르두초, 보다시피 저런 결과가……" 그는 고개를 가로저으며 한숨을 내쉬고는 안내책자를 뒤적였다.

프레스티나리는 책자의 내용을 보려고 가까이 다가가 보이지 않는 목을 내밀었다. 클라우디오 로니오가 쓴 반쪽 분량의 추천사가 보였다. 그 또한 절친한 친구였다. 그는 다시 가슴을 졸이며 슬쩍 몇 군데를 읽었다. "……빼어난 인격…… 벨 에포크의 황혼기에 파리에서 보낸 치열한 젊은 시절…… 개방적인 인식의 경지…… 신사고와 대담한 시도를 향한 운동에 지대한 공헌…… 역사의 한 시기를 장식하는……"

돌라벨라는 안내서를 덮고 벌써 다음 전시실로 향했다. 그가 남긴 마지막 말은 "오, 아까운 사람!"이었다.

프레스티나리는 더할 나위 없이 영광스러운 자신의 전시회를 (관리인들도 퇴근하고 점점 더 어두워지며 온통 적막한 가운데 이상하게 헛헛한 마음으로) 오랫동안 감상했다. 앞으로 이런 자리는—그가 잘 알고 있다시피—두 번 다시 주어지지 않으리라는 생각에 씁쓸한 마음이 밀려왔다. 저 위 천국 친구들의 말이 옳았다. 결과가 뻔한 잘못을 저지른 것이다. 한없이 깊은 슬픔이 느껴졌다. 한때 그는 오만과 자기과신으로 대중의 몰이해에 용감하게 맞섰고, 가장 악의적인 비난에도 웃음으로 답했다. 하지만 그때는 미래가 있었다. 앞날이 창창했고, 그 누구보다도 뛰어난 걸작으로 세상을 깜짝 놀라게 하겠다는 포부가 있었다. 반면 지금은! 그의 역사는 끝났고, 단 한 번의 붓질도 더할 수 없을 것이다. 적대적인 모든 비판은 치유할 수 없는 가혹한 고통으로 그를 아프게 했다.

　실의에 빠져 있던 그의 마음에 갑자기 충동적인 투지가 끓어올랐다. '녹색과 보라색? 돌라벨라의 헛소리 때문에 내가 괴로워할 이유가 있을까? 그림에 대해서 하나도 모르는 그 멍청이, 촌뜨기 때문에? 누가 그의 머릿속을 헤집어놨는지는 뻔해. 비구상 혹은 추상 예술가들, 신사조의 신봉자들! 그도 그 폭력단에 영합해서 제멋대로 구는 거야.'

　살아생전 아방가르드 회화 앞에서 터뜨렸던 분노가 다시 치밀어 그의 마음을 쓰라리게 했다.

　오늘날 영광스러운 전통에 뿌리내린 진정한 예술은—그가 확신하다시피—그 놈팡이들의 잘못으로 멸시되었다. 종종 그러하듯, 눈속임과 속물근성이 정직한 자들을 몰아내고 승리를 거머쥔 것이다.

　'광대들, 난봉꾼들, 허풍선이들, 기회주의자들!' 그는 마음속으로 악담을 퍼부었다. '대중을 현혹하고 대규모 전시회에서 큰 몫을 챙기려는 너희의 그 더러운 수작을 모를 것 같으냐? 분명 올해 여기 베네치아에서도 너희는 최고의 자리를 차지했겠지. 그래 내가 얼마든지 봐주겠어.'

　이렇게 푸념하면서 그는 자신의 전시관을 벗어나 다른 구역으로 향했다. 밤이었지만 훤하게 밝았다. 보름달이 넓은 채광창을 비추며 마법 같은 인광을 퍼뜨리고 있었다. 프레스티나리가 천천히 나아가는 사이, 벽에 걸린 그림들의 모습이 서서히 바뀌었다. 고전적인 (풍경화, 정물화, 초상화, 나체화) 이미지들은 갈수록 변해 전통의 품위를 잊은 채 부풀어오르고, 길어지고, 뒤틀리다가 급기야 원형의 흔적을 완전히 잃었다.

자, 마지막 세대의 공간에 다다랐다. 광대한 캔버스에 그려진 무엇도 제대로 알아볼 수 없다. 얼룩, 튄 자국, 구불구불한 선, 너울, 소용돌이, 혹, 구멍, 평행사변형과 내장덩어리 같은 것들의 혼란한 범벅일 뿐이다. 새로운 학파와 애송이들, 순진한 대중을 해하는 악당들이 승리감에 취해 있는 곳이다.

"쉬, 쉬, 마에스트로." 신비한 으스름 속에서 누군가가 속삭였다.

프레스티나리는 언제나처럼 논쟁이나 전투를 치를 준비를 갖춘 채 급히 멈춰 섰다. "누구세요? 누구야?"

저속하게 조롱하는 소리가 서너 군데에서 일제히 터져나왔다. 뒤이어 갈라진 웃음소리와 요란한 휘파람이 가지런히 정렬한 전시관 구석구석으로 울려퍼졌다.

프레스티나리는 공격에 맞서듯 다리를 벌리고 가슴을 편 자세로 호통을 쳤다. "옳지, 그 천박한 깡패들이구나! 무력한 것들, 미술계의 쓰레기들, 요양소의 칠장이들, 어디 용기 있으면 나와봐."

가볍게 깔깔대는 비웃음이 들리더니 괴상한 형상들이 도전에 응하며 캔버스에서 튀어나와 프레스티나리 주위로 몰려들었다. 원뿔, 구체, 타래, 원통, 물집, 파편, 넓적다리, 복부, 둔부, 머릿니, 거대한 벌레 등이 자유자재로 넘실거리며 대가의 눈앞에서 조롱의 춤을 췄다.

"물러나, 이 사기꾼들! 이제 내가 본때를 보여주마."

프레스티나리는 어찌된 일인지 스무 살의 무지막지한 힘으로 주먹질을 가하며 무리를 공격했다. "자, 받아라! 받아! 몹쓸 자식들, 빌어먹을 것들!" 그는 여러 다른 종류로 이뤄진 무리를 향해 주먹을 휘둘렀고, 하나하나 단번에 제압하며 기뻐했다. 주먹을 맞은 추상적인 형체들은 진흙처럼 일그러지며 바스러지거나 부서졌다.

대전투였다. 마침내 프레스티나리는 파편 가운데서 숨을 헐떡이며 공격을 멈췄다. 그때 몽둥이처럼 생긴 마지막 한 조각이 그의 얼굴을 강타했다. 그는 공중에서 그것을 힘껏 잡아 구석으로 내던져 박살을 냈다.

승리다! 그런데 여전히 그의 앞에는 형체 없는 유령 넷이 근엄한 분위기를 띠며 서 있었다. 거기서 희미한 빛이 발산되었고, 이에 거장은 머나먼 옛날부터 메아리치던 소중하고 친숙한 무언가가 느껴지는 듯했다.

그는 알아보았다. 그가 살아서 그렸던 것과는 아주 다른 그 괴이한 환영들 안에서, 예술의 신성한 꿈이 꿈틀거리고 있음을. 그가 최후의 순간까지 완고한 희망으로 좇던, 형언할 수 없는 신기루 같은 그것을.

그렇다면 거장과 그 불미스러운 존재들 사이에 뭔가 공통점이 있다는 것일까? 그러니까 교활한 악당들 중에도 정직하고 순수한 예술가가 있었던 걸까? 오, 혹시 그들도 천재, 거인, 운명의 승리자일 수는 없었던 걸까? 그리고 지금은 광기로밖에 보이지 않는 그것들도 언젠가는 손수 보편적인 아름다움으로 화할 날이 올까?

본심은 한없이 어진 프레스티나리는 갑자기 측은함을 느끼며 그들을 말없이 바라보았다.

그는 아버지 같은 인자한 어조로 말했다. "자, 내 눈에 띄지 않게 그림 속으로 돌아가. 너희도 좋은 의도를 지녔다는 건 부정하지 않을게. 하지만 얘들아, 너흰 정도에서 벗어나 나쁜 길로 들어섰어. 너희는 선량하니, 이해할 수 있는 형태를 찾도록 해!"

"그건 불가능해요. 누구에게나 자기만의 운명이 있거든요." 넷

중에서 뒤엉킨 무늬로 된 가장 큰 유령이 공손하게 말했다.

"하지만 그러고도 뭘 기대하는 거지? 누가 이해할 수 있겠어? 너희는 순진한 사람들을 어지럽히는 그럴싸한 이론, 허세, 어려운 말들을 고집하지. 하지만 결과적으로 지금까지……"

"지금까지는 그렇죠, 아마도. 하지만 내일은……" 뒤엉킨 무늬가 말했다. 그리고 그 '내일'이라는 말에는 대가의 마음을 울리는 거대하고 신비한 힘, 확신이 깃들어 있었다.

"음, 신의 가호가 있기를! 내일, 내일은 아무도 모르지. 어떻게든 너희는 정말로 거기에 도달하겠지."

'내일! 아름다운 말이야.' 프레스티나리는 차마 입 밖으로 내지 못하고 마음속으로 읊조렸다. 그러곤 눈물을 보이지 않기 위해 밖으로 달려나가 고통스러운 마음으로 석호 위를 질주했다.

52
눈에는 눈

마르토라니 가족은 근교 도시의 영화관에 갔다가 아주 늦게야 그들의 오래된 시골저택으로 돌아왔다.

가족구성원은 지주인 아버지 클라우디오 마르토라니와 아내 에르미니아, 딸 빅토리아와 보험중개인인 남편 조르조 미롤로, 학생인 아들 잔도메니코, 그리고 다소 쇠약한 노인 마텔다 고모다.

집으로 돌아오는 길에 그들은 영화에 관해 얘기했다. 그들이 본 영화는 란 번터톤, 클라리사 헤이븐, 그리고 유명한 연기파 배우 마이크 무스티파가 출연한 게오르크 프리더 감독의 서부영화 〈자줏빛 봉인〉이다. 가족은 차고에 자동차를 세우고 정원을 지나는 동안에도 영화에 관한 이야기를 이어갔다.

잔도메니코: 무슨 소리! 평생 복수만 생각하는 사람은 징글징글해. 열등한 인간이야. 난 이해할 수 없어.

클라우디오: 넌 뭘 모르는구나. 인류가 탄생한 이래 명예를 짓밟힌 신사에게 복수란 기본적인 의무야.

잔도메니코: 명예? 대체 그 명예가 뭐라고요!

빅토리아: 나는 복수가 지극히 신성하다고 생각해. 힘있는 자는 자신의 권력을 이용하고, 부당한 처사를 행하고, 더 약한 자를 짓누르지. 그러면 분노가 이는 거야. 하지만 분노는……

마텔다 고모: 피…… 그 뭐라더라? 아, 그래. 피는 피를 부른다. 내가 아주 어릴 때 일이지만, 그 유명한 세랄로토 재판이 아직도 기억나는구나. 그러니까 리보르노의 선주였던 세랄로토는, 아니야, 잠깐만, 내가 헷갈리는데…… 리보르노 사람은 그자, 그가 살해한 사촌이었어. 그러니까 그는, 맞아, 오넬리아 출신인데, 그게 어떻게 됐느냐면……

에르미니아: 이제, 그만하세요. 이 추운 날씨에 여기 정원에서 밤새울 건 아니잖아요. 한시가 다 됐다고요. 클라우디오, 빨리 문 열어.

그들은 문을 열고 불을 켠 뒤 현관의 넓은 복도로 들어왔다. 거기서 조각상과 갑옷이 진열된 웅장한 계단이 위층으로 연결되었다.

그들이 계단을 오르려 할 때, 맨 뒤에 있던 빅토리아가 소리쳤다.

"아, 징그러워! 바퀴벌레가 우글거려!"

모자이크바닥의 한쪽 구석에 검은 줄이 가늘게 늘어서 있었다. 서랍장 밑에서 나온 수십 마리 벌레가 일렬종대로 나란히 바닥과 벽 사이 틈새의 작은 구멍을 향해 나아갔다. 벌레들은 다급하게 서두르는 기색이 역력했다. 주인들의 귀가와 불빛에 놀라 부리나케 이동하고 있었다.

여섯 식구는 그리로 가까이 다가갔다.

"이 오래되고 낡은 오막살이에 바퀴벌레마저 있다니!" 빅토리아가 불평했다.

"우리집에 바퀴벌레가 나온 적은 없었어." 엄마가 딱 잘라 말했다.

"그럼 이것들은 뭐야? 나비라는 거야?"

"정원에서 들어왔을 거야."

인간의 대화를 알아듣지 못하는 벌레들은 닥쳐오는 운명을 모른 채 대열을 흩뜨리지 않고 계속 행진을 이어갔다.

아버지가 말했다. "잔도메니코, 얼른 차고에 갔다 와. 살충제 분무기가 있을 거야."

"이놈들은 바퀴벌레 같지 않은데. 바퀴벌레는 제멋대로 흩어져서 다니잖아요." 아들이 말했다.

"그래…… 그리고 등에 색깔이 있는 줄무늬와 저 코…… 저런 코가 있는 바퀴벌레는 본 적이 없어."

빅토리아: 흠, 뭐라도 해봐. 집에 들끓기 전에!

마텔다 고모: 행여나 저 벌레들이 위로 올라가서 치치노의 요람으로 기어간다면…… 아이들 입에선 우유 냄새가 나고, 바퀴벌레는, 내가 쥐와 혼동하는 게 아니라면 말이지만, 우유에 환장하지.

에르미니아: 제발, 그만. 천사처럼 잠들어 있는 그 가여운 아기의 입은 더 들먹이지 마세요! 클라우디오, 조르조, 잔도메니코, 뭘 망설여? 어서 처리해!

클라우디오: 저게 뭔지 알겠어. 저건 노린재목에 속하는 린코토야.

빅토리아: 뭐라고요?

클라우디오: 린코토. 코를 뜻하는 그리스어 리스, 리노스에서 유래한 이름이야. 코가 달린 곤충을 뜻하지.

에르미니아: 코가 있건 없건, 집안에 있는 건 싫어.

마텔다 고모: 하지만 조심해라. 화를 부를지 모르니까.

에르미니아: 뭐가요?

마텔다 고모: 자정 이후에 짐승을 죽이는 것.

에르미니아: 고모, 그거 알아요? 고모는 기분 나쁜 말만 골라 하시더라.

클라우디오: 자 어서, 잔도메니코, 살충제를 가져와.

잔도메니코: 전, 저라면 저 녀석들을 그냥 두겠어요.

에르미니아: 넌 항상 징그럽게 말을 안 듣지.

잔도메니코: 알아서들 하세요. 전 자러 갈 테니.

빅토리아: 너희 남자들은 늘 똑같은 겁쟁이야. 내가 어떻게 하는지 보여주지.

그녀는 신발 한 짝을 벗어들고 몸을 숙이더니 곤충의 행렬 한가운데를 내려쳤다. 물집이 터지는 듯한 소리가 났고, 서너 개의 검고 뻣뻣한 얼룩이 남았다.

그녀의 본보기가 효과를 냈다. 방으로 올라간 잔도메니코와 고개를 가로젓는 마텔다 고모를 제외한 다른 가족도 사냥에 나섰다. 클라우디오는 신발을, 에르미니아는 파리채를, 조르조 미롤로는 부지깽이를 휘둘렀다.

하지만 가장 흥분한 이는 빅토리아였다. "저것들 좀 봐, 징그러운 것들, 이젠 도망가고 있어. 못 따라잡을 줄 알고! 조르조, 서랍장 옮겨. 그 아래에 바글바글할 거야. 찍! 찍! 저놈 잡아라! 넌 끝났어! 저건 또 뭐야? 탁자 다리 밑에 숨으려고 하는군. 교활한 놈! 거기서 나와, 거기서 나와, 찍, 너도 처리했군! 요 쪼그만 놈은……다리를 들고 덤비려고 하네."

아닌 게 아니라, 아주 작은 새끼 한 마리가 다른 녀석들처럼 달아나는 대신 치명적인 타격을 가하려는 듯 젊은 부인을 향해 사납게 달려들었다. 심지어 앞다리를 쭉 내밀어 대담하게 세운 채였다. 뾰족한 코에서 들릴락 말락, 아주 작지만 노여움에 북받친 쉬익 소리가 났다.

"요놈 봐라. 씩씩대기도 하네. 쪼그만 새끼가 날 물려고? 찍······ 만족하니? 어쭈, 버텨? 내장이 터져도 아직 건잖아. 이제 끝내자! 찍!" 그녀는 녀석을 바닥에다 뭉개버렸다.

그때 마텔다 고모가 물었다. "위에 누가 있지?"

"무슨 소리예요?"

"누가 얘기를 하고 있어. 안 들리니?"

"무슨 말도 안 되는 소리예요? 위층에는 잔도메니코와 아기밖에 없어요."

"하지만 말소리가 들리는데." 마텔다 고모가 끈질기게 말했다.

모두 하던 일을 중단하고 귀를 기울였다. 그러는 동안 살아남은 몇 마리 곤충은 가까운 은신처를 향해 느릿느릿 기어갔다.

정말로 누군가가 계단 꼭대기에서 말을 하고 있었다. 낮고 묵직한 중저음의 목소리였다. 잔도메니코의 목소리도 아기의 울음소리도 아니었다.

"세상에, 도둑이야!" 에르미니아 부인이 신음했다.

미롤로는 장인에게 물었다. "권총 있나요?"

"저기, 저기 맨 위 서랍에."

이제 중저음의 목소리에 대답하는 가늘고 날카로운 두번째 목소리가 들렸다.

마르토라니 가족은 숨죽인 채 복도 불빛이 미치지 않는 계단 꼭대기를 바라보았다.

"뭔가 움직여." 에르미니아 부인이 속삭였다.

"거기 누구야?" 클라우디오가 용기내어 소리치려 했지만, 기괴한 헐떡거림만 새어나왔다.

"자, 가서 계단의 불을 켜." 아내가 그에게 말했다.

"당신이 가."

하나, 아니 둘, 아니 세 개의 검은 그림자가 계단을 내려오기 시작했다. 무언지는 알 수 없었다. 헐렁하고 길쭉한 검은 자루가 서로 이야기하는 것 같았다. 그리고 이제 말소리가 또렷하게 들렸다.

"저기, 자기야." 중저음의 목소리가 독특한 볼로냐식 억양으로 경쾌하게 말했다. "자기가 보기에는 어때? 이것들은 원숭이일까?"

"작고, 못생기고, 불쾌하기 짝이 없는 원숭이들이야." 상대 여자가 외국인 특유의 발음으로 깝죽대며 대답했다.

"주먹코 봤니?" 남자가 천덕스레 낄낄거리며 말했다. "그런 코가 있는 원숭이 본 적 있어?"

"자, 서둘러!" 여자가 재촉했다. "안 그러면 이 짐승들이 도망간다고."

"아니야, 달아나지 못해. 다른 방에도 내 형제들이 지키고 있어. 정원에서도 망보고 있고."

딱, 딱. 계단 디딤판에서 목발을 딛는 듯한 소음이 들렸다. 이어 어둠 속에서 나타난 무언가가 복도 불빛에 드러났다. 적어도 1.5미터는 되어 보이는 길이에 검은 유약을 바른 듯 반질거리는 뻣뻣한 코, 그 주위의 길쭉한 더듬이들, 대롱 모양의 다릿마디 위에서 흔들리는 여행 가방 크기의 매끈하고 단단한 몸통. 그의 옆에는 더 홀쭉한 두번째 괴물이 있었고, 다른 괴물들도 번뜩이는 등딱지를 서로 부딪쳐가며 뒤따랐다. 그것들은 조금 전 마르토라니 가족이 짓뭉갰던 곤충들(바퀴벌레, 혹은 린코토, 혹은 미지의 다른 것)이었다. 하지만 엄청나게 커진데다 무시무시한 위력을 지니고 있었다.

마르토라니 가족은 겁에 질려 달아나기 시작했다. 그런데 불길한 목발소리가 주위의 다른 방들과 정원 자갈밭에서도 요란스럽게 들려왔다.

미롤로는 부들부들 떨리는 팔을 들어 총을 겨누었다.

"쓰, 쓰……" 장인의 입에서 휘파람소리 같은 게 흘러나왔다. '쏴, 쏴!'라고 소리치려 했지만, 혀가 꼬여 말이 나오지 않았던 것이다.

한 방이 발사되었다.

"저기, 자기야." 첫번째 괴물이 볼로냐식 억양으로 말했다. "저것들 웃기지 않아?"

옆에 있던 어눌한 말투의 여자친구가 껑충 뛰어 빅토리아 쪽으로 덤벼들었다.

그러곤 빅토리아가 했던 말을 흉내내며 꽥꽥 소리를 질렀다. "요 당돌한 것이 탁자 밑에 숨으려고 하는군. 교활한 년! 조금 전 신발을 휘두르며 즐거웠니? 으깨지는 우리를 보며 재밌었니? 그래, 부당한 처사는 분노를 일으키지! 거기서 나와, 나오라고, 추악한 년! 이제는 내가 널 끝내주겠어!"

괴물은 젊은 여자의 발을 움켜쥐고 숨어 있던 곳에서 끌어냈다. 그러곤 적어도 200킬로그램은 나갈 법한 주둥이로 있는 힘껏 그녀를 짓눌렀다.

53
인간의 위대함

어두운 감방의 문이 열렸을 때는 이미 해가 진 뒤였다. 교도관들은 수염을 늘어뜨린 자그마한 노인을 안으로 떠밀었다.

노인의 흰 수염은 그의 몸보다도 더 커 보였다. 그리고 감방의 짙은 어둠 속에서 희미한 빛을 발산했기에 그 안에 갇힌 죄수들에게 인상적으로 비쳤다.

하지만 노인은 어둠 때문에 그 동굴 같은 곳에 다른 사람들이 있다는 것을 알지 못했고, 그래서 들어오자마자 물었다.

"누가 있나요?"

여러 사람이 비웃음과 투덜대는 소리로 대답했다. 이어 그곳의 격식에 따라 각자 소개하는 시간이 이어졌다.

"리카르돈 마르첼로. 중절도죄." 쉰 목소리가 말했다.

"베체다 카르멜로, 사기죄 누범." 조심스럽고 나지막한 두번째 목소리가 들렸다.

소개가 계속되었다.

"마르피 루치아노, 강간."

"라바타로 막스, 무죄."

한바탕 웃음이 터져나왔다. 라바타로가 피로 얼룩진 유명한 악당이라는 것은 다들 아는 사실이었기에 그의 농담에 모두가 배꼽을 잡았다.

"에스포시토 에네아, 살인." 목소리가 자부심으로 떨렸다.

"무티로니 빈첸초, 존속살인." 당당한 어조였다. "그런데 늙은 벼룩, 당신은?"

신입 죄수가 대답했다. "나는, 정확히는 몰라. 그들이 나를 붙잡아 신분증을 요구했지만, 나는 그걸 지닌 적이 없지."

"부랑죄군, 윽!" 누군가가 경멸적으로 말했다. "이름은 뭐야?"

"나는, 나는 모로야. 음, 음…… 그리고 일 그란데*라고 불려."

"모로 일 그란데, 거창한 이름이군." 구석에서 보이지 않는 이가 아는 척했다. "당신한테 어울리지 않아. 그런 이름은 아무나 쓰는 게 아니야."

"그래 맞아." 노인이 고분고분하게 말했다. "하지만 내 잘못이 아니야. 다들 조롱하려고 그리 부르니, 나로선 어쩔 수 없어. 그것 때문에 골치 아픈 문제가 생기기도 해. 언젠가 한번은…… 아, 그런데 너무 긴 이야기라서……"

"자, 어서, 말해봐." 한 사람이 다그치듯이 재촉했다. "우리에게 시간은 남아돈다고."

모두가 졸라댔다. 침울하고 따분한 옥살이에서는 무슨 얘기든 솔깃하게 들렸다.

---

*il Grande. '위대한 자'라는 뜻.

"그렇다면 좋아." 노인은 이야기를 들려주었다.

어느 날 어떤 도시를 돌아다니던 중이었어. 도시 이름은 밝히지 않는 게 나을 거야. 웅장한 궁전이 보였고, 하인들이 그곳 문을 오가며 산해진미를 나르고 있더군. 나는 파티가 열렸나보다 싶어 구걸을 하려고 다가갔지. 그런데 키가 2미터나 되는 힘센 남자가 내 목덜미를 잡더니 소리치는 거야. "여기 도둑이 있다! 어제 주인님의 안장을 훔친 도둑놈! 다시 오다니, 간도 크지. 이제 혼쭐이 날 것이다!" 나는 반박했어. "난 아니에요. 어제 나는 여기서 48킬로미터도 더 떨어진 곳에 있었어요. 도둑이라니, 말이 됩니까?" "내 두 눈으로 똑똑히 봤어. 네가 안장을 짊어지고 달아나는 걸 봤다고." 그러더니 궁전 뜰로 나를 끌고 갔지. 나는 무릎을 꿇고 말했어. "어제 나는 이곳에서 적어도 48킬로미터는 떨어진 곳에 있었습니다. 나, 모로 일 그란데는 이 도시가 오늘 처음이에요." "누구라고?" 그 깡패가 눈을 크게 뜨고 나를 바라보았어. "모로 일 그란데." 그러자 그가 갑자기 미친듯이 웃더니 주변을 향해 소리치는 거야. "모로 일 그란데? 자, 이리 와서 모로 일 그란데라고 불리는 이 도둑놈을 좀 봐!" 그러곤 내게 말하더군. "너 모로 일 그란데가 누군지 아니?" "내가 아는 모로 일 그란데는 나뿐입니다." "모로 일 그란데는 다름 아닌 우리의 고귀하신 주인이야. 너 같은 거지가 어디서 함부로 그 이름을 들먹여? 가당찮게! 마침 저기 주인이 오시네."

정말로 그랬어. 궁전 주인이 고함을 듣고 직접 뜰로 내려왔어. 돈이 아주 많은 상인이었지. 전 도시에서, 아마 전 세계에서 가장 부자일 거야. 그는 내게 다가와서 묻고, 바라보고, 웃었어. 나같은 비렁뱅이가 자기랑 이름이 같다는 게 재밌었던 게지. 그는 하인에게 나를 풀어주라고 명령한 뒤 궁전으로 초대해 화려한 방들을 구경시켜주었고, 금은보화가 가득한 금고실까지 보여줬어. 그러곤 내게 먹을 것을 내주며 말하더군.

"기막힌 일이지. 늙은 걸인이 나와 이름이 같다니! 그런데 내가 인도에서 똑같은 일을 겪어서 더 특별한 거지. 물건을 팔러 그곳 시장에 갔을 때의 일이네. 내가 가져온 진귀한 것들을 보자마자 많은 사람이 몰려들어 내가 누구인지, 어디서 왔는지 물어 댔지. 내가 '내 이름은 모로 일 그란데입니다'라고 대답하자 갈색 피부의 사람들이 이러더군. '모로 일 그란데? 너같이 천박한 상인한테 무슨 위대함이 있으려고? 인간의 위대함은 지성에 있어. 모로 일 그란데는 단 한 사람뿐이야. 이 도시에 살지. 그분은 우리나라의 자랑이야. 이 사기꾼아, 이제 네 허풍을 깨닫게 해주마.' 그들은 나를 잡아서 묶고는 내가 알지도 못했던 그 모로라는 자에게 데려갔어. 그는 아주 유명한 과학자이자 철학자, 수학자, 천문학자요, 거의 신처럼 숭배되는 점성술사였어. 다행히도 그가 내 말이 사실임을 알고 웃으며 나를 풀어주라고 했지. 이후 자신의 연구실로 데려가 천문대와 손수 제작한 놀라운 장비를 모두 보여주더군. 그러곤 이렇게 말했어."

"기막힌 일이지. 기품 있는 외국 상인이 나와 같은 이름을 쓰다니! 그런데 내가 동방의 섬에서 똑같은 일을 겪어서 더 특별한 거지. 연구를 위해 화산 정상을 향해 걷고 있을 때의 일이네. 병사들 무리가 외국 옷을 보고 의심스럽게 여기며 나를 불러세우더니 누구냐고 물었지. 내가 이름을 말하자마자 그들은 나를 사슬로 묶어 도시로 끌고 갔어. 그들이 이러더군. '모로 일 그란

데? 너처럼 초라한 학자에게 무슨 위대함이 있겠어? 인간의 위
대함은 영웅적인 업적에 있어. 모로 일 그란데는 단 한 사람뿐이
야. 태양을 향해 검을 높이 쳐든 가장 용감한 전사, 이 섬의 군주
지. 이제 그분이 네놈 목을 칠 것이다.' 그들은 군주의 앞으로 나
를 끌고 갔어. 군주의 모습은 보기만 해도 소름이 끼쳤지. 다행
히 나는 잘 설명했고, 무시무시한 전사는 놀라운 우연에 재미있
어하며 웃기 시작했어. 내 몸에서 사슬을 풀게 하고 따뜻한 옷을
주고는 왕궁으로 초대해 멀고 가까운 섬들에서 거둔 승리의 빛
나는 전리품들을 보여주었지. 그러곤 이렇게 말했어."

"기막힌 일이지. 저명한 과학자가 나와 이름이 같다니! 그런
데 내가 아주 머나먼 에우로파라는 땅에서 전투를 치를 때 똑
같은 일을 겪어서 더 특별한 거지. 군사들을 이끌고 숲을 나아
갈 때의 일이네. 거친 산사람들을 만났는데 그들이 내게 묻더군.
'우리의 고요한 밀림에서 요란한 무기 소리를 내는 너는 누구
냐?' '모로 일 그란데요.' 나는 그들이 내 이름을 듣고 깜짝 놀라
며 질겁하리라 생각했어. 그런데 그들은 측은한 미소를 지으며
이러더군. '모로 일 그란데? 농담하는 거야? 오만한 전사가 뭐
가 위대하다고? 인간의 위대함은 육신의 겸손, 영혼의 승화에 있
어. 모로 일 그란데는 세상에 단 한 명뿐이야. 이제 널 그에게 데
려가서 인간의 진정한 영광이 무엇인지 보여주지.' 그들은 외딴
골짜기로 나를 안내했는데, 그곳 허름한 오두막에는 넝마를 입
은 새하얀 수염의 노인이 자연을 명상하고 신을 경배하면서 살
고 있었어. 고백하건대, 난 그처럼 평온하고 기쁘고 행복한 인간
을 본 적이 없네. 하지만 인생을 바꾸기엔 너무 늦은 시기였지."

자, 이것이 섬의 막강한 군주가 학식 높은 과학자에게 말했고,

이후 과학자가 부자 상인에게 들려줬고, 상인은 자비를 구하고
자 자신의 궁전에 온 불쌍한 노인에게 들려준 이야기야. 그들 모
두 이름이 모로였고, 이런저런 이유로 위대한 사람이라 불렸지.

어두운 감방에서 노인이 이야기를 마치자 누군가가 대뜸 물었다.
"그러니까, 내가 돌대가리가 아니라면, 오두막의 그 빌어먹을 노
인, 위대한 사람 중에서도 가장 위대한 자가 다름 아닌 너라는 거야?"
노인은 긍정도 부정도 없이 작은 소리로 말했다. "친애하는 친구
들, 인생이란 참 재밌지!"
그의 이야기에 귀기울이던 악당들은 조용히 입을 다물었다. 어
떤 이야기는 가장 사악한 인간들에게도 생각의 여지를 주기 마련
이다.

54
금지어

은근한 지적, 암시적인 농담, 조심스러운 에두르기, 모호한 속삭임을 통해, 드디어 나는 알게 되었다. 석 달 전에 이사 온 이 도시에는 사용이 금지된 말이 있음을. 그게 뭘까? 어떤 말인지는 모르겠다. 이상하고 특이한 말일 수 있지만, 평범한 용어일 수도 있다. 그런 경우 내 사업에 지장을 줄 수 있다.

나는 염려스러우면서도 궁금한 나머지 친구 제로니모에게 물으러 간다. 그는 지혜로운 노인으로 스무 해 전부터 이곳에 살고 있으며, 도시의 삶과 신비에 대해 잘 안다.

"맞아." 그는 바로 시인한다. "사실이야. 우리 도시엔 모두가 삼가는 금지된 말이 있어."

"어떤 말인데요?"

"넌 정직한 사람이고, 난 자넬 신뢰해. 게다가 진정한 친구라고 생각해. 정말이야. 그러니 말하지 않는 게 나아. 난 이 도시에서 스무 해 넘게 살고 있어. 도시는 나를 따뜻하게 맞아주었고, 일을 주었고, 품위 있게 살게 해줬어. 그리고 나는? 나로선 좋든 싫든 규율을 충실하게 따랐지. 나는 떠날 수 있었고 막을 자가 없지만, 이곳에 남았어. 철학자인 척하려는 게 아니야. 사람들이 감옥 탈출을 권유했을 때의 소크라테스를 흉내내려는 게 아니라고. 나를 자식으로 여기는 도시의 규율을 어기는 게 싫을 뿐이야. 이처럼 사소한 것일지라도…… 그리고 정말 사소한지 아닌지는 아무도 모르지만……"

"하지만 우리는 지금 온전히 말하고 있잖아요. 아무도 우리 얘기를 안 듣는다고요. 제로니모, 자, 그 축복받은 말이 뭔지 알려주세요. 누가 당신을 고발하겠어요? 설마 내가?"

제로니모는 비꼬는 듯한 미소를 지었다. "역시 넌 케케묵은 구시대 정신으로 현재를 보고 있군. 처벌? 그래, 처벌 없이는 법이 강제적인 효력을 지니지 못한다고 믿던 시절이 있었지. 어쩌면 그게 사실이었을 테고. 하지만 그건 투박하고 원시적인 개념이야. 제재가 동반되지 않아도 규칙의 실효성은 최대로 보장될 수 있어. 우리는 진화했거든."

"그럼 당신을 가로막는 게 뭔데요? 의식? 양심의 가책?"

"오, 양심! 가엾은 폐물. 그래, 양심은 오랫동안 인간에게 더없이 크게 이바지했지. 하지만 그것도 세월에 순종해야 했고, 이제는 그것과 막연하게나마 비슷한 무엇, 더 단순하고 더 기본적이고 더 잔잔한 무언가로 변했어. 구속력과 비장함이 많이 떨어졌다고 할 수 있지."

"그래서 좀더 설명해준다면……"

"그걸 정확하게 정의한 용어는 없어. 보통은 순응주의라고들 하지. 자신을 둘러싼 집단과의 조화 속에서 평화를 느끼는 거야. 그렇지 않고 규범에서 멀어지면 불안하고 불편하고 동요하게 되지."

"그게 다라고요?"

"그걸로 충분하고말고! 그건 원자폭탄보다 더 무시무시하고 강력한 힘이야. 물론 모든 곳에서 똑같진 않아. 순응주의 지도가 따로 존재해. 아직 태아기나 유아기에 있는 미개한 나라에서는 방향성 없이 무질서하고 변덕스럽게 실행되지. 유행처럼 말이야. 반면에 현대적인 나라에서 순응주의는 이미 삶의 모든 영역으로 확장되고 완벽하게 굳어졌어. 그 힘의 지배 아래 안정된 분위기가 정착됐다고 볼 수 있지."

"그럼 우리가 사는 여기는?"

"나쁘지 않아. 괜찮은 편이야. 가령 금지어는 대중의 순응주의 성숙도를 측정하기 위한 당국의 기발한 정책이었어. 그래, 일종의 시험이지. 그리고 결과는 예상보다 훨씬 더 좋았어. 그 말은 이제 터부가 되었으니까. 네가 얼마든지 샅샅이 조사할 수 있지만, 장담컨대 그 말은 절대, 지하실에서도 들을 수 없을 거야. 사람들은 그걸 입 밖에 내지 않는 일상에 적응했거든. 고발, 벌금, 징역 등으로 겁을 줄 필요도 없었지."

"그 말이 사실이라면, 모두가 정직해지는 것도 어렵지 않겠군요."

"그렇겠지. 하지만 수년, 수십 년, 어쩌면 수백 년이 걸릴 거야. 몇 마디 말을 금지하는 건 쉬운 일이야. 그러나 사기, 비방, 악습, 부정, 익명의 편지는 복잡한 문제지. 사람들은 생활 곳곳에 깃든 그것들을 떨치려고 시도해. 극기 훈련이나 다름없을 거야. 게다가 처음에는 순응주의의 자발적인 물결이 그 본질에서 이탈해 악과 비열한 편의, 타협, 비겁한 행동으로 향하지. 따라서 방향을 바로잡아야 하고, 그게 쉽지는 않아. 그래도 시간이 흐르면서 다 잘될 거라고 확신해. 우리는 성공하리라 믿어."

"그런데 그게 아름답다고 보세요? 그 같은 균일화, 획일성이 소름 끼치지 않아요?"

"아름답냐고? 그렇진 않아. 그 대신에 효율성이 있지. 극도로 능률적이야. 공동체는 이를 만족스럽게 여기지. 결국—넌 생각해본 적 없니?—어제까지 그토록 사랑스럽고 매력적이었던 성격, 유형, 개성 등이 사실 불법행위와 난장판의 싹에 불과했던 거야. 사회구조 속에서의 무능함이 표출되었던 거지. 그 반대의 경우를 생각해봐. 가장 강한 국민에게는 과격할 정도로 놀라운 균일성, 인간 유형의 동질성이 있어."

"어쨌든 금지어를 얘기해주지 않을 셈이죠?"

"이 친구야, 이건 떼쓸 일이 아니야. 너를 못 믿어서가 아니야. 만약 네게 그걸 말하면, 내 마음이 불편해질 거야."

"당신도? 집단에서 평준화된 당신 같은 교양인도?"

"그래." 그는 우울하게 고개를 저었다. "주변 사회의 압박을 견디려면 거인이 되어야 해."

"그럼 는? 최고의 선이잖아요! 예전에 당신은 그걸 숭배했어요. 그걸 위해서라면 뭐든 내놨을 거고요. 그런데 지금은?"

"뭐든, 뭘들…… 플루타르코스의 영웅들…… 세월이 가면 변하기 마련이야. 다른 게 필요해. 가장 고상한 감정도 서서히 사그라지고 잊히지. 그건 슬픈 일이지만, 혼자서 천국을 노래하며 살 순 없어."

"그러니까 얘기해주기 싫다는 거죠? 비속어예요? 아님 불법적인 의미가 들어 있어요?"

"전혀 아니야. 깨끗하고 정직하고 평온한 말이야. 바로 여기서 입법자의 섬세함이 드러나. 속되고 격이 낮은 말들은 이미 배척되고 있어. 암묵적으로, 가볍고 신중하게, 좋은 교육을 통해서 금기시되지. 그런 걸로 시험하는 건 크게 가치가 없었을 거야."

"조금이라도 알려주세요. 명사, 형용사? 동사, 아니면 부사?"

"왜 이리 집요하지? 이 도시에 살다보면 어느 날 너도 금지어를 깨닫게 될 거야. 갑자기, 자신도 모르게. 친구야, 그렇게 환경 속에서 흡수하게 될 거라고."

"알겠어요. 늙은 친구 제로니모, 당신 고집은 정말 꺾을 수 없군요. 내 궁금증을 해소하려면 인내심을 가져야겠다. 도서관에 가서 법규집을 참고할 수밖에 없겠어. 거기에 관련 규정이 기록돼 있겠죠? 금지된 말에 대한 설명이 나와 있을 거야!"

"휴, 넌 정말 시대에 뒤처져 있구나. 여전히 옛날 멍청이들처럼 생각해. 그뿐만이 아니라 순진하기 짝이 없어. 금지어를 규정하는 법이 그 말을 쓴다면 스스로 법을 위반하는 셈이잖아. 자가당착에 빠지는 꼴이라고. 도서관에 가도 소용없어."

"아, 제로니모, 농담하지 마요! 처음에 법규정을 알린 누군가가 분명 있었겠죠. 그는 '오늘부터 ×라는 말은 금지됐어요'라고 말하며 금지어를 쓰지 않았겠어요? 그러지 않았으면 사람들이 어떻게 알았겠느냐고!"

"사실, 다소 논란의 여지가 있는 대목이야. 그와 관련해서 세 가지 주장이 있지. 먼저, 변장한 공무원들이 금지령을 퍼뜨렸다는 거야. 그리고 집 우편함에서 밀봉된 봉투를 발견했다는 사람이 있어. 봉투 안에는 읽는 즉시 불태우라는 명령과 함께 금지령 안내문이 들어 있었대. 끝으로 시민들이 순한 양처럼 협조적이기에, 금지령은 공포할 필요도 없었다고 주장하는 원리주의자들이 있어. 넌 그들을 비관주의자라고 부르겠지. 당국이 결정하고, 텔레파시 같은 것을 통해 모두가 즉시 알아들었다는 거야."

"하지만 모두가 벌레로 변한 건 아닐 거야. 이 도시에서 스스로 생각하는 독립적인 사람들이 아직 있을 거야. 반대자들, 이단자들, 반역자들, 무법자들, 당신이 뭐라고 부르든 간에! 그들 중 누군가는 금지된 말을 발음하거나 쓰면서 반발하지 않겠어요? 그러면 어떤 일이 벌어지죠?"

"아무것도, 아무 일도 없어. 바로 여기에서 실험의 엄청난 성공이 입증되지. 금지령은 감각적 인식을 규제할 정도로 마음속 깊이 파고들었거든."

"그게 무슨 소리예요?"

"그러니까 위험한 경우에 무의식적인 거부반응이 일어나. 만약 누군가가 위법한 말을 내뱉으면 사람들에겐 그 말이 들리지 않지. 만약 글로 쓴다면 보이지 않고……"

"그러면 그 글자 대신 뭐가 보이는데요?"

"아무것도 안 보여. 벽에 썼다면 깨끗한 맨벽이고, 종이에 썼다면 흰 여백만 보여."

나는 마지막으로 간청한다. "제로니모, 제발 부탁입니다. 너무 궁금해서 그러는데, 오늘 내가 당신과 얘기하면서 그 비밀스러운 말을 사용했나요? 적어도 이 정도는 알려줄 수 있잖아요. 별거 아니잖아요."

노인 제로니모는 미소 지으며 한쪽 눈을 찡긋거린다.

"그 말을 내가 했다는 거죠?"

그가 한쪽 눈을 다시 찡긋거린다.

하지만 침울한 기운이 갑자기 그의 얼굴에 드리운다.

"몇 번이나? 비싸게 굴지 말고, 자, 말해줘요. 몇 번이죠?"

"횟수는 모르겠어. 내가 아는 건 맹세코 그뿐이야. 네가 말했더라도 나는 들을 수 없었어. 어느 순간 그랬던 것 같더라고. 언제인지 기억은 안 나지만, 말이 끊어지는 아주 짧은 순간이 있었어. 네가 말을 하거나 소리를 냈지만, 나한테 닿지 않는 것 같았지. 하지만 우리가 대화를 할 때 흔히 그렇듯, 자기도 모르게 뜸들인 순간일 수도 있어."

"딱 한 번인가요?"

"오, 그만해. 고집부리지 마."

"이제 내가 뭘 할 건지 아세요? 집에 돌아가자마자 오늘 대화를 옮겨 쓸 겁니다. 한 마디도 빠짐없이. 그런 다음 인쇄를 맡길 거예요."

"뭣 때문에?"

"당신이 한 말이 사실이라면, 착한 시민으로 추정되는 인쇄공은 위법한 말을 볼 수 없을 테죠. 두 경우를 예상할 수 있어요. 그는 인쇄 활자판에 빈곳을 남겨둘 겁니다. 이것으로 모든 게 다 설명되겠지. 아니면 여백 없이 뒷글자를 당겨서 작업할 수도 있겠죠. 이 경우엔 원본과 인쇄본을 비교해서 금지된 말이 뭔지 알아낼 수 있어요."

제로니모는 온화하게 웃는다.

"친구야, 그래봤자 소용없어. 순응주의는 그런 거야. 네가 어떤 인쇄공을 찾아가든, 그는 네 작은 계략 앞에서 어떻게 대처해야 하는지 스스로 알 거야. 이번 한 번만은—그걸 썼다면 말이지만—네가 쓴 금지어를 볼 것이고, 조판할 때 그 말을 건너뛰지 않을 거야. 침착하게 제 할일을 할 거야. 이 도시의 인쇄공들은 잘 훈련되었고 사정에 정통하거든."

"도대체 이게 다 뭘 위해서죠? 아무도 말하거나 쓰지 않는 조건에서 내가 금지어를 알게 되면 도시에도 이익이 되지 않을까요?"

"아마 지금은 아닐 거야. 오늘, 네 말을 들어보니 넌 성숙한 시민이 아니야. 입문 과정이 필요해. 한마디로, 넌 아직 도시에 순응하고 있지 않군. 현행법을 존중하지 않아."

"그러면 이 대화를 읽는 독자도 금지어에 대해 전혀 모르는 거죠?"

"그저 여백만 보게 될 거야. 그리고 단순히 실수로 말을 빼먹었다고 생각하겠지."

55
성인들

성인들은 해안가에 각자 자신의 작은 집을 가지고 있다. 집 발코니에서는 바다가 내려다보이는데, 그 바다가 하느님이다.

그들은 뜨거운 여름이면 시원한 바닷물에 들어가 더위를 식힌다. 그 물이 하느님이다.

새로운 성인이 온다는 소식이 들리면, 다른 성인들의 집 옆에 새집이 만들어진다. 그래서 해변을 따라 아주 긴 줄이 생겼다. 집이 들어설 공간은 얼마든지 충분하다.

간칠로도 성인품에 오른 뒤 그리로 갔다. 그리고 다른 집들과 똑같이 꾸며진 작은 집을 갖게 되었다. 가구, 침구, 식기, 좋은 책 몇 권, 필요한 모든 게 있었다. 벽에는 멋진 파리채도 걸려 있었다. 성가실 정도는 아니지만, 그 주변에 파리가 많았기 때문이다.

간칠로는 유명한 성인이 아니었다. 그는 농부로 소박한 삶을 살았고, 그가 죽고 이 년 뒤에야 마을 사제는 그에게 차올랐던 은총, 적어도 3 내지 4미터 근방까지 퍼져나가던 그의 충만한 은총을 깨달았다. 그가 성인반열에 오르리라는 확신은 없었지만, 사제는 시복 과정을 위한 첫걸음을 내디뎠다. 그 이후 이백 년의 세월이 흘렀다.

교회 안에서는 서두름 없이, 조금씩 절차가 진행되었다. 주교와 교황이 차례차례 죽고 새로운 인물들이 그 자리에 올랐다. 그러는 동안 간칠로의 서류 뭉치는 거의 저절로 이 사무실에서 저 사무실로 옮겨지며 차츰 상부로 올라갔다. 변색된 지 오래인 그 서류 뭉치에 은총의 입김이 신비롭게 머물렀고, 고위 성직자는 그 신비를 알아볼 수 있었다. 따라서 진지하게 사안이 다뤄졌다. 그리고 어느 날 아침, 금빛 액자에 끼운 농부의 초상이 성베드로대성당의 높은 곳에 걸렸다. 그 아래서 교황은 직접 영광의 송가를 읊으며 간칠로를 성인으로 선포했다.

성인의 고향에서는 큰 축제가 열렸고, 한 향토사학자는 간칠로가 태어나서 살고 죽었으리라 추정되는 집을 찾아냈다. 그 집은 시골의 생가박물관으로 꾸며졌다. 하지만 그를 계속 기억하는 자가 없었고 남은 친척도 전혀 없었기에, 새 성인의 인기는 얼마 못 갔다. 그 마을에서는 까마득한 옛날부터 다른 성인, 마르콜리니가 수호성인으로 숭배되던 터였다. 기적으로 유명한 성인이었기에, 순례자들이 그의 성상에 입맞추려 먼 곳에서도 찾아왔다. 봉헌물과 촛불로 가득한 마르콜리니 성인의 화려한 예배당 바로 옆에 간칠로의 새 제단이 만들어졌다. 하지만 누가 신경쓰겠는가? 누가 그 앞에 무릎 꿇고 기도하겠는가? 그저 이백 년 전의 희미한 형상이었을 뿐인 그는 상상력을 자극하는 원천이 되지 못했다.

어쨌든 간칠로는 뜻밖의 영광에 감사하며 자신의 작은 집에 살게 되었다. 그는 발코니에서 햇볕을 쬐며 고요하고도 힘차게 고동치는 바다를 행복하게 관망했다.

그런데 다음날, 아침 일찍 일어난 간칠로는 제복을 입은 배달부가 자전거를 타고 오는 것을 보았다. 배달부는 옆집으로 들어가서 큰 꾸러미를 내려놓았다. 그다음 집에도 다른 꾸러미를 전달했다. 그렇게 간칠로의 시야에서 사라질 때까지 집집마다 무언가를 배달했다. 간칠로의 집만 들르지 않았다.

이런 일이 여러 날 계속 반복되자 간칠로는 배달부를 불러서 물어보았다. "저기, 매일 아침 나 빼고 모두에게 가져가는 게 뭡니까?" "편지입니다." 배달부는 모자를 벗으며 공손하게 대답했다. "그리고 저는 집배원입니다."

"무슨 편지? 누가 보내는 겁니까?" 집배원은 미소 띤 얼굴로 다른 쪽 사람들, 저 아래 옛 세상 사람들을 가리키는 손짓을 했다.

"사람들의 청원인가요?" 간칠로 성인이 이해하기 시작하며 물었다. "네. 청원, 기도, 갖가지 요청이죠." 집배원은 별일 아닌 듯 무심한 어조로 말했다. 새 성인을 모욕하지 않기 위해서였다.

"매일 그렇게 많이 옵니까?"

지금은 배달이 한산한 시기이고 한창때는 열 배, 스무 배나 되었다. 하지만 집배원은 간칠로 성인이 기분 상할 것을 염려해서 대답을 얼버무렸다. "음, 그러니까, 상황에 따라 다릅니다." 그러곤 핑계를 대며 자리를 피했다.

간칠로 성인에게 탄원하는 사람이 없다는 것은 사실이다. 마치 존재하지도 않는 것처럼, 그는 편지도 쪽지도 엽서도 받지 못했다. 그렇지만 그는 매일 아침 동료들에게 오는 그 많은 우편물을 보면서 시기심을 느끼지 않았다. 그에게 나쁜 감정을 품는 건 있을 수 없는 일이기 때문이었다. 하지만 다른 성인들이 바삐 많은 일을 하는 동안 자신은 아무것도 안 한다는 자책에 마음이 편치 않았다. 요컨대 성인들의 빵(일반 복자들의 빵보다 조금 더 맛있는 특별한 빵)을 거저 얻어먹는 기분이었다.

이런 고민에 빠져 있던 어느 날, 그는 근처의 집에서 들려오는 이상한 딸각딸각 소리에 이끌려 그곳으로 들어가게 되었다.

"어서 오시게. 저기 안락의자에 앉게나. 꽤 편할 거야. 하던 일을 곧 마무리하고 얼른 오겠네." 동료 성인이 다정하게 말했다. 그런 다음 그는 옆방으로 가 십여 통의 편지와 여러 지시사항을 놀라운 속도로 비서에게 불러주었고, 비서는 급하게 타자기를 두들겼다. 잠시 후 그가 간칠로에게 돌아왔다. "음, 정리를 좀 해두지 않으면 우편물이 심각한 문제가 되거든. 자, 저리로 가서 자네에게 천공카드로 된 전자색인표를 보여주겠네." 요컨대 그는 매우 친절했다.

간칠로에겐 분명히 천공카드가 필요하지 않았기에, 그는 잔뜩 풀이 죽어 자신의 집으로 돌아왔다. 그러고서 곰곰이 생각했다. '어떻게 아무도 나를 찾지 않을까? 그래, 그렇다면 내가 쓸모 있다는 걸 스스로 보여줘야겠어. 가령 관심을 끌기 위해 작은 기적을 행한다면?'

그는 고향 성당에 걸린 자신의 초상화를 떠올렸다. 그 초상화의 눈동자가 움직이는 기적을 행할 작정이었다. 간칠로 성인의 제단 앞에는 아무도 없었지만, 마을의 바보인 메모 탄차가 우연히 지나가다가 초상화의 눈동자가 움직이는 것을 보았다. 그는 기적이 일어났다고 고함치기 시작했다.

그와 동시에 두세 명의 성인이, 그들이기에 가능한 번개처럼 빠른 속도로 간칠로 앞에 나타났다. 그들은 매우 공손한 태도로 기적

행위를 그만두는 게 좋겠다고 그에게 말했다. 잘못된 것은 없지만, 그런 종류의 기적은 경솔하므로 높은 곳에서 좋아하지 않는다는 것이었다. 아무 악의 없는 말이었지만, 사실 그들에게는 엄청난 힘이 드는 기적 행위를 신참 성인이 손쉽게 행한 것에 적잖이 당황했던 건지도 몰랐다.

물론 간칠로는 그 일을 즉시 멈췄다. 저 아래 마을에서 바보의 고함을 듣고 달려온 사람들은 초상화를 한참 동안 조사했지만 특이한 점을 발견하지 못했다. 사람들은 실망한 채 돌아갔고, 메모 탄차는 하마터면 뭇매를 맞을 뻔했다.

이제 간칠로는 더 작고 시적인 기적으로 대중의 관심을 끌어야겠다고 생각했다. 그래서 자기의 무덤 비석에 어여쁜 장미를 피웠다. 그의 옛 무덤은 시성식 때 새로 단장했다가 지금은 다시 완전히 방치된 상태였다. 어쨌거나 그의 계획은 성공하지 못할 운명이었다. 묘지 담당 사제가 그것을 보자마자 관리인에게 달려가 호되게 꾸짖었던 것이다. "간칠로 성인의 무덤을 돌보지 않는 거야? 게으름뱅이 같으니라고. 부끄럽기 짝이 없군. 방금 거길 지나왔는데 잡초가 무성하더군." 관리인은 얼른 장미나무를 뽑아버렸다.

간칠로는 만전을 기하기 위해 가장 전통적인 기적을 행하기로 했다. 그래서 그의 제단 앞을 제일 먼저 지나가는 맹인의 눈을 뜨게 했다.

이번에도 잘되지 않았다. 아무도 간칠로 성인이 그 기적을 행했다고는 생각지 않았기 때문이다. 다들 바로 그 옆에 제단이 있는 마르콜리노 성인의 기적이라고 믿어 의심치 않았다. 그들은 무게가 200킬로그램이나 나가는 마르콜리노 성상을 어깨에 둘러메고 종탑의 종소리를 울리며 마을 거리를 행진할 정도로 열광했다. 그리고 간칠로 성인의 제단은 더욱더 방치되고 까마득하게 잊혔다.

이쯤에서 간칠로는 생각했다. '단념하는 게 낫겠어. 아무도 날 기억하려 하지 않으니.' 그리고 발코니에 앉아서 바다를 바라보며 큰 위안을 얻었다.

파도를 관망하고 있을 때, 문 두드리는 소리가 들렸다. 똑똑. 그는 현관으로 가서 문을 열었다. 그를 방문한 손님은 다름 아닌 마르콜리노 성인이었다. 직접 해명을 하려고 찾아온 것이다.

마르콜리노는 체구가 늠름하고 원기 왕성하며 매우 유쾌한 인물이었다. "친애하는 간칠로, 어쩌겠는가! 내 잘못이 아니라네. 내가 여기 온 건 행여 자네가 오해할까봐……"

"그리 여겼는가?" 그가 온 것이 간칠로에겐 큰 위로가 되었고, 그래서 그는 같이 웃으며 말했다.

"알지 않는가." 마르콜리노가 말을 이었다. "나는 변변찮은 인물인데, 사람들은 아침부터 밤까지 내게 몰려든다네. 자네는 나보다 훨씬 더 성스러운데도 모두가 몰라보지. 이보게 형제, 그 어리석은 인간들을 상대하려면 인내가 이만저만 필요한 게 아니라네." 그러곤 친근하게 간칠로의 어깨를 툭 쳤다.

"왜 그러고 섰는가? 들어오시게. 곧 어두워지고 추워질 테니 불을 피우고 같이 저녁이나 드세."

"암, 그러고말고. 여부가 있겠는가." 마르콜리노는 흔쾌히 초대에 응했다.

그들은 집안으로 들어가서 나무토막을 잘라 불을 지폈다. 나무가 눅눅해서 불이 잘 붙지 않았지만, 입김을 후후 불다보니 드디어 멋진 불꽃이 타올랐다. 간칠로는 수프를 만들기 위해 물이 담긴 냄비를 화톳불 위에 올렸다. 물이 끓기를 기다리며, 두 성인은 의자에 앉아 무릎을 따뜻하게 데우면서 정답게 이야기를 나눴다. 굴뚝으로 가느다란 연기 한줄기가 피어오르기 시작했다. 그 연기도 하느님이 었다.

56
예술평론가

유명한 평론가 파올로 말루사르디는 비엔날레의 622 전시관에서 어찌할 바를 모르고 있었다. 그곳은 화가 레오 스퀴틴나의 개인전 시관이었고, 서른 점의 회화가 걸려 있었다. 몬드리안 형식을 흉내 낸 격자무늬 그림은 언뜻 모두 똑같아 보였다. 밝은 바탕에 격자의 가로줄이 세로줄보다 훨씬 두껍고 군데군데 빽빽하게 그려져, 소화 불량으로 흐름이 원활하지 못하고 뭔가가 꽉 막혀 고통스러울 때처럼 맥박이 뛰고 가슴이 답답하고 경련이 이는 듯한 느낌이었다.

평론가는 곁눈질로 관람객이 없는 것을 확인했다. 그는 완전히 혼자였다. 푹푹 찌는 오후라 관람객은 얼마 되지 않았고, 지금은 그마저도 사라진 뒤였다. 곧 폐관 시간이 될 것이다.

스퀴틴나? 평론가는 기억을 더듬었다. 그의 기억이 틀리지 않는 다면, 삼 년 전 로마에서 개인전이 열렸다. 그런데 그때는 화풍이 달랐다. 화가는 부패한 전통에 따라 인물, 풍경, 꽃병과 과일 등을 그렸다. 그 이상은 떠오르는 게 없었다.

그는 안내책자를 살펴보았다. 전시된 그림 목록에 앞서 에르만노 라이스라는 무명 인사의 짧은 서문이 있었다. 대충 훑어보았다. 상투적인 말. 스퀴틴나, 스퀴틴나, 그는 나지막하게 되뇌었다. 최근에 그 이름을 들은 것 같았다. 기억이 날 듯 말 듯한데, 아, 그래! 이틀 전에 들었지. 주요 미술전시회를 섭렵하는 곱사등이, 화가들 주위에서 자신의 실패한 야망을 분출하는 성가신 애호가이자 무시무시한 수다쟁이인 탐부리니가 그에 대해 말했다. 하지만 사심 없이 그동안의 오랜 경험에 비추어보건대, 틀림없이 이 년 후에 일간지와 잡지들은 공식 비평이라고 자부하며 전체가 컬러판인 지면을 그가 이야기한 작가에게 바칠 것이다. 그러니까 미술계의 날렵한 족제비로 통하는 탐부리니가 그저께 밤 플로리안의 작은 탁자에서 바로 이 스퀴틴나를 한참이나 칭찬했던 것이다. 그 자리에 있던 사람들은 그리 귀담아듣지 않았지만, 그는 스퀴틴나가 베네치아비엔날레에서 발굴한 진주 같은 존재라고 주장했다. 말 그대로 옮기면, "비구상 순응주의의 늪에서 부상하는 유일한 화가"란다.

스퀴틴나, 스퀴틴나, 특이한 이름이다. 그는 지금껏 동료들이 미술전에 관해 쓴 백 편 이상의 기사를 머릿속으로 헤아려보았다. 스퀴틴나에 대해 두세 줄 이상 다룬 평론가는 아무도 없었다. 스퀴틴나는 주목받지 못했다. 따라서 미지의 영역이다. 이미 유명한 평론가인 그에게 확고한 입지를 다지는 좋은 기회가 될 수 있었다.

그는 그림들을 찬찬히 바라보았다. 솔직히, 노골적인 기하학무늬는 별 감정을 불러일으키지 않았다. 아무런 관심도 생기지 않았다. 하지만 실마리가 있을 수 있다. 운명이 그에게 위대한 신인 예술가를 발굴하는 영광스러운 임무를 맡겼을지도 모를 일이다.

그는 그림들을 다시 들여다보며 자문했다. 스퀴틴나를 전폭 지지했다가 위험에 빠지진 않을까? 다른 평론가들이 불미스러운 실수를 범했다고 그를 비난할까? 절대 그럴 리는 없다. 그 그림들은 너무나 본질적이고 꾸밈없는데다 저속한 감각의 쾌락과는 동떨어져 있기에 평론가가 치켜세워도 책잡힐 일은 전혀 없을 것이다. 게다가 오랫동안 널리 회자되며 스키라*의 총천연색 화보를 채울 만한 진정한 천재성이 그 안에 있을 가능성도 있다.(왜 사전에 배제하겠는가?)

이리하여 그는 맛있는 먹잇감을 놓친 동료들이 분노와 질투로 괴로워할 기사를 쓰겠다는 생각에 의욕이 솟구쳐, 양심의 시험대에 살짝 올라가보았다. 스퀴틴나에 관해 무엇을 얘기할 수 있을까? 이 특별하고 드물고 유리한 조건에서, 평론가는 적어도 스스로에게 정직해질 수 있었다. 그는 먼저 진솔한 생각을 늘어놓았다. '스퀴틴나는 추상과 화가라고 말할 수 있어. 그의 그림은 무의미를 묘사하려는 게 아니야. 그의 언어는 사각형 공간들과 그것을 가두는 선들의 순수한 기하학적 놀이지. 그리고 획기적인 몬드리안 기법을 단순히 모방한 것에 그치지 않으려는 시도가 보여. 가로줄을 굵게, 세로줄은 얇게 표현했는데, 그러한 두께의 변화가 특이한 효과를 내고 있어. 그림의 표면이 고르지 않고 요동치는 물결과 같은 느낌을 주는 거야. 요컨대 추상적인 트롱프뢰유……'**

"세상에, 대단한 발상이야." 평론가는 혼잣말했다. "정말 그럴싸해." 그 순간, 그는 무심코 걷던 중 느닷없이 나락의 언저리에 있다

---

* 1928년에 창간된 이탈리아의 미술 전문 출판사.
** '눈속임'이라는 뜻으로 그림을 실물처럼 생생하고 사실적으로 표현하는 미술기법.

는 사실을 깨달은 것처럼 오싹함을 느꼈다. 머릿속에 떠오르는 대로, 단순히 여차여차한 생각을 종이에 표출한다면, 플로리안의 탁자와 마르구타 거리에서, 문화예술원과 브레라 거리의 카페에서 그에 대해 뭐라고들 쑥덕거리겠는가? 그 생각에 웃음이 났다. 아니, 안 된다. 다행히도 그는 자신의 분야에서 뛰어난 전문가였다. 모든 일에는 적절한 언어가 있는 법이고, 그림에 걸맞은 언어에 있어서 그는 아주 박식했다. 그럭저럭 그와 어깨를 나란히 할 수 있을 만한 자는 폴테르가이스터가 유일했다. 평론계의 전위부대에서는 그, 말루사르디는 아마 가장 눈에 띄고, 가장 두려운 존재였다.

한 시간 뒤, 그는 호텔방에서 스쿼틴나 페이지가 펼쳐진 비엔날레 안내책자와 생수 한 병을 앞에 둔 채 연달아 담배를 피우면서 글을 쓰고 있었다.

"……필연적이고도 확연히 드러나는 양식적 결합의 부담 아래서도, (스쿼틴나가) 엄격성을 무시하기란 대단히 어려울 것이다. 형태의 금욕주의를 향한 억누를 길 없는 소명은 말할 것도 없다. 변증법적 우연성의 암시를 거부하지 않고, 재현 행위, 더 정확히는 연상 행위의 협소한 조치를 반복하며 잘 여과된 예시의 색인에 따라 단호한 음악적 명령을 내리는……"

그런데 트롱프뢰유라는 평범한 개념을 좀더 심오하고 품위 있게 표현할 순 없을까? 그래, 그러면 되겠군.

"하지만 바로 이 지점에서, 어떻게 몬드리안의 기법이 그의 작품에서 개념으로부터 현실 인식으로의 전환이라는 경계 안에서만 차용됐는지가 분명하게 드러난다. 이것이 눈에 띌 정도로 극히 까다로운 각오 속에서 표출되긴 했으나, 꼼꼼한 추상화 덕분에 한층 광대하고 험난한 경지로 나아가는 실제적 대행으로 확대될 것이다."

그는 두 차례 다시 읽고는 고개를 내저으며 "억누를 길 없는 소명"이라는 표현을 삭제했다. 그리고 "반복하며"라는 말 앞에 "색다른 의미로 명확하게"라는 글귀를 넣었다. 그는 두 번을 더 읽고는 다시 고개를 내저었다. 이어 호텔 프런트에 전화를 걸어 위스키를 주문한 뒤 소파에 드러누워 이런저런 생각에 잠겼다. 만족스럽지 않았다. 그는 기발한 영감을 갈구했고, 위스키가 그것을 불어넣어줄 것이었다.

삽시간에 영감이 떠올랐다. 그러나 불현듯 의문도 들었다. 만약 난해한 시에서 거의 부득이하게 난해한 비평이 싹텄다면, 추상미술에서 추상적인 평론이 나오는 것은 당연하지 않을까? 이처럼 대담한 발상에 그는 당황해하며 전율했다. 순간 날개가 퍼덕인 것 같았다. 아주 단순하지만, 단순한 모든 것이 그러하듯 어려운 문제다. 아무도 그 생각을 못한 것은 사실이다. 그가 선구자일 것이다. 사실그가 할 일은 캔버스에 사용된 기술을 종이에 옮기는 것뿐이었다. 그는 새로운 장치를 접하는 사람처럼 다소 머뭇거리다가 이내 용기를 내어 서서히 한 자 한 자 풀어냈고, 곧 당당하고 고집스럽게 써내려갔다.

"……스퀴틴나가 구사하는 증언 전략의 대위법에서는 진부하고 맹종하는 현실(추가된 공준의 현실) 보도와 관련한 보상 관련성이 발견된다. 자가행위의 두드러진 징후다. 숙명의 순간으로 불안하게 빠져드는 것, 그곳에서 서식들은 유효한 본질의 현상을 완료할 것이다. 시의 고유한 생존 속에서 어휘를 완성하는, 매우 섬세하고 미묘한……"

그는 숨을 헐떡거리며 글쓰기를 멈췄다. 몸에서 열이 났다. 초조해하며 다시 읽었다. 아니, 아직 마음에 차지 않았다. 오래된 습관의 관성력이 그를 뒤로, 이미 너무 잘 알려진 언어로 이끌려고 했다. 본질의 자유를 쟁취하기 위해서는 마지막 고리들까지 깨뜨려야 했다. 그는 저돌적으로 뛰어들었다.

그는 집요하고 격심한 흥분상태에 사로잡혀 써내려갔다. "화가는 di del dal col affioriccio ganolsi coscienziamo la simileguarsi. Recusia estemesica! Altrinon si memocherebbe il persuo stisse in corisadicone elibuttorro. Ziano che dimannuce lo qualitare rumelettico di sabirespo padronò. E sonfio tezio e stampo egualiterebbero nello Squittinna il trilismo scernosti d'ancomacona percussi. Tambron tambron, quilera dovressimo, ghiendola namicadi coi tuffro fulcrosi, quantano, sul gicla d'nogiche i metazioni, gosibarre, che piò levapo si su predomioranzabelusmetico, rifè comerizzando per rerare la biffetta posca o pisca. Verè chi······"*

한숨을 돌렸을 땐 이미 어두운 밤이었다. 흠씬 두들겨맞은 것처럼 완전히 녹초가 되었지만, 마음은 뿌듯했다. 빽빽하게 채워진 열다섯 장의 종이가 주위에 흩어져 있었다. 그는 그것들을 주워모아서 술잔 바닥에 남은 마지막 위스키를 홀짝이며 다시 읽었다. 마침내 승리의 춤이 덩실덩실 나왔다. 악마에게 그는 천재였다.

현대적인, 더 고상하게 말하자면 '매우 깨어 있는' 여성 파브리

---

* 작가가 상상으로 만들어낸 어휘와 표현이 뒤섞여 있어 번역이 불가능하다. 추상적인 평론을 지향하는 주인공이 광기에 휩싸여 무의미한 말장난과 이해 불가능한 글쓰기로 치닫는 모습을 나타낸다.

치아 스미스-롬브라사는, 소파에 부드럽게 기댄 채 곰곰이 미술평론을 읽었다. 갑자기 그녀는 웃음을 터뜨렸다. 그러곤 친구를 향해 말했다. "디오메다, 있잖아, 이것 좀 봐! 말루사르디가 뭐라고 썼는지 보라고. 이 불쌍한 구상주의라니…… Rifè comerizzando per rerare la biffetta posca o pisca!"

그들은 깔깔대며 웃었다.

디오메다가 맞장구치며 말했다. "재밌네. 무슨 소린지 하나도 모르겠어. 아, 난 말루사르디가 존경스러워. 당해낼 자가 없지!"

57
종이총알

나와 프란체스코는 새벽 두시에 우연히(정말 우연일까?) 시인이 사는 칼자바라 거리 37번지 앞을 지나갔다.

다소 쓸쓸한 저택의 꼭대기층에 저명한 시인이 사는 것이 왠지 적절하고도 의미심장하게 여겨졌다. 건물 앞에 도착한 우리는 막연한 기대감으로 잠자코 위를 바라보았다. 침울한 공동주택의 정면은 완전히 어두웠지만, 저 위 안개 낀 하늘 속에 희끄무레하게 보이는 마지막 층 단 하나의 창문에서 희미한 불빛이 흘러나오고 있었다. 짐승처럼 잠든 나머지 인류, 빗장이 걸린 인색하고 어두운 창문들의 검은 대열과는 대조적으로, 그 작은 불빛은 당당히 빛나고 있었다!

진부한 감상벽이겠지만, 다른 사람들이 우울한 잠에 빠져 있는 동안 그가 고독한 등불 아래 시를 쓰고 있다는 사실이 우리에게는 위안을 주었다. 까마득한 시간, 밤의 깊은 구석에서 꿈이 피어오르는 정점의 시간에, 영혼이 무거운 고통에서 벗어나 세상의 안개와 지붕 위로 날아다니며 오묘한 말들을 찾고 있는 것이다. 그 은혜로운 언어는 내일 사람들의 가슴을 관통하고 소중한 것들을 생각하는 시간으로 그들을 이끌 것이다. 사실 시인들이 아침 열시에, 말하자면 풍성한 아침식사를 마치고 방금 면도한 얼굴로 앉아 시를 쓰는 일이 가능하기나 하겠는가.

우리가 얼굴을 위로 쳐든 채 이런저런 혼란한 생각에 빠져 있을 때, 불 켜진 창문에서 갑자기 그림자 같은 것이 흔들리더니 하늘에서 뭔가가 가볍게 날며 아래로 떨어졌다. 땅에 닿기 전에 가로등 불빛을 통해 종이 뭉치라는 것을 알 수 있었다. 그 종이총알이 인도에 떨어져 통통 튀었다.

그것은 우리에게 보낸 메시지, 혹은 낯선 행인에게 보내는 신호였을까? 고립된 섬에서 조난자가 병 속에 든 편지를 파도에 띄워보내듯, 우연히 누군가에게 발견되기를 바랐던 걸까?

그런 생각이 맨 처음 들었다. 아니면, 시인이 홀로 있는 집에서 몸이 아파 도움을 요청한 걸까? 아니면 혹시 그의 집에 강도가 들어 다급히 구조 신호를 보낸 것일까?

우리는 종이를 주우려고 몸을 숙였다. 내가 더 빨랐다. 친구가 "그게 뭐니?" 하고 물었다. 나는 가로등 아래서 종이를 펼쳐보았다.

그것은 구겨진 종잇장이 아니었다. 구조 요청도 아니었다. 더 단순하고 평범했다. 오, 그래서 어쩌면 더 신비스러웠다. 내 손에는 글씨가 쓰인 채 찢긴 종잇조각 뭉치가 있었다. 분명히 시인은 종이에 글을 쓰고 나서 실망이나 분노를 느낀 나머지 갈기갈기 찢어서 총알처럼 뭉친 다음 내던졌을 것이다.

"버리지 마." 프란체스코가 말했다. "어쩌면 아주 아름다운 시일지도 모르잖아. 우리가 조금 수고를 들이면 조각들을 다시 맞출 수 있을 거야."

"이게 아름다운 시라면 던지지 않았겠지. 내 말이 맞아. 그가 버렸다는 건, 이게 보기 싫고 마음에 들지 않아 자신의 시로 인정하지 않는다는 뜻이야."

"너 그거 모르는구나. 그의 가장 유명한 시들은 가까이 지내던 친구들 덕분에 건질 수 있었어. 그는 없애버리려고 했지. 엄청 깐깐한 시인이라고."

"하지만 그는 늙었고, 몇 년째 시를 안 쓰고 있는걸."

"쓰고 있어. 만족스럽지 않아서 발표하지 않을 뿐이야."

"만약 시가 아니라 단순히 낙서거나 친구에게 쓴 편지, 하다못해 지출 기록일 수도 있잖아."

"이 시간에?"

"그래. 이 시간에. 시인들은 그래. 새벽 두시에 가계부도 쓸 수 있어."

나는 그리 말하면서도 주먹을 꽉 쥐어 종잇조각을 다시 뭉쳐서 외투 주머니에다 넣었다.

프란체스코의 항의에도 불구하고 나는 탁자 위에다 그 종잇조각들을 풀어 펼치지도, 조각들을 붙여서 거기에 적힌 글을 읽으려 하지도 않았다. 종이총알은 내가 땅에서 주웠을 때의 상태 그대로 서랍 안에 남아 있었다.

친구 말이 맞을 수 있다. 위대한 시인은 방금 쓴 글이 못마땅했고, 이런 완벽주의 탓에 불후의 명작으로 남겨질 시마저 없애려 한 것일 수 있다. 그날 밤 그가 쓴 글이 신성한 화음을 이루어 세상에 하나밖에 없는 강력하고 순수한 노래가 될지도 모르는데.

하지만 다른 가능성도 있다. 그저 무의미한 종이 쪼가리일 수도 있다는 것. 내가 앞서 말한 것처럼 집안일과 관련된 평범한 메모일 수도 있다. 그리고 그것을 종이에 썼다가 찢은 사람은 시인이 아니라 가족이나 가정부일지 모른다(내가 본 약간의 필적만으로는 누구의 것인지 가늠할 수 없었다). 아니면 정말 시가 맞지만 보잘것없는 것일 수도 있다. 그도 아니면 우리가 시인의 집을 착각했을 가능성도 있다. 불 켜진 창이 다른 사람의 집이라면, 찢어진 종이는 함부로 내던진 쓰레기일 뿐이다.

하지만 내가 종이를 맞추지 못하게 방해하는 것은 이런 부정적인 추측들이 아니다. 딱 꼬집어 말하긴 어렵다. 종이총알을 발견한 그날 밤의 정황, 곧잘 생겨나곤 하는 불가사의한 힘에 이끌린 근거 없는 확신, 언뜻 전적으로 우연에 좌우되는 듯 보이는 인생의 사건들, 따라서 그날 우리에게 일어난 사건, 나와 프란체스코가 하필 그날 밤 그 시간에 사라져버릴 위기의 보물을 주운 일은 일종의 섭리이자 운명이라는 생각. 이 모든 것이 비이성에 근거한 암시를 강하게 몰아붙여, 하늘에서 날아온 종이총알 안에 엄청난 비밀이 담겨 있다고 확신이 들게 한 것이다. (실제로 그래프의 정점을 찍은 예술가는 숙명적으로 하향곡선을 그리며, 그로 인해 이전에 했던 모든 것을 증오하고 현재에 만족과 기쁨을 느끼지 못하는 만큼) 시인이 더 높이 오를 수 없으리라 절망하며 갈가리 찢어버린 그 종이에 초인적 아름다움이 깃든 시가 쓰여 있다고 믿게 된 것이다.

그러한 확신으로 나는 막연한 미래를 위해 그 귀한 보물을 그대로 간직해두기로 했다. 인생에서 좋은 무언가를 손에 넣는 일보다, 그것에 대한 확실한 기대가 우리에게 더 큰 기쁨을 주기 때문이랄까. (그리고 가진 것을 바로 쓰지 않고, 분명히 채워질 테지만 아직은 만족스럽지 않은 그 경이로운 욕구를 즐기는 것은 현명한 일이다. 요컨대 불안과 의혹이 없는 기다림, 인간에게 허용된 유일한 행복인 그 기다림을 음미하는 일이니 말이다.) 간절히 고대하는 여름보다 그날을 약속하는 봄이 더 즐거운 법이다. 그러므로 미지의 서사시가 발하는 광채를 상상으로 예측해보는 것은, 직접적이고도 깊이 인식할 수 있는 예술적 희열과 동등한 희열일 뿐 아니라 사실상 이를 뛰어넘는다. 말하자면 신비화나 속임수로 나아가는, 너무도 자유분방한 상상놀이라고 할 수 있다. 하지만 잘 생각해보면, 가장 달콤하고 강렬한 기쁨들은 견고한 물성을 지니지 않았음을 확인할 수 있다.

게다가, 이것은 시의 신비를 표현하는 극단적인 예시 중 하나가 아닐까? 사실 시는 보편적으로 이해할 수 있는 명료한 언어를 유지하거나 논리적인 감성을 담을 필요가 없을지 모른다. 시어가 정연한 문장으로 구성되거나 이성적인 개념을 드러낼 필요도 없다. 흔히 그렇듯 짧게 끊어지고 혼란스럽게 꼬이거나 뒤섞일 수 있다. 그 매력을 감상하고 힘을 지각하는 데 읽는 행위까지는 불필요하다. 그러니 그것을 보고 접촉하고 물리적으로 가까이 있는 것으로 충분하지 않을까? 어쩌면 그러하다. 무엇보다도 중요한 건 그 책자, 그 페이지, 그 구절, 그 기호 속에 걸작이 있다고 믿는 것이다(자코모 레오파르디*의 『치발도네』에 나오는 다음 구절을 보라. "아름다운 것은 대체로 그렇다고 추측되므로 그런 것이다"). 예컨대, 내가 서랍을 열어 종이총알을 가만히 손에 쥐고는 엉클어진 파편 속에 시

---

* 이탈리아의 시인, 철학가. 탁월한 서정성과 천재성, 순수하고 정교한 감성으로 자연과 인간의 내면을 노래했다.

초고가 있다고 믿으면, 암시의 힘이겠지만, 나는 더 기쁘고 더 생생하고 더 가볍게 매혹당한다. 장엄한 영혼의 빛이 얼핏 보이고, 수평선 저 끝에서 고독한 산들이 나를 향해 천천히 다가오기 시작한다! (비록 내 손에 있는 게 동료를 모함하는 투서 초안이라 할지라도 말이다.)

58
자동차 전염병

9월의 어느 아침, (마침 내가 있던 그 시간에) 멘도차 거리의 이리데 주차장으로 회색 자동차 한 대가 들어왔다. 특이한 형태의 외제 차였고, 처음 보는 번호판을 달고 있었다. 주차장 주인, 나, 내최고의 친구인 노련한 수석정비사 쳴라다, 그리고 다른 기술자들이다 같이 정비소에 있었고, 거기서 통유리창을 통해 주차장의 넓은실내가 훤히 보였다.

키가 크고 금발에 아주 우아한 사십대 신사가 약간 구부정한 자세로 차에서 내렸다. 그는 걱정스러운 표정으로 주위를 둘러보았다. 차 엔진이 켜진 상태로 모터가 계속 돌아가고 있었다. 마치 실린더가 자갈을 빻아대는 것처럼 날카롭게 끽끽대는 이상한 소음이일었다.

나는 쳴라다의 얼굴이 하얗게 질리는 것을 알아차렸다. 그가 중얼거렸다. "맙소사, 이를 어쩌. 이건 전염병이야. 멕시코에서 있었던 일을 똑똑히 기억해." 그러고는 낯선 사람에게 급히 달려갔다.

외국인은 이탈리아어를 한마디도 몰랐지만, 정비사의 손짓 몸짓만으로도 그를 불안하게 하기에는 충분했다. 외국인은 여전히 끔찍한 소음을 내며 급하게 자리를 떴다.

"또 거짓말이군." 주차장 주인이 정비소로 돌아온 수석 정비사에게 말했다. 우리는 그 말도 안 되는 이야기를 너무나 잘 알고 있었다. 아메리카 대륙에서 젊은 시절을 보낸 첼라다가 백번도 더 얘기한 내용이기 때문이다.

첼라다는 화내지 않고 태연하게 말했다. "두고 봐. 모두에게 심각한 문제가 벌어질 거야."

이것이 대재난의 첫 신호, 죽음의 웅장한 종소리를 예고하는 희미한 방울소리였다.

그로부터 삼 주가 흘렀고, 다른 징후가 나타났다. 시청에서 아리송한 성명이 발표되었다. '오용과 부정행위' 방지차 교통경찰과 공안위원회가 담당하는 특수부가 설립되어 조사관들은 각 가정과 공영주차장에서 공공 및 민간 자동차들의 성능을 점검하고, 문제가 있을 시 즉각 '격리 수용' 조처를 한다는 것이었다. 이처럼 모호한 설명으로는 진짜 목적이 무엇인지 알 수 없었다. 사람들은 주의를 기울이지 않았다. 누군가는 그 '조사관들'이 모나토*가 아닐까 의심했다.

이틀 뒤부터 불안감이 널리 퍼졌다. 믿기 어려운 소식이 번개처럼 빠르게 도시 곳곳으로 퍼졌다. 자동차 전염병이 발생했다는 얘기였다.

---

* 흑사병이 유행했을 때 병자를 운반하거나 사체를 매장하는 일에 종사하던 사람.

불가사의한 질병의 증상에 관한 이야기가 속속 들려왔다. 감염된 차는 목구멍에 가래가 끓듯이 모터에서 가르랑거리는 쇳소리가 울린다고 했다. 이후 이음쇠 부위가 혹처럼 기괴하게 부풀어오르고 표면은 악취가 나는 누르스름한 껍질로 뒤덮이다가, 결국은 모터가 굴대, 연결봉, 깨진 톱니바퀴 등으로 해체되어 혼란하게 뒤엉킨다는 것이다.

전염은 자동차 배기가스를 통해서 일어난다고 알려졌다. 그래서 운전자들은 붐비는 도로를 피했고, 중심가는 거의 사막처럼 변해서 그리도 염원하던 정적이 감돌았다. 아, 호시절의 유쾌한 경적과 우르릉대던 배기관은 감쪽같이 자취를 감추었다.

자동차들이 다닥다닥 붙어 있던 주차장도 대부분 텅 비게 되었다. 개인 차고가 없는 사람은 교외의 들판처럼 한적한 장소에다 차를 두려고 했다. 그리고 경마장 저편의 하늘은 붉은빛을 띠었다. 시민들이 나병원이라고 불렀던 넓은 공터의 울타리 안에서 전염병으로 망가진 자동차들의 화형식이 무더기로 치러졌기 때문이다.

불가피하게, 상황은 갈수록 악화되었다. 빈 차량의 약탈과 절도가 잇따랐고, 실제로는 정상 차량이 감염됐다고 밀고하는 일도 잦았다. 아무튼 의심쩍은 자동차들은 징발되어 불구덩이로 들어갔다. 차량을 점검하고 압수하는 모나토들이 직권을 남용하는 일도 있었다. 자신의 차가 감염된 사실을 알면서도 병원균을 뿌리며 돌아다니는 몰지각한 범법자들도 있어서, 화형에 처해야 하는 자동차들이 여전히 살아 돌아다녔다(먼 거리에서도 그들의 소름 끼치는 비명이 들려왔다).

사실 처음에는 실제 발생한 손해보다 극심한 공포가 앞섰다. 첫 한 달이 지나고 우리 지역의 차량 이십만 대 중에서 전염병으로 폐

차된 차는 오천 대가 넘지 않았다. 이는 전염병의 기세가 빨리 꺾였다는 착각을 일으켜, 더 나쁜 결과를 가져왔다. 비상사태가 끝났다는 생각으로 많은 자동차가 다시 돌아다니며 감염 위험을 증가시켰다.

곧 전염병은 맹위를 떨쳤다. 병에 걸린 차량이 도로에서 폭발하는 일은 가장 평범한 사건이 되었다. 부드럽던 모터 소리가 갑자기 불안정하게 뚝뚝 끊어지면서 요란하고 날카로운 쇳소리를 냈다. 그러다 차가 부르르 떨리면서 멈춰 섰고, 저주받은 폐물에선 연기가 피어올랐다. 대형 트럭의 최후는 훨씬 더 참혹했다. 트럭의 강력한 내장은 필사적으로 저항했다. 비통한 절규가 그 괴물의 심장에서 터져나왔고, 결국은 거칠게 쉭쉭 소리를 내다가 흉측한 꼴로 최후를 맞았다.

그즈음 나는 돈 많은 과부 로산나 피나모레 후작부인의 운전사로 일하고 있었다. 부인은 가문의 오래된 저택에서 조카딸과 같이 살았는데, 나는 그곳에서 아주 잘 지냈다. 보수가 후하진 않아도 직무가 한가했다. 낮에 잘 나가지 않았고, 밤에도 아주 가끔 나갔다. 그 외에는 자동차 관리만 하면 되었다. 커다란 검정 롤스로이스는 오래된 것이었지만 외관에서 기품이 넘쳤다. 나는 그 차를 자랑스러워했다. 고성능 스포츠카들도 고풍스러운 멋이 철철 흐르는 귀족의 등장에 오만한 기세를 잃었다. 게다가 연식에도 불구하고 엔진 성능이 훌륭했다. 나는 그 차를 내 것 이상으로 좋아했다.

따라서 전염병 소식은 내게도 평화를 앗아갔다. 듣기로는, 배기량이 큰 차들은 면역력이 있다고 했다. 하지만 어떻게 확신할 수 있겠는가? 후작부인은 내 조언 때문에라도 감염 위험성이 높은 낮에는 나가지 않았다. 저녁식사 이후 아주 가끔, 연주회나 회의, 모임을 위해서만 자동차를 이용했다.

전염병이 절정에 달한 10월 말의 어느 밤, 우리는 롤스로이스에 타 있었다. 후작부인이 늘 다니는 친목모임에서 당시의 우울한 기분을 떨치며 담소를 나누다 돌아오던 길이었다. 비스마르크광장으로 막 들어섰을 때, 나는 조화로운 모터 소리 가운데 아주 잠깐 거슬리는 마찰음을 느꼈다. 그래서 부인에게 이상한 소리가 나지 않았느냐고 물었다.

"아무 소리도 안 들렸어. 조반니, 신경쓰지 마. 이 늙은 빗장쇠는 겁날 게 없어."

하지만 집에 도착하기 전, 정확히 어떻게 말해야 할지 모르겠는데, 막히거나 긁힐 때 나는 그 이상한 끽끽 소리가 두 차례 더 들렸다. 뒤숭숭한 마음으로, 나는 작은 차고에서 잠이 든 고귀한 자동차를 한참 지켜보았다. 모터가 꺼진 상태였음에도 후드 아래쪽에서 뭐라 말할 수 없는 탄식이 간간이 느껴졌기에 문제가 있다고 확신하지 않을 수 없었다.

어쩌지? 문득 친구 첼라다가 떠올랐다. 그에게 도움을 청해야겠다는 생각이 들었다. 그는 멕시코에서 모터 전염병을 경험한데다, 광물유를 특별하게 혼합하여 기적적인 치료제를 만들 수 있다고 장담했었다. 자정이 지난 시간이었지만 그가 매일 밤 게임을 하러 가는 카페로 전화를 걸었다. 그는 거기 있었다.

"첼라다, 넌 항상 좋은 친구야."

"음, 너도 그래."

"우린 서로 죽이 잘 맞지."

"정말 다행이야."

"내가 널 믿어도 되겠지?"

"당연하지!"

"그럼 이리 와서 롤스로이스 좀 살펴봐줘."

"바로 갈게." 그가 수화기를 내려놓기 전에 가벼운 코웃음소리가 들린 것 같았다.

의자에 앉아서 기다리는 동안 모터의 깊은 곳에서 들리는 헐떡임이 점점 더 잦아졌다. 나는 첼라도가 걸어오는 모습을 상상하며 시간을 계산했다. 잠시 후에 그는 도착할 것이다. 귀를 잔뜩 기울이고 있는데, 문득 안뜰에서 발소리가 들렸다. 그런데 한 사람의 발소리가 아니었다. 불길한 예감이 뇌리를 스쳤다.

그때 차고 문이 열리더니 더러운 갈색 작업복을 입은 두 형체, 험악한 두 얼굴이 들어와 앞으로 다가왔다. 모나토들이었다. 그리고 나는 문짝 뒤에 숨어서 몰래 지켜보는 첼라다의 얼굴 반쪽을 보았다.

"아, 추악한 악마들, 썩 꺼져!" 나는 극도로 흥분하여 스패너, 쇠막대기, 몽둥이 따위의 무기를 찾았다. 하지만 그들은 나에게 달려들어 우악스러운 팔로 꼼짝달싹 못하게 죄었다.

그들이 노여움과 경멸이 섞인 고함을 내질렀다. "이 무뢰한! 시청 조사관에게 대드는 건 공무를 방해하는 짓이야! 공익을 위협하는 짓이라고!" 그들은 치욕스러운 포대에 나를 넣고는 의자에 묶었다. 그러곤 '격리 수용' 조치를 위한 서류를 작성하고 자동차에 시동을 걸었다. 롤스로이스는 고통스럽게 쌕쌕댔지만, 위엄을 잃지 않고 멀어져갔다. 나에게 마지막 인사를 건네려는 것 같았다.

삼십 분 동안 온 힘을 다해 버둥댄 끝에 풀려난 나는 여주인에게 상황을 알릴 새도 없이 어둠 속으로 뛰어들었다. 늦지 않게 도착하기를 바라며 미친 사람처럼 나병원을 향해 냅다 달렸다.

하지만 막 도착한 순간, 첼라다가 두 모나토와 함께 울타리 밖으로 나오는 것이 보였다. 그는 나를 못 본 척 외면하며 어둠 속으로 사라졌다.

나는 차가 있는 공터로 들어갈 수 없었다. 롤스로이스를 파괴하지 못하게 막을 수가 없었다. 나는 오랫동안 거기 머물렀다. 울타리 틈새에 한쪽 눈을 붙인 채 불행한 자동차들의 화형식을 지켜보았다. 화염에 휩싸인 시커먼 형체들이 고통으로 몸부림치고 있었다. 내 차는 어디 있을까? 그 지옥불에서 알아보기는 불가능했다. 불꽃의 격렬한 괴성을 뚫고 아주 잠깐 그 녀석의 그리운 소리가 들리는 것 같았다. 날카롭고 애달픈 절규는 이내 허공으로 사라졌다.

59
소식

　서른일곱의 나이에 이미 명성이 높은 오케스트라 지휘자 아르투로 사라치노는 아르젠티나극장에서 브람스 교향곡 8번(op. 137)을 지휘하는 중이었고, '흥겹고 열정적으로' 연주해야 하는 영광스러운 마지막 시간으로 막 들어선 참이었다. 그는 다소 길게 이어지는 완고하고 유창한 독백과도 같은, 주제의 첫 가닥을 풀어냈다. 관객은 모를 테지만, 이제 곧 결말에서 폭발되는 강력한 감흥을 향해 서서히 치달을 것이었다. 따라서 그와 오케스트라 단원들은 내일의 기쁨을 숨긴 경이로운 전야를 보내듯 바이올린 선율을 즐기고 있었다. 잠시 후 선율의 파도가 그들과 극장 전체를 엄청난 환희의 소용돌이로 휘감을 터였다.
　그런데 그는 관객이 자리를 뜨고 있다는 것을 깨달았다.
　이는 오케스트라 지휘자에게 가장 고통스러운 일이다. 무슨 영문인지 청중이 하나둘 객석을 떠나고 있고, 신기하게도 그는 곧바로 그러한 사실을 알아차리게 된다. 실내가 텅 비어감에 따라 관객들 사이에서 떠돌며 그에게 생명과 힘과 양분이 되어주는 수천 가닥 신비한 기운도 시들거나 녹아만 간다. 그렇게 마에스트로는 홀로 차가운 사막에서, 자신을 믿지 않는 군대를 힘겹게 이끄는 기분이 된다.

하지만 이런 끔찍한 사건은 적어도 지난 십 년간 일어나지 않은 터였다. 전혀 생각지 못한 일이었기에 충격이 더욱 컸다. 게다가 이번에 관객은 느닷없이, 아주 단호하게 등을 돌렸다.

'있을 수 없는 일이야.' 그는 생각했다. '말도 안 돼. 난 잘못한 게 없어. 오늘밤 완벽한 상태고, 오케스트라는 스무 살 청년처럼 기운이 넘쳐. 그러니 다른 이유가 있을 거야.'

등뒤 객석을 향해 귀를 쫑긋 세우자 나지막하게 두런대는 소리가 들렸다. 이어 그의 바로 오른편 객석에서 삐걱거리는 소음이 들렸다. 그는 간신히 곁눈질로 힐끗거리며 두세 사람의 그림자가 자리에서 일어나 옆문으로 빠져나가는 광경을 보았다.

위층 객석의 누군가가 조용히 하라는 듯 고압적으로 눈치를 줬다. 하지만 얼마 가지 않았다. 억제할 수 없는 동요 작용이 생겨난 듯, 이내 스치고 뒤척이고 밟고 속삭이고 끌고 부딪치는 소음을 동반한 웅성거림이 다시 시작되었다.

무슨 일이 벌어지고 있는 거지? 그 순간 마치 인쇄물을 읽는 것처럼 마에스트로 사라치노의 머릿속을 스치는 생각이 있었다. 아마 연주회 직전 라디오에서 나온, 늦게 온 사람이 극장에 전한 그 소식 때문일 것이다. 무시무시한 어떤 일이 이 땅 어디선가 벌어질 거라고 했다. 그리고 바로 지금, 그 일이 로마에서 벌어진 것이다. 전쟁일까? 침략일까? 아니면 핵무기 공격에 대한 예고? 그즈음 가장 끔찍한 추측들이 난무하던 터였다. 그리고 지금, 브람스의 선율 사이에서 수천 가지 비참하고 괴로운 생각들이 그를 공격하고 있었다.

만약 전쟁이 발발했다면 가족들은 어떻게 해야 할까? 외국으로 피난 보내야 할까? 가진 돈을 다 쏟아부어 얼마 전에 완공한 별장은 어떻게 되는 거지? 그래, 그는 성공한 음악가였다. 세상 어디를 가든 분명히 그의 명성으로는 굶어죽지 않을 것이다. 그리고 러시아인들은 예술가를 특히 좋아하는 것으로 유명하다. 하지만 재작년에 다른 많은 지식인과 함께 반소비에트선언에 참여한 일이 불현듯 기억났다. 만약 동료들이 점령군 당국에 그 사실을 일러바친다면 어찌되겠는가. 아니, 안 된다. 다른 나라로 도피하는 게 낫다. 그렇다면 늙은 어머니는? 어린 누이는? 그리고 개들은? 그는 충격으로 정신을 잃을 지경이었다.

어쨌든 대재앙 소식이 번개가 내리치듯 곧 도착할 것은 분명했다. 관객들은 괘씸하게도 극장 전통에 따른 최소한의 예의를 지키며 이탈하고 있었다. 사라치노는 시선을 높이 들어 점점 더 비어가는 위층 객석을 지켜보았다. 모두 차례차례 떠나갔다. 생명, 돈, 양식, 대피, 그들은 단 일 분도 지체할 수 없었다. 브람스는 안중에도 없었다. '겁쟁이들!' 족히 십 분은 더 있어야 움직일 수 있는 사라치노는 생각했다. 하지만 이내 그가 빠져든 비굴한 공포를 떠올리며 자신이야말로 겁쟁이라고 인정할 수밖에 없었다.

사실 그는 안팎으로 무너지고 있었다. 순전히 기계적으로 내젓는 지휘봉은 오케스트라 단원들에게 더이상 무엇도 지시하지 못했으며, 결국 모두가 총체적인 분열을 느끼기 시작했다. 그리고 머잖아 교향곡의 절정, 해방, 훨훨 날갯짓하는 순간이 도달할 터였다. 사라치노는 욕지기를 느끼며 겁쟁이라고 되뇌었다. 대중은 떠나가고 있다. 그들은 구차한 삶을 구하기 위해 그와 음악과 브람스를 외면했다. 그러면 난 어찌해야 할까?

어떤 깨달음이 번뜩 그의 머리에 떠올랐다. 자신과 다른 모두에게 구원이자 유일한 탈출구요 유익하고 마땅한 도피는 그냥 가만히 있는 것이다. 자리를 뜨거나 도망가지 않고 끝까지 자기 일을 계속하는 것이다. 자기 등뒤의 어둠 속에서 벌어졌고, 그 자신에게도 벌어지려 했던 일을 생각하자 분노가 치밀었다.

그는 퍼뜩 정신을 차렸다. 이어 지휘봉을 높이 들며 오케스트라를 향해 거만하고 유쾌한 시선을 던지자 마법처럼 활기가 돌았다.

클라리넷 특유의 하강하는 아르페지오가 절정이 가까웠음을 알렸다. 그는 교향곡 8번이 밋밋한 평야에서 하늘로 날아오르고, 브람스의 인상적인 선율이 세차게 솟아 숭고한 빛 속에서 기세등등한 구름처럼 피어오르도록 이끌 격렬한 도약을 준비했다.

드디어 그는 분노로 더 격해진 감정을 터뜨리며 뛰어올랐다. 전율이 온몸을 휘감았고, 오케스트라도 순식간에 요동치며 날아올라 전속력으로 나아갔다.

어느새 웅성거림, 속삭임, 부딪치는 소리, 부산스럽게 오가는 발소리가 잠잠해졌다. 아무도 움직이지 않았고, 숨소리조차 새어나오지 않았다. 좀전의 두려움이 부끄러움으로 바뀌어 모두가 꼼짝하지 않는 가운데 저 위, 트럼펫의 은빛 지주에서 깃발이 펄럭였다.

60
전함 토트

마지막 전쟁 당시 독일 군대의 대위였던 후고 레굴루스가 다음 달에 놀라운 책(『전함 프리드리히 2세의 최후』, 함부르크: 고타출판사)을 출간한다. 육필 원고를 읽은 몇몇은 처음에 다소 당혹감을 느꼈을 것이다. 서술한 사건들이 순전히 미친 소리로 여겨질 만큼 믿기지 않기 때문이다. 그렇지만 계속 읽다보면 저자의 증언이 반박의 여지 없이 진지하며 설득력 있는 것임을 깨닫게 된다. 그중에서도 유례없는 선박의 사진—사실상 유일한 사진이자, 조작하기는 쉽지 않은 사진—이 인상적이다. 그 괴물은 이른바 거대한 망상에서 창조되어, 피할 수 없는 저주로 인해 수치스럽고 비열한 망명길에 오른다. 그리고 세상의 누구도 그것에 관해 알지 못할 것이기에, 더욱 영웅적이고 호기로운 운명—온전히 치욕의 상태로 전락했던 순간—으로 장엄한 최후를 맞는다.

만약 레굴루스의 진술이 사실이라면, 이는 마지막 전쟁에서 가장 놀랍고도 은밀한 비밀 폭로다. 우선, 언뜻 믿기지 않는데다 전쟁의 다른 일화들과는 완전히 딴판인 그 사건 자체로 놀랍다. 그리고 더욱 놀라운 건 관계자들의 비밀 유지다. 수천 명이 그 비밀을 지켰고, 지금도 지키며 침묵하고 있다. 아무도 모르는 비밀을 그들만 간직한다는 것이 엄청난 기쁨인 것처럼 말이다. 그 필요 혹은 편의에 따라, 부자들과 가난뱅이들, 권력자들과 하층민, 배운 자들과 무식한 자들, 고급장교들과 조선소의 시커먼 인부들은 함구하기로 약속했고, 대재앙이 군대 규율의 모든 속박으로부터 그들을 해방했을 때도 모두 그 약속에 충실했다. 내일, 책이 나온 뒤에도 그들은 여전히 입을 다물 것이다—이는 레굴루스가 분명하게 말한 바이고, 솔직히 이 대목에서 약간 의심이 든다. 만약 누군가가 당사자들을 지목하면 그들은 아니라고 부인할 것이며, 어떤 질문을 하든 모른다고 답할 것이다. 저자를 제외한 모두가.

책은 세 부분으로 구성된다. 첫 장에서 레굴루스는 이 은밀한 사건을 어떻게 알게 됐는지 직접 서술한다. 다양한 조사 국면을 기술한 꼼꼼한 비망록인 셈이다. 그는 처음에 막연한 의혹을 품었고, 간간이 나타나는 의심스러운 징후들을 종합했다. 오랫동안 성과가 없던 이 추적은 우연히 어떤 장소로, 어수선한 잔해 흔적에서 여전히 헛된 망상을 발견하면서 사건의 실마리가 풀리는 장소로 그를 이끈다. 이후 밤의 어둠과 피로가 인간의 집념을 누그러뜨릴 때쯤 항구의 으슥한 선술집에서 얻게 된 정보와 추리. 그러다 마침내 생존자와의 만남! 그는 임종 직전의 단말마 속에서 놀라운 비밀을 털어놓는다.

두번째 장은 유감스럽게도 누락이 많은 보고서로 이루어져 있다. 첫 임무를 띠고 출항한 날부터 대양의 *끄트머리*에서 맞이한 비극의 아침까지, 배에서 일어난 사건이 기록돼 있다.

마지막 장은 부록의 성격을 띤다. 레굴루스는 예상 가능한 의심과 반론, 대중의 비판에 답변한다. 무엇보다도 수많은 운명을 끌어들인 그 엄청난 사건이 어떻게 그리도 오랫동안 침묵 속에서 비밀로 남게 되었는지를 설명한다. 그리고 이상하리만치 집요하게, '문서들'의 세부 사항들을 인용하고 있다. 마지막으로 그는 그 모든 노력에도 불구하고 여전히 초인적인 분위기에서, 여전히 의심스러운 이 이야기의 극적 최후를 해석해내려고 하면서, 독자에게 진실한 믿음을 호소하고 있다. 하지만 믿으려고 애를 쓴들 절망적인 모험의 결말을 온전히 받아들일 수 있을까? 옛날 옛적 어둠의 힘이 그처럼 순진한 광기에 매료되어 도전에 응하고자 남쪽 심연에서 나왔다는 게 믿어지는가?

전쟁 발발 당시, 뤼베크에 사는 한 선주의 아들 후고 레굴루스는 서른다섯 살이었다. 그는 1936년에 건강상의 이유와 늙은 아버지의 사업을 돕기 위해 대위의 지위로 군대를 제대했다. 전쟁 초에 재소집 명령을 받았을 때도 건강상태를 이유로 면제받을 수 있었을 것이다. 하지만 그는 애국심에서 나라의 부름에 응했고, 전시 해군성의 '인사과'에 배치되어 마지막까지 거기서 복무했다.

레굴루스는 곤란하거나 책임이 큰 직무는 맡은 적이 없었다. 부사관들의 색인 카드를 관리하고, 진급, 전근, 휴가, 징계 등의 업무를 처리했는데, 이렇게 해서 간접적으로나마 전쟁해군*의 작전 상황과 최신 정보, 전체 판도를 항상 꿰뚫고 있게 되었다.

---

* 1935년부터 1945년까지 존재한 나치 독일의 해군.

그런데 (그가 말하는 바에 따르면) 1942년 여름부터 그의 사무실에 새로운 형식의 전임 발령이 도착하기 시작했다. 원래의 복무지나 부대는 명시돼 있지만, 부임지는 다음과 같이 비밀문구로 표기되는 식이었다. "지령 9000 —특수임무—27 작전 본부로 출두."

이처럼 '특수임무'라고 적힌 지령이 가끔 도착했는데, 인사과의 행정병이 어떤 작전인지 캐묻는 것은 의심스러울 뿐 아니라 경솔한 행동일 터였다. 어쨌든 그때까지 가끔, 기껏해야 일고여덟 명의 적은 인원에게 전달된 명령이었다. 그리고 그 비밀업무는 쉽게 추측할 수 있었다. 정보부 산하의 첩보나 방첩 활동, 적지 파견 임무, 교묘한 잠수함 항해 등, 모든 군사작전에서 기본 수칙인 비밀엄수의무가 더욱더 강조되는 임무였으리라.

그런데 이번 특수임무 인원은 일고여덟 명도, 십여 명도 아니었다. 몇 주 사이 미지의 부서로 옮겨진 부사관의 숫자가 거의 이백명에 달했다. 이후 이상한 전출은, 그 주기가 길어지긴 했지만 몇달 동안 지속되었다.

레굴루스는 그에 관해 동료들과 거의 이야기를 나누지 않았다. 이따금 같은 사무실의 누군가는 뭔가 더 알고 있는 듯한 느낌이 들기도 했다. 하지만 얘기를 삼가는 게 나았다. 다들 그런 비밀은 아예 모르는 게 낫다고 여겼고, 어쩌다 말이 흘러나와 조금이라도 지각없는 짓을 저지르게 될까봐 두려워했다. 그 두려움은 무시무시한 악몽으로 변했다. 따라서 한시도 긴장을 놓지 않았고, 누군가는 친구들과의 만남도 피했으며, 가족과 같이 사는 사람은 아내가 잠꼬대 소리를 들었을까봐 걱정하며 한밤중에 갑자기 잠에서 깨기도 했다.

'지령 9000'은 수백 명의 사람을 삼키는 불가사의한 문과 같았다. 거기에는 깜깜한 어둠이 있었다. 비밀신무기가 있는 기지일까? 어떤 무모한 프로젝트를 위한 훈련 과정일까? 영국에 파견하는 원정군일까? 그러다 1943년 2월, 레굴루스의 심복이었던 빌리 운테르마이어 상사도 수수께끼 같은 이동 명령을 받았다.

운테르마이어 상사는 매우 열성적이고 헌신적인 사람이었지만, 호전적인 기질과는 거리가 멀었다. 그는 육 년 동안 일했던 해군성을 떠나 새 임무를 띠고 바다로 떠난다는 게 몹시 두려웠다. 자신의 능력과 상관들의 호의로 인해 그때까지는 전출 명령을 받지 않았던 것이다. 그러다 도착한 무시무시한 통보에 그는 몹시 낙담했다. 아무것도 모르는 인사과 군인들에게 '지령 9000'은 가장 큰 위험, 인간사회와의 분리, 귀환 가능성이 없는 출발을 의미했다.

평소 과묵하고 소심했던 운테르마이어 상사는 출발 전날 밤잠을 이룰 수 없었다. 대강의 정황이 어떠한지, 상관들에게 초조한 질문을 던질 수도 없었다. 곳곳이 꽉 막힌 장벽에 갇힌 기분이었다.

레굴루스 대위는 그가 떠나는 장면을 고통스럽게 지켜보았다. 이렇게 지금껏 상관없는 일로 여겨온 '지령 9000'의 수수께끼가 말하자면 그의 삶 속으로 들어왔다. 그는 호기심, 금지된 것을 알고 싶은 욕구, 군인답지 못한 감정으로 매일매일 조바심이 났다. 이는 '기밀'이라고 표시된 (하루에 몇 번씩 도착하는) 봉투를 그가 직접 받으면 해결되는 문제였다. 그는 생각만 해도 가슴이 두근거렸다. '지령 9000'이 어쩌면 그도 필요로 할지 몰랐다.

하지만 레굴루스 대위에게 오는 지령은 없었고, 그로부터 몇 달이 지나는 동안 수십 명의 다른 부사관이 미지의 도착지를 향해 떠났다. 그는 항상 눈과 귀를 열어두고 있었지만 사소한 낌새나 말,

암시, 행동, 눈짓조차 포착하지 못했다. 어떻게든 그 두려운 수수께끼에 대해 알 방도는 없었다. 그리고 폭격으로 인해 베를린 외곽의 안전시설로 사무실이 옮겨졌고, 이후 전쟁이 끝났다. 레굴루스는 건강상의 이유로 억류나 감금 상황을 피할 수 있었다. 그런데 이미 군대 조직이 뿔뿔이 흩어지고 가장 비밀스러운 비밀들이 세간에 널리 드러났을 때도 '지령 9000'에 관한 것은 전혀 알 수 없었다. 수백 명의 부사관, 어쩌면 수만 명의 해군이 거기에 연루되어 있었다. 그들은 어떻게 됐을까? 비밀의 배후가 무엇이었든 그들 중 많은 이는 돌아왔어야 했다. 왜 아무도 말하지 않는가? 운테르마이어 상사는 떠난 이후 매달 빠짐없이 군사우편으로 그에게 (발신지에 관한 문구나 도장이 없는) 안부 엽서를 보냈다. 어째서 그는 코빼기도 내밀지 않는 걸까?

그리하여 레굴루스 대위의 마음속에는 비밀을 밝히겠다는 결의가 섰다. 전시 상황에서는 군사기밀이나 넘을 수 없는 전선의 장벽으로 인해 수년간 광대한 진실이 은폐될 수 있었지만, 전쟁이 끝나자 양쪽에서 주역들의 폭로가 물밀듯이 이어졌다. 나날이 정부와 사령부의 가장 은밀한 내부가 파렴치한 행태와 함께 세상에 드러났다. 그리하여 전쟁의 파노라마는 그간 숨겨왔던 일화들로 차츰 마무리되어갔다. 독재자의 삶, 비밀무기, 지휘부의 음모, 단독 휴전을 위한 조사 등 많은 것이 표면으로 드러났다. '지령 9000'을 제외한 모든 것이. 유일하게 그 작전만 계속 빠져 있었다. 그러나 수많은 사람이 사라졌기에 이를 무시한 채 넘어갈 수는 없었다. 당시의 역사를 다시 세우는 거대한 공사에서 한 조각이 아직 빠져 있었고, 그 구멍을 채울 수 있는 건 관례적이고 무의미한 공식뿐이었다. 그 이면에 보이는 건, 혼란한 환상의 그림자조차, 전혀 없었다.

물론 이러한 빈틈은 극소수에게만 알려졌다. 공무를 집행한 레굴루스 같은 사람들만 어렴풋이 감지할 뿐, 외부세계는 그에 관해 전혀 몰랐다. 영국, 미국, 러시아도 모르는 것 같았다. 레굴루스가 다시 만난 몇몇 동료도 그 일을 잊은 듯했다. 그들은 말했다. "지령 9000? 아, 그래, 이제 생각나네. 특수임무 맞지? 음, 그게 뭐였는지 누가 알겠어…… 난 전혀 몰라." 그들은 정말로 모르는 것 같았다.

하지만 레굴루스는 '지령 9000'을 잊은 적이 없었다. 오히려 시간이 흐르면서 그것에 더욱 집착하게 되었다. 전쟁을 거치는 동안 가세가 기울었지만, 그는 뤼베크의 한 무역업체에 괜찮은 일자리를 구한 덕에 경제적인 곤란을 겪지 않았다. 그의 업무는 분주하게 돌아가지 않았다. 그래서 조사하는 일에 어느 정도 시간을 할애할 수 있었다.

1945년 11월에 레굴루스는 운테르마이어 상사의 가족을 찾기로 했다. 그는 간직하고 있던 주소를 따라 킬로 갔다. 거기서 운테르마이어의 아버지와 아내를 만났다. 그들은 1945년 4월 이후 그의 소식을 듣지 못했다. 그가 실제 어디에 있었는지도 전혀 모르고 있었다. '특수임무'를 위해 떠난 이후로 그는 휴가차 집에 온 적이 없었다. 가족들은 그가 어찌됐는지 짐작조차 못한 채 금방이라도 돌아오기만을 고대하고 있었다. '지령 9000'에 관한 소식이나 추측, 소문은 전혀 들은 바가 없었다. 완전히 헛걸음만 한 셈이었다.

후고 레굴루스는 그때 힘이 쫙 빠졌다고 고백한다. 은밀한 비밀이(무시무시한 수수께끼가) 있으리라는 확신이 흔들린 건 아니지만, 과연 진상을 규명할 수 있을지 의심스러웠다. 내세울 만한 최소의 명분도 없었다. 단순한 가설을 세우기도 불가능했다. 그는 어디든 기웃거렸고, 헛되이 허공에서 버둥거렸다.

차라리 이쯤에서 그만두는 게 나을지 모르겠다고 생각할 즈음, '첫 발견'이 있었다. 사실 그것은 어떤 기사에 대한 지극히 자의적인 해석일 뿐이었다. 1945년 12월, 미 점령군 사령부에서 발행하는 기관지 〈성조기〉에 실린 기사는 그에게 희미하게 깜빡이는 빛과도 같았다.

기사의 내용은 이랬다.

말비나스제도에서 출발해 바이아블랑카에 도착한 아르헨티나 화물증기선 마리아돌로레스3세호의 승무원이 언덕처럼 '거대한' 바다뱀을 봤다고 주장했다. 그들은 그것을 일몰 직전에 만났다. 역광 속에서 물 위에 가만히 떠 있는 괴물은 언뜻 잠자는 것처럼 보였다고 한다. 화물선의 선원들이 입을 모아 묘사한 바에 따르면, 괴물은 적어도 서너 개의 머리와 수많은 촉수를 달고 있었다. 곤충의 더듬이와 비슷하되, 엄청나게 긴 촉수는 하늘을 향해 뻗은 모습으로 뭔가를 찾는 것처럼 천천히 돌아가고 있었다. 그 모습이 너무나 두려웠기에, 마리아돌로레스3세호는 즉시 뱃머리를 돌려 전속력으로 달아났다. 잠시 후 돌아보니 밤의 어둠에 휩싸인 괴물은 저멀리 수평선에서 여전히 꼼짝 않고 있었다.

그로부터 며칠 뒤에 흥미로운 기사가 또하나 실렸다. 남아프리카에서 부에노스아이레스로 향하던 비행기의 조종사가 대양 한가운데서—그는 정확한 위치를 지시했다—최근에 생긴 화산섬을 봤다고 언급했다는 내용이었다. 비행기가 지나갈 때 분화가 한창이라, 이 신생 섬은 사실상 수백 미터 위로 오르는 수증기 담요에 반쯤 덮여 있었다고 그는 말했다. 그런데 대양의 그 구간에는 섬이 전혀 없는 것으로 알려져 있었다.

레굴루스에게 한줄기 서광이 비쳤다. 그는 마리아돌로레스3세호 앞에 출몰한 것은 바다뱀이나 가상의 괴물이 아닐 거라고 생각했다. 그는 자기 나름의 통찰력으로 두 기사를 연결지어 곰곰이 따져보았다. 터무니없는 두 현상, 두 해석의 본질은 사실 같은 것이 아닐까? 바다뱀이나 화산섬이 거대한 선박이었을 가능성도 있을 것이다.

근거는 희박했다. 어쩌면 두 기사는 신문기자들이 부풀린 환상의 산물이거나 완전히 꾸며낸 이야기일 수도 있었다.

하지만 레굴루스는 그 지나치게 허구적인 가설에서 벗어날 수 없었다. 요컨대 '지령 9000'은 엄청나게 큰 전함이 아니었을까? 아마도 은밀하게 계획되어 비밀조선소에서 만들어졌을 것이다. 이후 무장시켜 물에 몰래 띄우고, 느닷없는 몇 발의 공격으로 적들의 함대를 전멸시키기 위한 만반의 준비를 했을 것이다. 그리고 마리아돌로레스3세호의 선원들이 봤다는 더듬이는 뤼베크 외곽에 솟은 레더러제강소 굴뚝처럼 제각각 크기와 길이가 엄청난 대포였을 것이다. 아니, 어쩌면 무시무시한 신무기였을 수도 있다. 오히려 그것이 그 모든 비밀을 설명하기에 더 적절했다. 학습과 훈련의 고된 일과를 마친 뒤 차갑고 딱딱한 침대에서 잠든 사관생도의 꿈속에서 일어나는 일처럼, 그 무기는 총알이나 파멸의 광선을 쐈을 것이다.

레굴루스는 군함이 제때 완성되지 못한 경우에 대해서도 상상해보았다. 무적의 군함이 땅과 바다의 모든 영역에서 전투준비를 마쳤을 때 사랑하는 위대한 독일의 참패와 파멸과 몰락으로 전쟁이 중단되었다고.

그렇더라도 군함은 첫 임무를 위해 닻을 올렸고, 전쟁이 끝났으니 이제는 피 흘리지 않아도 된다는 세상의 흥분과 혼란과 열광의 시기를 틈타 눈에 띄지 않게 대서양에 도착한 것이다.

따라서 군함은 아르헨티나의 동쪽 바다처럼 외진 곳을 떠돌고 있을 것이다. 하지만 무엇을 위해? 어떤 희망에서? 그리고 무엇으로 버티며? 어떻게 나프타를 구해서 고대의 고딕 성당 같은 그 방대한 보일러를 켜두지? 상상이 여기까지 미치자 레굴루스 대위는 다시 의혹에 휩싸였고, 자신의 광기에 어이없는 웃음을 터뜨렸다.

하지만 악령에 사로잡힌 듯한 광기는 사그라지는 대신 그를 더욱 부추겼다. 이에 그는 전쟁해군의 대형 조선소들이 있던 도시를 돌아다니고, 나치 독일의 함대가 작은 기지로 삼았던 후미진 해안 구역을 탐색하게 되었다.

그는 허름한 옷차림에 기관사 모자를 쓰고 밤마다 항구의 으슥한 선술집들을 드나들었다. 거기서 술을 마시고 담배를 피우고 잡담을 하면서, 어디서 예쁜 여자들을 싼값에 만날 수 있는지 등의 멍청한 질문을 해대다가 간혹 다른 질문을 무심코 던지는 식이었다. 레굴루스는 우연히 타지의 싸구려 주점에 들러 코가 삐뚤어지도록 마시고 횡설수설 지껄이는 중년 남자의 분위기를 풍겼다.

그는 아무 위험이 없고 누구나 아는 이야기인 듯 거리낌없이 전설의 배―더 적당한 표현을 찾지 못했다―에 대해 말했다.

그의 주위에는 항구의 삶과 신비, 죽음을 알 만한 노동자, 하역 인부, 선원, 가게 주인, 매춘부가 있었다. 하지만 그의 암시를 이해한 사람은 한 명도 없는 듯했다. 하물며 난색을 표하거나 짜증스러운 기색을 넌지시 드러내는 사람도, 귀찮은 질문을 그만하라고 나무라는 사람도 없었다.

그들은 아무것도 모르는 것 같았다. 위기의 조국을 구하기 위해 비밀리에 제작되어 은밀히 진수한 거대 선박에 관한 얘기는 전혀 들어보지 못한 듯했다.

그렇게 조사를 포기하려고 할 때, 빌헬름하펜의 허름한 맥줏집에서 행운이 그에게 찾아왔다.

그 행운은 구석에서 빈 맥주잔을 앞에 둔 채 피로로 잠이 든, 잿빛 머리에 다부진 몸매의 짐꾼, 또는 그 비슷한 부류한테서 새어나왔다.

후고 레굴루스는 언제나처럼 그곳에 있는 사람들과 이런저런 잡담을 나누다가 마음속에 숨겨둔 주제로 이야기를 교묘히 이어갔다. 그러면서 이 사람 저 사람에게 물었지만, 다들 말뜻을 알아듣지 못했고, 그런 이야기를 들어본 적도 없었다.

그렇게 그날 밤도 아무 성과 없이 보내던 레굴루스는, 어느 순간 술집에 혼자 남겨졌다. 주인은 곧 문을 닫으려는 참이었고, 밖에서는 시시각각 더 고요해지는 어둠 속에서 부두의 돛단배가 파도에 부딪히듯 고통스럽게 끽끽거리는 소리가 규칙적으로 들려왔다.

그때 잿빛 머리 짐꾼이 잠에서 깨어 몸을 일으켰다. 그는 문을 나서기 직전, 등을 돌린 채 비웃음이 섞인 목소리로 그에게 말했다. "조금 전 당신이 한 그 이야기 말인데요. 딴 사람한테 들은 적이 있어요. 그는 뤼겐섬 사람이었어요." 그러곤 밖으로 사라졌다.

레굴루스는 얼른 그를 뒤따라 나갔다. 하지만 밖에는 아무도 없었다. 이리저리 살펴봤지만, 마치 땅으로 꺼져버린 듯, 유일한 가로등 불빛 아래 보이는 것이라곤 아무것도 없었다.

자, 이제 그는 화구함과 이젤을 들고 화가인 척 뤼겐섬을 돌아다
니게 된다. 그는 그림을 그리면서—어렸을 때 수채화를 즐겨 그렸
던데다 솜씨가 좋아서 화가 연기를 할 수 있었다—마을 사람들과
즐겁게 이야기를 나눈다. 주로 노인들과 아이들과 여자들이 그의
등뒤에서 그림을 보려고 기웃거린다. 그가 말한다. "그나저나, 전
쟁 때 여기 뤼겐섬에 대형 공사장이 있었다는 말을 예전에 들었어
요." 한 남자가 대답한다. "그래요, 맞아요. 그들은 모든 걸 비밀리
에 했죠. 우리가 아무것도 모르는 것처럼!"

레굴루스는 감격한 나머지 호흡이 가빠진다. "그들이 뭘 만들던
가요? 전함이겠죠? 전쟁에 쓸 큰 선박이었겠죠?" 그 남자가 웃고,
다른 사람들도 웃는다. "전함요? 아니에요. 경기장이었어요. 오십
만 명 관객을 수용하는 경기장. 히틀러가 세상을 정복한 뒤 인류의
축제장이 될 1948년 올림픽대회를 위한 것이었죠!"

그간 그토록 노력해온 레굴루스에게는 대단히 실망스러운 이야
기다. "그렇다면 왜 몰래 지었을까요?" "그걸 누가 알겠어요. 어쩌
면 승리하고 나서 지친 국민에게 깜짝 소식을 멋지게 터뜨리고 싶
었던 건지도 모르죠." "여러분들도 거기서 일했나요?" "오, 우리
뤼겐섬 주민은 아무도 없었습니다. 외부에서 온 사람들만 일했어
요. 모두 젊은이로, 수천 명이 들어왔지요. 우리는 전선에 있어야
하는 젊은이들이 왜 여기서 경기장을 짓고 있는지 의아하게 생각했
고요."

"공사장 안은 볼 수 있었나요?" "그 주위로 고압전기가 흐르는
가시철조망이 둘려 있었어요. 무장한 보초들도 있었고요. 그 뒤론

공터가 펼쳐져 있고, 그 뒤에 다시 큰 담이 있었어요. 담 위에서는 보초들이 총을 겨누고 있었죠."

"그럼 나중에 공사장은 어떻게 됐습니까?" "모조리 파괴됐습니다. 아마 분노 때문일 테죠. 시설을 없애라는 명령이 내려졌어요. 나흘 동안 폭발이 계속됐는데, 화염이 일고 섬이 흔들거렸습니다." "그럼 지금은요?" "지금은 아무것도 없습니다. 잔해뿐이에요." "거기가 어딘가요?" 사람들이 그에게 가는 길을 알려준다.

집요한 후고 레굴루스는 히틀러가 승리한 독일의 올림픽을 위해 세상에서 가장 큰 경기장을 지으라고 명령했다는 장소에 도착한다. 왜 하필 뤼겐섬인가? 하지만 레굴루스는 그곳에서 건설하던 것이 경기장이 아님을 한눈에 깨닫는다. 여러 달 동안 찾아 헤맨 장소를 보자 그의 마음속에 벅찬 감동이 차오른다.

그곳은 바닷물로 이어지는 함몰된 지대로, 잡초와 어수선한 돌멩이, 벽돌과 시멘트 조각, 뒤틀린 쇠, 부서진 벽이 보인다. 하지만 무엇보다도 잡초와 볼품없는 덤불이 우거져 모든 것을 뒤덮고 있다.

그는 움푹 들어간 곳의 길이를 계산한다. 500미터. 너비와 높이도 계산한다. 그리고 바큇자국, 기중기, 부교, 금속판, 대들보의 잔해, 진흙 속에 완전히 파묻힌 수류탄 껍질을 발견한다. 게다가 공기 중에는 그가 잘 아는 독특한 냄새도 감돌고 있다. 나프타, 칠감, 불에 달군 철판, 선원들의 호흡, 즉 끈질긴 전함의 냄새다.

그러니까 이곳이 '지령 9000'의 비밀기지였다. 여기서 엄청나게 큰 선박이 제작되었다. 이 분지에서 선박이 태어나 바다로 내려갔다. 그리고 지금은 그 기억조차 남지 않았다. 모든 게 비밀리에 진행되었고, 그것을 아는 사람들은 절대 입을 열지 않기 때문이다. 수천 명의 사람이 모두 땅으로 꺼졌거나 바다에 빠져 죽은 게 아니라면, 그들은 인생과 명예를 건 신성한 맹세를 다짐했으리라.

이후 그는 가시철조망, 길고 긴 경계벽, 작업장, 오두막의 폐허를 본다. 수년간 알 수 없는 누군가의 비호 아래, 세상 모르게, 전쟁해군의 고급간부들도 모르게, 한 도시 전체가 여기 존재했을 것이다.

하지만 지금은 아무도 발을 들이지 않는 버려진 황무지일 뿐이다. 한가운데 자리한, 그 숙명의 요면凹面도 이제 무의미하다. 그 위로 까마귀를 닮은 몇 마리 새가 구슬프게 울며 일정한 방향으로 빙글빙글 돌고 있다. 더 위로는 발트해의 무거운 회색 하늘이 북으로, 오직 북으로만 향하는 투명한 빛을 내리고 있다. 앞에는 한없이 넓은 바다가 있다. 매정하고 막강한 바다는 이유 없이 나타났다 사라지는 길고 흰 파도를 거느리며 저쪽, 더 저쪽으로, 공허하기만 한 저 먼 수평선까지 뻗어 있다.

이리하여 '지령 9000'의 비밀은 더욱더 비상하고도 신빙성 있는 것이 되었다. 후고 레굴루스는 포기하지 않고 있는 힘을 다할 것이며, 평생을 바쳐 끝까지 밀고 나가겠다는 결의를 다졌다. 1946년 5월이었다.

하지만 이내 수수께끼는 저절로 난해하고 불명료하게 변했다. 킬에서 자살 기도가 있었다는 짧은 기사가 함부르크의 한 신문에 실렸다. 공원에서 한 남자가 머리에 큰 상처를 입고 피투성이가 된 채 의식이 없는 상태로 발견되었다. 오른손에는 권총을 쥐고 있었다. 그는 한동안 억류돼 있던 남아메리카에서 최근 송환된 전직 해군 부사관 빌헬름 운테르마이어라는 사람이었다. 자살 동기는 알 수 없었다.

오랫동안 레굴루스의 부하로 일했으며, '지령 9000'을 받고 떠났던 빌리 운테르마이어 상사가 틀림없었다. 레굴루스는 킬의 병원으로 갔다. 머리 전체에 붕대를 감은 운테르마이어는 쉼없이 말을 해댔다. 의사들이 그에게 진정제를 투여했지만 소용없었다. 가끔 깊은 잠에 빠졌다가, 깨어나자마자 다시 말하기 시작했다. 이해할 수 없는 말만 늘어놓았기에, 모두 그가 헛소리를 한다고 믿었다. 의사들은 부상이 심해서 생존 가능성이 희박하다고 말했다.

환자의 아버지와 아내는 그에게 일어난 사건을 설명하지 못했다. 빌리는 한 달도 더 전에 돌아왔고, 그 어느 때보다도 내성적이고 말수가 적어졌다. 그동안 있었던 일에 대해 거의 아무 얘기가 없었다. 그저 어떤 배에 올랐는데 전쟁이 끝날 무렵 그 배가 침몰하였고, 이후 아르헨티나에서 구금되어 조심스러운 나날을 보내다가 본국으로 돌아왔다고만 했다. 하지만 그게 어떤 배인지, 언제 어디에 있었는지, 주변 상황이 어땠는지는 설명하지 않았다. 그리고 고향으로 돌아온 이후 그가 늘 따르던 레굴루스에게 연락을 하지 않은 것도 이상했다. 한번은 아내가 그에게 물었다고 한다. "왜 레굴루스 대위에게 편지를 안 하는 거야? 그분이 당신을 찾아 여기까지 일부러 왔었어. 당신이 돌아온 걸 알면 기뻐할 거야." 빌리는 "그래 그래, 쓸 거야"라고 대답만 하고 연락하지 않았다.

운테르마이어 상사는 전 상관이 병실로 들어왔을 때 그를 알아봤을까? 레굴루스는 그 점은 불확실하다고 쓰고 있다. 하지만 그의 질문에 환자는 대체로 순순히 대답했다. 사실 의사들이 질문을 금지했기에 몇 가지밖에는 묻지 못했다. 그는 스스로 하염없이 많은 말을 했다. 마치 마음속에 억눌려 있던 끔찍한 울분을 푸는 것 같았다. 아주 오랫동안 고통스럽게 끓어오르던 그것이 총알구멍을 통해 밖으로 넘쳐흐르는 듯했다.

운테르마이어 상사가 죽기 한 시간 전까지 늘어놓은 장황한 이야기에는 두서랄 것이 없었다. 기억의 여러 부분이 마구 뒤섞여 있었고, 그래서 한 일화가 그보다 수개월 전의 다른 일화로 이어지기 십상이었다.

따라서 레굴루스가 그의 넋두리에서 뽑아낸 이야기에는 단절과 누락이 존재한다. 한편으로 레굴루스는 운테르마이어의 입에서 나온 것은 망상의 산물이 아니라고 믿는다. 단편적인 기억에서 서술의 동기가 분명하고, 특히 '지령 9000'이 남긴 주요 의문들에 모든 것을 아우르는 대답을 내놓았기 때문이다. 여하간 우리 시대의 가장 불가사의한 사건에 대한 직접적이고도 신뢰할 만한 증언으로는 그 진술이 유일하다.

여기서 책의 두번째 장이 시작된다. 제일 중요한 내용을 담고 있지만, 안타깝게도 분량이 짧다. 레굴루스는 그 장을 늘리기 위해 상상으로 작업하지도, 논리적인 사고로 잇고 덧대어 손상된 내용을 정비하지도 않았다. 운테르마이어 상사의 진술을 기록한 부분에서 그의 개입이 있었다면 사건을 연대순으로 명확히 배열하고, 중환자의 입에서 나온 불완전한 문장과 사투리 표현, 더듬거린 말에 구문 형태를 부여한 정도뿐이었다. 이제 우리는 듣는 일만 남았다.

뤼겐섬의 작업장—정확하게는 조선소 9000—에서, 암호국의 창백한 관료들도 부러워할 비밀과 마지막 한 방울의 피까지 짜내야 할 만큼 막중한 국가적 임무로 인해 현장에 있던 모두는 재앙의 광기에 버금가는 두려움을 느꼈다. 매일 아침 계절에 따라 초록의 나뭇가지나 누르스름한 삭정이, 또는 눈덩이를 인 광대한 지붕이 드리우는 그늘. 군인들과 노동자들의 격리 생활. 모두의 엄숙한 맹세.

이로써 1942년 6월부터 1945년 1월까지 전함 프리드리히 2세가 만들어졌다. 이는 영국과 미국을 비롯한 연합군의 함대를 무찌를 독일 대게르만국의 비밀병기였다. 불행한 적들이여, 전능하신 하느님에게 기도하는 짧은 순간도 허락지 않겠노라. 그들의 영혼에 평화가 있기를!

12만 톤의 배수량. 30노트의 속력. 적어도 서른 발의 어뢰는 끄떡없이 탑재 가능한 선체의 이중 보호장치. 두 개의 보조 프로펠러가 달린 제트추진. 선저에 45센티미터, 흘수선에 35센티미터 두께로 장착한 수직 장갑대. 203밀리미터의 포탑 네 개, 75밀리미터 대공포 서른여섯 대. 그리고 주요 장비는 전례 없는 열두 개의 장치로 구성되었다. 운테르마이어 상사는 대포와 비슷한 무기가 세 개씩 달린 그 장치를 '섬멸대포Vernichtungsgeschütze'라고 불렀다. 그에 따르면 반경 40킬로미터의 안의 어떤 함대라도 단 몇 초 만에 몰살할 수 있었다. 전함의 길이는 280미터, 탑승 인원은 이천백 명, 굴뚝은 세 개였다.

병원에서 비교적 안정된 상태일 때, 운테르마이어 상사는 아내에게 가죽가방에 든 서류 봉투를 갖다달라고 했다. 그는 괴물 전함을 찍은 작은 사진 한 장을 꺼내 레굴루스 상관에게 건넸다. 그 배경에 비교의 기준이 없기에 그 규모가 어떠한지는 짐작할 수 없다. 더군다나 어설픈 솜씨로 찍은 평범한 사진이다. 전체적인 윤곽은 낫 모양의 이물이 특징적인 독일의 기존 대형 전함을 따랐다. 다만 일반적인 대구경 포탑이 없고, 그 대신 최소 20미터 길이의 금속관 또는 기둥들이 보인다. 대포 같기도 하고 아닌 것 같기도 한 것들이 일직선으로 쭉 뻗어 있다. 적어도 외관상 그 무기에 방어용 장갑은 설치되어 있지 않았다. 기둥들은 (사진에서 봤을 때) 덮개에서 갈

라져나와 가파른 기울기로 높이 펼쳐져 있었다. 레굴루스는 핵무기
일 가능성을 배제했으며, 단순한 로켓탄 발사기도 아니라고 생각했
다. 그는 기술적인 설명을 단념한다.

　전함은 1944년 10월에 진수되었고, 완벽하게 준비되기까지 몇
개월이 더 흘렀다. 지역에서 사격 연습이 시행됐는지는 아무도 모
르며, 그 절망의 전야에 대한 다른 많은 것에 대해서도 마찬가지다.
어쨌든 적들은 조선소 9000에서 무엇을 준비하고 있는지 전혀 눈
치채지 못했기에, 적의 정찰기들은 아무 의심 없이 돌아갔고 폭격
도 일어나지 않았다.

　이후 2월, 3월, 4월이 되었다. 전선의 방어벽이 무너지고, 러시
아 군대가 베를린으로 몰려왔다. 사령부 공보실에서 패전을 예보했
지만, 프리드리히2세 전함에 탄 사람들은 차분하게 지냈다. 마치
폭풍우가 몰아치는 가운데서도 끄떡없는 튼튼한 돌집에 있는 듯했
다. 천하무적의 거대 전함은 독일 민족의 최고 걸작이었다.

　하지만 왜 진격하지 않을까? 뭘 더 기다리는 거지? 진흙투성이
몰골을 한 첫 소비에트 정찰대가 나타나기를 기다리는 걸까? 베를
린은 무너지기 직전이었다. 아니, 이미 끝났다고 봐야 했다. 어느
저녁, 사령부가 공보 방송을 중단했다.

　그제야 노동자들과 기술자들은 전함에서 내렸다. 세 굴뚝 위의
공기가 흔들거리기 시작했다. 전함의 보일러가 켜졌다는 신호였다.
마음속에서 희망과 반론이 서로 싸웠다. 패배의 치욕 속에서도 평
화를 끔찍히 갈구했지만, 전투 한 번 시도하지도 않고 이 놀라운 전
함을 방치하는 것도 괴로운 일이었다.

　사령관 루페르트 게오르게 대령이 전원 집합 나팔을 불게 했다.

귀족 출신으로 키가 크고 밝은 눈동자에 금발인 그는 살아야 한다는 군센 의지에서 내려진 결정에 충격과 수치를 느꼈다.

1945년 6월 4일, 오후 세시였다. 모두가 뱃고물 갑판에 모이자 사령관은 다음과 같이 말했다.

"장교, 부사관, 해병들이여, 나는 몇 가지 중요한 사항을 알리고자 한다.

아마 제군들도 알 것이다. 땅과 바다와 하늘에서, 독일 군대는 전투를 중단하고 있다. 아마도 오늘밤 휴전협정이 체결될 것이다. 그러면 제국의 모든 군대는 그 협약에 복종해야 할 것이다."

여기서 그는 말을 멈추더니 밝은 눈동자를 천천히 굴리며 앞에 선 사람들을 한참 바라보았다.

"하지만 우리의 운명은 다르다. 최고사령부의 명령에 따라 프리드리히2세 전함은 그 어떤 협약에도 구속되지 않는다. 그 서류가 며칠 전에 도착해 내 수중에 있고, 모두가 확인할 수 있게끔 잠시 뒤에 공개될 것이다.

따라서 프리드리히2세는 바로 오늘 저녁에 출발할 것이다. 목적지는 밝힐 수 없다. 민족의 영토 전체가 적들의 군대에 짓밟힌다 해도 우리는 여전히 자유와 독립의 독일로 남아 있을 것이다. 우리는 적을 공격하는 대신 방어하는 일에 주력할 것이다. 우리는 조국의 훼손되지 않은 마지막 일부일 것이다.

하나, 제군들이 알아야 할 게 있다. 우리 여정은 며칠, 몇 주, 몇 년이 걸릴지 모른다. 고된 희생의 여정일 것이고, 죽음이 우리를 기다릴 수도 있다. 하지만 찢겨버린 깃발의 마지막 조각이 우리에게 위임되었다. 어쩌면 우리는 가장 중대한 최후의 전투를 치러야 할지도 모른다. 그것은 영광스러운 일이겠지만, 승리의 희망을 기대하긴 어려울 것이다.

이와 더불어 나에겐 제군들의 자유를 지켜낼 의무가 있다. 따라서 선택은 오롯이 제군들에게 달렸다. 이 싸움을 끝내고 우리 민족 공동의 운명을 따르고 싶은 자는 오늘 저녁에 하선해도 좋다. 그는 추가적인 군인의 책무에서 면제된다. 이는 인간적이고 가족적인 이해관계에서 비롯한 선택일 것이고, 나는 거기에 개입할 권한이 없다.

한편 자유의지로 전함에 남고자 하는 자는 명심하라. 우리는 즐거운 여행을 떠나는 게 아니다. 날짜도 방식도 내다볼 수 없는 길고 긴 고난의 길을 나서는 것이다. 예견할 수 있는 건 불편, 고독, 가족과의 완전한 단절, 알 수 없는 운명뿐이다. 자유냐, 희생이냐? 이제 여러분이 결정할 차례다. 각자 마음의 소리에 귀를 기울이라. 나는 이미 오래전에 정했다.

우리가 언제까지 이 숭고한 정신을 간직할 수 있을까? 우리의 최종 목적지는 어디일까? 결전을 치르게 될까? 나도 알 수 없다. 설사 그것을 안다 한들 여러분에게 말할 수는 없을 것이다.

그러니 이 배에 남는 자는 우리가 미지의 장소를 향해 출항할 때 조국의 땅에 작별인사를 건네라. 다시는 못 볼 수도 있을 테니까."

게오르게 사령관은 대략 위와 같이 연설을 마쳤고, 무리는 곧바로 흩어졌다. 아무도 무슨 일이 벌어지는지 분명하게 알지 못했지만 사령관의 말이 이상한 힘을 발휘하며 마음속에서 울렸기에 하선을 요청한 사람은 이백스물일곱 명에 불과했다.

해가 아직 다 지기 전이었다. 전함 프리드리히2세는 그리도 오래 숨어 있던 거대한 위장막 안에서 나와 망망대해로 향했다. 이내 땅에서는 미리 설치해둔 폭탄이 터졌다. 부두, 조선소, 작업장 등

남은 모든 것을 파괴해 그 어떤 흔적도 남기지 말아야 했다. 배에 오른 이들은 점점 더 멀어지는 그 의미심장한 화염을, 다시는 돌아가지 못할 그곳을 오랫동안 바라보았다.

여기서 이야기는 훌쩍 건너뛴다. 전함이 어떻게 눈에 띄지 않고 발트해를 빠져나와 무사히 스코틀랜드를 건넌 뒤 적을 만나지 않고 북대서양에서 남대서양으로 왔는지에 대해서는 아무런 이야기도 없다.

전함은 아르헨티나 산마티아스만의 동쪽 바다에 떠 있었다. 누가 어떻게 설치했는지 모르는 부표 같은 것에 정박한 채였다. 거기에서 거의 이천 명의 남자가 자신들에 대해서는 모르는 여기 세상과 단절된 채 엉뚱한 삶을 시작했다. 선내의 생활은 항구에 머무를 때와 똑같이 규칙적으로 돌아갔다. 다른 점이 있다면 부두와 탄탄한 육지의 윤곽이 보이지 않고 절망적인 파도의 공허함만 있다는 것이다. 그들은 새벽에 일어나서 씻고 갖가지 훈련에 임했다. 레이더가 낯선 선박이나 비행기의 움직임을 포착하는 일은 드물었다. 만약 그럴 경우 바다괴물은 특수장치를 써서 짙은 안개로 스스로를 덮었기에, 항해사들은 대서양 한가운데의 기이한 구름에 크게 신경쓰지 않고 지나쳤다. 비행기들도 마찬가지였다. (마리아돌로레스3세호의 목격과 관련해서는 운테르마이어 상사도 설명하지 못했다.)

이따금 바다에 띄운 대형 모터보트가 서쪽으로 향했다. 그러곤 몇 시간 뒤 새로운 물품을 싣고 돌아왔다. 보급은 사전 협의하에 이루어져, 아르헨티나에서 출발한 배들과 바다 한가운데서 만났다. 독일, 아니면 외국의 선박이었을까? 그리고 어떻게 위장했을까? 정확한 것은 알 수 없었다. 한편 모터보트에는 가끔 나프타가 든 연료통이 실려오기도 했다.

그러는 사이, 라디오에서는 독일의 파멸 소식이 끊임없이 들려 왔다. 전함에서 반란의 불협화음이 꿈틀거렸지만, 게오르게 사령관의 눈길이 괴로운 마음속에 존경심과 두려움을 다시 일깨워주었다.

하지만 결국에는 정규 훈련과 갖가지 격렬한 활동도 술렁임을 가라앉힐 수는 없었다. 밤마다 사관실에서는 더욱더 대담한 논쟁이 벌어졌고, 여기저기 선실에서는 음모를 수군대기도 했다.

무엇을 기다리는가? 무엇을 기대할 수 있는가? 출발 당시 그들을 현혹했던 낭만적인 환상은 이미 사라졌다. 고독은 악몽으로 변했다. 정체는 짜증스러웠다. 무엇을 망설이는가? 머잖아 미 공군에 발각되어 학살되는 운명을 기다리는가? 그 터무니없는 유배지에서 말라죽기를 바라는가?

소문, 거짓말, 험담, 의혹, 상상이 입에서 입으로 전해졌다. 누군가는 게오르게 사령관이 미쳤다고 의심했다. 믿음직하고 냉정하며 분별 있는 부사령관 슈테판 무를루터는 게오르게와 격론을 벌였다. 무를루터는 전함을 자침하고 적에게 항복하자고 말했으며, 대부분이 그의 의견에 동조했다.

하지만 게오르게 사령관을 지지하는 사람들도 있었다. 특히 젊은 장교들, 소위들, 중위들이 그랬다. 그들은 독일이 범한 파렴치한 죄는 소수의 귀족이 대가를 치르는 게 옳다고 주장했다. 그들은 순수, 신비, 금욕을 소중한 가치로 여겼다.

그렇게 여러 달이 지났다. 그들에게 시간은 병자들이 느끼는 시간과 같았다. 줄곧 그날이 그날이었고, 과거는 아무 의미 없이 스쳐 지나갔다. 11월이 가고, 12월이 왔다. 성탄절이 되었다. 섬멸을 위해 태어난 무적의 요새는 전투력을 잃고 여전히 무기력한 상태였다. 그날 밤(그곳은 한여름이었다) 전함의 갑판에서 〈고요한 밤〉 노래가 울렸다. 애처로운 노랫소리는 광활하게 뻗은 바다로 메아리 도 없이 퍼져나갔다.

이상한 소문들이 돌기 시작했다. 보급선을 타고 온 (하나도 아닌 셋이나 되는) 여자들이 배로 들어와 부사관들의 숙소에서 몰래 살 고 있다는 둥, 누군가가 폭동을 일으키기 위해 기관실에서 선원들 을 부추기고 있다는 둥 하는 얘기였다. 그리고 전투가 곧 벌어질 거 라는 말도 들렸다. 그런데 누구를 상대로? 아무도 알지 못했다.

그때까지 절도 있게 임무를 수행하던 해군들은 급기야 초조한 기색을 자주 드러내기 시작했다. 까닭 없이 오경보가 작동되었다. 감시탑에서는 비행기의 환영을 보거나 단순한 신기루를 연기로 착 각했다. 한밤중에도 갑자기 불안한 소동이 벌어졌다. 해병들은 간 이침대에서 벌떡 일어나 옷을 입고 전투태세에 돌입했다. 레이더 '탐지음'이 들리고, 수평선에서 불꽃이 보이고, 잠수함이 가까이 지 나갔다는 것이었다. 이후 전혀 사실이 아니었음이 확인되었다.

이처럼 상황이 악화되는 사이, 게오르게 사령관이 병에 걸렸다. 군의관 레오 투르바는 장티푸스라고 진단했다. 그 소식이 패배주의 적인 분위기를 한층 심화시켰다.

그로부터 여드레째 되는 날 게오르게 사령관의 의식이 혼미해졌 다. 그는 브레멘의 자기 집에 있다고 여겨, 아내를 부르거나 하인들 에게 말에 안장을 얹으라고 명령했다.

아흐레째 되는 날에는 제정신을 차렸고, 무릎루터 부사령관과 긴 대화를 나누었다. 선내에서 일어난 불안한 소란에 대해 듣고는 다음날 출발할 테니 불을 붙이라고 명령했다.

이에 해병들은 다시 활기를 띠었지만, 배가 독일에서 더욱더 멀어지는 남쪽으로 뱃머리를 잡자 낙담은 한층 커졌다.

하지만 마침내 육지가 보였고, 그 광경에 선원들은 거의 미쳐 날뛸 정도로 기뻐했다.

그러나 이번에도 환상은 깨졌다. 티에라델푸에고제도 해안에 도착한 거대한 선박은 작고 구불구불한 만으로 들어가서 닻을 내렸다. 주위 환경은 척박하고 사나웠다. 초록의 자연은커녕 온통 거친 바위들, 광대한 빙하, 추위뿐이었다. 이제 전함을 그 이름으로 부르는 자가 없었다. 모두 전함 토트*라고 불렀다.

1946년 1월 23일 게오르게 사령관이 세상을 떠났고, 대다수는 안도감을 느꼈다. 사령관의 지위와 전함의 통솔권은 자침과 항복을 진지하게 고민했던 무를루터에게 넘어갔다.

게오르게 대령의 장례식은 가슴을 뭉클하게 했다. 국기를 두른 관이 바다로 미끄러져 가라앉는 동안 군악대가 국가를 연주했다. 이미 감정이 죽은 많은 이들이 울음을 터뜨렸다.

파타고니아협만에서 음울하게 정체된 채로 이후 열흘이 더 지났다. 어찌된 일인지 배가 바다 한가운데서 계류할 때보다 더 자주 통보신호가 울렸다. 그로 인해 매일같이 안개를 만들어내야 했으니, 탁한 공기를 견디기가 힘들었다.

다들 어느 때고 북쪽을 향해 출발하자는 무를루터의 명령이 떨어지기를 기다렸다. 드디어 전원 소집을 알리는 나팔소리가 울렸다.

하지만 안도의 숨을 내쉬던 해병들은 또다시 잔인한 슬픔에 빠졌다. 게오르게 전 사령관은 무를루터에게 싹 다 넘겨주면서 광기

---

* 독일어로 '죽음'을 뜻한다.

또한 물려준 것 같았다. 무릎루터는 모두가 가장 극한 마지막 시련을 대비해야 한다고 알렸다. 다음날 전투가 벌어지리라는 얘기였다.

텁수룩한 수염에 누더기를 걸친 격앙된 남자들 사이에서 험악한 불평소리가 터져나왔다.

그러자 무릎루터는 천둥 같은 목소리로 호령했다.

"다시 말한다. 십중팔구 내일은 전투를 치르게 될 것이다. 그런데 제군들의 의심쩍은 눈빛은 이렇게 묻고 있다. 누구와 전투를 치른단 말인가? 나도 모른다. 나는 적의 이름을 알지 못한다. 적의 깃발이 무슨 색인지 모른다. 하지만 한마디만 하겠다. 그건 전혀 중요하지 않다. 명심하라. 제군들은 이 배를 '토트'라고 부르고 있다. 죽음의 전함! 그게 농담이라고 생각하는가?

자, 이제 내 말을 주의해서 들으라. 제군들 중 누군가, 또는 많은 이들은 이 일이 그리 내키지 않을 수 있다. 그들에게 말한다. 뤼겐 섬을 떠날 때 게오르게 전 사령관이 그랬던 것처럼, 제군들은 자유로이 선택할 수 있다. 하선을 원하는 자는 그리하도록 허락할 것이다. 그들에게 필요한 보트를 내어주고, 가까운 거주 지역으로 가기에 충분한 연료와 생필품을 실어주겠다. 그들이 지켜야 하는 유일한 의무는 단언컨대 침묵이다. 맹세코 그 어떤 이유로든, 인간을 상대로 전함…… 전함 토트에 관해 한마디도 해선 안 된다. 나는 철학자가 아니기에 그럴싸한 말을 할 줄 모른다. 하지만 이것만은 말하고 싶다. 남몰래 치르는 희생이 아니라면 결코 전능하신 하느님 앞에 닿을 수 없을 것이다. 제군들의 경솔한 말 한마디에 모든 것이 가장 비참하게 무너질 것이다. 그러니 침묵하지 못하는 자에게 영원한 저주가 내릴 것이다.

하지만 남아서 전투를 치르는 자들에겐 영광이! 우리에게, 전함 토트에게 영광이! 저멀리 역경에 처한 조국에 영광이 있으라!"

그의 연설이 돌을 던지듯 격렬하게 남자들의 괴로운 가슴으로 쏟아져내렸다. 처음에 그들은 무를루터도 게오르게처럼 미친 게 아닌가 생각했다. 특히 음울하고 고통스러운 열정을 담은 마지막 부분에서는 위협적인 울분마저 느껴졌다.

이후 신임 부사령관 헬무트 폰 발로리타가 탑승자 명단을 꼼꼼하게 파악한 뒤 무를루터에게 가져갔다.

그런데 경례를 붙이기 위해 손을 올리다가, 그만 폰 발로리타는 오른쪽 눈에 낀 외알 안경을 떨어뜨리고 말았다. 쨍그랑대며 금속판 위로 떨어진 안경알은 깨지지 않은 채 갑판의 구석으로 통통 튀어서 굴러갔다. 아무도 감히 움직이지 못했다. 무거운 정적 가운데 작은 소리가 들렸다. 사람들의 눈은 안경알의 행로를 뒤따랐다. 그것은 점점 빨리 구르더니 뱃전으로 들어갔다. 하지만 거기서 멈추지 않고 마지막 도약과 함께 바다로 떨어졌다.

유리알이 바닷물에 풍덩거리며 낸 불가해한 울림에, 땅끝으로 추방된 남자들은 여태 느끼지 못했던 지독한 고독감에 휩싸였다. 혼란과 노여움이 엇갈린 그들의 시선은 어두운 산과 바위, 그리고 영원의 잠에 빠져 태평스럽게 늘어선 빙하로 향했다.

두 명의 장교와 열두 명의 부사관을 포함하여 정확히 여든여섯 사람이 하선을 요청했다. 운테르마이어 상사도 그중 하나였다.

전함의 다른 많은 사람 역시 인간 사회, 조국으로 기꺼이 돌아가고 싶었다. 그렇지만 동시에 그러한 도피는 부질없다는 생각이었다. 언젠가 사령관의 광기는 스스로 입증될 터였다. 척박한 정박지에서 오랫동안 견디는 것은 온갖 광기보다도 더 불가능한 일이리라. 그리고 마침내 전함은 항복할 것이다.

　하선하는 여든여섯 명은 사령관 앞에서 침묵 서약을 맹세한 뒤 각자의 짐을 들고—이미 날이 저문 뒤였다—모터보트에 올라탔다. 보트는 작은 만의 입구로 향했고, 이내 넓은 바다로 나아갔다. 그제야 몇몇의 마음에 후회가, 비겁한 탈영병이라는 자책이 일었다. 운테르마이어 상사는 날이 갈수록 더 커지는 자책감으로 괴로워했고, 자살까지 생각하게 되었다.
　모터보트는 암초를 피하고자 다소 우회하여 밤새 잔잔한 바다의 동쪽, 르메르해협으로 향했다.
　새벽이 되었다. 하늘은 맑았지만, 수평선에 희미한 안개가 끼어서 육지가 보이지 않았다. 그러다 사람들은 서서히 텁수룩한 수염에 가려진 서로의 얼굴을 알아볼 수 있게 되었다.
　"조심해. 뒤에 이상한 물체가 있어!" 갑자기 누군가가 소리쳤다. 모두 숨을 죽였다. "전함 토트잖아! 우리와 같은 경로로 오고 있어. 그래, 우리 쪽으로 오고 있다고. 아니, 아니야. 멀어지네. 저 괴물은 어디로 가는 거지? 지금은 가까워지고 있어. 세상에, 전속력으로 달리잖아!"
　놀라운 광경이었다. 신비스러운 안테나를 단 바다괴물이 최고 속도로 질주하며 밤안개에서 빠져나왔다. 그 뾰족하고 단단한 이물이 높다란 거품 물살을 가득 가르며 빠르게 모터보트로 다가왔다.
　전함 토트가 8킬로미터쯤 떨어진 거리에서 그들과 나란히 달리게 되었을 때, 바람에 실려온 특별한 나팔신호가 모터보트의 사람들에게 들리는 것 같았다. "나팔소리 들리니?" "그래, 들려." "나도 들었어.""미쳤나봐!""총원전투배치를 명하고 있어!" 이어 형언하기 힘든 공포가 서린, 목멘 외침이 들렸다. "하느님 맙소사, 저쪽을 봐!"

여든여섯 명이 일제히 그곳을 바라보았다. 심장에서 피가 얼어붙는 듯했다. 남쪽 끝 수평선에서 새벽 연무에 감싸인 선박들의 검은 그림자가 줄지어 전진하고 있었다. 진짜 함대일까, 그저 허깨비일 뿐일까?

그 배들은 시커멓고 특이한 형태로 솟아 있었는데, 그에 비하면 그 거대한 전함 토트도 어린애 장난감처럼 보였다. 높이 100미터 정도에 수백만 톤 무게의 배들이 지옥에서 나오는 것 같았다. 둘, 셋, 넷, 다섯, 여섯, 그리고 다른 배들이 끝없는 행렬을 지으며 안개 속을 헤치고 나왔다. 이상한 돛대에다 비뚜름히 솟아 하늘에서 흔들거리는 첨탑 비슷한 포탑들을 단 이 배들은 모양이 각기 달랐다. 기다란 깃발 무리가 돛대 끝에서 칙칙한 갈기처럼 펄럭거렸다. 전체적으로―그 이유는 설명할 수 없지만―아주 오래된 분위기를 풍겼다.

그들은 누구일까? 동굴처럼 시커멓고 텅 빈 눈알을 한 종말의 장군들이 인간을 모욕하고자 지구의 숨겨진 구석에서 온 것일까? 천사나 악마들이 그 컴컴한 요새에서 살고 있는 걸까? 어쩌면 그들이 바로 게오르게 사령관이 말했던 최후의 적일까?

하지만 전함 토트는 자신의 파멸을 향해 돌진하고 있었다. 기회가 달아날까봐 안달하듯 속력을 높여 격하게 내달렸다. 어느새 어둠의 함대는 그 음침한 구조물로 수평선 전체를 가득 메우고 있었다.

운테르마이어 상사의 증언에 따르면, 전투는 십여 분 동안 지속되었다. 모터보트의 사람들은 공포에 질린 채 어찌할 바를 모르며 그 장면을 지켜보았다.

전함 토트는 높이 솟은 섬멸대포의 열두 개 기다란 목으로 유령 같은 형체를 겨냥했다. 이후 세 개의 불꽃이 뿜어져나왔고, 세 가닥 붉은 연기가 일렁거리며 그 뒤에 남겨졌다. 대포에서 나온 눈부신 빛줄기는 곡선을 그리며 아찔한 높이로 빠르게 올라가서는 목표물로 떨어졌고, 검은 함선 중 한 대 옆으로 사라진 것 같았다.

"정중앙을 맞혔어!" 모터보트의 한 사람이 터무니없는 기대감으로 외쳤다. 실제로 선박의 가운데가 화염에 휩싸였고, 그 즉시 탑들이 흔들거렸다. 이어 잠시 아슬아슬하게 균형을 잡는 듯했으나, 모든 게 산산조각이 되어 무너져 이내 바다로 침몰하였다.

그런데 전함 토트가 두번째 사격을 가했을 때, 적도 공격을 해왔다. 누르스름한 불꽃이 신비스러운 군함 중 네 곳에서 동시에 번뜩거렸다.

모터보트의 사람들은 숨을 죽인 채 발사체가 떨어지기를 기다렸다. 한 사람이 말했다. "아무것도 안 날아왔어. 저것들은 허깨비일 뿐이야!"

바로 그 순간, 끔찍한 굉음이 무한대로 울려퍼지는 가운데 검푸른 바다에서 전함 토트의 뱃머리 방향으로 거대한 물기둥 십여 개가 수직으로 솟았다. 높이, 더 높이, 점점 더 높은 곳으로 끝없이 솟구치는 것 같았다. 얼마나 높을까? 600 내지 700미터? 대재앙이 따로 없었다. 물기둥들이 곤두박질치면서 웅장한 파도가 주위를 집어삼켜 전함 토트의 모습은 잠시 보이지 않았다.

흠뻑 젖은 토트가 온전한 모습으로 다시 나타났고, 즉시 세번째, 네번째 공격을 가하며 연달아 빛줄기 여섯 개를 발사했다.

그중 셋은 짧게 날아가 바다로 떨어졌다. 다른 셋은 길쭉한 굴뚝 일곱 개가 달린, 영구차 비슷하게 생긴 선박에 떨어졌다. 몇 초 후 격렬한 폭발과 함께 선박 상부가 날아갔다. 검은 몸통이 으스러졌고, 끔찍한 상처는 불의 내장을 토해냈다. 급기야 바다가 거친 숨소리를 내며 끓어오르며 수증기의 먹구름을 형성했다. 선박은 그 안으로 완전히 뭉그러져서 사라져버렸다.

전함 토트는 지옥의 전사들에도 굴복하지 않고 꿋꿋이 버텼다. 하지만 그 장엄한 공격이 무슨 소용이 있는가? 무시무시한 두번째 물기둥이 터지자 토트는 조그마한 나룻배처럼 흔들거렸다. 어떤 탄알일까? 대포의 구경은? 마차만큼 클까? 아니면 집만큼? 어떤 가공할 대포인가?

이제 섬멸대포 전체가 일제히 가동되었다. 열두 발의 불덩이가 전장의 자욱한 먹구름을 가르고 질주했다. 번개가 내리꽂혔고, 세번째로 검은 배가 폭파되면서 불꽃과 연기가 사이프러스나무처럼 하늘 높이 솟아올랐다.

하지만 그게 마지막이었다. 갑자기 전함 토트가 있는 바로 그곳에서 형언할 수 없는 크기의 매끈한 물기둥이 수직으로 솟구쳤다. 그 괴물은 구름보다 더 높이 공중으로 오르더니 잠깐 멈칫거렸다. 그러곤 느닷없이 흔들거리다가 폭포가 되어 허물어지며 잿빛 수면으로 추락했다.

순간 완전한 무의 상태가 되었다. 모터보트의 사람들은 소스라치게 놀랐다. 자신들의 눈을 믿을 수 없었다. 갑작스럽게 지옥의 암울한 범선들이 사라졌고, 물기둥과 화염과 폭발이 그쳤으며, 전함 토트도 보이지 않았다. 눈앞에서 벌어진 모든 일이 마치 그들의 상상이었던 것처럼. 광활하고 잔잔한 바다 위에는 쓰레기 한 조각, 시

체 한 구, 나프타의 영롱한 얼룩 한 점도 없었다. 벌거벗은 바다, 그
것뿐이었다(시커먼 구름자락만 하늘에 남아 사건을 증언하고 있었
다). 그리고 처참한 정적 가운데, 커다랗고 휑뎅그렁한 무덤이 가
슴속에 생긴 양 공허하기만 한 모터보트의 탑승자들은 나지막이 중
얼중얼, 노랫가락을 뽑듯 넋두리를 해댔다.

'도베리스타' 부차티가 일러주는
환상적인 이야기 60개의 변화무쌍한 현실

디노 부차티(Dino Buzzati, 1906~1972)는 기자, 작가, 화가로 살면서 다양한 영역에서 두루 탁월한 능력을 발휘했다. 그의 작품세계와 관련해서는 환상주의, 마술적 사실주의, 실존주의 등의 수식어가 붙는다. 특히 이탈로 칼비노, 톰마소 란돌피와 함께 20세기 이탈리아 초현실주의, 환상문학의 대표 작가로 꼽힌다. 부차티에게 세계적인 명성을 안겨준 작품은 『타타르인의 사막*Il deserto dei Tartari*』(1940)이지만, 그간 발표한 단편소설들은 몇 가지 수식어로 정의할 수 없는 그의 독창적인 의식세계와 문학적 감수성을 압축적으로 보여준다.

부차티는 10여 권의 단편소설집을 발표했는데, 그중에서도 『60개의 이야기*Sessanta racconti*』(1958)는 작가의 왕성한 창작활동이 집대성된 걸작으로 평가받는다. 이 책은 앞서 발표한 세 권의 단편집―『일곱 전령*I sette messaggeri*』(1942), 『스칼라극장의 공포*Paura alla Scala*』(1949), 『발리베르나 붕괴 사고*Il crollo della Baliverna*』(1954)―

에서 36편을 선별하고, 이후 신문과 잡지에 연재한 단편들을 엮어 출간한 소설집이다. 그리고 책이 출간된 1958년 그해에 이탈리아에서 가장 명망 있는 문학상 중 하나인 스트레가상을 수상했다. 당시 함께 수상 후보로 오른 작가들 중에는 2년 뒤 1960년 『부베의 여인 La ragazza di Bube』으로 스트레가상을 받은 카를로 카솔라와 1975년 수상자로 꼽힌 톰마소 란돌피도 있었다. 쟁쟁한 작가들 사이에서 장편이 아닌 단편으로 자신의 독보적인 세계를 일군 보기 드문 작가로서 일찍이 주목받은 셈이다.

한편 부차티는 기사와 보도문, 장·단편 소설, 시, 희곡 및 오페라 대본, 회화와 삽화 등 방대한 작품을 남겼지만, 당시 이탈리아에서는 비주류 작가로 여겨졌다. 오히려 알베르 카뮈의 소개로 프랑스를 비롯한 해외에서 더 주목받은 작가였다. 그의 작품들은 이차세계대전 직후 이탈리아 문단을 지배했던 네오리얼리즘 경향이나 이후 아방가르드적 실험정신으로 새바람을 일으킨 63그룹에도 속하지 않는, 개인적이고 독자적인 성격을 지녔기 때문이다. 정치적 이데올로기를 부각한 이야기보다는, 인간으로서의 존엄과 부조리한 실존, 자연의 위대함과 마법적 웅장함, 운명과 회귀성, 종교적 알레고리가 깃든 우화적 현실 등에 더 천착한 이야기들을 쓴 작가였다. 그가 중요하게 다룬 주제와 가치, 고상한 문체는 보수적이고 전통적이라는 평가와 더불어, 당시 주류 문화예술계에서는 그를 이방인으로 취급했다. 그러다 최근에 와서 거대 서사에 짓눌린 문학에서 벗어난 부차티의 순수하고 고유한 문학관이 재조명되고 재평가되었다.

『60개의 이야기』는 많은 것, 어쩌면 모든 것을 다루고 있는 이야기 모음집이라 할 수 있다. 환상과 현실을 오가고 여러 생명체와 미지의 존재가 등장하고 삶과 죽음, 인생의 진리를 구하는 심오한 주제와 일상의 사소한 사건이 아주 다양한 필치로 펼쳐진다. 접근 방식과 표현법, 난이도나 사고의 깊이 또한 제각각이어서, 어떤 이야기는 가볍게 읽히다가도 때로는 신중하고 꼼꼼한 읽기가 요구된다.

　이러한 부차티의 폭넓은 이야기, 다각적이고 다면적인 특징은 30년 가까이 기자로서 살았던 작가의 저널리즘적 글쓰기와 일면 맞닿아 있다. 시사성과 현실 비판적인 측면은 물론이고, 기묘한 환상세계와 마법적인 요소 및 이국적인 분위기도 그러한 맥락에서 이해할 수 있다. 부차티는 〈코리에레 델라 세라〉의 기자로 활동하면서 생생한 현장을 체험하고 증언했다. 종군기자로 이탈리아 해군에 합류했으며, 특파원으로 일본과 인도 등의 나라와 예루살렘, 뉴욕과 워싱턴, 프라하 등의 도시를 방문했다. 한동안 범죄 기사 및 사망사고 기사를 쓰기도 하고, 이탈리아의 미스터리를 주제로 한 초자연적 현상, 환시와 계시, 심령술에 관한 기사를 쓰기도 했다. 그러한 구체적인 경험과 지식은 문학적 영감으로 작용하여 다수의 작품에 반영되었으며, 마술적 리얼리즘이라는 수식어에 걸맞게 그가 창조한 비현실적인 상황에 저널리즘적 글쓰기가 맞물려 상당한 설득력을 획득해내고 있다. 이를테면 역사나 전설, 신화 등의 요소가 「남쪽의 그림자」「호름엘하가르의 왕」「아나고르 성곽」에서는 이집트와 사하라사막이라는 구체적인 장소와 결합되었고, 「아인슈타인의 약속」은 실제 인물의 일화를 우화적으로 풀어낸 이야기다. 또한 음악세계에서 풍자의 소재를 가져오거나 그의 이야기가 무대로 향한 단편들도 다수 있는데, 실제로 「망토」「그들이 문을 두드린다」「그것은 금지되었다」는 동명의 오페라 대본집으로 출간되기도 했다.

부차티의 문학에서 '여정'에 대한 은유는 의미 있고 중요한 일부를 구성한다. 이 단편집의 첫 작품「일곱 전령」에서 아버지가 다스리는 영토의 경계를 가늠하고자 왕자가 길을 떠나는 것도,「망토」에서 (마치『타타르인의 사막』에 등장하는 주인공 조반니 드로고를 연상케 하는) 군인이 유령이 되어 사자와 함께 마지막에 어머니가 계신 집을 들른 상황도,「산사태」에서 취재차 나선 외진 마을에서 신문사 편집장의 정보와는 달리 점점 사건의 여정을 따라가다 마지막에 진정 새로운 사태와 마주한 인물의 심경까지 살펴보게 하는 이야기도, 양립 불가능한 것들 모두가 얽히고설킨 인간세계의 실타래에 대한 부차티 특유의 알레고리로 읽힐 수 있다. 또다른 단편들에서 주인공은 떠나는 이유도 목적지도 모른 채 태연히 일상을 보내듯이, 또는 무언가에 쫓기듯이, 한 걸음 한 걸음 미지의 장소로 향하기도 한다. 떠남과 머무름은 꿈꾸는 듯한 분위기와 시공간의 모호한 개념 속에서 무한하게 반복된다. 그 여정은 희망적이지 않다. 여정의 마지막이 구원일지 파멸일지, 또 언제 끝날지 알 수 없기 때문이다. 그리고 절대 도달할 수 없다는 것을 알면서도 거부할 수 없는 운명처럼 받아들인다. 그런 여정에는 항상 불안하고 초조한 느낌이 동반되고, 익숙해진 침묵과 고독은 어느 순간 (프로이트가 '두려운 낯설음Das Unheimliche'이라고 정의한) 극심한 공포로 변한다.

인간의 근원적인 두려움과 불안감은 부차티의 작품 곳곳에서 나타난다. 두려움과 불안의 대상이나 이유는「수소폭탄」「물방울」「그저 그들이 원했던 것」「진정한 신사 둘에게 주는 몇 가지 유용한 지침」「세상의 종말」「시샘 많은 음악가」「소식」「스칼라극장의 공포」「전함 토트」등에서 보듯, 죄의식과 원한, 질병과 전쟁, 폭탄과

핵무기, 불가해한 이상 현상과 대재앙, 군중과 집단의 광기 등 아주 다양하다. 불확실성에서 비롯한 끊임없는 불안감은 환상적인 요소와 운명의 필연성과 결합되어 인간을 수수께끼 같은 질문과 의문의 회오리 속에 가두고, 어느새 구원을 갈망하는 절박한 시도마저 부질없어 보이게 한다. 특히 전염병의 공포를 다룬 「L'로 시작하는 무엇」 「낫고 싶었던 남자」 「자동차 전염병」, 그리고 코미디 영화와 희곡으로 각색되고 알베르 카뮈가 번역하여 파리의 극장에서도 상연된 「7층」은 팬데믹 상황을 겪는 현 시기에 깊은 공명을 남기는 이야기다. 부차티는 실제로 서른이 넘어 유양돌기염을 앓았는데 이 단편은 이런 과정에서 얻어낸 모티프라고 한다.

부차티는 삶에서 대부분의 시간을 밀라노에서 보내긴 했으나, 어린 시절을 난 곳은 이탈리아 북부 벨루노다. 벨루노는 알프스의 돌로미티 산지에 인접한 마을로, 거대한 돌산과 봉우리가 펼쳐져 있다. 부차티는 열정적인 등산가였는데, 휴가 때면 고향의 별장에 머물면서 바위산을 올랐다. 산은 부차티의 개인적인 삶에서 안식처이자 피난처였고 경외의 대상이었다. 그리고 그의 문학과 예술에서 주된 배경이자 중요한 상징성을 지닌다. 부차티는 산을 형상화한 그림을 자주 그렸고, 첫 소설 『산악순찰대원 바르나보 *Bàrnabo delle montagne*』(1933)에서부터 장엄한 자연의 전형으로 묘사했다. 또한 『타타르인의 사막』에서 요새가 있는 곳도 깎아지른 벼랑과 돌산이 즐비한 곳으로, 인간세계와는 다른 소리와 힘을 지닌 자연을 느끼게 한다. 『60개의 이야기』에 나오는 「용을 무찌르다」 「대수송단 습격」 「마법에 걸린 상인」 「필라델피아의 겨울밤」 등은 이러한 아름답고도 위협적인 자연 속에서 벌어지는 환상적인 이야기들이다. 이 이야기들에서 자연은 인간의 한계와 무력함을 드러내는 두려움과 공포의 상징적 장소인 동시에, 이를 뛰어넘어 태고의 마법과 설화의 신비를 펼쳐 보이는 곳이기도 하다.

부차티는 인간이 겪는 불행과 재앙은 자연의 섭리를 거스르며 악행을 벌인 결과라고 강조하는 듯하다. 인간은 스스로 전능하다는 착각에 빠져 나약한 생명체에 폭력을 행사하고 굴종을 강요한다. 그 오만함은 도를 넘어 절대자의 경고도 무시한다. 급기야 초월적이고 신비한 힘이 작용하여 내리는 질책과 응징은 때로 통쾌하기까지 하다. 이는 결국 이기적이고 어리석은 인간의 유한함과 그 창작물에 대한 불신, 그릇된 집착과 망상의 실체를 폭로하는 것이다.

부차티의 이야기에서 비극과 비관주의는 언제나 가벼운 터치와 유머로 표현되고 있다. 존재의 불안, 현실의 비참하고 부조리한 상황은 단순한 시선, 유머러스한 풍자로 전달되어 불편한 주제와 복잡한 감정은 희화화되고 객관화된다. 종교적인 색채와 내면적 삶에 대한 은유를 보여주는 성직자나 수도자의 모습도 「유혹과 싸우는 성 안토니우스」 「하느님을 본 개」 「성인들」 등에서 보듯 지극히 인간적으로 그려진다. 게다가 사회와 인간 본성에 대한 노골적이고 신랄한 고발은 잔혹한 블랙코미디를 떠올리게 한다.

이 밖에도 『60개의 이야기』에는 깊은 울림을 주는 서정적인 묘사, 우직하고 고집스러운 신념, 과거에 대한 그리움, 예술에 대한 순수한 열정, 투명하고 영롱한 시적 표현, 동화적인 상상력도 담겨 있다. 특히 「망토」는 전쟁터에서 돌아온 아들을 맞은 어머니의 기쁨과 슬픔, 사랑과 고통을 아름답고 감동적으로 그렸고, 「무용한 초대」는 그리움이 묻어나는 감미로운 사랑의 노래이며, 실화를 바탕으로 쓴 「필라델피아의 겨울밤」은 삶의 마지막 순간을 앞둔 인간의 끔찍한 고독과 안타까운 죽음의 현장을 생생하게 느끼게 한다.

이탈리아 저널리스트 가에타노 아펠트라는 동료이자 친구였던 디노 부차티를 '도베리스타doverista'라고 불렀다. 지나친 의무감에서 무슨 일이든 열심히 하는 사람을 뜻한다. 아펠트라는 부차티의 부단한 노력과 정직하고 성실한 태도를 높이 샀다. 그러한 작가적 면모는 『60개의 이야기』에서도 생생히 엿볼 수 있다. 창작자로서 포기할 수 없는 사명감으로, 어쩌면 부차티는 자신이 글로써 데려갈 수 있는 상상의 극한까지 스스로를 몰아붙여 다종다양한 인간의 의식 지대와 그 너머까지 가보려 했는지 모르겠다. 말하자면 부차티는 이 단편들 하나하나를 통해 우리에게 저마다 독특한 분위기와 볼거리를 갖춘 60개의 행선지를 제안하고 있는 셈이다. 그곳에서 무엇을 보게 되든, 독자는 이 세상의 오묘한 진실과 헛헛한 비애감에서 영리하고도 신랄한 작가의 눈을 마주하게 될 것이다.

부차티는 어느 자리에선가 "독자의 재미와 감동을 위해서 단편을 쓴다"고 간략히 말했다. 그는 짧은 이야기에 함축적이고 통일성 있게 주제를 담아내는 스토리텔링을 통해 독자에게 실로 풍성한 재미와 감동을 전달한다. 각각의 이야기들은 단편이 주는 강렬한 묘미와 다양성, 정연한 체계의 특성을 따라 조화로운 하나의 영토를 이루고 있다. 그런 의미에서 『60개의 이야기』는 이를 증명해주는 부차티의 단편 미학이 오롯이 담긴 책이라 할 수 있다.

이 책을 읽는 독자는 60개의 간이역이 있는 기차 여행길에 오른 셈이다. 마치 앞날의 수수께끼와 현재의 신비를 알고 싶어 타로카드를 펼친 듯 변화무쌍한 이야기 풍경들이 눈앞에 그려질 것이다. 긴 여정이지만 다채로운 광경에 한시도 눈을 떼지 못할 것이다. 험난한 산지와 태고의 숲, 적막한 벌판과 사막을 지날 것이고, 멀리 있는 바다도 구경할 수 있다. 과거와 현재, 미래가 혼재하고 현실과 꿈속을 오가며 도시의 골목을 기웃거리기도 할 것이다. 분명 어떤 이유에서든 오래 머물고 싶은 곳이 있을 것이다. 그리고 친숙한 얼굴들과 낯선 이야기 속 존재들이 당신 곁을 지키며 같이 길을 갈 것이다.

2021년 6월
김희정

1906년 본명 디노 부차티 트라베르소Dino Buzzati Traverso. 10월
16일 (알프스 돌로미티 지역과 가까운) 벨루노의 가족 소
유 별장에서 태어남. 이후 부차티 가족은 밀라노에 거주
함. 아버지 줄리오 체사레 부차티는 파비아대와 밀라노
보코니대에서 국제법을 가르치는 교수였고, 어머니 알바
만토바니는 귀족 가문의 후손이었음.

1916년 밀라노의 문과계열 학교인 파리니중등학교에 입학함.

1919년 가스통 마스페로의 『이집트 예술사』를 읽고 고대 이집트
학에 매료됨. 이 무렵 에드거 앨런 포와 에른스트 호프만
의 책들을 읽기 시작함.

1920년 아버지가 췌장암으로 세상을 떠남. 이 시기 산에 대한 열
정이 자라나 평생 동안 지속됨. 글쓰기와 그림그리기를
시작하고, 도스토옙스키의 소설들을 읽음. 그해 12월에
산문시 「산의 노래」를 완성함.

1924년 밀라노대학교 법학부에 입학함.

1926~1927년 군복무를 위해 밀라노 주둔 테울리에 부대에서 사관생도
교육을 받음.

1928년 밀라노 일간지 〈코리에레 델라 세라〉에서 기자로 활동 시
작함. 그해 10월 30일 우수한 성적으로 법학부를 졸업함.

1932년 〈코리에레 델라 세라〉 편집장 치로 포잘리에게 『산악순찰
대원 바르나보Bàrnabo delle montagne』의 원고를 보여줌.
편집장은 부차티에게 책으로 출간할 것을 권유함.

1933년	첫번째 소설 『산악순찰대원 바르나보』가 트레베스트레카 니툼미넬리출판사에서 출간됨. 신문 취재를 위해 팔레스타인, 그리스, 시리아, 레바논을 방문함.
1934년	카프카의 책들을 탐독하기 시작함. 『오래된 숲의 비밀*Il segreto del Bosco Vecchio*』 초고를 완성해 이듬해 발표함.
1935년	'유양돌기염'이라는 고통스러운 질병에 걸림. 투병 과정에서 염세적인 생각들이 생겨남. 이 시기의 생각은 1937년 발표한 단편 「7층」의 토대가 됨. 매형 에페 라마조티와 『파이프 책*Il libro delle pipe*』을 공동 창작함. 부차티의 삽화가 실린 이 책은 십 년 후에 출간됨.
1939년	『요새*La Fortezza*』라는 제목으로 완성된 소설 원고를 작가이자 출판인인 레오 론가네시에게 건넴. 론가네시는 부차티에게 소설의 제목 변경을 요청함. 이후 『타타르인의 사막』으로 바뀜.
1940년	6월 10일 무솔리니가 전쟁을 선포한 뒤 징집 명령이 내려짐. 부차티는 7월에 해군으로 소집되어 파시즘 정권이 붕괴될 때까지 여러 전투에 참전함. 같은 해 6월 리촐리출판사에서 『타타르인의 사막*Il deserto dei Tartari*』이 출간됨. 초판이 빠르게 매진되는 성공을 거둠. 이후 리촐리를 떠나 그해 11월에 몬다도리출판사와 계약함.
1942년	소설집 『일곱 전령*I sette messaggeri*』이 몬다도리에서 출간됨.
1945년	〈코리에레 델라 세라〉 기자로 복귀한 후, 『시칠리아의 유명한 곰 습격 사건*La famosa invasione degli orsi in Sicilia*』이 리촐리에서 출간됨. 『파이프 책』을 안토니올리에서, 『타타르인의 사막』 2판을 몬다도리에서 출간함.
1949년	몬다도리에서 신작 소설집 『스칼라극장의 공포*Paura alla*

Scala』를 출간함.

1950년   산문, 원고 초안, 일기 등을 수록한 『바로 그 순간에*In quel preciso momento*』가 네리포차출판사에서 출간됨.

1954년   몬다도리에서 소설집 『발리베르나 붕괴 사고*Il crollo della Baliverna*』가 출간됨. 그해 10월 23일 나폴리상을 수상함.

1958년   이전에 발표한 단편집에서 발췌한 것들과 새로 쓴 단편을 추가해 『60개의 이야기*Sessanta racconti*』를 몬다도리에서 출간함. 이 작품으로 스트레가상을 수상함.

1960년   공상과학소설 『위인의 초상*Il grande ritratto*』을 몬다도리에서 출간함.

1963년   4월 몬다도리에서 『어떤 사랑*Un amore*』을 발표함. 이 작품은 문학계에 많은 논쟁을 불러일으킴.

1965년   네리포차에서 첫 시집 『픽 대위와 다른 시들*Il capitano Pic e altre poesie*』을 발표함.

1966년   평소 존경해온 페데리코 펠리니 감독의 영화 『G. 마스토르나의 여행*Il viaggio di G. Mastorna*』 각본 작업에 참여함. 1966~1967년 사이에 각본을 완성했으나, 실제로는 영화화되지 못하고 미완성작으로 남음. 같은 해 몬다도리에서 1960년부터 발표된 작품들을 모은 소설집 『콜롬버와 다른 50가지 이야기*Il colombre e altri cinquanta racconti*』가 출간됨.

1969년   『만화 시집*Poema a fumetti*』을 몬다도리에서 출간함.

1970년   『발모렐계곡의 기적*I miracoli di Val Morel*』 삽화를 그림. 그해 9월 베네치아 나빌리오미술관에서 부차티의 삽화 전시회가 열림.

1971년   2월 무렵에 췌장암 초기 징후가 나타나고, 건강상태가 나날이 악화됨. 같은 해 몬다도리에서 『고통스러운 밤*Le* *notti difficili*』이 출간됨.

1972년   1월 28일 오후 4시 20분 밀라노에서 세상을 떠남.

문학동네 세계문학

60개의 이야기

1판 1쇄 2021년 6월 15일 | 1판 2쇄 2023년 3월 21일

지은이 디노 부차티 | 옮긴이 김희정

기획 및 책임편집 송지선 | 편집 박아름 홍상희
디자인 강혜림 이원경 | 저작권 박지영 형소진
마케팅 정민호 김도윤 한민아 이민경 안남영 김수현 왕지경 황승현 김혜원
브랜딩 함유지 함근아 박민재 김희숙 고보미 정승민
제작 강신은 김동욱 임현식 | 제작처 영신사

펴낸곳 (주)문학동네 | 펴낸이 김소영
출판등록 1993년 10월 22일 제2003-000045호
주소 10881 경기도 파주시 회동길 210
전자우편 editor@munhak.com | 대표전화 031) 955-8888 | 팩스 031) 955-8855
문의전화 031) 955-1927(마케팅) 031) 955-2685(편집)
문학동네카페 http://cafe.naver.com/mhdn
인스타그램 @munhakdongne | 트위터 @munhakdongne
북클럽문학동네 http://bookclubmunhak.com

ISBN 978-89-546-8035-6 03880

www.munhak.com